06/2500

Über 40 Jahre
Heyne Science Fiction
& Fantasy

2500 Bände
Das Gesamt-Programm

**Fantasy**

Herausgegeben von Friedel Wahren

Simon R. Green

# *Schattenfall*

*Roman*

Deutsche Erstausgabe

WILHELM HEYNE VERLAG
MÜNCHEN

HEYNE SCIENCE FICTION & FANTASY
06/9036

Titel der Originalausgabe
SHADOWS FALL
Übersetzung aus dem amerikanischen Englisch
von Irene Bonhorst
Das Umschlagbild malte Michael Whelan/
Agentur Schlück

*Umwelthinweis:*
Dieses Buch wurde auf chlor- und
säurefreiem Papier gedruckt

Deutsche Erstausgabe 12/1999
Redaktion: Joern Rauser

Erstausgabe bei ROC, an imprint of Dutton Signet,
a division of Penguin Books USA Inc.

http://www.heyne.de
Printed in Germany 1999
Umschlaggestaltung: Nele Schütz Design, München
Technische Betreuung: M. Spinola
Satz: Schaber Satz- und Datentechnik, Wels
Druck und Bindung: Ebner Ulm

ISBN 3-453-14936-X

# *Inhalt*

Die Personen

LEONARD ASH: Ein von den Toten Zurückgekehrter

RHEA FRAZIER: Bürgermeisterin von Schattenfall. Eine Politikerin

RICHARD ERIKSON: Sheriff von Schattenfall. Nicht unbedingt für diplomatisches Geschick bekannt

SUZANNE DUBOIS: Eine Freundin in der Not

JAMES HART: Nach fünfundzwanzig Jahren nach Schattenfall Heimgekehrter

DR. NATHANIEL MIRREN: Suchender nach Antworten über das Leben und den Tod

SEAN MORRISON: Einst ein großer Rock 'n' Roller

LESTER GOLD: Der Geheimnisvolle Rächer

MADELEINE KRESH: Eine Punkerin, an beiden Fußknöchelpaaren mit den Buchstaben H A S S tätowiert

ALTVATER ZEIT (auch ZEITMEISTER): Symbol des Wandels und der Vergänglichkeit. Ziemlich unsterblich

PATER IGNATIUS CALLAHAN: Ein tiefgläubiger Mann

DEREK & CLIVE MANDERVILLE: Friedhofstechniker (schlicht Totengräber)

PETZ, DER BÄR: Held und Freund jedes Jungen

DER MEERBOCK: Petz' Freund. Niemandes Held

OBERON: König des Elfenreichs

TITANIA: Königin des Elfenreichs

PUCK: Der einzige unvollkommene Elf

POLLY COUSINS: Eine Gestörte

WILLIAM ROYCE: Mächtiger Anführer der Krieger des Kreuzes

PETER CAULDER: Ein Krieger, dem ein Licht aufging

JACK FETCH: Vogelscheuche

# PROLOG

Es gibt eine Stadt, dahin begeben sich die Träume, um zu sterben. Ein Ort, wo Alpträume enden und die Hoffnung sich ausruht. Wo alle Geschichten ihren Schluß finden, jede Suche aufgegeben wird und jede Seele ihren letzten Weg nach Hause antritt. Es hat schon immer solche Orte gegeben, überall verstreut in den dunklen Winkeln der Welt; doch im Laufe der Jahre, während die Wissenschaft gedieh und die Magie verkümmerte, verschwand ein Gutteil der Wunder von der Welt, die verborgenen Orte wurden weniger und die Entfernungen zwischen ihnen größer. Jetzt gibt es nur noch die kleine Stadt Schattenfall, irgendwo weit abseits von der Alltagswelt – und von dieser übersehen. Nur wenige Straßen führen dorthin, und noch weniger führen wieder heraus. Man findet Schattenfall auf keiner Landkarte, aber es ist für einen da, wenn man es dringend genug braucht.

Man entdeckt alles mögliche in Schattenfall. Da öffnen sich Türen, die einen überallhin führen, in Länder, die es nicht mehr gibt, und Welten, die es vielleicht eines Tages erst geben wird. Seltsame Leute und noch seltsamere Geschöpfe wandeln durch die weitläufigen Straßen, zusammen mit all jenen, die man einmal gekannt und denen man niemals mehr zu begegnen gehofft hatte. In dieser abgelegenen Stadt können Mütter und Väter ihre verlorenen Kinder und alt gewordene Kinder ihre Eltern wiederfinden, um böse Worte ungesagt und wütendes Schweigen ungeschehen zu machen – und alte Wunden zu heilen, die bis dahin nicht vergessen werden konnten. In Schattenfall findet man Gerechtigkeit und Vergebung, alte Freunde und Feinde aus der Schulzeit, Liebe und Hoffnung – oder eine zweite Chance. So ein Ort ist das.

Vor allem ist es jedoch eine Stadt, die die Menschen zum Sterben aufsuchen. Menschen und andere Wesen. Schattenfall ist der Elefantenfriedhof des Übernatürlichen, wohin Menschen und sonstige Geschöpfe sowie Gedanken und Geschichten zum Sterben gehen, wenn niemand mehr an sie glaubt. Alles, woran jemand stark genug glaubt, nimmt eine Art Dasein an, eine Art Leben, das andauert, auch wenn der Glaube vergangen ist. Doch für derlei Dinge ist kein Platz in der wirklichen Welt. Und deshalb gehen sie dahin, wandern durch Stadtschatten und Nebenstraßen, die niemand mehr benutzt, bis sie schließlich nach Schattenfall gelangen, durch die Ewigkeitspforte treten und für immer aus dem Bewußtsein der Welt verschwinden. Oder sie bleiben in Schattenfall, gehen in die Wirklichkeit über, werden alt und sterben eines natürlichen Todes.

So zumindest meint es die Theorie. Tatsächlich verhält sich alles viel komplizierter, wie üblich.

1. KAPITEL

# *Karneval*

Es war mal wieder Karneval in Schattenfall. Eine Zeit des Feierns und heiteren Trubels, der Paraden und Jahrmärkte, der Kostümierung sowie der Geisterbeschwörer und Wunder. Am Rande der Stadt waren wie durch Zauberei Zelte und Buden auf dem gesamten Lumpkin-Hügel aufgetaucht, über Nacht aus dem Boden gesprossen wie jene Pilze, deren Verzehr einem unruhige Träume beschert. Musikkapellen spielten, Paare tanzten, und Kinder tobten kreischend durch die gutmütige Menge, so voller Glück und Aufregung, daß man das Gefühl hatte, sie könnten jeden Augenblick platzen und alle Leute mit ausgelassener Freude und Lebenslust bespritzen.

Es war früher Abend, Mitte November, und der Himmel schien gerade dunkel genug, um eine wirkungsvolle Kulisse für die leuchtenden Papierlaternen und die gelegentlichen, schnell gezündeten Feuerwerke zu bilden. Eine frische Brise bewegte die Fahnen und Wimpel und die Kleider der Damen und verbreitete den Duft von gebratenem Fleisch und gerösteten Kastanien in der kühlen Abendluft, die bereits erfüllt war von der beißenden Verheißung des Winters. Ein Dutzend Lieder wurde angestimmt und verebbte nacheinander wieder, ohne sich gegenseitig zu übertönen, sondern stets in einer gewissen Harmonie zusammenklingend, auf die sie sich alle einigen konnten.

Es war eine Zeit der Festlichkeiten, des Lebens und

des Seins; ein letzter Abschied für jene, die durch die Ewigkeitspforte schritten, und eine Zeit des Trostes für jene, die zurückblieben und bis jetzt noch nicht den Mut aufgebracht hatten, sich der Pforte zu nähern. Selbst jene, die nur teilweise lebendig sind, fürchten manchmal die endgültige Dunkelheit, das endgültige Unbekannte. Doch nie herrschte irgendein Druck oder eine Ungeduld; die Pforte war immer schon dagewesen und würde immer dort bleiben. Unterdessen war Karneval, also lautete das Motto: iß und trink und sei vergnügt, denn morgen ist auch noch ein Tag in Schattenfall!

Leonard Ash stand allein bei einem grellbunten Zelt, wo Glühwein angeboten wurde; er hielt einen dampfenden Becher in der Hand, den er anscheinend ganz vergessen hatte. Er ließ den Blick über das ausgelassene Treiben schweifen, beobachte, wie die Leute kamen und gingen, und wünschte, er könnte auch so sein wie sie, glücklich in ihrem Alltagsleben, voller Hoffnung und Sinn und Bedeutung. Ash hatte keine Zukunft mehr, und obwohl er sich nach Kräften bemühte, deswegen nicht allzu niedergeschlagen zu sein, gab es Zeiten, da ihm die schlichte Leichtigkeit abging, die nötig war, um irgendwelche Pläne zu schmieden über Unternehmungen, die er machen, Orte, die er besuchen und Leute, die er treffen wollte. Wie die Dinge nun mal lagen, lebte er von einem Tag zum anderen und versuchte, damit zufrieden zu sein.

Ash war nun seit beinahe drei Jahren tot, aber es lag nicht in seiner Art, sich zu beschweren. Wie alle anderen, die nicht mehr vollkommen der Wirklichkeit angehörten, verspürte er den ständigen Ruf zur Ewigkeitspforte, aber er konnte Schattenfall nicht verlassen. Noch nicht. Er blickte über die Menge unten in der Stadt, die sich in der zunehmenden Dunkelheit ausdehnte und deren Straßenlaternen stolz gegen die hereinbrechende Nacht anleuchteten. Niemand wußte, wie alt die Stadt war – sie sollte sogar älter als ihre eigenen Archive sein. Ash hatte früher das Gefühl von Dauerhaftigkeit, das sie vermittelte, als beruhigend empfunden, und er schätzte das davon ausgehende Wissen, daß zumindest etwas Bestand hatte in einer sich ständig wandelnden Welt. Doch seit seinem Tod empfand er einen wachsenden Unmut bei der Erkenntnis, daß die Stadt ohne ihn ganz fröhlich weiterexistieren würde, ohne ihn im geringsten zu brauchen oder zu vermissen. Er war der Ansicht, daß sein Dahinscheiden, wenn es sich schließlich endgültig vollziehen würde, eine deutliche Lücke hinterlassen müßte; einen Raum, der sich durch seine Nichtanwesenheit bildete. Er konnte den Gedanken hinnehmen, daß sein Leben keine Bedeutung gehabt hatte, aber er hätte sich gerne eingebildet, daß er wenigstens wahrgenommen worden wäre. Er lächelte säuerlich. Er war aufgrund seiner eigenen Entscheidung und Veranlagung immer ein Einzelgänger gewesen, und es war jetzt ein wenig spät, sich das noch anders zu überlegen. Doch obwohl er sich am liebsten in die fröhlich feiernde Menge gestürzt und seine Probleme im unbelasteten Trubel vergessen hätte, lag ihm ein solches Verhalten einfach nicht. Er hatte stets seinen individuellen Pfad gewählt, war immer seiner eigenen Wege gegangen und hatte sich in der Menge noch nie wohlgefühlt.

Ein Stelzenläufer hüpfte an ihm vorbei, wobei er dann und wann den Kopf einzog, um nicht gegen die Lampiongirlanden zu stoßen, die kreuz und quer über die Zelte und Buden gespannt waren. Er zog den verbeulten Zylinder vor Ash, der den Gruß höflich nikkend erwiderte. Höhe jeglicher Art war ihm noch nie angenehm gewesen. Er sah geflissentlich in eine andere Richtung und lächelte, als er eine ausgestopfte Puppe entdeckte, die geduldig vor einem Dutzend kleiner Kinder stand und deren strohgefüllter Bauch ihren eifrigen Händchen als freundliches Wurfziel diente. Sie alle gewannen irgendein Spielzeug oder eine Süßigkeit, und nicht eines wurde enttäuscht. Die weibliche Vogelscheuche sah zu Ash herüber, ein zufriedenes Lächeln auf dem Stoffgesicht. Sie hob einen Lumpenarm zum Gruß, und Ash lächelte steif zurück. Selbst eine Vogelscheuche war lebendiger als er. Er merkte, daß er sich wieder selbst leid tat, brachte es jedoch nicht fertig, sich deswegen zu tadeln. Es war ein undankbarer Job, aber irgend jemand mußte sich dafür hergeben.

Er blickte sich um, auf der Suche nach etwas, das ihn ablenken würde. Deswegen war er ja schließlich aus dem Haus gegangen. Am Fuße des Hügels durften Kinder auf den Schultern eines Yeti und eines Riesenfüßlers reiten. Eine Comic-Maus mit einem gewaltigen Holzprügel jagte eine Comic-Katze. Und sechs verschiedene Versionen von Robin Hood trugen einen schnell anberaumten Wettbewerb im Bogenschießen aus, wobei sie mehr oder weniger gutmütig darüber stritten, wer von ihnen der Wirklichkeit am nächsten kam. Mit anderen Worten: all die üblichen Gesichter. Ein Abend wie so viele in Schattenfall.

Leonard Ash war ein großer, schlacksiger Typ, mit einem liebenswerten Gesicht und einem Haarwust, der immer so aussah, als könnte er eine gründliche Bearbeitung mit Kamm und Bürste vertragen. Selbst im günstigsten Fall erweckte er den Eindruck, als sei er überstürzt von zu Hause aufgebrochen. Er hatte ruhige, nachdenkliche Augen, die manchmal grau und manchmal blau waren und denen kaum je etwas entging. Er lebte – sofern das der richtige Ausdruck war – bei seinen Eltern und hatte nur wenig Freunde, obwohl das niemandes Schuld war, nur seine eigene. Er war nie besonders gesellig gewesen, schon vor seinem Tod nicht. Er war zweiunddreißig, und das nun schon seit beinahe drei Jahren. Wenn man ihn gefragt hätte, würde er wahrscheinlich in den meisten Fällen gesagt haben, er sei glücklich, aber er hätte zuerst eine Weile darüber nachdenken müssen. Er ließ den Blick wieder über die Zelte und die Buden und die Leute schweifen, ein unauffälliger Mann, dessen größte Sorge es war, daß er keine Tanzpartnerin bekam. Das sollte sich auf dramatische Weise ändern. Aber er hatte keine Veranlassung, deswegen überrascht zu sein. In Schattenfall blieb nichts für lange Zeit gleich.

Nicht weit entfernt tauschte Bürgermeisterin Rhea Frazier ein Lächeln und eine scherzhafte Bemerkung mit einem älteren Paar aus, dessen Gesichter ihr vertraut waren, auch wenn die Namen ihr nicht einfielen, und überlegte, wie sie am besten den verstört wirkenden Mann los werden könnte, der nicht mehr von ihrer Seite wich. Er war vor kurzem erst in Schattenfall angekommen, und anscheinend war er sich selbst nicht sicher, was ihn hergeführt hatte. Unterdessen hatte Rhea den Fehler begangen, ihn mitfühlend anzusehen, und daraufhin hatte er sich an ihre Fersen geheftet wie ein lange verschollener Freund. Rhea störte das eigentlich nicht, außer daß es sie von ihren bürgermeisterlichen Pflichten abhielt, die im Schütteln von Händen und dem Austausch freundlicher Worte mit möglichst vielen Stimmberechtigten sowie in der gleichzeitigen Erinnerung an die bevorstehende Bürgermeisterwahl und ihre hervorragenden Verdienste in diesem Amt bestanden. Wähler neigten dazu, alles Gute, das man für sie getan hatte, zu vergessen, wenn man nicht dafür sorgte, es ihnen ab und zu ins Gedächtnis zu rufen.

Rhea Frazier war eine forsch auftretende, gutaussehende schwarze Frau Mitte der Dreißig, mit kurzgeschnittenen Haaren, einem unbeirrten Blick und berufsmäßigem Lächeln. Sie kleidete sich modisch, mit Stil und Würde, und hatte ein Gemüt wie eine Rattenfalle – standfest, zuverlässig und unversöhnlich. Gemeinsam mit Sheriff Erikson stellte Rhea Frazier das dar, was in Schattenfall als Obrigkeit galt. Die Stadt hatte eine ganz bestimmte Art, mit ihren Problemen fertigzuwerden. Das lag in ihrer Natur. Aber trotzdem gab es Zeiten, da die Dinge aus dem Ruder zu laufen drohten, und dann traten entweder Rhea oder der Sheriff auf den Plan. Sie neigte dazu, die Stimme der Vernunft zu spielen und jedem ein mitfühlendes und unparteiisches Ohr zu leihen, während der Sheriff dazu neigte, jeden mit bedrohlicher Miene einzuschüchtern.

Es gab ein städtisches Gericht und ein städtisches Gefängnis, aber für beide war wenig Nutzen zu erkennen. Kaum jemand legte Wert darauf, dem Sheriff in die Quere zu kommen, also verbrachte Rhea einen Großteil ihrer Zeit damit, sich die Probleme der Leute anzuhören und sie dann an jene Mitarbeiter der Gemeinde zu verweisen, die ihnen am besten helfen konnten. Sie machte ihre Arbeit gern und hatte die feste Absicht, sie so lange wie möglich fortzusetzen. Im großen und ganzen war die Stadt mit ihrer Amtsführung offenbar zufrieden, und das war gut so. Schattenfall hatte sich auf wirkungsvolle, aber nicht besonders freundliche Weise einiger Bürgermeister entledigt, die der Sache nicht gewachsen gewesen waren.

Rhea musterte den Mann neben ihr unauffällig und fand, es sei an der Zeit, daß sie etwas gegen ihn unternähme. Adrian Stone war ein kleingewachsener, mittelalter Mann mit schütterem Haar und traurigen Augen. Andauernd sah er sich auf eine unbestimmte, hoffnungsvolle Art um, war jedoch unfähig, Rhea zu erklären, wonach er suchte oder was ihn nach Schattenfall gerufen hatte. Das war nichts Ungewöhnliches.

Das ältere Paar verabschiedete sich und verschwand in der Menge, und Rhea beschloß, daß sie gut daran täte, ihrem neuen Bekannten einen Anstoß in die richtige Richtung zu geben. Wie die meisten Besucher hatte er etwas oder jemand Wertvolles verloren, und er war nach Schattenfall gekommen, um danach zu suchen. Sie brauchte nichts weiter zu tun, als ihm zu helfen sich zu erinnern, um was es sich dabei handelte.

»Sag mal, Adrian, bist du verheiratet?«

Stone lächelte und schüttelte beinahe um Entschuldigung heischend den Kopf. »Nein, ich habe nie die richtige Frau gefunden. Oder sie hat mich nicht gefunden. Wie dem auch sei, es hat immer nur mich gegeben.«

»Erzähl mir von deinen Eltern. Standest du ihnen sehr nahe?«

Stone zuckte mit den Schultern, peinlich berührt, und wandte den Blick ab. »Mein Vater war selten zu Hause. Und meine Mutter war keine … gefühlsbetonte Frau. Ich hatte weder Brüder noch Schwestern, und da wir ständig umgezogen sind, hatte ich eigentlich auch nie richtige Freunde. Ich hatte nie einen Wunsch, der sich mit Geld hätte erfüllen lassen, aber Geld ist schließlich ja nicht alles, nicht wahr?«

»Du mußt doch irgend jemandem nahegestanden haben«, hakte Rhea geduldig nach. »Wie ist es mit irgendwelchen Arbeitskollegen?«

»Die konnte man eigentlich nicht als Freunde bezeichnen«, antwortete Stone. »Es waren einfach nur Leute, die im selben Büro arbeiteten, mit denen man einen Spaß machen und quatschen konnte und von denen man sich am Feierabend unverbindlich verabschiedete. Unsere Gemeinsamkeit war ausschließlich auf die Arbeit beschränkt. Die Geschäftsführung hielt nichts von Zeitvergeudung durch Privatgespräche oder Faulenzerei. Mir hat das nichts ausgemacht. Ich war immer … unbeholfen in Umgang mit anderen, und ich fand die Arbeit reizvoll, meistens.«

Rhea sah ihn wütend an. »Es muß in deinem Leben doch irgend jemanden gegeben haben, du mußt doch zu irgendeinem Zeitpunkt mal glücklich gewesen sein! Denk nach, Adrian! Wenn du einen Teil deines Lebens noch einmal durchleben könntest, irgendeine Zeitspanne, wofür würdest du dich entscheiden?«

Stone stand eine geraume Zeit schweigend da, den Blick nach innen gekehrt. Dann hoben sich die Wolken von seiner Stirn, er lächelte plötzlich und sah seltsam jünger aus, mehr mit sich selbst im Frieden.

»Ich hatte einen Hund namens Prinz, als ich noch ein Junge war. Einen großen, stämmigen Boxer mit einem häßlichen Gesicht und einem Herzen, das so groß war wie er selbst. Ich war damals sechs Jahre alt, und wir machten alles gemeinsam. Ich konnte mit ihm sprechen, ihm Dinge anvertrauen, die ich sonst niemandem verraten hätte. Ich liebte meinen Hund, und er liebte mich.«

Stone lächelte Rhea verlegen an, und es überraschte sie nicht festzustellen, daß er jetzt nur noch halb so alt wirkte wie zuvor – ein schmächtiger junger Mann Mitte der Zwanzig. Er hatte auf einmal wieder volles Haar, und seine Haltung schien aufrechter, aber seine Augen waren noch immer traurig.

»Ich vermute, jeder hält seinen Hund für etwas ganz Besonderes, aber Prinz war es wirklich. Ich brachte ihm Kunststücke bei, und ich hatte niemals Angst und war niemals unsicher oder einsam, wenn er bei mir war. Er starb kurz vor meinem siebten Geburtstag. Er hatte ein Krebsgeschwür im Bauch. Offenbar sind Boxer anfällig für so etwas, obwohl ich das damals natürlich nicht wußte.« Seine Miene verdüsterte sich bei der Erinnerung. Er war jetzt ein Teenager, da er während des Redens immer jünger wurde.

»Eines Tages kam ich von der Schule nach Hause, und Prinz war nicht da. Mein Vater sagte, er habe Prinz zum Tierarzt gebracht, damit er ihn einschläfere. Prinz war seit einiger Zeit krank gewesen und immer schwächer und dünner geworden, ich hatte aber trotzdem angenommen, er würde wieder gesund werden. Ich war ja schließlich erst sechs Jahre alt. Mein Vater erklärte mir, daß Prinz nie mehr gesund geworden wäre, daß er große Schmerzen gehabt habe und daß es nicht anständig gewesen wäre, ihn weiter leiden zu lassen. Er erzählte mir, daß sich Prinz sehr tapfer benommen habe, bis zum Ende. Der Tierarzt habe ihm eine Überdosis Betäubungsmittel gegeben, und Prinz habe die Augen geschlossen und sei für immer eingeschlafen. Ich weiß nicht, was der Tierarzt mit der Leiche getan hat. Mein Vater hat sie nicht mit nach Hause gebracht. Vielleicht dachte er, der Anblick würde mich noch trauriger machen.«

Adrian Stone sah zu Rhea auf, seine Lippen bebten, ein sechsjähriger Junge mit Augen voller Tränen, die er nicht vergießen konnte. »Ich habe meinen Hund geliebt, und er hat mich geliebt. Das einzige Wesen, das mich jemals geliebt hat.«

Rhea kniete sich neben ihm nieder. »Wie sah Prinz denn aus? Hatte er irgendwelche besonderen Kennzeichen?«

»Ja, er hatte ein weißes Mal auf der Stirn, das einem Stern glich.«

Rhea nahm ihn bei den Schultern und drehte ihn sanft um. Die Menge vor ihnen teilte sich und gab den Blick auf einen großen Boxer mit einem weißen Mal auf der Stirn frei. »Ist er das, Adrian?«

»Prinz!« Die Ohren des Hundes stellten sich auf, als der Junge seinen Namen rief, er kam angerannt und sprang wie ein riesiges, zu groß geratenes Hundebaby um den Jungen herum. Adrian Stone, sechs Jahre alt, endlich glücklich, verschwand mit seinem Hund in der Menge.

Rhea erhob sich und schüttelte lächelnd den Kopf. Wenn doch nur all ihre Probleme so leicht zu lösen wären! Aus dem Augenwinkel sah sie, daß jemand ihr zuwinkte. Sie wandte sich um und entdeckte Sheriff Richard Erikson, der sich einen Weg zu ihr bahnte. Die Menge ließ ihn bereitwillig durch, indem sie großzügig zurückwich. Rhea stöhnte lautlos und fragte sich, was diesmal wohl wieder schiefgelaufen war. In letzter Zeit hatte sie immer mehr den Eindruck, daß Richard sie nur aufsuchte, wenn er ein Problem hatte, das er selbst nicht lösen konnte, um es ihr in den Schoß plumpsen zu lassen und sich mit reinem Gewissen abzuwenden. Das war nicht immer so gewesen. Einst waren sie Freunde gewesen, und wahrscheinlich waren sie es immer noch, wenn man den Begriff ein wenig dehnte. Sie ließ sich keine ihrer Regungen anmerken und nickte Erikson kühl zu, als er bei ihr angekommen war.

Der Sheriff war ein großer, breitschultriger Mann Mitte der Dreißig, mit dunklem Haar und noch dunkleren Augen. Er war auf überwältigende Weise gutaussehend, und sein kräftiger, muskulöser Körperbau verlieh ihm eine Ausstrahlung, die beinahe einschüchternd war. Nicht daß sich Rhea von irgend jemandem hätte einschüchtern lassen, weder von Erikson noch von sonst jemandem. Sie bedachte ihn mit einem flüchtigen Lächeln, und er nickte kurz zur Erwiderung, als ob er ihr ganz zufällig über den Weg gelaufen wäre.

»Hallo, Rhea, du siehst sehr elegant aus, wie immer.«

»Danke, Richard. Du siehst ganz wie du selbst aus.«

Er lächelte nicht. Statt dessen blickte er mit nachdenklicher Miene auf die Menge. »Ein gutes Aufgebot, Rhea. Fast die ganze Stadt ist heute abend hier.«

»Das will ich hoffen«, sagte Rhea. »Schließlich haben wir Karneval. Einer der seltenen Anlässe im Jahr, bei dem wir uns alle ungezwungen geben und unseren Neurosen freien Lauf lassen können. Eine solche Nacht bringt den Leuten mehr als ein Dutzend Sitzungen auf der Couch ihres Psychiaters. Aber du glaubst ja wohl nicht an so frivole Dinge wie sich etwas Spaß zu gönnen, oder?«

»Nicht wenn ich derjenige bin, der den Frieden bewahren und hinterher die Unordnung wieder bereinigen muß. Ich bin derjenige, der die Betrunkenen und die Gauner und die Raufbolde im Auge behalten und die Paranormalen daran hindern muß, alte Rechnungen zu begleichen. Verdammt, die Hälfte der Gemeinde leidet noch immer unter Verletzungen und Schmähungen aus der Zeit vor ihrer Ankunft hier, und da der Magie der Stadt heute nacht keinerlei Zügel angelegt sind, ist das so, als ob man ein Feuerwerk in ein offenes Feuer werfen würde. Der Karneval ist eine gefährliche Zeit, um unbeschwert herumzulaufen. Man weiß nie, wer einem in die Quere kommt.«

Rhea zuckte mit den Schultern. »Dieses Gespräch führen wir nicht zum ersten Mal, Richard, und bestimmt wird es nicht das letzte Mal sein. Wir haben beide recht, und wir haben beide unrecht. Aber wie auch immer, du mußt dich damit abfinden, daß das hier Schattenfall ist. Was immer wir sagen oder denken, Feste wie der Karneval sind nötig. Sie dienen als Sicherheitsventil, eine überwiegend harmlose Art, Dampf abzulassen, bevor der Druck zu groß wird. Du machst dir zuviel Sorgen, Richard. Die Stadt ist durchaus in der Lage, sich um sich selbst zu kümmern.«

»Ja«, sagte Erikson. »Wahrscheinlich stimmt das. Aber die Stadt trachtet nach ihrem eigenen Besten, nicht nach dem ihrer Bewohner. Wir stehen zwischen ihnen und der Stadt, und nur dadurch wird das Leben hier erträglich. Menschen sind nicht dafür gemacht, so eng mit der Magie zusammenzuleben; sie fördert das Übelste und das Edelste in uns zutage.«

Rhea sah ihn nachdenklich an. »Ich kann mir nicht vorstellen, daß wir zur Abwechslung mal nur einfach so hier herumstehen und ein wenig plaudern. Bist du sicher, daß es nicht irgendeinen dringenden Notfall gibt, den du aus großer Höhe und sicherer Entfernung auf mich herabfallen lassen möchtest?«

Erikson brachte ein schwaches Lächeln zustande, doch in seinen Augen spiegelte sich nichts davon. »Anscheinend ist alles in Ordnung. Oder wenigstens so weitgehend, wie es in Schattenfall überhaupt möglich ist. Aber ich habe ein ungutes Gefühl im Zusammenhang mit diesem Abend, und es will einfach nicht verschwinden. Eher wird es schlimmer. Ist dir aufgefallen, wie viele der Paranormalen heute abend unterwegs sind? Selbst jene, die für gewöhnlich niemals aus einem geringeren Anlaß als eines göttlichen Eingreifens in Erscheinung treten würden. Ich habe heute abend Gestalten gesehen, von denen ich nicht geglaubt hatte, sie jemals zu Gesicht zu bekommen, und von denen ich einige lediglich für Phantasiegebilde gehalten hatte.

»Was treiben sie?« fragte Rhea stirnrunzelnd. Sie versuchte sich umzusehen, ohne es sich anmerken zu lassen.

»Sie treiben gar nichts«, sagte Erikson. »Sie verhalten sich … abwartend. Sie warten offenbar auf etwas, das geschehen wird. Man spürt beinahe ein knisterndes Lauern in der Luft, wenn man ihnen nahe kommt. Irgend etwas geschieht bei diesem Karneval, Rhea. Etwas Schlimmes.«

Rheas Miene verfinsterte sich, und sie betrachtete nun unverhohlen die Menge um sie herum. Obwohl sie zögerte, es einzugestehen, war das, was der Sheriff sagte, durchaus nicht von der Hand zu weisen. Irgend etwas lag in der Luft. Es gab zu viele nervöse Augen und zuviel verkrampfte Fröhlichkeit und Gelächter, das zu laut und zu lang erschallte. Nichts Eindeutiges, nichts, auf das man den Finger hätte legen können, einfach nur … etwas. Rhea erschauderte plötzlich und mußte den zunehmenden Drang niederkämpfen sich umzudrehen, für den Fall, daß etwas von hinten an sie heranschlich. Sie atmete tief durch und schob den Gedanken entschlossen beiseite. Nichts war faul. Das alles spielte sich in ihrem Kopf ab. Sie war mit dem Verlauf des Karnevals vollkommen zufrieden gewesen, bis Richard aufgetaucht war und sie mit seinem Verfolgungswahn angesteckt hatte, und sie sollte verfluchte sein, wenn sie sich von ihm den Abend verderben ließe!

Sie ließ den Blick über die Menge ringsum schweifen, um einen Vorwand zu finden, das Thema zu wechseln, und sie lächelte verzerrt, als sie Leonard Ash entdeckte, in eine angeregte Unterhaltung mit einem Kopf auf einem Podest vertieft. Natürlich. Wenn alle anderen unterwegs waren, dann schien es naheliegend, daß er auch mit dabei war. Es hatte eine Zeit gegeben, als sie und Ash und Erikson sehr enge Freunde gewesen waren, so eng, saß sie geradezu eine Familie bildeten. Aber die Dinge änderten sich nun einmal, ob es den Leuten paßte oder nicht. Erikson war Sheriff geworden, und sie war Bürgermeisterin geworden, und Ash war gestorben. Sie erinnerte sich, wie sie beim Begräbnis neben Richard gestanden hatte, bekleidet mit einem strengen schwarzen Kleid, das ihr nicht stand, und eine Handvoll Erde in das Grab geworfen hatte. Sie erinnerte sich, daß sie weinte. Doch dann kehrte er von den Toten zurück, und sie wußte nicht, was sie zu ihm sagen sollte. Der Mann, den sie gekannt hatte, war tot, und dieser Fremde mit einem vertrauten Gesicht hatte in ihren Gefühlen kein Anrecht auf Leonards Platz. Also trieben sie und Ash und Erikson in unterschiedliche Richtungen, losgelöst von ihrer gemeinsamen Vergangenheit, bis jeder von ihnen sein eigenes Leben führte und sie sich nur flüchtig zunickten, wenn sie sich auf der Straße begegneten.

Rhea schüttelte den Kopf. Man hätte annehmen können, ein Ort wie Schattenfall würde einen gegen Erscheinungen wie Geister und vom Tode Auferstandene abhärten, aber es war etwas anderes, wenn man selbst oder jemand, den man kannte, betroffen war. War das alles wirklich schon drei Jahre her? Wohin floß die Zeit …? Ash war früher stets einer der Hauptorganisatoren des Karnevals gewesen, doch nach seinem Tod hatte er das Interesse an so vielen Dingen verloren. Plötzlich verspürte sie das Verlangen, wieder mal mit ihm zu reden – mit ihm, Leonard Ash, was immer er jetzt sein mochte. Sie straffte die Schultern und bedachte den Sheriff mit ihrem besten geschäftsmäßigen Blick.

»Du machst aus einem Maulwurfshügel einen Berg, Richard. Hier ist nichts faul; die Leute vergnügen sich nur. Wenn du mich jetzt bitte entschuldigen würdest, ich habe gerade jemanden entdeckt, mit dem ich reden muß.«

Erikson sah zu Ash hinüber, dann wieder zu ihr. »Hältst du das wirklich für eine gute Idee, Rhea?«

»Ja«, sagte Rhea kühl.

Der Sheriff sah sie lange an, bis ihr unter seinem Blick sichtlich unbehaglich zumute wurde, dann wandte er ihn ab. Er seufzte leise. »Manchmal wünschte ich, er würde einfach durch die Pforte gehen und die Sache hinter sich bringen. Es ist dir gegenüber nicht gerecht.«

Er drehte sich um und ging davon, bevor sie noch irgend etwas hätte antworten können, und zumindest dafür war sie ihm dankbar. Sie hätte ohnehin nichts zu sagen gewußt. Vielleicht war das ein Zeichen dafür, wie weit sich ihre Lebenswege voneinander entfernt hatten. Es hatte eine Zeit gegeben, da sie sich gegenseitig alles hatten sagen können – wirklich alles. Sie wandte sich zu der Stelle um, wo Ash gestanden hatte, und war sofort erleichtert, als sie sah, daß er nicht mehr da war. Sie hätte auch zu ihm nichts zu sagen vermocht. Sie schüttelte unwillig den Kopf, trotz allem über sich selbst belustigt. Für gewöhnlich war sie nie um Worte verlegen. Schließlich war das einer der Gründe, warum man sie zur Bürgermeisterin gewählt hatte; sie hatte ihre politischen Gegner in Grund und Boden geredet.

Sie seufzte und zuckte mit den Schultern und suchte nach irgend etwas Geeignetem, um sich abzulenken.

Dies sollte eine der wenigen Nächte im Jahr sein, da ihr Büro überflüssig war, da sie ihre Pflichten und Amtsgeschäfte hinter sich lassen und sich zur Abwechslung einmal entspannen durfte. Eine Polonaise zog an ihr vorbei, eine endlose Reihe geröteter und lachender Gesichter, und Rhea empfand das verzweifelte Verlangen sich einzureihen, gemeinsam mit den anderen zu lachen und zu singen und zu scherzen. Sie hatte das Gefühl, es müßte Jahre her sein, seit sie nur zum Spaß irgend etwas ganz Schlichtes und Spontanes getan hatte. Dennoch zögerte sie noch immer, gebremst durch die Würde ihres Amtes, und als sie ihre Bedenken endlich beiseite geschoben hatte, war die Polonaise bereits weitergezogen, hatte sie zurückgelassen, und nun stand sie ganz allein da.

Jemand räusperte sich höflich hinter ihr, und sie drehte sich blitzschnell um, erschreckt darüber, daß sie offenbar in einem Augenblick erwischt worden war, in dem sie sich hatte gehen lassen. Leonard Ash lächelte sie an, und der vertraute Anblick versetzte ihr einen kurzen Stich ins Herz, bevor sie ihren Erinnerungen mit scharfen Krallen Einhalt gebot und ihm ein höfliches, unverbindliches Lächeln zeigte.

»Hallo, Leonard, gefällt dir der Karneval?«

»Er ist sehr farbenprächtig. Wie geht es dir, Rhea? Wir haben uns lange nicht gesehen.«

»Bürgermeisterin zu sein ist eine Ganztagsbeschäftigung, besonders in einer Stadt wie dieser.«

»Du hast mich nie besucht«, sagte Ash, und sein Blick wirkte offen und geradeaus. »Ich habe lange gewartet, aber du bist nie gekommen.«

»Ich war bei deinem Begräbnis«, sagte Rhea, die die Worte trotz einer Beklemmung im Hals herausquetschte. »Ich habe mich damals gebührend von dir verabschiedet.«

»Aber ich bin immer noch da – und ich bin immer noch ich.«

»Nein, das bist du nicht. Mein Freund ist gestorben, und wir haben ihn begraben, und damit ist die Sache beendet!«

»Nicht hier, nicht in Schattenfall, Rhea. Hier ist alles möglich, wenn man es sich stark genug wünscht.«

»Nein«, widersprach Rhea. »Nicht alles. Sonst würdest du nicht hier stehen, mit dem Gesicht und der Stimme meines toten Freundes, und so tun, als wärest du er.«

»Rhea, wie kann ich dich davon überzeugen, daß ich es wirklich bin. Daß ich wirklich ich bin?«

»Das kannst du nicht.«

Sie standen sich lange so gegenüber, und keiner von ihnen wollte der erste sein, der den Blick abwandte. Schließlich zog sich Rhea ein Taschentuch aus dem Ärmel und tat so, als müsse sie sich die Nase putzen.

»Also«, sagte Ash nach einiger Zeit, »wie behandelt dich das Leben zur Zeit?«

»Ach, es ist immer das übliche«, antwortete Rhea, die darauf achtete, das Taschentuch wieder in ihren Ärmel zu stopfen. »Es gibt gute Tage und schlechte. Die Arbeit nimmt mich sehr in Anspruch.«

»Ja, ich habe von den Schwierigkeiten mit Lucas gehört.«

Sie schenkten sich gegenseitig ein breites Lächeln, vorübergehend vereint durch ein Problem, das ihre eigenen beinahe lächerlich erscheinen ließ. Jeder in Schattenfall wußte über Lucas DeFrenz Bescheid. Zu Lebzeiten war er niemand Besonderes gewesen. Er führte die Apotheke der Stadt, und es gefiel ihm, die ärztlichen Diagnosen in Zweifel zu ziehen. Dann kam er bei einem törichten Autounfall ums Leben, einem von der Art, die vermeidbar gewesen wären, wenn alle aufgepaßt hätten. Doch Lucas blickte in die falsche Richtung, als er vom Bordstein heruntertrat, und der Fahrer des Wagens träumte vor sich hin – und Lucas starb in dem Notarztwagen, der ihn ins Krankenhaus bringen sollte.

Eine Woche später kehrte er von den Toten zurück. Zunächst nahm niemand groß davon Notiz; man befand sich schließlich in Schattenfall. Daß Tote herumspazierten, war etwas Seltenes, zugegeben, aber hin und wieder hörte man davon. Doch es dauerte nicht lange, bis die Stadt dahinterkam, daß Lucas bei seiner Rückkehr von den Toten etwas mitgebracht hatte. Lucas war angeblich besessen von einem Engel namens Michael. Der Engel war unvorstellbar mächtig, fähig, Wunder zu bewirken, und er konnte einen ganzen Raum in Unruhe bringen, nur dadurch, daß er ihn betrat. Er nannte sich selbst Gottes Meuchler, der gekommen war, um über die Unwerten zu richten. Bis jetzt hatte er noch niemanden getötet, aber jedermann war darauf vorbereitet, daß sich das Unheil jeden Augenblick vollziehen mochte.

»Hast du Michael kennengelernt?« fragte Rhea. »Ich denke, ihr beide habt einiges gemein.«

»Wohl kaum«, widersprach Ash. »Ich bin nur ein Wiedergekehrter, die Erinnerung eines Menschen aus Fleisch und Blut. Ich weiß nicht, was Michael ist. Oder Lucas, nebenbei bemerkt. Ich nehme an, du hast ihn mal getroffen?«

»Einmal. Er hat mir gehörige Angst eingejagt. Eines Morgens kam er in mein Büro stolziert, und all meine Zimmerpflanzen gingen ein. Die Temperatur fiel auf den Gefrierpunkt, und er leuchtete so hell, daß ich ihn kaum ansehen konnte. Aber ich brauchte ihn auch gar nicht zu sehen; seine Gegenwart erfüllte das ganze Büro. Selbst ein Blinder oder Tauber hätte gewußt, wer er ist. Solange er da war, konnte ich buchstäblich an niemand anderen und nichts anderes denken als an ihn. Er verkündete, daß er über die Stadt zu Gericht sitzen wolle, wies mich an, häufiger in die Kirche zu gehen, dann lächelte er und verschwand. Ich hatte immer geglaubt, Engel müßten warmherzige, freundliche Wesen sein, mit Flügeln, einem Heiligenschein und einem Halteriemen für eine Harfe. Keiner hat mich je vor so etwas sie Michael gewarnt.«

»Du solltest öfter in der Bibel lesen«, sagte Ash. »Angeblich hat der Engel Michael einen Drachen mit einem Speer erschlagen und mit bloßen Händen mit dem Satan persönlich gerungen. Es ist schwerlich vorstellbar, daß so einer müßig in einem langen Nachthemd auf eine Wolke hingegossen herumsitzt. Weißt du eigentlich, daß er hier ist, beim Karneval?«

»Ach, großartig«, rief Rhea. »Er ist genau das, was ich brauche. Was macht er?«

»Nichts, was dir Sorgen bereiten müßte. Er wandert nur herum und sieht sich die Leute an. Als suche er jemanden. Alle lassen ihm viel Freiraum, keiner legt sich mit ihm an.«

»Das überrascht mich nicht.« Rhea zögerte einen Augenblick, und Ash zog sich in sich zusammen. Er erkannte den Ausdruck in ihrem Gesicht. Es war der, den die Leute stets aufsetzten, wenn sie im Begriff waren, die Frage aller Fragen zu stellen. Die Frage, die ihm jedermann früher oder später stellte.

»Leonard, wie ist das, wenn man tot ist?«

»Geruhsam«, sagte Ash schlicht. »Es nimmt einen Großteil des Drucks von einem, wenn man weiß, daß nichts mehr von einem erwartet wird. Natürlich ist es manchmal irgendwie beklemmend zu wissen, daß das Leben in jeder für einen selbst wichtigen Hinsicht vorbei ist, aber ich bin trotzdem noch da. Ich habe nicht viel zu tun. Ich esse nicht und trinke nicht, es sei denn, ich habe Lust dazu, und meistens sehe ich keinen Sinn darin. Hunger und Durst gehören für mich der Vergangenheit an, ebenso wie der Schlaf. Den Schlaf vermisse ich – die Möglichkeit, für eine Weile allem zu entfliehen. Ich vermisse auch das Träumen. Aber vor allem vermisse ich es, in den Dingen einen Sinn zu erkennen. Für mich ist eigentlich nichts mehr wichtig. Man kann mich nicht verletzen, aber ich werde auch nicht alt. Ich kann niemals mehr sein als das, was ich jetzt bin. Ich hake lediglich die Zeit ab und warte darauf, freigegeben zu werden, damit ich durch die Ewigkeitspforte gehen und das beschreiten kann, was auch immer jenseits davon liegen mag.«

»Was glaubst du, wie lange wird es dauern, bis deine Eltern dich freigeben?«

»Ich weiß es nicht«, sagte Ash. »Es liegt vor allem an meiner Mutter. Sie brauchte mich so dringend, daß sie mich zurückgeholt hat, und es sind ihr Wille, ihre Liebe, ihre Weigerung, die mich hier zurückhält.« Er hielt inne und sah Rhea tief in die Augen. »Ich bin es wirklich, in jeder Hinsicht, die von Bedeutung ist. Ich erinnere mich an alles, was sich zu meinen Lebzeiten abgespielt hat. Ich erinnere mich an dich, und an Richard. An die Dinge, die wir getan haben oder die wir noch tun wollten.«

»Aber genau das ist der springende Punkt, oder nicht?« sagte Rhea. »Du wirst diese Dinge niemals mehr tun. Du kannst sie nicht tun. Du bist weggegangen und hast mich verlassen, Leonard. Und selbst das vermochtest du nicht richtig zu tun.«

Ihre Lippen kräuselten sich, während sie sich bemühte, ihre Tränen zurückzuhalten. Leonard streckte die Arme aus, als ob er sie umfangen wollte, doch dann senkte er sie wieder, als sie ihn wütend ansah. Sie schniefte einige Male, dann hatte sie die Selbstbeherrschung wiedergewonnen, als ob nie etwas gewesen wäre.

»Es tut mir leid«, sagte sie schroff. »Das alles ist für dich bestimmt nicht leichter als für mich, wer immer du sein magst.«

»Es ist etwas, mit dem man zu leben lernt«, sagte Ash feierlich.

Rhea lächelte zaghaft.

»Jetzt bin ich mitten ins Fettnäpfchen getreten, wie?«

Sie lächelten sich gegenseitig an. Es war ein Augenblick, der sich so oder so entwickeln konnte, und sie wußten es beide. Rhea öffnete den Mund, um etwas Höfliches zu sagen, das ihr einen angemessenen Abgang erlauben würde, und sie war ehrlich überrascht, als sie sich dabei ertappte, statt dessen eine ganz andere Frage zu stellen.

»Macht es dir angst, Leonard, zu wissen, daß du wieder sterben wirst, und nun für immer, wenn du schließlich durch die Pforte gehst?«

»Und ob mir das angst macht«, sagte Ash. »Ich bin tot, nicht verrückt. Aber ich habe ja keine Wahl, was das betrifft. Ich kann nicht so weitermachen, und ich würde es auch nicht, selbst wenn ich es könnte. Ich gehöre nicht hierher. Weißt du, es verblüfft mich immer wieder, daß ich in einer Stadt wie dieser, in der es von fremden und wundervollen Leuten nur so wimmelt, niemanden finde, der mir eine klare Vorstellung davon geben kann, was hinter der Ewigkeitspforte liegt. Es gibt jede Menge Theorien dazu, und jede Religion nimmt für sich in Anspruch, es zu wissen, aber es gibt keine überzeugenden Beweise. Die einzige Person, die mir vielleicht etwas sagen könnte, ist Lucas, und bis jetzt habe ich nicht den Mut aufgebracht, ihn zu fragen. Vielleicht fürchte ich mich vor seiner Antwort. Mir graut bei dem Gedanken, der Himmel könnte voller solcher Leute sein wie Michael.

Aber das hier ist schlimmer. Diese … Vorhölle. Ich verliere allmählich meine Kontur, franse sozusagen an den Kanten aus. Ich vergesse nach und nach Dinge – Erinnerungen, persönliche Charakterzüge – all die kleinen Dinge, die ausmachen, wer und was ich war. Ich habe den grausigen Verdacht, wenn ich nicht bald durch die Pforte gehe, werde ich einfach Stück für Stück vergehen, Tag um Tag, bis nichts mehr von mir übrig ist. Das macht mir wirklich angst.«

Er verstummte jäh und lächelte Rhea kurz an. »Tut mir leid, ich schweife ab. Ich habe so lange auf eine

Gelegenheit gewartet, mit dir zu reden. Es gibt so vieles, was ich sagen möchte ...«

Er unterbrach sich erneut, als er die Veränderung in ihrem Gesicht bemerkte. Die Wärme war aus ihrem Lächeln gewichen, und innere Rolläden waren vor ihren Augen heruntergegangen, bis nichts mehr übrig war als die höfliche und freundliche Maske, die sie für Fremde aufsetzte.

»Du glaubst noch immer nicht, daß ich ich bin«, sagte Ash. »Oder vielleicht kannst du dir nicht leisten, es zu glauben. Denn dann müßtest du dein Herz erneut öffnen und liefest Gefahr, verletzt zu werden, wenn ich gehen muß.«

»Ich mache mir wirklich nicht so viele Gedanken darüber«, erwiderte Rhea. »Leonard Ash war ein Teil meiner Vergangenheit, und dorthin gehört er, zusammen mit meinen anderen Erinnerungen. Wenn du mich jetzt bitte entschuldigen würdest ...«

Ash nickte müde und war im Begriff, ihr die Hand zum Schütteln zu reichen, bis ihm bewußt wurde, daß er noch den Becher mit dem Glühwein darin hielt. Er bot ihn ihr an.

»Möchtest du? Ich habe noch nichts davon getrunken. Ich hätte ohnehin nichts geschmeckt. Ich habe ihn wegen des Geruchs gekauft. Den Duft von gewürztem Wein habe ich schon immer gemocht.«

Rhea wollte eigentlich nein sagen, doch dann nahm sie den Becher trotzdem. Sie hatte Durst. Sie nippte vorsichtig und schluckte dann heftig, als der Wein ihr die Zunge verbrannte. Eine angenehme Wärme erfüllte ihren Kopf und sickerte langsam ihre Brust hinab. Sie lächelte Ash an und wandte sich dann von ihm ab. Der Glühwein trieb ihr Tränen in die Augen. Ash machte einen Schritt auf sie zu, und dann blieben beide stehen, als eine rennende Gestalt aus der Menge brach und genau in ihre Richtung kam.

Suzanne Dubois hielt vor Rhea inne und blieb einen

Augenblick lang keuchend stehen, bevor sie sprechen konnte. Sie wirkte aufgebracht und besorgt, aber das war bei ihr nichts Besonderes. Suzanne war eine große, langbeinige Blondine Mitte Dreißig, die sich in ein Durcheinander von Lumpen und Fetzen zu kleiden pflegte, die aussahen, als stammten sie aus der Aussonderungskiste der Heilsarmee. Sie verkörperte den schönen nordischen Typ, ganz hellblaue Augen und vorstehende Wangenknochen. Das lange Haar trug sie in Zöpfen, die den Eindruck erweckten, als habe sie beim Flechten auf halber Strecke die Lust verloren. Ihren Lebensunterhalt verdiente sie mit Kartenlesen, und insgeheim verkörperte sie für jeden eine Muttergestalt, für jeden, der eine brauchte. Sie sah aus, als ob …

Rheas Magen zog sich plötzlich zusammen, als ihr klar wurde, daß Suzanne nicht nur besorgt aussah. Sie wirkte zutiefst entsetzt. Rhea reichte schnell den Becher an Ash zurück, faßte Suzanne bei den Armen und lächelte tröstend.

»Immer mit der Ruhe, meine Liebe. Komm erst mal wieder zu Atem. Ich laufe dir nicht weg. Also, was ist los?«

»Der Sheriff hat mich geschickt, um dich zu suchen«, brachte Suzanne schließlich mühsam hervor. »Du mußt sofort kommen. Ich kann es dir hier nicht erklären. Zu viele Ohren ringsherum.«

Rhea und Ash blickten sich instinktiv in ihrer Umgebung um, aber niemand in der Menge um sie herum schien ihnen unangemessen große Aufmerksamkeit zu schenken.

»Schon gut«, sagte Rhea besänftigend. »Ich komme. Zeig mir den Weg.«

»Ich komme ebenfalls mit«, sagte Ash.

»Das hier hört sich nach einer amtlichen Angelegenheit an«, sagte Rhea. »Es besteht kein Anlaß, dich da hineinzuziehen.«

»Hört auf herumzureden, und kommt!« drängte Suzanne, dann stürzte sie sich wieder in die Menge, ohne sich umzudrehen und sich zu überzeugen, ob sie ihr auch wirklich folgten. Rhea bedachte Ash mit einem wütenden Blick und rannte hinter Suzanne her. Ash warf den Becher mit Wein weg und folgte Rhea. Sie holten Suzanne mühelos ein. Sie war zu sehr außer Atem, um ihren schnellen Schritt lange beizubehalten. Sie nahmen sie in die Mitte zwischen sich und versuchten, sie durch ihre Anwesenheit zu beruhigen. Sie lächelte beide kurz an, um zu zeigen, daß sie die Absicht anerkannte, doch die Angst wich nicht für einen einzigen Augenblick aus ihrem Gesicht.

»Wie schlimm ist es genau?« wollte Rhea wissen, die allmählich ebenfalls Sorge in sich spürte.

»Schlimm«, antwortete Suzanne. »Sehr schlimm.«

Sie führte sie den Hang hinunter, vorbei an den grellbunten Zelten und Planen, und die Leute machten ihnen bereitwillig Platz, ebensosehr auf Suzannes dringliches Verhalten wie auch auf Rheas Autorität reagierend. Ein paar Leute riefen ihnen neugierige Fragen hinterher, doch Rhea antwortete ihnen nur mit einem flüchtigen Lächeln und setzte ihren Weg fort. Es war nicht weit bis zu Suzannes Haus, das inmitten von hohem Schilf allein am Ufer des Flusses Tawn stand. Es war eigentlich kein Haus, sondern nur ein winziger Holzschuppen, zusammengehalten von Teerpappe und rostigen Nägeln. Ash schüttelte sinnierend den Kopf, als sie sich dem Schuppen näherten. Suzannes Freunde versuchten seit Jahren, sie zum Umzug in eine etwas zivilisiertere Behausung zu bewegen, doch in dieser Hinsicht – wie in so vielen anderen – blieb Suzanne ziemlich stur und ließ sich nicht beeinflussen.

Es gab nur eine Tür und ein Fenster. Hinter den zugezogenen Vorhängen brannte ein Licht, und die Tür war geschlossen. Suzanne klopfte zweimal, wartete eine Weile und klopfte dann erneut. Rhea und Ash wechselten hinter ihrem Rücken Blicke. Man hörte, wie sich ein Schlüssel im Schloß drehte und Riegel zurückgezogen wurden, dann flog die Tür schwungvoll auf, und helles Lampenlicht ergoß sich in die abendliche Düsternis. Suzanne rannte in den Schuppen, und Rhea und Ash folgten ihr. Sie beide machten einen Satz, als jemand die Tür hinter ihnen schloß.

Als sie sich erschreckt umdrehten, sahen sie Sheriff Erikson, der die Tür abschloß und die Riegel mit Wucht wieder vorschob. Er nickte Suzanne und Rhea zu, musterte Ash stirnrunzelnd und deutete dann auf den am Boden liegenden Körper, dessen obere Hälfte mit einer Decke zugedeckt war. Blut hatte die Decke im Bereich des Kopfes durchtränkt, und auch der Boden war blutgefleckt. Suzanne ließ sich in einen Sessel sinken, offenbar vollkommen erschöpft, während Rhea sich neben dem Körper niederkniete. Ash nahm die Gelegenheit wahr, um sich im Raum umzusehen. Es war eine geraume Zeit her, seit er bei Suzanne zu Hause gewesen war, aber es hatte sich nichts geändert. Es herrschte immer noch die gleiche Unordnung. An der gegenüberliegenden Wand standen ein ungemachtes Bett und daneben eine lädierte Frisierkommode. Der Spiegel auf der Kommode war verschmiert mit Lippenstift-Notizen von Suzanne an sich selbst, und im Rahmen steckte eine kunterbunte Sammlung von Fotografien. Es gab drei Sessel von unterschiedlicher Form und Bequemlichkeit, zum größten Teil begraben unter alter Kleidung und allgemeinem Gerümpel. Leere Fastfood-Schachteln lagen auf dem nackten Holzboden verstreut. Die Wände waren bedeckt mit verblichenen Plakaten von Filmen und Shows, die niemals stattgefunden hatten. Die Behausung war eine Müllhalde, aber eine gemütliche Müllhalde, und die meisten der vielen Leute, die Suzanne besuchten, fanden es hier anheimelnd. Ash hatte sich stets zu Hause gefühlt.

Und schließlich, weil es sich nicht mehr länger hinausschieben ließ, sah Ash zu der Leiche hin. Rhea hatte die Decke zurückgeschlagen, um den Kopf des Toten zu enthüllen. Der Schädel war eingeschlagen und deformiert, was anscheinend von wiederholten Hieben herrührte. In den Haaren klebten Blut und Hirnmasse, und eine Seite des Gesichts war nichts als blutiger Matsch; trotzdem erkannte Ash sofort, wer es war. Es war Lucas DeFrenz, jener Mann, der behauptete, vom Engel Michael besessen zu sein.

Suzanne schaukelte in ihrem Sessel vor und zurück, die Arme fest um sich geschlungen, um nicht allzusehr zu zittern, und sorgsam bemüht, die Leiche nicht anzusehen. Rhea blickte mit professionell ruhigem und unbewegtem Gesicht zum Sheriff auf.

»Haben wir irgendwelche Hinweise darauf, wann und wie er gestorben ist?« fragte Rhea.

»Nein«, antwortete Erikson leise. »Suzanne kam vor einer halben Stunde nach Hause und fand ihn hier liegend vor. Er ist noch nicht lange tot. An einigen Stellen ist das Blut noch zäh. Was immer sich hier abgespielt haben mag, es war kein fehlgeschlagener Raubüberfall. Er hat seine Brieftasche immer noch bei sich. Das Geld und die Kreditkarten wurden nicht angerührt.«

»Willst du damit andeuten, hier handelt es sich um Mord?« Rhea stand auf und starrte Erikson ehrlich entsetzt an. »In Schattenfall hat es seit Jahrhunderten keinen Mordfall mehr gegeben. Das liegt in der Natur der Stadt. Solche Dinge können hier nicht geschehen!«

»Wenn das Selbstmord war, dann kommt es mir wie eine ziemlich schmerzhafte Art und Weise vor«, warf Ash ein. Rhea warf ihm einen düsteren Blick zu.

»Ich habe jemanden losgeschickt, um Doktor Mirren zu holen«, sagte der Sheriff schnell. »Er müßte bald hier sein. Allerdings wird er wohl nicht viel ausrichten können. Wir verfügen nicht über die nötigen Einrichtungen für eine ordentliche forensische Untersuchung. Das müßten wir außerhalb der Stadt machen lassen.«

»Nein«, widersprach Rhea sofort. »Wenn die Nachricht von diesem Vorfall nach draußen dringt, wird die ganze Stadt bald von Fremden überlaufen sein. Das dürfen wir nicht zulassen. Es gibt andere Methoden, Informationen über einen Toten zu bekommen. Wir werden diese anwenden.«

Es entstand ein langes Schweigen, während sie alle den Leichnam anstarrten.

»Wer, zum Teufel, wäre wohl so verrückt, einen Engel umzubringen?« fragte Ash.

»Eine gute Bemerkung«, lobte Erikson. »Ich habe vor Michael immer schon eine Heidenangst gehabt.«

»Dann kann unser Mörder also kein gewöhnlicher Mensch gewesen sein«, folgerte Rhea. »Wer immer das hier verbrochen hat, muß nach seinen eigenen Maßstäben verdammt mächtig gewesen sein, um sich an Lucas heranzuwagen. So mächtig, daß nicht einmal Gottes Meuchler ihn abhalten konnte ...«

Suzanne erschauderte plötzlich. »Und in diesem Augenblick läuft der Mörder in Schattenfall frei herum und hält wahrscheinlich bereits Ausschau nach seinem nächsten Opfer. Wir müssen die Leute warnen.«

»Wenn die Nachricht zu früh die Runde macht, wird eine Panik ausbrechen«, gab Erikson zu bedenken.

»Der Sheriff hat recht«, bestätigte Rhea. »Wir müssen die Sache so lange wie möglich unter Verschluß halten. Wenn sich die Natur der Stadt so grundlegend geändert hat, dann müssen wir herausfinden, was die Veränderung bewirken konnte. Und was in Schattenfall jetzt sonst noch möglich ist.«

»Lucas ist schon einmal von den Toten zurückgekehrt«, sagte Suzanne leise. »Vielleicht geschieht das noch einmal.«

»Das ist eine Möglichkeit«, sagte Erikson. »Aber ich glaube nicht, daß wir damit rechnen können. Es gibt in den Geschichtsarchiven der Stadt etliche Berichte über Leute, die von den Toten zurückgekehrt sind, aber ich habe noch nie gehört, daß das jemandem zweimal gelang. Oder ist dir etwas anderes bekannt, Leonard?«

Ash schüttelte den Kopf. »Nur weil ich tot bin, macht mich das nicht zum Experten in derlei Angelegenheiten. Deine Vermutung ist so gut wie die meine. Aber es stellt sich eine Frage, die bisher noch niemand ausgesprochen hat: Warum wurde Lucas ausgerechnet hier umgebracht?«

»Jemand muß ihn hierherbestellt haben«, sagte der Sheriff nachdenklich. »Jemand, der wußte, daß Suzanne nicht zu Hause war.«

»Was die Vermutung nahelegt, daß es jemand war, dem Lucas vertraute«, sagte Rhea.

»Du meinst, er kannte seinen Mörder?« fragte Ash.

Rhea zuckte die Achseln. Erikson sah Suzanne grübelnd an. »War Lucas ein enger Freund von dir, Suzanne?«

»Eigentlich nicht. Ich kannte ihn einigermaßen gut, bevor er starb, doch als er mit Michael zurückkam, wirkte er verändert, kalt. Ich war nicht einmal gern in ein und demselben Raum mit ihm. Niemand war das gern.«

»Oder, um es anders auszudrücken«, erklärte Ash, »es herrscht kein Mangel an Verdächtigen. Michael sagte, er sei gekommen, um die Unwerten zu richten, und die waren in Schattenfall noch nie knapp. Wahrscheinlich hat einer von denen Michael eins über die Rübe gegeben.«

2. KAPITEL

# *Unerwartete Antworten*

Es war früher Nachmittag, und die Zeit zum Mittagessen war längst vorbei, als der Bus James Hart an der Kreuzung aussteigen ließ und in einer Wolke von Auspuffgas davondröhnte. Hart blickte sich hoffnungsvoll um, auf der Suche nach irgendeinem Zeichen von Zivilisation, vorzugsweise einem Café, wo man vielleicht sogar warmes Essen und kühle Getränke servierte, doch rings um ihn herum lag das Land weit und offen und leer da, soweit das Auge blickte. Es gab keinerlei Kennzeichnung der Landschaft, nur die beiden sich kreuzenden Straßen, die zum Horizont weiterführten und die beide das staubige, trostlose Aussehen von Strecken hatten, die von morgens bis abends nur wenig Verkehr sahen und denen es so gefiel. Hart empfand das starke Verlangen, dem Bus hinterherzurennen und dem Fahrer zuzurufen, er möge anhalten. Doch er versagte es sich, ihm nachzugeben. Seine Entschlossenheit und die Landkarte seines Großvaters hatten ihn bis hierher gebracht, und er sollte verdammt sein, wenn er jetzt aufgäbe. Er würde sich nicht von etwas so Geringem, wie meilenweit von irgendwo entfernt allein gestrandet zu sein, unterkriegen lassen. Oder von dem Umstand, daß er seit einem sehr frühen Frühstück nichts mehr zu essen oder zu trinken gehabt hatte und sein Magen allmählich nervös wurde. Harts Mund verschmälerte sich zu einer geraden Linie. Hunger zu haben machte ihm nichts aus. Müde zu sein machte ihm nichts aus. Er hatte eine viertägige beschwerliche Reise hinter sich, um hierher zu gelangen, und er würde jetzt nicht aufgeben.

Er holte seine Brieftasche hervor, zog den Brief seines Großvaters heraus und entfaltete ihn behutsam. Er brauchte gar nicht daraufzusehen. Er hatte den Brief schon so oft gelesen und immer wieder gelesen, daß er ihn inzwischen Wort für Wort auswendig hätte aufsagen können, doch ein Blick auf die Karte half. Half ihm sich zu erinnern, warum er alles, das er hatte oder gehofft hatte zu haben, hinter sich gelassen hatte, um ins Herz des Nichts zu eilen und einen Traum zu suchen. Einen Traum namens Schattenfall. Er betrachtete das einzelne Blatt Papier eingehend, als ob er irgendeinen Aufschluß oder Hinweis suchte, den er vielleicht aus diesem oder jenem Grund übersehen hatte.

Das Papier war braun vor Alter und an den Stellen, wo es viele Male gefaltet und entfaltet worden war, gerissen. Der Brief war von seinem Großvater an seinen Vater gerichtet und in makelloser, gestochener Handschrift verfaßt worden. Es war das einzig Wertvolle, das Hart geerbt hatte, nachdem seine Mutter und sein Vater bei dem Autounfall ums Leben gekommen waren. Sein Geist stolperte über den letzten Teil dieses Gedankens, wie es so häufig geschah. Sie waren jetzt seit sechs Monaten tot, und es fiel ihm noch immer schwer zu glauben, daß sie wirklich von ihm gegangen waren. Daß sie nicht mehr da waren, um wegen seiner Kleidung an ihm herumzunörgeln oder sich über seinen Haarschnitt zu beschweren oder ihn wegen seines mangelnden Ehrgeizes zu tadeln. Er war bei der Beerdigung dabeigewesen, hatte in ihr gemeinsames Grab hinabgeblickt – ein Doppelgrab, wie sie es angeordnet hatten –, und hatte ihnen den letzten Gruß entboten. Und trotzdem ertappte er sich immer wieder dabei, daß er lauschte, um den Klang ihrer Stimmen oder einen vertrauten Schritt zu hören.

Die Eröffnung ihres Testaments hatte ihm nicht viel geholfen. Das vorhandene Geld ging für die Kosten des Begräbnisses und die Begleichung anderer Schulden drauf, und das einzige, das ihm blieb, war ein Briefumschlag, der mit folgenden Zeilen in der Handschrift seines Vaters versehen war: *Nur im Falle meines Todes zu öffnen, und zwar ausschließlich durch meinen Sohn James und niemanden sonst.* In dem Umschlag hatte er den Brief seines Großvaters gefunden, mit einer ausführlichen Wegbeschreibung zu der kleinen, abgelegenen Stadt namens Schattenfall. Die Stadt war der Ort, wo James Hart fünfunddreißig Jahre zuvor das Licht der Welt erblickt und den er im Alter von zehn Jahren verlassen hatte. Eine Stadt, an die er keinerlei Erinnerung hatte.

Er konnte sich an gar nichts aus seinen frühen Jahren erinnern. Seine Kindheit war seinem Gedächtnis verlorengegangen und tauchte lediglich ganz selten in schlechten Träumen auf, an die er sich beim Aufwachen kaum noch erinnern konnte. Seine Eltern hatten nie darüber gesprochen und sich geweigert, ihm irgendwelche Fragen darüber zu beantworten, obwohl er manchmal kurze geflüsterte Gespräche belauscht hatte, wenn sie glaubten, er sei außer Hörweite. Er hatte genug gehört, um zu wissen, daß sie Schattenfall fluchtartig verlassen hatten, verfolgt von jemandem oder etwas so Schrecklichem, daß sie darüber nicht einmal Andeutungen machen wollten, nicht einmal sich selbst gegenüber. Was immer ihr Geheimnis gewesen sein mochte, sie hatten es mit ins Grab genommen.

Jetzt befand er sich auf dem Weg zurück nach Schattenfall. Und wie auch immer, er würde irgendwelche Antworten bekommen.

James Hart war ein Mann von durchschnittlicher Größe und durchschnittlichem Aussehen, der ein bißchen mehr Gewicht um die Mitte mit sich herumtrug, als er es sich hätte leisten können, aber auch wieder nicht so viel, daß es ihn bekümmerte. Es gab wichtigere Dinge, um die er sich sorgen mußte, und das zeigte sich in seinem verkniffenen Gesicht und den gehetzten Augen. Er kleidete sich salopp, bequem und trug die langen dunklen Haare zu einem dünnen Ringelschwanz zurückgebunden. Obwohl es erst kurz nach Mittag war, sah er aus, als könne er bereits eine Rasur vertragen. Er wirkte außerdem wie jemand, der stur genug war, um für eine verdammt lange Zeit an einer Stelle zu verharren, falls dies erforderlich sein sollte.

Doch um der Wahrheit gerecht zu werden, muß man sagen, daß es nicht nur Sturheit war. Er stand da, ein Mann inmitten von Nirgendwo, und überlegte voller Unbehagen, ob er diesen letzten, endgültigen Schritt seiner Reise wirklich tun wollte. Es war nur vernünftig, daß er eine starke Abneigung dagegen hatte, blindlings möglicherweise feindliches Territorium zu betreten. Aber in seinem Leben klaffte eine große Lücke, und er mußte wissen, was er verloren hatte. Ein Teil seines Daseins, eine zentrale, entscheidende Phase seines Lebens war ein Mysterium, und er mußte versuchen, es zu lösen, wenn er jemals zum Frieden mit sich selbst kommen wollte. Alles wäre besser, als diese endlose Qual, nicht zu wissen, wer und was er wirklich war. Alles.

Er seufzte und zuckte mit den Schultern und scharrte mit den Schuhen am Boden und überlegte, was er als nächstes tun sollte. Die Landkarte hatte ihn bis hierher geleitet, aber sie endete an der Straßenkreuzung. Und die letzten Anweisungen in dem Brief ergaben nicht den geringsten Sinn. Laut den Ausführungen seines Großvaters brauchte er jetzt nichts anderes mehr zu tun, als der Stadt zuzurufen und sein Hiersein zu verkünden, dann würde sie das übrige tun. Er blickte sich aufmerksam um, aber die Welt erstreckte sich einsam und öd um ihn herum, soweit das Auge reichte.

*Das ist verrückt. Großvater war verrückt. Es gibt hier keine Stadt.*

Er zuckte erneut mit den Schultern. Zum Teufel! Er war bis hierher gekommen, nun könnte er den Rest der Mühsal auch noch hinter sich bringen. Erhebt euch, ihr Gefangenen der Wirklichkeit; ihr habt nichts zu verlieren außer euren Tassen im Schrank. Er faltete den Brief behutsam zusammen, schob ihn wieder in die Brieftasche und steckte diese ein. Er räusperte sich unbehaglich.

»Schattenfall? Hallo, Schattenfall! Kannst du mich hören? Kann irgend jemand mich hören?«

Nichts. Keine Antwort. Der Wind murmelte vor sich hin.

»Verdammt! Ich habe einen weiten Weg hinter mir, um hierherzukommen, also zeige dich! Mein Name ist James Hart, und ich habe das Recht, hier zu sein!«

Die Stadt befand sich plötzlich rings um ihn herum. Es erklangen keine Fanfaren, er empfand keinen Schwindel oder das Gefühl zu schwimmen. Es war einfach nur so, daß in der einen Sekunde nichts und dann mit einemmal Schattenfall da war, und es sah wirklich und fest und unverrückbar aus, als ob es immer schon dagewesen wäre. Er stand am Rande der Stadt, und die Straßen und Häuser erstreckten sich vor ihm, einladend und freundlich und unbestreitbar wirklich. Es gab sogar ein reizendes kleines Schild, auf dem stand: *Willkommen in Schattenfall. Bitte fahren Sie vorsichtig*. Er war sich nicht sicher, was er erwartet hatte, aber ganz bestimmt nicht diese alltägliche Ortschaft. Er drehte sich um und war überhaupt nicht überrascht festzustellen, daß die Kreuzung hinter ihm verschwunden war, ersetzt durch eine Landschaft mit wogenden Weiden und flachen Hügeln.

Ein Lächeln huschte über sein Gesicht. Was immer

jetzt geschehen mochte, er war endlich heimgekehrt. Und er hatte nicht die Absicht, ohne einige knallharte Antworten wieder abzureisen. Er sah sich langsam in alle Richtungen um, aber nichts in seiner Umgebung kam ihm vertraut vor. Das sollte ihn nicht überraschen, dachte er; eine Stadt konnte sich innerhalb von fünfundzwanzig Jahren sehr verändern. Und trotzdem, während er das dachte, tanzte etwas, das eine Erinnerung hätte sein können, am Rande seines Denkens, im Augenblick noch dunkel und unscharf, aber dennoch voller Andeutungen und Hinweise und Inhalte. Er versuchte nicht, es herbeizuzwingen. Es würde ins Licht herauskommen, wenn es soweit wäre. Plötzlich merkte er, daß all seine Zweifel und seine Unsicherheit verschwunden waren. Hier waren Antworten, das spürte er. Antworten auf alle Fragen, die ihn jemals beschäftigt hatten. Irgendwo in dieser kleinen Stadt wartete seine verlorene Kindheit darauf, daß er sie suchte und fände, und damit auch die frühen Jahre seiner Eltern. Und vielleicht würde er auch das finden, nach dem er wirklich auf der Suche war: eine Art von Sinn in seinem Leben.

Er ging gemächlich die Straße hinunter und in die Stadt. Sie machte einen einladenden, warmherzigen, sogar liebenswürdigen Eindruck. Hübsche Häuser, gepflegte Grünflächen, saubere Straßen. Es waren nicht viele Leute unterwegs, aber die wenigen, die er traf, nickten ihm im Vorübergehen freundlich zu. Einige lächelten ihn sogar an. Vom Aussehen her hätte Schattenfall irgendeine Stadt irgendwo sein können, aber Hart empfand es anders. In ihm erwuchs eine Ahnung und dann eine Sicherheit, während er durch die Stadt spazierte und sich, vom Instinkt geleitet, der Innenstadt näherte. Dies war ein Ort der Möglichkeiten. Er spürte es, fühlte es in den Knochen. Plötzlich überkam ihn ein starkes Déjà-vu-Gefühl, als ob er schon einmal durch diese Straße gegangen wäre. Vielleicht war er das tatsächlich, in jungen Jahren. Er versuchte, die Erinnerung festzuhalten, aber sie entglitt ihm und war im nächsten Augenblick fort. Das machte ihm nichts aus. Es war ein gutes Zeichen, und er zweifelte nicht daran, daß die Erinnerung zurückkommen würde, sobald sie reif dafür wäre. Vielleicht würde sie beim nächsten Mal ein paar Freunde mitbringen. Wahrscheinlich fühlte sie sich einsam – so ganz allein.

Er lächelte, kam sich vor wie auf Wolken schwebend. Seine Zuversicht nahm ständig zu. Eine Woge schlichten Friedens durchflutete ihn, zusammen mit dem Gefühl des Dazugehörens, des Nachhausekommens, etwas, das er noch nie zuvor empfunden hatte. Bestimmt nicht in irgendeinem der nichtssagenden Häuser und den unpersönlichen Schulen, die er im Laufe der Jahre erlebt hatte, als er seinem Vater von einer Anstellung zur nächsten gefolgt war. Die Firma sah es nicht gern, wenn ihre Mitarbeiter Wurzeln oder Bindungen außerhalb der Firma besaßen. Sie wollte für jeden einzelnen Zuhause, Familie und alle geliebten Personen und Dinge sein, an erster und oberster Stelle, und der Gedanke einer widersprüchlichen Loyalität mißfiel ihr. Und solange die Firma ihre Beschäftigten ständig im Zustand der Fluktuation hielt, so daß sie außerhalb ihres Rahmens keine Bindungen eingehen konnten, gelang das auch recht gut.

Hart lächelte und nickte zu seiner eigenen Bestätigung. So hatte er die Dinge noch nie betrachtet. Allein der Umstand, daß er jetzt in der Stadt war, hatte seinen Geist wie ein Sauerstoffstoß geklärt. Er konnte klarer denken und durchschaute Dinge, die ihn seit Jahren verwirrt hatten. Es war ihm jetzt nur allzu klar, warum er der Firma und ihresgleichen den Rücken gekehrt hatte und Journalist geworden war, ein Suchender nach Geheimnissen und versteckten Wahrheiten. Selbst damals hatte er in Wirklichkeit nach seinen eigenen geheimen Wahrheiten gesucht. Vergeistigung war etwas Wundervolles.

Ein ständiges Tuckern nagte an seiner Aufmerksamkeit, und er sah sich ziellos um, um seinen Ursprung ausfindig zu machen. Es hörte sich nach einem dieser altmodischen Rasenmäher an, die entschieden mehr Lärm verursachten, als ihre Arbeit jemals rechtfertigen konnte. Schließlich fielen ihm einige Leute auf, die zum Himmel hinaufblickten, und er legte den Kopf in den Nacken, um zu sehen, wonach sie Ausschau hielten. Und dort war es, hoch über ihnen, die Quelle des Lärms: ein Doppeldecker aus dem Ersten Weltkrieg, der am wolkenlosen Himmel dahintuckerte. Das Flugzeug war hellrot lackiert, und es bewegte sich gemächlich dahin. Seine kurzen gedrungenen Flügel wurden von dünnen Metallstreben und einem guten Glauben zusammengehalten. Hart grinste zu dem Flugzeug hinauf. Er hätte ihm gerne zugewinkt, befürchtete aber, die anderen sähen ihn an, deshalb tat er es nicht.

Und dann tauchte ein zweiter Doppeldecker aus dem Nichts auf, von blasser Khakifarbe mit britischen Hoheitszeichen. Er stürzte sich auf das rote Flugzeug herab wie ein Raubvogel auf seine Beute, und Harts Mund klaffte auf, als er das unverwechselbare Rattern von Maschinengewehren hörte. Das rote Flugzeug schwenkte plötzlich zur Seite ab, um dem Angriff des anderen auszuweichen. Das britische Flugzeug stürzte weiter herab, anscheinend unfähig, seine Bahn zu ändern, und der rote Doppeldecker vollführte einen bösartigen engen Schwenk, der ihn gezielt ans Schwanzende seines Feindes brachte. Wieder ertönte das durchdringende Rattern von Maschinengewehren, und Hart zuckte zusammen, als das britische Flugzeug unter dem Aufprall erbebte und sich verzweifelt von einer Seite zu anderen duckte, um dem Geschoßhagel zu entkommen.

Die beiden Flugzeuge kreisten umeinander wie zankende Falken, wobei keiner von beiden in der Lage war, sich für längere Zeit einen Vorteil zu verschaffen, da sie die Grenzen ihrer maschinellen Leistungsfähigkeit und des Geschicks der Piloten erreicht und sogar überschritten hatten. Der Kampf konnte nur wenige Minuten gedauert haben, doch Hart kam es wie Stunden vor, während der die beiden Flugzeuge dem Tod und der Zerstörung immer wieder nur um Haaresbreite entgingen. Sie flogen aufeinander zu wie japanische Kampffische, ganz Zorn und Angriffslust, angreifend und ausweichend, aufeinander zustürzend und voneinander wegdonnernd, während Hart gespannt zusah. Und dann stieg plötzlich Rauch von dem britischen Flugzeug auf, dick und schwarz und durchsetzt von Flugfunken. Seine Nase senkte sich, und das Flugzeug stürzte wie ein Stein zu Boden, während Flammen aus dem Motorgehäuse schlugen.

Hart beobachtete den Absturz des Flugzeuges, die Hände zu Fäusten geballt und im stillen wünschend, der Pilot möge mit dem Fallschirm abspringen, solange noch Zeit dazu war. Doch von einem Piloten war nirgendwo etwas zu sehen. Hart sah zu den paar Leuten, die das Schauspiel gemeinsam mit ihm beobachteten.

»Warum springt er denn nicht? Wenn er nicht bald springt, reicht die Zeit nicht mehr, daß sich sein Fallschirm öffnet.«

Ein alter Mann musterte ihn mitleidig, und als er sprach, klang seine Stimme ruhig und freundlich und vollkommen schicksalsergeben. »Er kann nicht springen, mein Sohn. Das ist ein Flugzeug aus dem Ersten Weltkrieg. Damals besaßen die Piloten noch keine Fallschirme. Der Platz im Cockpit reichte nicht aus für einen Piloten und einen Fallschirm.«

Hart starrte ihn fassungslos an. »Heißt das, er ist …«

»Ja, mein Sohn. Er wird sterben.«

Das Flugzeug krachte in einen flachen Hügel etwas außerhalb der Stadt und explodierte in einem Flammengestöber. Hart sah benommen zu, als Splitter aus der Explosion wie Hagel herabprasselten. Schwarzer Rauch stieg in dicken Wolken auf, und hoch oben dröhnte der rote Doppeldecker weiter, allein und überlegen und unbesiegt. Der alte Mann klopfte Hart besänftigend auf die Schulter.

»Nimm's nicht so schwer. Morgen um die gleiche Zeit werden sie wieder da oben rumfliegen und gegeneinander kämpfen, und vielleicht gewinnt dann das britische Flugzeug. Manchmal läuft es so.«

Hart sah ihn an. »Soll das heißen, das war nicht real?«

»Oh, es war real genug. Aber mit der Sache von Leben und Tod verhält es sich in Schattenfall nicht so einfach. Sie fechten diesen Kampf aus, solange ich denken kann. Gott mag wissen warum.« Er lächelte Hart an, und es war kein unfreundliches Lächeln. »Du bist ein Neuankömmling, nicht wahr?«

»Ja«, sagte Hart, der sich zwang, den Blick von dem abgestürzten Flugzeug abzuwenden und sich auf den alten Mann zu konzentrieren. Ja, ich bin gerade erst angekommen.«

»Das habe ich mir gedacht. Wenn du erst mal eine Weile hier bist, wirst du noch viel seltsamere Dinge zu Gesicht bekommen. Laß dich dadurch nicht aus der Ruhe bringen. So was geschieht hier nun mal. So ist das eben in Schattenfall.«

Er verabschiedete sich mit einem Nicken und setzte seinen Weg fort. Der Rest der kleinen Menschenansammlung löste sich bereits auf. Jeder ging wieder seinen Geschäften nach, und man plauderte miteinander, als ob das ein Tag wie jeder andere wäre. Hart blickte zum wolkenlosen Himmel hinauf, aber von dem roten Doppeldecker war nichts mehr zu sehen. Er ging langsam weiter, und sein wild pochendes Herz schlug erst allmählich langsamer.

Er bog um eine unvermittelt auftauchende Ecke und fand sich plötzlich durch eine Pariser Straße spazieren.

Er erkannte das am Stil der Häuser, an der Sprache und an den Straßencafés. Niemand nahm Notiz von ihm, obwohl er schamlos hierhin und dorthin gaffte wie die meisten unverkennbaren Touristen. Er bog wieder um eine Ecke und glaubte sich ins finsterste europäische Mittelalter versetzt. Die Straße glich einer Lehmpiste, und Menschen und Tiere wuselten in diese und in jene Richtung. Alle sprachen gleichzeitig, so daß die Luft erfüllt war von Lauten. Er kannte keine der Sprachen. Einige Leute musterten Hart im Vorbeigehen mißtrauisch, aber die meisten nickten ihm nur höflich zu. Er tapste durch den Dreck weiter und ließ die Vergangenheit bald hinter sich.

Er durchlief ein Dutzend Episoden in der Geschichte, unterschiedliche Orte mit unterschiedlichen Stilen und Sprachen, vom Tag zur Nacht wechselnd und wieder zurück, und überall lächelten ihn die Leute an, als wollten sie sagen: *Ist das nicht lustig? Ist das nicht wundervoll?* Und Hart erwiderte ihr Nicken und Lächeln. *Ja, es ist wundervoll. Ja, wirklich, das ist es.* Und genau so plötzlich war er wieder dort, wo er hingehörte, in der vertrauten Welt der Autos und Verkehrsampeln und der Rock 'n' Roll-Musik, die aus dem Kofferradio eines Teenagers plärrte. Er ging weiter, und die Straße blieb unverändert; er wußte nicht, ob er erleichtert oder enttäuscht sein sollte.

Er kam zu einem Park und setzte sich auf eine Holzbank, sowohl um sich selbst als auch um seine Füße auszuruhen. Zwei Kinder in Ninja-Turtles-T-Shirts spielten Bällchenwerfen mit ihrem Hund, einem großen zottigen Vieh von unbestimmbarer Rasse, der anscheinend einige Schwierigkeiten hatte, die Spielregeln zu beachten. Manchmal rannte er dem Ball hinterher, und manchmal hockte er sich nur hin und sah die beiden Jungen an, als wolle er sagen: *Ihr habt den Ball geworfen, jetzt könnt ihr ihn auch wiederholen.* Der Hund sah mit leuchtenden, lachenden Augen zu Hart herüber; die Zunge hing ihm seitlich aus dem Maul. Hart beschloß, zu dem Hund zu halten. Schattenfall spielte ein Spiel mit ihm, und er war nicht sicher, ob er mitspielen wollte oder nicht.

Er blickte sich gemächlich um und betrachtete den Park. Er kam ihm quälend bekannt vor, wie ein Wort, das einem auf der Zunge liegt und immer wieder entwischt. Sein Blick stolperte über ein großes steinernes Ehrenmal in der Mitte des Parks, und er empfand die Erregung des Beinahe-Erkennens. Das Grabmal sah streng und gnadenlos aus: ein großer, dicker Steinblock auf einem Sockel, mit eingemeißelten Buchstaben an der Seite. Hart stand von der Bank auf und schlenderte hinüber, um es sich aus der Nähe anzusehen. Es stellte sich heraus, daß die Inschrift lateinisch war, eine Sprache, die ihm nur entfernt bekannt war, doch er erkannte das Wort *Tempus*, das über einem stilisierten Halbrelief von Altvater Zeit stand, der vollständig mit langem Bart, Sense und Stundenglas dargestellt war.

»Sie sehen aus, als ob Sie sich verlaufen hätten«, sagte eine Stimme hinter ihm, und Hart fuhr erschreckt herum; er sah sich einem Mann seines Alters gegenüber, groß, dunkelhaarig, mit einem freundlichen Lächeln und in unbestimmte Ferne blickenden Augen. »Ich bin Leonard Ash. Kann ich Ihnen irgendwie helfen?«

»Ich weiß nicht«, erwiderte Hart vorsichtig. »Vielleicht. Ich bin James Hart. Ich wurde hier geboren, aber ich bin aus der Stadt weggezogen, als ich noch ein Kind war. Jetzt komme ich zum ersten Mal zurück. Ich kann mich an all das hier nicht erinnern.«

»Das ist ganz normal«, sagte Ash. »Die Stadt greift in das Gedächtnis ein, wenn man sie verläßt. Nichts Persönliches, nur ein Verteidigungsmechanismus, um sie – die Stadt – zu schützen. Wenn Sie eine Weile hier sind, kommen all Ihre Erinnerungen zurück. Machen Sie sich auf allerlei gefaßt, James. Es wird wahrscheinlich ganz schön holperig werden.«

»Danke«, sagte Hart. »Das ist sehr tröstlich. Was für ein verdammter Ort ist das? Ich habe alles mögliche Sonderbare gesehen ...«

»Und Sie werden noch mehr Sonderbares sehen. Schattenfall ist ein Magnet für das Seltsame und Ungewöhnliche. Ganz zu schweigen vom Unnatürlichen. Einfach nur durch das, was sie ist, zieht die Stadt Leute und Orte von überallher an. Das hier ist ein Ort der Magie und des Schicksals, James. Der Anfang und das Ende aller Geschichten. Sie finden hier jeden und alles. Falls es gefunden werden will.«

»Hören Sie«, sagte Hart ein wenig verzweifelt, »es ist ein heißer Tag, und ich habe eine lange Reise hinter mir. Bevor meine geistige Gesundheit völlig zerstört ist – gibt es hier irgendwo in der Nähe einen Platz, wo ich etwas Kühles zu trinken und auch etwas zu essen bekommen kann?«

»Aber sicher«, antwortete Ash. »Mir fallen solche Dinge wie die Hitze gar nicht mehr auf. Kommen Sie mit. Gleich um die Ecke gibt es eine anständige kleine Bar, sofern sie sich nicht an einen anderen Ort verlagert hat.«

Er setzte sich in Bewegung, ohne sich umzublicken und sich zu überzeugen, ob Hart ihm folgte. Hart schüttelte benommen den Kopf und eilte ihm hinterher. Wenn schon mit nicht mehr, so war Ash anscheinend wenigstens bereit, mit Antworten zu dienen, auch wenn sie nicht viel Sinn ergaben.

»Dieses Ehrenmal«, sagte er, als er Ash eingeholt hatte. »Wessen Grab ist das? An wen soll es erinnern?«

»Sie meinen den Sarkophag? Das ist das Grabmal von Altvater Zeit, mit dem sein Tod und seine Wiedergeburt an jedem Jahresende gefeiert wird.«

»Altvater Zeit«, wiederholte Hart.

»Stimmt. Wenn man von irgend jemandem behaupten kann, daß er hier das Sagen hat, dann ist er es. Er symbolisiert die Vergänglichkeit der Zeit und den Wechsel der Jahreszeiten, den Tod und die Wiedergeburt. Das macht ihn zum mächtigsten Wesen in Schattenfall, obwohl er es vorzieht, sich aus den Dingen herauszuhalten, wenn es sich irgendwie machen läßt. Sie können ihn sich als eine Art Obmann vorstellen, der dafür sorgt, daß sich alle an die Regeln halten. Schattenfall neigt zum Chaos, aber man kann sich immer darauf verlassen, daß der Zeitmeister die Dinge in Ordnung bringt. Er ist ein netter alter Kerl. Ich kann Sie später mit ihm bekannt machen, wenn Sie Lust haben.«

Hart sah ihn zweifelnd an. »Würde es Ihnen etwas ausmachen, mir das alles noch mal zu erzählen? Ich glaube, ich habe nicht ganz begriffen.«

Ash lachte, nicht unfreundlich. »Tut mir leid; Sie sind an einen ziemlich komplizierten Ort geraten, und Erklärungen sind hier ein höllisches Unterfangen. Im allgemeinen ist es am besten, die Dinge einfach so zu nehmen, wie sie kommen. Halten Sie Augen und Ohren offen, und seien Sie auf der Hut. Wenn Sie erst mal eine Weile hier sind, wird Ihnen so einiges klar werden. Zumindest so klar, wie es nur eben werden kann. Wir befinden uns in Schattenfall. Hier laufen die Dinge anders.«

Sie ließen den Park hinter sich und gingen eine Straße entlang, die angenehm gewöhnlich aussah, bis Hart zufällig hoch oben an einem Gebäude einen Wasserspeier entdeckte, der seine Klauen lässig mit einer Schmirgelfeile bearbeitete. Ein paar Leute nickten Ash zu, und er lächelte sie zur Erwiderung unverbindlich an.

»Warum ändert sich ständig die Epoche?« fragte Hart schließlich, während er mißtrauisch eine Kreuzung beäugte, der sie sich näherten. »Fast jedes Mal, wenn ich die Straße überquere, lande ich in einem anderen Jahrhundert.«

»Zeit ist hier relativ«, antwortete Ash leichthin. »Fragen Sie mich nur nicht, in bezug auf was relativ. Grundsätzlich landen Dinge, Leute und Orte hier, weil sie hierhergehören, und naturgemäß ziehen es diejenigen aus einer bestimmten Periode vor zusammenzuglucken. Das ist der Grund dafür, daß die eine Gegend Elektrizität und Abwasserkanäle hat, während die andere in mittelalterlichem Dreck versinkt, samt Pest und sonstiger Seuchen. Und übrigens, halten Sie sich nach Einbruch der Dunkelheit vom Park fern. Es treiben sich dort gern Dinosaurier herum. Kommt Ihnen allmählich irgend etwas von alledem bekannt vor?«

»Nein«, sagte Hart. »Das könnte ich ehrlichen Gewissens nicht behaupten. Sind wir noch weit von dieser Bar entfernt? Mein Verlangen nach einem kräftigen Schluck zu trinken wächst von Minute zu Minute.«

»Wir sind gleich da«, sagte Ash. »Es wird Ihnen dort gefallen. Ein sehr geruhsamer Ort. James Hart … wissen Sie, je mehr ich darüber nachdenke, desto vertrauter klingt dieser Name in meinen Ohren. Wäre es nicht lustig, wenn sich herausstellte, daß wir alte Freunde sind, ohne es zu wissen? Das ist durchaus möglich. Diese Stadt ist berüchtigt für verblüffende Zufälle. Ach, wir sind da …«

Hart betrachtete das Äußere der Bar argwöhnisch, aber er stellte nichts Ungewöhnliches fest. Trotzdem forderte er Ash mit einer Geste auf, als erster einzutreten. Im Inneren war es angenehm kühl, und es herrschte eine gedämpfte Beleuchtung, die den Augen guttat, ohne düster zu sein. Ash steuerte auf einen Tisch im hinteren Teil zu, und Hart machte es sich bequem, während Ash ging, um ihnen eine flüssige Erfrischung zu besorgen. Im Raum verteilt befanden sich etwa ein halbes Dutzend Leute, die dem äußeren Anschein nach alle beruhigend unauffällig wirkten. Insgesamt fand er die Bar recht wohltuend, vor allem im

Vergleich zu den schmuddeligen Kneipen, in denen er sonst zu trinken pflegte. Die Art von Spelunken, wo kein Sägemehl am Boden liegt, weil die Schaben es aufgefressen hatten, und wo die Gläser durchs Spülen schmutziger wurden. Ash kam mit Bier in zwei frostig angelaufenen Gläsern zurück, und Hart kippte beinahe die Hälfte des seinen in schnellen, gierigen Schlucken hinunter. Er lehnte sich zurück und seufzte leicht, während er die köstliche Kühle genoß, die langsam seine Brust hinabrann. Er merkte, daß Ash nicht mit ihm trank, und er hob eine Augenbraue.

»Ist mit Ihrem Bier etwas nicht in Ordnung?«

»Nein«, sagte Ash. »Mit mir ist etwas nicht in Ordnung. Ich trinke nicht mehr, aber ich mag den Geruch immer noch, und auch das Gefühl eines kühlen Glases in der Hand. Bitte, lassen Sie sich durch mich nicht abhalten auszutrinken.«

Hart sah ihn lange nachdenklich an, dann zuckte er in Gedanken mit den Schultern und nahm wieder einen Schluck von seinem Bier. Ash kam ihm ziemlich harmlos vor, und er hatte schon sonderbarere Dinge in Schattenfall gesehen als einen Mann, der sich ein Bier bestellt und es dann nicht trinkt.

»Nun«, sagte er schließlich, »Sie glauben also, Sie erinnern sich an mich als Kind. Wie war ich?«

»Ich weiß nicht so recht«, bemerkte Ash stirnrunzelnd. »Es ist schließlich lange her. Wahrscheinlich waren Sie eine freche Kröte, wie die meisten Kinder in dem Alter. Ich denke manchmal zurück an einige der Streiche, mit denen ich ungestraft davongekommen bin, und es erstaunt mich immer wieder, daß ich die Zeit bis zur Pubertät überhaupt überlebt habe. Wenn Sie der sind, an den ich denke, dann waren Sie gut im Fußballspielen und noch besser darin, eine Krankheit vorzutäuschen, wenn ein Lehrer eine Prüfungsarbeit androhte. Klingelt etwas bei Ihnen?« Hart schüttelte den Kopf, und Ash zuckte die Achseln. »Lassen Sie sich Zeit, James. Nach und nach werden Sie sich an alles erinnern. Ob Sie wollen oder nicht. Was führt Sie nach all den Jahren wieder hierher?«

»Meine Eltern sind unerwartet gestorben«, sagte Hart und starrte in sein Glas. »Das veranlaßte mich, über meine Vergangenheit nachzudenken. Dann war ich plötzlich arbeitslos, buchstäblich beinahe über Nacht, und ich mußte etwas tun, brauchte eine Beschäftigung. Deshalb bin ich hier.«

Ash sah ihn nachdenklich an. »Ich muß Sie warnen, James, Sie haben einen ungünstigen Zeitpunkt für Ihre Rückkehr gewählt. Schattenfall ist derzeit nicht in Bestform. Es liegt viel Wut und Mißtrauen in der Luft, und das zeigt sich auf ziemlich unerfreuliche Weise. In gewissem Maße spiegelt die Stadt die Stimmung ihrer Bewohner wider, und das gegenwärtige Klima wühlt Bilder und Erinnerungen auf, die besser ungestört geblieben wären.«

»Warum?« fragte Hart. »Was ist geschehen?«

Ash hielt seinem Blick stand. »Sieben Leute wurden ermordet, alle innerhalb eines Zeitraums weniger Wochen. Mit einem stumpfen Gegenstand totgeschlagen. Wir haben keine Hinweise, keine Verdächtigen, nichts, das uns irgendeine Richtung angeben würde. Scheinbar besteht kein Zusammenhang zwischen den Opfern, deshalb vermögen wir nicht vorauszusagen, wer möglicherweise als nächster dran sein könnte. Die ganze Stadt befindet sich im Zustand der Angst. Aufgrund der besonderen Natur der Stadt können wir niemanden von draußen zur Hilfe rufen, also sind wir gezwungen, uns auf unsere eigenen Mittel und Kräfte zu verlassen. Und die sind begrenzt, um es gelinde auszudrücken. Unser Sheriff gibt sein Bestes, aber ... Ach, wenn man vom Teufel spricht ... Der große Herr, der gerade unserem Tisch zustrebt, ist Sheriff Richard Erikson. Kein schlechter Kerl. Für einen Sheriff.«

Er winkte mit einer schwachen Handbewegung den

undeutlichen Umrissen einer Gestalt in der Nähe der Tür zu. Hart war beeindruckt. Was immer man über Ash sagen mochte, anscheinend war seine Sehkraft ausgezeichnet. Der Sheriff kam an ihren Tisch; er ragte bedrohlich, ohne die Spur eines Lächelns im Gesicht, vor ihnen auf. Ash begrüßte ihn mit einem Nicken, offensichtlich unbeeindruckt, und deutete auf einen freien Stuhl. Der Sheriff setzte sich und seufzte schwer, während er die langen Beine ausstreckte. Ash stellte die beiden Männer einander vor, und Hart nickte Erikson höflich zu. Der Sheriff war ein großer Mann, nicht gerade von überwältigend kräftigem Körperbau, aber zweifellos eine Erscheinung, die etwas darstellte. Erikson musterte Hart nachdenklich.

»Wir müßten Altersgenossen sein«, sagte der Sheriff langsam, »aber ich kann nicht behaupten, daß ich mich an Sie erinnere. Sie sollten mal bei der damaligen Schule vorbeischauen und einen Blick in die alten Unterlagen werfen. Aber ich erinnere mich an Ihre Eltern, Mr. Hart. Du müßtest dich eigentlich auch an sie erinnern, Leonard. Es hat damals ziemlich viel Wirbel um sie gegeben.«

Ash straffte sich und betrachtete Hart mit neu erwachtem Interesse. »*Die* Harts? Sind Sie *deren* Sohn?«

»So scheint es«, sagte Hart steif, da er sich nicht sicher war, ob ihm der Ton des Sheriffs oder Ashs Reaktion gefiel. »Ich würde gern alles erfahren, was Sie mir über meine Eltern oder meine Zeit hier erzählen können. Wissen Sie, warum sie weggezogen sind?«

»Ich erinnere mich«, sagte der Sheriff. In seinem strengen Gesicht lag etwas, das man als Mitgefühl hätte deuten können, doch Hart entspannte sich nicht. Irgendein Übel nahte. Das spürte er, wie das Beben eines herannahenden Zuges auf Stahlschienen. Der Sheriff beugte sich vor und senkte die Stimme. »Ich kenne nicht alle Einzelheiten. Ich glaube, niemand kennt sie, außer vielleicht Altvater Zeit. Vor fünfundzwanzig Jahren gab es eine Prophezeiung, Ihre Eltern betreffend. Etwas, das mit ihnen und der Zerstörung der Ewigkeitspforte zu tun hatte. Wie immer die Prophezeiung auch gelautet haben mochte, jedenfalls verkauften Ihre Eltern alles, was sie besaßen, und verließen mit Ihnen die Stadt, alles innerhalb von vierundzwanzig Stunden.«

»Das war alles?« erkundigte sich Hart, als der Sheriff innehielt. »Sie machten sich auf und davon, nur wegen eines verdammten Wahrsagers?«

Erikson hielt seinem Blick unbeirrt stand. »Wir nehmen hier Prophezeiungen ernst, Mr. Hart. Es gibt nicht wenige Einwohner in Schattenfall, die einen gewissen Einblick in die Zukunft haben. Wenn sie reden, hören wir ihnen zu.«

»Augenblick mal«, warf Ash stirnrunzelnd ein. »Wenn es eine derart schwerwiegende Prophezeiung war, bei der es sogar um die Ewigkeitspforte ging, warum erlaubte man ihnen dann wegzugehen?«

»Eine gute Frage«, sagte der Sheriff.

»Nun ja«, sagte Ash, als klar war, daß der Sheriff nichts mehr hinzuzufügen hatte. »Was ist mit den Stadtarchiven? Dort müßten sich doch irgendwelche Aufzeichnungen über diese Prophezeiung finden, oder?«

»Stimmt«, bestätigte Erikson. »Müßten. Aber es gibt nichts. Das ist eines der großen ungelösten Rätsel der letzten fünfundzwanzig Jahre. Deshalb finde ich es auch ziemlich eigenartig, daß Sie ausgerechnet jetzt zurückkommen, Mr. Hart, zu einem Zeitpunkt, da die Stadt eine schwere Zerreißprobe durchmacht. Sind Sie sicher, daß Sie nichts über diese Prophezeiung wissen?«

»Nicht das geringste«, antwortete Hart mit fester Stimme. »Ich habe keinerlei Erinnerung an meine Zeit hier, und meine Eltern haben nie darüber gesprochen. Doch wenn ich jetzt schon mal hier bin, möchte ich mehr darüber erfahren. Gibt es irgend jemanden, mit dem ich mich unterhalten könnte, der mehr darüber weiß?«

»Altvater Zeit«, sagte Ash. »Der ist Ihr Mann. Er weiß alles. Meistens.«

»Wird er mich empfangen?« fragte Hart. Ash sah Erikson an, der mit der Schulter zuckte.

»Kann sein. Aber versprechen Sie sich nicht zuviel von ihm. Er befindet sich im letzten Abschnitt seines Lebenskreises, und sein Gedächtnis ist nicht mehr das, was es einmal war. Ich muß ihn selbst heute noch aufsuchen. Sie können mitkommen, wenn Sie Lust haben, Mr. Hart.«

»Danke«, sagte Hart. »Das würde ich gerne tun.«

»Ich komme auch mit«, sagte Ash. »Das lasse ich mir nicht entgehen.«

Erikson sah ihn mißbilligend an, dann zuckte er mit den Schultern. »Warum nicht? So wie die Dinge im Augenblick liegen, kann ich alle Freunde gebrauchen, die ich bekommen kann.«

Ash nickte verständnisvoll. »Kommt immer noch Druck von OBEN?«

»Von überall. Ich tue, was ich kann, aber ich bin für derlei nicht ausgebildet. Habe nie gedacht, daß das nötig sein würde.« Er wandte sich an Hart. »Mord sollte hier eigentlich unmöglich sein. Das gehört zur Natur der Stadt; die einzige Voraussetzung dafür, daß so viele gegensätzliche Gruppen hier friedlich miteinander auskommen können. Wenn sich das ändert, aus welchem Grund auch immer, dann stecken wir in ernsten Schwierigkeiten. Zur Zeit muß ich alles in meinen Kräften Stehende tun, um nur den Frieden zu bewahren. Trinkst du dein Bier, Leonard? Falls nicht, schieb es rüber.«

Ash reichte ihm das Glas. »Ich meine mich zu erinnern, daß Beamte in Ausübung ihres Dienstes nicht trinken dürfen oder so ähnlich.«

»Ich glaube, du verwechselt mich mit jemandem, der sich einen Scheißdreck um alles schert.« Erikson nahm einen tiefen Schluck und seufzte dann wehmütig. »Was meint ihr, laßt uns den Nachmittag freinehmen und einen draufmachen! Ich brauche eine Pause. Los, wir wollen uns dem Suff hingeben und Frauen aufreißen.«

»Ich glaube nicht ...« sagte Hart.

»Also gut, wir wollen ein paar Dosen Bier aufreißen und uns den Frauen hingeben. Mir egal.«

Ash sah Hart an. »Das Problem ist, ich glaube, er meint es ernst.«

Plötzlich gab es vorn an der Theke einen Tumult, und alle Blicke wandten sich dorthin. Ein halbes Dutzend Zwei-Meter-Kobolde mit Technicolor-Haaren und Gewichtsproblemen schubsten und bedrängten dieselbe Anzahl von Grizzlybären mit Motorradjacken und Ketten. Die Bären schubsten zurück, und beide Gruppen beschimpften sich gegenseitig mit zotigen Ausdrücken. Erikson seufzte tief und stand auf.

»Keine Rast den Ruchlosen. Oder denen, die vielleicht ruchlos wären, wenn sie nur eine halbe Chance bekämen. Ich unternehme besser was, bevor sie hier alles kurz und klein schlagen. Bis dann, Leonard. Mr. Hart.«

Er schritt zielstrebig zu der Störung an die Bar. Ash schüttelte bekümmert den Kopf. »Die Nachbarschaft geht zur Hölle, James. Entweder das, oder die Hölle kommt in die Nachbarschaft. So oder so. Die Stadt ist nicht mehr das, was sie einmal war.«

Hart sah Ash eindringlich an. »Entschuldigen Sie, wenn ich allzu persönlich werde, Leonard, aber gibt es etwas in bezug auf Sie, das Sie mir verschweigen? Ich meine, Sie trinken nicht, Sie leiden nicht unter der Hitze ... und warum sind Sie ganz in Schwarz gekleidet?«

Ash lächelte. »Ich trauere um mein Sexualleben. Und ja, es gibt etwas. Ich bin ein Rückkehrer, James. Ich bin gestorben und zurückgekommen.«

Hart richtete sich senkrecht auf. Die Luft kam ihm auf einmal kälter vor. Er spürte, wie sich seine Eingeweide zusammenzogen und seine Nackenhaare aufstellten, als ihm klar wurde, daß Ash keineswegs scherzte. Er räusperte sich vorsichtig, da er nicht wollte, daß seine Stimme beim Sprechen versagte. »Sie sind ein Geist?«

»Nein«, entgegnete Ash geduldig. »Ich bin ein Rückkehrer. Ich habe einen Körper, genau wie Sie. Nur daß Ihrer real ist und meiner nicht. Das Ganze ist sehr kompliziert. Ich begreife es selbst nicht so richtig. Zu diesem Zustand wird keine Gebrauchsanweisung geliefert, wissen Sie.«

Hart sah ihn nachdenklich an, und Ash zuckte innerlich zusammen. Er kannte diesen Gesichtsausdruck. Er kündigte die Frage aller Fragen an.

»Und«, bemerkte Hart beiläufig, »wie ist es, tot zu sein?«

»Ich weiß nicht. Ich war nicht lange genug tot, um es richtig mitbekommen zu haben. Was mir im Gedächtnis geblieben ist, ist ziemlich verschwommen. Ich habe all diese Erfahrungen des Beinahe-tot-Seins und Aus-dem-Körper-Schwebens durchgemacht, dieses Trudeln durch einen langen Tunnel, einem hellen Licht entgegen, und das Vernehmen lauter und geheimnisvoller Stimmen. Aber vielleicht habe ich all das nur gesehen, weil ich es erwartet habe. Meines Wissens hätte es ebensogut der letzte Nachhall des Geburtstraumas sein können. Soviel kann ich jedenfalls über das Totsein sagen – es bedeutet, daß es einem niemals an einem Gesprächsthema mangelt. Es ist ein idealer Eisbrecher auf Parties. Gleichgültig, wer Ihr Leben vermasselt hat, es muß besser sein als meines.«

»Wenigstens können Sie sich an Ihr Leben erinnern«, sagte Hart. »Von meinem fehlen zehn Jahre. Leonard, sind Geister ... hier etwas Alltägliches? Kommen alle Geister nach Schattenfall?«

»Nicht ohne guten Grund. Warum fragen Sie?«

»Ich dachte nur … Meine Eltern könnten vielleicht …«

»Tut mir leid«, unterbrach Ash ihn. »Das ist sehr unwahrscheinlich. Hören Sie, lassen Sie uns Altvater Zeit besuchen. Er versteht von diesen Dingen mehr als ich. Und bestimmt weiß er etwas über die Prophezeiung und Ihre fehlende Kindheit. Vorausgesetzt, er kann sich erinnern, wer er heute ist.«

Hart runzelte die Stirn. »Ist er senil oder so etwas Ähnliches?«

»Etwas Ähnliches«, sagte Ash, »zweifellos etwas Ähnliches.«

Er stand auf und wartete geduldig, während Hart den Rest seines Biers austrank. Hart stellte das leere Glas ab und sah zur Theke hinüber. Die Bären und die Kobolde waren gegangen, und der Sheriff ebenfalls. Die einzige Person an der Bar war jetzt ein großes Glitzerfolie-Pony, den Kopf in einen Eimer mit Champagner getaucht. Es trug Seidenstrümpfe und Strumpfbänder und schweres Augen-Make-up. Hart beschloß, nicht zu fragen. Er glaubte nicht, daß er es wirklich wissen wollte. Er stand auf und nickte Ash zu, der vor ihm auf die Straße hinaustrat.

»Wir versuchen es zunächst in der Galerie der Gebeine«, sagte Ash. »Und hoffen und beten, daß er gutgelaunt ist.«

»Und wenn er es nicht ist?«

»Dann rennen wir, so schnell wir können. Seine Sense ist nicht nur Schau, wissen Sie.«

In der Leichenhalle war es bitter kalt, aber damit hatte Rhea gerechnet. Womit sie nicht gerechnet hatte, war, daß man sie beinahe zwanzig Minuten lang in der Kälte warten ließ. Welchen Sinn hatte es, Bürgermeisterin zu sein, wenn die Leute nicht gleich sprangen, sobald man mit dem Finger schnippte? Natürlich, Mirren war schon immer sein eigener Gesetzgeber gewesen, wie die meisten Ärzte. Rhea schlang sich die Arme um den Körper und wünschte, sie hätte einen wärmeren Mantel angezogen.

Die Leichenhalle war nicht sehr groß, wie bei Leichenhallen üblich, kaum sechs Quadratmeter, doch der Schnee und das Eis, das die gefliesten Wände und die Decke überkrustet hatte, ließen ihn noch kleiner erscheinen. Eiszapfen hingen überall herunter, und Nebel perlte in der Luft. Wer immer den Kühlungszauber bewirkt hatte, um nicht auf die von einem Generator erzeugte Elektrizität angewiesen zu sein, er hatte ein wenig zu gründliche Arbeit geleistet. Wäre es noch ein bißchen kälter gewesen, hätten sich in der Leichenhalle bestimmt Eisbären getummelt, die sich damit beschäftigt hätten ... nun, womit immer Eisbären sich zu beschäftigen pflegen. Rhea merkte, daß sie den Faden des Gedankens verloren hatte, und gab ihn auf.

Eine einzelne Leiche lag auf dem Untersuchungstisch, rücksichtsvoll mit einem Tuch bedeckt, wofür Rhea dankbar war. Sie hatte den Zustand der anderen Leichen gesehen, und es drängte sie nicht danach, den Schaden zu begutachten, der an diesem Körper hier angerichtet worden war. Der Name des Toten war Oliver Lando. Er hatte den Detektiv in einer in den sechziger Jahren geschriebenen Krimi-Serie verkörpert. Sein Ruhm war kurz, in den Siebzigern erinnerte sich niemand mehr an ihn, mit Ausnahme einiger weniger Sammler. Er war 1987 nach Schattenfall gekommen. Und das war das letzte, was irgend jemand von ihm gehört hatte – bis jetzt. Rhea hatte überhaupt noch nie etwas von ihm gehört, bis sie Eriksons Akte über ihn gelesen hatte.

Sie zuckte unwillkürlich zusammen, als die Tür hinter ihr schwungvoll aufgestoßen wurde. Sie nahm sich Zeit, bevor sie sich zu Dr. Mirren umwandte, während dieser die Tür ebenso schwungvoll wieder zuknallte. Sie bedachte ihn mit einem finsteren Blick, er hatte jedoch nur Augen für die Leiche auf dem Tisch und den Klemmblock in seiner Hand. Dr. Nathaniel Mirren war ein gedrungener, stämmiger Mann Anfang der Vierzig, mit unglücklichem Gesicht und zurückweichendem Haaransatz. Sein Benehmen war schroff und überheblich-sarkastisch, und er duldete keine Dummheit. Sein Verhalten als Arzt am Krankenbett grenzte an Quälerei. Aber er war Experte darin, Diagnosen zu stellen und Rätsel zu lösen, also nahm man sein ungehobeltes Benehmen im allgemeinen in Kauf und biß sich auf die Lippen, wenn man mit ihm zu tun hatte. Rhea kannte ihn seit langem. Sie waren im Stadtrat schon viele Male aneinandergeraten, wenn es um die Finanzierung seiner verschiedenen Forschungsprojekte ging. Wenn es sich nicht umgehen ließ, daß sie ihn traf, schwor sie sich jedesmal, daß sie sich nicht von ihm ärgern lassen würde. Und jedesmal geschah es wieder. Er konnte sie allein schon durch die Art auf die Palme bringen, wie er einen Raum betrat und so tat, als ob er sie nicht sähe. Sie heftete den Blick auf seinen abweisenden Rücken, während er zum Tisch stapfte, um die Leiche zu begutachten. Dann holte sie tief Luft und stellte sich neben ihn.

»Nun, Doktor? Hat die Autopsie diesmal irgend etwas Brauchbares ergeben?«

»Eigentlich nicht«, sagte Mirren. Er sah finster auf seinen Block, schniefte einmal, als ob er seiner Abscheu Ausdruck verleihen wollte, und ließ ihn achtlos auf die Brust der Leiche fallen. Rhea zuckte mitfühlend zusammen. Mirren zog das Tuch zurück, um das zu enthüllen, was vom Kopf des Opfers übrig war, und Rhea bemühte sich um einen regungslosen Gesichtsausdruck. Der Schädel stellte eine Masse von zerrissener Haut und gebrochenen Knochen dar, von getrocknetem Blut zusammengehalten. Eine Seite des Kopfes war nach innen eingesackt, und die Gesichtszüge waren nicht mehr zu erkennen. Die Zähne waren herausgebrochen, und das Kinn hing schlaff herab, kaum noch mit dem Kopf verbunden. Mirren berührte den Kopf mit erstaunlich sanften Fingern an dieser und jener Stelle, dann deckte er den blutigen Matsch wieder mit dem Tuch zu und nahm erneut seinen Block zur Hand.

»Wie bei den vorherigen sechs Opfern ist der Tod die Folge einer umfangreichen Schädigung des Kopfes. Ein brutaler Überfall. Nach gründlicher Untersuchung der verschiedenen Verletzungen kam ich zu dem Schluß, daß der Schaden durch einen stumpfen Gegenstand von beträchtlichem Gewicht verursacht wurde, vermutlich aus Metall, schätzungsweise eineinhalb Zentimeter breit. Ich zählte nicht weniger als dreiundsiebzig einzelne Verletzungen, zweifellos in schneller Folge zugefügt.

Ich vermag den Zeitpunkt, zu dem der Tod eingetreten ist, ziemlich genau zu bestimmen. Die Armbanduhr des Opfers wurde zerschlagen, vermutlich als er den Arm zum Schutz des Kopfes hob, und die Zeiger der Uhr stehen auf zehn Minuten nach fünf. Das würde mit dem Zustand der teilweise verdauten Mahlzeit in seinem Magen übereinstimmen. Und das ist auch alles, was meine Untersuchungen erbracht haben. Alles darüber hinausgehende wären Mutmaßungen.«

Er ließ den Block wieder auf die Brust der Leiche fallen und sah Rhea finster an, als ob sie ja nicht wagen sollte, ihm in irgendeinem Punkt zu widersprechen. Rhea kräuselte nachdenklich die Lippen und ließ ihn einen Augenblick warten, bevor sie sprach.

»Dreiundsiebzig Schläge in rascher Folge. Ein brutaler Überfall. Könnte der Mörder … mehr als ein Mensch sein?«

Mirren schniefte und runzelte die Stirn, als dächte er über die Frage nach, aber Rhea zweifelte nicht daran, daß ihm dieser Gedanke auch schon gekommen war.

»Das hier könnte das Ergebnis eines unmenschlichen oder paranormalen Angriffs sein, doch ich muß sagen, die Tat könnte auch von einem gewöhnlichen Menschen begangen worden sein, sofern er ausreichend stark motiviert war. Es ist erstaunlich, welchen Schaden ein Mensch anrichten kann, solange er sich im Griff von Zorn oder Schrecken befindet.«

»Wie steht es mit den forensischen Beweisen? Haben Sie irgend etwas gefunden, das uns helfen könnte, den Angreifer zu identifizieren?«

Mirren wandte kurz den Blick ab, und seine Miene wurde noch finsterer. Es widerstrebte ihm stets, etwas eingestehen zu müssen, das wie ein Versagen seinerseits erscheinen mochte. »Forensische Medizin ist nicht mein Fachgebiet. Dafür bedarf es eines Experten, und einen solchen gibt es in Schattenfall nicht. Ich habe den Leichnam einer so gründlichen Untersuchung unterzogen, wie sie mit den mir zur Verfügung stehenden bescheidenen Mitteln nur möglich ist, und habe nichts Verwertbares gefunden. Was ich auch nicht anders erwartet habe. Wenn wir die Untersuchung des Falles weiter vorantreiben wollen, müssen Sie mir erlauben, meine eigenen Methoden anzuwenden.«

»Ich halte nichts von Totenbeschwörung«, sagte Rhea matt. »Man sollte die Toten in Frieden ruhen lassen.«

»Ihre Vorurteile beruhen hauptsächlich auf Unwissenheit«, erwiderte Mirren, der sich kaum Mühe gab, die Verachtung in seiner Stimme zu verbergen. »Wir haben keine Zeit mehr für eine derartige Zimperlichkeit. Alle bisherigen Opfer wurden mir zu spät gebracht, aber mit diesem hier kann ich etwas anfangen. Vorausgesetzt, Sie behindern mich nicht.«

»Haben Sie sich mit seinen Angehörigen in Verbindung gesetzt?«

»Allem Anschein nach besitzt er keine. Sie müssen die Entscheidung treffen, Frau Bürgermeisterin.«

»Was genau haben Sie vor?« fragte Rhea zögernd, und Mirren lächelte.

»Zunächst einmal eine schlichte Wahrsagung – um herauszufinden, was sich mittels seines Blutes erkennen läßt. Dann hole ich seinen Geist zurück, banne ihn mit Worten der Macht und stelle ihm Fragen. Wir befinden uns nahe genug an der Ewigkeitspforte, daß ich etwas von deren Macht anzapfen und den Schleier durchbrechen kann, was uns befähigt, eine kleine Unterhaltung mit dem lieben Verblichenen zu führen. Aber Sie sollten sich schnell entscheiden. Der silberne Faden, der den Geist mit diesem Körper verbindet, wird von einer Minute zur anderen dünner. Bald wird er reißen, und dann bin selbst ich nicht mehr in der Lage, ihn zurückzurufen.«

»Machen Sie es«, sagte Rhea. »Tun Sie alles, was Sie für richtig halten.«

Mirren hatte Verstand genug, nur kurz zu lächeln, bevor er sich abwandte und in seiner Instrumententasche herumwühlte. Rhea sah ihm nicht zu; sie verschränkte die Arme fest vor der Brust. In ihren Knochen war ein eisiges Gefühl, das nichts zu tun hatte mit der Kälte in der Leichenhalle. Sie betraten jetzt gefährlichen Boden, und Mirren war nicht mehr annähernd so geschickt in dieser Kunst, wie er es selbst gerne glauben wollte. Wenn es jemand anderen gäbe … aber es gab niemand anderen, dem sie hätte vertrauen können, und das wußte er. Und schließlich suchte sie dringend nach irgendeinem Aufschluß. Vier Männer und drei Frauen waren tot, und dem Sheriff war es nicht gelungen, ihr auch nur einen einzigen Verdächtigen vorzuführen. Deshalb blieb ihr jetzt nichts anderes mehr übrig, als ihre Abneigung zu überwinden, ihre Skrupel über Bord zu werfen und sich an Mirren zu wenden, in der Hoffnung, daß seine dunkle Magie etwas erreichen mochte, wo die Wissenschaft versagt hatte. Auf irgend etwas mußte sie setzen.

Die Schwierigkeit an ihrem Amt als Bürgermeisterin war, daß jeder von ihr Lösungen und Entscheidungen erwartete. Sie hingegen hatte niemanden, an den sie sich hätte wenden können. Ihre Familie verstand nicht, welchem Druck sie ausgesetzt war, Erikson war stets beschäftigt, und Ash war tot. Sie war allein und gezwungenermaßen der Fels in der Brandung, an den sich jeder klammerte. Doch an manchen Tagen fühlte sie sich überhaupt nicht wie ein Fels. Sie lächelte flüchtig. Sie hatte gewußt, worauf sie sich einließ, als sie sich für das Bürgermeisteramt zur Wahl gestellt hatte. Nur jemand Hingebungsvolles, Besessenes und mehr als nur ein wenig Verrücktes konnte mit all den Dingen fertigwerden, die mit diesem Amt verbunden waren. Man konnte nicht ständig mit dem alltäglichen Wahn von Schattenfall konfrontiert sein, ohne daß ein wenig davon auf einen abfärbte. Rhea machte das nichts aus. Meistens. Sie wollte den Job erledigen, weil sie wußte, daß sie es konnte. Sie war stolz auf ihren Erfolg. Oder war es zumindest gewesen, bis die Mordserie einsetzte. Jetzt war jeder weitere Tote für sie wie ein Schlag ins Gesicht, eine Mahnung nicht nur wegen ihres anhaltenden Versagens, dem Morden Einhalt zu gebieten, sondern auch – auf einer tieferen Ebene – ihres Versagens, das Wesen der Stadt an sich zu begreifen und ihre Geschicke zu lenken.

Es hatte eine Zeit gegeben, da hatte sie geglaubt, die Stadt zu verstehen, aber in den vier Jahren, seit sie im Amt war, war sie gewachsen und hatte sich dramatisch verändert. Schattenfall war als Rastplatz für jene gedacht gewesen, die die Ewigkeitspforte zu sich rief. Ein Ort zum Ruhen und Abschiednehmen, bevor sie dem Tod oder dem Schicksal entgegengingen. Doch im Laufe der Jahre hatten sich immer mehr Leute dem Ruf der Pforte entzogen und sich in der eigenartigen Realität von Schattenfall niedergelassen, anstatt sich dem Unbekannten zu stellen. Die Bevölkerungszahl der

Stadt hatte sich in den letzten zwanzig Jahren mehr als verdoppelt, und während ihre Verzauberung die Stadt zwar noch gegen die Außenwelt abschirmte und schützte, dehnte sich die wachsende Menge von Leuten immer mehr aus und stellte die Grenzen der Magie jeden Tag stärker auf die Probe. Es mußte etwas geschehen, und zwar bald, aber zur Zeit war sie gezwungen, all ihre wachen Stunden der Aufklärung der geheimnisvollen Morde zu widmen. Der Tag hatte einfach nicht genug Stunden, um sich um beides zu kümmern.

Sie schob den Gedanken zur Seite und konzentrierte sich auf Dr. Mirren. Er nahm ein Reagenzglas voll Blut aus einem Gestell auf dem Tisch und goß es auf eine silberne Platte, wobei er vor sich hin murmelte. Die rote Pfütze wogte und wallte auf der Platte auf, stieg plötzlich an, bevor sie wieder zurücksackte, als ob sie durch irgend etwas unmittelbar unter ihrer Oberfläche aufgewühlt würde, obwohl die Flüssigkeit höchstens den Bruchteil eines Zentimeters hoch stand.

»Ich habe diese Probe dem Gehirn entnommen«, erklärte Mirren ungerührt. »Sie müßte annehmbare Bilder von allem liefern, was das Opfer vor seinem Tod gesehen hat. Ideal wäre gewesen, wenn ich die Glaskörperflüssigkeit aus den Augäpfeln hätte ziehen können, aber beide Augen wurden bei dem Angriff schwer beschädigt. Was unter Umständen darauf hinweist, daß der Mörder einen Grund gehabt haben könnte, das zu fürchten, was eine derartige Wahrsagung enthüllen könnte.

Rhea nickte unverbindlich und beobachtete gespannt, wie Mirren die Blutlache mit der Spitze eines Elfenbeinstabs umrührte. Das Blut dampfte, wo der Stab es berührte. Mirren skandierte einen rhythmischen Singsang auf gälisch vor sich hin und zog mit dem Stab eine Reihe von Mustern in das Blut.

Die Oberfläche des Blutes blubberte plötzlich auf

und bildete ein dämonisches Gesicht. Mirren trat verblüfft einen Schritt zurück und zog blitzschnell den Stab aus dem Blut. Hörner sprossen aus der karmesinroten Stirn, und der boshaft grinsende Mund klaffte in lautlosem Spott weit auf. Die Luft war stickig von dem Geruch des Blutes und dem Summen der Fliegen. Mirren rief schnell hintereinander zwei Worte und stieß mit seinem Stab auf das Blutgesicht ein. Das Gesicht platzte und bespritzte sowohl Mirren als auch Rhea mit Blut. Einen Augenblick lang standen sie nur da und keuchten heftig. Ohne genau zu wissen warum, hegte Rhea keinen Zweifel, daß sie soeben mit knapper Not etwas sehr Gefährlichem entgangen waren. Sie sah Mirren an, der sich mit dem Ärmel Blut aus dem Gesicht wischte.

»Was, zum Teufel, war das, Doktor?«

»Ich muß zugeben, es nicht genau zu wissen.« Mirren streckte vorsichtig den Arm aus und betupfte die wenigen Blutstropfen, die auf der Silberplatte verblieben waren, mit seinem Stab. »Allerdings handelte es sich mit Sicherheit um etwas höchst Interessantes. Anscheinend verfügt unser Mörder über genügend magisches Geschick, um seine Spuren wirkungsvoll zu verwischen. Fest steht, daß wir jeden weiteren Versuch einer Wahrsagung oder Deutung jeglicher Art vergessen können. Nun bleibt uns nur noch eine Möglichkeit. Wir müssen das Opfer selbst befragen.«

»Sind Sie sich dessen sicher?« fragte Rhea. »Wenn die Leiche gegen Wahrsagung geschützt war, dann ist sie wahrscheinlich auch gegen Totenbeschwörung geschützt. Es könnte alle möglichen magischen Fallen geben, die nur darauf warten, daß wir hineintapsen.«

Mirren warf ihr einen Blick zu und lächelte sie überheblich an. »Ich weiß, was ich tue. Ich bin kein Amateur. Ich mache das nicht zum ersten Mal, wissen Sie. Das Opfer ist erst seit ein paar Stunden tot, der Geist befindet sich also noch in Reichweite. Auf die angemessene Weise herbeigerufen, mit den geeigneten Worten und Befehlen, wird er Rede und Antwort stehen. Er hat keine andere Wahl.«

»Ich hoffe, Sie haben recht«, sagte Rhea.

Mirren faßte das als Erlaubnis zum Fortfahren auf und begann mit dem Ritual. Es war schlicht und nicht annähernd so widerlich, wie Rhea erwartet hatte. Mirren vollzog das Ritual mit einer Geschwindigkeit und Lässigkeit, die die Vermutung nahelegte, daß er es schon viele Male durchgeführt hatte. Rhea machte sich in Gedanken eine Notiz, dem nachzugehen. Selbst die Toten hatten ein Recht auf eine unangetastete Privatsphäre. Mirren setzte zu einem langen, komplizierten Singsang an, gespickt mit Worten aus einem Dutzend toter Sprachen. Schweißperlen standen ihm im Gesicht, trotz der Kälte. Rhea spürte eine wachsende Spannung in der Leichenhalle, fühlte einen Druck, wie wenn etwas angestrengt versuchte, in die Realität einzudringen oder vielleicht aus ihr zu flüchten. Mirren verstummte und starrte die Leiche lauernd, beinahe gierig an.

»Oliver Lando, höre meine Worte. Kraft dieses Rituals, kraft der mit den Mächten und Herrschenden getroffenen Vereinbarungen befehle ich dir, dich zu erheben und mit mir zu sprechen.«

Eine geraume Zeit geschah nichts. Dann waberten Schatten unheimlich über die Wände der Leichenhalle, obwohl nichts da war, das sie hätte werfen können, und das Summen der Fliegen war wieder da, lauter als zuvor. Rhea warf Mirren einen fragenden Blick zu und wich entsetzt zurück, als sich der Leichnam aufrichtete. Er wandte langsam den zerstörten Kopf und sah Mirren mit blinden Augen an.

»Wer ruft mich? Wer stört meine Ruhe?«

»Ich habe gerufen«, erklärte Mirren mit fester Stimme. »Ich beschwöre dich und befehle dir, in meiner Gegenwart nur die Wahrheit zu sprechen. Erinnerst du dich an deinen Namen?«

»Ich erinnere mich. Schick mich zurück. Ich sollte nicht hier sein.«

»Beantworte meine Fragen, dann entlasse ich dich. Hast du das Gesicht deines Mörders gesehen?«

Es entstand eine Pause, und dann veränderte sich etwas. Eine neue Gegenwart war im Raum zu spüren, etwas Altes und Übelkeiterregendes. Rhea trat noch einen Schritt zurück. Der Leichnam nahm keine Notiz von ihr, seine Aufmerksamkeit war voll und ganz auf Mirren gerichtet. Das Kinn renkte sich an seinem angestammten Platz ein, und ein zögerndes Lächeln breitete sich im Gesicht des Toten aus, wobei die toten Lippen aufsprangen. Stecknadelkopfgroße Lichtpunkte funkelten, wo die Augen gewesen waren, und zwei dünne Rauchschwaden kräuselten sich aus den zerstörten Augenhöhlen.

»Kleiner Mann«, sagte der Leichnam, »du hättest mich nicht hierherrufen dürfen. Ich bin alt und mächtig, der Beherrschung durch deine schwache Magie nicht unterlegen. Ich werde dir Geheimnisse verraten, finstere und grauenvolle Wahrheiten, die deinen Verstand zerstören und deine Seele versengen werden.«

»Du bist nicht Oliver Lando«, sagte Mirren, der sich um einen gelassenen Tonfall bemühte. »Wer bist du? Sprich, ich befehle es dir!«

»Du hast keine Macht über jemanden wie mich«, erwiderte der Leichnam. »Möchtest du mir keine Fragen stellen? Ist es nicht das, was du mit all den anderen getan hast? Du verlangtest Erkenntnisse darüber, was hinter dem Schleier liegt. Ich kann es dir sagen, aber meine Antworten werden dir nicht gefallen.« Er wandte den Kopf langsam um und sah Rhea an. Dann kicherte er fröhlich. »Willkommen in der Hölle, Mädchen. Wir werden uns köstlich amüsieren.«

Er schwang die Beine über den Rand des Obduktionstisches. Mirren brachte stotternd eine Inkantation hervor, doch die Worte zeigten keinerlei Wirkung. Der

Tote stellte sich auf die Füße. Mirren schrie ein Wort der Macht, und der Leichnam erbebte zwar kurz, ließ sich jedoch nicht aufhalten. Er machte einen Schritt auf Rhea zu, die Hände gierig ausgestreckt. Mirren schrie wieder ein Wort, sprang vor und stieß seinen Elfenbeinstab in eine der leeren Augenhöhlen des Leichnams. Ein grauenvolles Gebrüll erfüllte die Leichenhalle, grob und urtümlich und ohrenbetäubend, dann herrschte Stille. Der Leichnam brach am Boden zusammen und rührte sich nicht mehr. Rhea merkte, daß ihre Hände zitterten, und das nicht wegen der Kälte. Sie schob sie in die Tasche und sah Mirren entsetzt an.

»Was, zum Teufel, war das?«

Mirren versuchte, ein gleichgültiges Schulterzucken zustande zu bringen, was ihm jedoch nicht ganz gelang. »Wer immer unser Mörder sein mag, er hat mächtige Verbündete. Mächtig genug, um meinen Ruf zu unterlaufen und dieses ... Ding anstelle der echten Seele zu schicken. Die Bedeutung dieses Vorgangs ist ... beunruhigend.«

»Sie hatten schon immer die Begabung zu untertreiben«, sagte Rhea. »Ergreifen Sie die geeigneten Maßnahmen hinsichtlich dieser Leiche, und verfassen Sie einen ausführlichen Bericht über das soeben Geschehene. Eine Kopie an mich, eine an den Sheriff. Abgesehen davon sprechen Sie mit niemandem darüber. Verstanden, Doktor?«

Etwas zitternd nickte Mirren, und Rhea stelzte aus der Leichenhalle, solange sie ihren Beinen noch zutrauen konnte, sie zu tragen.

Es war lange nach Mittag, der faule Teil des Nachmittags, und Suzanne Dubois und Sean Morrison saßen zusammen auf einem zerschlissenen alten Sofa auf der vorderen Veranda von Suzannes Schuppen. Sie reichten eine handgerollte Zigarette hin und her und blickten auf den Fluß Tawn. Die Sonne floß wie Honig herab, dick und zäh und golden, und Schmetterlinge flatterten vorbei wie pastellfarbene Blätter im Wind. Sie saßen seit fast einer Stunde schon so da und sprachen über dies und das und nichts Besonderes, und Morrison hatte noch immer nicht gesagt, warum er Suzanne aufgesucht hatte. Sie sah keinen Anlaß, ihn zu drängen. Irgendwann würde er damit herausrücken, was ihn bedrückte, und bis dahin war sie zufrieden damit, den Augenblick und den Sonnenschein zu genießen.

Suzanne sah hinunter zum Flußufer und lächelte, während sie beobachtete, wie die Comic-Figuren mit den Tieren spielten. Die wirklichen und unwirklichen Geschöpfe fanden endlosen Gefallen aneinander, und es gab immer einige der einen oder der anderen Sorte, die ihre schlichten Spielchen in der Nähe von Suzannes Schuppen trieben. Irgendwie schien sie sie anzuziehen, wie all die anderen wandelnden Verwundeten, die bei ihr Trost suchten. Manchmal dachte sie, sie kämen, weil sie sich bei ihr sicher fühlten. Sie wünschte, es gäbe auch für sie selbst einen Ort, wo sie sich geschützt und geborgen fühlen könnte. Sie fühlte sich nirgendwo mehr sicher. Es war schlimm genug gewesen, als sie Lucas tot aufgefunden hatte, aber daß sie ihn ausgerechnet in ihrem Haus entdeckt hatte, an dem einzigen Ort, von dem sie angenommen hatte, die Welt könne sie dort nicht anrühren ... Ihr Mund wurde zu einem schmalen Strich. Sie hätte es wissen müssen. Sie hätte wissen müssen, daß es nirgendwo echte Sicherheit gab, nicht einmal in Schattenfall. Eine heiße Woge der Wut schwappte in ihr hoch, ebenso darüber, daß ihre Laune verdorben war, als über alles andere. Der Schuppen war ihr Zuhause, und verdammt sollte sie sein, wenn sie sich von irgend jemandem oder irgend etwas daraus vertreiben ließe. Doch in der Nacht verschloß sie die Tür und überprüfte das einzige Fenster und schlief mit eingeschaltetem Licht.

Sie lächelte wieder zu den Tieren hinunter, den wirklichen und den Comic-Figuren, den Unschuldigen, die nichts von den Geschehnissen wußten und ihr Häuschen immer noch als Heiligtum betrachteten. Alle Katzen und Hunde und Vögel kamen gelegentlich zu ihr und blieben ein paar Augenblicke oder ein paar Tage, bevor sie ihren Weg fortsetzten. Es wäre nett gewesen, wenn eines von ihnen ganz geblieben wäre, aber das geschah nicht. Ebensowenig wie die Männer oder Frauen, die zu ihr kamen, weil sie Liebe oder Trost oder ein verständnisvolles Ohr suchten.

Sie betrachtete Sean Morrison, der neben ihr saß, eine schlanke, grüblerische Gestalt mit einem Wust schwarzer Locken und einem ungestümen Wesen, das jeder andere als einschüchternd empfunden hätte. Wie immer sah er aus, als ob er jeden Augenblick von seinem Sitz aufspringen wollte, um es einhändig mit der ganzen Welt aufzunehmen. Und bestimmt hätte jemand allerlei gewagt, wenn er dabei sein Wettgeld auf die Welt gesetzt hätte. Morrison war Ende Zwanzig, obwohl seine Augen älter wirkten, und er sah aus, als ob er einen ständigen Groll in sich trüge. Er war der Barde, Trunkenbold und Troublemaker von Schattenfall. Er hatte wenig Freunde und viele Feinde, und manchmal war es schwierig zu entscheiden, welche ihm wertvoller waren. Er war zutiefst angetan von den Sidhe – den Winzlingen, den Bewohnern des Elfenreichs –, und er verbrachte so viel Zeit, wie sie ihm gewährten, in ihrem Land unter dem Hügel, um mit ihnen zu plaudern.

»Ich brauche deinen Rat, Suzanne«, erklärte er unvermittelt. Seine Stimme war ein angenehmer Tenor, etwas rauh nach dem jahrelangen Konsum von Alkohol und billigen Zigaretten. Er sah sie nicht an, sondern hielt den Blick starr auf den träge dahinziehenden Fluß gerichtet.

»Ich helfe dir, wenn ich kann, Sean. Das weißt du. Soll ich die Karten holen?«

»Nein. Ich weiß nicht. Ich muß eine Entscheidung treffen, und ich bin mir nicht sicher, ob ich hergekommen bin, damit du mich unterstützt oder damit du mir die Sache ausredest. Es geht um die Morde. Ich habe da so eine Idee.«

»Ist das klug?« fragte Suzanne trocken. »In der Regel bringen dir deine Ideen mehr Schwierigkeiten ein, als ich jemals für dich ausräumen kann.«

»Du sorgst dafür, daß ich diese Elementargeister niemals vergesse, was?«

»In Anbetracht des Schadens, den sie angerichtet haben, als du sie freigesetzt hast, muß ich das wohl.«

»Das war ein Unfall. Wir haben sie alle wieder unter Kontrolle gebracht, oder etwa nicht?«

»Nachdem sie ein Erdbeben, eine Flutkatastrophe, eine Feuersbrunst und einen Wirbelsturm gleichzeitig verursacht hatten, ja.«

»Ich habe doch gesagt, daß es mir leid tut. Also, willst du jetzt meine Idee hören oder nicht?«

»Natürlich, Sean. Schieß los!«

»Erikson kommt mit der Aufklärung der Morde nicht weiter. Und er kann es auch gar nicht. Die Sache ist ihm über den Kopf gewachsen, und er weiß es. Der Mörder verfügt über Macht. Und das bedeutet, wir brauchen jemanden, der ebenfalls mächtig ist, um ihn zu finden. Jemanden, der das Problem und die Stadt mit den unvoreingenommenen Augen eines Außenstehenden betrachten kann. Ich werde das Elfenreich aufsuchen und am Untrüglichen Hof einen Antrag auf Hilfe einbringen.«

»Eines muß man dir lassen«, erklärte Suzanne nach kurzem Schweigen, als sie wieder Luft holen konnte. »Du denkst nicht in kleinen Maßstäben. Stecken wir nicht schon tief genug in Schwierigkeiten, ohne daß wir die Elfen auf den Plan rufen, damit sie sich auch noch einmischen? Sie sind die Verkörperung des Chaos, Sean, und hegen wenig Zuneigung zu den meisten von uns, selbst in den besten Zeiten. Wozu man die gegenwärtige nicht rechnen kann.«

»Sie kommen, wenn ich sie darum bitte«, entgegnete Morrison stur. »Sie haben Mittel der Magie und der Wissenschaft, von denen wir nur träumen können. Vielleicht fällt ihnen etwas auf, das uns entgangen ist.«

»Wenigstens eine Bedingung möchte ich stellen«, sagte Suzanne. »Laß uns zuvor noch mit einigen Leuten darüber sprechen, um herauszufinden, was sie davon halten.«

»Nein. Wenn du jemandem davon erzählst, wird man nur versuchen, mich aufzuhalten. Ich habe dich nur deswegen eingeweiht, weil ich dachte, ich könnte dir trauen und du würdest es für dich behalten.«

»Natürlich darfst du mir trauen, Sean. Gib mir ein bißchen Zeit, damit ich mir die Sache durch den Kopf gehen lassen kann. Schließlich hätte dein Vorschlag eine entscheidende Veränderung in der Politik der Stadt zur Folge. Schattenfall und das Elfenreich gehen schon seit Jahrhunderten getrennter Wege; sie sind durch Gelübde, die beinahe so alt sind wie die Stadt selbst, an den Frieden gebunden. Es besteht ein heikles Gleichgewicht in allem, was hier geschieht, zwischen Magie und Wissenschaft, dem Wirklichen und Unwirklichen – und wenn das gestört wird ...«

»Sieben Leute sind tot, Suzanne! Wieviel mehr noch könnten die Dinge gestört werden?«

»Ich weiß nicht«, sagte Suzanne schwach. »Möchtest du es auf die schmerzhafte Weise herausfinden?«

Morrison machte ein mürrisches Gesicht, doch er sah weg, und Suzanne wußte, daß sie einen Punkt gutgemacht hatte. Er seufzte tief und blickte über den Fluß hinaus.

»Also gut, laß uns mit ein paar Leuten reden. Aber nicht mit Erikson. Er würde das Vorhaben auf jeden Fall niederschmettern, nur weil es meine Idee war. Er hat mich noch nie leiden können.«

»Von mir aus«, sagte Suzanne, »nicht mit Erikson. Laß mir vierundzwanzig Stunden Zeit, um einige Namen zusammenzustellen.«

»Vierundzwanzig Stunden. Und hoffentlich wird in der Zwischenzeit niemand ermordet.«

Er verstummte, als das Tappen herannahender Schritte die nachmittägliche Stille durchbrach. Sie beide sahen sich um und bemerkten eine große Gestalt, die am Ufer entlang in ihre Richtung kam, die Sonne im Rücken. Der Mann sah breit und kräftig aus, mit den Muskeln eines Gewichthebers. Suzanne erkannte ihn, als er näher kam, und entspannte sich ein wenig. Lester Gold konnte man vertrauen. Sie lächelte ihn warmherzig an, und Morrison knurrte einen Erkennungsgruß, als Gold vor ihnen stehenblieb.

Gold war in den Siebzigern, hatte jedoch eine Körperverfassung, um die ihn so mancher Zwanzigjährige beneidet hätte. Sein Gesicht war stark gefurcht, und sein Haar war von silbernen Strähnen durchzogen, doch sein Rücken schien immer noch so aufrecht wie ein gespanntes Seil, und seine Augen waren so scharf wie eh und je. Er trug einen Anzug, der schon seit Jahren aus der Mode war, und er trug ihn mit einiger Eleganz. Er lächelte Suzanne an und nickte Morrison höflich zu.

»Ich hoffe, ich störe nicht«, bemerkte er in sanftem Ton, »aber ich würde gern mit dir reden, Suzanne, wenn es dir paßt.«

»Natürlich paßt es mir. Ich freue mich, dich wiederzusehen, Lester. Kennst du Sean Morrison?«

Gold sah Morrison mit voll erwachtem Interesse an. »Derjenige, der die Elementargeister freisetzte?«

Morrison stöhnte. »Werde ich jemals diesen Ruf los?«

»Wahrscheinlich nicht«, sagte Suzanne.

»Tut mir leid, daß ich es erwähnt habe«, sagte Gold. Er reichte Morrison die Hand. Sie war groß, muskulös und gescheckt von Leberflecken. Morrison gab sich zu einem zaghaften Händedruck her, in dem Bewußtsein, daß Gold seine Hand leicht zerquetschen könnte, wenn ihn die Lust dazu packte. Gold lächelte ihn an, als hätte er seine Gedanken gelesen, ließ seine Hand los und sah Suzanne an.

»Ich muß wirklich unbedingt mit dir sprechen, meine Liebe.«

»Dann tu es, bitte. Drinnen gibt es noch einen freien Sessel, den du rausholen kannst.«

»Ich gehe, wenn du möchtest«, sagte Morrison.

»Danke«, sagte Gold, »aber das wird nicht nötig sein. Ich würde gern auch deine Meinung hören. Ich hole nur mal eben den Sessel. Bin gleich wieder da.«

Er ging zu Suzannes Hütte, wobei er die Schritte mit Bedacht setzte, um nicht auf die kleinen Tiere und Comic-Figuren zu treten, die unter dem Sofa und darum herum ein ausgelassenes Fangspiel trieben. Morrison wartete, bis Gold in der Hütte verschwunden war, dann beugte er sich zu Suzanne hinüber. »Der Name kommt mir bekannt vor, aber ich weiß nicht, wo ich ihn unterbringen soll. Müßte ich ihn kennen?«

»Nicht unbedingt«, sagte Suzanne mit sorgsam gedämpfter Stimme. »In den dreißiger Jahren war er ein Groschenroman-Held und in den Vierzigern ein Superheld, wie Shadow und Doc Savage, obwohl er nie ganz so beliebt war. Seine Comic-Serie wurde in den Fünfzigern abgesetzt, und nicht lange danach tauchte er hier auf. Seither hat er einen Blumenstand im Alten Markt, und mit jedem Jahr wird er älter und wirklicher. Eine Zeitlang wurde er immer wieder von Sammlern aufgespürt, die Autogramme in alte Exemplare seiner Heftchen haben wollten, aber jetzt hat schon seit Jahren niemand mehr nach ihm gefragt. Hin und wieder erinnert er sich daran, wer er war, und möchte bei den Belangen der Stadt mitmischen, aber das dauert nie lange. Sein Gedächtnis ist nicht mehr das, was es einmal war.«

»An dich erinnert er sich jedenfalls noch«, sagte Morrison trocken und warf einen Blick zur Hütte.

»Natürlich«, sagte Suzanne. »Jeder kennt mich. Sei nett zu ihm, Sean. Er ist ein vollendeter Gentleman, und ich möchte ihn nicht betrüben.«

Sie verstummte, als Gold aus der Hütte kam und einen großen, schweren Sessel mit müheloser Leichtigkeit heraustrug. Er stellte ihn neben Suzanne ab und ließ sich mit einem tiefen Seufzer hineinplumpsen. Morrison musterte ihn voller Hochachtung. Er hatte diesen Sessel selbst schon dann und wann bewegt und sich dabei beinahe die Rückenwirbel ausgerenkt. Gold schaute Suzanne an, dann sah er wieder weg; offensichtlich war er unsicher, wo er anfangen und was er sagen sollte. Er betrachtete die Comic-Figuren und Tiere, die miteinander spielten, und lächelte wie ein Kind.

»So ist es richtig. So soll es sein. Wenn man einige der Charaktere der heutigen Comics anschaut, könnte man weinen. Verkleidete Verbrecher und Killer-Schutztrupps. Was sind das für Vorbilder für Kinder? Zu meiner Zeit begriffen wir den Wert von Ehre und Fair play. Sogar die Schurken. Heute ist alles anders. Ich verstehe die Comics nicht mehr, und ich verstehe die Welt nicht mehr, ganz und gar nicht. Ich nehme an, daß es allen alten Leuten genauso geht, obwohl ich mich selbst bisher eigentlich nicht für alt gehalten habe. Das hat sich durch die Morde geändert. Ich kann nicht einfach untätig dasitzen, während Leute umgebracht werden. Es ist Zeit für mein Comeback, Suzanne. Ich werde jetzt gebraucht. Erikson hat noch nie in einem Mordfall ermittelt, während ich zu meiner Zeit Hunderte gelöst habe. Ich bin in dieser Hinsicht Experte.

Aber ich kann ja nicht einfach zum Sheriff hinmarschieren und sagen: Ich übernehme die Sache. Er würde mich einfach nur anschauen und einen alten Mann sehen, der in seinen Pantoffeln sicher zu Hause am Kamin sitzen sollte. Er hat wahrscheinlich noch nie etwas von Lester Gold, dem Geheimnisvollen Rächer, gehört. Was soll ich also tun, Suzanne? Sag du es mir!«

Suzanne lächelte ihn an und tätschelte ihm herzlich die Hand. »Sean hat so ziemlich dasselbe gefühlt wie du. Ich meine, ihr beide solltet euch mal unterhalten. Ihr wärt bestimmt gute Partner, wenn einer dem anderen zuhört. Sean, du kannst den Anfang machen, indem du Lester von deiner Idee erzählst, während ich etwas Bier hole, das ich zum Kühlen in den Fluß gestellt habe.«

Sie stand auf und ging zum Ufer. Sie zog an dem Strick, an dem der Sechserpack festgebunden war, der am Grund des Wassers stand, und alle Tiere und Comic-Figuren kamen, um ihr dabei zuzusehen. Hinter ihr schwoll Golds Stimme zu wütender Lautstärke an.

»*Wen* willst du um Hilfe bitten?«

3. KAPITEL

# *Die Galerien des Frostes und der Gebeine*

Es war später Nachmittag, der sich zum Abend neigte, als James Hart und Leonard Ash in den Park zurückkehrten, und die meisten Tagesbesucher waren schon wieder weg, unterwegs in die Behaglichkeit ihrer häuslichen Umgebung und die Sicherheit hinter verschlossenen Türen und Fenstern. Bis jetzt waren alle Morde nachts geschehen, und kaum jemand fühlte sich noch wohl, sobald die Sonne untergegangen war. Straßenlaternen beleuchteten bereits jede Straßenecke, obwohl die Schatten gerade erst ein wenig länger geworden waren. Es lag eine Spannung in der Luft, und überall lauerten wachsame Augen, während die Leute durch die sich leerenden Straßen eilten. Selbst jene, die die Dunkelheit vorzogen und im Mondlicht aufblühten, wanderten eher furchtsam durch die schmalen Gassen und suchten die Gesellschaft ihresgleichen, wann immer es möglich war. Aber dennoch gab es, wie immer, welche, die Vergnügungen oder Geschäften nachgingen, die nur im Dunkeln befriedigt oder erledigt werden können, im Schatten der Nacht. Sie strebten allein ihren Zielen zu, mit würdevoller Hast und beflissen abgewandten Augen, und schenkten Ash und Hart im Vorbeigehen keinerlei Beachtung. Ash beobachtete sie alle mit nachdenklicher Miene, aber niemand kam nahe, auch wenn er höflich nickte.

Der Park erwies sich als leer, abgesehen von einem halben Dutzend Kinder, die ein kompliziertes Spiel mit zwei Frisbees spielten. Sie nahmen keinerlei Notiz von Ashs oder Harts Anwesenheit, erlaubten dem Lauf ihres Spiels jedoch, sie von dem Sarkophag wegzuführen, als sich die beiden Männer näherten. Ein leichter Dunst war aufgestiegen, angenehm kühl auf der Haut, aber die Luft schien erfüllt von der Spannung eines heraufziehenden Gewitters. Die Temperatur sank drastisch, als sie sich dem Sarkophag näherten, und Hart stellte überrascht fest, daß sein Atem in der Luft vor ihm dampfte. Plötzliche Kälteschauder schüttelten ihn, und er schob die Hände tief in die Jackentaschen. Er blickte zu den Kindern in T-Shirts zurück, die im letzten Licht der Sonne gespielt hatten, aber sie waren wie alle anderen aus dem Park verschwunden, verschluckt von dem sich verdichtenden Nebel.

Er sah zögernd zurück zu dem Sarkophag, einem großen, wuchtigen Steinklotz, der fest und unverrückbar auf seinem Podest stand. Der Stein zeigte keine Spuren von Alter oder Verwitterung, vielmehr ging immer noch eine starke Ausstrahlung von Beständigkeit von dem Sarkophag aus, als ob er im Hinblick auf die Ewigkeit gestaltet worden wäre. Er wirkte größer, als Hart ihn in Erinnerung hatte, und aus der Nähe betrachtet schien er auch irgendwie körperhafter ... wirklicher. Er stand zusammen mit Ash vor dem Stein und zitterte, und das nicht nur wegen der zunehmenden Kälte. Die unterschwellige Spannung des Abends war jetzt konzentrierter, gebündelter, und Hart trat voller Unbehagen von einem Fuß auf den anderen, während Ash ganz ruhig dastand und den Sarkophag betrachtete, anscheinend gedankenverloren. Als ob er ... auf etwas wartete. Hart zuckte heftig herum, als er aus dem rechten Augenwinkel eine Bewegung im Nebel wahrnahm, und dann erstarrte er, als zwei dunkle Gestalten aus dem Dunst traten und sich vor ihn hinstellten. Er kannte ihre Gesichter. Er erkannte ihre Kleidung und ihre Körperhaltung. Vor ihm standen ein zweiter James Hart und ein zweiter Leonard Ash, und beide trugen ein lässiges, vergnügtes Lächeln zur Schau. Der Ash neben ihm nickte den beiden Doppelgängern freundlich zu, und sein Doppel nickte freundlich zurück.

»Wie man hört, hat der Zeitmeister um den Sarkophag herum sonderbare Dinge getrieben«, bemerkte Ash ruhig. »Eigentlich nicht verwunderlich, wenn man die vielen Aufgaben und Zuständigkeiten des Steins bedenkt sowie die Tatsache, daß er bei vielen von uns im Verdacht steht, mit einem wirklich abartigen Sinn von Humor ausgestattet zu sein. Eine der gängigeren Manifestationen ist die Umkehrung der Zeit an sich, so daß die Zukunft in der Vergangenheit endet. Oder umgekehrt. Oder irgendwie so. Ich gebe mir Mühe, mich so anzuhören, als wüßte ich, wovon ich spreche, aber wie die meisten Leute, die hier wohnen, quatsche ich frei drauflos. Oder habt ihr das bereits geahnt?«

Der andere Ash sah den anderen Hart an. »Du hast recht. Ich rede zuviel.«

»Keiner rührt sich vom Fleck«, befahl Hart. »Ich glaube, ich hab's. Wir sehen uns selbst, wie wir den Sarkophag verlassen, *nachdem* wir Altvater Zeit besucht haben. Richtig?«

»Genau erfaßt«, sagte der Zukunfts-Hart. »Der Zeitmeister weiß, daß ihr kommt, also solltet ihr euch auf die Socken machen. Er kann es nicht ausstehen, wenn man ihn warten läßt.«

Die beiden Ashs nickten. »Ist er gut gelaunt?« fragte Ash.

»Ist er das jemals?« gab sein Doppel zurück.

»Gut beobachtet«, sagte Ash. »Laß uns gehen, James.«

»Augenblick noch«, sagte Hart. »Wenn ihr die Begegnung schon hinter euch habt, könnt ihr uns nicht einfach erzählen, wie sie sich abgespielt hat? Dann brauchten wir den Zeitmeister gar nicht zu belästigen.«

Die beiden Ashs blickten einander vielsagend an. »So läuft das mit dem Zeitmeister nicht«, sagte Ash. »Vertraut mir. Ihr solltet über das Ganze nicht allzuviel nachdenken. Wenn ihr darauf besteht, muß ich euch Dinge wie abweichende Zeitlinien, Wahrscheinlichkeits-Mathematik und die Fraktaltheorie erklären. Was keine gute Idee wäre, weil ich sie eigentlich auch nicht begreife.« Er seufzte wehmütig. »Ich hatte immer gedacht, nach dem Tod würde einem das alles klarer erscheinen.«

Hart musterte sein Zukunfts-Ich, das wohlwollend-mitfühlend aussah. »Kannst du uns wenigstens einen Rat geben, wie wir uns verhalten sollen, wenn wir Altvater Zeit treffen?«

Der andere Ash und der andere Hart sahen einander an. »Laßt die Finger von dem Saki«, sagte der Zukunfts-Hart rätselhaft, und der Zukunfts-Ash nickte bekräftigend.

Beide lächelten ihre Vergangenheits-Ichs an, dann wandten sie sich ab und entfernten sich eilends, bis sie im Nebel verschwanden. Hart sah Ash an.

»Wird so etwas öfter vorkommen, während ich mich in Schattenfall aufhalte?«

»Wahrscheinlich«, sagte Ash. »So ein Ort ist das nun mal. Es hilft, wenn du daran denkst, daß nicht alles notwendigerweise das ist, was es zu sein scheint. Nimm zum Beispiel den Sarkophag. Er sieht aus wie ein großer Steinbrocken, was er aber nicht ist. Es ist ein Augenblick der Zeit an sich, in Form und Gestalt gebracht. Es ist fest wie Materie, unveränderlich und unberührt von den Gezeiten und Unbilden der materiellen Welt. Du siehst einen einzigen, ganz besonderen Augenblick der Zeit vor dir: den genauen Augenblick, als die Stadt Schattenfall geschaffen wurde, damals, als die Welt noch jung war. An diesem Punkt fragen die

Leute für gewöhnlich, warum dieser Augenblick körperliche Form annahm, und meine übliche Antwort ist: Auch wenn ihr mir die Hucke voll haut, ich kann es nicht sagen. Im allgemeinen glaubt man, daß sich dieser Augenblick verfestigt hat, um sich zu schützen, aber nein, ich weiß nicht, vor was.«

»Weißt du vielleicht überhaupt irgend etwas Nützliches?« fragte Hart in einem etwas schärferen Ton als beabsichtigt.

Ash zog eine Augenbraue hoch, und seine Miene wurde für kurze Zeit kalt und entrückt. »Ich weiß, wie man in den Sarkophag gelangt und wie ich dir eine Audienz bei Altvater Zeit besorgen kann. Das wolltest du doch, nicht wahr?«

»Ja, genau«, sagte Hart. Er holte tief Luft und atmete sie wieder aus. »Tut mir leid. Das alles ist … sehr neu für mich.«

»Klar, ich verstehe«, sagte Ash. »Ich bin tot und begraben, und dieser Ort bringt mich immer noch völlig durcheinander.« Ash wühlte in seiner Jackentasche und brachte schließlich eine kleine Schneekuppel aus Plastik zum Vorschein, eines dieser billigen Gebilde, in denen man es durch Schütteln schneien lassen kann, auf die Kinder aus welchem Grund auch immer ganz scharf sind und die Touristen als Souvenirs von Orten mitnehmen, die sie schnell vergessen. Er hielt es hoch, um es Hart zu zeigen, doch als Hart danach griff, zog er die Hand zurück. »Nicht berühren, James. Nur ansehen.« Hart zuckte mit den Schultern und beugte sich vor, um die Schneekuppel eingehend zu betrachten. Sie füllte Ashs Hand ganz aus; eine glatte Kuppel aus durchsichtigem, aber trübem Plastik, die in ihrem Inneren ein einzelnes dunkles Gebäude enthielt. Ash schüttelte die Schneekuppel sanft, und dicke Schneeflocken wirbelten um die verschwommenen Umrisse des Gebäudes.

»Nicht jedem gelingt es, einen Termin bei Altvater

Zeit zu bekommen«, sagte Ash. »Er ist immer beschäftigt, und er mag es nicht, wenn man ihn stört. Aber einigen Leuten, zu denen ich auch gehöre, kann der Zugang zu ihm nicht verwehrt werden, deshalb hat er jedem von uns einen Schlüssel gegeben. Das hier ist meiner. Ich weiß nicht, wie die der anderen aussehen, aber dies ist mein Einlaß zu den Galerien des Frostes und der Gebeine. Der Zeitmeister wohnt in der Galerie der Gebeine.«

»Wer wohnt in der Galerie des Frostes?« fragte Hart, als Ash zögerte weiterzusprechen.

»Niemand wohnt dort«, sagte Ash leise. »Dort befindet sich die Ewigkeitspforte. Die Endstation eines jeden, der nach Schattenfall kommt. Ich bin durch die Pforte zurückgekehrt, weil ich hier gebraucht wurde, aber ich höre ihren Ruf noch immer. Das wird auch so bleiben. Deshalb besitze ich diesen Schlüssel. Weil die Pforte auf meine Rückkehr wartet.« Ein kurzes Lächeln huschte über Ashs Gesicht. »Sie muß noch lange warten. Nun denn, wir können nicht den ganzen Tag hier herumstehen. Der Zeitmeister wartet auf niemanden. Schon gar nicht, wenn jemand mit der Absicht kommt, ihn um einen Gefallen zu bitten. Also, gehen wir, ja?«

»Müssen wir?« fragte Hart. »Allmählich überkommt mich ein recht ungutes Gefühl bei dem Ganzen.«

»Du hast wahrscheinlich recht«, sagte Ash. »Die Galerie der Gebeine ist ein gefährlicher und beunruhigender Ort, selbst wenn man nur Besucher ist. Aber wir müssen gehen, weil wir es getan haben. Du hast dein Zukunfts-Ich gesehen. Ich sehe geradezu, wie sich die Worte ›freier Wille‹ in deinen Gedanken bilden, aber vergiß es! Ich habe mich mit jeder denkbaren Seite der Frage auseinandergesetzt, und ein paar habe ich mir noch zusätzlich ausgedacht – aber trotzdem bin ich kein bißchen klüger. Grundsätzlich ist es einfacher, mit dem Strom zu schwimmen, als Wellen zu erzeugen.

Versuche, nicht darüber nachzudenken. Davon bekommst du höchstens Kopfweh.«

»Zu spät«, sagte Hart.

Ash grinste mitleidlos und hielt ihm die Schneekuppel vor die Augen. Die Schneeflocken wirbelten immer noch herum, obwohl es eine Weile her war, daß Ash sie geschüttelt hatte.

Hart betrachtete die Schneekuppel eingehend, ohne es eigentlich zu wollen. Je länger er sie ansah, desto eindrucksvoller kam sie ihm vor. Die schwebenden Flocken erschienen immer realer, und das Gebäude inmitten des Schneesturms gewann an Tiefe und Schärfe. Einzelheiten bildeten sich heraus, und Lichter schimmerten in den kleinen Fenstern. Nur daß sie gar nicht mehr so klein wirkten. Die Schneekuppel blähte sich auf und füllte seine Sicht aus, dehnte sich und füllte die Welt, und dann fiel Hart mit ganzer Länge in das heulende Getöse. Sein Magen hob sich, während er hilflos mit den Armen fuchtelte, um sich an irgend etwas Festes zu klammern, aber es gab nichts, nur den peitschenden Wind und die bittere Kälte, die seine Lunge bei jedem Atemzug zu versengen schien.

Festgebackener Schnee sprang unter ihm auf und schlug ihm gegen die Füße. Er fiel platt hin und blieb ausgestreckt liegen, als Folge des Sturzes heftig zitternd. Der Schnee war naß und matschig unter seinen nackten Händen, doch seine Festigkeit wirkte beruhigend. Das Zittern ließ nach, und sein Atem verlangsamte sich. Er rappelte sich auf und kam auf die Beine, wobei er einen Arm hob, um sein Gesicht vor dem Schneegestöber zu schützen. Es war Nacht, und der Mond über ihm bot einen vollkommen silbernen Kreis, dessen helles Licht den Sturm durchdrang. Der festgebackene Schnee hielt seinem Gewicht stand, aber er hatte keine Ahnung, wieviel Schnee zwischen seinen Füßen und dem Boden darunter sein mochte. Bei diesem Gedanken wurde ihm leicht schwindelig, und er beschloß energisch, nicht mehr darüber nachzudenken. Er schlug sich die Arme fest um den Leib und versuchte, sich das letzte bißchen Wärme zu bewahren, doch die bittere Kälte saugte alle Kraft aus ihm heraus. Die gefrorene Ödnis erstreckte sich in alle Richtungen und verschwand im wirbelnden Schnee. Überall sah es gleich karg aus, und vielleicht hätte er bis in alle Ewigkeit so dagestanden, erstarrt in Unentschlossenheit, wenn nicht plötzlich Ash aus dem Gestöber aufgetaucht wäre, um ihn fest am Arm zu packen.

»Der erste Schritt ist teuflisch, nicht wahr?« sagte Ash; er schrie, um das Heulen des Sturms zu übertönen. »Tut mir leid. Halt dich an mir fest. Es ist jetzt nicht mehr weit.«

Er machte sich in dem wirbelnden Schnee auf den Weg, wobei er Hart halb führte und halb mit sich zog. Die Kälte konnte Ash anscheinend überhaupt nichts anhaben, aber – dachte Hart verwirrt – wie sollte sie auch? Sie schleppten sich weiter, rutschend, auf dem unebenen Schnee ausgleitend und vom heulenden Wind gepeitscht, doch bald bildete sich in dem weißen Schimmer vor ihnen eine dunkle Form heraus. Der Sturm schien sich zu verstärken, als wolle er ihnen diese neue Zuflucht verwehren, doch Ash und Hart tapsten weiter, mit jedem Schritt gegen den Wind ankämpfend. Ash versuchte, Hart mit seinem Körper abzuschirmen, doch der messerklingenscharfe Wind schien geradezu durch ihn hindurchzublasen. Hart zog die Schultern hoch, verengte die Augen zu Schlitzen und kämpfte sich weiter. Er war nicht bis hierher gekommen, um sich vom Wetter auffressen zu lassen. Ash hatte ihm versprochen, daß es hier Antworten zu finden gab, und er würde sie finden, was immer es kosten mochte.

Plötzlich ragte das Gebäude vor ihm auf, groß und überwältigend, eine riesige schwarze Form mit wenigen Einzelheiten und hellen Lichtern, deren Schein durch die hohen Fenster nach draußen fiel. Ash zog Hart hinter die nächstgelegene Wand, und der peitschende Wind erstarb, unfähig, sie weiterhin mit voller Kraft zu peinigen. Er rang nach Luft und zuckte zusammen, als ihm die Kälte in die Lunge stach. Noch nie zuvor hatte er so sehr gefroren, und langsam stieg der Gedanke in ihm auf, daß sie bald, sehr bald einen Ausweg finden mußten, sonst würden seine Gliedmaßen allmählich erfrieren. Er hatte schon kein Gefühl mehr in Händen und Füßen. Ash zog ihn ein Stück an der Wand entlang, dann hielt er inne und hämmerte mit der Faust gegen das Mauerwerk. Plötzlich schwang eine Tür nach innen auf, beinahe so, als ob sie auf sie gewartet hätte, und ein warmes goldenes Licht ergoß sich in die Nacht. Ash zerrte Hart hinein, und die Tür fiel hinter ihnen zu.

Hart sank auf dem nackten Holzboden auf die Knie und stöhnte laut, als Wärme ihn durchflutete, die die Kälte verdrängte und wieder Gefühl in seine frosterstarrten Hände und Füße brachte. Ash kniete sich neben ihm nieder und rieb Harts Hände kraftvoll, um das Blut wieder in Bewegung zu setzen. Hart richtete sich langsam auf, verzog das Gesicht bei dem Schmerz, den die wiedereinsetzende Blutzirkulation verursachte, und sah sich mit wäßrigen Augen um. Er und Ash knieten in einer großen, altmodischen Halle, mit hohen holzgetäfelten Wänden und einer von Balken getragenen Decke weit über ihnen. So hoch, daß Hart nicht überrascht gewesen wäre, dort oben nistende Eulen zu entdecken. Oder Fledermäuse. Die Halle an sich erstreckte sich bis in die Ferne, doch Harts Aufmerksamkeit galt dem Feuer aus aufgestapelten Holzbalken, das nur ein Dutzend Schritte von der Tür entfernt in einem großen steinernen Kamin prasselte. Mit Ashs Hilfe stand er taumelnd auf und ging darauf zu, um sich unmittelbar davor zu stellen. Die Wärme sickerte in ihn ein wie Tasse um Tasse des allerfeinsten

Kaffees und erfüllte ihn mit einem wundervollen Glühen, das den letzten Rest Kälte aus seinen Knochen vertrieb. Hart lächelte glückselig, zufrieden damit, unendlich lange so stehen zu bleiben. Oder noch länger. Doch die Gedanken an die Welt und ihre Qualen kehrten zurück, und er wandte sich mit einem vorwurfsvollen Blick an Ash.

*»Der erste Schritt ist teuflisch?«*

»Ach«, sagte Ash, »das tut mir leid. Ich hätte dich warnen sollen, aber im allgemeinen ist es nicht ganz so schlimm.«

Hart sah ihn scharf an. »Willst du damit sagen, dieser Schneesturm wurde … absichtlich arrangiert, um uns zu entmutigen hierherzukommen?«

»Schon möglich«, sagte Ash. »Der Zeitmeister mag wirklich keine Besucher.« Er zuckte mit den Schultern und lächelte unbestimmt, wobei er sich umsah. »Die Halle verändert sich manchmal auch, obwohl ich nie dahintergekommen bin warum. Der Zeitmeister ist ein launischer Kerl, und oft kann ich seinem Sinn für Humor nicht folgen. Laß dir ein bißchen Zeit, um wieder zu Atem zu kommen, James. Hier besteht keine Veranlassung zur Eile. Hier drin gibt es alle Zeit der Welt.«

Hart drehte den Rücken dem Feuer zu, damit seine Hinterseite in den vollen Genuß der Wärme kam. »Diese … Halle. Ist das wirklich dasselbe Gebäude, das wir in deiner Schneekuppel gesehen haben?«

»O ja. Vielleicht findet sich in allen Schneekuppeln dasselbe Haus, wenn die Leute nur wüßten, wie man hineingelangt. Das hier ist die Allheiligen-Halle, James, das Haus im Herzen der Welt. Wenn du den linksseitigen Pfad einschlägst, gelangst du in die Galerie des Frostes. Der rechtsseitige Pfad führt zur Galerie der Gebeine und zu Altvater Zeit persönlich.«

Hart sah ihn nachdenklich an. »Die Galerie des Frostes. Die Ewigkeitspforte.«

»Stimmt«, bestätigte Ash. »Du kannst ihren Ruf an mich hören. Er ist hier sehr deutlich. Bitte mich nicht darum, dich dorthin zu bringen, James. Das kann ich nicht. Es ist zu gefährlich.«

»Für mich oder für dich?«

»Sehr gut, James«, lobte Ash anerkennend. »Diese Kombination von gesundem Menschenverstand und nackter Paranoia wird dir in Schattenfall gute Dienste erweisen. Und nein, ich werde deine Frage nicht beantworten. Ich habe dich erst heute kennengelernt, und du weißt bereits viel zuviel über mich. Du mußt mir gestatten, ein paar kleine Überraschungen in Reserve zu halten. Aber ich bin in großzügiger Stimmung, deshalb gestatte ich dir noch eine einzige Frage. Wenn du schnell machst.«

»Also gut«, sagte Hart, der entschlossen war, zumindest einige Kenntnisse von ihm zu erlangen. »Warum heißt sie die Galerie der Gebeine?«

»Das ist eine gute Frage«, sagte Ash. »Ich wünschte, ich könnte dir eine aufschlußreiche Antwort geben. Im wesentlichen wurde die Galerie der Gebeine aus alten versteinerten Knochen erbaut, von einem so alten Wesen, daß niemand weiß, was es gewesen sein mag. Der Legende nach stammen die Knochen von einem Geschöpf, das zur Bewachung der Ewigkeitspforte bestimmt war, in einer Zeit, da Schattenfall noch nicht existierte und die Welt noch um einiges jünger war. Niemand weiß, wie oder warum dieses Geschöpf starb. Der Zeitmeister weiß es vielleicht, aber falls dem so ist, spricht er nicht darüber. Da wir gerade von ihm reden – wir täten gut daran, uns zu beeilen. Der Zeitmeister weiß, daß wir hier sind, und je länger wir ihn warten lassen, desto unwahrscheinlicher wird es, daß er Lust hat, deine Fragen zu beantworten.«

Ash ging mit entschlossenen Schritten durch die Halle. Hart warf einen sehnsüchtigen Blick zurück zu dem prasselnden Feuer, seufzte einmal und folgte dann Ash. Sie legten eine längere Strecke schweigend zurück, und der einzige Laut in der riesigen Halle war das leise murmelnde Echo ihrer Schritte. Helligkeit aus einer nicht leicht zu ergründenden Quelle umgab sie und bewegte sich mit ihnen, so daß sie ständig in einem breiten Teich goldenen Lichts wandelten. Die holzgetäfelten Wände zogen glatt an ihnen vorbei, bar jeden Schmuckes oder Zierats. Hart hatte eine umfassende Sammlung von alten und wertvollen Gemälden und Porträts erwartet; der Ort erweckte diesen Eindruck. Aber die Wände waren nackt und nichtssagend, und es gab nicht einmal weitere Türen oder Gänge, die in andere Richtungen geführt hätten. Es gab nur die Halle und den Lichtschein, in dem sie sich bewegten. Hart wandte den Blick einmal nach hinten, aber nur ein einziges Mal. Hinter ihnen gab es nichts als eine undurchdringliche Dunkelheit.

Sie wanderten lange dahin, zumindest erschien es so. Es gab keine Anhaltspunkte am Weg, und Hart war nicht besonders überrascht, als er feststellte, daß seine Armbanduhr stehengeblieben war. Ihm war schon fast ein wenig langweilig, als plötzlich eine große, schlanke Gestalt vor ihnen in den Lichtschein trat. Hart blieb sofort stehen, und die Gestalt blieb ebenfalls stehen. Ash stand neben ihm und sah mit einem ruhigen wissenden Lächeln von einem zur anderen.

Der Neuankömmling besaß eine menschliche Gestalt, die beinahe zur Gänze aus einem Uhrenmechanismus bestand. Räder drehten sich, Ratschen klickten, und da war ein vielfältig surrendes Durcheinander von Antriebsmaschinerie und beweglichen Teilen. Die ganze Gestalt war ein kompliziertes Gebilde aus zusammenwirkenden Teilen, bis ins kleinste Detail allerfeinst ausgearbeitet. Von jedem Knochen und jedem Muskel und jedem Gelenk des menschlichen Körpers war eine Nachbildung aus Stahl oder Messing vorhanden, doch es gab keine Hautschicht, um den Mechanismus dem Blick zu verbergen. Das Gesicht war eine zarte Porzellanmaske mit kunstvoll gemalten Zügen. Die Augen jedoch wirkten flach und leer, das Lächeln starr, und der Gesamteindruck war menschenunähnlicher, als jede Stahlmaske es hätte sein können. Die Gestalt stand geduldig vor ihnen, leise surrend, als wartete sie auf eine Frage oder einen Befehl.

»Ist das ... der Zeitmeister?« fragte Hart schließlich.

»Nein«, sagte Ash. »Nur einer seiner Diener. Tritt zur Seite, dann macht er sich sofort auf den Weg.«

Hart tat, wie ihm geheißen, und die Gestalt bewegte sich behende vorwärts, indem sie mit einer Eleganz und Kraft ausschritt, mit der es ein menschlicher Körper niemals hätte aufnehmen können. Sie trat geschwind aus dem Lichtschein und verschwand in der Düsternis. Hart hörte sie noch eine Zeitlang, wie sie gelassen durch die Dunkelheit marschierte, ohne jedes Bedürfnis nach Licht oder Wärme.

»Ein Automat«, erklärte Ash knapp. »Der Zeitmeister stellt sie her, Stück für Stück. Zum Teil als Hobby, zum Teil um sich Agenten zu schaffen, die in die Welt hinausgehen und seine Befehle ausführen. Du wirst noch mehrere davon sehen, wenn wir näher zur Höhle des Zeitmeisters kommen. Du brauchst keine Angst vor ihnen zu haben. Sie sind harmlos, eigentlich nichts anderes als bessere Botenjungen.«

»Sind sie in irgendeiner Weise ... lebendig?« fragte Hart, als er und Ash ihren Weg durch die Halle fortsetzten.

»Nicht im eigentlichen Sinn. Sie sind des Zeitmeisters Augen und Ohren außerhalb der Galerie. Er betritt die reale Welt kaum noch, außer bei den Gelegenheiten und zu den Zeremonien, anläßlich derer man es von ihm erwartet. Er scheint immer eigenbrötlerischer und verschrobener zu werden, je älter er wird, aber selbst in seinen besten Zeiten war er alles andere als ein geselliger Typ. Trotzdem möchte er dich kennenlernen. Glaube ich. Komm jetzt!«

Sie wanderten weiter in ihrem Lichtteich, und weitere Automaten kamen und gingen, ihre sichtlosen Augen starrten geradeaus, in Durchführung eines unbekannten Auftrags oder Befehls. Und schließlich gelangten Ash und Hart zu einer Tür am Ende der Halle. Sie war riesig, beinahe fünf Meter hoch, bestehend aus poliertem Holz und mit schwarzen Eisenbeschlägen verziert. Sie überragte sie um mehr als das Doppelte, und Hart kam sich wie ein kleines Kind vor, das unerwartet ins Büro seines Schuldirektors gerufen wurde. Er versuchte, sich ein wenig größer zu machen, und verdrängte dieses Gefühl mit aller Willenskraft. Er war ein Bittsteller, kein Kind. Nicht mehr. Es gab keine Klinke und keinen Griff, also war er im Begriff zu klopfen, als die Tür auch schon sanft aufschwang, bevor er sie berührt hatte. Ash lächelte flüchtig und führte Hart in die Galerie der Gebeine.

Die Galerie dehnte sich vor ihnen aus, mit weiteren Ebenen darüber und darunter, abfallend und ansteigend, soweit das Auge in dem warmen honigfarbenen Licht reichte. Hart ging langsam hinter Ash her, wie betäubt von Ehrfurcht vor der unglaublichen Größe des Ortes. Er konnte das Ende des Flurs, durch den sie gingen, nicht erkennen, und schon der Versuch, die Gesamtgröße der Galerie zu ermessen, bereitete ihm Kopfschmerzen. Bilder säumten beide Wände, eine endlose Reihe von Szenen und Gesichtern, eingefangen in filigranen Silberrahmen, manche zwei Meter hoch und einen breit. Er erkannte eine der Szenen, eine sich langsam verändernde Ansicht des Sarkophags im Park. Der Nebel war fort, aber jede Menge Efeu überwucherte den Stein, als ob Jahrhunderte vergangen wären, seit Hart ihn das letzte Mal gesehen hatte. Er betrachtete das nächste Bild und sah Leute, die sorglos über eine Marktstraße schlenderten. Nichts an ihrem

Verhalten ließ darauf schließen, daß sie sich beobachtet fühlten. Ash hüstelte höflich, und Hart sah sich staunend um. Er merkte, daß er ganz stehengeblieben war, und beeilte sich, um Ash wieder einzuholen, wobei er versuchte so auszusehen, als hätte er die ganze Zeit tatsächlich vorgehabt stehenzubleiben.

Da gab es lebensechte Darstellungen ohne Ende, und Hart schüttelte benommen den Kopf, während er versuchte, sich eine Vorstellung vom Ausmaß der Galerie zu machen. Die endlosen Ansichten strömten an ihm vorbei wie eine von einem langsam fahrenden Zug aus betrachtete Szenerie, und ständig gab es neue erstaunliche Darstellungen, Orte und Leute, aus großer Ferne und aus solcher Nähe gesehen, daß Hart das Gefühl hatte, er brauche bloß die Hand auszustrecken, um sie zu berühren. Die Szenen in den Bildern waren still, bis er vor ihnen stand, dann ertönten geflüsterte Laute und Stimmen in der Galerie, quälend schwach, als müßten sie unglaubliche Entfernungen zurücklegen, um zu ihm zu gelangen.

»Der Zeitmeister geht selten aus«, erklärte Ash beiläufig. »Aber da die Galerie ihn auf dem laufenden hält, braucht er das auch gar nicht. Jeder Ort und jede Person in Schattenfall ist irgendwo in der Galerie der Gebeine zu sehen. Man müßte wahnsinnig sein, um alles im Auge zu behalten, aber schließlich ist der Zeitmeister das in gewisser Hinsicht ja wohl auch. Wenn es ein leichtes Amt wäre, dann könnte es jeder ausüben.«

Hart runzelte die Stirn. »Augenblick mal. Ich glaube, das hört sich für mich nicht gut an. Was ist mit der Intimsphäre der Leute?«

»Was soll damit sein?« entgegnete Ash. »Angenommen es gibt eine fast unendliche Zahl von Orten, Leuten und Dingen, die der Zeitmeister im Auge behalten muß, wie groß ist die Wahrscheinlichkeit, daß er ausgerechnet dich beobachtet? Und selbst falls es so sein sollte, so wäre es ein großer Zufall, wenn du genau in dem Augenblick etwas tust, das erstens interessant und zweitens etwas ist, das er noch nicht gesehen hat. Meistens gehen wir einfach davon aus, daß er gerade jemanden anders beobachtet, und meistens haben wir recht. Mach dir deswegen keine Sorgen.«

»Das sagst du andauernd, aber es hilft mir nicht. Dieser Ort macht mir schrecklich angst. Es ist ein allmächtiger Großer Bruder.«

»Ich stelle ihn mir lieber wie einen Großen Onkel vor – wohlmeinend, aber voreingenommen. Ich will dir etwas zeigen, das dich ablenkt. Die Bilder haben auch noch andere Aufgaben. Sieh dir das mal an. Es wird dir gefallen.«

Ash hielt vor einem besonderen Bild inne, und Hart blieb mit ihm stehen. Die Szene war ein High-Tech-Flechtwerk von Stahlkorridoren, aneinandergebaut wie die Kammern einer Bienenwabe, mit schattenhaften Gestalten, die hin und her wuselten, zu schnell und zu kurz sichtbar, als daß man sie hätte erkennen können. Das Licht strahlte schmerzhaft grell, zu intensiv, um für menschliche Augen bestimmt zu sein, und es gab keine Schatten. Hier und da erledigten ausgeklügelte Maschinen, die wie lebendige Skulpturen aussahen, schweigend irgendwelche Aufgaben, deren Sinn nicht zu erahnen war.

»Wo ist das?« fragte Hart mit gedämpfter Stimme, als hätte er Angst, gehört zu werden.

»In der Zukunft«, antwortete Ash. »Oder möglicherweise auch in der Vergangenheit. Das ist gleichgültig. Paß auf, was weiter geschieht.«

Einer der Automaten des Zeitmeisters stakste vertrauensvoll durch den spärlich erleuchteten Flur, wobei seine Stahlfüße laut über den Stahlboden klapperten. Er ging auf das Bild zu, bereits so nah daran, daß seine aufgemalten Augen und sein ebenfalls aufgemaltes Lächeln deutlich zu sehen waren. Bald füllte er die Sicht aus, und Ash wich zurück. Plötzlich wurde

Ash klar, was geschehen würde, und er taumelte zurück, den Blick immer noch starr auf das Bild gerichtet. Eine träge Spannung bildete sich in der Luft, und ein Druck baute sich unbarmherzig auf, bis ein unangenehm warmer Wind aus dem Bild in die Galerie wehte. Er roch nach Ozon und Maschinenöl. Der Automat trat behende aus dem Bild heraus und in die Galerie hinunter, um davonzumarschieren, ohne Hart und Ash eines Blickes zu würdigen. Der warme Wind hörte jäh auf, und nur noch der verschwindende Automat und die letzten Spuren von Ozon und Maschinenöl blieben in der Luft zurück.

»Wie findest du das als Beispiel für hervorragende Zeitberechnung?« fragte Ash. »Wie groß war die Wahrscheinlichkeit, daß wir genau zum richtigen Zeitpunkt an genau dem richtigen Ort sein würden, um Zeugen dieses Vorgangs zu werden?«

»Ja ...« sagte Hart langsam. »Wie groß war die Wahrscheinlichkeit? Vermutlich eins zu einer astronomisch großen Zahl. Ich glaube eher, daß der Zeitmeister uns beobachtet, und zwar schon seit einer ganzen Weile.«

Er sah sich schnell um, als erwartete er, Altvater Zeit gleich in ihrer Nähe zu sehen, aber Ash zuckte mit den Schultern und schüttelte den Kopf. »Nicht unbedingt«, sagte er leichthin. »Der Zufall ist eines der Lieblingswerkzeuge des Zeitmeisters. Komm, wir wollen ihn nicht warten lassen.«

»Hör endlich auf, das andauernd zu betonen! Ich habe fünfundzwanzig Jahre gebraucht, um hierher zurückzukommen; es wird ihm nichts ausmachen, wenn er jetzt noch ein paar Minuten warten muß. Man könnte meinen, er ist ein König oder etwas Ähnliches, so wie alle bei der Erwähnung seines Namens springen.«

»Du verstehst das nicht«, sagte Ash. »Aber du wirst es verstehen, wenn du Gelegenheit hattest, ihn kennenzulernen. Er ist wirklich etwas ganz Besonderes.«

Hart schnaubte und sah dem entschwindenden Automaten nach. »Wie viele dieser … Dinger besitzt der Zeitmeister?«

»Ich glaube, das weiß niemand genau, außer dem Zeitmeister selbst. Er braucht Jahre, um einen fertigzustellen, doch nach allem, was man so hört, stellen seine verschiedenen Ichs sie seit Jahrhunderten her. Sie sind seine Gedanken und seine Hände in der Außenwelt, und in gewissem Sinn sind sie auch seine Kinder. Die einzigen Kinder, die er jemals haben wird.«

»Warum das?«

Ash sah ihn ausdruckslos an. »Denk mal darüber nach, James. Der Zeitmeister ist unsterblich oder so nahe daran, unsterblich zu sein, daß es keinen Unterschied macht. Wie viele Kinder würde ein Mann nach einigen tausend Jahren haben? Und wie viele Kinder würden sie wiederum haben? Nein, James, für ihn hat es nie Kinder gegeben und wird es auch nie geben.«

»Macht ihm das nichts aus?«

Ash zuckte mit den Schultern. »Er hatte viel Zeit, um sich an den Gedanken zu gewöhnen. Aber doch, es macht ihm natürlich etwas aus. Warum, glaubst du, stellt er andauernd Automaten her?«

Harts Blick wanderte zu den Bildern an den Wänden und durch die Galerie um ihn herum. Er wußte, was er sagen wollte, aber er wußte nicht, wie er es sagen sollte, ohne sich einfältig anzuhören. Also sagte er es trotzdem. »Leonard, ist der Zeitmeister ein menschliches Wesen?«

»Eine naheliegende Frage«, sagte Ash. »Und eine, die die Gehirne der Leute in Schattenfall seit vielen Jahrhunderten beschäftigt. Er sieht ausreichend menschlich aus, und er hat genügend menschliche Unzulänglichkeiten, um sich als solcher zu qualifizieren, aber er wurde nie geboren, und der Tod bekommt ihn nicht zu fassen. Er erscheint als Baby, durchlebt ein menschliches Leben innerhalb eines Jahres und stirbt als alter Mann, nur um wieder aus seiner Asche aufzuerstehen. Manche halten ihn für den legendären Phönix des Altertums; andere meinen, daß er die Verkörperung der Zeit selbst ist, der Gestalt und Blut und Knochen gegeben wurden. Jeder vertritt eine Meinung dazu, aber niemand weiß etwas Genaues, und der Zeitmeister äußert sich nicht. Es gibt nur einen einzigen Punkt, Altvater Zeit betreffend, in dem sich alle einig sind.«

»Und der wäre?«

»Er haßt es, wenn man ihn warten läßt. Du hast das Ding da rücksichtslos angerempelt, James.«

»Nein, habe ich nicht. Es ist auf den Gehsteig getreten und gegen mich geprallt.«

»Wie auch immer«, sagte Ash. »Laß uns gehen!«

Sie wanderten eine Zeitlang schweigend weiter, und ihre Schritte hallten hohl in der leeren Galerie wider. Gelegentlich stelzte ein leise summender Automat im Auftrag seines Herrn geschmeidig an ihnen vorbei. Hart fragte sich allmählich, wie weit er wohl noch zu gehen hätte; es kam ihm so vor, als habe er den größten Teil des Tages damit verbracht, sich von einem Ort zum nächsten zu begeben, und seine Füße brachten ihn allmählich um. Er marschierte jetzt schon eine ganze Weile, aber genau wie die Halle zuvor dehnte sich die Galerie anscheinend ins Endlose aus. Er blickte entlang der Strecke zurück, die sie gekommen waren, aber von der Tür, durch die sie eingetreten waren, war keine Spur mehr zu sehen. Die Galerie erstreckte sich in jede Richtung soweit das Auge reichte, als hätte sie keinen Anfang und kein Ende. Die Vorstellung beunruhigte ihn, und er suchte nach etwas anderem, über das sie reden könnten und das ihn ablenken würde. Er brauchte nicht lange zu suchen.

»Leonard, du sagst andauernd, Altvater Zeit sei wichtig für Schattenfall, aber was tut er eigentlich wirklich, außer daß er die Leute beobachtet und mit Räderwerken herumspielt?«

»Das ist schwierig«, sagte Ash in einem Ton, der unmißverständlich zum Ausdruck brachte, daß er nicht darüber reden wollte.

»Dann vereinfache es«, verlangte Hart erbarmungslos.

Ash seufzte. »Grundsätzlich muß man wissen, daß Schattenfall seiner Natur nach im wesentlichen unbeständig ist. Andauernd erscheinen neue Zeitzonen und verschwinden wieder, und zwar aus den verschiedensten Gründen. Menschen und andere Wesen aller Art kommen und gehen, und einige davon sind überaus mächtig und haben eine äußerst destabilisierende Wirkung. Jemand muß die Zügel in der Hand halten, sonst würde die ganze Stadt über Nacht auseinanderbrechen. Der Zeitmeister sorgt für Beständigkeit, indem er eine Zone gegen die andere ausbalanciert, Streitigkeiten schlichtet, bevor sie ausarten, und ganz allgemein erhaltende Vorsichtsmaßnahmen durchführt. Dem kommt zugute, daß er so mächtig ist, daß niemand sich mit ihm anlegen möchte, aber im allgemeinen überläßt er die Drecksarbeit seinen Agenten.«

»Du meinst, den Automaten?«

»Denen und anderen.«

Hart runzelte die Stirn. »Ich verstehe nicht ganz. Was macht ihn so mächtig? Wie regelt er Angelegenheiten, die für seine Agenten zu schwierig sind?«

»Vertrau mir«, sagte Ash. »Du möchtest das nicht wirklich wissen. Meistens schickt er einfach eine Nachricht durch einen Automaten, und im allgemeinen reicht das aus. Niemand möchte den Zorn des Zeitmeisters auf sich ziehen. Bei den wenigen Gelegenheiten, wenn jemand sich weigert, seinen Rat zu befolgen, schickt der Zeitmeister Jack Fetch dorthin. Wenn man Glück hat, bekommt man es nie mit ihm zu tun. Er ist ziemlich ... ungemütlich.«

»Was hält der Sheriff von alledem?« fragte Hart sinnierend. »Ich meine, er ist doch schließlich hier der Ordnungshüter, oder nicht?«

»Zeit wiegt mehr als Gesetz. Das Gesetz kann einer Situation, wie sie in Schattenfall auftritt, nicht gerecht werden, dafür ist es zu starr. Alle finden sich damit ab, obwohl einige, wie unser guter Sheriff, nicht damit einverstanden sind. Aber die meisten Leute haben genügend Verstand, das Boot nicht zu heftig zu schaukeln. Der Zeitmeister arbeitet gewissenhaft und fleißig, und es ist ihm völlig gleichgültig, was die Leute von ihm denken. Oder auf wie viele Zehen er treten muß, um seine Aufgabe zu erledigen. Meistens gehen der Sheriff und der Zeitmeister schrecklich höflich miteinander um, wobei jeder versucht, so wenig wie möglich mit dem anderen zu tun haben zu müssen.«

Er hörte auf zu sprechen, und beide hielten inne, als ein Automat durch den Gang heranstelzte und unmittelbar vor ihnen stehenblieb. Sein aufgemaltes Porzellangesicht sah zuerst Ash an und dann zu Hart hin. Das Gesicht hatte einen aufgemalten Schnauzbart und ein Monokel. Hart kam sehr schnell zu dem Schluß, daß es dadurch noch unwirklicher wirkte als die üblichen. Er hielt dem gemalten Blick stand und hegte keinen Zweifel, daß jemand anders ihn durch die ausdruckslosen Augen des Automaten beobachtete. Er summte und klickte, als ob er über etwas nachdächte, und dann tönten Worte in Harts Kopf wie das Läuten einer Bleiglocke. Die Worte kamen klar und deutlich und so laut, daß er bei jeder Silbe zusammenzuckte. Gott hörte sich wahrscheinlich ähnlich an, wenn er die besondere Aufmerksamkeit eines Propheten aus dem Alten Testament auf sich ziehen wollte.

*Leonard Ash. Bist du endlich gekommen, um die Ewigkeitspforte aufzusuchen?*

»Nein«, sagte Ash ruhig. »Ich nutze nur mal wieder deine Gutmütigkeit aus. Ich habe jemanden mitgebracht, der dich kennenlernen möchte. Einen Neuankömmling namens James Hart. Nur daß er eigentlich nicht neu ist; er hat mit seinen Eltern Schattenfall verlassen, als er zehn war. Du erinnerst dich doch sicher – es gab da so eine Prophezeiung …«

*Ja, ich erinnere mich. Bring ihn zu mir. Die Marionette wird dir den Weg weisen. Weiche nicht vom Pfad ab. Zu deiner eigenen Sicherheit.*

Die Stimme verstummte jäh, und Hart schüttelte vorsichtig den Kopf. Seine Ohren klingelten, und in seinem Kopf gab es ein Dröhnen, als ob er bei einem Rock-Konzert zu nah bei den Lautsprechern gestanden hätte. Er sah Ash an, der ihn verständnisvoll anlächelte. Anscheinend hatte ihm die Stimme nichts anhaben können.

»Laß dich nicht von ihm ins Bockshorn jagen. Mit Fremden geht er immer so um. Das gehört alles zu seinem Image, verstehst du. Der Zeitmeister hat schon immer großen Wert darauf gelegt, das richtige Image von sich zu erzeugen. Außerdem macht es ihm Spaß, die Leute grob zu behandeln. Das ist einer der wenigen Vorteile seines Jobs.«

Der Automat tickte zweimal laut, machte elegant auf dem Absatz kehrt und glitt den Flur hinunter. Hart und Ash eilten hinter ihm her. Sie gingen eine Weile schweigend dahin, dann seufzte Hart ernüchtert.

»Also gut, Ash, warum machst du ein so bekümmertes Gesicht? Die Marionette bringt uns doch ans gewünschte Ziel, oder nicht?«

»Nun – ja«, sagte Ash. »Das ist es ja, was mir Sorge macht. Ich hatte eine größere Auseinandersetzung erwartet. Der Zeitmeister mag wirklich keine Besucher. Genaugesagt gibt es nur eines, das er mehr haßt, und das sind Fremde. Und du bist beides. Ich glaube, wir müssen davon ausgehen, daß er von deinem Kommen wußte.«

»Moment mal«, sagte Hart. »Selbst wenn er mich in einem seiner Bilder gesehen hat, so konnte er doch nicht bereits wissen, wer ich bin und wer meine Eltern waren, oder?«

Ash seufzte und betrachtete nachdenklich den Rücken des Automaten. »Der Zeitmeister weiß so allerhand, was er eigentlich nicht wissen sollte. Das ist eine seiner eher störenden Eigenschaften. Ich frage mich allmählich, ob es richtig von mir war, dich hierherzubringen. Die Prophezeiung bezüglich deiner Familie in Verbindung mit der Zerstörung der Stadt ist ziemlich aussagekräftig, nach allem, was ich gehört habe. Vielleicht hat er entschieden, daß es zu gefährlich ist, dich frei in Schattenfall herumlaufen zu lassen. Und der Zeitmeister gebraucht einige recht unerfreuliche Methoden, mit gefährlichen Leuten fertigzuwerden.«

Hart starrte ihn an. »Jetzt rück mit der ganzen Wahrheit heraus! Hör nicht einfach wieder auf! Was stellt er mit Leuten an, die er für gefährlich hält? Sperrt er sie ein? Schickt er sie ins Steinzeitalter zurück, damit sie mit den Dinosauriern Fangen spielen? Oder was?«

»Sieh mal nach links«, sagte Ash.

Hart sah hin und blieb plötzlich stehen. Ash hielt ebenfalls inne, und einige Schritte vor ihnen kam auch der Automat mit tänzelnden Schritten zum Stillstand. Er drehte sich nicht um, um nachzusehen, was sie machten, sondern wartete geduldig, daß sie ihren Weg fortsetzen würden. Er vermittelte den Eindruck, daß er bereit war, nötigenfalls unendlich lange zu warten. Hart achtete auf keinen der beiden. Sein Blick war starr auf das Bild vor ihm gerichtet. Beim ersten Hinsehen hatte er es nur für ein weiteres Gesicht an der Wand gehalten, doch in dem Augenblick, da er in die eindringlichen, gehetzten Augen sah, die wie vom Wahn besessen auf die Welt hinausblickten, wußte er, daß hier etwas Schreckliches geschehen war. Der Mund war zu einem nicht endenden Knurren verzerrt, und die Hände an den Seiten der Gestalt waren zu Fäusten geballt, bei denen die Knöchel weiß hervortraten, doch die Gestalt rührte sich überhaupt nicht. Sie stand unfaßbar still da, als ob sie zwischen einer Bewegung und der nächsten erstarrt wäre, zwischen einem Augenblick und dem nächsten.

»Er wurde aus der Zeit herausgenommen«, sagte Ash mit absichtlich ruhiger Stimme. »Gefangen in einem gestohlenen Augenblick wie ein Insekt in Bernstein. Während er hier in der Galerie steht, läuft die Zeit ohne ihn weiter. Alle, die er jemals kannte, sind tot. Zu Staub geworden, oder zu weniger als Staub. Und immer noch steht er hier in der Galerie des Zeitmeisters, als anschauliche Lektion für jeden, der auf den Gedanken kommen könnte, sich gegen den Zeitmeister aufzulehnen.«

»Wie lange wird der Zeitmeister ihn in diesem Zustand hierbehalten?« fragte Hart schließlich.

»Das weiß niemand«, antwortete Ash. »Bis jetzt hat er noch niemanden freigelassen. Laß uns weitergehen, James. Wir wollen den Zeitmeister nicht warten lassen.«

Hart riß den Blick von dem wahnsinnigen Starren der reglosen Gestalt los und nickte Ash kurz zu. Der Automat setzte sich wieder in Bewegung, ohne sich umzusehen und sich zu vergewissern, ob sie ihm folgten. Hart lief hinter ihm her und betrachtete finster seinen teilnahmslosen Rücken. Er sah Ash nicht an, der schweigend neben ihm ging und seinen eigenen Gedanken nachhing.

Hart runzelte die Stirn. Er hatte Ash vertraut. Er mochte ihn, und er hatte ihm vertraut. Er hatte glauben wollen, daß er wenigstens einen Freund in dieser seltsamen Stadt hatte, und wer käme dafür mehr in Frage als jemand, der ihn als Kind gekannt hatte? Er hätte auch gern geglaubt, daß Altvater Zeit die Antworten auf seine Fragen hätte und wüßte, wer und warum und was er war. Doch jetzt sah es so aus, als hätte der Freund ihn betrogen, und der Zeitmeister hatte nichts anderes für ihn als eine erstarrte Ewigkeit in seiner privaten Galerie des Schreckens. Er erwog wegzulaufen, aber wohin hätte er laufen sollen? Er hätte ohne Ashs Hilfe nicht einmal den Weg zurück nach Schattenfall gefunden. Er war so weit gekommen, hatte sich so viel erhofft, und das alles vielleicht umsonst! Plötzlich lächelte er, aber es war kein heiteres Lächeln. Er war noch nicht geschlagen, und wenn der Zeitmeister dachte, es sei so, dann stand ihm noch eine böse Überraschung bevor. Es war nicht Harts Art aufzugeben. Niemals.

»Wie viele Leute hat der Zeitmeister eingefroren?« fragte er schließlich, ohne den Blick von Ash zu wenden.

»Das weiß niemand. Na ja, ich nehme an, der Zeitmeister selbst weiß es, aber er war nie geneigt, über dieses Thema zu sprechen.«

»Mit anderen Worten, er ist Richter, Geschworener und Vollstrecker in einem, und niemand unternimmt etwas dagegen.«

»Wer sollte etwas dagegen unternehmen? Der Sinn und Zweck seines Daseins besteht darin, jeden Schaden von Schattenfall abzuwenden.«

»Aber er entscheidet, wer schuldig und wer gefährlich ist. Oder möglicherweise gefährlich.«

»Wer verfügte über bessere Voraussetzungen dazu als er? Die Bilder in seiner Galerie liefern ihm alle erforderlichen Kenntnisse. Zu jedem fraglichen Zeitpunkt weiß er besser über die Vorgänge in Schattenfall Bescheid als irgend jemand sonst.«

»Und du vertraust ihm mit all dieser Macht?«

»Ich vertraue ihm insofern, als er bestimmt das tut, was für Schattenfall richtig und am besten ist«, antwortete Ash mit Bedacht. »Bitte, glaube mir, James, ich habe dich nicht hierhergebracht, um dich den Wölfen vorzuwerfen. Wenn irgend jemand deine Fragen beantworten kann, dann ist es der Zeitmeister. Und es ist viel besser, wenn du zu ihm kommst, als daß er jemanden ausschickt, um dich zu holen. Glaub mir, James, so ist es besser. Wenn er sich dazu entschließt, dir zu helfen, dann hat er Zugang zu Leuten und zu Wissen wie sonst niemand. Er ist nicht der schlechteste. Wenn man davon ausgeht, daß er nicht unbedingt menschlich ist.«

Ein Teil von Harts Wut verflog allmählich. Es war schwierig, Ash über längere Zeit böse zu sein. Er legte all die Verletzbarkeit eines kleinen Hundes an den Tag, der andauernd über sich selber purzelt, weil seine Füße zu groß sind. »Also«, sagte er schließlich und erlaubte, daß sein Ton etwas sanfter wurde. »Der Zeitmeister friert Leute ein, die ihm nicht genehm sind, stimmt's?«

»Ganz so willkürlich geschieht das nicht. Viele der hier aufbewahrten Leute sind solche, denen es eigentlich bestimmt war, durch die Ewigkeitspforte zu gehen, die jedoch den Mut dazu nicht aufbrachten. Leute, an die niemand mehr glaubte, die in der realen Welt keine Aufgabe mehr erfüllten, sich jedoch weigerten, das zuzugeben. Also hingen sie in Schattenfall herum und wurden immer realer und verrückter, während die Welt sich weiterbewegte und sie auf der Strecke blieben, immer noch unfähig, sich der Pforte zu stellen. Irgendwann einmal drehten sie durch und schlugen auf jeden und alles ein, was gerade in der Nähe war, und der Zeitmeister brachte sie hierher und fror sie ein, zu jedermanns Sicherheit. Das ist eine Notlösung, über die niemand besonders erfreut ist, schon gar nicht der Zeitmeister, denn es werden immer mehr.« Ash verstummte, um nachdenklich ein Gesicht in einem Bild zu betrachten. »Es könnte sein, daß ich selbst eines Tages hier lande. Kein angenehmer Gedanke.«

Sie bogen um eine Ecke und blieben unvermittelt stehen, als die Galerie an einer geschlossenen Tür endete. Der Automat stand vollkommen reglos vor der Tür, als erwartete er weitere Anweisungen.

Hart warf einen Blick nach hinten. Die Tür sah ganz gewöhnlich aus, ohne besondere Merkmale, und wies eine normale Größe und die üblichen Proportionen auf. Hart sah Ash an, der wiederum erwartungsvoll die Tür ansah. Hart wollte gerade etwas giftig fragen, ob sie nicht wenigstens versuchen sollten zu klopfen, als die Tür plötzlich aufschwang, glatt und lautlos, ohne daß jemand sie berührt hätte. Der Automat trat zur Seite und bedeutete ihnen mit einer Handbewegung einzutreten. Ash folgte der Aufforderung, und Hart tat es ihm gleich, wobei er einen weiten Bogen um den Automaten machte. Das bemalte Porzellangesicht wirkte fremdartiger und rätselhafter denn je.

Hart wurde noch unbehaglicher zumute, nachdem er eingetreten war und feststellte, daß niemand da war, der die Tür geöffnet haben könnte. Es hätte etwas so Einfaches wie ein automatischer Schalter sein können, aber aus irgendeinem Grund glaubte er das nicht. Die Tür schloß sich hinter ihnen mit lautloser Endgültigkeit, doch Hart weigerte sich, ihr die Genugtuung zu geben hinzusehen. Er straffte die Schultern und blickte sich gelassen um, als widerfahre ihm so etwas jeden Tag.

Er wußte nicht genau, was er im privaten Reich des Zeitmeisters erwartet hatte, aber das hier war es ganz bestimmt nicht. Der Raum war vielleicht anfangs einmal weitläufig und luftig gewesen, aber jetzt war er von Wand zu Wand vollgestopft mit scheppernden, wackelnden Gerätschaften, die aussahen, als stammten sie aus dem viktorianischen England. Da gab es Rohre und Dichtungen und Zahnräder, die jede Menge Dampfdruck erzeugten. Zifferblätter und Wählscheiben waren überall angebracht, wo Platz war, und die meisten davon widersprachen sich. Drüben in einer Ecke hob und senkte sich ein riesiges Gegengewicht in ruhigen, gemäßigten Bewegungen, obwohl nicht ersichtlich schien, mit was es verbunden war. Von überall her war ein ständiges dumpfes Summen von beweglichen Teilen sowie ein gelegentliches Zischen von Dampf zu hören. Öl tropfte da und dort langsam aus irgendwelchen Anschlußstellen, doch in jedem Fall war sorgsam ein Behälter angebracht, um es aufzufangen. Die Luft war angenehm warm und ein ganz klein wenig dunstig.

Ein schmaler Gang führte durch den Rumpf der Maschinerie; Hart ging langsam hindurch, und Ash trieb hinter ihm her. Dem ganzen Raum mutete etwas ungeheuer Zweckbestimmtes an, als ob die gesamte scheinbar laienhaft zusammengestöpselte Maschinerie damit beschäftigt wäre, etwas Lebenswichtiges zu tun. Hart hatte plötzlich das Gefühl, als wäre er irgendwie in das Werk eines der Automaten des Zeitmeisters geraten, unfähig, aufgrund der gewaltigen Ausmaße die wahre Form und den Zweck des Dings zu erkennen. Er war eine Maus in einer altmodischen Standuhr, ein Insekt auf einem Computer-Bildschirm, bemüht, die Dinge nach den gewohnten Begriffen einzuordnen, jedoch unfähig, den wahren Sinn und die Realität dessen zu begreifen, worin er sich befand, weil sein Gehirn nicht dafür geschaffen war, etwas so Komplexes zu erfassen.

Auf der gegenüberliegenden Seite des Raums schwang eine Tür krachend auf, und jemand schritt mit der Leichtigkeit langer Vertrautheit durch das Labyrinth der Maschinerie. Hart sammelte seine schweifenden Gedanken und machte sich für die Begegnung mit Altvater Zeit bereit.

Er hatte geglaubt, auf so ziemlich alles vorbereitet zu sein, aber dennoch raubte ihm der Anblick der schlanken jungen Frau den Atem, die schließlich vor ihm stand und ihn ansah, die großen tätowierten Fäuste wütend in die Hüften gestemmt. Hart hatte sich alle

Mühe gegeben, sich auszudenken, welche Art von Person wohl diesem Raum angemessen ausgesehen hätte, aber sie war es bestimmt nicht. Sie sah nicht viel älter als ein Teenager aus, bekleidet mit abgewetztem schwarzem Leder und Ketten, und ihrem Gesicht nach zu urteilen lag sie mit der ganzen Welt im Clinch. Ihr Haar war zu einem stacheligen Irokesenschnitt gestutzt und an den Seiten hoch rasiert, und ihr Gesicht war halb hinter einer schrillen Maske aus schwarzem und weißem Make-up verborgen. Ein Ohr war mit einer Sicherheitsnadel durchstochen, am anderen hing eine Rasierklinge. Hart wußte nicht, ob er lächeln und ihr die Hand reichen oder langsam zurückweichen und nach einem Stuhl und einer Peitsche greifen sollte. Schließlich lächelte er flüchtig, trat einen Schritt zurück und sah Ash hilfesuchend an.

»Diese junge Dame ist Madeleine Kresh«, sagte Ash leichthin. »Du kannst sie der Kürze halber ›Mad‹ nennen. Das tun alle. Sie ist die Gefährtin, Assistentin, Privatsekretärin des Zeitmeisters und alles andere, was ihr so einfällt. Sie gehört nicht zur Familie, was immer sie sonst auch sein mag. Sie tauchte einfach eines Morgens an seiner Türschwelle auf, frierend und zitternd, er holte sie herein und gab ihr einen Becher Milch, und seither ist sie hier. Sie ist so etwas wie eine Mischung aus Leibwächter und Wachhund, und jeder, der den Zeitmeister sehen will, muß zuerst an ihr vorbei. Stimmt das nicht, Madeleine?«

»Nenn mich nicht so!« fauchte die junge Frau mit tiefer, frecher Stimme, während ihre Augen Löcher in Ashs Gesicht bohrten. »Und ihr könnt es euch aus dem Kopf schlagen, den Zeitmeister zu sehen. Er ist beschäftigt. Jetzt verpißt euch!«

»Sei doch nicht so, Madeleine«, sagte Ash ruhig. »Du weißt doch, daß dein Herzchen poch-poch-poch macht, wenn du mich siehst. Übrigens, die Ketten gefallen mir; sie kommen gut raus, seit du sie poliert hast. Jetzt sei ein liebes Mädchen und sag dem Zeitmeister, daß wir hier sind. Er erwartet uns.«

»Ich habe gesagt, ihr könnt ihn nicht sehen! Belabere mich nicht mit deinem pseudocleveren Gequatsche, Ghostie. Ich durchschaue dein Spiel. Du bildest dir ein, die Regeln gelten für dich nicht mehr, weil du tot bist, aber das zieht bei mir nicht. Du bist nichts weiter als einer von vielen Schatten, die nicht den Mumm hatten, durch die Ewigkeitspforte zu gehen. Ihr werdet den Zeitmeister heute nicht sehen. Er ist mitten drin in einem Notfall. Jetzt verpißt euch, sonst hetze ich die Hunde auf euch.«

»Du hast gar keine Hunde, Madeleine. Du bist allergisch gegen sie. Und was den Notfall betrifft, der Zeitmeister ist immer mitten drin in etwas Wichtigem, das ist seine Arbeit. Aber er wird uns empfangen. Oder vielmehr, er wird James hier empfangen. Er kann es sich nicht leisten, das nicht zu tun. Also dann, meine Süße, deine ständige übertriebene Masche als schützende Glucke ist schon lange nicht mehr niedlich, also vergeude nicht länger unsere Zeit, und sag dem Alten, daß wir da sind.«

Hart hätte es nicht für möglich gehalten, daß Mad noch wütender werden könnte, doch quoll der Dampf förmlich aus ihren Ohren, als sie auf Ash zuging. Plötzlich lag ein Klappmesser in ihrer Hand, und die Klinge schnappte mit einem kurzen, tiefen Klacken heraus, das ungewöhnlich klar und deutlich erschien. Hart gefiel weder ihr Anblick noch der des Messers. Beide sahen außerordentlich gefährlich und gleichermaßen erstarrt aus. Sie blieb unvermittelt vor Ash stehen und schob ihr Gesicht eng vor seines.

»Kurz und bündig, Ash, in Worten mit einer Silbe oder weniger: Raus! Oder ich zerschneide dich und deinen hübschen Freund. Ich mag nicht, daß du hierherkommst, Ash. Du hast hier nichts zu suchen, und du machst den Zeitmeister nervös, weil du ihn in

Dinge verwickelst, mit denen er nichts zu schaffen haben will. Ich weiß nicht, warum du hier bist, und es ist mir auch egal. Du hast Galerie-Verbot. Du bist ausgestrichen, null und nichtig, die reine Platzverschwendung. Jetzt mach kehrt und marschier auf dem Weg zurück, den du gekommen bist, oder ich werde sehen, wieviel Schaden ich deinem toten Körper zufügen kann.«

Ihre Stimme klang tödlich ernst. Hart entschied, daß er jedes Wort glaubte, das sie sagte, und er warf Ash, der keinen Zentimeter zurückgewichen war, einen drängenden Blick zu. Als er sprach, klang seine Stimme ruhig und gleichmäßig.

»Du übertriffst dich, Madeleine. Du hast hier eine nette kleine Nische gefunden, indem du dich um den Zeitmeister kümmerst, und das ist gut so; jemand muß das machen, und die meisten von uns haben nicht die nötige Geduld. Aber begehe nicht den Fehler, dir einzubilden, daß du hier das Sagen hast, nur weil der Zeitmeister allmählich etwas zerstreut ist, je näher sein Tod kommt. Auch wenn du das Wort HASS auf deine beiden Fußknöchelpaare tätowiert hast, bedeutet das noch lange nicht, daß du gut genug bist, dich mit jemandem wie mir anzulegen. Jetzt sei ein braves Mädchen und tu, was man von dir verlangt, Madeleine.«

»Nenn mich nicht so!«

Mad schwenkte das Messer vor Ashs Gesicht, hielt dann inne und trat einen Schritt zurück. Nichts war geschehen, und doch hatte sich alles verändert. Ohne einen Muskel zu bewegen oder ein weiteres Wort zu sagen, wirkte Ash plötzlich beängstigend und gefährlich. Eine Bedrohung wehte von ihm her wie ein eiskalter Wind, der einem das Herz gefrieren ließ und jeglichen Mut stahl. Harts Fleisch kribbelte, und es bedurfte seiner gesamten Selbstbeherrschung, um sich nicht von Ash zu entfernen. Plötzlich wußte er, tief im

Innersten, an der entscheidenden Stelle seines Bewußtseins, daß Ash genau das war, was er gesagt hatte: ein wandelnder Toter. Der Tod hatte den Raum betreten und wollte nicht mißachtet werden. Ash streckte den Arm aus und nahm das Messer aus Mads zitternder Hand. Er lächelte sie an, und es war kein angenehmes Lächeln. Vielleicht – dachte Hart –, war es auch ein wenig irre.

»Du sprichst sehr frei über den Tod, Madeleine, aber du weißt gar nichts. Soll ich dir zeigen, was er wirklich ist, was er wirklich bedeutet? Soll ich dir die Geheimnisse des Grabes verraten, und dir die Behaglichkeit der Erde schildern?«

Aus Mads Gesicht war alle Farbe gewichen, ihr Make-up unterstrich ihre starrenden Augen auf beinahe gespenstische Weise. Sie zitterte heftig, aber trotzdem gab sie nicht nach. Ashs Lächeln wurde breiter, und darin lag nicht die Spur von Heiterkeit.

»So, das reicht jetzt.«

Die ruhige, trockene Stimme durchbrach den Augenblick wie ein Schwall kalten Wassers. Ash sah sich um, um festzustellen, wer gesprochen hatte, und Mad fuhr sich mit der zitternden Hand über den Mund, als erwachte sie aus einem Alptraum. Hart atmete leichter, und etwas von dem Eis in seinen Adern schmolz. Er warf Ash einen kurzen Blick zu – er betrachtete ihn nun mit anderen Augen – und sah sich dann suchend um, um zu erkunden, wer gesprochen hatte. Der Neuankömmling kam gemächlich aus dem Labyrinth der Maschinerie und gesellte sich zu ihnen – ein hagerer Mann Ende der Fünfzig oder Anfang Sechzig, gekleidet im Stil der mittviktorianischen Mode. Sein langer schwarzer Mantel war von elegantem, aber strengem Schnitt, und abgesehen von der goldenen Uhrkette, die in strahlendem Glanz quer über seine Weste verlief, war der einzige Farbblitz das aprikosenfarbene Tuch an seinem Hals. Er stand vor ihnen und lächelte gütig, wie ein Lieblingsonkel. Er war umgeben von einem Hauch stiller Autorität, lediglich untergraben durch eine gewisse Unbestimmtheit.

»Du mußt wirklich aufhören, die arme Mad zu reizen«, sagte er streng. »Nur weil du tot bist, darfst du deine guten Manieren nicht vergessen. Jetzt gib ihr das Messer zurück.«

»Tut mir leid«, sagte Ash und reichte Mad lässig das Messer. »Es wird nicht wieder vorkommen.«

»Nein, es tut dir nicht leid, und zweifellos wird es wieder vorkommen, aber für diesmal wollen wir es gut sein lassen. Ich freue mich, dich wieder mal hier zu sehen, Leonard. Darf ich hoffen, daß du dich endlich zu der richtigen Entscheidung durchgerungen hast und beabsichtigst, durch die Ewigkeitspforte zu gehen?«

»Ich kann nicht«, sagte Ash. »Noch nicht. Meine Eltern brauchen mich noch. Deshalb bin ich zurückgekommen, und weil sie mich nicht gehen lassen, bin ich noch immer hier.«

Der Zeitmeister schnaubte verächtlich. »Das erzählst du mir nicht zum ersten Mal, und ich habe es dir noch nie geglaubt. Aber es ist dein Leben oder vielmehr dein Tod, und ich kann dir nicht vorschreiben, was du damit machst.« Er wandte sich Hart zu, der eine straffere Haltung annahm und sich unter dem festen, aber freundlichen Blick unwillkürlich ein wenig größer machte. Der Zeitmeister war auf altmodische Weise ein gutaussehender Mann, mit einem entschlossenen Kinn und einer strengen Stirn. Er hatte eine etwas schüttere Mähne langen weißen Haares, das aus der hohen Stirn zurückgebürstet war und ansonsten so fiel, wie es wollte. Aber seine Augen waren es, die Harts Aufmerksamkeit fesselten. Der Zeitmeister hatte sehr alte Augen, alt und sehr, sehr müde. Und sehr, sehr wissend. Hart kam sich vor wie sechs Jahre alt, und die schiere Anwesenheit des alten Mannes beeindruckte ihn so sehr, daß er sich darüber nicht einmal ärgerte. Der Zeitmeister lächelte verständnisvoll.

»Aha, du bist also Jonathan Harts Junge? Ja, du hast das Gesicht deines Vaters. Ich hätte niemals gedacht, daß ich es hier noch einmal sehen würde, obwohl es mir mehr als jedem anderen anstünde, das Wort niemals niemals zu gebrauchen, nicht wahr? Besonders in bezug auf alles, das mit Schattenfall zu tun hat.« Er schnaubte mißbilligend und schüttelte den Kopf. Dann fiel sein Blick auf eine Skala in seiner Nähe, und er streckte die Hand aus, um den Druck mit ein paar Drehungen eines Handrades zu regulieren. Er sah auf die Skala, offenbar unzufrieden mit dem, was er sah, und klopfte mit einem Fingerknöchel gebieterisch auf die Glasabdeckung. Er wartete eine Weile und schnaubte wieder, nur gerade eben zufrieden mit der neuen Anzeige. Er wandte sich wieder Hart zu. »Man darf hier einfach nichts aus den Augen lassen, irgend etwas muß immer gerichtet werden. Trotzdem, nimm nichts von dem, was du hier siehst, zu wörtlich, junger Mann, nicht einmal mich. Wir alle neigen zu kleinen Abweichungen, je nach Ansicht des Betreibers. Das menschliche Gehirn neigt dazu, Dinge, die es zu kompliziert oder beunruhigend findet, anzupassen oder herunterzudrehen. Faß das alles als eine Metapher auf, wenn du dich dabei wohler fühlst. Nun, junger Mann, wir müssen uns unterhalten. Dinge geschehen oder werden bald geschehen, und du steckst mitten drin.«

»Ich?« fragte Hart ungläubig. »Was habe ich denn damit zu tun? Ich bin doch eben erst hier angekommen.«

»Das reicht schon«, sagte der Zeitmeister. »Deine Rückkehr hat eine Kettenreaktion von Ereignissen ausgelöst, die uns alle betreffen – ein Schicksalsrad wurde in Gang gesetzt, dessen Zeit endlich gekommen ist. Und ob es dir gefällt oder nicht, du steckst bis zur Oberkante der Unterlippe mitten drin und sinkst schnell tiefer. Die Prophezeiung wird sich erfüllen, und weder du noch ich noch sonst jemand kann etwas dagegen tun.«

»Ich könnte Schattenfall verlassen«, sagte Hart.

»Nein, könntest du nicht«, widersprach der Zeitmeister, nicht unfreundlich. »Die Stadt würde dich nicht gehen lassen.«

»Aber angeblich sind Sie hier für alles zuständig ...«

»Ha! Nein, mein Junge, ich bin eher so etwas wie ein Aufseher, ein Obmann, der aufpaßt, daß sich alle an die Regeln halten. Ich bin nicht einmal menschlich, so wie ihr den Begriff gebraucht. Ich bin die fleischgewordene Verkörperung eines abstrakten Gedankens, beides mehr oder weniger menschlich. Ich existiere, weil ich notwendig bin, doch selbst ich, mehr als jeder andere, muß mich an die Regeln halten. Ich bin strenggenommen nicht einmal unsterblich. Jedesmal wenn ich wiedergeboren werde, habe ich Zugriff auf meine früheren Erinnerungen, aber bin ich damit dieselbe Person oder nur ein neues Wesen mit Zugriff auf die Erinnerungen eines anderen? Das ist eine interessante Unterscheidung, über die ich seit Jahrhunderten nachdenke, ohne einer Antwort im geringsten näherzukommen. Trotzdem, das ist für dich Schattenfall. Ich bin die Macht, die diese Stadt zusammenhält, aber es ist die Stadt selbst, die über die Zukunft entscheidet. Mir obliegt es lediglich, den Dingen einen Schubs in die richtige Richtung zu geben. Meistens habe ich das Gefühl, ich fahre nur so mit.«

»Schubs«, sagte Ash, »ist wohl nicht ganz das richtige Wort. Da wir gerade von des Teufels Handlanger sprechen: Wo ist Jack Fetch?«

»In einer meiner Angelegenheiten unterwegs«, sagte der Zeitmeister. Seine Augen wirkten plötzlich kalt, doch das Lächeln, mit dem er Hart bedachte, besaß etwas Tröstliches. »Du darfst nicht alles glauben, was du über Jack hörst. Er ist mein Assistent; er hilft mir, den Gesetzen Nachdruck zu verleihen, falls das mal nötig sein sollte. Kein ganz leichter Kamerad, aber mir gegenüber hat er sich immer recht anständig benommen. Er ist nicht der schlechteste, wirklich nicht, nur ein bißchen gerade heraus, was seine Methoden betrifft.«

»Gerade heraus«, sagte Ash. »Wieder ein gutes Wort.«

»Du wirst hier nur geduldet, Leonard«, sagte der Zeitmeister. »Stell dein Glück nicht auf die Probe. Nun, mein lieber James, du siehst mich irgendwie seltsam an. Stimmt etwas nicht?«

»Nein, eigentlich nicht. Ich habe mir nur überlegt, na ja ... warum *viktorianisch*?«

»Frag mich nicht«, sagte der Zeitmeister. »Das ist nur dein Unterbewußtsein. Ich bezweifle nicht, daß Leonard mich ganz anders sieht, aber da er schließlich tot ist, kann er die Wahrheit meiner Realität besser ertragen. Ich fürchte, meine wahre Natur ist für die meisten Leute ein bißchen zuviel. Mach dir deswegen keine Sorgen, mein Junge. Wie auch immer du mich siehst, es ist ausreichend real. Ich bin nur ... durch dein Gehirn in etwas umgesetzt, mit dem du leichter umgehen kannst, hm? Du wirst feststellen, daß das für viele Dinge in Schattenfall zutrifft.«

»Dann sehe ich also nicht, wie Sie wirklich aussehen, aber Ash sieht es?«

»Die Toten haben wenig Illusionen«, sagte der Zeitmeister.

Ash schüttelte heftig den Kopf, als Hart ihn ansah. »Frag nicht, James! Vertrau mir in dieser Sache einfach. Du willst es gar nicht wissen.«

»Lassen Sie uns auf Ihre eigentliche Tätigkeit zurückkommen«, sagte Hart hartnäckig. »Sie entscheiden, wie die Dinge zu sein haben, oder die Stadt entscheidet es, und Sie geben es weiter, und dann nimmt sich Jack Fetch all derer an, die damit nicht einverstanden sind. Richtig?«

»Ungefähr«, sagte Mad im Tonfall von jemandem, der entschieden zu lange aus der Unterhaltung ausgeschlossen gewesen und darüber höchst unzufrieden war. »Der Zeitmeister trifft alle wichtigen Entscheidungen. Er schützt die Stadt und die Pforte.«

»Schützt?« fragte Hart. »Schützt sie vor wem?«

»Schattenfall hat seine Feinde«, sagte Mad wenig überzeugend. »Und wer die Ewigkeitspforte beherrscht, beherrscht die Stadt. Der Zeitmeister sorgt für unser aller Sicherheit. Es gibt immer irgendeinen hinterhältigen Bastard, der darauf aus ist, die verschiedenen Zeiten und Realitäten zu plündern, und zum Teufel mit den Folgen. Diebe, Verschwörer und gewöhnliche Halunken. Der Zeitmeister kommt ihnen auf die Schliche und schickt Jack Fetch, damit er sie hinbiegt. Jack gibt ihnen einen Tritt in den Arsch.« Sie lächelte Hart boshaft an. »Du mußt Jack kennenlernen, bevor du gehst. Er ist total interessant, echt.«

»Das reicht jetzt, meine Liebe«, sagte der Zeitmeister. »Nur weil Jack nicht real ist, bedeutet das noch lange nicht, daß er im Herzen nicht ein netter Kerl ist. Wenn er ein Herz hätte, heißt das. Jack hat viele liebenswerte und wertvolle Eigenschaften; es ist nur so, daß er in seiner Branche nicht allzuviel Gelegenheit hat, sie zu zeigen. Nun, James ... hör zu, junger Mann. Ich rede nicht um des Vergnügens willen, mich selbst sprechen zu hören.«

»Entschuldigung«, sagte Hart schnell und wandte den Blick von dem Zifferblatt ab, das seine Aufmerksamkeit gefesselt hatte. Die Zeiger liefen rückwärts. »Ich höre zu. Bitte fahren Sie fort.«

»Nun«, sagte er Zeitmeister, und ein Funkeln in seinen Augen verriet, daß er nicht vollständig besänftigt war, »es möge genügen zu sagen, daß ich die verschiedenen Zeiten und Realitäten, die von Schattenfall aufgrund seiner einzigartigen Natur angezogen werden, beaufsichtige und erhalte. Leute und Orte kommen und gehen ständig; so ist diese Stadt nun mal. Ich behalte sie alle im Auge, mittels meiner Bilder und anderer Methoden. Ich sehe alles und weiß das meiste, hier, dort und überall, und versuche, nicht allzu oft über die eigenen Füße zu stolpern.« Er hielt inne und lächelte Mad an. »Anscheinend bin ich allmählich ein wenig vertrocknet. Ich bin es nicht gewöhnt, viel zu reden. Warum machst du uns allen nicht eine schöne Tasse Tee?«

Mad nickte kurz, dann warf sie Ash und Hart einen Blick zu. »Bin gleich zurück.«

»Du fehlst mir jetzt schon«, sagte Ash galant.

Mad bedachte ihn mit ihrer grimmigsten Miene, machte auf dem Absatz kehrt und entfernte sich. Ihr Rücken strahlte Verachtung aus.

Der Zeitmeister setzte an, etwas Ermahnendes zu Ash zu sagen, verstummte jedoch gleich wieder und sah über Ashs Schulter. »Du wolltest doch Jack Fetch kennenlernen, James, und anscheinend hast du Glück. Da kommt er gerade.«

Ash und Hart drehten sich ruckartig um und blickten nach hinten, als sie Schritte hörten, die sich jenseits der geschlossenen Tür näherten. Die Schritte kamen langsam und gleichmäßig und irgendwie … weich, als ob derjenige, wer immer da kommen mochte, wattierte Hausschuhe trüge. Diese Vorstellung beunruhigte Hart tief im Unterbewußtsein, obwohl er nicht zu sagen vermocht hätte warum. Die leisen Laute waren irgendwie *diffus*, nicht körperhaft. Plötzlich hörten sie vor der Tür auf, und in der anschließenden langen Pause schien jeder den Atem anzuhalten. Hart spürte, wie sich ihm die Nackenhaare aufstellten, und schlagartig war er sich sicher, daß er das, was immer sich auf der anderen Seite der Tür befinden mochte, nicht sehen wollte.

Dann drehte sich der Türknopf, und die Tür wurde geöffnet. Jack Fetch kam auf federnden Beinen herein. Er war eine Vogelscheuche, ein Gebilde aus Lumpen und Stöcken und Stroh. Er hätte eigentlich putzig altmodisch aussehen sollen, reizend auf eine herkömmlich rustikale Art, aber an Jack Fetch war nichts Anheimelndes oder Malerisches. Er war eine menschliche Gestalt, die zur Gänze aus leblosen Dingen bestand, von dem mit Stroh ausgestopften Hemd über die Füße aus Stöcken bis zu der grotesk zurechtgeschnitzten Steckrübe, die seinen Kopf darstellte. Er erinnerte Hart an ein Spielzeug, das er als Kind besessen hatte und das in seinem Schlafzimmer verschwommen und bedrohlich wuchs, wenn das Licht gelöscht war. Jack Fetchs Bewegungen waren das Werk eines unnatürlichen Willens. Er war keine Marionette oder ein Werkzeug, wie die Automaten des Zeitmeisters; Jack lebte und hatte ein Bewußtsein und war nicht im geringsten menschlich. Hart spürte das, hatte es irgendwie im Urin. Das große Rübengesicht drehte sich langsam auf seinem hölzernen Hals und wandte sich von Hart zu Ash und zu Altvater Zeit und dann zu allen dreien; der Zeitmeister war der einzige, der dem finsteren, starren Blick standhielt. Die Vogelscheuche näherte sich ihnen langsam, wobei die zusammengebundenen Zweige seiner Füße ein leichtes Scharren erzeugten, als ob Ratten über den Boden der Hütte schlurften. Schließlich blieb er vor dem Zeitmeister stehen, verneigte sich einmal rukkend und verharrte dann reglos. Hart betrachtete die starre Gestalt und wußte nicht, ob er lieber auf sie einschlagen oder weglaufen würde.

»Jack Fetch«, sagte Ash leise. »In Schattenfall ermahnen Mütter ihre Kinder, brav zu sein, weil sonst Jack Fetch sie holt. Und manchmal tut er das tatsächlich. Wie viele hast du heute schon umgebracht, Jack? Blut klebt an deinen Händen.«

Hart sah unwillkürlich zu den abgewetzten Lederhandschuhen, die die Hände der Vogelscheuche darstellten, und sein Herz tat einen Sprung, als er die dunklen Flecken sah, die die Handschuhe sprenkelten. Der Zeitmeister schnalzte mißbilligend mit der Zunge.

»Jack, du weißt doch, daß du dich säubern sollst, bevor du mich besuchst. Was sollen denn unsere Gäste denken, hm? Trotzdem, Leonard, ich habe dir gesagt, daß du nicht grob zu ihm sein darfst. Er ist sehr sensibel, und du weißt ja, wie schwierig es heutzutage ist, ein gute Hilfskraft zu finden. Jack ist meine rechte Hand, und ich vertraue auf seine Mithilfe, damit die Dinge so laufen, wie sie sollen, zum Wohle der Stadt. Selbst der duldsamste Vater muß gelegentlich streng sein.«

»Auf wen hast du heute deinen Hund gehetzt?« fragte Ash kraftlos.

Der Zeitmeister zuckte mit den Schultern. »Die Herren der Ordnung und die Herzöge des Chaos haben sich wieder mal über Kleinigkeiten gestritten und das Mobiliar zerschmettert. Diese neue Wissenschaft der Chaos-Theorie hat auf geistiger Ebene für mehr Unruhe gesorgt, als man es für möglich halten würde. Ich weiß nicht, warum sie sich nicht einfach darauf einigen, daß sie sich nicht einigen können. Wie dem auch sei, Jack hat sie mühelos zur Ruhe gebracht. Er bringt große Überzeugungskraft auf, wenn er will. Gut gemacht, Jack. Geh jetzt in die Galerie des Frostes zurück, wir sehen uns dort später.«

Die Vogelscheuche stand eine Zeitlang reglos da und drehte dann den Rübenkopf in Harts Richtung. Das geschnitzte Lächeln und die leeren Augenhöhlen zeigten keinerlei Wärme oder die Spur eines Gefühls, dennoch hatte der Blick etwas Bedächtig-Kalkulierendes, das Hart einen eiskalten Schauder den Rücken hinunterjagte. Es war, als würde er von einem schweigenden Gericht, vor dem es keine Berufung gab, gemustert, abgeschätzt und für schuldig befunden. Der Zeitmeister befahl Jack in scharfem Ton, das zu unterlassen, doch die Vogelscheuche ging unverändert auf Hart zu, während dieser immer weiter zurückwich. Sie erzeugte keinen Laut, außer dem Kratzen ihrer Zweige-Füße auf dem Holzboden, dennoch erkannte Hart in ihrer gemächlichen Annäherung eine erbarmungslose Zielstrebigkeit.

Der Zeitmeister stellte sich hinter Jack, rief den Namen der Vogelscheuche mit zunehmendem Ärger und packte sie schließlich am Arm. Jack Fetch schüttelte ihn ab, ohne sich umzusehen. Sein lebloser Körper verfügte über eine übernatürliche Kraft, und Hart erkannte auf einer Bewußtseinsebene, die auf tief verwurzelten Urinstinkten beruhte, daß Fetch, wenn er ihn in die Hände bekäme, ihn so leicht auseinanderreißen könnte wie ein Kind ein ausgestopftes Spielzeug. Hart prallte mit dem Rücken gegen die Wand, und er hatte keine Ausweichmöglichkeit mehr. Sein Atem ging schnell und flach, wie bei einem Vogel in einem Käfig, der von einer Katze bedroht wird, trotzdem kam ihm überhaupt nicht der Gedanke, sich zur Wehr zu setzen. Irgendwie wußte er, daß das keinen Sinn haben würde, daß Jack Fetch etwas war, das sich durch menschliche Kraft nicht aufhalten ließ.

Und dann ertönten ein Schrei und ein Kreischen, und eine schwarzgekleidete Gestalt warf sich mit zorniger Wucht auf die Vogelscheuche, so daß sie zur Seite taumelte. Madeleine Kresh ritt wie ein Jockey auf dem Rücken der Vogelscheuche, die Beine hatte sie um seine Oberarme geschlungen, und ihre Hände zerrten an seinem Rübengesicht. Er hatte schnell das Gleichgewicht wiedererlangt und griff mit den Handschuh-Händen nach oben. Mad spuckte darauf und stach mit ihrem Messer auf die Hand ein, die ihr am nächsten war. Jack Fetch mißachtete ihren Angriff, packte sie fest bei den Armen und entfernte sie mühelos von sich. Er setzte sie ab und schob sie grob zur Seite. Mad stach ihm mit dem Messer in den ausgestopften Brauch, und ihre Klinge traf dreimal in schneller Folge, doch aus den ausgefransten Stichwunden quoll kein Blut in sein Hemd. Während Mad benommen dastand, wandte die Vogelscheuche ihre Aufmerksamkeit wieder Hart zu.

Ash trat vor und stellte sich zwischen die beiden, die blassen, beschwichtigenden Augen auf das leere Starren der Vogelscheuche gerichtet. Und dann warf er sich wieder seine wahre Natur über und wurde zu etwas Beängstigendem. Mad fühlte seine Macht und wich unwillkürlich zurück. Selbst Hart spürte etwas davon, obwohl sie nicht gegen ihn gerichtet war, und das Blut stockte ihm in den Adern. Jack Fetch stand da und starrte den Toten an, dann streckte er eine Handschuh-Hand aus, nahm ihn bei den Armen und schob ihn sanft, aber fest zur Seite. Ash schwankte und wäre beinahe gestürzt, als ob allein schon die Berührung durch die Hände der Vogelscheuche alle Kraft aus ihm herausgesogen hätte. Jack Fetch sah wieder Hart an und trat entschlossen vor, so daß er unmittelbar vor ihm stand. In seinem Atem flogen Sägespäne. Sie kratzten in Harts Kehle, als er sie einatmete.

*Er ist gekommen, um mich zu holen,* war alles, was er denken konnte. *Er ist gekommen, um meine Eltern zu holen, aber die waren schon weg. Deshalb ist er schließlich gekommen, um mich zu holen.*

Stille herrschte jetzt in dem Raum, während der Zeitmeister und Mad und Ash hilflos zusahen, was die Vogelscheuche tun würde. Von ihnen allen hatte lediglich der Zeitmeister keinen richtigen Versuch unternommen, sie aufzuhalten, vermutlich weil er wußte, daß man Fetch nicht aufhalten konnte, sobald er einmal in Bewegung gesetzt worden war – daß alles, was immer auch geschehen mochte, das Gewicht des Schicksals hinter sich hatte. Und während Hart mit weitaufgerissenen Augen zusah, ließ sich Jack Fetch ruckend auf ein Knie fallen und neigte den Rübenkopf vor ihm. Dann erhob er sich wieder, wandte sich ab und schritt von dannen, entschwand durch die Tür, die er angelehnt gelassen hatte. Es gab ein beinahe explosives Aufatmen der Erleichterung, und der Zeitmeister musterte Hart mit einem seltsamen Blick.

»In der ganzen Zeit, die ich Jack jetzt schon kenne, hat er das noch bei niemandem gemacht, nicht einmal bei mir.«

»Und was bedeutet das?« fragte Mad, die zögernd ihr Messer wegsteckte.

»Ich weiß nicht«, sagte der Zeitmeister knapp. »Aber es ist außerordentlich interessant. Ich werde darüber nachdenken.«

Hart mußte heftig schlucken, um seine Kehle freizubekommen, doch als er schließlich sprach, klang seine Stimme kühl und gleichmäßig. »Haben Sie ... dieses Wesen meinen Eltern hinterhergeschickt, als sie beschlossen, Schattenfall zu verlassen? Haben sie es deshalb niemals gewagt zurückzukehren?«

Der Zeitmeister kräuselte nachdenklich die Lippen, bevor er antwortete. »Die Prophezeiung über dich und deine Familie war ärgerlich ungenau, wie das bei Orakeln meistens der Fall ist, aber der Inhalt war ziemlich klar. Das Schicksal der Ewigkeitspforte und das der ganzen Stadt hängt rätselhaft mit euch zusammen. Euch wäre nichts geschehen, wenn ihr geblieben wärt. Man hätte euch lediglich beobachtet und eventuell zu unternehmende Schritte erwogen. Wir hätten verhindern können, daß ihr weggeht, aber wir entschieden uns dagegen. Bei all unseren menschlichen und nichtmenschlichen Eigenschaften hat sich Schattenfall stets bemüht, sich in zivilisierter Manier zu verhalten.

»Ja«, sagte Ash. »Jack Fetch ist wirklich äußerst zivilisiert.«

»Nun«, sagte Hart und blickte dem Zeitmeister fest in die Augen. »Da ich zurück bin, was werdet ihr jetzt tun?«

»Beobachten und abwägen«, sagte der Zeitmeister ruhig. »Bitte begreife, James, Schattenfall ist wichtig.

Die Welt braucht einen Ort wie diesen, wo die Grenzbereiche der Wirklichkeit entspannen können und alle verlorenen Seelen endlich ihren Weg nach Hause finden. Die Ewigkeitspforte ist ein Druckventil, wo die Welt unbeschadet Dampf ablassen und jene Dinge abladen kann, die nicht mehr genehm sind. Und du gefährdest all das, mein Junge, einfach dadurch, daß du hier bist. Wenn die Pforte jemals zerstört oder diese Stadt ausgelöscht wird, würde die ganze Welt durch den psychischen Schock dem Wahnsinn und der Gewalt verfallen. Feuer würden entflammen, um für Ewigkeiten zu brennen, und die lange Nacht könnte niemals enden. Es gibt Kräfte im Universum, James, die sich nicht leugnen lassen, sowohl innerhalb als auch außerhalb Schattenfalls.«

»Was soll ich also Ihrer Meinung nach tun?« fragte Hart.

»Ich weiß nicht«, antwortete Altvater Zeit. »Aber mir scheint, wenn man irgendwo Antworten findet, dann liegen sie in deiner Vergangenheit, in jener Zeit, als die Prophezeiung gemacht wurde. Warum stattest du dem ehemaligen Zuhause deiner Familie nicht einen Besuch ab? Leonard kann dir zeigen, wo es ist.«

»Ja«, sagte Hart. »Ich glaube, das würde ich gern tun. Können wir gleich gehen?«

»Natürlich, mein Junge, natürlich. Aber nimm doch noch eine Kleinigkeit zu dir, bevor ihr aufbrecht, um das Blut zu wärmen und die Kälte fernzuhalten.«

Er machte eine Handbewegung zu Mad, die von irgendwoher ein Tablett mit vier kleinen Porzellantassen zum Vorschein brachte. Der Zeitmeister nahm eine, nippte vorsichtig und lächelte. Ash und Hart nahmen auch jeweils eine Tasse, und Mad ergriff die letzte. Sie lächelte verdächtig unschuldig, deshalb wartete Hart, daß sie zuerst an ihrer nippte, was sie sehr selbstsicher tat. Hart nahm einen gesunden Schluck aus seiner Tasse, und seine Augen traten aus den Höhlen, als ob eine kleine Kernwaffe in seiner Kehle losging. Seine Zunge kringelte sich und erstarb, und seine Augen schlossen sich so fest, als würden sie sich niemals wieder öffnen.

»Was für ein Zeug ist das?« japste er schließlich.

»Saki«, sagte Mad grinsend. »Starker Stoff, wenn man nicht daran gewöhnt ist.«

Ash sah wehmütig in seine Tasse, dann lächelte er Hart an. »Nun, du kannst nicht behaupten, du wärest nicht gewarnt worden, James. Wenn dir dein Zukunfts-Ich das nächste Mal eine Empfehlung gibt, solltest du wirklich darauf hören.«

Hart sah ihn mit tränenverschwommenen Augen an. »Du redest zuviel, Ash.«

4. KAPITEL

# Abschied

Der Allseelen-Friedhof war eine kleine Anlage, nur ein paar hundert Gräber, sorgsam außer Sichtweite verbannt, um niemanden durch seine Anwesenheit zu stören. Hohe Bäume schirmten ihn gegen Passanten ab, und es gab nur einen einzigen schmalen Kiesweg zwischen den ordentlichen Reihen der Grabsteine hindurch und wieder hinaus. Schattenfall war um den Tod herum erbaut worden, oder zumindest als Durchgang zur Ewigkeitspforte, aber wie an so vielen anderen Orten wollte niemand daran denken müssen, solange die Umstände es nicht zwingend erforderten. Allseelen war hübsch und sauber und zweckmäßig angelegt, mit gleichmäßigen, unaufdringlichen Reihen von Grabsteinen und ohne prunkvolle Krypten oder Statuen oder übergroße Monumente. Sie waren nicht eigentlich durch irgendeine Vorschrift oder ein Gesetz verboten, es verstand sich einfach von selbst, daß Allseelen nicht der Ort für eine derart protzige Zurschaustellung war. Jeder, der auf solchen Schnickschnack Wert legte, wurde kühl aufgefordert, sich anderweitig umzutun. Es gab entsprechende Orte, sogar in Schattenfall, aber höfliche Menschen sprachen nicht davon. Der Allseelen-Friedhof war ein Ort des Friedens und der Besinnung. Für Sheriff Erikson war es der bedrückendste Ort, an dem er jemals gewesen war.

Er stand schicksalsergeben neben Bürgermeisterin

Rhea Frazier und machte ein feierliches Gesicht, während Pater Callahan mit geübten Worten die Wiederbeerdigungspredigt für Lucas DeFrenz las. Für den Mann, der von den Toten zurückgekehrt war und behauptet hatte, von einem Engel besessen zu sein. Jetzt ruhte er in einem neuen Sarg neben seinem alten Grab und wartete darauf, ein weiteres Mal der Erde zurückgegeben zu werden, diesmal allerdings hoffentlich für einen etwas längeren Aufenthalt. Erikson warf einen verstohlenen Blick auf seine Armbanduhr. Der Erguß des Pfarrers dauerte nun schon eine scheinbare Ewigkeit, da er die vorgesehene Predigt für die in ihrer Ruhe Gestörten in voller Länge absolvierte, und das noch mit mehr als der üblichen Sorgfalt und Inbrunst und sogar einer gewissen Dramatik. Vermutlich deshalb, weil er eine solche Andacht nicht alle Tage zu verrichten hatte und entschlossen war, soviel wie möglich daraus zu machen. Eine Rückkehr von den Toten war in Schattenfall nicht unbekannt, aber sie geschah immer noch selten genug, um als kleine Sensation zu gelten, wenn es sich denn so begab.

Erikson zog die Nase hoch und trat unruhig von einem Fuß auf den anderen. Er hatte Beerdigungen noch nie gemocht. Zum Teil weil sie ihn an seine eigene Sterblichkeit erinnerten, aber vor allem weil sie ihn schrecklich langweilten. Seine Ansicht war: Wenn einer nicht mehr ist, dann ist er nicht mehr, und man sollte kein Theater darum machen. Ohne Zweifel meinte Pater Callahan es gut, aber die endlosen Worte des tiefempfundenen Trostes verliefen allmählich alle ineinander, und Erikson wünschte, er würde endlich zum Ende kommen. Es war noch nie Eriksons Art gewesen, herumzustehen und nichts zu tun; er mußte tätig sein, sich mit etwas beschäftigen. Es war nicht so, daß er Lucas besonders gut gekannt hätte. Aber seine Ermittlungen in bezug auf den zweiten Tod des Mannes hatten rein gar nichts erbracht, also blieb ihm nichts anderes zu tun übrig, als Lucas' Beerdigung beizuwohnen und zu hoffen, daß sich etwas Interessantes ereignete.

Er warf einen unauffälligen Blick zu der Bürgermeisterin hinüber. Rhea Frazier war elegant, aber konservativ in Schwarz gekleidet, mit einem kleinen Pillbox-Hütchen und einem dezenten Schleier. Sie wirkte ruhig und gefaßt, aber das tat sie ja immer. Rhea war groß darin, niemals die Selbstbeherrschung zu verlieren. Selbst wenn eine Maus ihr das Bein hinaufgelaufen wäre oder ihr Hut Feuer gefangen hätte, hätte das nicht zum Einbruch ihrer Haltung geführt. Sie hatte bis jetzt noch keine Erklärung geliefert, warum sie bei Lucas' Beerdigung dabei war, aber Erikson war fest entschlossen, es aus ihr herauszubekommen, bevor sie wegging. Er betrachtete sie erneut verstohlen und beneidete sie um ihre kühle Haltung angesichts der geisttötenden Langeweile. Doch das machte nun mal eine echte Politikerin aus: das höfliche Lächeln und der herzliche Händedruck und ein Gesicht, das keinerlei Regung preisgab. Er kannte Rhea seit so vielen Jahren, daß er sich an ihre Zahl gar nicht mehr erinnern konnte und auch nicht wollte, und er durchschaute ihr Wesen noch immer nicht besser als am Anfang. Der Gedanke war ihm unangenehm. Erikson lag viel daran, Leute zu durchschauen und zu verstehen. In seinem Job konnte es entscheidend sein zu wissen, wie sich jemand in einer bestimmten Lage verhielt. Aber Rhea stand neben ihm, ihrer beider Arme berührten sich beinahe, sie waren seit der Kindheit befreundet, und sie hätte ebensogut vom Mond stammen können.

Erikson seufzte leise und ließ den Blick schweifen, ohne sich die Mühe zu machen, es zu verbergen. Von DeFrenz' Familie war niemand zur Beerdigung erschienen. Sie hatten diese Zeremonie einmal über sich ergehen lassen und verspürten keine Lust, sich das Ganze noch einmal anzutun. Er hatte vorher mit ihnen gesprochen, und sie waren höflich, aber unerschütterlich gewesen. Sie hatten sich von dem Mann, den sie kannten, verabschiedet und hegten kein Interesse an ihm, der von den Toten zurückgekehrt war und behauptet hatte, ein anderer zu sein. Einer von ihnen hatte ein Blumengesteck von mittlerer Größe geschickt, aber auf der Schleife stand lediglich der Familienname und kein Zusatz, der einen Rückschluß auf den Absender zugelassen hätte. Es wirkte klein und verloren, einsam gegen den Grabstein gelehnt. Andere Blumen gab es nicht. Erikson ging flüchtig die Überlegung durch den Kopf, ob er welche hätte mitbringen sollen. Es war lange her, seit er das letzte Mal gezwungen gewesen war, an einer Beerdigung teilzunehmen, und er kannte sich mit der Etikette nicht so richtig aus. Doch dann fiel ihm ein, daß Rhea auch keine Blumen mitgebracht hatte, und der Gedanke beruhigte ihn. Rhea wußte immer, was sich gehörte.

Außer ihnen beiden und dem Pfarrer waren die einzigen anderen Beobachter zwei Totengräber, die in achtungsvoller Entfernung dastanden und eine einzige Zigarette zwischen sich hin und her reichten. Sie sprachen leise miteinander; ihre Worte wurden von den lauten und tragenden Verkündigungen des Pfarrers übertönt. Sie waren beide groß und muskulös, gut, aber lässig gekleidet, und sahen nach Eriksons Einschätzung überhaupt nicht wie Totengräber aus. Nicht daß er eine klare Vorstellung gehabt hätte, wie Totengräber auszusehen haben, abgesehen von dem unbestimmten Gefühl, daß sie sich auf Schaufeln stützen müßten. Zufällig war nirgendwo eine Schaufel zu sehen. Vermutlich wurden solche Dinge mit Bedacht außer Sicht gehalten, bis die Trauernden sich entfernt hatten, um sie nicht noch trauriger zu machen. Erikson lächelte säuerlich vor sich hin. Ihm hätte es nichts ausgemacht, wenn sie mit einem mechanischen Schaufelbagger erschienen wären. Er begegnete dem Blick des

Pfarrers, der ihn mit zusammengekniffenen Augen ansah, als hätte er Verdacht geschöpft, daß der Sheriff ihm nicht die gebotene Aufmerksamkeit zuteil werden ließ. Erikson straffte sich ein wenig, setzte sein bestes offizielles Gesicht auf und fragte sich wehmütig, wie lange es noch bis zum Mittagessen sein mochte.

Derek und Clive Manderville, die Totengräber und allgemeinen Handwerker des Allseelen-Friedhofs und noch eines halben Dutzends anderer, warteten geduldig auf das Ende der Totenpredigt, damit sie ihre Arbeit verrichten könnten. Es war ein kalter Tag, und der graue, unfreundliche Himmel verhieß Regen und Hagel im Lauf des späteren Vormittags, aber sie wußten, sie daß sie sich schnell warm arbeiten würden, wenn sie erst einmal angefangen hätten. Es war eine genauso harte Arbeit, ein Grab mit Erde zu füllen, wie es auszuheben, obwohl die meisten Leute das nicht anerkannten. Es gab viel an dem Job des Totengräbers, das die Leute nicht würdigten, wie Derek seinem jüngeren Bruder Clive gegenüber oft bemerkte. Das traf besonders in Städten wie Schattenfall zu (obwohl es – rein technisch gesehen – keine zweite Stadt wie Schattenfall gab), wo man sich nicht darauf verlassen konnte, daß eine Person dort blieb, wo man sie begraben hatte. Man nahm die Mühe auf sich, ein Loch in angemessener Größe zu graben, sie hübsch zur Ruhe zu betten und respektvoll zuzudecken – und das nächste war, daß sie sich wieder einen Weg heraus gebuddelt hatten und überall Erde und Schmutz herumlag. Derek fand, es müsse ein Gesetz dagegen geben, woraufhin Clive stets zu antworten pflegte, daß es ein solches Gesetz wahrscheinlich gäbe, aber man konnte von den frischauferstandenen Toten nicht erwarten, daß sie sich auch nur einen Deut um so unwichtigen Kleinkram wie Gesetze scherten. Stimmt, pflegte Derek dann zu sagen und bestätigend mit dem Kopf zu nicken, als hätte Clive soeben etwas besonders Tiefsinniges von sich gegeben. Es gab Zeiten, dachte Clive, während er seinem Bruder ihre einzige Zigarette reichte, da konnte Derek einen auf die Palme bringen.

»Vielleicht hätten wir diesmal ein bißchen tiefer graben sollen«, sagte Derek, während er die Zigarette entgegennahm, da er wieder mit Ziehen dran war. »Vielleicht würde eine zusätzliche halbe Tonne Erde auf ihm dazu beitragen, daß er diesmal drunten bleibt.«

»Schaden kann so was nie«, stimmte Clive zu.

»Mir würde es ja nichts ausmachen, aber er ist nicht der erste, der zu meiner Zeit zurückgekommen ist«, sagte Derek mißmutig. »Dieser Leonard Ash war auch so einer. Erinnerst du dich an Ash – das ist etwas über drei Jahre her. Ein sehr hübscher Mahagonisarg mit goldfarbenen Beschlägen. Schöne Arbeit. Vor drei Jahren haben wir ihn runtergelassen und zugedeckt, und vor ein paar Tagen habe ich ihn in der Stadt herumspazieren gesehen, makellos wie frischpoliertes Messing. Manche Menschen würdigen einfach nicht, was man für sie tut.«

»Da liegst du nicht falsch«, erwiderte Clive; er musterte Rhea Frazier und fragte sich, ob sie es vielleicht würdigte.

Derek brummte etwas tief in der Kehle und schüttelte trübsinnig den Kopf. »Wie sie heutzutage zurückkommen – ich weiß nicht, warum wir uns überhaupt die Mühe machen, den Deckel festzunageln. Man müßte einfach eine Drehtür einbauen und fertig.«

»Hast du vor, dich den ganzen Tag an dieser Zigarette festzuhalten?«

»Wenn du daran gedacht hättest, daß du dran bist, eine neue Packung zu kaufen, müßten wir uns nicht mit dieser einen begnügen. Warte, bis du an die Reihe kommst. Jedenfalls haben wir diesen hier zurückbekommen. Wie war noch mal sein Name?«

»DeFrenz. Er hielt sich für einen Engel.«

Derek schnaubte verächtlich. »Das nenn ich Größenwahn. Also, ich sage dir eins, Clive, und was ich dir jetzt sage, kostet nichts. Wenn er sich noch einmal in seinem verdammten Sarg aufrichtet, werde ich ihm mit meiner Schaufel eins überziehen. Ich grab nicht noch mal ein Loch für ihn.«

Clive nickte heftig, als Derek ihm endlich den letzten Zentimeter der Zigarette reichte. Sie standen eine Weile schweigend da und hörten zu, wie Pater Callahan seine Grabrede herunterspulte. Ein wundervoller Redner, dieser Pater Callahan. Worte, die so sehr zu Herzen gingen! Nun, Clive nahm an, daß sie zu Herzen gingen. Die Hälfte davon war in Latein. Aber sie hörten sich zu Herzen gehend an, und darauf kam es an.

»Allerdings«, sagte Derek, »um gerecht zu sein, es sind nicht immer die Erstarrten, die den Ärger machen. Erinnerst du dich an damals, als wir einen leeren Sarg beerdigt haben?«

Clive zuckte zusammen. »Hat man eigentlich jemals herausgefunden, was mit der Leiche geschah?«

»Nein, nie. Ihre eigene Schuld, wenn sie ihn exhumieren lassen. Wenn sie ihn in Ruhe gelassen hätten, hätten sie es nie erfahren, und alle wären ein Stück zufriedener gewesen. Dann gab es da das eine Mal, als wir den Kerl eingegraben haben, bei dem sich herausstellte, daß er noch nicht hundertprozentig dahingeschieden war.«

»Als wir ihn wieder ausgruben, war er es.«

»Genau das habe ich damals auch gesagt. Der Polizei hat das nicht ganz eingeleuchtet. Sie ist aber auch nicht gerade für ihren Humor bekannt.«

Die Grabrede neigte sich endlich ihrem Ende zu, und Pater Callahan machte eine Reihe ritueller Bewegungen über dem leeren Grab. Gewöhnlich paßte es ihm nicht, weiße Magie in kirchliche Zeremonien einzubringen, aber die Andacht zur Wiederbeerdigung der auferstandenen Toten war etwas sehr Eigenes, und er kannte seine Pflicht. Er trug eine Verantwortung, und mit ihm die Kirche, und er mußte dafür sorgen, daß die Familie DeFrenz nicht noch einmal belästigt und daß Lucas DeFrenz endlich ordentlich entschlafen *bleiben* würde. Auch wenn er ein gottloser Blasphemist mit Anwandlungen von Größenwahn gewesen war. Er machte eine scharfe Bewegung zu dem Sarg hin, und weiße Flammen umzüngelten diesen, um ihn sowohl auf der materiellen als auch auf der spirituellen Ebene für alle Zeiten zu verschließen. Eine weitere Bewegung, und der Sarg hob sich in die Luft und senkte sich dann langsam in das wartende Grab. Er verschwand schnell außer Sicht, wobei er sanft an den Seiten der Grube entlangratschte, und Pater Callahan setzte zu einer Reihe von bindenden und schützenden Zaubern an, die bis zum Jüngsten Gericht wirksam bleiben würden, anderenfalls wüßte er den Grund.

Sheriff Erikson wurde bewußt, daß die eigentliche Grabrede beendet war, und er gab Rhea mit einem Nicken zu verstehen, daß sie sich vom Grab entfernten konnten. Sie traten ein achtungsvolles Stück zurück, beide mit ruhigen und unergründlichen Gesichtern, sowohl um sich selbst als auch die anderen zu beruhigen. Beerdigungen waren für die Lebenden stets eine schwere Belastung, besonders wenn der Mörder des Verblichenen noch frei herumlief. Erikson blieb bei einem überwucherten Grab stehen und betrachtete gelangweilt den Grabstein. Zeit und Wetter hatten den Stein abgeschliffen, bis die Inschrift kaum noch lesbar war.

NICHT TOT, NUR SCHLAFEND

*Das kann er keinem anderen als nur sich selbst vormachen*, dachte Erikson.

»Hat es mit diesem Grab etwas auf sich, das du mir zeigen möchtest?« fragte Rhea.

»Nein«, antwortete Erikson schnell, »aber ich denke, wir sollten uns noch einmal abschließend über Lucas unterhalten. Es gibt immer noch vieles, das wir nicht wissen, und es widerstrebt mir, Fälle ungelöst zu lassen. Es ist uns nicht einmal auf die eine oder andere Weise gelungen zu beweisen, ob er wirklich besessen war oder nicht, ganz zu schweigen davon, wovon er besessen gewesen sein mag.«

Rhea nickte. »Wir haben auch nie herausgefunden, worin seine Mission bestand. Er konnte sich lediglich daran erinnern, daß sein Auftrag von lebenswichtiger Bedeutung für Schattenfall war. Und wenn er einen mit seinen kalten Augen anstarrte, dann fiel es schwer, ihm zu widersprechen. Er behauptete, sein Erinnerungsvermögen sei absichtlich von unbekannten Personen oder Mächten gemindert worden, aber es lag natürlich nahe, daß er das sagte, nicht wahr? Ich komme immer mehr zu dem Schluß, daß der Mann einfach unter geistiger Verwirrung litt. Selbst im besten Fall kann die Rückkehr von den Toten der geistigen Gesundheit nicht zuträglich sein. Sicher, ich muß zugeben, es war ziemlich unangenehm, mit ihm im selben Raum zu sein, aber das beweist ja wohl kaum, daß er ein Engel und ein Vehikel für Gottes Wille war.«

»Wenn Michael wirklich ein Engel ist, dann kommt er vielleicht in einem anderen Körper zurück«, gab Erikson zu bedenken, und Rhea verzog das Gesicht.

»Das hätte uns gerade noch gefehlt. Weißt du, die Familie Defrenz wollte Lucas' Leiche verbrennen lassen, vor allem um zu verhindern, daß er weiterhin besessen sein könnte. Aber der Zeitmeister hat das abgelehnt. Sehr lautstark und mit Nachdruck. Natürlich ohne Nennung von Gründen. Der Himmel möge verbieten, daß Altvater Zeit plötzlich anfängt vernünftig zu handeln und sich herabläßt, uns geringeren Sterblichen Einblick in die Geschehnisse zu gewähren. Ehrlich, wenn er das jemals tut, dann sollten wir alle in Deckung gehen, meine ich, denn es bedeutet sehr wahrscheinlich, daß das Ende der Welt nahe ist.«

Beide sahen hinüber zu dem Räderwerk-Automaten,

der in einiger Entfernung elegant an einem Baum stand. Er war bereits dort gewesen, als sie zu der Beerdigung angekommen waren, doch er hatte keinerlei Anstalten gemacht, der Zeremonie beizuwohnen. Er stand da einfach zwischen den Bäumen, halb im Schatten verborgen, und sein gemaltes Gesicht war anscheinend ebenso leblos wie das Grab vor ihm. Aber seine Augen waren die Augen des Zeitmeisters, seine Ohren waren die Ohren des Zeitmeisters, und schon der Umstand, daß er da war, war bezeichnend. Altvater Zeit hätte die Beerdigung mittels eines der Bilder in seiner Galerie der Gebeine beobachten können, doch statt dessen hatte er eines seiner Räderwerkkinder geschickt.

*Er weiß etwas,* dachte Rhea. *Er wollte nicht zulassen, daß Lucas' Leiche verbrannt würde, und er möchte, daß wir uns daran erinnern. Warum?*

*Es hätte schlimmer sein können,* dachte Erikson. *Er hätte Jack Fetch schicken können.*

Rhea und der Sheriff musterten den Automaten eine Zeitlang, dieser machte jedoch keinerlei Anstalten, sie zur Kenntnis zu nehmen, und schließlich wandten sie sich um und sahen Pater Callahan zu, während er seine gekürzte Magie über dem offen Grab durchführte. Deshalb entging ihnen der zweite Beobachter in den Bäumen: ein großer, dünner Mann, in Schwarz gekleidet, verborgen in der Tiefe der Schatten. Er beobachtete Rhea, Erikson und Callahan durch ein Miniatur-Binokel und schrieb hin und wieder eine Notiz auf einen Block. In einem Holster an seiner Hüfte steckte eine Pistole, und an dem Baum neben ihm lehnte ein Gewehr. In seinem Gesicht lag ein Ausdruck, der Wut oder Angst hätte bedeuten können, oder beides. Und auch so etwas wie Ekel.

»Es wäre vielleicht ratsam, von nun an jeden Toten in Schattenfall im Auge zu behalten«, sagte Rhea mit der sicheren Unbeschwertheit von jemandem, der wußte, daß er die Arbeit nicht selbst machen mußte.

»Nur für den Fall, daß Michael durch jemanden anders wieder zurückkommt.«

»Auf den Gedanken bin ich selbst auch schon gekommen«, sagte Erikson. »Bist du und ist der Stadtrat bereit, die zusätzlichen Geldmittel zu bewilligen, die für die Bezahlung von weiteren Stellvertretern und eine Rund-um-die-Uhr-Bewachung nötig sind?«

Rhea zuckte unglücklich zusammen. »Darüber müssen wir noch mal sprechen. Der Etat ist in diesem Jahr ein wenig knapp.«

»Der Etat ist in jedem Jahr ein wenig knapp«, entgegnete Erikson trocken. »Vor allem wenn ich etwas möchte.«

Rhea lachte leise, und Erikson mußte lächeln. Sie hatten in der Vergangenheit schon jede Menge solcher kleiner Kämpfe um Geld ausgefochten, auf der einen Seite oder der anderen, und manchmal auf beiden. Was Verzwicktzeit und hinterhältige Intrigen betraf, gab es nichts, das der Kleinstadtpolitik gleichkam. Außer vielleicht Piranhas im Freßwahn.

Der Sheriff und die Bürgermeisterin lächelten sich gegenseitig unbehaglich an, durch gemeinsame Erinnerungen aneinandergekettet, keiner von ihnen sicher, ob es wünschenswert wäre, die plötzliche Vertrautheit zu vertiefen. Die Ereignisse der letzten paar Wochen hatten sie einander nähergebracht, beinahe gegen ihren Willen. Erikson überlegte krampfhaft, was er sagen sollte, und zuckte im Geist zusammen, als ihm klar wurde, daß das einzige Thema, das ihm einfiel, sehr wahrscheinlich nicht dazu angetan war, die Dinge zwischen ihnen zu erleichtern. Aber es mußte ausgesprochen werden. Wenn vielleicht auch nur deshalb, weil das nun mal sein Job war und es wichtig sein könnte.

»Da wir gerade von den neu Zurückgekehrten sprechen, ich habe Leonard vor kurzem gesehen. Er sah gut aus, wenn man die Umstände bedenkt. Wußtest du, daß er sich James Hart angeschlossen hat?«

»Ja«, sagte Rhea. »Ich weiß. Als wenn nicht schon alles schlimm genug wäre, ist James Hart, das ›Scheusal‹, wieder da, und alle reden nur noch über die alte Prophezeiung. Es muß noch etwas anderes geben, das geschehen sein und die Gewässer noch gründlicher aufgerührt haben könnte, aber verdammt soll ich sein, wenn ich darauf käme, was es ist. Manchmal habe ich das deutliche Gefühl, daß jeder in der Stadt einen Albatros geschossen haben muß. Diese Dinge ereignen sich nach dem Gesetz der Dreier-Serie, weißt du. Zuerst die Morde, dann James Harts Rückkehr. Was kommt als nächstes? Wird die ganze Stadt von einem riesigen Meteor ausgelöscht?«

»Pscht!« machte Erikson. »Bring das Schicksal nicht auf dumme Gedanken!«

»Ich hatte ohnehin schon an Leonard gedacht«, sagte Rhea. Ihre Stimme klang kühl und ruhig und vollkommen gleichmäßig. »Die heutige Beerdigung hat mich daran erinnert. Auch damals waren keine Trauernden anwesend. Nur du und ich und seine Eltern. Es war ein feuchter, windiger Tag, und der Blumenhändler hatte die falschen Blumen geschickt. Kein besonders gelungener Abschied.«

»Du solltest mit ihm sprechen«, sagte Erikson.

»Nein. Mein Leonard ist tot.« Sie bedachte ihn mit einem flachen, feindseligen Blick, der ihm verriet, daß sie beabsichtigte, das Thema zu wechseln. »Wenn ich richtig verstanden habe, hast du James Hart getroffen. Wie ist er so?«

»Erstaunlich normal. Eigentlich nicht unangenehm. Ein bißchen still, aber die erste Begegnung mit Schattenfall bewirkt so etwas. Er entsinnt sich überhaupt nicht seiner Kindheit – hier. Leonard meint, sich an ihn als Kind zu erinnern, aber von mir kann ich das nicht behaupten. Und du?«

Rhea schüttelte den Kopf. »Nein. Ich habe gleich die alten Unterlagen durchgesehen, als ich hörte, er sei wieder da. Wir waren in derselben Klasse, in derselben Schule, aber weder du noch ich noch sonst jemand, mit dem ich Verbindung aufgenommen habe, kann sich an ihn erinnern. Das kann kein Zufall sein. Ich glaube, der Zeitmeister fummelt mal wieder mit unseren Erinnerungen herum.«

»Leonard erinnert sich an ihn.«

»Leonard ist tot. Es ist schwieriger, vor den Toten etwas zu verbergen.«

»Vielleicht ist das der Grund, warum Leonard James Hart zu Altvater Zeit mitgenommen hat. Leonard war immer schon so veranlagt, den Dingen auf den Grund zu gehen.« Erikson lächelte plötzlich. »Ich hätte während dieser Unterhaltung zu gern eine Wanze im Raum gehabt. Aber was immer sich dort abgespielt haben mag, sie halten darüber dicht. Hart hat sich aufgemacht, das ehemalige Zuhause seiner Familie zu besichtigen. Ich hoffe, er ist auf den Schock vorbereitet. Seit seine Eltern ihr plötzliches Verschwinden inszenierten, hat dort niemand mehr gewohnt. Ich habe einen meinen Stellvertreter beauftragt, ein Auge auf Hart zu haben, nur für den Fall. Ich weiß nicht, was mit Leonard geschehen ist. Man sieht ihn seit einiger Zeit nicht mehr an den Orten, die er für gewöhnlich heimsucht. Trotzdem meine ich, Hart hätte in schlechtere Gesellschaft geraten können.«

»Du hältst es für ausgeschlossen, daß sie sich einfach zufällig kennengelernt haben, wie?«

Erikson runzelte die Stirn. »Du meinst, der Zeitmeister greift auf eine so direkte Weise ein?«

»Der Zeitmeister oder die Stadt.« Rhea schüttelte den Kopf und ließ den Blick über den Friedhof und die Stadt dahinter schweifen. »Die Dinge fallen auseinander, Richard. Diese Hartsche Prophezeiung hat viele Leute verunsichert. Sie haben Angst um sich selbst und um die Stadt. Keiner traut dem anderen mehr. Wenn es nur um die Morde oder nur um Harts Rückkehr ginge, könnten wir damit fertigwerden, glaube ich; aber beides zusammen treibt die Stadt in den Wahnsinn. Und es gibt, verdammt noch mal, gar nichts, was ich ihnen sagen könnte, um sie zu beruhigen. Wir sind bei der Suche nach dem Mörder kein bißchen weiter gekommen, seit wir Lucas' Leiche in seinem Blut liegend am Boden von Suzannes Haus fanden. Die Stadt wartet darauf, daß man etwas oder jemandem die Schuld geben kann, und wenn wir nicht bald einen Verdächtigen liefern, werden sie selbst einen finden. Alle warten auf den nächsten Mord, auf das nächste Mal, da der Schuh des Schicksals wieder zutritt. Und wenn das geschieht, werden die Bewohner dieser Stadt sich auf den Weg machen, wie Lemminge oder Amphetamine.«

»Du hattest schon immer eine Begabung für interessante Vergleiche«, sagte Erikson, nur um etwas zu sagen. Er hatte Rhea noch nie so niedergeschlagen, so erledigt gesehen. So verletzbar. »Wir tun alles in unserer Macht Stehende«, sagte er lahm. »Meine Stellvertreter werden Hart gegen Angriffe schützen, solange er sich unauffällig benimmt. Darüber hinaus können wir nicht viel tun. Wir haben alle möglichen forensischen und magischen Indizien, aber alles zusammen hat bis jetzt zu keiner nützlichen Spur geführt. Wir haben kein Motiv, keine Zeugen und auch keine Mordwaffe. Oder irgend etwas, das die Opfer verbindet. Vielleicht waren sie aufs Geratewohl gewählte Ziele, aufgrund irgendwelcher Dinge herausgepickt, die nur ein Verrückter begreifen kann.«

»Das stimmt«, pflichtete Rhea ihm bei. »Weiter. Heitere mich ein bißchen auf, ja?«

»Wenn du Optimismus brauchst, bist du bei mir an der falschen Adresse. Die bloße Tatsache, daß ich hier bin und auf ein Wunder hoffe, sollte dir einiges sagen.«

»Wer weiß?« sagte Rhea und zuckte müde mit den Schultern. »Vielleicht ist uns das Glück hold. Friedhöfe sind überall außergewöhnliche Orte, ganz besonders aber in Schattenfall. Die Realität hat in der allmächtigen Gegenwart des Todes eine dünne Haut. Und bei all dem Kommen und Gehen der letzten Zeit sind die Dinge vielleicht genügend durcheinander geraten, um Zeichen hervorzubringen, die wir deuten können. Hört sich das wirklich so verzweifelt an, wie es meiner Meinung nach der Fall ist? Gib mir darauf keine Antwort. Ich will es nicht wissen.«

»Bist du soweit, eine wirklich schlechte Nachricht zu verkraften?« fragte Erikson, ohne sie anzusehen. »Ich wollte nicht darüber sprechen, bevor ich auf die eine oder andere Weise einen handfesten Beweis hatte, aber was soll's. Ich muß mit jemandem reden, sonst werde ich verrückt. Wir haben noch zwei vermißte Personen. Keine Warnung, bevor sie verschwanden, sie hatten keinen Grund, sich aus dem Staub zu machen, und jetzt gibt es nirgendwo eine Spur von ihnen. Es ist noch zu früh, um sicher zu sein, aber möchtest du wetten, daß sie als Opfer Nummer acht und neun wieder auftauchen?«

»Noch zwei?« Rhea schloß für einen Moment ganz fest die Augen, als könnte sie sich irgendwie vor dieser Nachricht verstecken. Erikson streckte die Hand zu ihr aus, doch die Schwäche verging, sie öffnete die Augen wieder und sah den Sheriff mit gewohnter Stärke an. »Wie lauten die Namen? Jemand Wichtiges?«

»Eigentlich nicht. Eine anthropomorphische Gestalt, Johnny Quadratfuß, und einer der Merlins, späte europäische Version. Beide wichtig für ihre Freunde und ihre Familie, ohne Zweifel, aber kein großer Verlust für die Stadt. Wie bei all den anderen gibt es kein offensichtliches Motiv für ihr Verschwinden oder einen Mord. Keine Probleme, keine Feinde. Lediglich zwei weitere arme Teufel, die aus unserer Mitte gerissen wurden, ohne daß jemand das geringste bemerkt hätte.«

Rhea runzelte die Stirn und tippte gedankenverloren mit einem Fuß auf das sauber gemähte Gras. »Sind diese neuen Fälle von Verschwinden schon öffentlich bekannt?«

»Noch nicht. Ich werde darüber so lange wie möglich Stillschweigen bewahren, aber es gibt eine Grenze, wie lange ich es unter Verschluß halten kann. Irgend jemand redet immer, irgendwann. Dann ist die Kacke echt am Dampfen, sozusagen. Wir haben Glück gehabt, daß wir einen Aufruhr verhindern konnten, nachdem der letzte Mord bekannt wurde. Ich möchte mir nicht vorstellen, was zwei weitere in der Stadt anrichten werden.«

»Es muß doch etwas geben, das wir tun können!«

»Ich bin für alle Vorschläge offen. Ich tue alles, was ich kann! Wenn dir das nicht genügt, kannst du mein Abzeichen und meinen Rücktritt innerhalb einer Stunde auf deinem Schreibtisch haben!«

»Sei doch nicht so überempfindlich, Richard!. Ich mache dir doch keine Vorwürfe. Ich fühle mich einfach nur so ... hilflos.«

Sie standen eine Weile schweigend nebeneinander, ohne einander anzusehen. Pater Callahan beendete den letzten Rest seiner weißen Magie mit einem schnellen Ausbruch in Latein und einer dramatischen Geste, machte das Zeichen des Kreuzes über seiner Brust, nickte Rhea und Erikson kurz zu und schritt von dannen, ohne sich einmal umzusehen. Die beiden Totengräber sahen Rhea und Erikson hoffnungsvoll an und seufzten dann schicksalsergeben, als sie merkten, daß weder die Bürgermeisterin noch der Sheriff irgendwelche Anstalten machte zu gehen.

»Da Michael behauptet, ein Engel zu sein«, sagte Erikson versonnen, »sollten wir vielleicht mal ein stilles Wort mit Augustin wechseln.«

Rhea zuckte zusammen. Augustin war der Stadtheilige von Schattenfall. Er war gütig, heilig und verzeihend – und ging jedermann auf die Nerven. Sein unendliches Mitgefühl und seine unendlich gute Laune hatten etwas an sich, das gewöhnliche Leute auf die Palme brachte. Augustin meinte es mit allen gut, war immer freundlich und fröhlich und hatte nie ein böses Wort für irgend jemanden. Die meisten Leute hielten es höchstens eine halbe Stunde lang aus, mit ihm im selben Raum zu sein, bevor sie von einem starken Drang überwältigt wurden, zu fluchen, dreckige Witze über ihre Verwandtschaft zu erzählen, in die Blumentöpfe zu pinkeln und sich ganz allgemein ungezogen zu benehmen. Wenn er nicht so gut im Heilen von Warzen, rheumatischen Beschwerden und Hämorrhoiden gewesen wäre, hätte man ihn bestimmt schon längst aus der Stadt gejagt.

Und außerdem konnte er Wasser in Wein verwandeln. Faßweise.

»Ich denke, wir sollten uns Augustin als letzte Möglichkeit aufsparen«, sagte Rhea entschlossen. »Das Ganze ist ohnehin schon wirr genug, auch ohne daß er darin einbezogen wird. Unsere Buchhaltungsabteilung hat sich immer noch nicht erholt seit jener Zeit, als er darauf bestand, die internen Bilanz-Computer zu exorzieren, und dabei sämtliche Speicherdisketten löschte. Okay, die Computer hörten auf, Gotteslästerungen auszudrucken und die Büros mit Schwefel einzustänkern, aber es geht ums Prinzip. Richard, glaubst du wirklich, bei all den Heiligen und Engeln, die heutzutage sozusagen aus allen Ritzen kriechen, daß Gott uns besondere Aufmerksamkeit widmet?«

»Also, das ist ein unheimlicher Gedanke«, sagte Erikson. »Aber wenn man es sich recht überlegt, dann ist es genau wie mit Altvater Zeit. Wir wissen, daß er uns beobachtet, aber wer weiß wann und warum?«

»Gottes Wege sind rätselhaft.«

»Und er hat einen sehr eigenartigen Sinn für Humor.«

»Pscht!« sagte Rhea, die unwillkürlich lächelte. »Gib dich ein wenig respektvoll. Sonst kann es leicht sein, daß wir vom Blitz erschlagen werden.«

Der Bär Petz und der Meerbock beobachteten die beiden Menschen, die so ernsthaft miteinander plauderten, und überlegten, ob sie vielleicht eingreifen sollten. Petz war ein eineinhalb Meter großer Teddy mit goldhonigfarbenem Fell und dunklen wissenden Augen. Er trug eine grellrote Tunika mit der passenden Hose und ein leuchtend blaues Tuch eng um den Hals geschlungen. Die meisten Leute fanden die Farben nach einiger Zeit ein wenig schrill, aber der Bär Petz war nicht ›die Leute‹, selbst wenn er einen goldenen Ohrring und eine Rolex am Handgelenk trug. Er war in den fünfziger und sechziger Jahren eine bei Kindern sehr beliebte Figur gewesen, aber er hatte sich nicht dem Wandel der Zeit angepaßt und war bald in Vergessenheit geraten, außer bei einigen wenigen Sammlern. Dennoch bemühte er sich, fröhlich zu sein, und vertrieb sich die Zeit damit, Leuten in Not zu helfen. Genau das hatte er auch stets in seinen unzähligen Abenteuern in den Goldenen Landen getan. Und er sah nicht ein, daß er jetzt damit aufhören sollte, nur weil er real war. Er hatte viele Freunde in Schattenfall. Die Leute würden alles für ihn tun, weil er alles für sie tun würde. So ein Bär war das.

Sein langjähriger Gefährte, noch abenteuerlustiger, war der Meerbock. Die Leute liebten Petz oft schon allein seines Aussehens wegen, was bei dem Meerbock selten der Fall war. Eingehüllt in einen langen Trenchcoat, sah er von den Schultern abwärts einigermaßen menschlich aus, solange er die Hände in den Taschen behielt, aber er hatte einen großen kantigen Ziegenbockkopf mit langen gezwirbelten Hörnern und einem andauernden häßlichen Grinsen. Sein graues Fell war an den Stellen, wo man es sah, schmutzig und matt, und seine Augen waren blutunterlaufen. Der Mantel war dreckig, und die Hälfte der Knöpfe fehlte. In einer Hand hielt er ständig eine Flasche Wodka, die dank irgendeiner Magie niemals vollkommen leer war. Ihm hatte der Fall aus ruhmreicher Höhe schwer zugesetzt, und er scherte sich nicht darum, wer davon wußte. Nur seine langjährige Freundschaft mit Petz hielt ihn davon ab, sich dem Trost der Ewigkeitspforte hinzugeben. Der Bär würde nicht gehen, solange er das Gefühl hatte, daß jemand seine Hilfe und seinen Zuspruch brauchte, und der Geißbock würde nicht allein gehen. Zumindest zum Teil deshalb, weil er wußte, wie einsam der Bär ohne ihn sein würde.

»Vielleicht sollten wir später noch mal herkommen«, sagte Petz zweifelnd. »Sie machen einen ziemlich betrübten Eindruck.«

»Natürlich sind sie scheißtraurig. Es handelt sich da um eine Scheißbeerdigung. Was hast du erwartet, Pappkappen und Schunkellieder?«

»Ich dachte, du hättest dich einverstanden erklärt, nicht mehr vor Mittag zu trinken.«

»Irgendwo in Schattenfall ist bestimmt schon Mittag«, sagte der Meerbock mit Grandezza. »Das ist relativ. Also, wirst du die beiden Realos in die Klemme nehmen, oder soll ich es tun?«

»Ich mach es«, sagte der Bär Petz. »Und bitte, überlaß mir das Reden.«

»Du schämst dich meinetwegen, was?«

»Nein, tu ich nicht.«

»Doch, tust du. Du schämst dich meinetwegen. Ich bin dein bester Freund, und du schämst dich meinetwegen. Natürlich, du hast vollkommen recht. Ich bin ein Dreck. Mehr nicht. Ein richtiger Scheißdreck.«

Der Meerbock vergoß zwei riesige Tränen, die ihm langsam die lange Schnauze hinabkullerten. Der Bär Petz wischte sie mit dem Ende seines Halstuchs weg.

»Hör auf damit. Du bist mein Freund, und du wirst immer mein Freund sein. Also laß das mit den Tränen, sonst pinkele ich in deine Wodkaflasche, wenn du nicht hinsiehst.«

Der Meerbock schnaubte laut und lächelte, wobei er seine großen Blockzähne zeigte. »Lieber Bär, das könnte den Geschmack höchstens verbessern. Jetzt dreh mich in die richtige Richtung, und ich gebe dir Rükkendeckung, während du das dynamische Scheißduo in Angriff nimmst.«

Petz seufzte lautlos, bezog von irgendwoher ein Lächeln und ging auf die Bürgermeisterin und den Sheriff zu, gefolgt vom taumelnden Meerbock. Die Menschen blickten sich schnell um, als er sie fröhlich grüßte, und beide erübrigten ein mildes Lächeln für ihn. So ein Bär war er. Dem Meerbock schenkten sie keine Beachtung, aber daran war er gewöhnt.

»Hallo, Petz«, sagte Rhea. »Was machst du denn hier?«

»Wir haben gehört, daß Johnny Quadratfuß vermißt wird. Wir machen uns Sorgen, daß ihm etwas zugestoßen sein könnte. Könnt ihr uns irgend etwas darüber sagen?«

»Wir wissen bis jetzt noch nichts Bestimmtes«, sagte der Sheriff in sachlichem Ton. »Sobald wir Gewißheit haben, wird mein Büro eine Verlautbarung herausgeben. Tut mir leid, daß ich nicht mehr Neuigkeiten für euch habe, aber es ist wirklich noch zu früh, um sich ernsthafte Sorgen zu machen. Ihr habt doch bestimmt nicht den weiten Weg nach Allseelen zurückgelegt, nur um mich das zu fragen, oder?«

Der Meerbock fing auf gälisch leise zu singen an. Niemand beachtete ihn und alle redeten ein wenig lauter.

»Nein«, bestätigte der Bär Petz. »Es gab hier noch eine andere Beerdigung, heute morgen. Poogie, der Freundliche Kumpel, ist gestern gestorben.«

»Das tut mir leid«, sagte Rhea. »Ich wußte es nicht.«

»Wir haben seit einiger Zeit damit gerechnet«, sagte

der Bär. »Aber das macht es nicht leichter. Er schied so schnell dahin, am Ende.«

Rhea nickte. Sie hatte so etwas schon sehr oft erlebt. Comic- und Roman-Figuren, die in Schattenfall endeten, behielten nur so lange ihre Daseinsform, wie irgend jemand noch an sie glaubte. Wenn dieser letzte Halt an die Realität erst einmal weg war, verwandelten sie sich allmählich in ihre ursprüngliche Schablone zurück und wurden zu dem eigentlichen Tier, nach dem sie stilisiert worden waren. Stück für Stück verloren sie ihre Intelligenz und ihre Individualität und führten kurze, glückliche Leben als Tiere der Wildnis. Falls sie nicht den Mut aufbrachten, vorher schon durch die Ewigkeitspforte zu gehen.

Rhea hatte Poogie vor einigen Wochen auf der Straße weinen sehen. Er war von Anfang an kein besonders ausgeprägter Charakter gewesen; nur eines von vielen Samstagmorgen-Comics, das nach der ersten Serie eingestellt wurde. Er war eigentlich ganz nett, aber zu allgemein gehalten, um sich lange allein halten zu können. Rhea traf ihn vor einem Laden sitzend an, wo er sich die Augen ausweinte, weil er die Münzen in seiner Tatze nicht zusammenzählen konnte, um festzustellen, ob man ihm richtig herausgegeben hatte. Er hatte mit Zahlen umgehen können, als er auf der Bildfläche erschienen war, aber jetzt waren sie ein Mysterium für ihn. Bald darauf verlernte er das Sprechen. Und jetzt war er tot. Rhea wünschte, sie hätte ihn spaßiger gefunden.

Es gab alle Sorten von Tieren überall in Schattenfall verstreut, von unterschiedlicher Realität und Intelligenz. Meistens blieben sie unter sich, indem sie unterirdisch, in der Unterwelt des Subnaturalen lebten. Doch nun, da Johnny Quadratfuß vermißt wurde und wahrscheinlich tot war, hatten die Morde anscheinend sogar auch ihre Gemüter berührt, sie, die unschuldigsten und verletzbarsten aller verlorenen Seelen von Schattenfall.

»Wir waren nicht viele bei Poogies Beerdigung«, erzählte Petz, der Bär. »Die meisten von uns haben Angst auszugehen, selbst am hellichten Tag. Aber wir brachten es nicht fertig, einfach keine Notiz von seinem Dahinscheiden zu nehmen. Pater Callahan hat eine wundervolle Grabrede für ihn gehalten. Am Schluß brachte er sogar noch eine hübsche kleine Lobeshymne zustande.«

»Na ja«, sagte der Meerbock. »Ehrlich gesagt, ich wäre beeindruckter gewesen, wenn er den Namen richtig auf die Reihe bekommen hätte.«

»Wie auch immer«, sagte der Bär, »er unterrichtete uns davon, daß hier noch eine andere Beerdigung stattfand, also haben Bock und ich gewartet, um unsere Ehrerbietung zu erweisen. War Mr. DeFrenz ein Freund von euch?«

»Eigentlich nicht«, sagte Rhea. »Aber wir dachten, irgend jemand müßte dabei sein.«

»Verdammt richtig«, pflichtete der Meerbock bei. »Der Tod eines jeden ist ein Verlust. Doch den Verlust eines Freundlichen Kumpels verschmerzt man anscheinend leichter. Wie, zum Teufel, kann man einen so blöden Namen wie Poogie vergessen?« Er schüttelte den Kopf und nahm einen kräftigen Schluck aus seiner Flasche. Rhea musterte ihn.

»Wie kannst du um diese Tageszeit so viel trinken?«

»Übung, Mann, Übung«, sagte der Meerbock. Er lachte hohl und rülpste. Petz warf ihm einen strafenden Blick zu.

»Ihr müßt meinen Freund entschuldigen«, sagte der Bär. »Er ist ein Trunkenbold und Fiesling, aber er meint es nicht böse.«

»Als nächstes erzählst du ihnen noch, ich hätte ein verdammtes Herz aus Gold.«

»Wir kannten Lucas DeFrenz vor seinem Tod«, sagte Petz, und sein Ton machte deutlich, daß er entschlossen war, das Thema zu wechseln. »Vor seinem ersten

Tod, meine ich. Er war ein guter Mensch. Immer zu einem kleinen Schwätzchen aufgelegt. Ich glaube, er mochte den Meerbock auch. Er war ein großherziger Mensch. Nach seiner Rückkehr von den Toten haben wir ihn besucht, aber er konnte sich nicht an uns erinnern. Michael machte nicht den Eindruck eines glücklichen Menschen, wer immer er gewesen sein mag. Glaubt ihr wirklich, daß er ein Engel war?«

Rhea wollte gerade antworten – als sich plötzlich alles änderte. Zuerst erklang die Musik – ein Chor von Stimmen, in unermeßlicher Anzahl, aber dennoch jede einzelne Note klar und unterscheidbar, wie das Zupfen einer riesigen Harfe. Der Klang wurde lauter, unwahrscheinlich laut, und hallte in ihren Körpern wider. Alle hielten sich die Hände über die Ohren, doch die Töne ließen sich nicht dämpfen. Sie vibrierten in ihrem Fleisch und ihren Knochen. Ein Licht erschien am Himmel, heller als die Sonne. Es war zu grell, um von irgendeinem bestimmten Farbton zu sein; eine strahlend brennende Illumination wie von einem auf die Erde herabgefallenen Stern, die ihre Augen versengte, obwohl sie alle die Augen fest zugedrückt hatten. Das Licht und die Musik erfüllten die Welt. Sie mußten die Augen öffnen und sehen. Und dann kamen die Engel herab, und sie waren heller und schöner als irgend etwas, dessen Anblick Mensch oder Tier lange ertragen konnte.

Die Engel schwebten herab wie wirbelnde Schneeflocken, strahlend und herrlich, jeder für sich einzigartig und wundervoll. Rhea wollte wegsehen, konnte es aber nicht. Tränen strömten ihr über die Wangen, weil sie so schön waren, zu schön, um wirklich zu sein. Sie waren mehr als wirklich, so als ob sie und alles andere nichts anderes wären als ein grober, unvollendeter Entwurf. Auch Erikson sah zu und weinte, und der Bär Petz und der Meerbock ebenfalls. Es war die Anwesenheit von Macht und Schönheit, die die natürliche Welt überstiegen, und sie wußten es.

Die Engel verharrten über dem offenen Grab in der Schwebe und sangen von Liebe und Verlust und unerledigten Dingen. Sie schwangen sich durch die Luft und glitten auf ihr dahin, niemals ruhig, immer in Bewegung, und ihre großen Flügel schlugen langsam. Dann plötzlich stiegen sie auf und verschwanden wieder im Himmel. Das grelle Licht und das laute Jubilieren hörten schlagartig auf, und die wirkliche Welt kehrte wieder ein, obwohl der Widerhall dieser Herrlichkeit noch in jenen bebte, die sie erlebt hatten.

Rhea zupfte sich ein Taschentuch aus dem Ärmel und tupfte sich die tränennassen Augen und feuchten Wangen ab. Die Welt wirkte ohne die Engel wie ein schäbigerer, öderer Ort, aber trotzdem empfand sie kein Bedauern darüber, daß sie nicht mehr da waren. Sie waren zu schön, zu vollkommen. Sie machten ihr angst.

Rhea betrachtete das Grab vor sich und lächelte nachdenklich, als sie die klare, farblose Flamme wahrnahm, die auf Lucas' Grabstein brannte. Sie brannte von allein, unbeeinträchtigt durch den böigen Wind, und Rhea wußte, ohne daß es ihr jemand zu sagen brauchte, daß sie ewig so weiterbrennen würde, als Tribut an einen Mann, der eine Zeitlang einen Engel in sich getragen hatte.

»Nun«, sagte Erikson schließlich, und seine Stimme bebte ein wenig. »Ich denke, das beantwortet die Frage, ob er wirklich von einem Engel besessen war.«

»Ja«, pflichtete der Meerbock bei. »Whau! Ich möchte mal sehen, wie sie das mit ihren Spezialeffekten machen.« Er setzte die Flasche an den Mund und senkte sie dann wieder, ohne getrunken zu haben. Zumindest für eine begrenzte Zeit hatte er keinen Wodka nötig. Etwas viel Kräftigeres brannte in ihm. Er grinste Petz an, und dann zerschmetterte die Flasche.

Der Knall eines Schusses ertönte erst einen Augenblick später. Der Meerbock starrte den zerbrochenen

Flaschenhals dümmlich an, den er noch in der Hand hielt.

Erikson zog seine Waffe und brüllte ihnen allen zu, sich zu Boden zu werfen. Er ließ sich auf ein Knie nieder und sah sich wild in alle Richtungen um. Rhea ließ sich fallen und lag flach am Boden, und ihre Hände gruben sich ins Gras, als ob sie es herausreißen und wie eine Decke über sich ziehen könnte. Der Bär riß am Arm des Meerbocks. Man hörte einen weiteren Schuß, und der Meerbock machte einen Satz nach hinten. Mit entsetzten Augen sah er hinab auf den sich ausbreitenden Blutfleck oberhalb seines Bauches. Petz, der Bär, packte den Arm des Geißbocks noch fester und zog ihn mit roher Gewalt zu Boden.

Zwei weitere Schüsse peitschten über sie hinweg, aber die Grabsteine schützten sie. Endlich entdeckte Erikson den Mann, der zwischen den Bäumen stand, und feuerte zwei Schüsse auf ihn ab. Die Gestalt mit dem Gewehr zuckte nicht einmal mit der Wimper. Erikson fluchte kurz und zielte sorgfältig. Es war viel schwieriger, als die meisten Leute dachten, jemanden mit einer Pistole aus jeder Entfernung zu treffen, selbst in Schattenfall. Unglücklicherweise hatte der Heckenschütze ein Gewehr und anscheinend ein teleskopisches Sehvermögen. Im selben Augenblick, als ihm dieser Gedanke durch den Kopf jagte, vergaß Erikson das Zielen und duckte sich hinter den Grabstein, der ihm Schutz bot. Er brachte gerade noch den Kopf in Deckung, als zwei Geschosse an der Stelle durch die Luft pfiffen, wo soeben noch sein Kopf gewesen war. Erikson kam schnell zu dem Schluß, daß die gegenwärtige Lage einen klaren Menschenverstand erforderte und weniger so etwas wie Heldenmut. Insbesondere erforderte sie, daß er den Kopf schön unten halten mußte und nicht versuchen durfte, sich mit jemandem anzulegen, der ihm in der Waffenabteilung um ein Vielfaches überlegen war.

Er sah sich um, um sich zu vergewissern, daß die anderen in Sicherheit waren. Rhea lag ein Stück entfernt flach am Boden, abgeschirmt durch die Reihe von Grabsteinen. Er sah, daß sich ihre Lippen bewegten, aber ob sie betete oder fluchte, war unklar. Erikson glaubte es jedoch erraten zu können. Der Bär Petz lag neben dem stöhnenden Meerbock und versuchte, mit seiner gedrungenen Form den über zwei Meter großen Körper zu schützen. Die beiden Totengräber hatten im offenen Grab Zuflucht gesucht. Zu jeder anderen Zeit hätte Erikson das vielleicht lustig gefunden, aber in diesem Augenblick hatte er keine Zeit dafür. Er schob seine Pistole um die Kante des Grabsteins und feuerte zweimal blindlings, nur um den Heckenschützen auf dem Sprung zu halten.

Es folgte ein Erwiderungsschuß, und nach einer geraumen Zeit spähte Erikson vorsichtig hinter der Kante des Grabsteins hervor. Der Heckenschütze hatte ein Handfunkgerät bei sich und sprach hinein. Erikson lächelte verbissen. Der Heckenschütze mochte reden, mit wem er wollte, es bestand keine Aussicht für ihn, jemals aus Schattenfall herauszukommen, nun da er sich bloßgestellt hatte.

Eine plötzliche Bewegung zog die Aufmerksamkeit des Sheriffs auf sich, und er drehte sich schnell um und sah einen Automaten des Zeitmeisters, der zwischen den Bäumen heraustrat und auf den Heckenschützen zuging. Der Mann steckte sein Funkgerät weg, hob schnell das Gewehr und schoß. Die Kugel traf den Automaten mitten in die Brust. Die Metallgestalt schwankte bei der Wucht des Aufpralls, setzte ihren Weg jedoch fort. Der Heckenschütze schoß noch einmal, und der Kopf des Automaten explodierte. Er blieb stehen, unsicher, wo er war, und der Heckenschütze schoß ihm die Knie weg. Die Räderwerkgestalt fiel zu Boden und blieb dort ungelenk um sich dreschend liegen. Eriksons Miene verfinsterte sich.

Die Automaten des Zeitmeisters waren ganz schön hart im Nehmen, aber es gab Grenzen für die Art von Bestrafung, die man ihnen zumuten durfte. Dafür gab es Jack Fetch. Er würde bald hier sein. Der Zeitmeister würde sich das nicht bieten lassen. Erikson erschauderte bei diesem Gedanken unwillkürlich. Der Heckenschütze mochte sich einbilden, Herr der Lage zu sein, aber die Vogelscheuche würde das bald ändern. Dann hörte Erikson den sich nähernden Hubschrauber, und sofort wußte er, wie der Heckenschütze fliehen würde.

Das Knattern wurde bald lauter, und wenige Sekunden später schwebte ein schwarzer militärmäßig ausgestatteter Hubschrauber ohne Hoheitszeichen über dem Friedhof. Die Bäume beugten sich zögernd unter dem Luftstrudel der dröhnenden Rotorblätter, doch der Heckenschütze hielt sein Terrain. Eine Tür öffnete sich in der Seite des Hubschraubers, und eine Strickleiter fiel herab. Der Heckenschütze schulterte sein Gewehr und zog sich auf die Strickleiter hinauf.

Erikson hob seine Pistole und zielte sorgsam. *Nein, so leicht kommst du nicht davon, mein Freund.* Er feuerte einmal, aber die Leiter schwankte vor und zurück, und er verfehlte sein Ziel. Der Hubschrauber drehte sich in seine Richtung, und plötzlich wußte Erikson warum.

*O Scheiße …*

Er kauerte sich wieder hinter den Grabstein, als die Maschinengewehre des Hubschraubers das Feuer eröffneten. Geschosse flogen um ihn herum, zischten gegen den Stein und rissen Splitter aus seinen Ecken.

Erikson rollte sich zu einer Kugel zusammen und versuchte, sich kraft seiner Einbildung kleiner zu machen. *Wer, zum Teufel, sind diese Leute? Söldner? Für wen?* Er brauchte den Heckenschützen nicht zu sehen, um zu wissen, daß er über die Strickleiter entkam, aber er konnte nichts tun, um ihn daran zu hindern. Er war wie an den Boden genagelt, hilflos angesichts der überlegenen Waffengewalt. Er konnte nichts tun. Niemand konnte etwas tun.

Aber Petz, der Bär, war nicht niemand.

Er rannte zwischen den Grabsteinen hervor, und seine kurzen Beine bewegten sich erstaunlich schnell, als er auf den Hubschrauber zuraste. Er war mit keinerlei Waffe ausgerüstet, aber sein kleines strubbeliges Gesicht zeigte wilde Entschlossenheit, ohne eine Spur von Zweifel. Geschosse schlugen zu beiden Seiten des Bären in den Boden ein, doch keines traf, weil … nun, weil er der Bär Petz war und ihm noch ein Teil seiner alten Magie anhaftete. Er überwand die Strecke zum Hubschrauber in Windeseile und kraxelte hinter dem Heckenschützen die Strickleiter hinauf. Seine pelzige Tatze schoß vor und packte den Fußknöchel des Heckenschützen. Der Mann trat mit dem Fuß und brüllte, doch er konnte sich nicht aus dem Griff befreien.

»Laß mich los, Dämon! Höllenbrut!« Zorn schwang in der Stimme des Heckenschützen mit, aber auch etwas, das man als Angst und Abscheu hätte deuten können. Der Bär behielt seine Umklammerung grimmig bei.

»Du hast meinen Freund erschossen«, japste er. »Du hast meinen Freund erschossen.«

Dann beugte sich ein Mann in militärischer Arbeitskluft aus der Hubschraubertür und richtete einen Pistolenlauf genau auf den Kopf des Bären. Petz' Magie war begrenzt, und er wußte es. Seine Tatze drückte fester zu und zermalmte den Knöchel des Heckenschützen, dann löste er den Griff und fiel zu Boden. Er kam hart auf, stand jedoch sofort wieder auf den Beinen und blickte dem davonfliegenden Hubschrauber hilflos nach.

Hinten zwischen den Grabsteinen erhoben sich langsam Rhea und Erikson, und da ihnen nichts Besseres zu tun einfiel, klopften sie sorgfältig den Dreck von sich ab.

»Wer war das, zum Teufel?« fragte Rhea, deren Stimme nicht ganz so unerschüttert war wie sonst.

»Ich weiß nicht«, sagte Erikson. »Aber ich werde es herausfinden.«

Der Bär Petz tapste heran. »Habt ihr gehört, wie er mich genannt hat? Er nannte mich Dämon! Und Höllenbrut! Ich meine, sehe ich vielleicht wie ein Dämon aus? Ich bin ein Teddybär, verdammt noch mal!«

Er huschte an Rhea und Erikson vorbei, ohne eine Antwort abzuwarten, und kniete neben dem Meerbock nieder, der es geschafft hatte, sich aufzusetzen, indem er den Rücken gegen den Grabstein versteift hatte. Die Vorderseite seines Trenchcoats war blutgetränkt. Er keuchte stoßweise, aber seine Augen wirkten klar. Petz nahm die knorrige Hand des Geißbocks in seine Pfote und hielt sie fest.

Rhea sah die beiden Totengräber, die aus dem offenen Grab kletterten. »Ihr beide! Holt einen Arzt! Oder einen Magie-Kundigen, wenn ihr einen findet. Beruft euch auf mich, wenn es sein muß. Los jetzt!«

Die Totengräber nickten und rannten los, als hinge ihr eigenes Leben davon ab. Rhea kniete neben dem Meerbock nieder und machte sich daran, seinen Mantel aufzuknöpfen.

»Das würde ich nicht tun«, mahnte Erikson leise. »Vielleicht ist das das einzige, was ihn noch zusammenhält. Überlaß das jemandem, der weiß, was er tut.«

»Natürlich«, sagte Rhea. »Du hast recht. Ich wollte nur … ich wünschte, ich könnte ihm irgendwie helfen.«

»Versuch's mit ein paar Gebeten«, meldete sich der Geißbock heiser zu Wort. »Egal zu welcher Gottheit. Ich bin nicht wählerisch.«

»Wie fühlst du dich?« wollte Erikson wissen.

»Verdammt scheußlich. Nächste scheißblöde Frage.«

»Schone deine Kräfte«, sagte Petz.

»Ich habe gesehen, wie du gerannt bist«, sagte der

Geißbock. »Ganz ordentlich für einen Kurzarsch. Der Dreckskerl hat sich vor Angst in die Hose gemacht.« Er lachte und hörte gleich wieder auf, als ihm Blut aus dem Mund quoll. »Verdammt«, sagte er mit erstickter Stimme. »Das ist kein gutes Zeichen. Hört mal, kann mir mal jemand den Gefallen tun, mich von hier wegzuschleppen? Ich habe keine Lust, auf einem Friedhof zu sterben. Das ist zuviel alberne Ironie, selbst für mich.«

»Wir können es nicht riskieren, dich zu bewegen«, sagte der Bär. »Jetzt halt endlich den Mund, sonst dröhn ich dir eine.«

»Du doch nicht, Braun! Das ist nicht deine Art. Aber danke, daß du daran gedacht hast.«

Rhea stand auf und entfernte sich ein Stück, wobei sie dem Sheriff mit einer Handbewegung bedeutete, ihr zu folgen. Als sie sicher außer Hörweite waren, sah Rhea Erikson forschend in die Augen. »Schluß mit der Diplomatie, Richard. Wie steht es um ihn?«

»Nicht gut«, räumte der Sheriff ein. »Bauchschüsse sind immer schlimm. Er hat am Rücken ein Austrittloch, in das man eine Faust stecken kann, und danach zu urteilen, wie er Blut hustet, kann man wetten, daß zumindest ein Lungenflügel durchschossen ist. Wenn er ein Mensch wäre, hätte er echte Schwierigkeiten. Da er … was immer er ist, es steht ihm eine Veränderung bevor.«

»Warum wurde ausgerechnet auf ihn geschossen?« fragte Rhea. »Wenn der Heckenschütze den weiten Weg hierher zurückgelegt hat, um jemanden zu töten, warum hat er sich dafür nicht eine wichtige Persönlichkeit ausgesucht, jemanden wie dich oder mich? Ein Ziel, das die Mühe wert gewesen wäre?«

»Ein interessanter Gesichtspunkt«, sagte Erikson. »Ich weiß es nicht.«

Rhea schüttelte müde den Kopf. »Was, zum Teufel, ist nur los in Schattenfall? Zuerst die Morde, dann

James Hart und jetzt ein Heckenschütze mit militärischer Unterstützung. Sind denn alle übergeschnappt?«

»Ich weiß nicht«, wiederholte der Sheriff. »Vielleicht. Aber ich halte es für wahrscheinlicher, daß jemand einen bestimmten Spielplan verfolgt. Es hätte eigentlich gar nicht sein dürfen, daß dieser Hubschrauber hier eindringt, ohne daß alle möglichen Alarmeinrichtungen einsetzten, natürliche und übernatürliche. Entweder werden unsere Sicherheitskräfte wirklich nachlässig, oder ...«

»Oder es gibt einen Verräter in Schattenfall«, beendete Rhea den Satz nachdenklich. »Jemand hat uns an die Welt draußen verraten.«

5. KAPITEL

# *Geheime Orte*

Lester Gold brauste mit mehr als der doppelten erlaubten Geschwindigkeit um die Ecke – mit heulendem Motor und quietschenden Reifen – und jagte die leere Straße hinunter, als wäre ihm der Teufel persönlich dicht auf den Fersen. Sean Morrison, Barde, Troubadour und Rock-and-Roller der späten Sechziger hielt sich mit beiden Händen an seinem Sicherheitsgurt fest und beobachtete mit angsterfüllten Augen, wie sein ganzes Leben an ihnen vorbeiflitzte. Einen Großteil davon hatte er anscheinend in Bars verbracht, und Morrison wünschte sich inbrünstig, er wäre jetzt in einer solchen, vorzugsweise mit einem großen Brandy in der Hand. Brandy war gut bei Schockzuständen. Lester Gold, Mann der Tat und Geheimnisvoller Rächer, war sich anscheinend in seiner unbekümmerten Art überhaupt nicht bewußt, daß an seiner Fahrweise etwas Ungewöhnliches sein könnte, und plapperte munter weiter über seine vergangenen Großtaten als Abenteurer im Heldenkostüm, während er schnell durch die Gänge schaltete, um jedes Quentchen Geschwindigkeit aus dem strapazierten Motor herauszuholen.

Morrison versuchte sich zu erinnern, ob sein Testament auf dem letzten Stand war, und hörte ungläubig zu, während der alte Mann am Steuer von seinen Abenteuern in den Dreißigern und Vierzigern erzählte, als wären sie gestern erst gewesen. Unter anderen, ruhigeren Voraussetzungen hätte Morrison sie vielleicht spannend gefunden, aber unter den gegebenen Umständen machte er sich mehr Sorgen darüber, ob der Wagen noch eine Zeitlang zusammenhalten würde. Wenn es sich um ein Pferd gehandelt hätte, hätte es inzwischen weit aufgerissene, rollende Augen und Schaum vor dem Maul gehabt. Die Verkehrsdichte nahm zu, als sie in die Vororte hinausfuhren, und Gold mäßigte die Geschwindigkeit widerstrebend auf etwas in der Nähe des Erlaubten. Morrison atmete etwas leichter und beschloß, das nächste Mal, wenn der Wagen an einer roten Ampel anhielt, sich hinauszurollen und wie der Blitz zum Horizont zu rennen. Nur daß der Wagen offenbar bei keiner roten Ampel hielt …

Die Vororte huschten als verschwommenes Bild von gleichartigen Häusern mit ordentlich gemähten Rasenflächen und Autos in den Einfahrten an ihnen vorbei. Leute blieben stehen, um Golds Wagen zuzuwinken, und er winkte stets fröhlich zurück. Morrison hätte sich gewünscht, er würde das bleiben lassen. Er fühlte sich eine winzige Spur sicherer, wenn Gold seine Hände am Lenkrad hatte. Gold steuerte den Wagen plötzlich scharf nach rechts, ohne sich um Nebensächlichkeiten wie Rückspiegel oder Richtungsanzeiger zu kümmern, und bremste ihn in der Einfahrt neben einem freundlich aussehenden Haus ruckelnd zum Stillstand ab.

Morrison beschloß, eine Weile still sitzen zu bleiben, bis seine Beine sich wieder kräftig genug anfühlten, um ihn zu tragen. Er benutzte die Gelegenheit, um Golds Haus eingehend zu betrachten. Es war nicht ganz das, was er erwartet hatte. Es war ein gewöhnliches Haus in einer gewöhnlichen Straße, mitten in Schattenfalls ruhiger Vorortgegend gelegen. Nicht zu groß und nicht zu klein, mit einem hübsch angelegten Blumengarten und einem Vogelbadebecken aus Stein, gefüllt mit schmutzig aussehendem Wasser. Am Ende der Straße führte jemand seinen Hund spazieren, und ein halbes Dutzend Kinder kickten einen Ball hin und her. Nicht genau das, was er sich unter dem Hauptquartier des Geheimnisvollen Rächers vorgestellt hatte.

Gold war bereits aus dem Wagen gestiegen und auf die andere Seite gekommen, um Morrison die Tür aufzuhalten. Er plapperte unentwegt weiter, erzählte irgend etwas von den Morden Des Blauen Diamanten und dem Meister Des Schmerzes. (Morrison hörte förmlich die großen Anfangsbuchstaben jedes Wortes.) Er stieg aus, immer noch ein wenig zitterig, und wartete auf eine kurze Pause in Golds Geschichte, dann nickte er zum Haus hin.

»Ist es das? Die geheime Zuflucht des Geheimnisvollen Rächers?«

Gold grinste vergnügt. »Was hast du erwartet? Eine einsame Festung? Ich bin Blumenhändler im Ruhestand. Allerdings bin ich ziemlich stolz auf den Garten. Du solltest ihn mal im Sommer sehen, Sean. Im Sommer ist er eine wahre Pracht. So, jetzt folge mir, und tritt nicht in das Beet da. Ich habe gerade erst einige Zwiebeln eingesetzt.«

Morrison folgte Gold ins Haus und achtete sorgsam darauf, wohin er die Füße setzte; er stellte fest, daß das Innere des Hauses genau dem Äußeren entsprach. Ein hübsches kleines Stadtrand-Häuschen mit Teppichböden, behaglicher Möblierung und Bildern der wohlbekannten niedlichen Kinder mit den großen Augen an den Wänden. Morrison war nicht mehr so schrecklich schwindelig gewesen, seit er polnischen Wodka mit Napoleon-Brandy in einem Glas gemischt hatte, um zu probieren, wie sich das auf den Geschmack auswirken würde. (Das Zeug hatte tatsächlich gar nicht so schlecht geschmeckt, zumindest für die zehn Minuten, die er es bei sich hatte behalten können.) Er brachte ein höfliches Lächeln zustande, und Gold grinste auf eine

Weise zurück, die ausdrückte, daß er sich nicht im mindesten täuschen ließ, die gute Absicht jedoch anerkannte.

»Es ist ein bescheidenes Heim, aber es ist meins. Die Bankschulden sind bezahlt, und jeder Quadratzentimeter gehört mir. Es war als Altersruhesitz für mich und meine Frau gedacht, nachdem wir den Blumenladen verkauft hatten. Aber Molly starb schon ein Jahr, nachdem wir in Rente gegangen waren. Damit hatte ich nicht gerechnet. Ich dachte immer, wir würden den Herbst unseres Lebens gemeinsam verbringen. Aber es hat nicht sollen sein. Das Haus kommt mir ohne sie ziemlich leer vor. Wir hatten uns so viel vorgenommen, was wir noch miteinander tun wollten: Orte, an die wir reisen, Leute, die wir treffen wollten – aber plötzlich erschien mir das alles nicht so reizvoll, nachdem ich allein war, also habe ich es nie gemacht. Ich bin hiergeblieben, habe das Haus in Ordnung gehalten und im Garten herumgewerkelt. Manchmal habe ich daran gedacht, das Haus zu verkaufen und etwas Kleineres zu kaufen, aber ich habe es nicht getan. Die Zimmer sind voll von Mollys Dingen, und so lange die noch da sind, kann ich so tun, als sei sie noch irgendwo in der Nähe, in einem anderen Raum oder nur mal eben weggegangen. Verrückt, ich weiß, aber sie fehlt mir sehr. Na ja, du bist nicht hier, um dir das Gejammere eines alten Mannes anzuhören; du möchtest etwas über den Geheimnisvollen Rächer erfahren. Also, komm!«

Er ging die Treppe zum oberen Stock hinauf. Morrison verzog das Gesicht hinter dem Rücken des alten Mannes, folgte ihm jedoch gehorsam. *Wahrscheinlich zeigt er mir sein altes Kostüm, das in einem Schrank hängt. Dann muß ich all seine alten Notizbücher und Fotoalben über mich ergehen lassen. Wann werde ich endlich lernen, nein zu jemandem zu sagen?*

Gold blieb im ersten Stock am oberen Treppenabsatz stehen, zog einen schweren Messingschlüssel hervor und schloß die Tür auf. Er stieß sie auf und trat zur Seite, um Morrison als ersten eintreten zu lassen. Morrison setzte sein bestes interessiertes Lächeln auf, nickte Gold zu und trat in eine andere Welt ein.

Es war ein Raum von gewöhnlicher Größe, jedoch von Wand zu Wand und von Boden zur Decke vollgestopft mit einer lebenslangen Sammlung von Souvenirs und Krimskrams, um die Karriere eines Mannes als kostümierter Abenteurer zu feiern. Da gab es ein Bücherregal voller alter Groschenhefte und Taschenbücher, eine Glasvitrine voller seltsamer und unvorstellbarer Gegenstände, jeweils mit sorgfältiger Etikettierung und Beschriftung, die besagte, zu welchem Abenteuer sie gehörten. Es gab Fotos von alten Freunden und Widersachern und sogar ein lebensgroßes Filmplakat aus den vierziger Jahren von einer Schwarz-weiß-Serie über den Geheimnisvollen Rächer. Und da gab es ein Kostüm auf einer Kleiderpuppe in einem polierten Glaskasten. Es sah mehr wie eine Rüstung aus, aber es hatte eine gewisse aufdringliche Eleganz. Morrison ging langsam zwischen den Bücherregalen und Vitrinen hindurch, und etwas von dem Kleinkind erwachte wieder in ihm, aus einer Zeit, als er noch an Helden und Schurken glaubte. Er drehte sich zu Gold um, der grinsend an der Tür stand.

»Willkommen in meiner Helden-Höhle«, sagte der alte Mann vergnügt. »Das meiste davon ist Sperrmüll, wirklich. Ich müßte einmal gründlich ausmisten, um etwas Platz zu schaffen, aber es hat nun mal alles einen sentimentalen Wert. Auch wenn das meiste davon niemals wirklich geschehen ist.«

Morrison stand vor dem Filmplakat mit dem riesigen Foto des Geheimnisvollen Rächers in voller Montur, seitlich an einem Rennwagen hängend, die Waffe in der Hand. »Bist du das?«

»Nein«, sagte Gold. »Das ist Finlay Jacobs, der Schauspieler, der mich im Film dargestellt hat. Sie haben das Kostüm nie richtig hinbekommen. Angeblich hätte es nicht dramatisch genug ausgesehen. Mag sein, aber zumindest konnte ich, wenn ich mich in einen Kampf begab, einigermaßen sicher sein, daß ich nicht über meinen eigenen Umhang stolpern würde. Die Serie brachte Geld ein, aber nicht genug, um eine Fortsetzung zu rechtfertigen. Das Studio hatte bereits die Rechte an ›Der Schatten‹ und ›Die Spinne‹ erworben, und beide waren größer, als ich es jemals war. Und niemand sonst interessierte sich dafür. Ich kann nicht behaupten, daß mir das leid tut. Sie haben alle Geschichten versaut und alle Einzelheiten verfälscht. Sie ließen mich sogar an einem Seil von einem Gebäude zum anderen schwingen. Hast du das jemals versucht? Das tut sehr schnell sehr weh. Ich benutzte ein Auto, um mich fortzubewegen, wie alle anderen auch. Und um deiner Frage zuvorzukommen: nein, es war kein Batmobile. Der einzige Zweck eines Wagens war, mich schnell von einem Ort zum anderen zu befördern. Das letzte, was ich hätte brauchen können, wäre ein blitzschnelles Gefährt gewesen, das jedem verraten hätte, wer ich bin. Die Leute hätten es an jeder Ampel belagert und Autogramme verlangt.«

»Ich verstehe nicht ganz«, sagte Morrison grübelnd. »Die Heldentaten in den Heften und Büchern – das warst wirklich du, aber die Filmserie nicht?«

Gold zuckte mit den Schultern. »Ich kann mich an alle erinnern, aber keine davon war real, bis ich hierherkam. Ich wurde in dem Augenblick real, als ich beschloß, in Schattenfall zu bleiben, wie jede andere Legende. Du mußt real sein, um sterben zu können. Aber davor gab es so viele Versionen von mir, daß ich mit dem Zählen gar nicht mehr nachgekommen bin. Deshalb entschied ich, was tatsächlich geschah und was nicht. Wer hätte mehr Recht dazu als ich?«

Morrison nickte und betrachtete wieder die Vitrinen. Eine war voll von Spielzeugen und Fan-Zubehör aus den vierziger und fünfziger Jahren. Er zog eine Augenbraue hoch. Für so etwas zahlten Sammler heutzutage hohe Summen. Besonders wenn sie persönlich signiert waren … aber das galt für die Welt draußen, und nichts von alledem hier würde jemals dorthin gelangen. Er kam zu einem ledergebundenen Album und schlug es auf, um durch die schweren Seiten zu blättern. Das Album war aus einer Reihe alter Zeitungsausschnitte zusammengestellt, sorgfältig eingeklebt und datiert, angefangen von den späten Sechzigern. Bei allen ging es um das Eingreifen des Geheimnisvollen Rächers im Falle sonderbarer und ungewöhnlicher Verbrechen, die in Schattenfall begangen worden waren. Manchmal war er nur als Ratgeber dabei, manchmal half er anderen Detektiven bei den Ermittlungen, und gelegentlich gab es ein Foto von dem Mann selbst, in vollem Kostüm, bei der eigentlichen Festnahme aufgenommen. Es hatte beinahe etwas Surreales, wie das Kostüm stets das gleiche blieb, während der Mann darin ständig älter wurde. Morrison wandte sich zu Gold um.

»Diese Zeitungsausschnitte, stammen die alle von Schattenfall?«

»O ja. Offiziell war ich aus dem Dienst ausgeschieden und führte den Blumenladen, um mich zu beschäftigen, doch es geschah immer wieder, daß der jeweils zu der Zeit amtierende Sheriff auf etwas Sonderbares und Verblüffendes stieß, und er ließ dezent bekanntwerden, daß ihm ein wenig Hilfe ganz gelegen käme. Ich habe immer versucht, mein Bestes zu leisten und meinem legendären Ruf nicht zu schaden. Ich habe dabei mein Kostüm nicht getragen, außer bei Fototerminen. Es ist schwierig für einen alten Mann, in Strumpfhosen und einem wallenden Umhang würdevoll auszusehen. Ich bilde mir ein, daß ich mich als Hilfe und nicht als Belästigung erwiesen habe. Es waren meistens keine ausgesprochen großen Fälle.

Das, was du da auf dem Bild vor dir siehst, war die Sache mit dem Phantom-Pfuscher, einem halbdurchsichtigen Herrn in einem langen Regenmantel, der herumlief und seine Innenseite vor den Leuten aufblitzen ließ. Ein ziemlich unangenehmer Typ, soweit ich mich erinnere. Nicht lange danach rettete ich das Kind der Cramptons vor einem Einsturz und half dabei, eine Frau dingfest zu machen, die die Gattin ihres Geliebten umgebracht und dann versucht hatte, ihm den Mord in die Schuhe zu schieben. Das war ein komplizierter Fall.«

Morrison blätterte durch den hinteren Teil des Albums. Der letzte Ausschnitt trug ein Datum, das drei Jahre zurücklag. Eine halbe Textspalte, kein Foto. Er schloß das Album voller Hochachtung und sah wieder Gold an.

»Das ist ein erstaunliches Zimmer«, sagte er schließlich und versuchte, mit seinem Tonfall auszudrücken, wie wahrhaft beeindruckt er war. »Ich wußte nicht, daß du in so viele … reale Fälle verwickelt warst.«

»Für mich waren sie alle real. Ich erinnere mich an alles, was jemals über mich geschrieben wurde, selbst die eher abscheulichen Sachen am Ende meiner Laufbahn, als sie einen Superhelden aus mir machten. Die Geschehnisse dieser Geschichten sind für mich ebenso real wie alles andere in diesem Album. Obwohl sie sich niemals wirklich zugetragen haben. Ich weiß, das klingt verwirrend, aber für mich ist es das nicht. Die Welt, in der ich heute lebe, erscheint mir ein wenig langweiliger und grauer als früher, aber ich glaube, so ergeht es den meisten Leuten, wenn sie älter werden. Der Geheimnisvolle Rächer gehört der Vergangenheit an, schlichteren Zeiten. Ich war ganz zufrieden damit, meinen Blumenladen zu führen, zusammen mit meiner Molly.«

Morrison nickte nachdenklich. »Wie viele Leute haben diesen Raum schon gesehen?«

»Nicht viele. Heute erinnern sich nur noch die leidenschaftlichsten Sammler an mich, und niemand würde sich dafür interessieren. In Schattenfall wimmelt es von erfundenen Figuren, die Legenden wurden, und die meisten davon sind berühmter, als ich es jemals war. Ich habe keine eigene Familie, und Mollys Verwandtschaft hat über meine Vergangenheit eher die Nase gerümpft. Deshalb habe ich alles in einem Zimmer verstaut und die Tür verschlossen. Ich komme ab und zu herein, um abzustauben und mich zu erinnern … Aber die Dinge haben sich inzwischen verändert. Diese neuen Morde nehmen überhand. Sheriff Erikson ist zu jung, um sich an mich zu erinnern, aber ich habe nichts vergessen. Ich bin heute noch ein so scharfer Verfolger des Unrechts wie eh und je. Es ist Zeit, daß ich aus dem Ruhestand zurückkehre. Schattenfall braucht den Geheimnisvollen Rächer.«

Wenn jemand anders so etwas zu Morrison gesagt hätte, er hätte peinlich berührt den Blick abgewandt oder wäre in prustendes Lachen ausgebrochen. Aber etwas an Golds Stimme und seiner Haltung, eine ruhige und selbstbewußte Würde, erweckte in Morrison den Wunsch, an ihn zu glauben. Zum ersten Mal in seinem Leben fiel ihm nichts zu sagen ein, also nickte er wortlos. Gold lächelte.

»Keine Angst, ich werde das Kostüm nicht anziehen. Strumpfhose und Cape sind Spielereien für einen jungen Mann. Ich packe nur ein paar Sachen ein, dann können wir gehen.«

Morrison wollte gerade zustimmend nicken, doch dann verging ihm das vollkommen, als Gold einen Schaukasten öffnete und ganz lässig die größte Handfeuerwaffe herausholte, die Morrison jemals gesehen hatte. Gold wiegte sie leicht in einer Hand, prüfte, ob sie geladen war, und legte sie dann auf eine Seite ab, damit er ein Schulterholster anlegen konnte. Morrison sah ungläubig zu, wie Gold die Waffe in das Holster gleiten ließ und ein paar schnelle Züge probte.

»Wähle immer eine große Waffe, Sean«, bemerkte Gold beiläufig. »Dann kannst du, falls dir die Munition ausgeht, den Schweinehund immer noch wie mit einer Keule zu Tode prügeln.«

Morrison sah Gold fassungslos an, aber anscheinend scherzte er nicht. Und dann griff Gold noch einmal in den Schaukasten, und Morrison traute erneut seinen Augen nicht, als Gold etwas zum Vorschein brachte, das ganz offensichtlich eine Granate war.

»Lester, ich bin sicher, du machst Witze!«

»Der kluge Mann beugt vor«, sagte Gold ruhig. Er hielt in seinem Tun inne und sah Morrison tiefsinnig an. »Diese … na ja, deine Elfen, sie lassen sich doch wohl nicht durch ein paar Feuerwaffen erschrecken?«

»Nein«, sagte Morrison. »Glaub mir, Lester, sie werden dich lieben.«

Gold sah ihn mit zusammengekniffenen Augen an, da er sich nicht ganz sicher war, ob er den Tonfall in Morrisons Stimme mochte; dann zuckte er mit den Schultern und zog sich die Jacke an, die offenbar bewußt so geschneidert war, daß sie die Waffe und den Schulterholster verbarg. Er ließ die Granate lässig in die Jackentasche gleiten und tat höflich so, als ob er Morrisons Zucken nicht bemerkt hätte. »Deine Elfen, Sean. Müssen wir wirklich zu ihnen gehen? Ich meine, welchen Nutzen hat ein Haufen kleiner Leute mit Flügeln und spitzen Ohren, wenn es darum geht, einen zu allem entschlossenen Mörder dingfest zu machen?«

»Du hast noch nie jemanden aus dem Elfenreich kennengelernt, oder?«

»Nein. Ich wäre nie auf den Gedanken gekommen, daß wir etwas gemeinsam haben könnten.«

»Nun, zuerst einmal: es sind nicht *meine* Elfen. Sie gehören eindeutig nur sich selbst, und die Vorstellung, sie könnten einem Menschen gehören, würde ihnen ganz und gar nicht gefallen. Sie halten nicht allzuviel von uns. Höchstens manchmal als Schoßtierchen. Zweitens sind sie ganz anders, als du denkst. Sie sind ein altes Volk, wild und majestätisch. Und sie sind stolz, überheblich, nachgerade bösartig. Sie ergötzen sich an Duellen, Blutfehden und allgemeinen Gemetzeln, und im allgemeinen möchte niemand innerhalb der Reichweite ihrer Sinne etwas mit ihnen zu tun haben. Da ich jedoch ebenfalls stolz und überheblich bin und es gefährlich ist, mich zu kennen, sind wir stets miteinander ausgekommen, wie Eingeschlossene in einem brennenden Haus. Die meisten Leute haben die alten Geschichten und Legenden vergessen, die sich um die Geburt des Elfenreichs ranken. Im Laufe der Jahre haben die Leute sie bis zur Verstümmelung zensiert und disneyartig verniedlicht. Diese Versionen gibt es hier auch. Tatsächlich gibt es Gegenden, wo man sich vor lauter solcher hübschen kleinen Wuselwesen kaum noch bewegen kann. Das sind nicht die Gegenden, in die ich gerne gehe, schon gar nicht, wenn ich nüchtern bin. Das Elfenland ist das Wahre: alt, grausam und verzweifelt ehrenwert. Sie bleiben meist unter sich, und alle anderen sind froh, wenn es so bleibt.«

Gold sah ihn zweifelnd an. »Je mehr du mir über sie erzählst, desto mehr zweifle ich, daß das Ganze eine gute Idee ist. Vielleicht sollte ich noch ein Gewehr und ein paar Flammenwerfer mitnehmen, nur für den Fall.«

Morrison lächelte hintersinnig. »Kann nie schaden.«

Gold wandte sich ab, murmelte etwas vor sich hin und füllte seine Taschen mit einem Allerlei von vermutlich nützlichen Gegenständen. Morrison betrachtete die Titelblätter einiger alter Superheld-Comics, jedes einzeln eingeschlagen, um das Papier vor dem Altern zu schützen. Es war schwer, Gold mit der idealisierten muskelbepackten Gestalt auf den Titelseiten in

Übereinstimmung zu bringen. Gold war zwar groß und hatte für sein Alter eine tadellose Figur, doch es war nichts Übermenschliches an ihm. Aber, dachte Morrison, man darf auch nicht allzuviel Realismus von einem Medium erwarten, wo die Frauen für gewöhnlich mit Brüsten ausgestattet sind, die ihre Köpfe an Größe übertreffen. Er blickte auf und stellte fest, daß Gold fertig war und ihn erwartungsvoll ansah.

»Du kennst die Strecke, Sean, deshalb ist es besser, wenn du fährst.«

Morrison lächelte und schüttelte den Kopf. »So geht das nicht, Lester. Die Elfen leben in ihrer eigenen gesonderten Realität – im Land unter dem Hügel. Es ist eine alte Welt, viel älter als unsere, und Zugänge dazu sind selten und liegen weit auseinander. Einst, vor langer, langer Zeit, war das anders, aber die Elfen führten einst einen erbitterten Krieg gegen etwas, über das sie bis heute nicht sprechen wollen. Es steht nicht eindeutig fest, ob sie als Sieger oder Verlierer daraus hervorgingen, aber vor Tausenden von Jahren zogen sie sich unter den Berg zurück und nahmen die meisten Zugänge mit sich. Was im wesentlichen soviel bedeutet, daß du nicht von hier nach dort gelangen kannst. Es sei denn, du hast eine Einladung. Zum Glück stehe ich auf ihrer Gästeliste, weil ich ein Barde bin, ich brauche also nichts anderes zu tun, als mit den Fingern zu schnippen und die Hacken aneinanderzuschlagen, und schon sind wir auf dem Weg.«

Gold sah ihn zweifelnd an. »Sean, hast du vor kurzem irgend etwas Ungewöhnliches geraucht?«

Morrison lachte. »Ich weiß, es hört sich verrückt an, selbst für Schattenfall, aber die Elfen leben nach ihren eigenen Regeln, und sie denken nicht so wie wir. Glaub mir, ich habe das schon mal gemacht. Besitzt du einen Kleiderschrank?«

»Natürlich habe ich einen Kleiderschrank. Was soll diese Frage?«

»Kann ich ihn bitte mal sehen?«

Gold sah ihn scharf an; er hatte den starken Verdacht, daß er insgeheim zum Narren gehalten wurde. Dann ging er voraus und verließ das Zimmer. Er verschloß die Tür sorgfältig hinter sich und führte Morrison den Flur hinunter in den nächsten Raum. Es war ein Schlafzimmer, sauber und ordentlich und ziemlich unpersönlich. Die Möbel und Einrichtungsgegenstände sahen aus, als wären sie von einem Raumausstatterteam ausgesucht worden, noch dazu von einem besonders einfallslosen. Morrison gestattete sich ein kurzes innerliches Zusammenzucken und konzentrierte sich dann auf den Kleiderschrank. Er stand an der gegenüberliegenden Wand, groß und wuchtig und beinahe aggressiv nichtssagend. Morrison nickte anerkennend, ging zu ihm hin und öffnete die Tür. Reihen von Kleidung starrten ihn an.

»Und was sollen wir jetzt tun?« fragte Gold. »Hallo rufen und warten, daß jemand antwortet?«

»Nicht ganz.« Morrison schob einen schweren Mantel zur Seite und trat in den Kleiderschrank. »Komm, Lester. Hier drin ist Platz genug.«

Gold schüttelte zweifelnd den Kopf und trat neben Morrison in den Schrank, wobei er den Kopf einzog, um nicht anzustoßen. »Ich kann es nicht glauben, daß ich so etwas mache. Zum Glück ist niemand in der Nähe, der mich sieht. Man würde wahrscheinlich glauben, wir vergnügten uns mit einer abartigen sexuellen Übung.«

»Ich brauche nicht zu üben«, sagte Morrison schroff. »Ich bin sehr gut darin.«

Gold sah ihn an. Morrison lachte, streckte die Hand aus und zog die Tür zu. Eine ganze Zeitlang geschah nichts. Es war dunkel und äußerst beengend, doch Gold fand den vertrauten Geruch seiner Kleidung beruhigend. Er spürte Morrison neben sich mehr, als daß er ihn sah, aber allmählich fühlte er, daß sich eine

Lücke zwischen ihnen auftat, die immer breiter wurde. Es entstand das Gefühl von Raum rings um ihn herum, als ob der Schrank wachsen würde – oder als ob er selbst schrumpfen würde. Er streckte die Hand in der Absicht aus, Morrison zu berühren, unterließ es dann aber. Das wäre ein Eingeständnis von Unsicherheit, von Schwäche gewesen, und Gold gestattete sich in diesen Zeiten keine Schwäche. Wenn der Abbau seiner Stärke erst einmal begann, war nicht abzusehen, wie weit er gehen mochte. Vielleicht würde er sich sogar langsam alt fühlen ...

»Jetzt geht's los«, sagte Morrison neben ihm, und Golds Magen machte einen Satz, als der Boden unter ihm plötzlich wie bei einem Aufzug absackte. Die Fahrt nach unten nahm an Geschwindigkeit zu, doch in der Dunkelheit vermochte Gold nicht zu ermessen, wie schnell sie sich bewegten. Die Mäntel waren verschwunden, oben zurückgeblieben, und Gold tastete vorsichtig nach dem, was immer sich vor ihm befinden mochte. Da war nichts, jedenfalls nicht soweit sein Arm reichte. Er rührte sich nicht vom Fleck. Er hatte plötzlich die erschreckende Vision, daß er und Morrison sich in die Tiefe der Erde absenkten, auf einer Plattform, die nicht größer war als der Boden seines Kleiderschrankes. Er stellte sich einen endlosen Sturz in einem engen Schacht vor, und kalte Schweißperlen traten ihm auf die Schläfen.

Die Geschwindigkeit ihrer Abwärtsfahrt verlangsamte sich jäh, der Boden drückte gegen Golds Füße nach oben, dann brach ein helles Licht durch die Dunkelheit, und Gold schrie unwillkürlich auf. Er blinzelte heftig, rieb sich mit den Fingerknöcheln die tränenden Augen und senkte endlich die Hände, um sich in seiner Umgebung umzusehen. Er und Morrison standen auf einer ausgedehnten grasbewachsenen Fläche, auf einer kleinen Holzplattform, die sich paradoxerweise scheinbar aus dem Gras erhob. Die Fläche erstreckte sich in die Ferne, soweit das Auge reichte, und noch weiter. Es gab keine Gebäude oder andere Gebilde, die Fläche war so glatt und eben wie ein Grasmeer. Die Mittagssonne schien beinahe schmerzhaft hell, aber die Luft war angenehm kühl.

Morrison atmete tief ein und grinste Gold beinahe schelmisch an.

»Es ist schön, wieder da zu sein, Lester. Willkommen im Land unter dem Hügel.«

»Ich sehe keine Elfen«, sagte Gold, äußerlich ungerührt. »Eigentlich sehe ich überhaupt nicht viel, außer Gras.«

»Geduld, Lester! Du kannst die Dinge hier nicht beschleunigen. Die Elfen haben ein anderes Zeitgefühl als wir. Was vermutlich der Grund dafür ist, daß sie ein so unabhängiges Dasein führen können. Altvater Zeit hat nur einen ganz geringen Einfluß auf die Elfen. Hin und wieder kommt es vor, daß der eine oder andere ein wenig zu übermütig wird, und dann gibt es die Andeutung eines Streits, um zu klären, wer von ihnen hier das Sagen hat. Aber da keiner sich über den Ausgang allzu sicher ist, geben sie sich meistens damit zufrieden, so wie immer weiterzumachen, ohne daß jemand große Wogen aufwühlt.«

»Das ist ja alles schön und gut«, sagte Gold in einem Ton, der nahelegte, daß es sich keineswegs so verhielt, »aber wo sind sie?«

»Sie beobachten uns. Mich kennen sie, aber dich kennen sie nicht. Der Krieg gegen wen oder was auch immer hat sie vorsichtig gemacht, mißtrauisch, fast paranoid. In der Regel halten sie nichts von menschlichen Besuchern. Im Augenblick entscheiden sie darüber, ob sie uns einlassen oder uns beide umbringen sollen. Gib dir Mühe, charmant und interessant auszusehen, Lester.«

»Tut mir leid. So bin ich nie geschrieben worden. Ich kann gefährlich und bedrohlich wirken, wenn das hilft.«

»Bleib gelassen, Lester! Und, bitte, laß die Hand von deiner Waffe. Wir wollen sie doch nicht auf dumme Gedanken bringen, oder?«

»Allmählich denke ich, das Ganze war wirklich keine gute Idee. Mir gefällt dieser Ort nicht. Mir gefällt nicht, wie wir hierhergekommen sind. Und ich bin ganz sicher, daß ich die Elfen nicht kennenlernen möchte. Wie wär's, wenn wir kehrtmachten und wieder nach Hause gingen?«

»Ich fürchte, das ist unmöglich, Lester. So funktioniert das hier nicht. Wir sind auf ihre Schwelle getreten, und wir können nicht weggehen, bevor sie es uns gestatten. Sieh mich nicht so an, ich weiß, was ich tue. Ich bin schon Dutzende Male hiergewesen, und sie haben mich niemals abgewiesen. Allerdings habe ich bisher auch noch nie jemanden mitgebracht. Mach nicht ein so mürrisches Gesicht. Sonst bleibt es vielleicht so stehen. Ich bin ein Barde, ein Sänger der alten Lieder und Erzähler der alten Balladen, und die Elfen hatten schon immer eine Schwäche für Barden. Sie werden uns einlassen, wenn vielleicht auch nur aus dem Grund, um sich zu erkundigen, wer, zum Teufel, du bist und warum ich dich hierhergebracht habe.«

»Das ist eine gute Frage«, sagte Gold. »Was mache ich hier eigentlich?«

»Du bist ein Held. Die Elfen haben etwas für Helden übrig. Sie bewundern einen Barden, aber sie lieben einen Helden. Wenn ich sie nicht mit vernünftigen Argumenten überzeugen kann, schaffst du es vielleicht mit deinem Charme. Wir brauchen sie, Lester. Wenn wir den Untrüglichen Hof dazu überreden können, uns zu helfen, könnten sie unseren geheimnisvollen Mörder praktisch über Nacht finden. Sie verfügen über Kenntnisse in der Magie und den Wissenschaften, die die kühnsten Träume der Menschen übersteigen. Sie haben außerdem ihre eigene, einzigartige Sichtweise.

Niemand erkennt die Welt so deutlich wie jene, die außerhalb von ihr leben.«

»Das sind viele Wenns und Abers.«

»Na ja, Elfen sind nun mal so, meistens. Ach, jetzt ist es soweit. Die Empfangsmatte.«

Ein großes Stück Grasfläche war nach innen gefallen und hatte eine Erdtreppe freigelegt, die in die Dunkelheit hinunterführte. Gold trat argwöhnisch zu der Stelle hin und blieb davor stehen. Die Stufen sahen grob und alt aus, als wären sie in prähistorischer Zeit aus der Erde herausgehauen worden. Sie führten einige Meter tief hinab, dann wurden sie von der Dunkelheit verschluckt. Gold sah Morrison an.

»Sollen wir etwa da hinuntergehen? Da gibt es ja nicht einmal ein Licht!«

»Es wird eines geben. Vertrau mir, Lester. Ich habe das schon mal gemacht. Hol einfach tief Luft und pack es an! Die Elfen bewundern Mut. Und versuche dir den Anschein zu geben, daß du beeindruckt bist. Ich kenne mich mit Eingängen aus, dieser hier ist nichts Besonderes, aber die Elfen stehen nun mal auf Tradition. Wenn etwas in der Vergangenheit funktioniert hat, dann halten sie daran fest. Ich schätze, das kommt von der Unsterblichkeit.«

»Sind sie wirklich unsterblich?«

»Nicht im eigentlichen Sinn, nur sehr langlebig. Aber sag ihnen so etwas ja nicht ins Gesicht. Sie mögen es nicht, wenn man ihnen widerspricht.«

Morrison trat vor und schritt mit allem Anschein von Selbstbewußtsein die Treppe hinunter. Gold schüttelte den Kopf und folgte ihm. Bald hatten sie das Licht hinter sich gelassen, und Dunkelheit umfing sie. Gold blieb stehen. Er spürte weitere Stufen, die unter ihm abwärts führten, aber ohne Licht vertraute er seiner Trittfestigkeit auf der ungleichmäßigen Treppe nicht so ganz. Er verzog unglücklich das Gesicht und spähte in die Düsternis. Er hätte eine Taschenlampe mitbringen sollen. Er hatte so ziemlich alles dabei, was er möglicherweise brauchte, aber keine Taschenlampe.

Da leuchtete plötzlich ein heller Funke vor ihm auf und hüpfte in der Luft wie ein Korken im Wasser. Weitere Funken erschienen, eine ganze Wolke davon, und umschwirrten ihn wie geschmolzene Schmetterlinge. Ihr schimmerndes Licht erhellte die Treppe so gut wie Tageslicht, und Gold sah, daß die Stufen nicht weit unter ihm aufhörten und in einen Tunnel mündeten. Gold streckte die Hand aus und versuchte, eins der tanzenden Lichter zu fassen, doch sie wichen seinem Griff geschickt aus.

»Laß sie in Ruhe«, sagte Morrison vom Fuß der Treppe her. »Das sind Irrlichter. Im Grunde freundlich, aber sie können einen unangenehmen Sinn für Humor entwickeln, wenn man sie ärgert.«

»Heißt das, sie sind lebendig?« fragte Gold, der die letzten Stufen überwand und sich zu ihm gesellte. Morrison zuckte mit den Schultern.

»Ja und nein. Ich glaube, niemand ist sich dessen ganz sicher, nicht einmal sie selbst.«

»Gibt es an diesem Ort, an den du mich gebracht hast, nichts, das sicher ist?«

»Natürlich nicht. Das hier ist das Land unter dem Hügel. Hier laufen die Dinge anders.«

Er marschierte los in den Tunnel, und Gold mußte sich beeilen, um mit ihm Schritt zu halten. Die Irrlichter begleiteten sie, hell leuchtend und in der Luft hüpfend, ohne einen Augenblick stillzuhalten. Ihr Licht strahlte erstaunlich beständig und gleichmäßig, trotzdem hatte es irgend etwas an sich, das Gold störte. Er blickte sich verstohlen um, und plötzlich wurde ihm mit einem eiskalten Schauder bewußt, daß weder er noch Morrison einen Schatten warfen.

Der Weg führte mit mäßigem, aber stetem Gefälle abwärts, lange genug, daß Gold sich unbehaglich fühlte, und ebnete sich dann in einen breiteren Tunnel tief unter der Grasfläche. Die Wände bestanden aus nackter Erde, ohne Streben oder Stützen jeglicher Art. Hier und da wühlten sich Würmer von der Dicke eines Mannesdaumens durch die Erdwände und hingen von der Decke herab. Über Gold war fast ein halber Meter Freiraum, trotzdem zog er den Kopf ein. Er hatte die unbestimmte, aber nicht zu verdrängende Angst, die Würmer könnten ihm in die Haare fallen. Er versuchte, sich keine Gedanken über das ungestützte Tunneldach zu machen, aber sein Blick wurde immer wieder davon angezogen. Er stellte sich das Gewicht der Erde vor, die von oben herabdrückte, und dann beschloß er mit aller Willenskraft, nicht mehr darüber nachzudenken. Morrison ging munter vor ihm her, so vergnügt und unbesorgt, als wanderte er durch eine Vorortstraße. Gold starrte seinen Rücken an, der keine Regung preisgab und stolperte hinter ihm her.

So marschierten sie eine Zeitlang schweigend weiter. Morrison hatte keine Lust mehr, Fragen zu beantworten, und Gold war es unangenehm, wie kläglich seine Stimme in dem Tunnel klang. Wenn er sehr aufmerksam lauschte, glaubte er manchmal, die Irrlichter singen zu hören. Sie sangen mit hohen, hauchenden Stimmen, in einer ihm unbekannten Sprache, trotzdem jagte die Musik ihm Schauder durch die Knochen, als ob er sie schon mal gehört hätte, im Traum.

Die Zeit verging. Es gab keine Orientierungsmerkmale, anhand derer man die Entfernung hätte ermessen können, und Gold war nicht allzu überrascht, als er feststellte, daß seine Armbanduhr stehengeblieben war. Das einzige Maß, das ihm geblieben war, war der zunehmende Schmerz in seinen Beinen und seinem gebückten Rücken. Schließlich gelangten sie zu einem Tor und mußten anhalten. Es füllte den Tunnel von Wand zu Wand und vom Boden bis zur Decke aus, groß und schwer, erbaut aus einem blassen, grau geäderten Stein in der Form eines riesigen Kopfes. Es handelte sich um irgendeinen Tierschädel, aber es waren auch Züge in dem wütenden Gesicht, die beunruhigend menschlich wirkten. Das Maul ragte in den Tunnel hinein und versperrte mit gewaltigen zusammengepreßten Zähnen den Weg nach vorn. Die Augen waren geschlossen, aber es sah so aus, als ob das Ding lauschen könnte – und warten. Es gab keinen Weg an dem Kopf vorbei, und Gold konnte den Blick nicht von ihm abwenden. Jeder seiner Instinkte brüllte ihm zu, um jeden Preis von hier zu verschwinden. Das Empfinden von Gefahr und Bedrohung war so eindringlich, daß er es beinahe in der stillen Luft fassen zu können glaubte.

»Sie nennen es Wächter«, erklärte Morrison leise. »Laß dich nicht von den geschlossenen Augen täuschen; es weiß, daß wir hier sind. Frag mich nicht, ob es tot oder lebendig ist. Der Legende nach war das Untier lebendig, als die Elfen es hier aufstellten, um ihr Zuhause zu bewachen, und es sitzt schon so lange hier, daß es irgendwann versteinerte. Niemand kennt seinen Namen oder weiß, welcher Gattung es angehört haben mag. Was immer es gewesen sein mag, jetzt ist es ausgestorben. Selbst die Elfen erinnern sich nicht mehr daran.

Angeblich kann der Wächter erkennen, ob eine Seele Wahrheit oder Verrat in sich birgt, und einen ehrlichen Menschen von einem Schuft unterscheiden. Er sieht in die finsteren Winkel des Herzens und durchschaut jedes kleine Geheimnis, das jemand mit sich herumträgt, selbst jene, die man sich selbst nicht eingesteht, außer im Traum. Wenn man vor ihn hintritt, öffnen sich die Kiefer, und wenn man tapfer und ehrlich ist, darf man in den verborgenen Hort der Elfen eintreten.«

»Und wenn man es nicht ist?« fragte Gold ein wenig schroffer, als er beabsichtigt hatte.

»Dann frißt einen der Wächter auf, samt Seele und

allem. Hübsche kleine Legende, findest du nicht? Aber so sind die Elfen nun mal. Jede Geschichte hat eine Moral, jede Legende einen Stachel im Schwanz. Nun, Lester, was meinst du? Sollen wir umkehren, oder gehen wir weiter? Es liegt an dir.«

Gold musterte den Wächter, und die geschlossenen Steinaugen musterten ihn. Auf den riesigen Zähnen gab es dunkle Flecken, die aus altem, getrocknetem Blut bestehen mochten. Er sah zu Morrison, der ihn mit zusammengekniffenen Augen betrachtete, und lächelte kühl. Er war ein Mann der Tat, der Geheimnisvolle Rächer, und zu seiner Zeit war er Schlimmerem als diesem hier ausgesetzt gewesen.

»Wir gehen weiter«, sagte er scheinbar gleichmütig. »Ich habe mich dem Schicksalsgalgen und den Heulenden Schädeln, dem Phantom des Blutigen Turms und dem Orden der Unbefleckten Rasierklinge gestellt. Es bedarf mehr als dieses Wesens, um mich zum Umkehren oder Beiseitetreten zu veranlassen.

Morrison nickte anerkennend, und Gold wünschte, er wäre sich seiner Sache so sicher gewesen, wie er sich anhörte. Schon beim Anblick des Wächters stellten sich ihm die Nackenhaare auf, und die böigen Luftströme, die das böse Maul einsog und aushauchte, kamen ihm mit jedem Augenblick mehr wie Atemzüge vor. Er nickte Morrison höflich zu.

»Nach dir.«

»O nein«, entgegnete Morrison. »Nach dir.«

»Nein, ich bestehe darauf.«

»Alter vor Schönheit.«

Gold warf Morrison einen argwöhnischen Blick zu. »Ich dachte, du wärest diesen Weg schon mal gegangen?«

»Bin ich auch.«

»Weshalb bist du dann so übervorsichtig?«

»Bin ich nicht! Ich bin nur höflich.«

»Nun, mir ist von Minute zu Minute weniger nach

Höflichkeit zumute, und ich soll verdammt sein, wenn ich als erster gehe. Mir gefällt der Ausdruck im Gesicht dieses Geschöpfes nicht. Es sieht ganz nach einem dieser Typen aus, die einen außerordentlich unerfreulichen Sinn für Humor haben.«

Morrison zog die Stirn kraus. »Ich dachte, du seist einer der großen alten Superhelden?«

»War ich. Und ich bin nicht dazu geworden, weil ich mich leichtfertig in Gefahr begeben habe. Also, gehst du jetzt von selbst in das Maul dieses Viehs, oder muß ich dich hochheben und hineinwerfen?«

»Na ja, wenn du es so sagst«, lenkte Morrison ein. Er näherte sich den riesigen grinsenden Kiefern, und die hüpfenden Lichter bündelten sich um ihn herum, als wären sie gespannt, was als nächstes geschähe. Die Kiefer öffneten sich langsam; Stein knirschte auf Stein, als sie sich zum Boden und zur Decke zurückzogen. Eine Reihe dumpfer Knarrgeräusche erfüllte den Tunnel, als ob sich eine uralte Maschine wieder in Bewegung setzte oder als ob lange nicht gebrauchte Muskeln und Sehnen gestreckt würden. Morrison trat in das Maul des Untiers und sah zu Gold zurück. »Du bist zu ängstlich, Lester. Es ist ein Wunder, daß du kein Magengeschwür hast.«

»Das mag wohl so sein«, sagte Gold, wobei er sich lauernd umsah. »Meine Schreiber haben mich nicht zum Fraß für Monster ausersehen.«

Morrison ging weiter und entschwand der Sicht, und die Kiefer schlossen sich langsam wieder, um eine undurchdringliche Sperre zu bilden. Gold war sich beinahe sicher, daß das Grinsen jetzt noch ausgeprägter war. Er sah zu den restlichen Irrlichtern, die ihn neugierig umschwebten, holte tief Luft, straffte die Schultern und trat entschlossen nach vorn. Die Kiefer öffneten sich wieder, klafften vor ihm weit auf. Er zweifelte keinen Augenblick daran, daß er ein guter und ehrlicher Mensch war und sich deshalb in keinerlei Gefahr befand, und trotzdem … es war nicht zu leugnen, daß sein Leben einige fragwürdige Wendungen genommen hatte, seit er real war. Die reale Welt war um einiges komplizierter, und auch er war … komplizierter geworden. Er betrat mit beherzten Schritten das Maul des Untiers, den Kopf hoch erhoben, und sein Atem beruhigte sich allmählich, als er feststellte, daß nichts geschah. Er hatte nicht einen Augenblick lang gezweifelt, aber es war trotzdem gut zu wissen, daß er wirklich tapfer und ehrlich war. Die Spannung wich aus seinem Rücken und aus seinen Schultern, und er brachte sogar ein kleines, wenn auch ziemlich säuerliches Lächeln zustande. Er hatte den starken Verdacht, daß Morrison ihm einen Bären aufgebunden hatte. Dennoch, es schadete nie, vorsichtig zu sein. Er warf einen Blick zurück zu den großen Zähnen, die sich langsam hinter ihm schlossen, und verneigte sich flüchtig.

»Danke, Wächter.«

*Gern geschehen*, sagte eine trocken schnarrende Stimme in seinem Kopf.

Gold drehte sich verwirrt um und sah dann mißtrauisch Morrison an, der geduldig im Tunnel vor ihm wartete. Er hätte Morrison nur zu gerne gefragt, ob er die Stimme auch gehört hatte, aber er hatte den starken Verdacht, daß Morrison lediglich fragen würde: *Was für eine Stimme*?, und er fühlte sich im Augenblick nicht in der Lage, damit umzugehen. Er zuckte im Geist mit den Schultern und gesellte sich zu Morrison. Er hatte geglaubt, nachdem er schon so viele Jahre in Schattenfall lebte, wäre er gegen solche Dinge abgehärtet, aber seine dreißig Jahre als Blumenhändler hatten ihn vor den schlimmsten Absonderlichkeiten der Stadt verschont. Was zumindest teilweise der Grund dafür war, daß er sich so lange mit seinem Dasein als Blumenhändler begnügt hatte. Nach siebenundachtzig Abenteuern und neunundvierzig Folgen seiner Comic-Serie hatte er das Gefühl, einen friedlichen Ruhestand verdient zu haben.

Er und Morrison schritten weiter durch den Erdtunnel, in einem Teich aus schimmerndem Licht, während die Irrlichter abwechselnd nach vorn schossen oder zurückfielen, aber nie ganz die Verbindung zu ihren Anbefohlenen verloren. Eine Zeitlang geschah nichts, und Gold empfand sogar wieder eine gelinde Langeweile. Er betrachtete eingehend die gewölbten Erdwände. Sie waren glatt, beinahe wie poliert, ohne Anzeichen irgendwelcher handwerklicher Bearbeitung, die hätte ahnen lassen, wie der Tunnel gegraben worden war. Gold runzelte leicht die Stirn. Es hätte irgend etwas geben müssen: Spuren von Werkzeugen, Zeichen von Verstrebungen oder Transportmitteln – irgend etwas.

Morrison blieb plötzlich stehen, und Gold hielt neben ihm an. Der junge Barde neigte den Kopf leicht zur Seite, als lauschte er auf irgendwelche schwachen, fernen Töne. Gold konzentrierte sich, doch er hörte nichts anderes als ihr eigenes leises Atmen. Sie befanden sich tief unter der Erdoberfläche, weit entfernt von den Geräuschen der natürlichen Welt. Und dann hörte er auf einmal – ganz schwach – Schritte, gemächlich und ohne Hast, die sich aus der Düsternis vor ihnen näherten. Einige der schimmernden Irrlichter schwebten durch den Korridor, um zu sehen, wer das war, doch dann überlegten sie es sich anscheinend anders und eilten zu Gold und Morrison zurück. Die Schritte wurden allmählich lauter, obwohl sie immer noch eigenartig gedämpft klangen. Gold spähte in die Dunkelheit vor ihnen, dann blieb er stehen und sah den Weg zurück, den sie gekommen waren. Die Geräusche hätten aus beiden Richtungen kommen können. Er warf Morrison einen fragenden Blick zu, doch auch der sah verwirrt drein. Und dann trat direkt vor ihnen eine Gestalt aus der Wand, wie wenn jemand aus dichtem

Nebel auftauchte. Gold trat instinktiv einen Schritt zurück, und Morrisons Hand umklammerte schmerzhaft seinen Arm, um ihn von weiteren Bewegungen abzuhalten.

Die Gestalt verharrte zögernd vor ihnen, leicht zitternd, als fröstelte sie in einer unsichtbaren Windbö. Sie war im wesentlichen menschlich, aber unglaublich ausgemergelt und ausgedörrt, so sehr, daß sie nur noch wie eine Ansammlung von Knochen erschien, zusammengehalten durch Haut und Knorpel. Das Gesicht schien kaum fleischig genug, um den grinsenden Schädel darunter zu verbergen, und die starrenden Augen wirkten sehr groß. Die Gestalt hob eine knochige Hand und machte so etwas wie eine Geste, dann trat sie vor und verschwand in der gegenüberliegenden Wand, wo sie wie ein Geist in der festen Erde versank. Gold hatte gerade noch Zeit zu blinzeln, da schwärmten weitere derartige spindeldürre Gestalten aus der rechten Wand, durchquerten den Raum vor Gold und Morrison und versanken in der gegenüberliegenden Wand, jeweils innerhalb weniger Sekunden – wie flüchtige Gedanken oder Eindrücke. Morrison ließ endlich Golds Arm los, woraufhin dieser die betroffene Stelle heftig rieb, um sie nach der festen Umklammerung wieder zu durchbluten.

»Tut mir leid«, sagte Morrison, »aber ich wollte nicht riskieren, daß du irgend etwas Impulsives tust. Diese Dinge mögen aussehen, als wären sie aus Pfeifenreinigern zusammengestrickt, aber in ihrem Gebiet sind sie tatsächlich verdammt mächtig. Sie mögen keine Fremden, sie mögen es nicht, wenn sie angestarrt werden, und vor allem mögen sie keine Menschen. Es sei denn, sie werden mit einer schönen weißen Sauce und ein paar Pilzen serviert, um den Geschmack zu verfeinern.«

Gold blickte stirnrunzelnd zu der Stelle, wo die Gestalten in der Erdwand verschwunden waren. Sie sah nicht weniger massiv aus als jeder andere Teil, und sie erwies sich eindeutig als feststofflich, als er mit einem forschenden Finger dagegen pochte. Er sah Morrison an.

»Waren das … Elfen?« fragte er schließlich.

»Eine Art davon. Das sind Kobolde. Im Grunde sind sie Bergleute, aber sie kümmern sich um alles und jedes, das mit der Erde und dem, was in ihr liegt, zu tun hat. Und laß dich nicht von der Geistervorstellung täuschen – sie können unglaublich stark sein, um nicht zu sagen nachgerade boshaft, wenn sie es für nötig halten. Sie sind nicht sehr hübsch, aber in ihrem Job treten sie auch selten an die Öffentlichkeit.«

»Dann sind sie also diejenigen, die diesen Tunnel gegraben haben?« fragte Gold und gab sich den Anschein von jemandem, der versuchte, trotz zahlreicher Ablenkungen bei der Sache zu bleiben.

»Nein, er wurde nicht gegraben. Moment mal … o Scheiße!« Morrison verstummte, kniete nieder und legte eine Hand flach auf den Erdboden. »Bleib ganz still stehen, Lester! Gleich wirst du das zu sehen bekommen, was für diesen Tunnel verantwortlich ist. Und wenn wir Glück haben, bekommt es uns nicht zu sehen.«

Er richtete sich auf, die Augen starr auf den Tunnel vor ihnen gerichtet. Gold spähte angestrengt um sich, sah jedoch davon ab, seine Waffe zu ziehen. Einerseits weil er das Gefühl hatte, daß Morrison das nicht gutheißen würde, aber vor allem weil es nichts gab, auf das er hätte zielen können. Der Tunnelboden bebte unter seinen Füßen, zuerst nur kurz und dann in längeren Wallungen, die immer stärker wurden. Etwas kam auf sie zu. Etwas sehr Großes und sehr Schweres.

Einige Meter vor ihm hob sich der Boden und brach auseinander, als würde darunter etwas aus der Tiefe aufsteigen. Der Boden pulsierte rhythmisch, wie ein Herzklopfen in der Erde, und etwas tauchte aus dem sich verbreiternden Spalt auf. Es war ein kränkliches Weiß, mit glitzernder und leuchtender Oberfläche, drei Meter oder mehr im Durchmesser. Wegen der ungeheuren Größe brauchte Gold eine Weile, bis er erkannte, was es war. Doch als ein dicker Wulst in dem weißen Fleisch erschien, kurz darauf gefolgt von einem zweiten, begriff er endlich, was er vor sich sah. Es war das einzelne Segment eines riesigen Wurms, der sich durch die Erde wühlte. Gold taumelte einen Schritt zurück, dann fing er sich. Seine Nackenhaare stellten sich auf, und sein Magen krampfte sich vor schlichter Urangst zusammen. Das weiße Fleisch schimmerte naß, während sich große Segmente schwerfällig an dem Riß im Boden vorbeischoben. Jedes Segment mußte drei bis vier Meter lang sein, und sie wollten kein Ende nehmen, während der Wurm sich weiter durch die Erde wühlte. Gold brauchte nicht mehr zu fragen, wie der Tunnel entstanden war.

»Cromm Cruach«, sagte Morrison leise. »Der Große Wurm.«

Endlich versanken die glitzernden Segmente wieder in der Erde, und der Spalt schloß sich darüber. Das Rumpeln darunter hörte auf, und der Tunnelboden war wieder ruhig. Morrison atmete etwas leichter, und er lächelte Gold flüchtig an.

»Ich hoffe, du weißt das zu schätzen. Die Elfen müssen das eigens für dich inszeniert haben, um dich zu beeindrucken. Cromm Cruach zeigt sich für gewöhnlich nicht vor Leuten, die von draußen kommen.«

»Warum sollten sie mich beeindrucken wollen?« bemerkte Gold. »Ich bezweifle, daß sie jemals von mir gehört haben. Außerdem wußten sie nicht, daß ich kommen würde.«

»Oh, so etwas wissen sie«, widersprach Morrison. »Du würdest staunen, was sie alles wissen. Laß uns weitergehen. Wir sind gleich da.«

Er marschierte los, durch den Tunnel, wobei er vorsichtig über den schmalen Spalt im Boden trat, und Gold folgte ihm. Die Luft wurde allmählich wärmer, und feine Düfte lösten den beißenden Geruch von nasser Erde ab. Leise, dumpfe Geräusche durchbrachen die Stille des Tunnels, zu weit entfernt, als daß sie zu erkennen gewesen wären, aber in ihrer Eindringlichkeit Bedeutung verheißend. Die Irrlichter verschwanden von einem Augenblick zum anderen, und von irgendwo oben drang ein helles Licht herab. Gold bedauerte, daß die kleinen Geister weg waren. Sie waren ihm einigermaßen freundlich vorgekommen, und allmählich hatte er das Gefühl, er könnte an diesem seltsamen neuen Ort, an den Morrison ihn gebracht hatte, ein paar Freunde gebrauchen.

Dann bog der Tunnel plötzlich vor ihnen nach links ab, und Morrison blieb stehen. Gold stellte sich neben ihn, und Morrison sah ihn ernst an.

»Das ist es, Lester. Wir sind da. Das Land unter dem Hügel, das letzte Reich der Elfen. Von nun an mußt du vorsichtig und höflich sein, und sei auf der Hut, was du sagst. Sie haben eine weitreichende mündlich überlieferte Tradition von Zeremonien und Gesetzen, deshalb kann jedes gesprochene Wort bindende Wirkung haben. Nimm nichts zu trinken oder zu essen von ihnen an, und weise Geschenke zurück. Aber, um Himmels willen, sei dabei äußerst höflich. Man ist hier unheimlich scharf auf Duelle, und in puncto Ehre versteht man keinen Spaß. Vergiß nicht, diese Leute sind Aristokraten von höchstem Rang. Mach mir keine Schande.«

»Keine Bange«, sagte Gold. »Ich weiß, wann man dem Butler ein Trinkgeld gibt und an welchem Ärmel ich mir die Nase abwischen darf.«

Morrison zuckte zusammen. »Das Ganze war vielleicht wirklich keine so gute Idee. Laß uns gehen. Ich wünschte, mir wäre wohler bei der Sache ...«

Er schritt schnell aus und bog um die Kurve im Tunnel, mit unglücklicher, aber entschlossener Miene, wie ein Mann, der sich zu einem Zahnarzttermin verspätet hat. Gold folgte ihm eilends, dann schritten die beiden nebeneinander weiter. Der Tunnel öffnete sich in eine breite Höhle, viele Meter hoch und so lang, daß sie das andere Ende nicht sehen konnten. In dieser Höhle war ein Innenhof von ausreichender Größe, um darauf einen Jahrmarkt abzuhalten, mit hoch aufragenden Wänden aus gewaltigen blauen und weißen Gesteinsbrocken. Skulpturen von sonderbaren Tieren und unbekannten Wesen standen überall im Hof verteilt, zusammen mit einer Anzahl seltsamer Formen ohne – oder jenseits jeder – Bedeutung. Doch nichts von alledem fesselte Golds Aufmerksamkeit. Zunächst fiel ihm nichts anderes auf, als daß der Hof offenbar dem Dschungel anheimgefallen war. Überall sprossen Bäume, schoben sich zwischen den gesprungenen und zerbrochenen Pflastersteinen empor. Seltsame phantastische Pflanzen und Blumen wucherten in dichtem Durcheinander, und Ranken und Kriechgewächse und ein Dutzend Arten von Efeu bedeckten jede vorhandene Fläche.

Kleine Geschöpfe wuselten emsig über den dicht belebten Boden oder warfen sich von Ast zu Ast. Helle Augen spähten aus hundert Schatten, und unbekannte Schreie und Heullaute tönten durch die Luft, zusammen mit den groben und rauhen Schreien der grellbunten Vögel, die hoch über dem Hof ihre Kreise zogen. Gold stand mit Morrison reglos und schweigend vor hohen Torflügeln aus verrostetem schwarzen Eisen, die wie betrunken an maroden Scharnieren hingen. Die Luft war unangenehm warm und feucht nach der Kühle des Tunnels, und Gold spürte, wie ihm der Schweiß auf die ungeschützte Haut trat. Die erstaunliche Vielfalt des Tunnels überwältigte ihn über alle Maßen. Er wußte nicht genau, was er sich vom Land der Elfen erwartet hatte, der

Elfen und Kobolde und vergessenen Träume, aber das ganz bestimmt nicht.

Morrison ließ ihm ein paar Augenblicke Zeit, um wieder zu Atem zu kommen, dann marschierte er voller Selbstvertrauen in den Dschungel hinein, indem er einem Weg folgte, den nur er sehen konnte. Gold stolperte hinter ihm her, mit weit aufgerissenen Augen und immer wieder aufklaffendem Mund. Die Luft war erfüllt von den üppigen Düften des Lebens, der Gewächse und all dessen, was darin gedieh. Vögel flatterten auf, als Gold und Morrison vorbeikamen – plötzliche Explosionen von bunten Farben und schlagenden Flügeln, die gleich wieder aufhörten, wenn sie sie hinter sich ließen. Die vielen Statuen waren aus einem dunklen, geäderten Marmor gehauen, der sich immer noch glatt anfühlte, trotz des augenscheinlichen Alters. Einige der Gesichter wirkten zusammengehauen und verunstaltet, und hier und da fehlte eine Gliedmaße, als hätte der wild wuchernde Dschungel sie abgerissen. Lange Ranken dorniger Kriechgewächse lockten sich um gewölbte Steinbizepse und träumende Gesichter und hingen in schweren, schläfrigen Windungen herab. Etwas betrachtete Gold aus der grünen Dämmrigkeit mit hell leuchtenden Augen, um sich gleich darauf abzuwenden, durch die Bäume zu brechen und davonzusausen, als er und Morrison näher kamen. Es hatte die Größe eines Menschen, aber es bewegte sich ganz und gar nicht wie ein Mensch.

Der Dschungel öffnete sich kurz, um zwei lebende Gestalten darzubieten, die sich gegenüberstanden, umgeben von Windungen zischender Rosen. Gold war nicht auf Morrisons Auskunft angewiesen, um zu wissen, daß es sich dabei um Elfen handelte. Sie waren groß, mindestens zwei bis zweieinhalb Meter hoch, und ihre Körper wirkten mager und drahtig, ohne jedes Fett, das die Form der Muskeln umschmeichelt hätte. Ihre Haut war unmenschlich blaß, und ihre Gesichter waren schmerzlich ausgemergelt. Sie hatten riesige goldfarbene Augen und lange, spitze Ohren. Sie rührten sich nicht, als sich Gold und Morrison ihnen näherten, doch die Rosen wanden und schlängelten sich und warnten sie mit lautem Zischen, ja nicht zu nahe zu kommen. Nur der Umstand, daß sich die Elfenbrüste langsam hoben und senkten, zeigte, daß sie noch am Leben waren. Mit ihren leuchtenden Augen starrten sie sich gegenseitig in scheinbar grenzenloser Begeisterung an. Die Dornen der Rosen hatten ihr Fleisch an Hunderten von Stellen durchbohrt, doch es floß kein Blut. Gold und Morrison gingen an ihnen vorbei und ließen sie hinter sich zurück, und Gold fragte sich benommen, wie lange sie wohl schon so dastehen mochten, da die Rosen so zahlreich um sie herum gewachsen waren.

Es dauerte fast eine Stunde, bis sie den ausgedehnten Hof durchquert hatten, wobei sie einen vom Dschungel vorgegebenen Zickzack-Kurs einhalten mußten. Doch schließlich gelangten sie zu einem hohen, schmalen Tor an der gegenüberliegenden Wand und traten hindurch, das wuchernde Grün hinter sich zurücklassend. Das Tor öffnete sich auf einen breiten Korridor mit hohen Sparren und einer unsichtbaren Lichtquelle, die einen hellen Schein warf, mit hohen Wänden und nackten, ungeglätteten Pflastersteinen. Gold prüfte kurz, ob sie jetzt einen Schatten warfen, aber wie er erwartet hatte, war das nicht der Fall. Morrison schritt zuversichtlich durch den Korridor, den Blick geradeaus gerichtet, als wäre er diesen Weg schon so oft gegangen, daß er nicht wie ein Tourist hierhin und dorthin zu gaffen brauchte. Gold beeilte sich, um mit ihm Schritt zu halten, doch jede Minute brachte neue Wunder und erstaunliche Eindrücke. Elfen brachen in Abständen aus den Wänden, als ob sie aus dem Stein gewachsen oder darin versenkt worden wären, eingesunken in die massiven Wände wie in die warme Umarmung eines Sitzbades. Der Stein hatte sie umschlossen, sie für immer festgehalten. Sie lebten noch, atmeten langsam und flach, und manchmal verfolgten ihre starren Augen Gold und Morrison, wenn sie vorübergingen. Einmal kam ihnen ein Elf im Korridor entgegen, gemächlich und stattlich in seiner Höhe, wie ein Stelzenläufer. Morrison verneigte sich tief, doch der Elf nahm seine Anwesenheit nicht zur Kenntnis.

»Was ist das für ein Ort?« flüsterte Gold schließlich mit gedämpfter Stimme, nicht aus Angst, gehört zu werden, sondern schlicht aus tiefer Ehrfurcht. Die gewaltigen Ausmaße des Korridors gaben ihm das Gefühl, ein Kind zu sein, das zum ersten Mal die Welt der Erwachsenen durchschritt.

»Das ist Caer Dhu, die letzte Burg der Elfen, Sitz des Untrüglichen Hofes und aller Elfengattungen, die es noch gibt. Es ist das Land unter dem Hügel, der Pfad, der nicht zweimal beschritten werden kann. Die letzte Festung der Leuchtenden. Frag mich nicht, wie alt sie ist; ich glaube nicht einmal, daß sie mehr darüber wissen. Sie ist älter als Schattenfall. Älter als die Menschheit. Die Elfen sind ein Traum der Natur, der jedoch nicht lange dauerte. Sie waren zu großartig für die gewöhnliche Welt, und sie ging an ihnen vorbei.«

Sie marschierten weiter. Überall standen wuchtige Statuen, von Elfen und Menschen und erstaunlichen Geschöpfen, einige davon unerfreulich und beängstigend in ihren Umrissen und Einzelheiten, wie einem Traum von jener Art entnommen, an den man sich beim Aufwachen am liebsten nicht mehr erinnert. Rätselhafte Maschinen standen verlassen in irgendwelchen Ecken, gigantisch und so verzwickt konstruiert, daß kein Mensch hoffen durfte sie zu begreifen. Große Rüstungen aus zusammengefügten Teilen beschrieben einfache Bewegungen, die sie endlos wiederholten.

Gold und Morrison bogen um eine Ecke und stießen

auf eine Gruppe von Elfen, die um ein großes Loch im Boden versammelt waren. Sie gaben keinen Laut von sich, sondern starrten nur ohne zu blinzeln auf das hinab, was sich in der Grube befand. Morrison blieb stehen und bedeutete Gold mit einer Handbewegung, sich die Sache anzusehen. Die Elfen nahmen keine Notiz von ihm, als er sich vorsichtig einen Weg zwischen ihnen hindurch bahnte und sich an den Rand der Grube stellte, um hineinzublicken. Zwei Elfen kämpften am Boden der Grube, indem sie sich gegenseitig mit je einem Messer in der Hand Schnitte zufügten und aufeinander einhackten. Ihre Körper blähten sich auf und schrumpften zusammen, bäumten sich auf und verzerrten sich, je nach Bedarf des Kämpfenden. Sie unternahmen keinen Versuch, sich zu verteidigen, und nahmen schreckliche Verletzungen hin, um dem anderen noch schlimmere zuzufügen. Goldfarbenes Blut rann vorübergehend aus Wunden, die sich selbst innerhalb von Sekunden heilten.

Die beiden Elfen kämpften lautlos; die einzigen Geräusche in der Grube waren ihr stoßweises Keuchen und die andauernden dumpfen Schläge von Stahl in Fleisch. Auch die zuschauenden Elfen waren still, doch Gold spürte die Spannung und gefesselte Aufmerksamkeit, mit der sie jeden Angriff und Gegenangriff verfolgten. Sie alle lächelten, doch es war keine Heiterkeit in ihren Gesichtern. Gold trat vom Rand der Grube zurück; ihm war übel von der beinahe greifbaren Lust an blutiger Gewalt, die rings um ihn herum in der Luft lag. Die Eindringlichkeit der Empfindungen war überwältigend, konzentriert, und spielte sich auf einer unmenschlichen Ebene ab. Er drängte sich durch die Menge zurück, zitternd wie jemand, der soeben Zeuge eines schlimmen Verkehrsunfalls geworden war.

Einer der Elfen am Rand der Menge wandte sich einem anderen zu und reichte ihm die Hand. Der andere Elf brachte ein Messer zum Vorschein, nahm die

Hand und schnitt einen der Finger ab. Gold taumelte rückwärts, den Blick starr auf das aus der verstümmelten Hand strömende Blut gerichtet. Morrison packte ihn am Arm und zog ihn weg.

»Was, zum Teufel, hat all das zu bedeuten?« fragte Gold mit bebender Stimme, als er Morrison durch den Korridor folgte.

»Das war ein Duell«, bemerkte Morrison leichthin. »Es ist in Wirklichkeit nicht so eindrucksvoll, wie es aussieht. Elfen können nicht sterben, und ihre Wunden heilen innerhalb weniger Sekunden. Der Schmerz ist allerdings real, aber keinem Elf hat das jemals etwas ausgemacht. Ehre ist alles. Ich habe derartige Kämpfe miterlebt, die Stunden dauerten und immer noch weitergingen, nachdem beide Kämpfer längst völlig erschöpft waren.«

»Und die Sache mit der Hand?«

»Er hat eine Wette verloren. Elfen lieben es zu spielen, aber Gold und Silber sind hier nicht viel wert. Sie wetten um Schmerz oder Dienstleistungen oder Demütigung. Der Finger war eine Kleinigkeit. Er wächst nach.«

»Das ist verrückt. Krankhaft.«

»Nein. Dies sind menschliche Urteile, und die Elfen sind nicht menschlich. Die Unfähigkeit zu sterben verändert die Betrachtung der Dinge. Schmerzen und Verletzungen sind vorübergehend. Der Verlust des Gesichtes oder der Ehre hingegen kann jahrhundertelang andauern. Deshalb können wir die Elfen niemals wirklich verstehen. Ihre Sichtweise ist auf Langzeit ausgelegt. Sie denken in Jahrhunderten, und der vergängliche Augenblick der Gegenwart hat für sie nicht dieselbe Bedeutung wie für uns.«

Gold versuchte sich eine Lebensplanung auf der Grundlage von Jahrhunderten vorzustellen, befreit vom Schrecken des Todes, und mußte aufhören, als ihm schwindelig wurde. »Wie lange leben Elfen in der Regel?« fragte er schließlich.

»So lange sie wollen. Das einzige, was sie umbringen kann, sind bestimmte mächtige Magien und Zauberwaffen, was beides äußerst selten ist.«

»Moment mal. Wie ist das mit Kindern? Wenn sie unsterblich sind ...«

»Es gibt keine Kinder. Neue Elfen werden voll ausgewachsen geboren, durch Zauberei geschaffen, um einen Elfen, der gestorben ist, zu ersetzen. Mir ist klar, daß das ein ganzes Bündel neuer Fragen aufwirft, aber ich weiß keine Antworten darauf. Über einige Dinge weigern sich die Elfen strikt zu sprechen, und dazu gehört ganz eindeutig die Herkunft ihrer Spezies. Ich habe das Gefühl, wenn wir jemals dahinterkommen würden, wären wir alles andere als begeistert.«

Den Rest der Strecke legten sie schweigend zurück, jeder mit seinen eigenen Gedanken beschäftigt, und schließlich kamen sie zum Untrüglichen Hof, dem Versammlungsplatz der Elfen. Zwei große Türflügel schwangen von selbst auf, als sie sich ihnen näherten, und gaben den Weg in einen großen Saal frei, der von Wand zu Wand mit den Ranghöchsten der Elfengattung gefüllt war. Groß, mager und von imposanter Statur, waren sie in aufwendige Roben in bunten, schrillen Farben gekleidet, und jeder war mit einem Schwert an der Hüfte ausgestattet. Jedes Gesicht und jede Figur schienen vollkommen, ohne den kleinsten Makel oder die geringste Verunstaltung. Sie waren schön, anmutig, und es ging etwas Kraftvolles, Leidenschaftliches von ihnen aus. Allein schon der Druck ihrer Gegenwart war so, als ob man dem Hitzeschwall aus einem offenen Schmelzofen ausgesetzt wäre. Sie standen vollkommen still da, unmenschlich still, wie Insekten in Lauerstellung vor einem Angriff oder Raubvögel, die ihre Beute beobachten, um zu sehen, in welche Richtung sie laufen würde. Einige trugen Masken aus dünnem, behauenem Metall, die die Hälfte ihrer Gesichter bedeckten, während andere mit Tierfellen angetan waren, noch vollständig mit Köpfen, die den Trägern lässig auf den Schultern ruhten. Seltsame Düfte erfüllten die Luft, schwer und benebelnd und überwältigend, als hätte jemand ein Blumenfeld zermalmt und die Duftessenz in einem Glas eingefangen. Aber vor allem herrschte diese Stille, vollkommen und umfassend, nicht einmal durch ein Murmeln oder ein Flüstern oder eine Bewegung durchbrochen. Gold und Morrison betrachteten die versammelten Elfen, und die Elfen betrachteten sie ihrerseits einen Augenblick lang, der eine scheinbare Ewigkeit dauerte.

Und dann traten die Elfen im Mittelteil zurück und gaben einen Weg durch die Mitte des Hofes frei. Morrison schritt voran, ruhig und selbstbewußt, und Gold ging mit ihm. Die Elfen wandten langsam die Köpfe, um die beiden Menschen zu beobachten, die zwischen ihnen hindurchwandelten, und Gold mußte mühsam gegen einen aufkommenden Schauder ankämpfen. Er spürte ihre Blicke wie einen körperlichen Druck, und darin lag nichts von Freundlichkeit oder Entgegenkommen. Morrison hatte ihm von Anfang an deutlich zu verstehen gegeben, daß sie keine Schutzgarantie besaßen. Wie immer die Elfen handeln mochten, niemand würde oder könnte sie dafür zur Rechenschaft ziehen. Morrison mochte zwar schon mal hier gewesen sein, als Barde und geehrter Gast, aber das war auf ihre Einladung hin geschehen. Diesmal war er unangemeldet und unaufgefordert gekommen und hatte einen Fremden mitgebracht.

Alles mögliche konnte geschehen.

Schließlich blieben Gold und Morrison vor einem hohen Podest stehen, auf dem zwei große Throne standen, kunstvoll aus Knochen geschnitzt. Muster und magische Siegel und Schriftzeichen aller Art zierten das bearbeitete Gebein, bis ins kleinste Detail und unvorstellbar kompliziert gestaltet. Und auf diesen beiden Thronen saßen zwei Elfen: der Mann zur Linken, gute drei Meter groß, mit dicken Muskeln bepackt und eingehüllt in blutrote Gewänder, die sich gegen seine milchweiße Haut abhoben. Sein Haar war von einem farblosen Blond und hing lose um ein langes, kantiges Gesicht, das von Augen in einem arktischen, durchdringenden Blau beherrscht wurde. Er saß vollkommen reglos da, als hätte er schon seit einer Ewigkeit geduldig so gewartet und würde noch länger warten, falls es sich als nötig erwiese.

Die Frau saß zur Rechten, gekleidet in Schwarz mit silbernen Bordüren. Sie war einige Zentimeter größer als der Mann, geschmeidig-muskulös, mit so blasser Haut, daß sich blaue Adern an den Schläfen zeigten. Ihr Haar war schwarz, kurz und streng geschnitten, und dunkle Augen blickten nachdenklich aus einem herzförmigen Gesicht. Sie hielt eine einzelne rote Rose in der Hand, ohne sich um die Dornen zu scheren, die sie stachen. Beide hatten etwas Edles an sich, einem Umhang gleich, der von langer Vertrautheit durchgewetzt war. Gold wußte, ohne daß es ihm gesagt wurde, wer sie waren, wer sie sein mußten. Ihre Namen waren Legende. Morrison verneigte sich tief vor dem König und der Königin des Elfenreiches, und Gold beeilte sich, es ihm gleichzutun.

»Mein Gebieter, meine Gebieterin, hochedler Oberon und liebreizende Titania, ich grüße Euch im Namen von Schattenfall.« Morrison hielt inne, als erwartete er eine Erwiderung, doch das Schweigen hielt an. Er lächelte gewinnend und fuhr fort, indem er sozusagen Charme und gute Absichten versprühte. »Ich möchte mich für dieses Eindringen entschuldigen, dieses unverlangte Erscheinen, doch es haben sich Dinge von größter Wichtigkeit ergeben, die mich zwingen, auf Eure Freundschaft und Wertschätzung zu bauen. Wenn Ihr erlaubt, möchte ich Euch meinen Freund Lester Gold vorstellen, einen Helden.«

Gold brauchte nicht aufgefordert zu werden, sich

noch einmal zu verneigen, und er tat es so schicklich, wie er nur konnte. Er war an derlei Dinge nicht gewöhnt, und er hatte den Verdacht, sie gehörten zu den Fähigkeiten, die man sehr lange üben mußte, bevor man sie wirklich erfolgreich über die Bühne brachte.

Als er sich wieder aufrichtete, stellte er fest, daß weder der König noch die Königin sich bewegt oder ihn im geringsten zur Kenntnis genommen hatten. Morrison stand neben ihm und lächelte ruhig, offensichtlich in Erwartung einer Reaktion. Doch das Schweigen zog sich weiter hin und gewann ein Gewicht und eine Wucht, die sowohl beunruhigend als auch gefährlich waren. Das endlose Starren auf den vollgepackten Hof schien immer bedrohlicher zu werden, und Gold mußte sich beherrschen, um seine Hand nicht näher zu der Pistole in seinem Schulterholster zu bringen. Zum ersten Mal in seiner langen Laufbahn wußte er, daß er sich etwas gegenübersah, das nicht durch puren Mut und eine gutplazierte Gewehrkugel aufgehalten werden konnte. Morrison lächelte Oberon und Titania scheinbar vergnügt an, doch Gold merkte, welche Anstrengung ihn das kostete. Der Barde war auf eine direkte Zurückweisung vorbereitet gewesen, aber das anhaltende Schweigen, das seine Gegenwart leugnete, machte ihm sichtlich zu schaffen.

»Edler Herr, edle Dame, habt Ihr mir nichts zu sagen? Ich war in früheren Zeiten Euer Barde, habe Eure Geschichte und Euer Lob gesungen, sowohl vor menschlichem als auch vor elfischem Publikum. Zum Dank dafür habt Ihr mich mit Eurer Freundschaft und Eurem Ohr geehrt, und beides brauche ich jetzt mehr denn je. Wenn ich Eure Geduld in Anspruch nehme, dann nur, weil mich die Notwendigkeit dazu zwingt. Etwas hat sich ergeben, das die Menschheit und die Elfen in gleichem Maße bedroht, und ich fürchte, die Stadt kann nicht hoffen, es allein aufzuhalten. Eure Hoheiten, wollt Ihr nicht mit mir sprechen?«

Eine untersetzte, stämmige Gestalt erschien plötzlich zwischen den beiden Thronen und grinste unangenehm. Gold starrte das Wesen an. Es war der einzige unvollkommene Elf, den er jemals gesehen hatte. Der Elf war mindestens so groß wie die beiden Menschen, aber die Throne und die, die darauf saßen, ließen ihn kleiner erscheinen. Sein Körper war so behende und geschmeidig wie der eines Tänzers, doch der Höcker an seinem Rücken zog eine Schulter nach unten und nach vorn, und die Hand an diesem Arm schien zu einer Klaue verunstaltet. Sein Haar war grau und seine Haut so blaßgelb wie altes Gebein, aber seine grünen Augen wirkten vor Boshaftigkeit und Frechheit lebendig. An seinen Schläfen saßen zwei beulenartige Auswüchse, die Hörner hätten sein können. Er trug das Fell irgendeines Tiers, dessen Pelz auf unheimliche Weise mit seinem eigenen haarigen Körper verschmolz, und seine Beine endeten in Pferdehufen. Plötzlich brach er in leises Gelächter aus, und Morrison zuckte bei der unverhohlenen Verachtung, die darin mitschwang, zusammen.

»Wieder mal da, kleiner Barde, kleiner Mann, kleiner Mensch? Wieder mal da, um uns mit deinem beschränkten Verstand und deinen Sorgen zu belästigen, mit deiner fragwürdigen Logik und deinen vergänglichen Werten? Und du sprichst von Dringlichkeit und Dingen, die sich ergeben haben, als würde das hektische Ticken eurer sterblichen Lebensspanne uns interessieren. Du vergißt, wo dein Platz ist, kleiner Mensch. Du kannst kommen, wenn du gerufen wirst, zu unserem Vergnügen und wenn es uns paßt. Aber du darfst unseren Hof nicht belästigen und unsere Geschäfte nicht stören, wenn dir danach der Sinn steht.«

»Lord Puck«, bemerkte Morrison leichthin. »Es ist ein Vergnügen, Euch zu sehen, wie immer. Die Schroffheit Eurer Worte schmerzt mich zutiefst. Bin ich nicht der Barde dieses Hofes, dieser Versammlung? Habe ich nicht für Euch in diesem Saal gesungen, erst vor sechs Tagen noch? Ihr habt mich damals mit Eurem Lob geehrt, habt mir etwas zu trinken dargereicht und mir angeboten, Euch Bruder zu nennen.«

»Ich konnte meinen Bruder nie leiden«, sagte Puck und wirbelte lässig und mit erstaunlicher Anmut auf seinen Hufen um die eigene Achse. »Menschen hingegen sind mir ganz angenehm. Sie eignen sich so leicht als Beute. Sie rennen mit so herzergreifender Verzweiflung und kreischen so erfreulich, wenn sie zu Boden getrampelt werden. Sie haben Freude an den kleinsten Dingen, und sie scharwenzeln unendlich, um ein Lächeln oder ein nettes Wort von den ihnen Überlegenen zu erhaschen. Sie beschnuppern uns am Steiß wie ein geiler Hund und küssen uns den wohlgeratenen Hintern und glauben, das mache uns zu Freunden. Du bist zu einer ungünstigen Zeit gekommen, Mensch. Nutze den letzten Rest unseres guten Willens und hau ab, solange du noch kannst.«

Eine flüchtige Bewegung lief durch die Reihen der Höflinge, und Gold spürte geradezu die Spannung in der Luft. Das Gewicht des Blickes so vieler Augen, starr und ohne Blinzeln, war beinahe unerträglich. Doch anscheinend empfand Morrison keinerlei Anspannung, während das einzige, was Gold mit Mühe schaffte, darin bestand, den Boden unter den Füßen nicht zu verlieren. Ein Teil von ihm hätte am liebsten kehrtgemacht und wäre davongerannt und immer weiter gerannt, bis er wieder sicher zurück in der Welt angekommen wäre, die er verstand. Aber er würde nicht weglaufen. Der Gedanke gab ihm ein wenig Halt. Er war ein Held, und Helden liefen nicht davon. Obwohl sie sich manchmal zurückzogen, aus taktischen Gründen. Er sah sich beiläufig nach hinten um und prüfte, wie weit es zu der Tür war und wie viele Elfen ihm im Weg stünden. Er dachte wieder an die Pistole unter seiner Jacke, hielt die Hand jedoch davon entfernt. Hier waren Hunderte von Elfen, und er hatte nur eine begrenzte Menge an Munition. Außerdem hatte er das unbehagliche Gefühl, daß diesen majestätischen Wesen etwas so Schlichtes wie eine Pistole nicht sonderlich viel anhaben könnte. Er beschloß, sich darauf zu konzentrieren, sehr still zu stehen und sich alle Mühe zu geben, ruhig und gelassen auszusehen.

»Es ist etwas geschehen«, erwiderte Morrison ungerührt. »Etwas ist hier an diesem Hof geschehen, in diesem Land, seit ich das letzte Mal hier war. Aber ich habe mich nicht verändert. Ich bin immer noch Euer Freund, Euer Barde, Eure Stimme in der Welt der Menschen. Ich habe die Geschenke, die Ihr mir gegeben habt, nicht vergessen, ebensowenig wie die Natur und die Verantwortung meiner Stellung. Es ist die Pflicht des Barden zu sagen, was gesagt werden muß, ob er willkommen ist oder nicht. Ich bin aus der Stadt gekommen, um mit Euch zu sprechen, in einer lebenswichtigen Angelegenheit, und man wird mich anhören. Das Land unter dem Hügel ist durch Eide, die so alt sind wie die Zeit selbst, an Schattenfall gebunden. Muß ich jetzt davon ausgehen, daß das Wort der Elfen wertlos und alle Vereinbarungen null und nichtig geworden sind? Haben die Elfen der Ehre abgeschworen?«

Wieder durchlief eine flüchtige Bewegung die Höflinge, und Gold spürte die feine Wandlung von Drohung zu Wut.

Morrison mißachtete sie alle, sein unverwandter Blick war nur auf Puck gerichtet. Seine Stimme hatte nicht ein einziges Mal ihren ruhigen und vernünftigen Ton eingebüßt, und seine Arme waren lässig vor der Brust verschränkt. Der unvollkommene Elf beugte sich vor, wobei seine Hufe leise auf dem polierten Boden klapperten. Er sah Morrison an, und jede Spur von überheblichem Lächeln oder Frechheit war aus seiner Miene verschwunden, doch der Barde zuckte nicht mit der Wimper.

»Paß auf, was du sagst, Menschlein«, drohte Puck. »Worte haben Macht. Sie binden den Sprechenden und den Zuhörenden. Wenn du keine mächtigen und schlimmen Worte hören willst, dann verschwinde jetzt. Dies ist meine letzte Aufforderung.«

»Ich bin gekommen, weil ich etwas zu sagen habe«, erwiderte Morrison, »und man wird mich anhören. »Tut, was Ihr tun müßt, Lord Puck, aber ich werde mich keinen weiteren Schritt bewegen. Es gibt Worte, die gesprochen, und Angelegenheiten, die diskutiert werden müssen, welche Folgen sich daraus auch ergeben mögen. Es ist an Euch, den nächsten Schritt im Tanz zu tun, Lord Puck. Ich werde nicht der erste sein, der das Vertrauen zwischen uns bricht.«

»So tapfer!« höhnte Puck. »So großspurig. So überaus menschlich! Trage dein Stück vor, Barde! Es wird keinen Unterschied machen. Deine Worte haben hier keine Bedeutung. Wir hören sie nicht.«

»Ich habe das Recht auf ein Publikum«, entgegnete Morrison vorsichtig. »Ihr habt mich zu Eurem Barden erklärt, ob gut oder schlecht, und was immer sich zwischen uns stellen mag, das kann nicht ungeschehen gemacht werden. Ich verlange mit allem gebotenen Respekt, daß zwei ranghohe Mitglieder dieses Hofes mich anhören und ihr Urteil abgeben, ob meine Worte Bedeutung haben und gehört werden sollen.«

»Recht? Verlangen?« Puck richtete sich zu seiner vollen Größe auf und drückte den Höcker und die Schulter soweit wie möglich zurück. »Wagt ein Mensch, solche Worte an unserem Hof, in unserem Land zu gebrauchen?«

»Ja. Ihre Majestäten Oberon und Titania gaben mir dieses Recht in lange vergangenen Tagen. Wollt Ihr jetzt deren Worte leugnen?«

»Nicht ich«, sagte Puck. »Ich auf keinen Fall. Obwohl vielleicht mal eine Zeit kommt, da du wünschen wirst, ich hätte es getan.« Er kicherte plötzlich, ein sonderbarer und beunruhigender Laut in der Stille des Hofes. Er drehte sich wieder auf seinen Hufen um und sank geschmeidig in die Hocke. »Mir gefällt deine Frechheit, Sean. Das hat mir schon immer an dir gefallen. Du erinnerst mich an jemanden, vor dem ich Hochachtung habe. Vielleicht an mich selbst. Also, da du dich nicht belehren läßt und keine Warnung annimmst, werden die Dinge ihren Lauf nehmen. Lord Oisin, Lady Niamh, tretet vor.«

Zwei Elfen durchquerten den Hof und blieben vor Gold und Morrison stehen, die Rücken Oberon und Titania zugewandt. Sie verneigten sich vor Morrison, der sich seinerseits ebenfalls tief verneigte. Auch Gold verneigte sich, nur um zu zeigen, daß er der Lage gewachsen war.

Puck lehnte sich lässig gegen Oberons Thron. »Lord Oisin Mac Finn. Einst ein Mensch, jetzt ein Elf, ein altgedientes Mitglied dieses Hofes. Lady Niamh vom Goldenen Haar, Tochter von Mannannon Mac Lir. Sie werden sich anhören, was du zu sagen hast. Bist du mit ihnen einverstanden?«

Gold betrachtete die beiden, während sich Morrison viel Zeit ließ, um ja zu sagen. Oisin (einst ein *Mensch?*) war einen Meter achtzig groß, was ihn im Vergleich zum Rest der Höflinge wie einen Zwerg erscheinen ließ. Er hatte die gleichen leidenschaftlichen Augen und spitzen Ohren wie die anderen, die gleiche geschmeidige Muskulatur und natürliche Anmut, aber es war noch etwas Menschliches an ihm. Er schien vollkommen, aber nicht in demselben Maße. Niamh war gut zwei Meter vierzig groß und wirkte neben Oisin und den beiden Menschen noch größer. Sie hatte ein scharfgeschnittenes, hübsches Gesicht und goldene Haare, die ihr in üppiger Dichte bis zur Taille herabfielen, und die nach hinten gezogen und mit einem schlichten Haarband aus dem Gesicht gehalten wurden. Gold ertappte sich dabei, daß er unwillkürlich überlegte, wieviel Zeit das arme Mädchen jeden Tag darauf verwenden mußte, es zu waschen und zu bürsten und zu kämmen.

Er zwang sich, sich auf die anstehende Sache zu konzentrieren. Weder Oisin noch Niamh wirkten besonders freundlich oder unfreundlich. Aber irgend etwas war an dem Hof ... das Gefühl, das ihm der vollgepackte Saal eingab, hatte sich wieder verändert. Die Wut und die Bedrohung waren fort, abgelöst von etwas, das den Ruch von Resignation besaß. Als hätten sie sich aufgrund von Morrisons Beharrlichkeit auf einen Weg begeben, den eigentlich keiner von ihnen hatte beschreiten wollen. Gold schüttelte sich im Geiste. Sehr wahrscheinlich legte er in das Schweigen des Hofes etwas hinein, das gar nicht vorhanden war. Schließlich handelte es sich hier nicht um Menschen, und deshalb mußten sie nicht zwangsläufig so denken oder fühlen wie Menschen ...

Er warf einen Blick zu Morrison, der schließlich mit seiner Rede zu Ende war. Der junge Barde wirkte ruhig, beinahe entspannt. Aber das war eigentlich bei ihm immer so. Gold hatte sich stets etwas darauf zugute gehalten, im Feuer Ruhe zu bewahren und in einer Krise kühl zu bleiben, aber das war vor dreißig und noch etwas mehr Jahren gewesen. Und damals war er den Elfen noch nicht begegnet. Morrison verbeugte sich vor Puck, der halb versteckt hinter Oisin und Niamh kauerte.

»Ich habe meine Harfe dabei, jederzeit spielbereit. Ihr habt mir beigebracht, das Beste aus ihr herauszuholen, Lord Puck, und ich werde Euch als Lehrmeister gerecht werden. Hört mein Lied an.«

Plötzlich hielt er eine Gitarre in Händen. Gold blinzelte. Er hätte schwören können, daß sie eine Minute zuvor nicht dagewesen war. Anscheinend bedurfte es mehr, ein Barde zu sein, als eine angenehme Stimme zu haben und drei Akkorde zu beherrschen. Morrison zupfte lässig an den Saiten seiner Gitarre, und der weiche Klang erfüllte den stillen Hof. Oberon und Titania rutschten auf ihren Thronen ein wenig nach vorn. Morrison hob mit kräftigem Tenor zu singen an, und das Elfenvolk lauschte.

Es war eine einfache Melodie mit einem gleichmäßigen Rhythmus, die ins Ohr und dann ins Gemüt ging, mitreißend und ergreifend. Alle, die zuhörten, konnten sich ihr ebensowenig entziehen wie sie hätten aufhören können zu atmen. Morrison war ein Barde, und Magie lag in seinem Lied und in seiner Stimme, jene Magie, die aus dem Herzen und der Seele kommt und der durch den Mann und sein Lied Schärfe und Form gegeben wird. Er sang, und die Welt stand still.

Er sang von Schattenfall und seinem einzigartigen Wesen. Von den Verlorenen und den Furchtsamen und den Sterbenden, die in die Stadt kamen, wenn die Welt keine Verwendung mehr für sie hatte. Er sang von den uralten und edlen Elfen und dem langen Zusammenhalt zwischen Menschheit und Elfenvolk, der all die vielen Jahre hindurch bestanden hatte. Von Liebe und Ehre und Pflicht, und wie sie Menschen und Elfen miteinander verbanden. Und schließlich sang er von der Not der Stadt in der Stunde der Verzweiflung, von ungeklärten und ungesühnten Morden. Er brach jäh ab, und seine Musik hallte in der Stille eine Weile lang nach, als hätte sie noch etwas bei jenen zu erledigen, die zugehört hatten.

Tränen brannten in Golds Augen, und in seinem Herzen wühlte ein Schmerz, und in diesem Augenblick hätte er Morrison nichts abschlagen können. Er betrachtete das Elfenvolk sowie Oberon und Titania, Oisin und Niamh und Puck, und ein eisiger Hauch packte ihn. In ihren funkelnden Augen standen keine Tränen, in ihren Gesichtern lagen keine Anzeichen, daß sie irgend etwas von der Erhabenheit gespürt hatten, die Gold so tief bewegt hatte. Statt dessen sahen sie müde und traurig und resigniert aus, als hätte das Lied lediglich die Notwendigkeit von etwas bestätigt, dem sie lieber ausgewichen wären. Oberon und Titania lehnten sich auf ihren Thronen zurück, und Niamh verneigte sich vor Morrison. Er erwiderte die Verbeugung, und die Gitarre verschwand aus seinen Händen.

»Dein Lied hat uns bewegt, wie immer, lieber Barde.« Niamhs Stimme war für sich so etwas wie Musik, langsam und gleichmäßig und empfindungslos, wie Flutwellen, die an den Strand klatschen. »Du bist unser Freund und unsere Stimme bei den Menschen gewesen, und wir hätten dir dies gern erspart, wenn wir es gekonnt hätten. Aber du hast die Wahrheit verlangt, wie es dein gutes Recht ist, und du wirst sie von uns bekommen, obwohl sie dir das Herz brechen mag, und uns ebenfalls. Wir wissen, was in Schattenfall vor sich geht. Der Wilde Junker ist über euch gekommen. Das ist das Tier mit dem gewöhnlichen Menschengesicht, der Mörder, den man nicht aufhalten und mit dem man nicht verhandeln kann, weil er nur dieses eine ist. Es gibt nichts, daß ihr oder wir tun könnten, um ihn von seinem Handeln abzuhalten.

Und es wird noch schlimmer kommen. Ihr werdet im Inneren und von außen betrogen. Eine große Armee sammelt sich, um die Stadt gewaltsam an sich zu reißen. Und wir … sind geteilt, Freund Sean. Zum ersten Mal seit Jahrhunderten sehen wir keinen Ausweg. Unsere Orakel sprechen von Tod und Zerstörung und dem Ende des Elfenvolkes. Einige von uns wollen eine Armee aufstellen und rufen nach Waffen und Wissenschaften, die lange ungenutzt waren. Einige möchten das Tor zwischen Berg und Stadt schließen und es für alle Zeit verriegeln. Und einige möchten die Stadt vernichten und sie in Schutt und Asche legen, in der Hoffnung, daß wir dann ihrem Schicksal entkommen.

Und so reden und streiten und debattieren wir, und nichts wird entschieden. Wir finden keine Lösung. Das einzige, was wir mit Bestimmtheit wissen, ist, daß sich die Dunkelheit um uns herum verdichtet und daß es keine Hoffnung gibt, weder für die Menschen noch für die Elfen. Wir können dir keine Hilfe anbieten, Freund Sean; nur düstere Worte und Katastrophenwarnungen. Wenn wir auch unterschiedlicher Meinung sind, so hätten wir dir das doch alle gern erspart, wenn wir gekonnt hätten, anstatt deine Hoffnung zunichte zu machen oder deinen Geist zu verdammen. Wir haben versucht, dich wegzuschicken, indem wir dir schroffe Worte an den Kopf warfen, anstatt dir noch schroffere Wahrheiten verkünden zu müssen, aber du hast verlangt, angehört zu werden, und wir konnten es dir nicht abschlagen.

Ich denke, daß wir euch möglicherweise letzten Endes doch noch beistehen werden gegen jegliche Bedrängnis, die das Schicksal für uns bereithält. Menschen und Elfen sind durch Pakte, die älter sind als Schattenfall, miteinander verbunden, und wir würden lieber sterben, als ohne unsere Ehre zu leben. Und wir mögen euch, auf unsere Weise. Ihr seid die Kinder, die wir nie kennengelernt haben. Ich bin sicher, wir werden euch in der Stunde eurer höchsten Not nicht im Stich lassen, gleichgültig was die Auguren sagen.«

»Das ist noch nicht entschieden«, warf Oisin mit tonloser und schwerer Stimme ein. »Obwohl viele Stimmen uns drängen, uns der Nöte der Menschen anzunehmen, gibt es ebenso viele und mehr, die es vorziehen, wenn wir uns aus dem Schicksal der Stadt heraushalten und der Welt der Menschen für immer den Rücken kehren. Wir haben die Pflicht zu überleben. Wir haben alles in unserer Macht Stehende für euch getan, und wenn sich die Welt weiterbewegen muß, dann laß sie. Wie alle Kinder müssen die Menschen lernen, auf eigenen Beinen zu stehen, gut oder schlecht.«

»Ihr dürft Euch nicht von uns abwenden«, sagte

Morrison, und in seinem Tonfall schwang keine Wut mit, nur Dringlichkeit. »Wir brauchen Euch. Wir brauchen Eure Großartigkeit und Eure Geheimnisse, Eure Andersartigkeit und Euren Ruhmesglanz. Die Welt wäre ein grauerer Ort ohne Eure heldenhaften Schlachten und feinen Intrigen, Euren ausufernden Zorn und eure unsterbliche Liebe. Laßt uns nicht im Stich. Wir wären kleiner, wenn wir euch nicht hätten, um uns zu beseelen, und Euer Scheiden würde eine Lücke bei uns hinterlassen, die wir vielleicht niemals wieder schließen können. Ihr seid die Freude und der Ruhm der Welt. Ihr macht uns zu einem Ganzen.«

Niamh lächelte. »Deine Worte bewegen uns, wie immer, aber ich fürchte, Worte üben nicht mehr dieselbe Kraft auf uns aus wie einst. Bleib bei uns, Sean, und sprich weiter. Vielleicht finden wir gemeinsam einen Weg. Aber du wirst verstehen, daß ich nichts versprechen kann.«

»Nichts«, bekräftigte Oisin, und es hatte den Anschein, als ob einige der Höflinge das Wort flüsternd nachsprachen.

Morrison verneigte sich. »Ich stehe Euch zu Diensten.«

»Wir haben deine Worte vernommen«, sagte König Oberon mit einer Stimme, die den Hof ausfüllte. »Wir werden darüber nachdenken.«

»Unterdessen sei unser Gast«, sagte Königin Titania. »Bitte um alles, was du begehrst, man wird dir nichts abschlagen.«

Niamh und Oisin wandten sich ab, um mit gedämpften Stimmen mit dem König und der Königin zu beratschlagen, und die Höflinge sprachen leise unter sich. Puck blinzelte Morrison einmal an, machte eine scharfe Kehrtwende auf seinen Hufen und war plötzlich nicht mehr da. Morrison ließ den Atem in einem tiefen Seufzer aus und wäre beinahe gegen Gold gesackt, da seine Kraft nahezu aufgebraucht war. Er sah mit einemmal älter und kleiner aus, als ob er etwas von sich selbst in seinen Vortrag ergossen hätte. Gold stützte ihn verstohlen, indem er ihm den Arm an den Ellbogen legte. Er hatte das untrügliche Gefühl, daß es keinen guten Eindruck gemacht hätte, in diesem Augenblick das leiseste Anzeichen von Schwäche zu zeigen. Er sah sich nach einer Eingebung um, und sein Blick fiel auf einen kleinen Tisch, der sich wie von selbst darbot und auf dem eine Flasche Wein und zwei goldene Becher standen. Er griff nach dem Wein, neugierig, was auf dem Etikett stehen würde, und hielt dann jäh inne, als Morrisons Finger sich ihm schmerzhaft in den Arm gruben.

»Rühr nichts davon an!« flüsterte Morrison aufgeregt. »Du kannst hier nichts essen oder trinken; sobald du es in deinen Körper aufnimmst, bindet dich das an die Welt, die es hergestellt hat. Dies ist nicht unsere Welt, und die Regeln hier sind anders. Als Besucher können wir unbehelligt kommen und gehen. Wir werden im selben Augenblick nach Schattenfall zurückkehren, in dem wir es verlassen haben, doch wenn du hier etwas ißt oder trinkst, unterliegst du einer anderen Zeit. Du könntest vielleicht nach einigen Stunden von hier aufbrechen und müßtest feststellen, daß in der Welt, die du verlassen hast, Jahre vergangen sind. Also, bitte, Lester, denk daran, was ich dir gesagt habe. Das hier ist kein Ort, an dem man es sich leisten könnte, Fehler zu machen.«

»Natürlich, Sean, ich verstehe. Würdest du jetzt bitte meinen Arm loslassen, bevor mir die Hände abfallen?«

Morrison ließ ihn los, und Gold nickte steif. Es hatte ihm noch nie gepaßt, belehrt zu werden, aber zweifellos kannte der Barde die hier gültigen Grundregeln, im Gegensatz zu ihm, also gab er sich zufrieden. Er nickte in Richtung des Hofes um sie herum.

»Worüber reden sie deiner Meinung nach jetzt?«

»Verdammt soll ich sein, wenn ich es wüßte. Sie denken nicht wie wir. Es gab eine Zeit, da hätte ich etwas vermuten können und wäre vielleicht nicht allzusehr danebengelegen, aber alles hat sich so sehr verändert … Ich wußte, daß etwas im Busch war, als Oberon und Titania nicht direkt mit mir sprechen wollten, aber ich hatte keine Ahnung, daß die Dinge so sehr aus dem Gleis laufen würden.«

»Ich möchte mich vergewissern, daß ich das alles richtig verstanden habe«, sagte Gold. »Etwas wirklich Scheußliches ist in Schattenfall los. Nicht nur, daß die Elfen uns nicht helfen können, einige von ihnen erwägen ernsthaft, die ganze Stadt auszulöschen, für den Fall, daß es auf sie übergreifen könnte. Ist mir irgend etwas entgangen?«

»Im Prinzip nicht. Einst hätte ich das für unmöglich gehalten. Allein die Vorstellung, daß ein Elf sein Gelübde brechen würde, wäre vollkommen undenkbar gewesen. Was nur zeigt, wieviel Angst sie haben. So habe ich sie noch nie erlebt.«

»Sie haben irgendwelche Orakel erwähnt. Wie genau sind diese Wahrsager?«

»Sehr genau. Sie neigen ein wenig zur Doppeldeutigkeit, aber sie können auf eine eindrucksvolle Erfolgsliste verweisen. Wenn die Auguren sagen, daß die Existenz des Elfenvolkes gefährdet ist, dann kannst du Geld darauf wetten.«

»Aber was könnte ein Volk denn überhaupt gefährden, das nicht sterben kann?«

»Der Wilde Junker vermutlich, wer oder was immer das sein mag.«

»Das ist noch so etwas«, sagte Gold. »Ich habe den deutlichen Eindruck, daß sie über diesen Mörder seit längerem Bescheid wissen. Warum haben sie bisher nichts davon gesagt?«

»Weil sie nichts dagegen unternehmen konnten. Sie haben sich geschämt. Deshalb wollten sie anfangs auch nicht mit mir reden. Einerseits weil sie das Schlimmste vor mir verbergen wollten, andererseits aber auch weil sie nicht zugeben wollten, daß sie versagt hatten ihr Gelübde einzuhalten, die Stadt zu schützen. Sie glauben wirklich, daß wir dem Untergang preisgegeben sind. Sie wollten nicht, daß ich es erfahre, aus demselben Grund, aus dem man jemandem im Krankenhaus nicht sagt, daß er sterben wird. Weil es grausam ist, jemandem alle Hoffnung zu nehmen.«

Gold sah ihn eindringlich an. »Steht es wirklich so schlimm? Wir alle werden sterben, und niemand kann etwas dagegen tun?«

»Ich glaube es nicht. Ich will es nicht glauben. Bestimmt haben sie das Orakel falsch gedeutet. Falsch verstanden. Ich muß das Elfenvolk dazu überreden, nicht kampflos aufzugeben. Um ihrer selbst willen wie auch um unseretwillen.«

»Um ihrer selbst willen? Warum?«

»Wenn sie glauben, daß sie sterben werden, dann werden sie sterben. Sie werden einfach vergehen. Das ist schon öfter geschehen, wenn ein Elf alle Hoffnung verlor. Das ist eine der wenigen Ursachen, die sie töten können. Wir müssen sie davon überzeugen, daß es immer noch eine Aussicht auf Erfolg gibt, daß man nicht aufhören darf zu kämpfen, nur weil die Dinge schlecht stehen.«

»Was ist, wenn die Dinge nicht nur schlecht stehen? Was ist, wenn das Ganze aussichtslos ist? James Hart ist nach Schattenfall zurückgekehrt.«

»Darüber kann ich mir jetzt keine Gedanken machen«, sagte Morrison schroff. »Wenn ich versuche, über alles nachzudenken, dann werde ich verrückt. Ich muß mich darauf konzentrieren, was wir tun können.«

»Verzeih, wenn ich dir etwas schwer von Begriff vorkomme, aber was können wir denn tun? Was können ein junger Barde und ein Held, der längst seine Zeit als Kassenschlager hinter sich hat, unternehmen, um ein Elfenvolk und eine Stadt zu retten, das eine

Gattung unsterblicher, untötbarer Elfen nicht unternehmen können?«

»Darauf fällt mir nichts mehr ein«, sagte Morrison, der plötzlich lächelte. »Ich denke, wir müssen einfach improvisieren.«

Gold sah ihn kurz sprachlos an, und dann fiel beiden auf, daß sich im Hof wieder Schweigen ausgebreitet hatte. Sie ließen den Blick durch den Untrüglichen Hof schweifen und stellten fest, daß alle Augen auf sie gerichtet waren. Gold straffte sich. Es hatte sich wieder etwas geändert. Er spürte es an der aufgeladenen Luft – eine seltsame Mischung aus Bedrohung und Erwartung. Gold kam sich wie ein Kaninchen vor, das in die Scheinwerfer eines herannahenden Autos starrt. Etwas sehr Unerfreuliches kam auf ihn zu, und er hatte keine Ahnung, in welche Richtung er davonlaufen sollte. Er sah Morrison hilfesuchend an, aber der Barde sah ebenso ratlos drein wie er selbst. Niamh und Oisin verneigten sich vor ihnen, und nach kurzem Erstarren erwiderten Gold und Morrison die Verbeugung.

*Jetzt kommt's …* dachte Gold. *Und was immer es ist, es wird mir kein bißchen gefallen.*

»Hier geht es um eine Angelegenheit von größter Wichtigkeit«, sagte Niamh. Ihre ruhige Stimme trug durch den gesamten Hof. »Es ist etwas, das nicht in Eile entschieden werden darf. Wir werden uns Zeit nehmen und die Angelegenheit in aller Ruhe erwägen. Inzwischen werden Ihre Majestäten Oberon und Titania den Vorsitz über die Spiele einnehmen. Ihr seid eingeladen, daran teilzunehmen, als Ehrengäste.«

»O Scheiße!« sagte Morrison sehr leise.

Gold warf ihm einen scharfen Blick zu. Einen Augenblick lang befürchtete er, der Barde würde in Ohnmacht fallen. Alle Farbe war aus seinem Gesicht gewichen, und sein Mund hatte sich zu einer komischen Form verzogen. »Sean? Alles in Ordnung mit dir?«

»Wir sind entzückt, die Gesellschaft ihrer Majestäten

genießen zu dürfen«, sagte Morrison. »Entzückt, nicht wahr, Lester?«

»Aber sicher«, bestätigte Gold, der den Wink verstand. »Es macht immer Spaß, bei irgendwelchen Spielen zuzuschauen.«

Alle verneigten sich gegenseitig voreinander, und dann beschäftigte sich das Elfenvolk wieder damit, sich untereinander zu unterhalten. Gold wandte sich an Morrison.

»O Scheiße!« sagte der Barde voller Inbrunst.

»Sean, sprich! Auf was haben wir uns gerade eingelassen, und warum gibt mir dein Gesichtsausdruck das Gefühl, daß ich zum nächsten Ausgang rennen sollte?«

»Daran darfst du nicht einmal denken!« sagte Morrison streng. »Jetzt den Versuch zu unternehmen wegzugehen, wäre eine tödliche Beleidigung. Du würdest nicht einmal lange genug leben, um bis zur Tür zu kommen.«

»Wir stecken in der Patsche, sehe ich das richtig?«

»So könnte man es ausdrücken. Die Elfen waren schon immer groß in Spielen. Wettbewerbe, bei denen Kraft und Können, Klugheit und Mut gemessen werden. Du hast bereits ein Duell gesehen und das erlebt, was ihre Vorstellung vom Wetten ist, aber die schweren Kaliber heben sie sich für die Arena auf. Sie schätzen Darbietungen, die abgehärtete Besuche des Römischen Zirkus entsetzt hätten. Sie mögen selber nicht fähig sein zu sterben, aber sie genießen es, andere dabei zu beobachten. Vorzugsweise auf gewalttätige und einfallsreiche Weise. Wir sprechen von Kämpfen auf Leben und Tod: Mensch gegen Elf, Leute gegen alle Arten von Wesen unter allen möglichen und unmöglichen Bedingungen. Es geschieht sehr selten, daß Menschen eingeladen werden, den Spielen beizuwohnen, außer als Fraß für die Sieger.«

Gold runzelte die Stirn. »Wie schlimm genau wird das werden?«

»Sagen wir mal so: Wenn du kotzen mußt, mach es diskret. Sie könnten es als Beleidigung auffassen. Was immer auch geschieht, du darfst *nichts* tun oder sagen. Sonst landest du unten in der Arena, auf der falschen Seite des Wettkampfes.«

»Ich bin kein Schwächling«, sagte Gold. »Ich bin ganz schön rumgekommen. Ich habe zu meiner Zeit das eine oder andere gesehen.«

»Nicht so etwas«, entgegnete Morrison. Seine Wangen hatten wieder ein wenig Farbe bekommen, aber er sah noch immer so aus, als genese er von einer verschleppten Krankheit. »Und der Witz ist, wir können nicht ablehnen. Nach ihrem Dafürhalten erweisen sie uns eine große Ehre.«

»Ein toller Witz«, sagte Gold. »Entschuldige, wenn ich erst später lache.«

Oberon und Titania erhoben sich gemächlich, und im Untrüglichen Hof trat Stille ein. Die beiden Herrscher wanden die Gesichter einander zu, und in diesem Augenblick geschah etwas zwischen den beiden – etwas Unmenschliches und vollkommen Fremdartiges. Gold spürte, wie sich seine Nackenhaare aufstellten, als der König und die Königin des Elfenreiches einander schweigend in die Augen sahen. Jetzt lag etwas in der Luft, ein zunehmender Druck, als ob ein starkes und unausweichliches Geschehnis bevorstünde, wie der Augenblick bei einem Gewitter, bevor der Blitz einschlägt. Der Druck nahm unerträglich zu und war im nächsten Augenblick vergangen, als sich die Welt verändert hätte. Der Boden sackte unter Golds Füßen weg und prallte wieder zurück, während er die Hand ausstreckte, um irgendwo Halt zu finden. Das verbreitete Kerzenlicht des Untrüglichen Hofes war erloschen, ersetzt durch ein helleres, grelleres Licht. Gold sah sich verwirrt um, die Wucht eines stürmischen Windes im Gesicht. Der Hof war verschwunden, und er und Morrison standen in einer prächtig geschmückten Privatloge, hoch oben über den Sitzreihen, mit Ausblick über eine weitläufige Arena, die sich unter einem unendlich erscheinenden Himmel ausbreitete.

Die Arena war riesig, ein großes Oval von nacktem Sand, ohne Markierungen oder Eingrenzungen, und die Elfen saßen in ansteigenden Reihen darum herum, Tausende und Abertausende. Es war etwas Urtümliches und Brutales an dem weiten Sand. Dies war kein Ort für sportliche Veranstaltungen, kein Stadion zum Abhalten von Läufen oder athletischen Wettkämpfen. Dies war ein Ort, an den man kam, um zu kämpfen oder zu sterben, und der grob gerechte Sand würde das Blut des Siegers oder das des Verlierers mit derselben Gleichgültigkeit aufnehmen.

Gold wandte den Blick mühsam von der Arena ab und sah nach oben. Der Himmel zeigte ein brodelndes Karmesinrot, als stünde die Luft in Flammen. Es gab weder Sonne noch Mond noch Sterne, nur das blutrote Licht des Himmels. Gold war plötzlich schwindelig, als sähe er in eine endlose Tiefe und könnte jeden Augenblick in den Himmel hinaufstürzen. Er griff mit beiden Händen nach der Brüstung der Loge, und allmählich verging das Gefühl. Er wandte vorsichtig den Kopf und stellte fest, daß hinter ihm zwei Stühle bereit standen, schlicht, aber bequem. Er trat zurück und ließ sich auf den nächsten Stuhl fallen, wobei er mit einem gedehnten Seufzer ausatmete. Er sah zu Morrison hinüber, der noch immer am Rand der Loge stand und mit einer Mischung aus Unbehagen und Erwartung über die Arena blickte.

»Sean, wo, zum Teufel, sind wir? Wie sind wir hierhergekommen?«

»Dies ist die Arena. Und wir sind hier, weil der König und die Königin uns hier haben wollten. Ihre Herrschaft ist absolut. Selbst Zeit und Raum beugen sich dem königlichen Willen.«

Gold beschloß, sich darüber fürs erste keine Gedanken zu machen. Er hatte genügend Schrecken und Aufregungen für einen Tag hinter sich und empfand das starke Bedürfnis nach einer Ruhepause, körperlich und geistig.

Morrison wandte sich zögernd von der Arena ab und ließ sich schwer auf den anderen Stuhl sinken. Ein Großteil der Frechheit und Unverfrorenheit war ihm vergangen. Was immer er sich von seinem Publikum am Untrüglichen Hof versprochen hatte, es war jedenfalls anders eingetreten. Er verhakte die Finger fest ineinander, um seine Hände am Zittern zu hindern; die Knöchel traten weiß hervor, doch es dauerte nur einen Augenblick, bis seine Augen wieder von dem offenen Sand unten angezogen wurden.

*Er war schon mal hier,* dachte Gold. *Er weiß, was kommt. Und er hat Angst.*

Diese plötzliche Erkenntnis überraschte ihn. Er verspürte keine Angst. Wachsamkeit, ja, und Neugier, aber er war noch nie leicht zu ängstigen gewesen, und er hatte in seinen Tagen als Kostüm-Abenteurer genügend Seltsames und Grausames gesehen, so daß ihn nicht mehr viel erschüttern konnte. Bei aller Hochachtung vor dem jungen Barden, Gold glaubte nicht, daß die Elfen etwas aufbieten könnten, das es mit den wahnwitzigen Großtaten aus seinen Superheld-Tagen aufnehmen könnte. Morrison lehnte sich auf seinem Sitz zurück und gab sich alle Mühe, ruhig und gefaßt auszusehen, jedoch mit mäßigem Erfolg. Gold ließ ihm einen Augenblick Zeit, einen zweiten Anlauf zu nehmen, dann beugte er sich zu ihm hinüber.

»Du warst schon mal bei den Spielen, nicht wahr?« sagte er ruhig, und der Barde nickte zuckend.

»Zweimal. Es wird als große Ehre angesehen. Allerdings wissen sie, wie die Menschen darauf reagieren, und manchmal benutzen sie die Spiele, um ... einen auf die Probe zu stellen. Um die Lämmer von den Tigern zu unterscheiden.«

»Was geschieht mit den Lämmern?«

»Sie werden kein zweites Mal eingeladen. Weder zu den Spielen noch an den Hof. Die Elfen haben für die Schwachen nur Verachtung übrig. Deswegen sind sie wegen der Prophezeiungen so aufgebracht. Sie haben sich noch nie einer Bedrohung ihrer Existenz gegenübergesehen. Sie fürchten sich. Ein Volk, bei dem Furcht als die schlimmste Art von Schwäche gilt.«

Gold nickte nachdenklich. Allmählich ergaben immer mehr Dinge einen Sinn. »Wo genau liegt dieser Ort?«

»Das mag der liebe Gott wissen. Das Land unter dem Hügel ist nur lose mit der realen Welt verbunden. Seine Grenzen sind unbestimmt, und seine Ausmaße schwankend. Es ist nur beschränkt real, und das Elfenvolk mag das so.«

»Ich weiß nicht, warum ich dir andauernd Fragen stelle. Die Antworten, die ich bekomme, gefallen mir nie. Können wir von hier aus nach Schattenfall zurückgelangen?«

»Nicht ohne die Hilfe der Elfen. Lester, was immer hier geschieht, was immer du siehst, du darfst dir nichts von deinen wahren Gefühlen anmerken lassen. Die Elfen würden es als Beleidigung auffassen, und sie sind sehr empfindlich, was ihre Ehre betrifft. Vergiß nicht, es gibt eine Gruppe am Hof, die nur auf einen Vorwand lauert, um die Stadt anzugreifen.«

»Das ist mir selbst auch schon klar geworden«, sagte Gold. »Ich habe schließlich Augen im Kopf. Wie lange dauert es noch, bis die Spiele beginnen?«

»Das kann jetzt jeden Augenblick sein. Wir warten nur noch darauf, daß Oberon und Titania durch ein Zeichen zu verstehen geben, daß sie bereit sind. Das ist die Königsloge, da oben links.«

Gold blickte hinüber und sah die beiden Herrscher, die lässig in einer Privatloge von der dreifachen Größe der ihren saßen. Sie mußte groß genug sein, um den beiden beinernen Thronen Platz zu bieten. Girlanden aus unbekannten Blumen schmückten die Loge mit goldenen und silbernen Holzschnörkeln, die Edelsteine von erstaunlicher Größe und Farbe einrahmten. Oberon hob die Hand, und das Raunen und Murmeln der Elfen in den dicht besetzten Rängen verstummte sofort. Oberon senkte die Hand, und ein großer Elf erschien aus dem Nichts in der königlichen Loge. Er war nackt, und Blut, offenbar von einer frischen Auspeitschung, rann ihm über den Rücken. Er kniete vor Titania nieder, die ihm einen silbernen Kelch reichte. Er hielt ihn ohne sichtliche Regung vor sein Schlüsselbein, und Titania zog ein Messer aus dem Ärmel und schnitt ihm die Kehle auf. Goldfarbenes Blut quoll dick aus der Wunde, ergoß sich in den Kelch. Die Hand des Elfen hielt ihn vollkommen ruhig. Titania wartete, bis der Kelch beinahe voll war, dann senkte sie einen Finger in das Blut und schmierte es sich in einer Linie über die Kehle. Oberon beugte sich vor, und Titania zeichnete auch eine Linie quer über seine Kehle. Der nackte Elf schwankte leicht auf den Knien, hielt den Kelch jedoch immer noch still. Oberon machte eine heftige Handbewegung, und die Luft verschluckte den knienden Elf. Gold wandte sich zu Morrison um.

»Also gut. Was, zum Teufel, sollte das sein? Wird der Elf sterben?«

»Wohl kaum. Sie benutzen denselben Elf nun schon seit Jahrhunderten zur Eröffnung der Spiele. Er muß eine Strafe verbüßen, aber ich bin nicht sicher, ob sich irgend jemand erinnert weswegen. So sind die Elfen nun mal – Tradition geht ihnen über alles.«

Oberon machte eine weitausholende Handbewegung. Die Luft waberte und knisterte, und der brennende Himmel entflammte noch heller. Oberon und Titania lehnten sich auf ihren Thronen zurück, und die Spiele waren eröffnet.

Als erstes kamen die Haie. Von einem Augenblick

zum nächsten aufgetaucht, schwamm ein Schwarm Haie plötzlich müßig über dem nackten Sand, sich windend und gespenstisch in der Luft gleitend, wie von einem unsichtbaren Ozean getragen. Es waren riesige Tiere, gute zehn Meter lang, und ihre Mäuler mit den schlaffen Lefzen waren mit gezackten Zähnen gespickt. Ihre Farbe war ein mattes Grau mit dunkleren Flossen, und sie schlängelten sich umeinander wie schwebende Schatten. Sie schwammen in der Mitte der Arena hin und her, als ob sie die Ausmaße eines Käfigs abschätzten, den nur sie sahen. Gold hoffte, daß die Stangen stark waren. Er war zu seiner Zeit einigen Haien begegnet, doch diese hier waren größer und sahen bösartiger aus als alles, mit dem er es jemals zu tun gehabt hatte. Sie hätten aus dieser Entfernung eigentlich kleiner wirken müssen, doch irgendeine der Arena innewohnende Magie erweckte den Eindruck, als wären sie nur einen knappen Meter weit weg. Als ob er nur die Hand auszustrecken brauchte, um sie zu berühren. Allein die Vorstellung genügte, daß Gold zusammenzuckte, und er hielt die Arme entschlossen vor der Brust verschränkt. Einer der Haie drehte sich träge um sich selbst, so daß es aussah, als starre er ihn mit einem schwarzen, empfindungslosen Auge an. Ein eisiger Schauder jagte durch Gold, der zumindest teilweise instinktiv ausgelöst worden war. Aus dem kalten, starren Blick sprachen weder Gedanken noch Gefühle, sondern nur ein unendlicher, unersättlicher Hunger.

Die Menge brach in einen Beifall aus, der dem Anschein nach spontan erfolgte, und als Gold sich umsah, erblickte er die Elfen, die die Arena betraten. Es waren sieben an der Zahl, für jeden Hai einer. Es waren große und spindeldürre Geschöpfe, mit länglichen Schädeln, wie sie Pferde besitzen. Kein Teil ihres Körpers war mit Haut bedeckt, so daß die Muskeln und Adern feucht im scharlachroten Licht schimmerten. Sie marschierten wie zum Takt einer lautlosen Musikkapelle in die Arena hinaus und blieben gemeinsam in einiger Entfernung von den kreisenden Haien stehen. Sie verneigten sich vor der Menge und explodierten dann zu unterschiedlichen Formen, streckten sich und schwollen an und zogen sich mit wahnwitziger Schnelligkeit und Elastizität zusammen. Sie schrumpfen zur Größe von Kindern und blähten sich zu einer Höhe von sechs Metern auf, wobei sie Größe und Gestalt mit schwindelerregender Leichtigkeit wechselten.

Die Menge brüllte vor Begeisterung. Die Haie beobachteten das Schauspiel unbeeindruckt und warteten darauf, daß ihre Beute sich ihnen näherte.

»Wer, zum Teufel, sind denn *die*?« fragte Gold.

»Zwiggianer«, antwortete Morrison, unfähig, den Blick abzuwenden. »Wächter, Schlägertypen, Rechtsvollstrecker. Sie bekommen alles zugewiesen, was an dreckiger Arbeit anfällt, weil sie es lieben. Die vollkommene Ergänzung zu den Haien. Jetzt halt den Mund und sieh zu. Und mach dich auf einiges gefaßt. Es wird eine blutige Angelegenheit.«

Die Zwiggianer traten alle gleichzeitig vor, wie auf das Läuten einer unsichtbaren Glocke hin, und die Menge verstummte; alle Augen waren erwartungsvoll weit aufgerissen. Die Haie wandten sich den Elfen zu, und die beiden Seiten fielen übereinander her. Die Haie schnappten bösartig nach schleppenden Gliedmaßen, aber irgendwie waren die Arme und Beine immer gleich außerhalb ihrer Reichweite. Die Haie sprangen und wirbelten mit atemberaubender Schnelligkeit herum, aber sie erwischten die Zwiggianer nie, da diese immer rechtzeitig wuchsen oder schrumpften. Sie tanzten mit verächtlicher Lässigkeit um die Haie herum und schlugen mit ihren Klauenhänden auf die stumpfen Köpfe und blassen Bäuche ein. Sie hatten keine Waffen, aber ihre Krallen gruben sich tief in das Fleisch ein, und Blut spritzte in den Sand, der es begierig aufnahm. Die Haie gerieten außer sich, aufgeregt durch den Geruch des Blutes und das geschickte Ausweichen ihrer Beute. Plötzlich griffen vier Haie denselben Zwiggianer an, indem sie ihn einkesselten und dann mit zorniger Präzision an ihm rissen. Mehr Blut ergoß sich in den Sand, goldenes Blut, und der verletzte Elf wuchs und schrumpfte in schnellem Wechsel, als versuchte er, eine Form oder Größe zu finden, in der die Wunden verschwinden würden. Die anderen Zwiggianer zerrten wild an den Haien und zwangen sie von dem verwundeten Elf fort. Sie wichen zögernd zurück, blind vor Schmerz und ihrem eigenen Blut. Die Wunden des Elfs schlossen sich bereits wieder, und nach wenigen Sekunden war er erneut bei den anderen und tanzte mit ihnen um die Haie herum und verhöhnte sie.

Der Kampf oder Tanz dauerte wahrscheinlich nicht länger als zehn Minuten, aber nach Golds Empfinden währte er ewig. Er erkannte schnell, daß die Haie keine besseren Chancen hatten als die Stiere in einem spanischen Stierkampf. Das Ganze stellte ein Ritual dar, zweifellos von der Tradition geprägt, und die Frage war nicht, ob und wann die Haie sterben würden, sondern wie. Die Elfen töteten sie langsam, einen nach dem andren, und obwohl die Menge dem Mut der Zwiggianer Beifall zollte, sah Gold nur die Grausamkeit. Selbst Haie hatten so etwas nicht verdient. Er hätte gerne weggesehen, doch er wußte, das Elfenvolk würde dies als Schwäche oder Beleidigung auffassen. Also saß er da und sah zu und merkte, wie sich langsam immer mehr Abscheu in ihm aufbaute.

Der letzte sterbende Hai schwebte in den Sand, mit dem Bauch nach oben, und Blut tropfte aus einem Dutzend eingeweidetiefer Wunden. Die Zwiggianer zerrten an den Körpern der Haie, rissen Fleischfetzen heraus und aßen sie, und die Zuschauer lachten und applaudierten. Morrison fiel höflich in den Applaus ein, und nach einer Weile tat Gold es ihm gleich. Die Zwiggianer und die Haie verschwanden, und das nächste Spiel begann.

Sieben Elfen in prächtigen goldenen Rüstungen nahmen es mit dreimal so vielen wandelnden Leichen auf. Gold brauchte eine Weile, bis ihm klar wurde, daß es sich um einen komischen Akt handelte. Die Leichen waren mit Schwertern und Äxten bewaffnet und konnten einiges an Verletzungen einstecken, aber man brauchte sie nur zu köpfen, um sie unschädlich zu machen. Ohne Kopf irrten die Körper ziellos herum, bis ihre Beine durchgeschlagen wurden; dann lagen sie einfach zuckend im Sand, mit den Waffen in unbestimmte Richtung herumfuchtelnd. Die Kunst bestand darin, daß ein Elf möglichst viel von einem Toten wegschnitt, ohne ihn zuvor zu köpfen und ohne selbst erwischt zu werden. Die Leichen konnten den unsterblichen Elfen nicht wirklich etwas anhaben, aber eine Wunde von einer Leiche einstecken zu müssen, bedeutete eindeutig eine Schmach. Die Schlacht, wenn man sie so nennen konnte, zog sich endlos hin. Gold schätzte weder den Humor noch die Kunstfertigkeit dieses Schauspiels, aber er war klug genug, nicht wegzusehen. Endlich war es vorbei, und die Elfen marschierten aus der Arena, begleitet von tosendem Beifall.

Danach kamen Skelette, die mit Kupferdraht zusammengebunden waren, lebendig und schreiend, und Geschöpfe aus tanzenden Flammen. Die Elfen nahmen die ersteren auseinander und pinkelten auf die zweiten.

Die Werwölfe lieferten die beste Nummer. Sie waren nur durch Silber zu verletzen und kämpften mit unvergleichlicher Wildheit, doch am Ende starben auch sie. Die Elfen aßen auch ihr Fleisch. Gold fand das Ganze ekelerregend, und dennoch reagierte ein primitiver Teil tief in seinem Inneren auf den Kampf und das Blut, und er ertappte sich bei der Überlegung, was es wohl für ein Gefühl sein mochte, sich von Angesicht zu Angesicht einem Hai oder einer Leiche oder einem Werwolf gegenüberzusehen, nur um der teuflischen Erfahrung willen. Er hatte zu seiner Zeit gegen allerlei Ungeheuer gekämpft, jedoch immer aufgrund einer Notwendigkeit, niemals als Sport. Und nur ganz selten hatte er getötet – und wenn, dann nur, um andere zu retten, niemals aus Spaß daran. Und überdies war er ja nicht untötbar, im Gegensatz zu den Elfen. Die Spiele mochten eindrucksvoll aussehen, aber letzten Endes war keiner der Gegner, mit denen es die Elfen zu tun gehabt hatten, wirklich gefährlich gewesen. Er äußerte sich in diesem Sinn leise zu Morrison, und der Barde nickte kurz.

»Das alles diente nur zum Aufwärmen, Lester. Die echten Wettkämpfe kommen erst noch. Aber du hast recht, es ist ein Schwindel. Die Elfen verlieren nicht gern.«

Lautes Gebrüll erklang aus der Menge, ein heulendes Grölen aus Tausenden von Kehlen. Gold spähte aufgeschreckt um sich und starrte dann mit offenem Mund auf das, was in der Arena erschienen war. Er hatte so etwas noch nie in Fleisch und Blut gesehen, aber er wußte, was es war. Er hatte Abbildungen davon sein ganzes Leben lang gesehen, in Büchern und in Filmen: die hoch aufragende Gestalt mit dem keilförmigen Kopf, die lange vor der Geburt der Menschheit durch eine vorzeitliche Landschaft gestelzt war, ein gnadenloser Mörder, unaufhaltsam und ohne Gegner. Die beiden vorderen Gliedmaßen sahen im Vergleich zu der gewaltigen Brust spielerisch klein aus, aber die Kraft dieses Untiers lag in seinen schrecklichen Kiefern, dem großen Maul voller Zähnen. Die gewaltigen Beine stampften schwer auf den blutigen Sand, als das Geschöpf in die Mitte der Arena wirbelte, und sein langer Schwanz peitschte vor und zurück. Es schien unfaßbar, daß ein so riesiges Wesen sich so schnell bewegen konnte. Gold betrachtete es voller Ehrfurcht, und durchdringende Kälteschauder einer instinktiven, atavistischen Angst krochen durch seine Eingeweide. Es war der Teufel aus uralter Zeit. Die große Echse, der tyrannische König. *Tyrannosaurus rex.*

Er neigte den riesigen Kopf nach hinten und stieß einen trotzigen Schrei in die johlende Menge aus. Seine Zähne waren wie Messer, das Innere seines Maules ein helles Rosa, wie billiges Zuckerzeug. Seine Schuppen schillerten in einer Mischung aus Rot- und Grüntönen, und getrocknetes Blut überkrustete seine geschrumpften vorderen Gliedmaßen. Durch eine unsichtbare Magie von den Zuschauern abgehalten, stampfte er in der Mitte der Arena vor und zurück, die großen Kiefer schnappten wie eine stählerne Falle auf und zu, und er brüllte seinen Kampfruf hinaus. Er schüttelte zornig den pfeilförmigen Kopf, winzige Augen spähten um sich, auf der Suche nach einer Schwachstelle in der Falle, in die er geraten war. Dann nahm er etwas wahr, und der große Kopf drehte sich langsam, um Oberon und Titania in ihrer Loge anzusehen. Das Riesentier ging auf sie zu, das große Maul zu einem freudlosen Grinsen verzogen, und nichts geschah, um es aufzuhalten. Es wurde schneller, und Oberon und Titania sprangen sofort auf, als ihnen klar wurde, daß die magischen Wächter sie nicht mehr schützten. Die Elfen in den Sitzen unter der königlichen Loge kämpften gegeneinander, um aus seiner Bahn zu fliehen. Titania zog ein Schwert. Oberon machte eine magische Geste, aber nichts geschah. Auch er zog sein Schwert, und die beiden Herrscher standen Seite an Seite und warteten, daß der *Tyrannosaurus rex* zu ihnen käme. Er blieb vor der königlichen Loge stehen und drehte den Kopf von einer Seite zur anderen, um sie zuerst mit dem einen und dann mit dem anderen Auge zu mustern, als wollte es entscheiden, wie es sie am besten verspeisen könnte.

»In welcher Gefahr befinden sie sich wirklich?« fragte Gold. »Ich meine, sie sind doch untötbar, oder nicht?«

»Technisch gesehen ja«, sagte Morrison. »Aber auseinandergerissen, aufgefressen und von etwas so Riesigem verdaut zu werden, ist vielleicht zu viel, um wieder zurückzukehren, selbst für einen Elf.«

»Warum teleportieren sie es nicht dorthin zurück, von wo es kam?«

»Ich könnte mir vorstellen, daß sie das bereits versucht haben und daß es nicht gelungen ist. Irgend etwas ist da los ...«

»Also gut, warum teleportieren sie sich nicht weg?«

»Das können sie sich nicht leisten. Es wäre ein Zeichen von Feigheit, ein Fleck auf ihrer Ehre.«

»Bald wird ein Fleck am Boden der Loge sein, wenn sie nicht schleunigst etwas unternehmen. Warum hilft ihnen denn niemand?«

»Weil«, erklärte Morrison geduldig, »die Wachen nicht zufällig versagt haben. Es steckt ein Sabotageakt dahinter. Hier handelt es sich um einen Mordanschlag. Eine Gruppe am Untrüglichen Hof hat beschlossen, daß die gegenwärtigen Herrscher aus dem Weg geräumt werden müssen. Weil sie zu weich oder zumindest nicht hart genug sind. Oberon und Titania müssen gegen das Riesentier kämpfen, um sich der Herrschaft würdig zu erweisen. Niemand wird ihnen helfen, aus Angst, sich auf die Seite von Verlierern zu stellen. Und wie es aussieht, müssen sie es töten, ohne sich der Magie zu bedienen. Die Mörder blockieren anscheinend Oberons Magie mit der ihren, sonst hätte er das Ding inzwischen bestimmt zu einer Pfütze zerschmelzen lassen. Nein, sie müssen es auf die harte Weise umbringen oder bei dem Versuch sterben.«

»Können sie es töten? Ohne Magie?« fragte Gold und betrachtete ungläubig den lebenden Berg aus Muskeln und Schuppen.

»Ich weiß nicht, ich würde nicht darauf wetten. Sonst treten die Elfen gegen einen solchen Gegner in Verbänden von einem Dutzend oder mehr an, alle bis zu den Zähnen ausgerüstet mit magischen Waffen und Gerätschaften. Und selbst dann kommt immer jemand zu Schaden. Oberon und Titania brauchen einen Streiter an ihrer Seite, aber niemand ist so verrückt, sich dafür zur Verfügung zu stellen. Lester, sie werden sterben. Sie sind meine Freunde, und es gibt verdammt noch mal nichts, das ich tun könnte, um sie zu retten.«

»O verflixt!« sagte Lester Gold, der Mann der Tat, der Geheimnisvolle Rächer. »Das kann ich doch nicht geschehen lassen, oder?«

Er kletterte auf die Brüstung der Loge, und Morrison sah ihn verwirrt an. »Das kann nicht dein Ernst sein. Komm da runter, verflucht noch mal! Wir sprechen hier von einem verdammten *Tyrannosaurus rex*. Was ihn betrifft, ist etwas von unserer Größe – ein leichtes Häppchen. Er hat ein Gehirn von der Größe unserer Faust in einem Kopf von der Größe unseres Autos, und ein Herz, das von Unmengen von Muskeln und Fell geschützt wird. Du könntest ihm mit einer 45er Magnum in den Kopf schießen, und wahrscheinlich würde er es nicht einmal merken. Komm da runter, Lester, bitte! Ich möchte nicht auch dich noch verlieren.«

»Keine Angst«, erwiderte Gold. »Er mag groß sein, aber ich bin schlau.«

Er sprang von der Brüstung und rannte schnell zwischen den leeren Sitzen zwischen ihm und der königlichen Loge hindurch. Ein Mann in den Siebzigern, mit grauen Haaren und dem Körper eines erheblich jüngeren Mannes, mit viel Herz und der größten Handfeuerwaffe, die Morrison jemals gesehen hatte. Der sich in einen Kampf mit zweifelsfrei tödlichem Ausgang stürzte, für zwei Leute, die er nicht kannte, nur weil es das Richtige war, so zu handeln. Weil er ein Held war.

»Wer weiß«, murmelte Morrison leise vor sich hin, »vielleicht schafft er es tatsächlich.«

Gold rannte zwischen den Sitzreihen hindurch und brüllte aus Leibeskräften, in dem Versuch, die Aufmerksamkeit des Riesentiers auf sich zu ziehen. Es nahm keine Notiz von ihm, sondern senkte den Kopf zu der königlichen Loge und ihren Insassen. Oberon und Titania schlugen mit ihren Schwertern auf sein Maul ein, doch obwohl die Klingen tief genug eindrangen, um an festem Knochen zu kratzen, bemerkte das Geschöpf den Schmerz anscheinend überhaupt nicht. Sein Zorn und vielleicht noch etwas anderes trieben es weiter.

Gold kam mit einem Satz neben der königlichen Loge zum Stehen und mußte einen Augenblick innehalten, um wieder zu Atem zu kommen. Er war nicht mehr so jung, wie er einmal gewesen war. Er straffte sich, drängte die vorübergehende Schwäche durch Willenskraft zurück und zielte mit seiner Waffe auf den Kopf des *Tyrannosaurus*. Er war jetzt so nah, daß er das angestrengte Keuchen der Elfen hören konnte, als sie ihre Schwerter schwangen, und das laute Klirren von Stahl, der sich durch Schuppen ins Fleisch biß. Das Tier stank erbärmlich, nach verfaulendem Fleisch und anderen Dingen. Gold verdrängte all das aus seinem Denken, zielte sorgsam und schoß dem *Tyrannosaurus* zweimal in den Kopf.

Das mit Schuppen bedeckte Fleisch explodierte, als die großkalibrigen Geschosse den dicken Schädel trafen und davon abprallten. Das Riesentier stieß ein ohrenbetäubendes Gebrüll aus, ebenso vor Wut wie vor Schmerz, und schwang den Kopf herum, um seinen neuen Feind zu betrachten. Sein Atem stank unglaublich. Gold hielt die Luft an, beugte sich über den Rand der Tribüne und schoß dem *Tyrannosaurus* gut gezielt in den Fuß. Eine klauenbewehrte Zehe wurde sauber weggeblasen. Blut spritzte in den Sand. Das Geschöpf hielt einen Augenblick inne, als könnte es nicht glauben, was soeben geschehen war, dann klaffte sein Maul weit auf und entließ einen zornerfüllten Schrei. Gold hatte sein Gewehr bereits weggesteckt und stand mit der Granate in der Hand da – eins der Dinge, die er sich in die Tasche gesteckt hatte, bevor sie aufgebrochen waren, nur für alle Fälle. Er zog den Sicherungsbolzen, warf die Granate in das aufklaffende Maul vor sich und duckte sich hinter die königliche Loge, wobei er Oberon und Titania zubrüllte, in Deckung zu gehen. Das riesige Maul schnappte automatisch um die Granate herum zu, und der Kopf zuckte zurück. Gold griff wieder nach seinem Gewehr, nur zur Sicherheit. Und dann explodierte der Kopf des Riesentiers in einer Fontäne von Blut und Knochen und Hirn. Der *Tyrannosaurus* brauchte eine Weile, bis er begriff, wie schwer verletzt er war, dann taumelte der gewaltige Körper zur Seite und plumpste schwerfällig in den blutigen Sand. Die Beine strampelten weiter, und der Körper zuckte noch, aber er war bereits tot, in jeder Hinsicht, auf die es ankam.

Gold richtete sich langsam auf und sah auf den Körper unter sich hinab. Vierundzwanzig Meter vom Kopf bis zum Schwanz. Das war bestimmt das größte Ding, das er jemals erlegt hatte. Vielleicht könnte er es ausstopfen lassen und an die Wand hängen ... die Frage war nur, wo könnte er es ausstellen? Er hörte neben sich eine Bewegung, und als er um sich blickte, sah er Oberon und Titania, die ihre Schwerter in die Scheiden schoben und sich voller Hochachtung vor ihm verneigten. Auf allen Seiten der Arena tobte die Menge, schrie und jubelte.

*Das Elfenvolk liebt einen Helden ...*

Gold lächelte bescheiden. »Erfreut, zu Diensten zu sein, Eure Majestäten. Früher, als ich jünger war, habe ich andauernd solche Sachen gemacht. Natürlich war ich damals nicht real.«

6. KAPITEL

# *Erinnerungen*

In einem Außenbezirk von Schattenfall standen zwei Häuser in respektvoller Entfernung voneinander entfernt. Das eine leer, das andere bewohnt, beide heimgesucht von Überbleibseln aus der Vergangenheit, die nicht vergessen oder verdrängt werden konnten. Das Haus auf der rechten Seite wirkte klein und bescheiden, vielleicht ein wenig vernachlässigt und heruntergekommen, doch immerhin in einem Zustand, daß man es mit ein wenig Mühe und Fürsorge wieder hätte in Ordnung bringen können. Es lag nicht weit außerhalb der Stadt, aber niemand kam dorthin, der nicht dazu gezwungen war. Drei Frauen und ein junges Mädchen schauten nacheinander aus den Fenstern des oberen Stockwerks, aber tatsächlich wohnte nur eine Frau dort. Ihr Name war Polly Cousins, und etwas Schreckliches war ihr in der Kindheit widerfahren. Sie konnte sich nicht erinnern, was es war, aber das Haus hatte es nicht vergessen. Polly wohnte im Erdgeschoß, doch hin und wieder ging sie ins Obergeschoß und wanderte von einem Zimmer zum anderen, blickte durch die Fenster hinaus, verfolgte manchmal eine Erinnerung und versuchte ein andermal, sich vor einer zu verstecken. In dem Zimmer ohne Fenster atmete etwas – langsam und gleichmäßig.

Polly stand im Frühlingszimmer und schaute zum Fenster hinaus, auf der Suche nach den ersten Anzeichen von Blättern an der nahen Eiche. Die Luft war lau und duftend und voller Versprechungen für das kommende Jahr. Polly, acht Jahre alt, mußte auf Zehenspitzen stehen, um aus dem Fenster zu schauen. Sie war ein nettes Kind, mit einem offenen, hübschen Gesicht und langen blonden Haaren, die sorgfältig zurückgekämmt und zu zwei langen Affenschaukeln geflochten waren. Sie trug ihr bestes Kleid, das zugleich ihr Lieblingskleid war. Sie war acht Jahre alt, und etwas Schreckliches war in ihr Leben getreten. Sie sah aus dem Fenster, aber niemand kam aus der Stadt die Straße herauf, wie lange sie auch schauen und warten mochte.

Sie war allein im Haus. (Aber das stimmte eigentlich nicht, nicht so ganz.) Der Blick aus dem Frühlingszimmer war der verheißungsvollste, doch nach einer Weile auch der langweiligste, und Achtjährige haben eine sehr niedrige Langeweile-Schwelle. Nicht zum ersten Mal kam ihr der Gedanke, daß sie das Fenster öffnen und in die Frühlingsszene da draußen hinausklettern könnte. Aber sie tat es nie. Es gab etwas (in dem Haus), das sie davon abhielt. Polly Cousins, acht Jahre alt, seufzte und stieß auf kluge, aber empfindsame Weise mit dem Schuh gegen die Wand, dann wandte sie dem Frühling den Rücken zu und verließ den Raum.

Als sie durch die Tür ging, wuchs sie plötzlich, schoß mit schwindelerregender Schnelligkeit zur Erwachsenengröße auf. Sie streckte die Hand aus, um sich an der Wand des Flurs festzuhalten und so das Gleichgewicht zu halten, und die unveränderliche Festigkeit der Wand spendete ihr eine Art von Trost. Die Verwandlung war schnell vollzogen, und sie atmete tief durch, als ein Strom neuen Blutes durch neues Fleisch sie durchflutete. Sie war wieder achtzehn Jahre alt, zurückgekehrt von Verwandten, um mit ihrer Mutter in dem alten Haus zu wohnen. Da gab es noch etwas in dem Haus, aber damals wußte sie nicht, was es war. Sie war groß, einen Meter siebzig, und sie war stolz darauf, mit langen blonden Haaren, die ein eckiges, angenehmes Gesicht umrahmten. Sie war nicht hübsch und würde es auch niemals sein, doch man hätte sie als gutaussehend bezeichnen können, wenn ihre Augen nicht gewesen wären. Sie waren von einem blassen, verwaschenen Blau, immer kalt und immer lauernd. Die Augen von jemandem, der viel dachte, aber wenig sagte. Sie ging durch den Flur, öffnete die nächste Tür und betrat das Sommerzimmer.

Greller Sonnenschein strahlte von einem so blauen Himmel, daß es beinahe schmerzte, wenn man hinsah. Das Sonnenlicht ergoß sich über den Rasen darunter wie flüssiger Honig, und Vögel kreisten am strahlenden Himmel wie schwebende Pünktchen. Polly blickte in die Welt des Sommers hinaus, und da war alles, wovon sie jemals geträumt hatte, aber das Haus (oder etwas in ihm) ließ sie nicht los. Sie wandte sich vom Fenster ab. Sie konnte den Anblick des Sommers nicht lange ertragen. Er brachte Erinnerungen an das letzte Mal zurück, als sie so etwas wie Glück erlebt hatte. Als sie in das Haus zurückgekommen war, hatte sie nicht geahnt, was sie erwartete. Sie kehrte dem Sommer den Rücken und verließ den Raum.

Draußen auf dem Flur sackten ihre Schultern etwas zusammen, während vier Jahre in einem einzigen Augenblick vergingen und sie wieder zweiundzwanzig war. Ihre Augen blickten verloren und verwirrt in eine unbestimmte Leere, und ihre Haare waren kurz gestutzt, wie es häufig bei Bewohnern irgendwelcher Heime der Fall war. Ihr Haarschnitt stammte aus dem Krankenhaus, dem offiziell hellen und fröhlichen Ort, an den man sie nach ihrem Zusammenbruch gebracht hatte. Ihr war es gleich. Ihr war damals alles gleich gewesen, außer daß sie unbedingt von dem Haus wegkommen wollte. Sie hatte dort nach dem Tod ihrer Mutter allein gelebt, und das war zuviel für sie gewesen. Nachdem man sie als geheilt entlassen hatte, war sie trotzdem in das Haus zurückgekehrt, weil sie nicht wußte, wohin sonst sie hätte gehen sollen. Sie gehörte dorthin. Sie zog die Schultern zurück, betrat den gegenüberliegenden Raum und schaute durchs Fenster in den Herbst hinaus.

Sprenkel von Gold und Bronze hafteten noch an der Eiche, aber die meisten Blätter waren fort, und die Äste standen entblößt wie Knochen vom Stamm ab. Der Herbst gefiel ihr am besten. Er war geruhsam. Er verlangte weniger von ihr. So hatte es ausgesehen, als es für sie lebenswichtig war, daß die Welt sie nicht mit ihrer Gegenwart belästigte. Gleichzeitig hatte der Wandel der Natur im Herbst ihr das Vertrauen geschenkt, daß sich die Welt verändern konnte, ohne daß sie stark zu sein brauchte. Sie schaute in den Herbst hinaus und wandte sich dann zögernd ab. Sie blieb niemals lange, aus Angst, er könnte fade werden und seine tröstende Art verlieren. Sie verließ das Zimmer und trat in den Flur, und dreizehn Jahre brachen über sie herein, brachten sie in ihr wirkliches Alter zurück – und es war nur noch ein einziges Fenster übrig.

Sie ging durch den Flur zurück und betrat den nächsten Raum, der ebenso leer war wie die anderen, und schaute durchs Fenster in den Winter hinaus. Er war kalt und grimmig, unter einem dunklen, bedrohlichen Himmel. Frost hatte den Rasen gemustert und glitzerte auf dem Gehweg. Diese Szene gefiel ihr am wenigsten, denn das war jetzt, war die Gegenwart, und die Welt nahm ohne sie ihren Verlauf, ohne sich um ihre Bedürfnisse zu kümmern. Der Winter wurde Frühling, wurde Sommer, wurde Herbst, und immer so weiter, eine Welt ohne Ende. Sie könnte hinuntergehen, das Haus verlassen und in den Winter hinaustreten, wann immer sie wollte. Nur daß sie es nicht konnte. Das Haus (und das, was in ihm war) ließ es nicht zu. Sie tätigte ihre Einkäufe telefonisch, zahlte per Post und ging niemals hinaus.

Polly Cousins, fünfunddreißig Jahre alt, sah zehn Jahre älter aus. Krankhaft dünn, beinahe ausgemergelt, beladen mit einer Last, die zu schwer zum Absetzen war. Ganz und gar nicht das, was die Achtjährige von ihrer Zukunft erwartet hatte.

Eine Bewegung zog ihre Aufmerksamkeit auf sich, und sie war einigermaßen überrascht, einen Mann zu sehen, der die Straße in Richtung Haus heraufkam. Zuerst dachte sie, er habe sich verlaufen. Niemand kam hierher, wenn es nicht sein mußte. Es gab nichts zu sehen außer den beiden Häusern, und jeder, der über sie Bescheid wußte, hütete sich davor, sich in ihre Nähe zu begeben. Doch der Mann näherte sich unverwandt, ohne Eile, und auch ohne Anzeichen von Angst oder Ehrfurcht. Er sah ganz nett aus, war vielleicht sogar gutaussehend auf eine düstere und in sich gekehrte Weise. Schließlich blieb er vor dem Haus gegenüber stehen und betrachtete es lange. Das Haus der Familie Hart.

Polly empfand einen kleinen Stich des Bedauerns, weil der Mann letztlich doch nicht gekommen war, um sie zu besuchen, und dann runzelte sie die Stirn, als sie feststellte, daß sein Gesicht ihr irgendwie bekannt vorkam. Sie betrachtete finster seinen ihr zugekehrten Rücken und versuchte, den fliehenden Gedanken festzuhalten, doch er entwischte ihr, wie es bei so vielen ihrer Gedanken der Fall war. Sie ließ ihn los. Er würde zu ihr zurückkommen, wenn er wichtig war. Der Mann trat plötzlich vor, stieg die Eingangstreppe hinauf und schloß die Tür auf. Polly blinzelte verdutzt. Seit fünfundzwanzig Jahren war niemand mehr im Haus der Harts gewesen, jedenfalls soweit sie wußte. Neugier zupfte an ihr wie ein unbekannter Freund, und sie drehte sich um und verließ das Winterzimmer. Sie schritt durch den Flur zur Treppe, ohne sich Eile zu erlauben. Das bedeutete, daß sie am letzten Raum vorbeigehen mußte, demjenigen ohne Fenster, doch die

Tür war gewiß verschlossen, und sie ging mit erhobenem Kopf daran vorbei. In dem Raum gab es nichts. Gar nichts. Sie lauschte seinem Atem, der sie den ganzen Weg die Treppe hinunter verfolgte.

Unten zeigten alle Fenster dieselbe Szene und dieselbe Jahreszeit. Das Erdgeschoß zeigte die Welt so, wie sie war, und sonst nichts. Polly wohnte im Erdgeschoß und hatte einen Raum in ein Schlafzimmer verwandelt. Sie verbrachte so wenig Zeit wie möglich im oberen Stock. Er enthielt zu viele Erinnerungen. Aber manchmal rief er sie, dann mußte sie hinaufgehen, ob sie wollte oder nicht.

Sie ging zum vorderen Fenster und sah zum Haus der Harts hinüber. Der Fremde blickte durch das Fenster gegenüber heraus, und sie sah sein Gesicht wieder. Sie war sicher, daß sie es von irgendwoher kannte. Oder von irgendwann. Ihr Atem ging schneller. Vielleicht war er Teil ihrer Vergangenheit, aus den Jahren, die sie aus dem Gedächtnis verloren hatte. Aus der Zeit, an die sie es vorzog sich nicht zu erinnern. Der Mann wandte sich vom Fenster ab und tauchte ins Haus zurück, doch sein Gesicht blieb da und tanzte beinahe höhnisch vor ihrem geistigen Auge. Sie hatte es schon früher gesehen, als sie sehr jung gewesen war. Es war das Gesicht von Jonathon Hart, der früher mit seiner Familie in dem Haus gegenüber wohnte, damals, als sie acht Jahre alt war.

Träumen Orte von Menschen, bis sie zurückkehren?

James Hart stand im Eingangsflur des Hauses, in dem er aufgewachsen war, und erkannte überhaupt nichts wieder. Er war enttäuscht und fühlte sich im Stich gelassen, obwohl er sich eingeredet hatte, nicht zu bald zu viel zu erwarten. Was seine Erinnerungen betraf, war er noch nie in diesem Haus gewesen, doch er hatte gehofft, daß irgend etwas in seinem Gedächtnis aufgerührt würde, wenn er tatsächlich hier stünde.

Es sei denn, das, was hier geschehen war, war so schrecklich gewesen, daß ein Teil von ihm entschlossen war, sich nicht zu erinnern. Er wußte immer noch nicht, warum seine Familie so überstürzt von hier weggegangen war. Nach dem, was Altvater Zeit gesagt hatte, war die Prophezeiung so unerfreulich gewesen, daß sie jeden mit Angst erfüllt hatte, aber was hatte seine Eltern veranlaßt, alles stehen und liegen zu lassen und die Flucht zu ergreifen? Hatte sie jemand bedroht? Jemand, der überzeugt davon war, daß die Harts eine Gefahr für die Ewigkeitspforte und Schattenfall selbst wären? Oder hatten seine Eltern das geglaubt und die Stadt verlassen, um sie zu schützen? Er zuckte im Geist mit den Schultern und ging zur ersten Tür zu seiner Linken und drückte die Klinke. Sie ließ sich leicht öffnen, sogar ohne zu quietschen.

Das Zimmer wirkte hell und luftig, mit hübschen, unauffälligen Möbeln und ziemlich nichtssagenden Drucken an den Wänden. Eine Uhr tickte langsam, gleichmäßig, auf einem vollgestellten Kaminsims. Hart runzelte die Stirn. Er hatte langsam tickende Uhren noch nie leiden können. Er hatte immer geglaubt, das läge daran, daß der Zahnarzt, zu dem man ihn als Kind gebracht hatte, eine langsam tickende Uhr im Wartezimmer gehabt hatte, aber vielleicht war das damals schon lediglich das Echo einer noch früheren Angst gewesen ... Das Zimmer wirkte friedlich und ungestört, als hätten die Bewohner es gerade erst verlassen und könnten jeden Augenblick zurückkommen. Der Gedanke beunruhigte ihn, und er blickte über die Schulter zurück, halb in der Erwartung, jemanden zu sehen, einen Geist, der dastand und ihn beobachtete. Es war niemand da. Er verließ den Raum und schloß die Tür sorgsam hinter sich.

Er setzte seinen Weg durch das Haus fort, betrat einen Raum nach dem anderen, und keiner davon kam ihm im geringsten bekannt vor. Alles sah aufgeräumt und sauber aus, als hätte die Putzfrau gerade ihre Runde gemacht. Und trotzdem, nach Altvater Zeits Worten war niemand im Haus der Harts gewesen, seit seine Familie es verlassen hatte, obwohl der Zeitmeister sich ziemlich unbestimmt darüber geäußert hatte, warum das so sein mochte. Es lag nicht einmal Staub herum … nichts deutete darauf hin, daß sich in den letzten fünfundzwanzig Jahren etwas verändert hatte. Er stand auf dem oberen Treppenabsatz und überlegte, was er als nächstes tun sollte. Er hatte in jedes Zimmer gesehen, hatte Gegenstände in die Hand genommen und wieder weggelegt, und dennoch war ihm nicht der Hauch einer Erinnerung gekommen. So, wie es auf ihn wirkte, hätte es das Haus von Fremden sein können. Aber er hatte die ersten zehn Jahre seines Lebens hier verbracht; er mußte doch irgendwelche Spuren hinterlassen haben. Er stand eine Weile stirnrunzelnd da und schlug sich mit der Faust ärgerlich gegen die Hüfte. Er wußte nicht, wo er noch nachsehen sollte … und dann kam ihm plötzlich eine Eingebung; er hob den Blick und entdeckte die Falltür zum Dachboden unmittelbar über ihm in der Decke.

Er brauchte nicht lange, um herauszufinden, wie man sie öffnete; er zog die Klappleiter herunter und kletterte schnell hinauf ins Dachgeschoß. Es war dunkel und vollgestellt und roch unverkennbar muffig, aber etwas an dem Ort sprach ihn an. Er spürte es. Er streckte die Hand zum Lichtschalter aus und knipste die einzige nackte Glühbirne an, und erst als das geschehen war, fiel ihm auf, daß er gewußt hatte, wo der Schalter sich befand, ohne danach suchen zu müssen. Er sah sich überall gründlich um. Der schmale Raum unter der Traufe war vollgestopft mit alten Packkisten und Dutzenden von Papierkartons, die mit Schnüren zusammengebunden waren. Er beugte sich über die ihm am nächsten stehende Kiste und zog die einzelne Stoffschicht weg, die das Darunterliegende schützte.

Es stellte sich heraus, daß es sich dabei um noch mehr Papiere handelte, gebündelt und in Umschläge verpackt, die mit Daten beschriftet waren. Hart zog eine Handvoll Papiere heraus und blätterte sie schnell durch. Steuerbescheide, Aufzeichnungen über Einnahmen und Ausgaben, gesammelte Belege. Hart legte sie zurück. Sie sagten ihm gar nichts. Er ging zur nächsten Kiste und zog das Tuch weg. Sie war bis zum Rand gefüllt mit Spielzeug.

Er verharrte halb in der Hocke vor der Kiste. Alles Spielzeug, das man jemals besaß und verloren hatte, landete in Schattenfall. Diejenigen Dinge, die man kaputtgemacht, und diejenigen, die die Mutter weggeworfen hatte, das ausgestopfte Plüschtier, das man liebte, bis es auseinanderfiel, und das Dreirad, dem man längst entwachsen war. Nichts war jemals wirklich verloren. Alles landete schließlich in Schattenfall, früher oder später. So ein Ort war das. Hart kniete sich neben der Kiste nieder, ohne die Augen auch nur für eine Sekunde von dem Spielzeug abzuwenden, als befürchtete er, es könnte verschwinden, wenn er wegsähe. Er griff in die Kiste und brachte den ersten Gegenstand zum Vorschein, den seine Hand zu fassen bekam. Es war eine aufziehbare Batman-Figur, eckig und häßlich und praktisch aus grellfarbigem strapazierfähigem Plastik. Er drehte den übergroßen Schlüssel, der in seiner Seite steckte, und die flachen Füße stampften auf und ab. Hart lächelte zaghaft. Er erinnerte sich daran. Er erinnerte sich, vor dem Fernseher gesessen und sich die alte *Batman*-Schau angesehen zu haben, mit Adam West und Burt Ward. Regelmäßig um dieselbe Batman-Zeit, auf demselben Batman-Kanal. (Sitz nicht so nah vor dem Apparat, Jimmy. Das ist schlecht für deine Augen.) Die Erinnerung war kurz und eindringlich, wie Standfotos aus einem Film. Er stellte die Figur zu Boden, und sie stampfte diensteifrig davon, laut surrend und von einer Seite zur anderen schaukelnd. Hart fragte sich kurz, ob Batman selbst vielleicht in Schattenfall lebte, aber er glaubte es nicht. Batman war immer noch beliebt. Die Menschen glaubten nach wie vor an ihn.

Das nächste, was die Kiste hergab, war ein altes Hardcover-Daleks-Jahrbuch. Ein Nebenprodukt der *Doctor-Who*-Serie aus den alten Schwarzweiß-Tagen, als so etwas einem noch angst machte. Hart blätterte langsam durch das Buch, und dabei tauchten Erinnerungen in jähen kleinen Schüben in ihm auf: wie er am Weihnachtsmorgen viel zu früh morgens im Bett saß und sein neues Jahrbuch las, obwohl er eigentlich hätte schlafen sollen. Die Geschichten kamen ihm gleich vertraut vor, als er sie sah, aber die Erinnerungen erschöpften sich in sich selbst. Sie verrieten ihm nichts über den Jungen, der sie gelesen hatte.

Thunderbird-Fahrzeuge. James Bonds Aston Martin mit dem Schleudersitz. Das Batmobil, das Raketen abfeuern konnte und eine Kettensäge unter der Kühlerhaube verborgen hatte. Eine Schachtel voll mit einem Allerlei von Modellsoldaten, von denen alle so aussahen, als ob sie ein langes und tatenreiches Leben geführt hätten. Ein Gewehr, geformt wie ein Düsenflugzeug, das Pfeile mit Sauggummis an der Spitze abfeuerte. Tiere vom Bauernhof und aus dem Zoo, sorglos miteinander vermischt. Modelleisenbahnen, noch in ihren Originalkartons. Aurora-Monster-Bausätze.

Erinnerungen kamen und gingen und brachten undeutliche, doch immer stärker werdende Bilder von einem kleinen Jungen, klein für sein Alter, schüchtern und verschlossen, der sich mit seinem Spielzeug beschäftigte, weil es wenige Kinder seines Alters gab, mit denen er hätte spielen können. Und weil damals schon etwas Sonderbares an ihm war … Hart saß neben der Kiste und ließ Lego-Steine durch seine Finger rieseln wie Sand in einem Stundenglas. Erinnerungen tauchten langsam auf, kurz und bruchstückhaft, und gaben ihm ein verschwommenes Bild von dem Kind, das er einst gewesen war. Es war kein angenehmes Bild. Der junge James Hart war wohlbehütet und geliebt gewesen, doch die meiste Zeit hatte er allein verbracht. Er konnte sich nicht erinnern, warum das so war, aber er hatte das eisige Gefühl, daß ihm die Antwort nicht behagen würde, wenn er sie fände. Seiner Kindheit hatte irgend etwas Seltsames angehaftet. Ihm selbst hatte etwas Seltsames angehaftet.

Etwas zu Seltsames, sogar für Schattenfall.

Ein plötzlicher Schauder durchfuhr ihn, als ob sich tief in seinem Inneren auf einmal etwas geregt hätte. Er hielt den Atem an und wartete, ob es sich wiederholte und eine erkennbarere Form annähme, aber es geschah nichts mehr. Er wühlte gleichgültig durch lagenweise Spielzeug, doch es tauchten keine Erinnerungen mehr an die Oberfläche. Er betrachtete das Spielzeug, das um ihn herum verstreut am Boden lag, und dabei fiel ihm nichts anderes ein, als daß es in der Welt draußen Sammler gab, die ein kleines Vermögen für derartigen Schrott zahlen würden. Einige der Aurora-Monster-Bausätze waren noch nicht einmal zusammengesetzt, sondern lagen originalverpackt in ihren Schachteln. Er betrachtete die grellbunten Zeichnungen auf den Schachteldeckeln, die vertrauten Bilder von Frankenstein und Dracula und dem Wolfsmenschen, und mußte plötzlich lächeln, als ihm der Gedanke kam, daß die Original-Gegenstücke durchaus irgendwo in Schattenfall in Lebensgröße herumlaufen und einen angenehmen Ruhestand genießen mochten. Vielleicht könnte er einige der Schachteln von ihnen mit Autogrammen versehen lassen …

Er hob das Spielzeug auf und packte alles sorgfältig wieder weg. Er warf einen Blick auf die anderen Kisten und Kartons, hatte jedoch keine Lust, sie zu durchsuchen. Eine innere Stimme sagte ihm, daß sie nichts für ihn Nützliches enthielten. Das Spielzeug hatte ihn auf den Dachboden geführt, und er hatte alles davon bekommen, was davon zu bekommen war.

Er kletterte die Klappleiter hinunter, stieg noch mal hinauf, um das Licht auszuknipsen, stieg wieder hinunter und schob die Leiter an ihren Platz zurück. Er ging die Treppe hinunter und blieb an ihrem Fuß stehen. Er hatte das deutliche Gefühl, daß er hier noch nicht fertig war. Irgend etwas wartete noch auf ihn, etwas sehr Wichtiges. Er sah sich um, und der Eingangsflur sah ihn seinerseits an, offen und unschuldig. Er trat zögernd vor, angezogen von einem Spiegel an der Wand. Sein eigenes Gesicht sah ihm entgegen, stirnrunzelnd und verdutzt. Und während er es anschaute, veränderte sich das Gesicht beinahe unmerklich, und sein Vater blickte ihn aus dem Spiegel an. Sein Vater, jünger und angespannter aussehend, und vielleicht ein klein wenig furchtsam.

»Hallo, Jimmy«, sagte sein Vater. »Es tut mir leid, wenn ich in dieser Angelegenheit etwas drängen muß, aber die Zeit ist gegen uns. Du verstehst schon. Ich hinterlasse dir diese Nachricht kurz vor unserem Weggehen, so programmiert, daß sie nur auf deine Anwesenheit reagiert. Es gibt so viele Dinge, die ich dir sagen möchte. Wenn du wieder hier bist, heißt das, daß deine Mutter und ich wahrscheinlich tot sind. Ich hoffe, wir hatten ein gutes Leben zusammen, wo immer wir letztlich endeten. Für mich bist du immer noch ein kleiner Junge, aber ich nehme an, du wirst inzwischen zum Mann herangewachsen sein. Was auch geschieht, denke stets daran, daß deine Mutter und ich dich sehr geliebt haben.

Wir gehen aufgrund der Prophezeiung von hier weg. Ich hoffe, du mußt niemals zurückkommen und diese Nachricht wird niemals laut werden, aber dein Großvater, mein Vater, besteht beharrlich darauf, daß du die Möglichkeit haben sollst zurückzukommen, wenn es dir beliebt. Also, zu der Prophezeiung: Sie ist sehr ungenau. Im Grunde besagt sie nichts anderes, als daß dein Schicksal mit dem der Ewigkeitspforte verknüpft und daß es dir bestimmt ist, irgendwann in der Zukunft den Niedergang von Schattenfall zu verursachen. Das wird vielen Leuten Angst einjagen, und die Leute neigen zur Gewalttätigkeit, wenn sie Angst haben. Die Botschaft von der Prophezeiung hat sich noch nicht weit verbreitet, deshalb gehen wir jetzt fort, bevor jemand den Versuch unternimmt, uns daran zu hindern. Ich weiß nicht, wie man dich empfangen wird, wenn du beschließt zurückzukommen, aber was immer geschieht, dein Großvater wird noch da sein, um dich zu schützen.« Jonathon Hart hielt inne, warf einen Blick nach hinten und sah dann wieder seinen Sohn an. »Jimmy, wir müssen jetzt gehen. Viel Glück.«

Plötzlich war das Gesicht im Spiegel wieder sein eigenes. Er sah blaß und entsetzt aus. Er hatte seinen Vater als jungen Mann nicht gekannt; es gab keine Fotos und keine Erinnerungsstücke aus dieser Zeit, und jetzt wußte Hart warum. Tränen brannten ihm in den Augen, als er sich vom Spiegel abwandte. Es war ihm versagt gewesen, sich von seinem Vater und seiner Mutter zu verabschieden. Sie fuhren im Wagen weg, wie an jedem anderen Tag, und daß etwas nicht in Ordnung sein könnte, dämmerte ihm erst, als die Polizei kam und ihn benachrichtigte, daß sie beide bei einem Verkehrsunfall ums Leben gekommen seien. Zunächst wollte er ihnen nicht glauben; er bestand beharrlich darauf, sein Vater sei ein zu guter Autofahrer, um in einen Unfall verwickelt zu sein. Er wiederholte es immer wieder, bis er die Leichen in der Leichenhalle identifizieren mußte. Danach sagte er lange Zeit nicht mehr viel über irgend etwas.

»Leb wohl, Dad, leb wohl.«

Er schniefte heftig und blinzelte schnell. Er hatte keine Zeit für so etwas. Es würde nicht lange dauern, bis dieselben Leute, die seine Familie aus Schattenfall vertrieben hatten, von seiner Rückkehr erfahren würden, und dann würde die Hölle losbrechen. Er mußte die Wahrheit über seine Familie und die Prophezeiung herausfinden, und das bedeutete, daß er seinen Großvater suchen mußte. Den Vater seines Vaters – denjenigen, der ihm die Landkarte und die Anweisungen hinterlassen hatte, die ihn nach Schattenfall zurückgebracht hatten. Die Botschaft aus dem Spiegel hatte offenbar die Andeutung enthalten, daß sein Großvater nicht nur immer noch hier in der Stadt lebte, sondern daß er sogar mächtig genug war, um seinen Enkel schützen zu können. Hart runzelte die Stirn. Seine Eltern hatten nie viel über Familienangelegenheiten gesprochen. Er war ohne Großeltern, Onkel oder Tanten, Brüder oder Schwestern aufgewachsen, und fand daran nichts Seltsames, bis seine Schulkameraden ihn darauf aufmerksam machten. Damals hatte er Fragen gestellt, jedoch keine Antworten erhalten. Seine Eltern wollten einfach nicht darüber sprechen. Danach malte er sich allerlei fantastische Geschichten aus. Er träumte, er sei adoptiert worden, oder gekidnappt, oder daß sein Vater Zeuge eines Verbrechens geworden sei und einen großen Bandenchef hinter Gitter gebracht habe und sich nun versteckt halten müsse, um sich nicht zu gefährden. Schließlich kam er zu dem Schluß, daß er zuviel ferngesehen habe, und beschäftigte sich nicht weiter mit dem Thema. Er ging immer davon aus, daß sich seine Eltern eines Tages dazu durchringen würden, ihm alles zu erzählen. Und dann waren sie mit einemmal nicht mehr da.

Plötzlich kam ihm ein Gedanke. Wenn sein Großvater noch am Leben war, dann gab es möglicherweise auch noch andere Familienangehörige. Vettern oder Kusinen vielleicht, so weitläufig verwandt, daß seine Feinde sie übersehen haben könnten. Bei dem Wort ›Feinde‹ zuckte er zusammen. Das waren Leute, die ihm schaden oder ihn sogar töten würden, aufgrund dessen, was er eines Tages vielleicht tun könnte. Er dachte, daß er sich eigentlich bedroht fühlen, Angst haben müßte, aber das alles war zu neu, zu eigenartig. Er konnte es nicht ganz ernst nehmen. Vielleicht war das besser so, sonst hätte er sich womöglich noch auf Schattenkämpfe eingelassen.

*Schatten*. Das Wort hallte in ihm wider wie das Läuten einer großen eisernen Glocke, und Erinnerungsfetzen flackerten plötzlich durch sein Denken wie das Scharren beim Mischen eines Bündels Spielkarten. Er versuchte sie festzuhalten, doch sie entwischten ihm, ungeformt und unbeendet, bis ihn eine Erinnerung mit der Klarheit einer Eingebung traf. Er war als Kind einsam gewesen, deshalb hatte er sich einen imaginären Freund ausgedacht und ihn mit kindlicher Logik und aufgrund mangelnder Finesse schlicht ›Freund‹ genannt. Er sprach mit ihm und vertraute ihm, und sein Schattenfreund schützte ihn vor all den Ungeheuern, die ihn des Nachts ängstigten. Er hatte sich selbst noch nie für besonders einfallsreich gehalten. Schade, daß sein Freund jetzt nicht in der Nähe war; er hätte ein bißchen Schutz gebrauchen können.

Einer Eingebung folgend hob er die Hände und warf eine Schattenfigur an die Wand vor sich. Er hatte das seit seiner frühen Kindheit nicht mehr getan, doch alte Fähigkeiten stellen sich schnell wieder ein, und er beherrschte diese Kunst, als hätte er sie erst gestern ausgeübt. Ein Kaninchen nahm Gestalt an, mit zuckenden Ohren, und dann ein Vogel mit schlagenden Flügeln und ein Esel und eine Ente. Die Schatten hüpften und tanzten an der Wand und machten bedeutungsreiche Bewegungen. Hart lächelte und senkte die Hände. Und die Schatten blieben, wo sie waren.

Hart wich einen Schritt zurück, der Atem blieb ihm in der Kehle stecken. Er hatte die Hände seitlich an den Körper gelegt, aber die Schatten hafteten noch immer an der Wand, obwohl nichts da war, das sie geworfen hätte. Die Schatten bewegten sich wieder, wiederholten die Formen mit fließender Leichtigkeit und liefen dann langsam die Wand hinunter, um eine andere Form zu bilden: seinen eigenen Schatten. Er sprang zurück, damit seine Füße ihn nicht berührten, und als er noch weiter zurückwich, stand eine menschliche Gestalt vor ihm, so groß wie er selbst, jedoch mit verschränkten Armen.

Ein Teil von Hart wollte kehrtmachen und weglaufen, doch nach den bemerkenswerten Dingen, die er bisher in Schattenfall gesehen hatte, war ein Schatten mit eigener Seele eigentlich nicht so sehr beängstigend. Und außerdem hatte er etwas beinahe … Vertrautes an sich. Er hatte das schon einmal gesehen, als Kind. Er erinnerte sich daran. Sein Freund.

»Und wo, zum Teufel, hast du gesteckt?« fragte eine ätzende Stimme. »Ich kehre dir für fünf Minuten den Rücken zu, und du verschwindest für fünfundzwanzig Jahre! Du hättest zumindest eine Nachricht hinterlassen können. Ist das der Dank dafür, daß ich mich all die Jahre um dich gekümmert habe? Wenn dein Vater bei der Arbeit und deine Mutter zu sehr mit anderen Dingen beschäftigt waren? Ich war immer für dich da, und was ist meine Belohnung gewesen? Fünfundzwanzig Jahre in einem leeren Haus. Niemand, mit dem ich hätte reden können, nie jemanden zur Gesellschaft; wenn ich das Haus nicht ordentlich und sauber hätte halten müssen, hätte ich wahrscheinlich den Verstand verloren. Keiner kommt zu Besuch. Die einzige Nachbarschaft ist diese Verrückte von gegenüber, das arme Kind, und der einzige Fernsehsender, den ich empfangen kann, bringt nichts anderes als Seifenopern. Außerdem geschah es nicht nur einmal, sondern zu drei verschiedenen Anlässen, daß Pater Callahan versuchte, mich zu exorzieren. Er kann von Glück sagen. Ich bin ein Schatten und kein Geist; die führen nach allem, was man so hört, ein weitaus reizvolleres Leben. Nun? Hast du mir nichts zu sagen?«

»Ich habe die ganze Zeit darauf gewartet, daß du mich zu Wort kommen lassen würdest«, erwiderte Hart.

»Ach, entschuldige, daß ich atme, was ich übrigens zufällig nicht tue. Wenn du fünfundzwanzig Jahre allein zu Hause gewesen wärst, würdest du auch Selbstgespräche führen.«

»Freund«, sagte Hart, »du hast mir gefehlt. Auch als ich mich nicht an dich erinnern konnte, hat ein Teil von mir dich vermißt. Wie hätte ich dich vergessen können?«

»Ich würde für allen Tee Chinas etwas so Bewährtes nicht aufgeben. Also, steh nicht einfach so da. Wo warst du, was hast du getrieben? Erzähl mir alles!«

»Es gab da so eine Prophezeiung. Wir mußten überstürzt abreisen, sonst hätten uns die Leute etwas angetan. Ich hätte dich mitgenommen, wenn ich gekonnt hätte, aber selbst damals wußte ich schon, daß du außerhalb von Schattenfall nicht würdest überleben können. Ich habe alles vergessen, als ich von hier fortging, aber trotzdem habe ich manchmal von dir geträumt.«

»Sie haben dich weggeschafft«, sagte Freund leise. »Ich wußte, du wärst nicht einfach gegangen und hättest mich verlassen. Ach, Jimmy, du hast mir so sehr gefehlt!«

Der Schatten warf sich nach vorn und schlang sich um ihn wie ein lebendiger Umhang aus Dunkelheit. Er spürte sein Gewicht in den Armen, und sein Herz klopfte heftig gegen das seine. Es hätte beängstigend sein müssen, oder zumindest befremdend, aber so war es nicht. Es fühlte sich eher an, als ob man einen Armvoll warmer Hundebabies hielt; ganz leuchtende Augen voller Zuneigung. Endlich beruhigte sich Freund ein wenig und zog sich zurück, um sich wieder an die Wand zu drapieren.

»Ich freue mich, daß du wieder da bist, Jimmy. Hast du vor zu bleiben?«

»Ich denke schon. Das Haus gehört jetzt mir. Meine Mutter und mein Vater sind tot.«

»O Jimmy, das tut mir leid. Wirklich. Hör mal, offenbar ist inzwischen allerlei geschehen, und ich möchte alles erfahren, aber es besteht kein Grund zur Eile, oder? Setz dich erst mal ins Wohnzimmer und mach es dir bequem, und ich brüh dir eine schöne Tasse Kaffee.«

Hart hob eine Augenbraue. »Wie machst du das, wenn du keinen Körper hast?«

»Ich improvisiere«, antwortete Freund trocken. »Ich habe soviel Körper, wie ich brauche, um das Nötige zu erledigen. Was glaubst du, wie ich während all der Jahre das Haus in Ordnung gehalten habe? Meinst du, allein der Wunsch sei Vater des Gedankens gewesen? Jetzt tu, was ich dir sage, und du bekommst ein paar Schokochips zu deinem Kaffee. Du hast Schokochips früher schon sehr gemocht.«

»Sind die nicht ziemlich trocken nach fünfundzwanzig Jahren in der Küche?«

»Du bist so scharfsinnig, daß du dich eines Tages schneiden wirst. Die Plätzchen sind einwandfrei, wie alles andere in diesem Haus. Alles hier ist genau so, wie du es verlassen hast. Ich wußte, daß du eines Tages zurückkommen würdest.«

Der Schatten glitt an der Wand entlang davon, wie Regen, der ein Fenster hinabrinnt, und verschwand in Richtung Küche. Hart blinzelte ein paarmal, dann ging er wieder durch den Flur und ins Wohnzimmer. Nie kam Langeweile auf in Schattenfall … Er ließ sich in den Sessel sinken, der einst seiner gewesen war, vor fünfundzwanzig Jahren. Er kam ihm um einiges kleiner vor, als er ihn in Erinnerung hatte, aber das war schließlich üblich, oder etwa nicht? Der Raum und seine Möblierung wirkten ganz hübsch, aber veraltet, wie das Bühnenbild für eine Sechzigerjahre-Komödie. Besonders der Fernsehapparat war groß und wuchtig und sah aus wie ein Relikt aus der Steinzeit. Er betrachtete ihn nachdenklich und hoffte, er würde in ihm eine Erinnerung an die Programme wachrufen, die er sich als Kind angesehen hatte, und über das Kind selbst, das sie sich angesehen hatte. Der Fernseher starrte ihn ausdruckslos an, aber allmählich rührte sich etwas in ihm. TV-Shows fielen ihm wieder ein, an die er nicht mehr gedacht hatte, seit er zehn Jahre oder jünger gewesen war.

*Champion, das Wunderpferd; Zirkusjunge; Abenteuer im Güterzug; Bonanza …*

Sie flackerten ihm in schneller Abfolge durch den Kopf, hell und fröhlich und größer als das Leben (*Lassie* und *Der Einsame Wildhüter*), aber er konnte nicht nachempfinden, mit welchen Gefühlen er diese Programme vor so vielen Jahren angesehen hatte. Es war eine Aneinanderreihung von Schwarzweiß-Schnappschüssen, jeweils in sich selbst vollständig. Hart seufzte und lehnte sich in seinem Sessel zurück. Vielleicht wäre der Schattenfreund der Schlüssel, den er brauchte, um seine Vergangenheit zu erschließen. Anscheinend wußte er alles mögliche. Vielleicht wußte er sogar, wer sein Großvater war. Der Schatten – Schatten hatten ihm als kleines Kind angst gemacht. Er mochte die zackige Art nicht, mit der sie sich bewegten, wenn man selbst sich bewegte, oder wie sie hinter einem herschlichen. Sie beobachteten ihn die ganze Zeit, aber er konnte ihre Augen nicht sehen. Wie hätte er etwas vergessen können, das seine frühe Kindheit so stark geprägt hatte? Überall waren Schatten, wenn die Sonne untergegangen war, still beobachtend. Wartend. In mancher Nacht hatte er nicht schlafen können, obwohl sein Schlafzimmerlicht noch eingeschaltet war, weil er Angst hatte, die Schatten könnten auf ihn springen, sobald er sie aus den Augen ließ. Er konnte die

Schatten loswerden, indem er das Licht ausschaltete, aber manchmal kam es ihm so vor, als sei die Dunkelheit nichts anderes als ein einziger riesiger Schatten. Also dachte er sich einen Schattenfreund aus, der ihn vor den anderen Schatten beschützte. Doch weil das hier Schattenfall war, hatte er schließlich einen realen imaginären Freund.

Er sah verblüfft auf, als er draußen im Flur Schritte hörte. Das konnte nicht Freund sein. Schatten bewegten sich lautlos. Es war noch jemand außer ihm im Haus. Er stand auf und ging leise zur Tür; dann stand er einfach da, und seine Hand ließ vom Türgriff ab. Wenn Freund real war, dann waren es vielleicht auch die bedrohlichen Schatten … Ein flüchtiger Schauder durchfuhr ihn, doch er verdrängte ihn entschlossen. Er war kein Kind mehr. Heutzutage hatte er echte Feinde, und es bestand durchaus die Möglichkeit, daß sie das Haus der Harts ständig beobachteten, nur für den Fall, daß er dumm genug wäre, allein und unbewaffnet herzukommen … Er schob auch diesen Gedanken beiseite. Genauso wahrscheinlich könnte es die Nachbarin von gegenüber sein, mit dem Vorwand, eine Tasse Zucker ausleihen zu wollen, um ihren neuen Nachbarn auszuforschen.

*Diese Verrückte von gegenüber. Das arme Kind …*

Hart schüttelte den Kopf. Er täte gut daran, im Flur nachzusehen, solange er das noch konnte. Wenn das so weiterginge, würde er bald so verängstigt sein, daß er durchs nächste Fenster springen und um sein Leben rennen würde. Er öffnete die Tür und trat in den Flur hinaus. Da war niemand. Er grinste beschämt und wußte nicht, ob er erleichtert sein oder sich töricht fühlen sollte. Es war ein altes Haus – es war also zwangsläufig so, daß es ab und zu quietschte und knackte. Dann sah er den Flur hinunter und bemerkte, daß die Eingangstür ein paar Zentimeter weit offen stand. Er versuchte sich zu erinnern, ob er sie angelehnt gelassen hatte, und konnte sich weder so noch so entscheiden. Er ging vorsichtig durch den Flur zur Tür, öffnete sie weit und spähte hinaus. Alles war ruhig. Nirgendwo eine Spur von irgend jemandem. Er sah zu dem anderen Haus hinüber, aber an keinem der Fenster war etwas von seiner Nachbarin zu sehen. Hart zuckte voller Unbehagen mit den Schultern, schloß die Haustür fest und drehte sich um – gerade rechtzeitig, um das Messer zu sehen, das auf seine Kehle zielte.

Er warf sich mit einer Schnelligkeit und Geistesgegenwart zur Seite, die er sich selbst nicht zugetraut hätte, und das Messer verfehlte ihn nur um Haaresbreite. Seine Angreiferin taumelte nach vorn, durch die Wucht des eigenen Hiebs aus dem Gleichgewicht gebracht, und Hart holte mit der Faust aus. Doch dann, als er sah, daß es sich bei der Angreiferin um eine dünne, ausgemergelte Frau handelte, die beinahe so ängstlich aussah, wie er sich fühlte, zögerte er. Licht schimmerte auf der Messerklinge, als sie zu einem erneuten Stoß ansetzte, und die panikartige Entschlossenheit in ihrem Gesicht riß Hart aus seiner Lähmung. Er zweifelte nicht daran, daß sie die Absicht hatte, ihn zu töten, obwohl er sie nie zuvor im Leben gesehen hatte.

Das Messer schoß wieder vor. Hart duckte sich, und die Klinge grub sich in das Holz der Tür hinter ihm. Seine Angreiferin zog an dem Messer, aber es steckte fest. Hart trat schnell vor und packte sie in einer bärenartigen Umklammerung, indem er ihr die Arme seitlich an den Körper drückte. Sie zappelte wild, aber er war stärker als sie, wenn auch nur geringfügig. Sie ergab sich, und sie keuchten einander ins Gesicht. Er sah das nach oben stoßende Knie in ihren Augen, noch bevor sie ihre Absicht ausführte, und schubste sie von sich weg. Sie schlug mit beiden Fäusten auf ihn ein und versuchte, ihn von der Tür wegzuziehen, damit sie das Messer wieder erreichen konnte. Hart vermochte die Schläge ohne großen Kraftaufwand abzufangen, aber trotzdem waren sie immerhin stark genug, um seinen Armen schmerzhafte Stöße zu versetzen. Und dann wogte Freund im Flur heran, wie eine rabenschwarze Flutwelle, und fiel wie ein einhüllender Umhang über die Frau. Sie zappelte verzweifelt, um sich zu befreien, aber Freund war zu stark für sie; er unterband ihre Bewegungen mühelos. Sie hörte auf zu zappeln, und aus dem Inneren der Dunkelheit war etwas zu hören, das ein Schluchzen hätte sein können.

»Erinnerst du dich an die Verrückte von gegenüber, von der ich dir erzählt habe?« sagte Freund in leichtem Plauderton. »Nun, das ist sie. Polly Cousins. Sie verbringt viel Zeit am Fenster und beobachtet, wie die Welt vorbeizieht. Sie geht nicht oft aus, aber das siehst du ihr wahrscheinlich an. Sie hat nicht alle Fische im Aquarium, wenn du mich fragst. Was soll ich deiner Meinung nach mit ihr machen?«

»Für den Augenblick halte sie so fest wie der grimmige Tod persönlich«, sagte Hart, der allmählich wieder zu Atem kam. »Abgesehen davon bin ich für Vorschläge offen. Funktioniert das Telefon? Falls ja, denke ich, ich sollte den Sheriff anrufen.«

»Nein! Bitte, nicht!« Pollys Stimme klang piepsig, wie die eines Kindes. »Ich werde brav sein, das verspreche ich.«

Sie sah so leidend und hilflos aus, daß sich Hart allmählich wie ein brutaler Schläger vorkam. Ein Blick zu dem langen Messer, das immer noch in der Eingangstür steckte, reichte aus, um diesen Gedanken als falsch abzutun.

»Bring sie ins Wohnzimmer, Freund, aber laß sie keinen Augenblick lang los. Ich möchte ein paar Fragen beantwortet haben, bevor ich mich entscheide, was als nächstes zu tun ist.«

»Es ist deine Beerdigung«, sagte Freund vergnügt.

»Mein Rat ist, sie dem Sheriff zu übergeben, sie an einem besonders sicheren Ort einzusperren und den Schlüssel zu verschlucken, aber was weiß ich schon? Ich bin ja nur ein imaginärer Freund.«

Der Schatten schwebte durch den Flur zurück, wobei er Polly mit sich zog. Sie leistete keinen Widerstand, doch Hart folgte ihm mit achtungsvollem Abstand, für alle Fälle. Wieder im Wohnzimmer angelangt, ließ Freund Polly in einen Sessel fallen und legte sich quer über ihren Schoß, wie ein Bettvorleger, um sie am Aufstehen und Weggehen zu hindern. Hart zog sich einen Sessel heran und setzte sich den beiden gegenüber.

»Sprich, Polly Cousins«, sagte er ruhig. »Erzähl mir, warum du versucht hast, mich umzubringen, obwohl ich, nach allem was ich weiß, dich noch nie im Leben gesehen habe. Und wenn du schon dabei bist, nenne mir einen einzigen guten Grund, warum ich dich nicht als gefährliche Irre der Polizei übergeben sollte?«

»Tut mir leid«, murmelte Polly mit schwacher Stimme. »Ich war erschreckt. Ich habe aus dem Fenster gesehen und dich erkannt. Du siehst deinem Vater sehr ähnlich, und ich erinnere mich gut an ihn. Als mir klar wurde, wer du bist, wer du sein mußt, fiel mir nichts anderes mehr ein als die Prophezeiung. Diejenige, die besagt, daß du die Ewigkeitspforte zerstören und das Ende von Schattenfall heraufbeschwören wirst. Und ich hatte Angst. Ich brauche die Ewigkeitspforte und den Einfluß, den sie auf die Stadt ausübt; sie ist das einzige, was mein kleines Leben erträglich macht. Sie ist das einzige, was meine geistige Gesundheit gewährleistet. Ich bin geistig gesund, mehr oder weniger.« Ein kurzes, trauriges Lächeln huschte über ihr Gesicht. »Obwohl ich verstehen kann, daß es dir nicht leichtfällt, das zu glauben. Siehst du, ich bin ... ich bin nicht immer ich selbst, und du hast mich in einem ungünstigen Augenblick überrascht. Ich habe mich jetzt wieder unter Kontrolle. Wenn du mich laufen läßt, verspreche ich, daß ich mich benehmen werde.«

Hart rutschte in seinem Sessel zurück. Sie kam ihm einigermaßen normal vor, wenigstens in diesem Augenblick. Ihr Messer war in sicherer Entfernung, außerhalb ihrer Reichweite, und Freund war ja da, bereit, sich sofort wieder auf sie zu stürzen ...

»Ich habe das deutliche Gefühl, daß ich das bereuen werde, aber ... Also gut, Freund, laß sie los. Aber halte dich bereit, nur für den Fall.«

»Ich habe den Verdacht, du bist ebenso verrückt wie sie, aber du hast das Sagen. Nur gib mir nicht die Schuld, wenn sie von irgendwoher ein zweites Messer zum Vorschein bringt. Sie sieht mir danach aus. Aber natürlich hört niemand auf mich. Ich bin ja nur ein Schatten, was weiß ich denn schon?«

»Freund, nun mach schon!«

Er schnaubte hörbar (Hart konnte nicht umhin sich zu fragen womit), glitt von Polly weg und floß die Wand hinter ihr hinauf, wobei er wieder menschliche Gestalt annahm. Polly streckte sich vorsichtig.

»Einen interessanten Freund hast du da, Jimmy. Ich erinnere mich, daß du mir als Kind von ihm erzählt hast, und ich wußte nie so recht, ob ich dir glauben sollte oder nicht. Du hast damals andauernd irgendwelche Geschichten erzählt.«

»Ich ziehe es heute vor, James genannt zu werden«, sagte Hart. »Du erinnerst dich an mich als Kind? Wie war ich? Mir ist aus jener Zeit überhaupt nichts im Gedächtnis geblieben.«

»Wir sind zusammen in die Schule gegangen, und wir haben manchmal miteinander gespielt, wenn unsere Eltern uns irgendwo abladen wollten. Suzanne Dubois hat mir gesagt, daß du wieder in Schattenfall bist. Sie hat es in ihren Karten gesehen. Ich wußte, daß du früher oder später in das Haus zurückkehren würdest, aber es war trotzdem ein Schock, dich wiederzusehen. Gerüchte und Geschichten haben dich während deiner Abwesenheit zu so etwas wie einem Butzenmann gemacht; ein schreckliches Schwert hängt über uns allen und allem, was uns wichtig ist. Mir war nicht bewußt gewesen, wieviel Angst ein Teil von mir vor dir hatte, bis ich mich dabei ertappte, daß ich mit einem Küchenmesser in der Hand die Straße überquerte und zu deiner Tür ging. Aber ich habe mich jetzt wieder in der Gewalt. Es gibt … mehr als nur eine Person in mir. Eine davon ist sehr jung und bekommt leicht Angst.«

»Du meinst, du bist eine gespaltene Persönlichkeit?« sagte Hart neugierig. »Ich habe von so etwas gehört.«

»Ganz so einfach ist es nicht«, entgegnete Polly zögernd. »Es ist das Haus, verstehst du. Mein Haus. Vier Jahreszeiten. Die Zeit ist dort zusammengebrochen, und wer ich bin und wie alt ich bin, hängt davon ab, wo in dem Haus ich bin.«

Hart warf Freund einen Blick zu. »Kannst du dem irgendwie folgen?«

»Na klar, es ist viel interessanter als die Seifenopern im Fernsehen, und nicht annähernd so kompliziert. Ich denke, wir sollten über die Straße gehen und uns ihr Haus mal ansehen.«

»Kannst du weg von hier? Ich dachte, du wärst an diesen Ort gebunden?«

»So war es, bis du zurückgekommen bist, aber jetzt kann ich überall hingehen, wohin du gehst. Ich bin dein Schatten. Laß uns gehen, Jimmy. Ich meine – James. Ich bin seit fünfundzwanzig Jahren nicht mehr aus diesem Haus herausgekommen, und Pollys Zuhause hört sich äußerst faszinierend an.«

»Es ist keine fünf Minuten her, da wolltest du sie unbedingt einsperren lassen und vergessen, wohin man sie gesteckt hat. Aber du hast recht, es hört sich faszinierend an. Geh voraus, Polly. Aber wenn du auch nur so aussiehst, als würdest du nach einem zweiten Messer suchen, dann wird sich Freund auf dich stürzen wie eine Tonne Ziegelsteine. Ist das klar?«

»Natürlich, James. Ich kann dein Bedürfnis nach Vorsicht verstehen. Bitte denk daran, dies alles ist nicht leicht für mich. Ich hatte seit vielen Jahren – länger, als ich mich erinnern mag –, keinen Fremden mehr in meinem Haus. Ich werde über Dinge sprechen müssen, über die ich nicht einmal mit mir selber rede. Aber ich denke, es ist an der Zeit, daß ich mich jemandem mitteile. Und wenn du soviel Macht hast, wie dir nachgesagt wird, dann kannst du vielleicht einen Weg aus dieser Hölle finden, die ich mir selbst geschaffen habe.«

»Ich habe keine Macht«, widersprach Hart. »Ich bin niemand Besonderes, ich bin einfach nur ich.«

»Ich hoffe, du täuschst dich«, sagte Polly. »Um unserer beider willen.«

Sie stand zaghaft auf, als erwartete sie, daß er es sich jeden Augenblick anders überlegen könnte, und ging voraus in den Flur. Hart folgte ihr dichtauf, bereit, sie zu packen oder aus ihrer Reichweite zu springen, je nach Bedarf. Sie machte jetzt einen einigermaßen harmlosen Eindruck, aber ihr Messer hatte ihn tief beeindruckt. Leute mit Messern waren etwas, das er sehr ernst nahm. Polly blieb bei der Eingangstür seines Hauses stehen und warf einen Blick auf das Messer, das im Holz steckte, dann zog sie die Tür auf und trat ins Freie. Hart ging ihr nach, und Freund war ihm hüpfend auf den Fersen – wie jeder andere Schatten. Er schloß die Tür hinter sich sorgfältig ab, dann überquerten die drei die Straße und gingen zu Pollys Haus. Für Hart sah es keineswegs außergewöhnlich aus, aber er hielt sich schon lange genug in Schattenfall auf, um zu wissen, daß das überhaupt nichts besagte. *Die Zeit ist hier zusammengebrochen* ... Polly öffnete die Eingangstür und ging ins Haus. Hart und Freund folgten ihr, wobei sie höchstens einen halben Schritt zurückblieben.

Es war unverkennbar, daß mit dem Haus namens Vier Jahreszeiten etwas nicht stimmte. Hart spürte es in der Luft: eine unendliche Spannung, ein Gefühl der Bedrückung. Als ob jemand oder etwas lauerte. Er trat in den Eingangsflur, der von den hellen Strahlen der Nachmittagssonne durchflutet war, und mußte gegen den Drang ankämpfen, sich umzudrehen und nach hinten zu blicken. Wie konnte Polly an einem solchen Ort leben? Er war gerade erst gekommen, und schon jetzt hätte er am liebsten kehrtgemacht und wäre wieder hinausgelaufen. Polly drehte sich um und sagte etwas, und er sorgte schnell dafür, daß nichts in seinem Gesicht sein Unbehagen verriet. Zum erstenmal glaubte er die ständige Erregung in ihr zu begreifen, die andauernde Spannung, wie bei einer zu straff aufgezogenen Gitarrensaite. Sie errötete leicht, als er sie ansah, und fuhr sich mit der Hand durch die zerzausten Haare, als würde sie sich jetzt erst bewußt, wie sie auf ihn wirken mußte.

»Entschuldigung, es sieht hier scheußlich aus, genau wie ich. Wenn ich gewußt hätte, daß ich Besuch bekomme, hätte ich mich ein bißchen angestrengt. Aber hier kommen nur selten Leute her, und meistens gefällt es mir so. Die Leute halten mich für verrückt. Manchmal denke ich das auch.« Sie sah sich um, als ob sie überlegte, wohin sie ihn am besten führen sollte. »Du mußt verstehen, James, dieser Ort ist gefährlich. Die Zeit läuft hier anders. Irgend etwas ist vor langer Zeit, als ich noch ein kleines Mädchen war, in diesem Haus geschehen. Etwas Schreckliches. Aber ich kann mich nicht erinnern, was es war. Suzanne hat mir gesagt, daß du die Erinnerung an deine Kindheit verloren hast. Ich hatte dieses Glück nicht. Ich habe meine noch. Sie verfolgt mich, genau wie dieses Haus. Im oberen Stock gibt es vier verschiedene Zimmer, und in denen bin ich vier verschiedene Menschen. Vier verschiedene Versionen meiner selbst. Hier unten sind die Dinge stabiler. Ich darf einfach nur ich sein. Komm mit in die Küche. Dort sind wir sicher, und sie ist weit genug weg vom Rest des Hauses, so daß es uns vielleicht nicht zuhört.«

Sie ging voraus durch den Flur und in die Küche, wobei sie ständig nervös plapperte. Hart begriff nicht die Hälfte von dem, was sie sagte, aber er hörte trotzdem aufmerksam zu, auf der Suche nach irgendwelchen Hinweisen auf das, was sich vor langer Zeit zugetragen hatte, was Polly und ihrem Haus widerfahren war. In der Küche herrschte ein wildes Durcheinander, aber ein gemütliches – das war ein Ort, wo man alles fand, ohne suchen zu müssen. Jede Ablagefläche war unter angesammeltem Gerümpel vergraben, aber nirgendwo lag Dreck oder Schmutz, und der Boden schien makellos sauber. Polly nahm einen alten Pullover von einem Stuhl, ließ ihn lässig ins Spülbecken fallen und bedeutete Hart mit einer Handbewegung, Platz zu nehmen. Er folgte der Aufforderung und prüfte dabei verstohlen, ob Freund noch bei ihm war. Er beobachtete Polly beim Hantieren in der Küche, während sie für sie beide Kaffee kochte. Sie hörte nicht auf zu plappern, vielleicht weil sie Angst davor hatte, was kommen könnte, um das Schweigen auszufüllen, wenn sie nicht mehr redete.

»Etwas Schlimmes ist mit mir geschehen, als ich acht Jahre alt war, und es geschieht noch immer, in einem Zimmer im ersten Stock. Dem Zimmer ohne Fenster. Ich war nicht mehr in dem Zimmer, seit es geschah, aber etwas wartet darin auf mich.« Polly hörte sich jetzt seltsam ruhig an, als wäre sie erleichtert, daß sie endlich jemanden hatte, mit dem sie darüber reden konnte. »Ich habe in der Vergangenheit versucht, mich damit auseinanderzusetzen. Ich habe es mit acht versucht, mit zweiundzwanzig und erst kürzlich, letztes Jahr. Ich habe es nicht geschafft. Ich war nicht stark genug, und jedesmal, wenn ich versagt habe, hat ein

Zimmer ein Stück von mir genommen und festgehalten, vergleichbar mit einer in Bernstein gefangenen Fliege. Wenn ich jetzt nach oben gehe, zwingt mich das Haus immer wieder, eine andere Person zu werden und doch dieselbe zu bleiben. Nicht als Strafe. Ich habe lange gebraucht, um das zu begreifen. Das Haus versucht, mich zu heilen, indem es mich dazu bringen will, mit dem, was hier geschah, fertigzuwerden. Ich müßte mich damit auseinandersetzen, aber ich schaffe es nicht.«

Sie verstummte, und Hart wählte seine Worte sehr sorgfältig. »Was ist denn wirklich mit dir geschehen, als du acht Jahre alt warst? Kannst du dich an gar nichts erinnern?«

»Nein. Meine Mutter war ausgegangen, und ich war mit meinem Vater allein zu Hause. Etwas Schreckliches geschah zwischen uns, etwas so Schlimmes, daß ich die Erinnerung daran nicht ertragen könnte. Etwas so Entsetzliches, daß es dieses Haus und mich immer noch heimsucht.«

*O Gott*, dachte Hart. *Sie spricht von sexuellem Mißbrauch. Ihr Vater muß sie … kein Wunder, daß sie sich nicht erinnern möchte.*

»Warum ziehst du nicht weg von hier?« fragte er schließlich, als er sich seiner Stimme wieder sicher sein konnte. »Pack einfach deine Sachen, geh weg und laß alles hinter dir!«

»Das kann ich nicht. Das Haus läßt mich nicht. Solange es diese Teile von mir da oben hat, bin ich kein Ganzes. Ein Teil des Hauses will mich heilen, ein Teil von ihm nährt sich von mir. Also versuche ich ständig, mich meiner Angst zu stellen, und jedesmal wenn ich versage, spukt ein weiteres Teilstück von mir in dem Haus. Bald wird man sich hier nicht mehr bewegen können vor lauter verschiedenen Versionen von mir, die überall herumspuken.«

Sie versuchte, über ihren eigenen Spaß zu lachen,

jedoch ohne großen Erfolg. Sie biß sich auf die Lippe und wandte sich jäh ab, damit Hart die Tränen, die in ihren Augen brannten, nicht sah. Er saß unbeholfen da, wollte helfen und wußte nicht, was er sagen oder tun sollte. Plötzlich schwebte Freund nach oben und über den Küchentisch und legte sich wie ein Schal um Pollys bebende Schulter.

»Ach, ach, nimm's dir nicht so zu Herzen, Blümchen. Es wird alles gut, du bist nicht mehr allein. Dein Problem ist, daß du dich zu lange gequält hast, um allein mit dieser Sache fertigzuwerden. Hat denn bisher noch nie jemand versucht, die Geschichte mit dir aufzuarbeiten?«

»Nein. Ich habe noch nie jemanden hier hereingelassen, nicht einmal Suzanne, meine beste Freundin. Die einzige Person, die mir vielleicht hätte helfen können, war meine Mutter, aber sie hätte das alles nicht verstanden. Und womöglich hätte sie mir die Schuld daran gegeben. Sie starb, als ich achtzehn war, kurz bevor ich versuchte, zum erstenmal das Zimmer wieder zu betreten, und es nicht schaffte. Und dieser Teil von mir beobachtete ihre Beerdigungs-Prozession durch sein eigenes Fenster, nachdem ein Kind durch ein anderes zugesehen hatte. Seither bin nur noch ich hier; ich werde immer einsamer, während Stücke von mir abflocken und festgehalten werden. Niemand kommt hierher. Die anderen spüren die Macht, die sich in Vier Jahreszeiten aufbaut. Es ist eine eifersüchtige Macht, und sie duldet hier niemanden, der versuchen könnte, mich freizubekommen. Ich bin überrascht, daß es dir gelungen ist hereinzukommen. Du mußt sehr stark sein. Selbst als ich versuchte, dich umzubringen, wußte ein Teil von mir, daß du etwas ganz Besonderes bist.«

»Das wußte ich schon, als er noch ein Kind war«, sagte Freund. »Alles wird gut werden. James und ich werden dir helfen, das durchzustehen. Wir fangen mit deinem ganzen frühen Ich an, bei acht, und arbeiten uns mit dir durch deine anderen Ichs, bis wir endlich dort angelangen, wo deine ursprüngliche Angst steckt. Und dann treten wir ihm in den Hintern.«

»Entschuldige mich bitte für einen Augenblick«, sagte Hart, »aber glaubst du, ich könnte mal kurz mit dir unter vier Augen sprechen, Freund. Draußen im Flur?«

»Natürlich, James, aber hat das keine Zeit?«

»Nein, ich glaube nicht.«

»Also gut. Entschuldige uns, Liebes, wir sind gleich wieder da. Kommst du solange allein zurecht?«

»Ja«, sagte Polly. »Ich habe viel Übung darin, allein zu sein.«

Hart stand auf und ging in den Flur hinaus, und Freund glitt an den Wänden entlang hinter ihm her. Hart schloß sorgfältig die Küchentür hinter sich, entfernte sich ein gutes Stück von ihr und sah seinen Schatten dann eindringlich an.

»Was glaubst du eigentlich, was du da tust? Diese Frau braucht Hilfe von kompetenter psychiatrischer Seite! Es ist offenkundig, daß sie als Kind von ihrem Vater sexuell mißbraucht wurde, und aus Angst und Scham und einem Gefühl der Schuld heraus hat sie es vorgezogen, die Erinnerung daran zu unterdrücken, anstatt sich damit auseinanderzusetzen. Diese anderen Teilstücke sind bestimmt nichts anderes als Manifestationen einer gespaltenen Persönlichkeit. Sie braucht professionelle Hilfe. Es ist nicht zu sagen, wieviel Schaden ein Paar gutmeinender Amateure anrichten könnte!«

»Wenn ein Irrenarzt helfen könnte, dann hätte sie inzwischen bestimmt einen geeigneten gefunden«, erwiderte Freund ruhig. »Sie schlägt sich schon ihr ganzes Leben lang mit diesem Problem herum, du kannst also sicher sein, daß sie alles Naheliegende versucht hat. Wir können ihr helfen, Jimmy. Wir sind was Besonderes. Du, weil auch du deine Kindheit verloren hast, und ich, weil ich nicht vollständig real bin. Nichts kann mir Schaden zufügen oder mich erschrecken, aber ich kann Polly gegen so ziemlich alles schützen. Ich habe eine ganze Menge gelernt, während ich auf deine Rückkehr gewartet habe. Und sie hat recht, Jimmy. Du verfügst wirklich über eine gewisse Macht. Ich weiß nicht, was es ist, aber ich spüre es, wie das Brummen einer unterirdischen Maschine, die nur darauf wartet, daß jemand den richtigen Schalter betätigt. Wir müssen es tun, Jimmy. Polly braucht uns.«

Hart holte tief Luft und atmete langsam aus. »Ich habe ein ungutes Gefühl bei dieser Sache, Freund. Da ist noch etwas in diesem Haus, außer Polly. Ich spüre, daß es lauert und wartet. Und falls in mir irgendeine Kraft oder Macht steckt, dann ist mir das völlig neu. Aber du hast recht. Wir können Polly nicht einfach den Rücken zukehren. Und wenn vielleicht auch nur aus dem Grund, daß sie sich entschließen könnten ein Messer hineinzustoßen. Wenn ich schon eine Nachbarin haben werde, dann wäre es mir lieber, es wäre nicht eine Übergeschnappte mit einem Messer.«

»Du bist sehr zynisch geworden, Jimmy. Ich bin nicht sicher, ob mir das gefällt.«

»Das richtige Wort heißt ›praktisch‹, und ich dachte, wir hätten uns auf James anstatt Jimmy geeinigt. Hör zu, ich sagte doch, wir helfen, oder nicht? Ich meine nur, wir alle sind weniger gefährdet, wenn wir die Sache mit offenen Augen angehen. Also gut, laß uns das Unterfangen in Gang setzen, bevor ich einen Anfall von Vernunft erleide.«

Er lächelte, und Freund schüttelte den Kopf; dann gingen sie in die Küche zurück. Polly stand mit dem Rücken zu ihnen am Fenster und schaute hinaus. Sie hatte die Arme fest um sich geschlungen, als wäre ihr plötzlich kalt oder als wollte sie einfach verhindern, daß sie zitterte. Sie wandte sich nicht um, als sie eintraten.

»Ich hatte immer Angst, bevor du gekommen bist«, sagte sie langsam. »Angst vor dem, was in der Vergangenheit geschehen sein könnte, Angst vor dem, was immer sich in dem Zimmer ohne Fenster befinden mag, und Angst davor, daß es mich jeden Augenblick rufen könnte und ich zu ihm gehen müßte. Aber ich wußte nicht, was Angst wirklich ist, bis du kamst und mir Hoffnung machtest. Ich möchte mich so gern von all meinen Vergangenheiten befreien, aber der Gedanke daran, es zu versuchen und zu versagen, ängstigt mich so sehr, daß ich kaum atmen kann.«

»Mach dir keine Sorgen«, sagte Hart. »Was immer auch geschehen mag, ich lasse dich hier nicht allein. Wenn ich keinen Ausweg für dich finde, bist du herzlich eingeladen, in meinem Haus auf der anderen Straßenseite zu wohnen. Dort bist du sicher.«

»Du begreifst nicht«, entgegnete Polly. Endlich drehte sie sich zu ihm um, und in ihrem kalten Blick lag kein Schimmer von Hoffnung. »Ich *kann nicht* weg. Das Haus läßt mich nicht gehen. Was immer es sein mag, das hier in diesem Haus mit mir ist, ich habe dazu beigetragen es zu schaffen; ich habe ihm Macht über mich gegeben. Und ich weiß ohne jeden Zweifel, daß es eher mich und dich töten würde, als mich gehen zu lassen.«

Hart wäre am liebsten zu ihr gegangen, um sie in die Arme zu nehmen und zu trösten, doch der Schmerz in ihrem Gesicht stellte eine Barriere dar, die er nicht zu überwinden vermochte. »Also gut«, sagte er schroff. »Wir machen folgendes: Wir gehen hinauf in den oberen Stock und in das Zimmer, in dem du acht Jahre alt bist, und dann gehen wir von einem Zimmer ins nächste und sammeln all deine anderen Ichs ein und setzen sie wieder in dich ein. Wir machen dich wieder zu einem Ganzen, dann schauen wir, was sich in dem letzten Raum befindet, und befassen uns damit.« Er lächelte flüchtig. »Ich gebe mir alle Mühe, mich zuversichtlich anzuhören, als wüßte ich genau, was ich tue, aber in Wirklichkeit liegt es bei dir, ob wir Erfolg haben. Vertrau mir, Polly. Mir fällt zwar kein einziger guter Grund ein, warum du das tun solltest, aber versuch es. Wir waren mal Freunde, auch wenn ich mich nicht daran erinnere, und ich schwöre, ich tue alles in meiner Macht Stehende, um dir zu helfen. Für Freund gilt das gleiche. Du hast bis jetzt nichts erreicht, weil du allein warst, aber jetzt sind wir bei dir. Wir lassen dich nicht im Stich. Wir lassen es nicht zu, daß du wieder versagst. Bist du bereit?«

»Nein«, sagte Polly. »Aber laß es uns trotzdem so machen.« Sie löste die Arme vom Körper und stellte sich vor ihn. »Du warst ein schmuddeliges Kind. Deine Kleidung sah immer dreckig aus, und deine Haare waren unordentlich. Und ich war immer so sauber, so etepetete. Aber es gab niemandem, mit dem ich lieber zusammen war, als mit dir, und ich habe dir Dinge anvertraut, die ich sonst nicht einmal im Traum jemandem anvertraut hätte. Als du wegzogst, dachte ich, das sei das Ende der Welt, und ich habe dich dafür gehaßt, daß du weggegangen bist und mich alleingelassen hast. Mich alleingelassen hast mit dieser schrecklichen Sache, die geschehen war. Ich glaube, das ist zum Teil der Grund, daß ich vorhin versucht habe dich umzubringen, wenn wir wirklich ehrlich miteinander sind. Aber jetzt bist du wieder da, und ich habe wieder Hoffnung geschöpft. Das Haus gibt mir ein anderes Gefühl, seit du es betreten hast. Vielleicht war es dir bestimmt, hierher zurückzukommen und mir zu helfen. So ist Schattenfall manchmal. James – in dir mag vielleicht eine gewisse Kraft stecken, aber sicher ist, daß hier eine Macht wirkt, durch Jahre der Schuld und des Leidens aufgebaut. Sie ist real, so real wie ich selbst, und sie möchte nicht, daß ich wieder ein Ganzes werde. Ich weiß nicht, was sie tun wird, wenn sie erst einmal zu dem Schluß kommt, daß du ein Feind bist. Du brauchst das nicht zu tun, James.«

»Doch, ich kann nicht anders«, sagte Hart. »Wir sind Freunde. Geh voraus, Polly.«

Sie lächelte, legte sich einen Finger an die Lippen und drückte ihn dann auf die seinen. Sie ging hinaus in den Flur, ohne sich umzusehen, und Hart und Freund folgten ihr. Pollys Rücken war sehr gerade, sie hielt den Kopf hoch, und nur die Anspannung in ihrer Schulter zeigte die Kräfte und Gefühle, die in ihr kämpften. Der Flur wirkte jetzt dunkler, beengender, und Hart verspürte zunehmend den Drang, die Hand zu den Wänden auszustrecken und sich zu vergewissern, daß sie nicht aufeinander zustrebten. Er hielt sich jedoch davon ab. Er wollte nichts tun, das Polly ablenken würde, nun da sie ihren äußersten Mut aufgebracht hatte. Er hatte nur eine unbestimmte Vorstellung davon, wieviel Mut Polly hatte, um sich einer Angst auszusetzen, mit der sie den größten Teil ihres Lebens zugebracht hatte. Aber es war mehr als genug, um ihm die größte Hochachtung abzunötigen. Polly blieb plötzlich vor einer geschlossenen Tür stehen, und Hart wäre beinahe gegen sie geprallt.

»Hier fing alles an«, sagte sie leise. »Ich war acht Jahre alt. Ich spielte allein, während meine Mutter aus dem Haus war. Mein Daddy saß oben. Er rief mich, und ich ging hinauf. Und dann geschah, was immer geschah, und von da an war mein Leben nicht mehr dasselbe.«

Sie holte tief Luft, öffnete die Tür und trat entschlossen in den Raum. Gleich hinter der Tür trat sie zur Seite, so daß Hart sich neben sie stellen konnte. Er tat es, die Hände zu Fäusten geballt, obwohl er nicht zu sagen vermochte hätte warum. Das Zimmer wirkte beinahe aufreizend durchschnittlich, mit hübschen, bequemen Möbeln und einer geschmackvollen Ausstattung. Die Nachmittagssonne schien durch das Fenster und bildete auf dem Teppich einen hellen Fleck, der aussah wie ein Teich aus goldenem Wein. Polly trat vor und sank vor dem Kamin auf ein Knie.

»Hier war ich, ein pummeliges kleines Ding mit untadeligen Affenschaukeln, mit dem Zusammensetzen eines Puzzles beschäftigt, allerdings mit mäßigem Erfolg. Ich war eigentlich noch zu klein dafür, aber das hätte ich niemals zugegeben. Ich nahm Herausforderungen damals persönlich. Ein Teil von mir ist immer noch hier, nimmt Stücke zur Hand und legt sie hin, darauf wartend, daß mein Daddy rufen würde.«

*»Polly, komm rauf. Ich brauche dich!«*

Die Stimme klang heiser und angestrengt. Eine Männerstimme. Ihr Echo setzte sich in dem Raum scheinbar unendlich fort, ein Echo aus der Vergangenheit, das in der Gegenwart noch immer nachhallte. Polly stand auf und ging zur Tür hinaus. Hart eilte ihr nach. Polly schritt gemächlich durch den Flur und blieb am Fuß der Treppe stehen. Ohne sich nach hinten umzusehen, streckte sie eine Hand zu Hart aus. Er nahm sie, und gemeinsam stiegen sie die Treppe hinauf, in die Vergangenheit.

Es war seltsamerweise dunkler geworden, als wenn die Sonne verschwunden wäre. Überall gab es Schatten, und Freund hielt sich dicht an ihren Fersen, wie ein Wachhund. Hart spürte, wie die Anspannung in Polly zunahm, einer zum äußersten gespannten Bogensehne gleich, aber da war auch Selbstbeherrschung, und wenn es auch eher eine Selbstbeherrschung aus Verzweiflung und nicht so sehr aufgrund von Mut war, so erfüllte sie doch ihren Zweck. Hart verstärkte den Griff um ihre Hand und versuchte, etwas von seiner Unerschrockenheit auf sie zu übertragen.

*Wenn du da bist, Pollys Vater, ich komme, um mit dir abzurechnen. Falls du noch in irgendeiner Weise am Leben bist, dann bringe ich dich um. Und wenn du tot bist, dann grabe ich dich aus, damit ich dich anspucken kann. Ich kann mich überhaupt nicht an dich erinnern, aber ich hasse dich für das, was du Polly angetan hast. Ich werde alles Erforderliche tun, um sie von dir zu befreien. Was immer nötig sein sollte.*

Sie kamen am oberen Treppenabsatz an, und Polly drückte Harts Hand schmerzhaft fest. Sie schritt weiter, ohne auf eine Reaktion zu warten, und stieß die Tür vor sich auf. Sie zögerte auf der Schwelle, als die Tür aufschwang, und Harts Haltung straffte sich in der Erwartung, daß etwas geschehen würde – aber nichts tat sich.

»Ich war acht Jahre alt, ganz allein, und ich hörte, daß mein Daddy mich rief. Ich betrat zuerst dieses Zimmer, weil ich versuchte es hinauszuzögern, zu ihm zu gehen. Ich kann mich nicht erinnern, warum ich das tat, ich weiß nur noch, wieviel Angst ich hatte. Und ich habe jetzt auch Angst.«

»Du bist diesmal nicht allein«, sagte Hart. »Freund und ich sind ganz nah bei dir.«

»Ich habe trotzdem Angst. Aber diesmal reicht sie nicht aus, um mich aufzuhalten.«

Sie trat in den Raum und krümmte sich plötzlich, wie von einem Magenkrampf gepackt. Sie kräuselte sich und schrumpfte, fiel in sich zusammen wie ein faltbares Spielzeug. Ihre schwindende Hand glitt aus der seinen, und sie stand vor ihm, wieder ein kleines Mädchen in einem hellen, fröhlichen Kinderkleidchen. Sie blickte kurz mit Erwachsenenaugen zu ihm auf und wandte sich dann ab, um aus dem Fenster zu schauen. Hart stellte sich neben sie und blickte in den Frühling hinaus.

»Ich bin hier schon so oft gewesen«, sagte das kleine Mädchen. »Die Stimme rief mich, und ich bin gekommen, denn wenn ich nicht gekommen wäre, hätte sie solange gerufen, bis ich letztlich doch gekommen wäre. Es ist ein seltsames Gefühl zu wissen, daß ich, was immer auch geschehen mag, niemals mehr als

Kind hierherkommen muß. Ich habe nicht gewußt, wie es ist, die eigene Kindheit für immer abzulegen, sie niemals mehr zu erfahren. Ein Teil von mir wird sie vermissen, aber es lohnt sich, um endlich frei zu sein.«

Sie streckte ihm die winzige Hand hin, und er nahm sie behutsam in seine. Sie sah sehr klein und sehr zerbrechlich aus, und erneut flammte Zorn in ihm auf und vertrieb die Angst und Unsicherheit. Sie drehte sich um, verließ das Frühlingszimmer und trat hinaus in den Flur. Sie warf einen kurzen Blick auf den gegenüberliegenden Raum, dann sah sie weg und ging durch den Flur bis zur nächsten Tür. Hart sah zurück zu der geschlossenen Tür des Zimmers ohne Fenster. Er hörte hinter der Tür etwas schwer atmen. Es hörte sich nicht vollständig menschlich an. Hart spürte die Mischung aus Angst und Anziehung, die diese Tür auf Polly ausübte, obwohl sie gar nicht hinsehen wollte.

Polly führte ihn zum nächsten Raum, stieß die Tür auf und ging geradewegs hinein. Sie schoß in die Höhe, ihre Hand kribbelte in seiner, als sie wuchs, und im nächsten Augenblick war sie ein Teenager. Er sah an ihr die ersten Zeichen der Frau, die sie einmal sein würde, mit dem festen Blick und dem entschlossenen Kinn. Draußen vor dem Fenster war Sommer, und der Raum war von Licht durchflutet. Spannung zitterte in der Luft wie der Knall einer zugeschlagenen Tür. Polly schaute zum Fenster hinaus auf einen lange vergangenen Sommer, mit einem Gesicht, das älter war als sie selbst – an Jahren – und als sie sprach, klang ihre Stimme leise, doch sehr bestimmt.

»Dies war das erste Mal, daß ich versuchte, den Ruf zu beantworten, mich meiner Angst zu stellen und sie zu besiegen. Ich habe ihn im Lauf der Jahre immer wieder gehört, aber ich bin nie weiter als bis in den ersten Raum gekommen. Ich hatte immer zuviel Angst. Ich schämte mich so, auch wenn es keine gewöhnliche Angst war. Es war mehr wie ein stiller Schrei, der immer weiter und weiter und weiter tönte. Aber meine Mutter war tot, und ich war achtzehn, eine Frau, und ich glaubte, ich müsse über kindliche Ängste erhaben sein. Also ging ich die Treppe hinauf und trat in den ersten Raum und wieder hinaus, schnell, damit ich es mir nicht anders überlegen konnte, und dann stand ich da und starrte die geschlossene Tür gegenüber an. Etwas bewegte sich im Inneren, wartend. Und schließlich wandte ich mich ab und kam statt dessen hierher. Ich glaube, damals wurde mir bewußt, daß ich die Angst niemals loswerden würde. Ich stand da und blickte durchs Fenster auf den Sommer, und schließlich wandte ich mich ab und ging die Treppe wieder hinunter.«

Sie drehte sich um, verließ das Sommerzimmer und trat wieder hinaus in den Flur. Ihre Hand zitterte jetzt, und ihre Schultern waren nach vorn gesackt, als lastete auf ihnen ein Gewicht, das zu schwer zum Absetzen war, doch ihr Rücken war immer noch gerade, und die Entschlossenheit in ihrem Gesicht war so kalt und unerschütterlich, daß sie beinahe übermenschlich wirkte. Sie stieß die Tür zum Herbstzimmer auf und trat hinein, und wieder stapelten sich Jahre auf ihr. Sie sah plötzlich sehr müde aus, und ihr Haar war ganz kurz geschnitten.

»Mit zweiundzwanzig erlitt ich einen Nervenzusammenbruch. Allmählich kamen die Erinnerungen zurück, verstehst du, und ich war nicht stark genug, mich damit auseinanderzusetzen. Deshalb löste ich mich eines Nachmittags sehr schnell – sozusagen in den Nähten – auf. Nichts allzu Dramatisches. Ich fing einfach an zu weinen und konnte nicht mehr aufhören. Also brachten sie mich weg, an einen hübschen und geruhsamen Ort, bis ich wieder fähig war zu vergessen. Nach einer Weile kam ich nach Hause zurück, die Stimme rief mich, und ich war so betäubt, daß ich glaubte, damit umgehen zu können. Ich irrte mich, und ein Teil von mir lebt jetzt noch immer in diesem Raum, verloren und verwirrt und noch ein bißchen schwächer als zuvor.«

Sie drehte sich um und verließ den Raum, ohne aus dem Fenster zu sehen, und Hart mußte sich beeilen, um mit ihr Schritt zu halten. Sie ging zielstrebig durch den Flur, stieß die nächste Tür auf und betrat das Winterzimmer. Dreizehn Jahre vergingen in einem einzigen Augenblick, und ihre Haare waren mit einemmal wieder gewachsen und wallten über ihre Schulter. Die Spannung in dem Raum war beinahe unerträglich und der Druck so stark, daß Hart ihn am ganzen Körper spürte. Es war, wie einem heulenden Wind ausgesetzt zu sein oder gegen die ansteigende Flut anzukämpfen, die einen erbarmungslos wieder ins Meer hinausträgt, auch wenn man noch so angestrengt dagegen anschwimmt.

»Beim letzten Mal habe ich es beinahe geschafft. Mir war inzwischen alles egal. Ich dachte, nichts könne schlimmer sein, als so zu leben. Wieder irrte ich mich. Ich stand den ganzen Morgen und bis spät in den Nachmittag in diesem Zimmer und brachte es nicht fertig, das eine zu tun, das mich vielleicht befreit hätte. Etwas so Einfaches, nur in den nächsten Raum zu gehen … Ich haßte mich, weil ich so schwach war, so ängstlich, aber Haß reichte nicht aus. Letzten Endes ging ich wieder hinunter und ließ einen weiteren Teil von mir zurück. Soweit bin ich bis jetzt gekommen. Mehr schaffe ich nicht, nicht allein. Hilf mir, Jimmy. Bitte!«

Ihre Hand lag schlaff in seiner, als wenn alle Kraft sie verlassen hätte. Ihre Schulter war zusammengesunken und ihr Kopf nach vorn geneigt, wie bei einem Pferd am Ende eines Rennens, das es soeben verloren hatte.

*»Polly! Komm her! Ich brauche dich.«*

Die Stimme war jetzt lauter, gleich nebenan im nächsten Zimmer. Hart versuchte, irgendeine Bedeutung oder einen Zusammenhang aus der Stimme herauszuhören, wenn schon nicht aus den Worten, aber sie blieb stur doppelsinnig. Polly stand vor ihm, vollkommen reglos, endlich in einem Zustand angekommen, wo Zorn sie nicht bewegen und Angst sie nicht berühren konnte. Was immer als nächstes geschehen würde, er war derjenige, auf den es ankam.

*Ich möchte diese Art von Verantwortung nicht! Ich weiß nicht, was ich tun soll!*

»Sie ist soweit gegangen, wie sie kann«, erklärte Freund leise, in Form einer Pfütze um seine Füße. »Du mußt entscheiden, James. Gehen wir weiter, oder kehren wir um?«

»Ich weiß nicht. Ich dachte, ich wüßte es, aber ... sieh sie dir doch nur an. Wenn allein der Gedanke an die nächste Tür sie in diesen Zustand versetzt, welche Wirkung wird dann der Raum selbst auf sie haben? Sie hatte bereits einen Zusammenbruch. Ich möchte nicht an einem zweiten schuld sein.«

»Sie ist so weit gekommen, weil sie dir geglaubt hat, als du sagtest, du würdest ihr beistehen. Wirst du sie jetzt im Stich lassen?«

Hart schüttelte den Kopf, beinahe wütend. »Was, zum Teufel, befindet sich in dem nächsten Zimmer, daß es ihr so schwer zu schaffen macht? Was hat ihr Vater ihr angetan?«

»Das habe ich mich auch gefragt«, sagte Polly mit träger, schläfriger Stimme. »Ich habe mich jahrelang gefragt, was es in diesem Raum geben könnte, das eine so furchterregende Wirkung hätte. Lange habe ich überlegt, ob es sich um eine Art von sexuellem Mißbrauch handeln könnte. Man hört heutzutage so viel darüber. Aber ich kann das von meinem Vater nicht glauben. Ich liebte ihn, und er liebte mich. Warum also ängstigt mich allein schon der Gedanke, ihn wiederzusehen, so sehr, daß ich kaum noch atmen kann?«

»Es gibt nur eine einzige Möglichkeit, das herauszufinden«, sagte Hart. »Laß es uns tun.«

Er nahm sie mit festem Griff bei der Hand und näherte sich der Tür, wobei Polly sich wie ein kleines Kind von ihm führen ließ. Draußen im Flur war die Nacht hereingebrochen. Der einzige Lichtschein fiel durch den Spalt unter der Tür zum fünften Zimmer heraus. Das gleichmäßige Atmen klang lauter, eindringlicher, wie in erwartungsvoller Erregung. Hart ging langsam weiter, Polly an seiner Seite. Der Flur dehnte sich vor ihnen aus, unfaßbar lang. Hart wußte nicht mehr, was er denken sollte. Er war so sicher gewesen, daß sexueller Mißbrauch die Wurzel von alledem wäre, doch Polly hatte bereits daran gedacht und den Gedanken verworfen. Was also befand sich in diesem Zimmer, das so laut atmete? Sie schritten durch die Dunkelheit weiter, und die Tür näherte sich sehr langsam, als zögerte etwas den Augenblick hinaus, um ihn möglichst lange auszukosten. Doch endlich standen sie davor, und Hart war unschlüssig, was er tun sollte. Polly griff mit fester Hand zum Türknopf, drehte ihn und stieß die Tür auf, und sie und Hart betraten gemeinsam den Raum, um sich dem zu stellen, was dort wartete. Die Tür fiel hinter ihnen ins Schloß.

Das Zimmer war hell erleuchtet und roch nach Krankheit und Medizin. Ein Mann lag in dem Bett, ausgemergelt und zerfurcht von den Strapazen eines langen Leidens. Seine Augen waren geschlossen, sein Atem ging schwer, als wäre jedes Lufttholen eine große Anstrengung. Polly betrachtete ihn schweigend. Hart blickte sich verdutzt um. Es war nichts anderes in dem Raum als nur ein schwerkranker Mann, der nicht einmal wußte, daß sie da waren.

»Ich erinnere mich«, sagte Polly. »Mein Vater hatte Krebs. Damals konnten die Ärzte nichts für ihn tun, deshalb schickten sie ihn zum Sterben nach Hause. Er ließ sich viel Zeit mit dem Sterben. Ich hatte Angst vor ihm. Angst, ihn zu verlieren, Angst davor, daß er für immer weggehen würde. Der Tod ist schwer genug zu verstehen, wenn man erst acht Jahre alt ist, aber wenn es um den eigenen Vater geht … Lange konnte ich nicht glauben, daß es wirklich geschehen würde, und dann wollte ich es nicht glauben. Aber schließlich legte er sich ins Bett und blieb dort, und ich begriff, daß er niemals mehr aufstehen würde. Da glaubte ich es.

Ich betete, daß ein Wunder geschehen möge. Sandte ein Gebet nach dem anderen zu Gott, versprach alles zu tun, alles was er wollte. Ich versicherte sogar, ich würde Nonne werden, wenn er nur meinen Daddy rettete. Und während der ganzen Zeit fraß der Krebs meinen Vater weiter auf und ließ weniger und weniger von ihm im Bett zurück. Ich konnte seine Hände auf der Decke nicht ansehen, ohne die Knochen zu erblicken, konnte sein Gesicht nicht betrachten, ohne den Schädel zu erblicken. Er wurde zu einem Todesgespenst. Und irgendwann ging ich nicht mehr zu ihm, weil es mir so viel angst machte. Selbst wenn er nach mir fragte, wollte ich nicht gehen.

Und eines Tages mußte meine Mutter ausgehen, und ich blieb allein im Haus zurück. Allein mit meinem Vater. Ich verlor mich in meinem Puzzle. Das zumindest war eine Aufgabe, die ich lösen konnte, wenn ich mir nur genügend Mühe gab. Es war kurz nach Mittag, als er nach mir rief. Ich wollte nicht hingehen. Ich hatte Angst. Er rief immer wieder, und endlich stand ich auf und ging in den Flur hinaus. Ich stand lange am Fuß der Treppe, und dann ging ich hinauf, sehr langsam, Stufe um Stufe. Ich versteckte mich im Zimmer gegenüber, und er rief wieder nach mir. Ich stand vor seiner Tür und lauschte, wie er mühsam um Atem rang. Dann hörte das Atmen auf.

Ich ging hinein, und er war tot. Er sah überhaupt nicht aus wie mein Vater, nicht so, wie ich ihn in Erinnerung hatte. Es war als ob dieses tote Krebsding den

Platz meines Vaters eingenommen hätte. Und ich konnte nichts anderes denken, als nur das eine: Wenn ich zu ihm gegangen wäre, als er mich gerufen hatte, würde er vielleicht noch leben. Vielleicht hätte ich etwas tun, etwas sagen können, und er wäre nicht gestorben. Aber ich hatte nicht …

Also rannte ich aus dem Zimmer und redete mir ein, ich sei niemals dort gewesen. Sagte es immer wieder vor mich hin, bis ich es schließlich glaubte. Aber das Schuldgefühl ließ mich nicht vergessen, nicht vollständig. Nicht lange danach fing es an, daß ich ihn wieder rufen hörte. Mein Schuldgefühl und meine Angst hatten etwas in diesem Raum aufgebaut und ihm Macht über mich gegeben. Um mich zu bestrafen, wie ich bestraft werden sollte. Das ist nicht mein Vater dort. Es ist etwas anderes, etwas Schreckliches. Einst dachte ich, es sei vielleicht ein Teil von mir, aber das stimmt nicht mehr. Es gehört jetzt sich selbst. Und es haßt mich.«

Hart betrachtete den sterbenden Mann in dem Bett, dann sah er wieder Polly an. Ihr Gesichtsausdruck machte ihm Sorge. Ihre Worte hatten den Klang und die Kraft einer Inkantation, als beschwörte sie etwas herbei. Und dann richtete sich der Mann im Bett auf. Polly wich einen Schritt zurück und griff nach Harts Arm. Der Mann auf dem Bett lächelte sie beide an, und in seinem Blick lag etwas entsetzlich Hungriges. Krebsgeschwüre beulten sich plötzlich aus seiner Haut wie schwarze Trauben, aus seinem Fleisch brodelnd, wie von einem inneren Druck herausgetrieben, der sich nicht unterbinden ließ. Sein Gesicht schwoll an und verzog sich zu einer mißgestalteten Visage, als blutgetränkte Tücher seine Züge in eine Dämonenmaske verwandelten. Er lächelte noch immer.

»Hallo, Polly«, flüsterte er. »Endlich bist du zu mir gekommen. Gib deinem Daddy einen Kuß, dann teile ich mit dir, was ich habe. Du weißt, daß du es verdienst. Und dann können wir beide, du und ich, zusammen hier in der Dunkelheit bleiben und fremd und anders werden, und wir werden niemals sterben. Niemals sterben ...«

Polly sah ihn schweigend an, und Tränen rannen ihr über die Wangen. Die Krebsgestalt kicherte.

»Komm her, Polly. Du siehst so gut aus, ich könnte dich auffressen.«

»Das reicht jetzt«, sagte Freund und warf sich auf die Krebsgestalt. Sie sackte überrascht zurück, und Freund blähte sich zu einer riesigen schwarzen Form auf, mit gewaltigen Reißzähnen und Klauen. Er stürzte sich auf sein Opfer, und die Krebsgestalt verschwand in der Dunkelheit. Eine Zeitlang herrschte Stille, dann schrie Freund. Er zerplatzte, während er den Krebsmann furchterregend anbrüllte. Freund ergoß sich über die Seiten des Bettes wie schmutziges Wasser und floh über den Boden, um sich wieder zu Harts Füßen zu sammeln, wie ein verletztes Kind wimmernd.

»Süß«, sagte die Krebsgestalt, »aber für meinen Geschmack ein wenig zu leicht und schaumig. Polly ist die einzige, die ich will. Ich warte schon so lange darauf, meine Liebe. Das Haus hat versucht, dich zu schützen, indem es dir Fluchtmöglichkeiten bot, aber du hast sie nie wahrgenommen, deshalb gehörst du jetzt mir, mit Leib und Seele. Besonders was den Leib betrifft. Ich werde dein Fleisch auf vielerlei Weise genießen, und wenn ich mit dir fertig bin, wirst du dich selbst nicht mehr kennen.«

»Fahr zur Hölle«, sagte Hart; er trat vor, um sich zwischen Polly und den Krebsmann zu stellen. Der musterte Hart nachdenklich, und Licht glitzerte feucht auf seiner mit Beulen übersäten Haut. Die Luft war erfüllt vom Gestank faulenden Fleisches.

»Du hast hier nichts zu suchen«, sagte der Krebsmann. »Du gehörst nicht hierher. Sie hat mich geschaffen, und sie gehört mir. Das ist ihr Wunsch, auch wenn sie es nicht zugibt. Verschwinde jetzt, oder ich töte dich. Und bestimmt möchtest du nicht wissen, was ich mit deinem armen hilflosen Körper danach anstelle.«

»Sie war nur ein Kind«, sagte Hart. »Sie hat nichts verstanden. Sie hatte Angst.«

»Es ist jetzt zu spät, um zu flehen und Entschuldigungen vorzubringen. Ich werde mir diese Frau nehmen und meine klebrigen Finger in ihr Fleisch bohren, und du kannst mich nicht davon abhalten.«

Der Krebsmann streifte mit einer geschwollenen Hand das Bettzeug beiseite und schwang die aufgedunsenen Beine über die Bettkante. Er stellte sich schwankend auf die Füße, und die Krebsbeulen in seinem Fleisch ähneltem verfaultem Obst. Er kam näher, ein bösartiger Alptraum, der Form und Gestalt angenommen hatte, und Hart hob eine Hand, um ihn aufzuhalten. Etwas rührte sich in diesem Augenblick in seinem Inneren, für das er keinen Namen wußte. Es war eine Kraft oder eine Macht, wie er sie noch nie gekannt hatte, und sie antwortete, als er sie rief. Nicht um seiner selbst willen, sondern für Polly, der schon zu viel Schaden zugefügt worden war. Er winkte die Krebsgestalt mit einer gebieterischen Handbewegung zu sich, und seine Stimme klang knapp und streng.

*»Du. Komm heraus! Komm jetzt aus ihm heraus!«*

Schwarze Ströme lebendiger Krebsgeschwüre brachen aus Pollys Vater heraus, um sich in Windungen um seine Füße zu legen. Dunkle Formen durchbrachen die Haut, und rinnende Fäule sickerte aus jeder Pore, während sein Körper von heftigen Zuckungen geschüttelt wurde, hilflos im Griff einer größeren Macht. Schließlich stand Pollys Vater vor ihnen, blaß und zitternd, aber nicht mehr von der Krankheit gezeichnet. Um ihn herum lag der Krebs dampfend und zuckend am Boden, wie etwas Neugeborenes im dunkelsten Teil der Nacht. Hart und Polly sahen zu, wie der Krebs allmählich reglos wurde und der letzte Rest des Lebens, das Polly ihm eingegeben hatte, für immer aus ihm entwich. Sie sah ihren Vater an, machte einen Schritt auf ihn zu und hielt dann inne.

»Daddy?«

»Hallo, Prinzessin. Sieh sich einer mein hübsches kleines Mädchen an, so schön groß geworden. Es ist lange her, mein Schatz, aber ich bin wieder da. Bin wieder da.«

Polly warf sich ihm in die Arme, und sie drückten sich gegenseitig so fest, als ob sie sich niemals mehr loslassen wollten. Beide Gesichter waren tränennaß. Hart wandte sich ab, um diese intime Szene nicht zu stören, und betrachtete die formlose Dunkelheit um seine Füße.

»Alles in Ordnung mit dir, Freund?«

»Ich habe mich schon besser gefühlt. Frag mich noch mal, wenn ich Zeit hatte, mich zu erholen, in einem oder zwei Jahren. Wie, zum Teufel, hast du das gemacht? Ich wußte gar nicht, daß du so etwas kannst.«

»Ich auch nicht«, sagte Hart.

Er sah zu Polly und ihrem Vater hin. Endlich lösten sie ihre Umarmung, standen aber noch immer so eng beieinander, wie es zwei Menschen nur möglich war. Polly schniefte die letzten Tränen weg.

»Daddy, das ist Jimmy Hart. Er hat dich gerettet. Er hat mich hierhergebracht und an mich geglaubt, auch als ich meiner selbst nicht sicher war.«

»Jimmy Hart?« Der Mann sah ihn sonderbar an. »Du siehst deinem Vater sehr ähnlich, Jimmy. Danke für das, was du für meine Tochter getan hast.«

»Ach, Daddy, es tut mir so leid. Ich weiß, ich hätte schon längst zu dir kommen sollen, aber ich hatte so schreckliche Angst …«

»Ruhig, Prinzessin. Ich weiß, ich verstehe. Du warst nur ein Kind.«

»Und du nimmst es mir nicht übel, daß ich …«

»Ich nehme dir überhaupt nichts übel.« Er sah Hart

wieder an. »Ich hoffe, gelegentlich erklärt mir mal jemand, was eigentlich geschehen ist, aber fürs erste freue ich mich einfach nur, daß ich hier bin und lebe. Ein Teil von mir ist schon seit Jahren hier, festgehalten von diesem … Ding, aber ich erinnere mich kaum daran. Es war mehr wie ein Fiebertraum, ein Alptraum, aus dem ich nicht erwachen konnte.«

»Jetzt ist alles vorbei«, sagte Polly. »Du lebst, und alles wird gut.« Plötzlich wurde ihr Gesicht traurig. »O Daddy, das weißt du ja noch gar nicht. Mutter ist tot.«

»Ich weiß. Ich spürte, daß sie gehen mußte, vor langer Zeit, aber damals konnte ich nichts tun. Schon gut, Polly. Ich bin sicher, wenn sie hier wäre, wäre sie ebenso stolz auf dich, wie ich es bin.«

»Aber ich habe sie so schlecht behandelt …«

»Sie versteht es«, sagte ihr Vater. »Wo immer sie auch sein mag, ich bin sicher, sie versteht es.«

Polly lächelte Hart an. »Danke, James. Danke für … alles. Ich hätte mir nie träumen lassen … ich hatte keine Ahnung, daß du über so viel Macht verfügst.«

»Ich auch nicht«, sagte Hart. »Anscheinend gibt es einiges an mir, wovon ich keine Ahnung habe. Dagegen werde ich etwas unternehmen müssen.«

7. KAPITEL

# *Etwas Schlimmes kündigt sich an*

Suzanne Dubois erwachte langsam zum Klang von Musik und lag einige Zeit im Bett, ohne die Augen zu öffnen. Der Radiowecker schaltete sich jeden Morgen automatisch um neun Uhr an, und er stand absichtlich außerhalb ihrer Reichweite, so daß sie aufstehen mußte, um ihn auszuschalten. Sie lag mit geschlossenen Augen still da und ließ sich von der sanften Musik berieseln, ohne ihr eigentlich zuzuhören. Das Aufwachen ging bei ihr stets langsam vonstatten, und es war ja auch nicht so, daß sie sich hätte beeilen müssen, um rechtzeitig irgendwo zu sein.

Ihr Bett stand unmittelbar an der Wand, so daß sie eine Hand ausstrecken und ihre Kraft und ihren Druck spüren konnte, ohne aufstehen zu müssen. Die Wand hatte etwas Beruhigendes für sie, etwas Festes, Reales und Unveränderliches. Seit sie beim Nachhausekommen Lucas' Leiche am Boden vorgefunden hatte, hatte sie das Bedürfnis nach ständigen kleinen Bestätigungen, daß ihr Zuhause immer noch stark und intakt war. Die unerwartete Gegenwart des Todes verfolgte sie noch immer, und ihre kleine Hütte war nicht mehr der sichere Hafen, der sie einst gewesen war. Sie brauchte eine ganze Weile, bis sie nachts wieder schlafen konnte, ohne das Licht anzulassen. Tagsüber konnte sie sich dadurch ablenken, daß sie sich mit anderen Leuten beschäftige und sich ihrer Alltagsroutine hingab, aber in der Nacht war sie so schwach und verletzlich wie ein kleines Kind. Sie lag steif wie ein Brett im Bett, angespannt auf den kleinsten Laut lauschend, bis ihre Augen sich an die Düsternis gewöhnt hatten, und dann beobachtete sie die dunklen Schatten um sich herum, bis sie schließlich vor Erschöpfung einschlief. Die Tür war geschlossen und verriegelt, das einzige Fenster gesichert, aber es würde noch lange dauern, bis sie sich wieder wirklich sicher fühlen würde.

Suzanne lag schlaff im Bett, lauschte auf den Morgen und setzte sich anhand der Laute um sie herum ein Bild von der Welt zusammen. Das Radio murmelte vor sich hin, aber es wurde übertönt von dem leisen Knarren, das ihr Bett von sich gab, als sie sich träge reckte. Sie besaß das Bett nun schon seit mehr als zwanzig Jahren, und beide hatten sich in jeder entscheidenden Hinsicht aneinander angepaßt. Die Matratze stützte sie dort, wo sie sollte, und gab nach, wo es nötig war. Die Jahre hatten in der Mitte eine längliche Kuhle geformt, in die sie wie von selbst fiel und die sich vom Kopf bis zu den Füßen an sie anschmiegte. Der Holzschuppen um sie herum gab kurze, knackende Geräusche von sich, da sich das Holz nach der kalten Nacht in der morgendlichen Wärme merklich ausdehnte. Von draußen drang das Tuckern eines Lastkahns herein, der langsam den Tawn hinabfuhr, ein fröhlicher Klang, der von besuchenswerten Orten und machenswerten Dingen kündete. Suzanne seufzte, setzte sich in ihrem Bett auf und öffnete die Augen.

Sie zog die Knie an sich, umschlang sie mit den Armen und legte das Kinn darauf. In ihrem Einzimmer-Schuppen herrschte völlige Unordnung, aber das war nichts Besonderes. Ihr gefiel es so. Überall lagen Kleidungsstücke herum, und alle drei Sessel waren unter Stapeln von alten Zeitschriften und Zeitungen vergraben. Fastfood-Kartons vom gestrigen Abendessen und späten Nachtmahl lagen noch genau dort, wo sie sie hatte fallenlassen. Dieser letzte Gedanke gab ihrem Denken einen unbestimmten Anstoß in die Richtung von Frühstück, aber dafür war sie noch nicht wach genug. Die Zubereitung des Frühstücks war eine zu komplizierte Aufgabe, um darüber nachzudenken, bevor ihr Körper wach genug war, um auf ihren Geist zu hören. Oder war es umgekehrt? Suzanne zuckte mit den Schultern. Sie war daran gewöhnt, am Morgen noch nicht allzuviel Vernunft zu entwickeln. Diese muntere Unbefangenheit war es gewesen, die ihren letzten Liebhaber auf die Palme gebracht hatte, einen großen, knochigen Gitarristen irgendeiner Heavy-Metal-Band, von der sie noch nie gehört hatte. Er war ganz unterhaltsam gewesen und in der horizontalen Lage beinahe so gut, wie er glaubte zu sein. Er pflegte jedoch morgens eifrig aus dem Bett zu springen, um den Tag anzugehen und mehrere Handvoll von dem zu packen, was immer dieser zu bieten hatte. Natürlich war er fünfzehn Jahre jünger gewesen als sie mit fünfunddreißig, und morgens spürte sie jedes einzelne dieses Mehr an Jahren. Was zum Teil auch ein Grund dafür war, daß sie nicht allzu erschüttert war, als er sie verließ.

Sie schob die Decke zurück, schwang die Beine über die Bettkante und saß dort still und vor sich hin grübelnd. Sie hatte das starke Gefühl, sie hätte heute längst auf den Beinen und unterwegs sein sollen, aber sie kam nicht so richtig auf den Grund. Sie kratzte sich in der Bauchgegend, mehr aus Vergnügen als aus irgendeiner anderen Ursache. Suzanne schlief nackt, außer wenn es im Winter eiskalt war; dann packte sie sich widerwillig in dicke Schlafanzüge. Sie hatte noch nie etwas für Nachthemden übriggehabt; sie hatten die Angewohnheit, sich während der Nacht um sie herumzuwickeln, bis sie aufwachte und sich wie in einer Zwangsjacke vorkam.

Sie stand auf, sah sich benommen um und brachte

das Anziehen hinter sich, ohne weiter aufzuwachen. Ein gemächlicher Gang zu der Toilette im Freien besorgte dieses. Sie kam zurück, immer noch gähnend, und stand mitten im Raum. Sie hatte das seltsame Gefühl, daß heute etwas Wichtiges geschehen würde, konnte sich aber partout nicht denken, was das sein sollte. Sie machte sich deswegen keine Gedanken. Sie hatte oft solche Gefühle. Sie schlenderte gemächlich zu dem breiten Spiegel, der waghalsig auf ihrem Frisiertisch balancierte. Gewellte Fotos alter Schönheiten sahen sie ihrerseits an, sowie eine mit Lippenstift geschriebene Notiz von ihr selbst.

*Besuch kommt.*

Suzanne starrte ausdruckslos in den Spiegel, und ihr Spiegelbild blickte zweifelnd zurück: Eine große, langbeinige Blondine, die sich in eine komische Mischung aus diesem und jenem kleidete, weil sie sich nie überwinden konnte, irgend etwas wegzuwerfen. Suzanne empfand in bezug auf Mode ungefähr so wie in bezug auf Religion: schön und gut für diejenigen, die daran glaubten, aber für sie bei weitem zu stressig. Das einzige, woran sie glaubte, war, ausreichend Schlaf zu bekommen. Häufig verband sie ein sentimentales Verhältnis mit irgendwelchen seltsamen Kleidungsstükken, und sie hielt an ihnen fest, noch lange nachdem sie ihren Zweck überlebt hatten. Diese Bluse brachte ihr Glück, dieses Halstuch hatte sie getragen, als Grant sich zum erstenmal mit ihr verabredet hatte, jene Schuhe waren einfach zu hübsch zum Wegwerfen ... und so weiter, und so fort.

Das Spiegelbild ihres Gesichts bestand aus ganz großen Augen und hervorstehenden Wangenknochen. Wenn sie ihr Make-up nicht aufgetragen hatte, sah sie aus wie ihre Mutter. Suzanne zog ihrem Gesicht im Spiegel eine Grimasse und schminkte sich mit schnellen, geübten Strichen. Es war viel zu früh am Morgen für derart lästerliche Gedanken. Sie betrachtete kritisch ihre langen Haarflechten. Sie hatten schon gestern nicht besonders ordentlich ausgesehen, und die Tatsache, daß sie damit geschlafen hatte, hatte ihr Erscheinungsbild nicht gerade verbessert. Sie hatte eigentlich weder das nötige Gespür noch die Geduld, um sich Zöpfe zu flechten, aber sie versuchte es immer wieder. Sie sah gut aus mit Zöpfen, und außerdem waren sie praktisch. Sie genoß das Gefühl, in irgendeiner Hinsicht praktisch zu sein.

Das Radio spielte inzwischen seichte Musik, etwas Langsames und Glattes mit zu vielen Saiteninstrumenten – also drehte sie am Wählknopf, bis sie etwas Lautes mit einem guten Beat gefunden hatte. Guter altmodischer, ungezierter Rock and Roll. Die Musik ging ihr ins Blut und weckte sie schließlich vollends auf. Sie stampfte schwer durch den Raum, hüpfte im Rhythmus der Musik, hob hier und da etwas auf und ließ es auf einen großen Stapel in der Ecke fallen. *Besuch kommt.* Sie erinnertes sich jetzt daran. Die Karten hatten gestern abend sehr deutlich zum Ausdruck gebracht – zumindest so deutlich, wie Tarock-Karten überhaupt nur sein können –, daß sie heute morgen wichtigen Besuch bekommen würde. Von jemandem, den sie seit langem kannte, aber seit einer Ewigkeit nicht gesehen hatte. Sie überlegte fröhlich, wer das wohl sein könnte. Die Beschreibung traf auf eine ganze Reihe von Leuten zu, ganz zu schweigen von verflossenen Liebhabern. Es gab immer jemanden, der kam oder ging, und manchmal beides. Sie machte sich nie die Mühe, ihre Spur zu verfolgen, aber sie bildete sich gerne ein, daß es an ihrem Zauber lag, daß sie sich immer freute, sie wiederzusehen, wann immer sie in ihrem Leben wieder auftauchten. Solange sie keine Besitzansprüche erhoben. Suzanne mochte zwar eine positive Einstellung zu Dingen haben, nicht jedoch zu Leuten. Die verursachten zu viele Schwierigkeiten, und Suzanne war im Grunde ihres Herzens ein Mädchen, das die Einfachheit liebte.

Jemand klopfte an der Tür, entschlossen und gleichzeitig zögernd, als zweifelte der Besucher daran, daß er freundlich empfangen würde. Suzanne sah sich schnell im Raum um. Sie hatte nicht eigentlich aufgeräumt, sondern die Dinge vielmehr umverteilt, aber das müßte reichen. Sie prüfte ihr Aussehen im Spiegel, ging zur Tür und öffnete sie, und dann, als sie sah, wer vor ihr stand, erstarrte das Lächeln in ihrem Gesicht.

»Hallo, Suzanne«, sagte Polly Cousins. »Wir haben uns lange nicht gesehen, was?«

»Polly … bist *du* das, Polly? Du bist seit … ich weiß nicht wie vielen Jahren nicht mehr hiergewesen!«

»Ich weiß. Aber ich habe endlich meine Ichs beieinander, deshalb … Darf ich reinkommen?«

Zum erstenmal merkte Suzanne, daß Polly weiß im Gesicht war und zitterte, mehr aus Anstrengung als wegen der morgendliche Kälte.

»Natürlich! Komm rein!« Suzanne packte Polly am Arm, zog sie herein, stieß die Tür mit dem Fuß hinter sich zu und umfing dann Polly mit einer leidenschaftlichen, bärenhaften Umarmung. Sie klammerten sich mit beinahe wahnwitziger Kraft aneinander, als hätte jede Angst, die andere könnte verschwinden, wenn sie sie nicht ausreichend festhielte. Tränen des Glücks rannen über ihre Gesichter, während sie beide versuchten auszudrücken, wie glücklich sie darüber waren, einander wiederzusehen. Die Worte ergaben keinen Sinn, aber das war auch nicht nötig. Schließlich ließen sie voneinander ab und hielten sich auf Armeslänge voneinander entfernt, um einander besser betrachten zu können. Suzanne deutete wortlos auf die beiden Sessel am Tisch, und sie setzten sich einander gegenüber. Polly ließ den Blick durch den chaotischen Raum schweifen, und zum ersten Mal lächelte sie.

»Ich glaubte mich daran zu erinnern, was für ein geniales Durcheinander in diesem Haus herrschte, aber man muß es sehen, um es wirklich schätzen zu können. Ich wünsche mir von dir zum Geburtstag, daß ich hier drin Ordnung schaffen darf. Wahrscheinlich hast du zwei oder drei alte Liebhaber irgendwo unter all dem Müll vergraben.«

»Laß mein Haus in Ruhe«, entgegnete Suzanne. »Mir gefällt es so, wie es ist. Es ist gemütlich. Polly, ich freue mich sehr, dich nach so langer Zeit zu sehen. Wie lange ist es her? Zehn Jahre? Ich dachte, ich würde dich niemals wieder außerhalb deines verdammten Hauses sehen. Was ist geschehen? Etwas muß geschehen sein! Erzähl mir alles darüber, laß keine einzige saftige, schmutzige Einzelheit aus. Ich möchte *alles* hören.«

»Immer mit der Ruhe«, erwiderte Polly und lächelte so breit, daß es schmerzte. »Laß mich erst mal wieder zu Atem kommen. Dies ist das erste Mal, daß ich mein Haus verlassen und mich ein ganzes Stück weit davon entfernt habe, seit ich in mehrere Teile zerfallen bin, und ich fühle mich noch immer ein wenig zitterig. Ich habe mich von einem Taxi herfahren lassen, aber während der ganzen Fahrt konnte ich den Blick aus dem Wagenfenster kaum ertragen. Die Welt ist so groß, und ich bin nicht daran gewöhnt. Selbst der kurze Fußmarsch entlang des Flußufers bis zu deinem Schuppen hat ausgereicht, mein Herz in Aufruhr zu versetzen. Es wird eine Weile dauern, bis ich mich daran gewöhnt habe, wieder frei zu sein.

Erinnerst du dich daran, wie wir überallhin gemeinsam gegangen sind, als wir noch jünger waren? Parties, Tanzveranstaltungen, Konzerte und Protestmärsche, wir waren dabei: zwei ungezogene Mädchen auf der Walz. Flittchen aus der Hölle. Teenager-Rabauken. Kein Mann war vor uns sicher. Wir haben uns über der Küchenspüle deiner Mutter Streifen ins Haar gefärbt, weil wir dachten, so sähen wir nuttiger aus. Es war damals *in*, nuttig auszusehen. Erinnerst du dich, wie wir in Discos gingen und auf der Toilette unser Make-up prüften und uns stritten, von welchen Jungen wir uns an dem Abend aufreißen lassen würden? Heute kommt mir das alles wie eine andere Welt vor. Ich kann kaum glauben, daß diese Person ich war. Mir scheint es so, als hätte ich mich von einer Teenagerkönigin zu einer alten Jungfer entwickelt, ohne zwischendrin den Boden zu berühren.«

»Hör auf!« gab Suzanne streng zurück. »Nichts von alledem war unsere Schuld. Du hattest dein Problem, oder vielmehr, es hatte dich, und du bist damit fertiggeworden, so gut du konntest. Jeder andere wäre schon vor Jahren unter dessen Gewicht zusammengebrochen. Ich habe immer gewußt, daß du dich eines Tages davon befreien würdest. O Gott, es ist schön, dich wiederzusehen, Polly! Unsere stundenlangen Gespräche am Telefon haben die Verbindung zwischen uns aufrechterhalten, aber das ist nicht dasselbe. Jetzt erzähl mir endlich, was geschehen ist, bevor ich vor Neugier zerfließe!«

»Jemand hat mich besucht«, sagte Polly. »Jemand, den ich von früher kenne, als wir beide noch Kinder waren. Er hat mich von meiner Vergangenheit befreit. Sein Name ist James Hart.«

»Du machst Witze! Du bist James Hart begegnet? Ich habe seine Rückkehr vor etwa einer Woche in den Karten gesehen, und ich habe gehört, daß er hier ist, aber bis jetzt habe ich noch niemanden getroffen, der tatsächlich mit ihm gesprochen hat. Wie ist er? Sieht er gut aus? Hat er etwas Gespenstisches an sich? Ist er *verfügbar*?«

Polly lachte. »Ja, nein, und du mußt ihn selbst fragen. Er ist ein erstaunlicher Mann. Er redet nicht viel, aber er hat eine Kraft in sich, das würdest du nicht glauben. Er hat das Zeug dazu, jemand ganz Außergewöhnliches zu werden, auch wenn er sich dessen bis jetzt noch nicht bewußt ist.«

»Natürlich hat er das«, sagte Suzanne ruhig. »Die

Karten sagen mir seit Monaten, daß etwas wirklich Mächtiges zu uns unterwegs ist. Obwohl ich zugeben muß, daß ich dabei nicht mit James Hart gerechnet habe. Ich glaube, niemand hat ihn erwartet, außer vielleicht Altvater Zeit. Und du hast ihn als erste gefunden … Hat er dich wirklich wieder zusammengesetzt? Dich in deiner Gesamtheit wiederhergestellt?«

»Jedes kleinste Teilchen von mir hat er zusammengefügt. Ich bin wieder ein Ganzes. Aber das war nicht alles …«

»Du meinst, da war noch mehr? Was hat er sonst noch gemacht – ein neues Haus gebaut?«

»Er hat meinen Vater zurückgebracht. Mein Vater lebt wieder, dank James Hart.«

»Whau! Polly, du und ich, wir brauchen dringend einen kräftigen Schluck zu trinken. Vielleicht mehrere Schlucke!« Suzanne stand auf, immer noch kopfschüttelnd, ging zu einem Schrank und nahm eine Flasche Brandy und zwei Gläser heraus. Sie stellte die Gläser auf den Tisch, formte mit den Lippen erneut das Wort *Whau!* und goß zwei großzügige Portionen Brandy ein. »Polly, wo ist er jetzt?«

»Er wollte das Grab meiner Mutter besuchen. Oder meinst du James? Ich weiß nicht genau, wo er jetzt gerade ist. Er sagte etwas davon, daß er den Rest seiner Familie aufsuchen wolle, aber wir haben uns für heute abend wieder verabredet. Wir treffen uns in einer Bar, die er kennt. Eine Bar! Weißt du, wie lange es her ist, daß mich jemand in eine Bar zu einem Drink eingeladen hat? Ich weiß nicht, ob ich es schaffe. Ich meine, es ist schwer genug für mich, überhaupt auszugehen, ohne mich auch noch einer Meute von Fremden gegenübersehen zu müssen. Vielleicht sollte ich ihm sagen, daß ich nicht kommen kann. Daß wir es verschieben müssen, bis ich mich kräftiger fühle.«

»O nein, das wirst du nicht tun!« entgegnete Suzanne sofort. »Du bist jetzt aus deiner Schale gekrochen, du kannst nicht zurückgehen. Keine Angst, es wird schon gutgehen. Ich begleite dich, bleibe aber natürlich diskret im Hintergrund. Ich sorge wohl besser dafür, daß mich jemand begleitet, damit ich nicht auffalle.«

»Wer ist es diese Woche?« fragte Polly grinsend. »Ich bin nie auf dem laufenden bezüglich deines wirren Liebeslebens. Du bist die einzige Person, die ich kenne, deren Leben wirklich wie eine Seifenoper abläuft. Der letzte, an den ich mich erinnere, ist Grant. Ist er noch aktuell?«

»Mehr oder weniger. Ein netter Kerl. Gitarrist einer Gruppe, von der du noch nie etwas gehört hast. Stark darin, tiefsinnig irgendwo herumzusitzen und rätselhaft auszusehen. Ein bißchen jung für mich, aber ich mag die Herausforderung.«

»Das war schon immer deine Art«, sagte Polly trocken. »Ist er ein guter Gitarrist?«

»Wie soll ich das wissen, meine Liebe? Er nimmt seine Gitarre ja nicht mit ins Bett. Offiziell haben wir uns getrennt, weil ich sein Genie nicht anerkannte. Was im wesentlichen bedeutet, daß ich nicht ernst bleiben konnte, wenn er davon sprach. Ich rufe ihn nachher mal an, um herauszufinden, ob er noch schmollt.«

Polly sah sie nachdenklich an. »Hörst du noch ab und zu etwas von Ambrose? Du sprichst nicht mehr soviel von ihm wie früher.«

»Er zahlt die Miete für dieses Haus und schickt mir hin und wieder einen Scheck, wenn er gerade daran denkt, aber im allgemeinen ist er zivilisiert genug, sich im Hintergrund zu halten. Wir hätten niemals heiraten sollen. Die hast mich vor ihm gewarnt. Verdammt, jeder und jedermanns Bruder hat mich vor Ambrose gewarnt, aber ich wollte nicht hören. Das Leben mit ihm war wie eine Ehe mit einem Verwandlungskünstler. Ich wußte nie, neben welchem Aspekt seiner Persönlichkeit ich aufwachen würde. Anfangs hat es Spaß gemacht, wie eine Ehe mit mehreren Männern gleichzeitig, aber es wurde sehr bald lästig. Selbst ich schätze ein klein wenig Beständigkeit in meinem Leben. Insbesondere ziehe ich es vor, wenn meine Männer nicht mitten in einer Unterhaltung die Persönlichkeit wechseln. Wir sind jetzt viel zufriedener, nun da wir uns kaum noch sehen.

Ich müßte mich eigentlich wirklich mal aufraffen, mich von ihm scheiden zu lassen, aber die Dinge sind recht bequem, so wie sie liegen, und eine Scheidung würde soviel Mühe und Anstrengung erfordern. Warum am Boot schaukeln? Er unterhält mich finanziell, und ich tauche nicht bei ihm auf und mache ihm vor seinen erfolgreichen Freunden keine peinlichen Szenen. Ich bin zufrieden mit meiner Malerei und mit dem Kartenlesen. Und ehrlich gesagt, meine Liebe, der Gedanke daran, mir irgendwo draußen selbst den Lebensunterhalt zu verdienen, erfüllt mich mit Grausen. Ich meine, kannst du dir vorstellen, daß ich jeden Morgen zur Arbeit hetze, wie eine brave kleine Pendlerin, ›ja, Sir‹ und ›nein, Sir‹ zu meinem Chef sage und beim Kommen und Gehen die Zeituhr stemple? Lieber würde ich sterben. Ich bin nicht praktisch veranlagt, und ich lege keinen Wert darauf, mir diese Eigenschaft zu erwerben. Ich bin ein zufriedener kleiner Schmarotzer, warm und sicher in meinem kuscheligen kleinen Nest, und sehe keinen Grund, irgend etwas daran zu ändern ...«

»Geld ...« sagte Polly. »Darüber brauchte ich mir lange Zeit keine Gedanken zu machen. Es ist nicht so, daß ich irgendwelche teuren Angewohnheiten hätte. Ich habe von meinem Daddy das Haus und einen beträchtlichen Geldbetrag geerbt. Aber das meiste davon ist inzwischen aufgebraucht. Es versickerte im Lauf der Jahre. Ich habe es bis jetzt noch nicht fertiggebracht, meinem Daddy das zu eröffnen. Ich warte immer noch auf den richtigen Augenblick, um das

Thema anzuschneiden, aber bis jetzt erschien mir keiner geeignet. Außerdem hat er ohnehin genug Probleme, indem er versucht, sich an all die Veränderungen anzupassen, die eingetreten sind, während er ... weg war. Das Leben ist nicht mehr so, wie er es in Erinnerung hat.«

»Trink aus«, sagte Suzanne. »Die Welt ist ein zu kalter und zu dunkler Ort, um ihn nüchtern zu ertragen.«

»Suzanne, es ist erst halb zehn am Morgen! Und in diesem Glas ist genug Brandy, um mich bis halb elf in eine Lähmung zu versetzen!«

»Was Besseres kann dir gar nicht passieren«, sagte Suzanne schroff. »Wenn mehr Leute am Morgen schon ihr Quantum hätten, wäre die Welt ein freundlicherer Ort. Sie würden nicht allzuviel schaffen, aber andererseits wären sie in einem Zustand, in dem es ihnen nichts ausmacht, oder?«

Polly lächelte und schüttelte den Kopf. Sie rief Suzanne seit Jahren täglich an, um endlos über nichts und alles zu reden, aber sie hatte vergessen, wie erfrischend eine Unterhaltung von Angesicht zu Angesicht mit Suzanne sein konnte. Man mußte sich anstrengen, Suzanne zu folgen, wenn sie gut drauf war. Was die Hälfte des Vergnügens ausmachte. Polly nippte zaghaft an ihrem Brandy und entspannte sich beinahe gegen ihren Willen, als die Wärme sich in ihrem Bauch ausbreitete. Suzanne trank und sprach praktisch gleichzeitig, eine Fähigkeit, die sie sich durch jahrelanges fleißiges Üben erworben hatte.

»Hast du immer noch Probleme mit Pater Callahan?« fragte Polly schließlich, nur um auch etwas zu sagen.

»Natürlich. Er lehnt meine Karten ab, aber er lehnt eigentlich alles ab, was Spaß macht oder interessant ist. Ich glaube, er ist insgeheim ein Puritaner und möchte am liebsten, daß Leute wie ich aufgrund allgemeiner Prinzipien verboten würden. Er hatte noch nie im

Leben einen Drink oder eine Frau, so einer ist das. Andauernd führte er mich in seinen Reden als schlechtes Beispiel an, was sein gutes Recht ist, und prophezeit jedem, der es wagt, mich zu konsultieren, alle möglichen Schicksalsstrafen. Aber seit mein Ruf in der Weissagungs-Branche viel besser ist als seiner, kommen die Kunden nach wie vor, gesegnet seien ihre braven kleinen Herzen. Ich weiß ohnehin nicht, was ein Mann wie Callahan in Schattenfall eigentlich verloren hat.«

»Was ist mit deinen Eltern?« erkundigte sich Polly, um schnell das Thema zu wechseln, bevor Suzanne ihre Lieblingstirade vom Stapel lassen konnte.

»Unsere Beziehung ist immer noch angespannt und wird es wahrscheinlich auch noch eine Zeitlang bleiben. Solange wir uns nicht persönlich sehen, kommen wir ganz gut miteinander aus. Trink aus, du bist im Rückstand.«

Polly nahm gehorsam noch einen Schluck. Sie war nicht an Alkohol gewöhnt. Sie hatte nie welchen im Haus. Es fiele zu leicht, sich mit Alkohol oder Drogen zu betäuben, und das wäre gefährlich. Es bedurfte all ihrer Selbstbeherrschung, um das, was von ihr übrig war, zusammenzuhalten. Aber darüber brauchte sie sich keine Sorgen mehr zu machen. Dieser Gedanke sickerte nur langsam in sie ein, und er war durchsetzt von Heiterkeit. Es gab viele Dinge, um die sie sich keine Sorgen mehr zu machen brauchte, und diese Erkenntnis wirkte berauschender, als es Brandy jemals tun könnte. Sie nahm einen kräftigen Schluck, atmete tief durch und sah dann Suzanne nachdenklich an.

»Hast du James Harts Rückkehr wirklich in deinen Karten gesehen?«

»Und ob. Sie sind seit Wochen voll von ihm. Vielleicht beruhigen sie sich jetzt wieder ein wenig, nachdem er endlich hier eingetroffen ist.«

»Lies mir die Karten«, bat Polly impulsiv. »Sag mir meine Zukunft voraus, nun, da ich frei bin.«

»Klar, warum nicht?« Suzanne leerte ihr Glas und stand auf, um die Karten zu holen. Sie bewahrte sie in einer Schublade ihrer Kommode auf, zusammengehalten von einem Gummiband. Sie machten äußerlich nicht viel her; sie waren alt und abgegriffen und ein bißchen fettig vom ständigen Gebrauch. Die Bilder waren zerknittert und verblaßt. Suzanne mischte die Karten, legte eine nach der anderen auf dem Tisch aus und murmelte vor sich hin, während sie das nötige Muster herstellte. Sie legte die letzte Karte auf, lehnte sich zurück und betrachtete ihr Werk. Lange Zeit sagte sie nichts und sah Polly nur auf merkwürdige Weise an. Ihr Blick war kalt und ihr Mund verzerrt.

»Was ist?« fragte Polly ungeduldig. »Was siehst du? Wird mir etwas Schlimmes widerfahren?«

»Ich habe mich geirrt«, sagte Suzanne mit verfremdeter Stimme. »Es war nicht Hart, den ich in den Karten gesehen habe. Etwas Schlimmes kündigt sich an. Etwas Schlimmes steht der ganzen Stadt bevor.«

In der Großen Höhle, weit unter der Stadt Schattenfall, tief in der dunklen Erde, wo sich nur Maulwürfe und das, wovon sie sich ernähren, wohl fühlen, war die Unterwelt, waren die Subnaturalen zu einer Versammlung zusammengekommen. Jedes erfundene und mythische Geschöpf, das je in der Phantasie der Welt gelebt hat, ist Mitglied der Subnaturalen. Drachen und Einhörner, Riesenfüßler, geflügelte Drachen und Basilisken, alle Tiere der Wildnis, die es nie gegeben hatte, aber leicht hätte gegeben haben können. Superintelligente Hunde aus TV-Filmen der sechziger Jahre, Comic-Gestalten aus Samstagmorgen-Serien, die es nie über fünf Folgen geschafft hatten, Tiere mit politischem Bewußtsein aus täglichen Comic-Reihen, die von der Zeit eingeholt worden waren – alle waren in der Unterwelt willkommen, dem weitläufigen Netz von Höhlen und Behausungen und warmen Erdtunneln, das unter der Stadt lag, wohin die Träume zum Sterben kommen. Die Große Höhle war der Ort der Debatten und der Rechtsprechung, wo sich die Tiere einmal im blauen Monat versammelten und entschieden, was getan werden mußte und warum.

Eigentlich war das Ganze so absurd, daß man es nicht beschreiben kann.

Die Große Höhle wurde von tausend Kerzen hell erleuchtet, doch überall gab es Staub und Spinnweben und Wachstropfen, und niemand fühlte sich jemals zuständig fürs Saubermachen. Die Gestaltung beruhte auf der Vorstellung der Tiere davon, wie eine Stätte der Rechtsprechung aussehen sollte, aber da Tiere in Sachen Phantasie noch nie besonders stark waren, hatten sie eine Menge davon Illustrationen entlehnt, die sie in Büchern gesehen hatten. Das Endergebnis hätte aus einem viktorianischen Kinderbuch stammen können, einem dieser erbaulichen Werke mit lichterfüllten, moralbeladenen Geschichten, in denen memmenhafte Schurken mit gezwirbelten Schnauzbärten und Helden so tapfer und treu und rein vorkamen, daß sie eine Eule zum Kotzen gebracht hätten.

Der Richter saß vorn und blickte auf das Gericht herab; er saß an einem hölzernen Schreibtisch, der so groß war, daß einige Tiere allein vom Hinsehen Nasenbluten bekamen. Zu seiner Linken saßen die Geschworenen auf außerordentlich unbequemen Bänken, damit sie nicht eindösten, wenn ein Fall langweilig wurde. Die Geschworenen bestanden aus einem Dutzend Tieren, deren Herzen tapfer und ehrlich waren, und das Auswahlsystem beruhte hauptsächlich auf dem schlichten Vorgang, jeden zu schnappen, der nicht schnell genug weglief. Zur Rechten des Richters stand die Anklagebank, eine unfreundliche Holzkiste mit Dornen, damit bei den Angeklagten kein Mißverständnis darüber aufkam, warum sie hier waren. Sie stand allein auf einem Podest, damit die Zuschauer mit Gegenständen danach werfen konnten, wenn sie die Neigung dazu verspürten. Und meistens war das der Fall. Gegenüber standen Reihen von Bänken für die Zuschauer sowie für Zeugen und für jene, die mit dem Gericht etwas zu schaffen hatten oder einfach nur neugierig waren oder etwas zum Lachen haben wollten. Allen Tieren, ob erfunden, mythisch oder höchst unwahrscheinlich, war eine gesunde Neugier gemein, sowie der übermütige Drang, jemandem, der schon am Boden lag, noch einen zusätzlichen Tritt zu versetzen.

Diese Sondersitzung war einberufen worden, um darüber zu befinden, welche Schritte unternommen werden sollten, nachdem kurz zuvor der Meerbock von einem unbekannten Meuchler angeschossen worden war. Der Gerichtsdiener, eine große, auf zwei Beinen stehende Hyäne, angetan mit dem Hut und der Robe eines Gelehrten, verkündete den bekannten Sachverhalt mit klingender Stimme, und anschließend folgte ein kurzer Ausbruch von allgemeiner Unterhaltung, weil die Hälfte der Zuschauer der anderen Hälfte erklärte, was ›Meuchler‹ bedeutete. Es war bereits ausführlich darüber debattiert worden, wie in dieser Angelegenheit zu verfahren sei. Bei der Auskunft, daß der Meerbock angeschossen worden sei, jedoch überleben würde, hatte eine beträchtliche Mehrheit der Tiere vorgeschlagen, noch mal auf ihn zu schießen, diesmal richtig, verdammt! Ihre Stimmen wurden durch einen Tagesordnungspunkt zum Schweigen gebracht, nämlich aufgrund dessen, daß Petz, der Bär, neben dem Rollstuhl des Meerbocks stand, bewaffnet mit dem größten verdammten Gewehr, das die Tiere jemals gesehen hatten. Eine Stimme aus dem Hintergrund wies daraufhin, daß es verboten sei, Waffen zu Versammlungen mitzubringen. Der Bär Petz hielt dem entgegen, daß Zwischenrufe ebenfalls gegen die Regeln verstießen und daß er sich durchaus in der Lage sähe, diese Regel mit soviel Munition wie nötig durchzusetzen. Er richtete den Blick auf die Zuschauer, wobei er das Gewehr beiläufig vor und zurück schwenkte, und jeder gab sofort zu erkennen, daß er seinen Standpunkt teilte. Der Bär wandte ihnen den Rücken zu und setzte sich neben den Meerbock, und allmählich tauchten wieder Köpfe über den Bänken auf. Der Richter beobachtete all dies von seiner hohen Warte aus und seufzte schwer.

Der Falsche Geier fungierte als Richter. Eigentlich hätte es die Falsche Schildkröte sein sollen, aber die fühlte sich ein wenig niedergeschlagen und hatte sich auf ein ruhiges Plätzchen zurückgezogen, um sich ein bißchen hinzulegen. Der Falsche Geier war gegen seinen heftigen Einspruch zum Ersatzrichter gewählt worden, denn seine Stimme hatte am lautesten für die Notwendigkeit eines neuen Richters geschrien. Er war deshalb nicht bester Laune und im stillen entschlossen, so viele Leute wie möglich schuldig zu sprechen. Jemand würde für diese Demütigung zahlen müssen, und das würde ganz bestimmt nicht er sein. Er schlug fest mit seinem Hammer auf den Tisch, das allgemeine Geraune verstummte, und die Zuschauer blickten neugierig nach vorn, um zu sehen, was geschähe. Der Falsche Geier überlegte, was er als nächstes tun sollte. Das Schlagen mit dem Hammer hatte seine Kenntnisse in juristischen Dingen weitgehend erschöpft. Im allgemeinen hatten Greifen mit dem Gesetz nicht allzuviel am Hut. Sie neigten mehr dazu, kleineren Tieren die Köpfe abzubeißen und sich dann den nächsten Verwandten ihres Mahls gegenüber höflich bedauernd zu geben.

»Wenn mir Euer Ehren die geschätzte Aufmerksamkeit schenken würden«, sagte eine laute, tragende Stimme, und der Richter blickte hoffnungsvoll zu seinem offiziellen Vertreter dem Staatsanwalt hinunter. Der gegenwärtige Inhaber dieses Amtes war ein Straußenvogel mit einem Kneifer und einem etwas überheblichen Gesichtsausdruck. Er war in seiner Zeit Gegenstand vieler politischer Cartoons gewesen und legte seither ein unerträglich herablassendes Gehabe an den Tag. Er äußerte sich laut und selbstbewußt, zu jeder Zeit und zu jedem Thema, ob er etwas davon verstand oder nicht, seine Überzeugungskraft wurde jedoch stark beeinträchtigt durch den Eimer mit Sand, den er ständig mit sich herumtrug, nur für den Fall, daß er das Bedürfnis haben sollte, schnell den Kopf darin zu vergraben. Er ließ den Blick durch den Gerichtssaal schweifen und schniefte laut, auf eine Weise, die ausdrückte, daß er etwas Besseres mit seiner Zeit anzufangen wußte, als herumzustehen und zu warten, bis gewisse Individuen still wären. Die Zuschauer, die ein gutes Schniefen erkannten, wenn sie eines hörten, beruhigten sich zufrieden und verteilten Stücke verfaulten Obstes unter sich, bereit für den ersten Zeugen, den sie nicht leiden konnten. Der Strauß nahm eine würdevolle Haltung ein und räusperte sich. In Anbetracht der Länge seines Halses war das ein langer und einschüchternder Vorgang, und der Strauß machte soviel wie möglich daraus, wobei er die ganze Zeit über die Zuschauer mit einem verächtlichen Blick bedachte. Sie liebten das. Dafür war ein Gericht da.

»Hohes Gericht, ehrenwerte Geschworene, wir haben uns heute hier in einer äußerst ernsten Angelegenheit versammelt. Einer von uns wurde von einem Geschöpf von draußen angeschossen und verwundet. Wir müssen herausfinden, warum und wie und wo.«

»In den Bauch«, erklärte der Meerbock laut. »Dann zu meinem blutenden Rücken hinaus, und danach habe ich den Überblick verloren.«

»Ruhe im Gericht!« forderte der Falsche Geier und hämmerte, so fest er konnte. »Ich muß die Anwesenden zur Ordnung rufen! Ordnung!«

»Chaos!« rief ein Punker-Lama von hinten, nur um

dagegen zu sein. »Anarchie! Rebellion! Enthaltet euch der Stimme, das ermutigt sie nur!«

Dann spuckte es trotzig in alle Richtungen, bis der Gerichtsdiener es mit einem kräftigen Schlag mit einem großen Krocketschläger gegen die Kopfseite zur Ruhe brachte. Ein Dreigespann aus jungen Enten in Matrosenanzügen machte sich den benebelten Zustand des Lamas zunutze, um seine Taschen nach etwas Interessantem oder Rauchbarem zu filzen.

»Hohes Gericht«, sagte der Straußenvogel, »ich muß auf Stille bestehen. Es handelt sich hier um eine äußerst wichtige Angelegenheit, die mit aller Eindringlichkeit diskutiert werden muß.«

»Pumpitz!« erklärte ein nervös wirkendes Einhorn. »Das einzig Wichtige, um das es geht, ist der Umstand, daß wir angegriffen werden. Die jagende Bruderschaft hat uns letzten Endes aufgespürt. Ich sage, wir sollten alle in den tiefsten Löchern verschwinden, die wir finden können, sie hinter uns zuschütten und in unseren Verstecken bleiben, bis jemand kommt und uns verkündet, daß alles vorbei ist. Auf in die Tiefe und Luken dicht machen, Jungs! Ich geh voran.«

»Du bleibst, wo du bist«, fauchte der Falsche Geier und hämmerte wie wild. »Niemand geht irgendwohin, solange wir das nicht durchgesprochen und die Geschworenen eine Entscheidung gefällt haben.«

»Was, dieser Pöbel da?« sagte der Meerbock und musterte ungläubig das Dutzend versammelter Gestalten auf den Geschworenenbänken. »Ich würde diesem Haufen nicht einmal zutrauen, mein Gewicht zu schätzen. Ich habe intelligenter aussehende Lebensformen gesehen, die in Metzgereischaufenstern auf dem Rükken lagen. Der einzige Grund, warum sie durchhalten, ist der, daß sie mit den Knöcheln an die Bänke angekettet sind. Mal ehrlich, haben wir diese Deppen wirklich gewählt, oder haben wir Strohhalme gezogen und sie haben verloren?«

»Alles wurde ordnungsgemäß durchgeführt, in Übereinstimmung mit der Tradition«, sagte der Straußenvogel und kräuselte mißfällig den Schnabel. Die Wirkung gefiel ihm, und er machte es noch einmal, obwohl sich Schnäbel in der Regel nicht allzugut kräuseln lassen. »Alle Mitglieder der Geschworenen genügen den Erfordernissen.«

»Ja«, sagte der Meerbock. »Sie sind warm und atmen.«

»Reiß dich am Riemen!«

»Was, öffentlich?« rief der Meerbock. »Ich bin nicht in Stimmung dazu. Und selbst wenn ich es wäre, möchte ich nicht ausgerechnet dich ansehen, während ich es tue. Du bist ganz und gar nicht mein Typ.«

»Du wirst zur gegebenen Zeit aufgerufen, um deine Aussage zu machen«, sagte der Strauß. »Vergiß freundlicherweise nicht, wo du bist.«

»Mach freundlicherweise endlich weiter«, sagte der Meerbock. »Sonst mache ich einen Knoten in deinen Hals.«

Der Strauß beschloß, das nicht gehört zu haben, und wandte sich den Geschworenen zu, von denen die meisten bereits das Interesse an der Verhandlung verloren hatten und versuchten, einige der Zuschauer durch Bestechung dazu zu bringen, ihre Plätze einzunehmen. Einer wollte zu einem freundlichen Glücksspiel animieren. Ein anderer bot ein angeblich pornografisches Kartenspiel als Köder, aber da es sich bei den Dargestellten ausschließlich um Enten handelte, fiel es schwer, sich von deren pornografischem Wert zu überzeugen. Der Gerichtsdiener beschlagnahmte die Karten und fraß sie auf, nur um sicherzugehen. Der Strauß räusperte sich erneut, und die Geschworenen sahen ihn aufmüpfig an.

»Meine edlen Gänse, Wühlmäuse, Eichhörnchen ... und du kleines pelziges Säugetier mit den Abscheulichen Angewohnheiten, ich muß zu meinem Bedauern darauf bestehen, daß ihr eure uneingeschränkte Aufmerksamkeit den vorgetragenen Aussagen schenkt«, bemerkte der Strauß mit fester Stimme. »Anderenfalls werden wir den ganzen verdammten Tag hier verbringen, und einige von uns haben ein Zuhause, wohin sie sich entschieden lieber begeben möchten.«

Die Geschworenen nickten zustimmend. Das war die Art von Sprache, die sie verstanden. Sie setzten ihre besten aufmerksamkeitschenkenden Gesichter auf und richteten die Augen erwartungsvoll auf den Straußenvogel, der sich unter ihren Blicken sichtlich aufplusterte. Er liebte es sehr, im Mittelpunkt zu stehen! Seit Jahren hatte er kein so großes Publikum mehr gehabt, und er war von der festen Absicht beseelt, das Beste daraus zu machen.

»Ich rufe meine ersten Zeugen«, sagte er mit großartiger Pose. »Dic Ruhmrcichen Radioaktiven Dosenschildkröten sollen hereingerufen werden.«

Mehrere Leute riefen nacheinander die Dosenschildkröten auf, einschließlich einer Handvoll von Zuschauern, die einfach nur hilfreich sein wollten. Es entstand eine peinlich lange Pause, und schließlich ging der Gerichtsdiener hinaus, um nachzusehen, was los war. Er kam gleich darauf wieder zurück und schüttelte den Kopf.

»Du mußt ohne die Dosenschildkröten zurechtkommen«, sagte er bekümmert. »Anscheinend sind sie in Streit darüber geraten, wer bei ihrer neuesten umstrittenen TV-Show an erster Stelle genannt wird, und gegenwärtig duellieren sie sich gegenseitig auf Leben und Tod, oder jedenfalls solange, bis es sie langweilt. Stählerne Waffen fliegen in alle Richtungen, und ich nähere mich ihnen keinen Zentimeter näher, als ich unbedingt muß. Ruf jemand anderen auf.«

»Also gut«, sagte der Vorsitzende Staatsanwalt Strauß und wünschte, er hätte Zähne, um damit zu knirschen. »Ruf den Nager der Düsternis, Karli Karnickel.«

Jede Menge Geschöpfe riefen nach Karli Karnickel, da sie auf den Geschmack gekommen waren, und der Gerichtsdiener mußte mit seinem Krocketschläger zwischen ihnen herumlaufen, um die Ordnung wiederherzustellen. Der Falsche Geier hämmerte, als gäbe es kein Morgen, aber niemand nahm davon Notiz, abgesehen von ein paar äußerst unseriös wirkenden Wieseln, die eifrig Wetten darüber abschlossen, in welche Richtung der Hammer wohl fliegen würde, wenn er sich schließlich vom Griff löste. Die Hyäne schlug voller Inbrunst mit ihrer Keule um sich, bis sie endlich ein unheilvolles Schweigen erreichte, bei dem unüberhörbare Untertöne von Rebellion mitschwangen. Die Hyäne grinste zahnig und sah sich hoffnungsvoll um, ob nicht noch jemand einzuschüchtern wäre. Ihre Rolle als Gerichtsdiener gefiel ihr ganz gut. Sie eröffnete eine ganze Menge neuer Aspekte von juristisch abgesicherten Körperverletzungen.

Jemand räusperte sich und hob zögernd die Hand. Alle in der näheren Umgebung hielten den Atem an, und dann folgte ein schnelles Davoneilen in alle Richtungen, weil jeder danach trachtete, aus der Schußlinie zu kommen. Das Grinsen der Hyäne wurde breiter, und einige der besonders ängstlichen Zuschauer täuschten eine Ohnmacht vor. Vor allem aus dem Grund, weil sie, falls sie wirklich ohnmächtig würden, es vorzogen, das auf eine Weise abzuwickeln, die keine schwerwiegenden Prellungen mit einschloß. Der Gerichtsdiener bahnte sich einen Weg durch die Menge, wobei sich die Wesen vor ihm wie Wellen teilten, und heftete seinen einschüchternden Blick auf das Tier mit der erhobenen Hand.

»Ja?« fragte die Hyäne und wog die Keule bedeutungsvoll in der Hand.

»Ich möchte nicht lästig fallen, und vielleicht täusche ich mich, aber es könnte sein, daß ich derjenige bin, den ihr sucht. Ich denke, es besteht die Möglichkeit, daß ich Karli Karnickel bin.«

Die Hyäne senkte die Keule und blinzelte das Kaninchen an. »Entweder du bist es, oder du bist es nicht. Oder wie?«

Das Kaninchen seufzte betrübt. »Wenn es doch nur so einfach wäre …«

Der Gerichtsdiener umklammerte die Kehle des Kaninchens mit einer wuchtigen Pranke und hob es aus der Menge, etwa so, wie man Unkraut aus einem Blumenbeet zupft. Er bahnte sich wieder einen Weg vor den Richtertisch, wobei das Kaninchen schlaff und beschwerdelos von seiner Faust herabhing, und ließ es auf die Anklagebank fallen, die gleichzeitig als Zeugenstand diente, vor allem deshalb, weil sich bisher noch niemand aufgerafft hatte, einen richtigen Zeugenstand zu bauen. Der Strauß schaffte einen Stuhl herbei, damit sich das Kaninchen daraufstellen konnte, und das Kaninchen spähte traurig über den Rand der Anklagebank. Sein Äußeres gab nicht viel her, da es von Grund auf klein, dünn und sehr grau war. Selbst die Stellen an ihm, die nicht grau waren, wirkten so farb- und leblos, daß man das Gefühl nicht loswurde, auch sie müßten grau sein. Seine Barthaare hingen schlaff herab, und seine langen Ohren waren in der Mitte abgeknickt. Sein Gesicht schien vollständig aus einem Paar außerordentlich kummervoller Augen über einer zuckenden Nase zu bestehen, und es sah so aus, als müsse sich seine Gemütsverfassung erheblich verbessern, damit man überhaupt den Begriff ›Depression‹ für seinen Zustand verwenden könnte.

»Euer Ehren«, sagte der Strauß. »Darf ich meinen ersten Zeugen vorführen?«

»Schuldig«, verkündete der Falsche Geier sofort.

»Aber, Euer Ehren, er ist doch nur Zeuge.«

»Bist du sicher? Er sieht schuldig aus.«

»Ganz sicher, Hohes Gericht. Wäre es möglich, daß ich jetzt fortfahre …«

»Das mußt du doch selbst wissen.«

Der Strauß entschied, diese Bemerkung zu überhören, und wandte die ganze Kraft seiner Persönlichkeit dem Kaninchen zu, dessen Ohren daraufhin noch etwas schlaffer herabsackten.

»Du bist Karli Karnickel, das leicht bekloppte Langohr mit dem Komplex?«

»Nun, diese Frage ist schwer zu beantworten«, sagte das Kaninchen traurig. »Ich könnte sagen, ich bin es, aber wie kann ich sicher sein? Nur weil ich im Spiegel so aussehe wie er, ist das noch kein Grund, vorschnelle Schlüsse zu ziehen. Ich erinnere mich, er gewesen zu sein, aber diese Erinnerungen könnten künstlich herbeigeführt worden sein. Oder vielleicht handelt es sich um Halluzinationen. Genau wie hinsichtlich deiner Person. Oder wie in bezug auf euch alle. Ich könnte mir vorstellen, daß dieses gesamte Gericht nichts anderes ist als eine besonders bedrückende Sinnestäuschung, der ich unterliege. In welchem Fall ich mit mir selbst sprechen würde, und ich hoffe sehr, daß das nicht der Fall ist. Ich möchte jetzt gern nach Hause gehen, bitte. Ich fühle mich nicht sehr real.«

»Ich könnte beweisen, daß du real bist«, erwiderte die Hyäne. »Wenn ich dir das dicke Ende dieser Keule um die Ohren haue und du es spürst, was du zweifellos tun wirst, beweist das, daß du real bist.«

»Nicht unbedingt«, entgegnete das Kaninchen. »Ich könnte mir nur einbilden, daß du mich schlägst.«

»O nein, nicht wenn ich dich auf meine Weise schlage. Du hättest nicht den geringsten Zweifel daran, geschlagen worden zu sein.«

»Aber wie trägt das dazu bei zu beweisen, daß ich Karli Karnickel bin?«

»Weil ich dir sagen würde, daß du er bist, bevor ich dich schlage.«

»Aber woher willst du wissen, daß du es dir nicht nur einbildest? Du könntest unter der Sinnestäuschung leiden, daß du Leute mit deinem Krocketschläger schlägst, während du in Wirklichkeit etwas vollkommen anderes tun könntest, wie zum Beispiel ein Buch lesen oder Blumen pflücken. Ich meine, woher weißt du überhaupt, daß du wirklich eine Hyäne bist? Ich sehe eine, wenn ich dich anschaue, aber wie kannst du meiner schwachen Urteilskraft vertrauen, wenn es um etwas so Wichtiges wie deine Identität geht?«

Der Gerichtsdiener öffnete und schloß den Mund ein paarmal, und dann setzte er sich auf die Stufen neben der Anklagebank, um ein bißchen nachzudenken. Der Strauß, der aus kräftigerem Stoff gemacht war, versuchte es noch einmal.

»Ich sage, du bist Karli Karnickel, und da ich in diesem Fall der Staatsanwalt bin, gilt, was ich sage. Also, würdest du dem Gericht bitte erzählen, was du vom Angriff auf den Meerwolf beobachtet hast?«

»Ich weiß nicht, was ich beobachtet habe«, antwortete das Kaninchen traurig. »Falls ich überhaupt etwas beobachtet habe und nicht in Wirklichkeit zu der betreffenden Zeit irgendwo anders war. Ich bin nicht einmal sicher, daß ich hier bin. Und falls ich es bin, wünschte ich, ich wäre es nicht. Ich würde jetzt gern gehen, falls ich nicht bereits gegangen bin.«

Der Richter beugte sich über den Rand seines Tisches und bedachte den Staatsanwalt Strauß mit einem strengen Blick. »Schaff dieses Kaninchen aus meinem Gericht, bevor es uns einredet, daß wir auch nicht hier sind und wir alle verschwinden in unserem eigenen …«

»Schon gut«, sagte der Strauß schnell. »Das wäre alles, Karli Karnickel. Du kannst gehen.«

Er bedeutete dem Kaninchen mit einer Handbewegung, die Anklagebank zu verlassen, aber inzwischen war dieses offenbar zu dem Schluß gekommen, daß es wirklich nicht existierte, oder daß das Gericht nicht existierte oder beides, und wie auch immer, es hatte keinen Sinn, einen Befehl zu befolgen, den es wahrscheinlich ohnehin nicht gehört hatte. Der Strauß forderte den Gerichtsdiener mit einer energischen Geste auf, das Kaninchen zu entfernen, was er mit großer Hingabe erledigte, nachdem er zu dem Schluß gekommen war, daß er persönlich auf jeden Fall existierte, da er sich so ausgezeichnet amüsierte. Besonders wenn dabei sein Schläger im Spiel war. Er zog das widerstandslose Kaninchen von der Anklagebank und ließ es vor den Zuschauerbänken zu Boden fallen, wo es sofort als Fußablage benutzt wurde.

»Ich denke, daß ich denke, deshalb denke ich, daß ich bin. Ich denke ...« murmelte das Kaninchen traurig, aber niemand schenkte ihm Beachtung, nicht einmal es selbst.

»Ruf den nächsten Zeugen herein«, sagte der Strauß, mit einem ganz leisen Beiklang von Verzweiflung. »Ruf den Meerbock.«

»Ich bin schon da«, blaffte der Meerbock. »Und nein, ich kann nicht aus dem Rollstuhl aufstehen, es hat also keinen Sinn zu versuchen, mich in den Zeugenstand zu bringen. Rollt mich einfach hin, und ich beuge mich zu dem verdammten Ding hinüber.«

Gemeinsam mühten sich der Bär Petz und der Geißbock ab, um den Rollstuhl in die richtige Position zu bringen. Der Strauß warf einen vielsagenden Blick auf das Gewehr, das der Bär bei sich trug.

»Notwehr«, sagte der Bär, der beiläufig dafür sorgte, daß sich der Lauf in die Richtung des Straußenvogels drehte. Der Strauß beschloß, die Sache nicht weiter zu verfolgen. Er schenkte seine volle Aufmerksamkeit dem Meerbock, der geräuschvoll an seiner Wodkaflasche nuckelte. Der Geißbock sah nicht zum vorteilhaftesten aus, aber das tat er schließlich nie. Der blutgetränkte Verband um seine Mitte wirkte in der Tierwelt fehl am Platz.

»Du bist der Meerbock?« fragte der Staatsanwalt Strauß.

»Falls nicht, kann seine Frau eine tolle Überraschung erleben, wenn ich heute abend nach Hause komme. Natürlich bin ich der verdammte Meerbock. Was glaubst du, wer ich bin, vielleicht ein ekelhaftes Schnabeltier? Herrje, das sind vielleicht häßliche Dinger. Der lebende Beweis, daß der Schöpfer Sinn für Humor hat, und einen verdammt bösartigen dazu.«

»Nach den Regeln einer Gerichtsverhandlung mußt du bestätigen, daß du der Genannte bist«, sagte der Strauß hartnäckig. »Nenne deinen Namen und berichte dem Gericht genau, was sich auf dem Friedhof zugetragen hat.«

»Ich bin der Meerbock, und ein verdammter Schweinehund hat auf mich geschossen. So, das ist alles. Bär, roll mich hier raus!«

Es bedurfte einiger Zeit und nicht weniger Geduld auf Seiten aller Beteiligten, aber schließlich gelang es dem Gericht, eine ausführliche Darstellung der Geschehnisse aus dem Meerbock herauszubekommen. Unter den Zuschauern erhob sich ein unbehagliches Geraune. Die meisten von ihnen hatten in ihrem ganzen Leben noch keinen echten Feind gehabt, geschweige denn, daß jemand aus dem Hinterhalt auf sie geschossen hätte und dann mit einem militärisch ausgerüsteten Hubschrauber davongeflogen wäre. Der Geißbock holte sich Trost bei seiner Flasche und starrte den Straußenvogel mit blutunterlaufenen Augen an.

»Wann kommen wir endlich zum wichtigen Teil der Angelegenheit – nämlich der Beratung darüber, was wir jetzt unternehmen werden, verdammt noch mal?«

»Um diese Entscheidung zu fällen, wurde diese Versammlung einberufen«, betonte der Falsche Geier, und gleich darauf, als sich der Blick des Geißbocks auf ihn heftete, wünschte er, er hätte es nicht gesagt. Die Tatsache, daß auf ihn geschossen worden war, hatte in keiner Weise zur Verbesserung der Verfassung des Geißbocks beigetragen, und ihm war es egal, wer das wußte. Er betrachtete die versammelten Zuschauer und dann die Geschworenen.

»Du machst wohl Witze! Dieser Haufen könnte sich nicht einmal zu der Entscheidung durchringen zu pinkeln, auch wenn ihre Stiefel in Flammen stünden.«

Der Richter schlug mit seinem Hämmerchen auf den Tisch. »Das reicht jetzt! Noch einmal so eine Äußerung, und ich bestrafe dich wegen Beleidigung des Gerichts.«

»Nein, das tust du nicht«, sagte Petz.

»Ich muß mich der Ansicht des Bärs anschließen«, sagte der Staatsanwalt Strauß. »Vor allem deswegen, weil er ein Gewehr auf mich gerichtet hat.«

Der Falsche Geier sah zu dem Bären und seinem Gewehr hinunter und kam zu dem Schluß, daß er dem Straußenvogel folgen konnte. »Dieser Zeuge ist entschuldigt; er darf den Zeugenstand verlassen. Er darf auch zur Hölle gehen, wenn es nicht zu große Umstände macht.«

Der Bär rollte den finster vor sich hinmurmelnden Meerbock weg, und der Falsche Geier sah den Straußenvogel eindringlich an.

»Noch ein solcher Zeuge, und wir alle können ebensogut einpacken und nach Hause gehen.«

»Der Tag ist noch jung, Hohes Gericht«, sagte der Strauß mit gespielter Unbeschwertheit. »Ich rufe meinen nächsten Zeugen, Scottie, den Winzigen Terror.«

Bevor jemand anderes den Ruf aufgreifen konnte, wurde das Gericht plötzlich durch eine Reihe schriller Schreie erschüttert, als bahnte sich etwas Kleines, aber sehr Heftiges einen Weg durch die dichtgedrängten Reihen der Zuschauer. Tiere aller Gestalt und unterschiedlichsten Temperaments beeilten sich, ihm aus dem Weg zu kommen. Die ganz vorn stoben auseinander, als ein kleiner, aber außerordentlich entschlossen aussehender Hund aus dem Gedränge von Körpern hervortrat.

Es war ein Scotch Terrier, bekleidet mit einer abgeschnittenen Lederjacke mit Stahlnieten und Ketten. Der Kragen war mit Stachelnieten versehen. In seiner Nase steckte eine Sicherheitsnadel, und für einen so kleinen Hund hatte er ein ungewöhnlich großes Maul, vollgepackt mit Zähnen. Ein Hauch von Bedrohung und Körperverletzung ging von dem Hund aus, und die Art, wie er den Kopf geneigt hielt, deutete an, daß er zu den Geschöpfen gehörte, denen man nicht dumm zu kommen brauchte. Wenn überhaupt. Er tapste vor, schnupperte angewidert an dem Straußenvogel, hob ein Bein und pinkelte an den Zeugenstand. Der Geruch war abscheulich, und Dampf stieg in die Luft. Der Hund sah sich um, um festzustellen, ob irgend jemand wagte, Einwände zu erheben, dann sprang er auf den Stuhl im Zeugenstand und betrachtete den Straußenvogel mit einem überheblichen Blick.

»Ich gehe davon aus, daß du uns diesen ›Bist-du-Scottie‹-Mist ersparst. Jeder weiß, wer ich bin, und wenn nicht, dann zum Teufel mit ihm.«

Der Strauß nickte schnell und wandte sich den Geschworenen zu. Es war vielleicht weniger gefährlich, zu ihnen hinzusehen. »Meine ehrenwerten Enten, Wühlmäuse, Eichhörnchen … und du kleines pelziges Säugetier, das Es Immer Noch Tut, darf ich euch Scottie vorstellen, den Winzigen Terror, ein Tier von großer Vornehmheit und hohem Stand in unserer Gemeinschaft.«

»Verdammt richtig«, sagte der kleine Hund. »Wenn mir irgend jemand Scherereien macht, dann reiß ich ihm den Kopf ab. Jetzt mach hin, du übergroße Taube. Ich bin nicht zum Zeitvertreib hier, kapiert?«

»Scottie ist in der Stadt weit herumgekommen, auf der Suche nach Neuigkeiten über unseren Feind, und dank seiner Ausdauer und Entschlossenheit ist es ihm gelungen, ein beunruhigendes Bild des Problems zu erstellen, dem wir uns gegenübersehen. Ich möchte an dieser Stelle zu einem Ausdruck des Dankes für seine Aufopferung und hingebungsvolle Pflichterfüllung aufrufen.«

»Versuchst du, mich zu verarschen?« fragte der Hund grimmig.

»Also, wirklich ...«, sagte der Straußenvogel verstört.

»Also, red keinen Scheiß und mach weiter, sonst mach ich dir Feuer in der Hose.«

»Ich trage keine Hose.«

»Dein Problem, Kumpel. Jetzt halt den Schnabel, ich bin dran mit Reden.« Der Hund ließ den Blick durch den vollbesetzten Gerichtssaal schweifen. »Wir stecken tief in der Patsche. Niemand in der Stadt weiß, wie der Feind hereingekommen ist, aber es liegt auf der Hand, daß er es ohne Hilfe von innen nicht geschafft hätte. Das bedeutet, daß wir einen oder mehrere Verräter unter uns haben. Es ist auch klar, daß der Feind kein verdammter Amateur ist. Er ist gut bewaffnet und gut ausgerüstet, und ihr könnt darauf wetten, daß er wiederkommt, mit Verstärkung. Wenn ihr erwartet, daß die Menschen uns schützen, dann denkt noch mal nach. Sie wissen nicht mehr als wir. Zur Zeit rennen sie in immer kleineren Kreisen herum und kriechen in ihre eigenen Hinterteile. Ich habe Katzen gesehen, die sich mit lauter Catnip um den Verstand gekifft hatten und die mir besser organisiert vorgekommen sind als die Menschen zur Zeit. Was für die, die aufgepaßt haben, soviel heißt, daß wir auf uns selbst angewiesen sind. Wir müssen uns selbst verteidigen. Wir stecken tief in der Scheiße, und es wird noch viel schlimmer werden, bevor es besser wird.«

Lange Zeit sagte niemand etwas.

»Deiner Meinung nach«, sagte der Strauß schließlich, »sieht die Sache ziemlich düster aus?«

»Versuchst du witzig zu sein, Kumpel? Hast du mir überhaupt nicht zugehört?«

»Doch, natürlich, mein lieber Freund, aber wir dürfen den Kopf nicht hängen lassen. Ich bin sicher, wir können uns darauf verlassen, daß die zuständigen Behörden das Richtige für uns tun.«

»Welche zuständigen Behörden? Der Sheriff ist nicht einmal in der Lage, einen verdammten Mörder zu finden, ganz zu schweigen davon, die Invasion einer Streitmacht aufzuhalten, und Altvater Zeit hat sich in seiner Galerie verschanzt und ist nicht bereit, mit jemandem zu reden. Die einzige Person, bei der ich den richtigen Ansatz gesehen habe, ist dieser verdammte Bär mit dem Gewehr.«

»Du bekommst es nicht«, sagte der Bär Petz frostig. »Such dir selber eins.«

»Ihr hört mir alle nicht zu, verdammt! Der Feind kommt, und er kommt mit einer Streitmacht. Was machen wir dagegen?«

Der Straußenvogel vergrub den Kopf in seinem Eimer voll Sand.

Scottie seufzte müde. »Wir sind auf uns selbst angewiesen. Niemand wird uns helfen. Wir können es uns nicht mehr leisten, witzig zu sein.«

Rhea Frazier hielt mit ihrem Wagen vor Leonard Ashs Haus an und versuchte sich einzureden, daß sie das Richtige tat. Sie war geschäftlich hier, in ihrer Eigenschaft als Bürgermeisterin von Schattenfall, weil sie in Erfahrung bringen mußte, was Ash ihr über James Hart erzählen konnte. Sie war besorgt darüber, was Harts Rückkehr für die Stadt bedeuten mochte, vor allem seit Altvater Zeit ihm so bereitwillig eine Audienz gewährt hatte. Der Zeitmeister war für gewöhnlich nicht so entgegenkommend. Sie war geschäftlich hier, sonst aus keinem anderen Grund. Rhea seufzte und betrachtete sich im Rückspiegel. Wenn sie es sich oft genug vorsagte, würde sie es vielleicht glauben. Vielleicht.

Sie sah aus dem sicheren Hort ihres Wagens zum Haus der Ashs hinaus. Es war ein freundlich wirkendes, alleinstehendes Haus, modern und ansprechend, angenehm weit von der Straße zurückgesetzt. Ein breiter Kiesweg führte durch das gepflegte Grundstück zur Eingangstür. Als sie den Kies auf der Einfahrt unter ihren Reifen hatte knirschen hören, waren allerlei Erinnerungen in ihr hochgestiegen. Sie war oft hierhergekommen, als Ash noch lebte, manchmal zusammen mit Richard Erikson, manchmal ohne ihn. Meistens ohne ihn, gegen Ende. Sie war schwungvoll die Einfahrt hinaufgefahren und hatte gespürt, wie ihr Puls raste, während sie nach Leonard Ausschau hielt. Er war immer da und öffnete die Tür in dem Augenblick, da der Wagen zum Halten kam; er erwartete sie mit einem Lächeln und einem Kuß und legte ihr den Arm um die Taille. Sie waren so glücklich, so verliebt ... aber das war drei Jahre her, bevor er starb, und seither hatte sich vieles verändert.

Jetzt war nichts von ihm zu sehen, und Rhea schüttelte den Kopf, als ihr klar wurde, daß sie unbewußt erwartet hatte, er würde auf die gewohnte Weise erscheinen. Entweder war er nicht zu Hause oder ihre Ankunft bedeutete ihm nichts mehr. Leonard hatte nach seinem Tod an vielen Dingen das Interesse verloren. Sie zuckte schnell mit den Schultern, schaltete den Motor aus und lauschte auf die Stille. Das Haus der Ashs lag in einem Vorort der Stadt, entfernt von dem Trubel seiner vielen Wirklichkeiten. Nicht einmal ein Vogel sang. Wahrscheinlich gab es in dieser Gegend Verordnungen gegen so etwas. Sie öffnete die Tür und stieg aus; sie tat es schnell, um keine Gelegenheit zu haben, über ihr Vorhaben nachzudenken und es sich womöglich anders zu überlegen. Sie hatte es sich auf dem Weg hierher schon ein Dutzend mal anders überlegt. Sie drehte den Schlüssel im Schloß der Wagentür und erfreute sich geistesabwesend an dem leisen Surren, mit dem alle Türen gleichzeitig geschlossen wurden. Es gefiel ihr, wenn irgendeine Automatik so funktionierte, wie sie sollte. Das gab ihr ein Gefühl der Sicherheit. In ihrem Leben hatte es während der letzten drei Jahre wenig genug davon gegeben.

Sie ging zur Eingangstür und versuchte, ruhig und zuversichtlich auszusehen, nur für den Fall … daß … jemand sie beobachtete. Sie trug noch immer ihre elegante schwarze Aufmachung von der Beerdigung vorhin, obwohl sie das Pillbox-Hütchen mit dem Schleier im Wagen gelassen hatte. Leonard mochte keine Hüte. Er selbst hatte nie welche getragen und neigte dazu, verzweifelt humorige Bemerkungen über jene Menschen zu machen, die welche trugen. Sie glaubte nicht, seinen Sinn für Humor ertragen zu können, nicht zusätzlich zu allem anderen. Sie blieb vor der Tür stehen, holte tief Luft und betätigte die Klingel. Sie hörte schwach ihr Läuten im Inneren des Hauses. Sonst erfolgte keine Reaktion. Irgendwo sang ein Vogel. Er hörte sich einsam an.

Ein dunkler Schatten erschien jenseits der trüben Glasfüllung der Tür, kam gemächlich näher, und Rhea empfand plötzlich Erleichterung, als ihr klar wurde, daß er nicht groß genug war, um Leonard zu sein. Die Tür schwang auf, und Leonards Mutter lächelte mit echter Wärme, als sie Rhea sah. Martha Ash war eine kleine Frau, kaum einen Meter fünfzig groß, mit einem Gestrüpp dunklen, gelockten Haares und ruhigen grauen Augen. Sie kleidete sich zweckmäßig und mit unauffälliger Eleganz und trug bescheidenen Schmuck sowie eine goldgerahmte Brille, die sie immer irgendwo verlegt hatte. Rhea war gut mit ihr ausgekommen, und ihr wurde mit einigem Schrecken bewußt, daß sie, obwohl sie Martha einst als Freundin angesehen hatte, sie seit Leonards Rückkehr von den Toten nicht mehr besucht hatte.

»Rhea, meine Liebe, wie schön, dich wiederzusehen. Komm herein! Laß uns Tee zusammen trinken. Ich habe das Wasser schon aufgesetzt.«

»Danke«, sagte Rhea automatisch. »Eine Tasse Tee wäre schön. Ist Leonard zu Hause? Ich muß etwas mit ihm besprechen.«

Rhea zuckte bei diesen holprigen Worten innerlich zusammen, noch bevor sie sie ganz ausgesprochen hatte, doch falls Martha ihr Unbehagen bemerkt hatte, ließ sie es sich nicht anmerken. Sie trat zurück, um Rhea eintreten zu lassen, und ihre Stimme war ruhig und gelassen.

»Leonard ist weggegangen, aber er wird bald zurück sein. Geh schon mal ins Wohnzimmer voraus, ich bin gleich bei dir. Du erinnerst dich doch an den Weg?«

»Ja, danke, ich erinnere mich.«

Rhea ging an Martha vorbei in den geräumigen Flur, und die vertrauten Gerüche des Hauses drangen auf sie ein, als wäre sie niemals weggewesen. Es hatte eine Zeit gegeben, die nicht allzu lange zurücklag, da war dieses Haus ihr ebenso vertraut gewesen wie ihr eigenes Zuhause. Sie erkannte die gerahmten Drucke an der Wand und das Gefühl des dicken Teppichs unter ihren Füßen. Der Eingangsflur war weiträumig und großzügig, und ihre Schuhe erzeugten keinen Laut auf dem Teppich. Ein plötzliches Gefühl des Friedens durchflutete sie, und Rhea kam es vor, als wandele sie durch ihre Erinnerungen, als wäre sie in die Vergangenheit zurückversetzt worden, als die Welt noch einen Sinn ergeben hatte. Jeden Augenblick würde Leonard mit eiligen Schritten die Treppe herunterkommen, um sie zu begrüßen – Rhea zwang sich, den Gedankenfaden nicht weiterzuspinnen. Das war damals gewesen, heute war heute. Die Dinge hatten sich geändert.

Das Wohnzimmer wirkte großzügig, luftig und sehr gemütlich. Rhea legte ihre Handtasche auf das Tischchen neben der Tür und trat langsam in den großen Raum. Ashs Eltern waren angeblich ziemlich reich, obwohl sie selbst es stets vorgezogen hatten, sich als ›angenehm gut gestellt‹ zu bezeichnen. Eine höfliche Umschreibung, die anscheinend soviel bedeutete wie stinkreich, jedoch nicht protzig. Vor den geöffneten Verandatüren erstreckte sich ein riesiger Garten, hübsch angelegt und ordentlich gepflegt von Thomas Ash, Leonards Vater. Thomas verbrachte viel Zeit im Garten. An Tagen, an denen das Wetter dies nicht erlaubte, pflegte er einen Sessel vor die französischen Fenster zu ziehen, sich dort hinzusetzen und den Garten zu beobachten, als ob er sichergehen wolle, daß dieser sich in seiner Abwesenheit nicht danebenbenähme. Er hatte sich nie viel um Rhea gekümmert, obwohl er immer freundlich zu ihr gewesen war, wenn auch auf eine in sich gekehrte, geistesabwesende Weise. Anfangs dachte Rhea, das läge daran, daß sie schwarz war, aber sie brauchte nicht lange, um festzustellen, daß Thomas sich allen Leuten gegenüber so verhielt, einschließlich Martha und Leonard. Es war nicht so, daß er die Menschen nicht mochte. Er hatte ihnen einfach nicht viel zu sagen. Es sei denn, man interessierte sich für die Gartenarbeit, dann brachte man ihn nicht mehr zum Schweigen. Gegenwärtig war das Wetter schön und klar, also war er wahrscheinlich gerade da draußen und betrachtete nachdenklich einen harmlosen Busch, mit einer Heckenschere in der Hand und die unverzichtbare Pfeife fest in einen Mundwinkel geklemmt.

Rhea wandte sich vom Fenster ab, als sie hinter sich eine Bewegung hörte, aber es war nur Martha mit einem Tablett, auf dem alles nötige Zubehör zum Bereiten von Tee stand. Es gab sogar einen Teller mit einer Mischung Schokoladenplätzchen. Rhea lächelte. Sie hatte schon immer eine Schwäche für Schokoladenplätzchen gehabt, und Martha pflegte stets ein paar auf den Tisch zu stellen, nur um sie in Versuchung zu führen. Die beiden Frauen zogen sich jeweils einen Sessel an die gegenüberliegenden Seiten eines niedrigen Tischchens und machten sich mit den Tee-Utensilien zu schaffen. Schließlich hatten beide jeweils eine Tasse genau so vor sich stehen, wie sie es mochten, und lehnten sich in ihren Sesseln zurück. Martha sah Rhea abschätzend an.

»Du hast etwas abgenommen, seit ich dich das letzte Mal gesehen habe, meine Liebe. Ißt du ausreichend?«

»Ja, Martha. Obwohl es bei dem Arbeitsdruck, dem ich in letzter Zeit ausgesetzt bin, nicht ungewöhnlich ist, daß ich meine Mahlzeiten in aller Eile zu mir nehmen muß.«

»Du solltest dir zum Essen immer ausreichend Zeit lassen, meine Liebe. Eiliges Hinunterschlingen – und dabei womöglich noch hin und her zu rennen – ist für die Verdauung überhaupt nicht gut.«

Und dann saßen sie eine Zeitlang schweigend da. Martha wartete darauf, daß Rhea den ersten Zug machen würde, und beide wußten es. Sie fühlte sich unter Marthas ruhigem Blick unbehaglich; es hatte eine Zeit gegeben, da hätte sie Martha alles sagen können, wirklich alles, aber jetzt nicht mehr. Sie ging im Kopf ein Dutzend möglicher Eröffnungen durch, aber sie alle hörten sich falsch an, oder banal. Martha würde alles durchschauen, mit Ausnahme der Wahrheit.

»Ich muß mit Leonard sprechen. Es geht um gewisse Belange der Stadt.«

»Das habe ich mir fast gedacht, weil du nach so langer Zeit wieder mal herausgekommen bist. Leonard ist spazierengegangen. Er macht das in letzter Zeit häufig. Er schläft nicht mehr, verstehst du, und deshalb ist er schrecklich ruhelos. Aber er wird bald zurück sein. Er hatte so ein Gefühl, daß du irgendwann heute hier erscheinen würdest.«

Rhea hob eine Augenbraue. »Hat er öfter solche … Gefühle?«

»O ja. Und meistens treffen sie genau zu. Er sagt, er sieht viele Dinge um einiges klarer seit seinem Tod.«

Das letzte Wort hing zwischen ihnen in der Luft und weigerte sich, mißachtet oder übergangen zu werden. Rhea öffnete den Mund, um etwas zu sagen, dann schloß sie ihn wieder und versuchte es noch einmal.

»Wie kommst du damit zurecht, daß er tot ist?«

Martha seufzte und sah weg. Ihr Blick verharrte auf dem Garten, als hielte sie nach ihrem Mann Ausschau, Unterstützung suchend, doch gleich darauf wandte sie sich wieder Rhea zu und sah ihr fest in die Augen.

»Es war nicht leicht. Das erstemal, daß wir von seiner Rückkehr erfuhren, war in der Nacht nach der Beerdigung. Wir waren früh zu Bett gegangen. Das Haus war uns ohne ihn so schrecklich leer erschienen. Wir litten noch immer unter dem Schock, den uns sein Tod zugefügt hatte. Er war so plötzlich gestorben. Ich habe mir immer Sorgen gemacht, wenn er mit diesem Motorrad unterwegs war, doch ich habe nie damit gerechnet … aber wahrscheinlich tut das niemand. Motorradunfälle sind etwas, das anderen Leuten zustößt.

Wir lagen im Bett, die Lichter waren ausgeschaltet, und wir beide wollten uns vor dem Tag im Schlaf verstecken, doch keiner von uns war in der Lage dazu. Dann klingelte es an der Tür. Ich setzte mich auf, schaltete das Licht an und sah auf die Nachttischuhr. Es war noch nicht ganz halb eins. Thomas stand auf und zog seinen Hausmantel an, wobei er andauernd etwas vor sich hinmurmelte wegen der Störung um diese Zeit. Ich stand ebenfalls auf und ging mit ihm hinunter. Ich weiß nicht warum. Vielleicht ahnte ich damals schon etwas, auf einer tiefen Ebene meines Seins. Wir blieben an der Eingangstür stehen, und Thomas fragte laut, wer da sei. Auf der anderen Seite der Tür antwortete eine Stimme: *Ich bin's, Dad. Ich bin nach Hause gekommen.*

Wir sahen einander an, aber lange Zeit schwiegen wir. Dann schloß Thomas die Tür auf und öffnete sie. Da stand Leonard, mit einem leichten Lächeln; er wirkte hübsch und ordentlich, so wie er in seinem Sarg vor der Beerdigung ausgesehen hatte. Er sah von Thomas zu mir und wieder zurück, als ob er sich unsicher sei, wie wir es wohl aufgenommen würden. Ich nahm ihn in die Arme und drückte ihn so fest an mich, wie ich konnte. Ich hatte irgendwie die verrückte Vorstellung, wenn ich ihn nicht ausreichend festhalten, ihm nicht deutlich zu erkennen geben würde, wie willkommen er war, würde er verschwinden und wir dürften ihn nie mehr wiedersehen. Ich weinte so heftig, daß ich kein Wort herausbrachte, und Thomas tätschelte zuerst mir die Schulter und dann Leonard, als wäre er sich nicht sicher, wer ihn mehr brauchte.

Schließlich ließ ich Leonard los und nahm seine Hand in meine. Sie fühlte sich kalt an. Allerdings nicht unnatürlich kalt, sondern so, als hätte er zu lange draußen in der Nacht gestanden. Ich führte ihn wieder ins Haus und ließ ihn am Feuer Platz nehmen, und sein Vater setzte sich zu ihm, während ich hinausging, um Tee zu machen. Thomas streichelte Leonard noch immer an der Schulter und sagte immer wieder, wie glücklich wir seien, ihn wiederzusehen. Wir hatten schon mal davon gehört, daß solche Dinge geschehen – das hier ist schließlich Schattenfall – aber wir hatten keinen Grund zu der Annahme … solche Dinge widerfuhren nur anderen Leuten. Wie Motorradunfälle. Aber er war wieder da, und das war das Wichtigste. Wir stellten keine Fragen.

Es dauerte einige Tage, bis wir die Veränderungen bemerkten. Es war eindeutig Leonard, daran konnte kein Zweifel bestehen, aber … nicht alles von ihm. Als hätte er bei seiner Rückkehr einen Teil von sich zurückgelassen. Er aß und trank nichts mehr, und er schlief auch nicht. Er war die ganze Nacht wach und las oder sah fern, wobei er den Ton abdrehte, um uns nicht zu stören. Er verlor das Interesse an all den Dingen, mit denen er früher seine Zeit ausgefüllt hatte. An allen Dingen – und an allen Menschen. Viele Freunde kamen, sobald sie davon hörten. Richard Erikson war sofort da. Aber keiner von ihnen blieb lange. Leonard war immer ausgesprochen höflich zu ihnen, aber sie alle fühlten sich in seiner Gegenwart nach kurzer Zeit unbehaglich. Er war nicht der Leonard, an den sie sich erinnerten. Er war an einem Ort gewesen, den sie nicht verstanden, und er trug dessen Staub an seinen Schuhen. Also gingen sie alle, einer nach dem anderen, und keiner kam zurück. Leonard unternahm nichts, um mit ihnen in Verbindung zu bleiben. Der Funke in ihm war erloschen.

Ich hoffte, das möge nur eine vorübergehende Erscheinung sein, weil er noch nicht ganz ›wiedererwacht‹ sei. Ich wartete und hoffte weiter, beobachtete ihn, suchte ein Anzeichen dessen, was fehlte, aber es blieb aus. Er war mein Sohn, daran zweifelte ich keine Sekunde lang, aber … nicht alles von ihm. Nur ein Teil von ihm war zurückgekehrt. Ist das der Grund, warum du nicht mehr gekommen bist, Rhea?«

»Nein. Ich habe nicht einmal diese Entschuldigung. Als ich das erstemal davon hörte, konnte ich es nicht glauben, und dann wollte ich es nicht glauben. Ich wollte nicht. Der Mann, den ich liebte, war tot und begraben. Das letzte, was ich sehen wollte, war ein Doppelgänger mit seinem Gesicht und seiner Stimme. Ich redete mir immer wieder ein, daß es nicht wirklich er sei, und schließlich gelang es mir, mich selbst davon zu überzeugen, in jeder Hinsicht bis auf die eine, auf die es ankommt. Verstehst du, ich war Bürgermeisterin. Ich wußte es besser. Ich wußte, daß Leute manchmal zurückkommen. Er ist es, nicht wahr? Er ist es wirklich.«

»Ja«, sagte Martha. »Er ist es.«

Sie saßen eine Zeitlang schweigend da und sahen alles mögliche an, nur nicht die jeweils andere, und dann beugte sich Martha vor und legte ihre Hand auf diejenige Rheas. »Du hast immer gewußt, daß er es ist, meine Liebe. Warum bist du nie gekommen? Weißt du den Grund?«

»Ja«, sagte Rhea leise. »Weil ich wußte, selbst wenn er zurückgekommen war, würde er nicht bleiben. Keiner bleibt. Früher oder später erledigt sich der Grund für seine Rückkehr, bis er nicht mehr ausreicht, um ihn hierzuhalten, und dann wird er wieder weggehen. Er wird sterben, und er wird tot bleiben. Ich könnte es nicht ertragen, ihn ein zweites Mal zu verlieren.«

Einen Augenblick lang glaubte Rhea, weinen zu müssen, aber es geschah nicht. Es war eine alte Wunde, und sie hatte nicht mehr die Kraft über sie wie einst. Und außerdem war sie Politikerin und daran gewöhnt, ihre Gefühle zu beherrschen. Heutzutage weinte sie nur, wenn es zweckdienlich war, und dann auch nur, wenn die Kameras auf sie gerichtet waren. Sie schniefte einmal und lächelte Martha flüchtig an, um zu zeigen, daß alles in Ordnung war. Sie beide hörten, daß die Haustür geöffnet wurde, und Rhea war sofort auf den Beinen, als ob ein Teil von ihr am liebsten weggelaufen wäre und sich vor dem Bevorstehenden versteckt hätte. Sie zwang sich zum Stillstehen, leicht zitternd, und schließlich war es Martha, die aufstand und in den Flur hinausging. Stimmen murmelten kurz, dann erhob sich Marthas Stimme klar aus der Stille.

»Leonard, mein Lieber, komm gleich ins Wohnzimmer. Du hast Besuch.«

Rhea wappnete sich, aber es war dennoch so etwas wie ein Schock, als Ash vom Flur in den Raum trat und sie so anlächelte, wie er es immer getan hatte. Ihr Herzschlag raste, und das nicht nur aus Freude. Er sah ungefähr so aus wie immer – seine Kleidung war lässig und locker, und seine Haare hätten eines Kammes bedurft. Er trat zu ihr, um sie zu begrüßen, und einen schrecklichen Augenblick lang dachte Rhea, er würde ihr die Hand reichen. Sie hätte ihn nicht berühren können, um keinen Preis. Schließlich lächelte er nur und nickte sie liebenswürdig an, vielleicht auch ein klein wenig geistesabwesend, als wäre ein Teil seiner Gedanken anderswo, auf eine andere, wichtigere Angelegenheit fixiert.

»Hallo, Rhea«, sagte er ruhig. »Schön, dich hier zu sehen. Ich nehme an, Mutter hat sich gebührend deiner angenommen … ach ja, die Schokoplätzchen stehen auf dem Tisch. Du solltest dich geehrt fühlen, Rhea. Mutter rückt die Schokoplätzchen nicht für jeden heraus.«

»Ich muß mit dir reden«, sagte Rhea kurzangebunden. »Es ist wichtig.«

»Das habe ich mir gedacht, da es dich nach so langer Zeit hier herausgetrieben hat. Laß uns nach oben gehen. Wir können uns in meinem Zimmer unterhalten. Dort sind wir ungestört.«

»Ihr könnt im Wohnzimmer bleiben«, sagte Martha. »Ich verschwinde gern, wenn ich im Weg bin.«

»Das ist nicht nötig«, sagte Ash. »Ich unterhalte mich lieber in meinem Zimmer. Dort kann ich mich besser konzentrieren.«

Er drehte sich um und verließ den Raum, ohne sich umzublicken und sich zu vergewissern, ob Rhea ihm folgte. Sie bedankte sich bei Martha mit einem schnellen Lächeln und eilte ihm hinterher. Sie erinnerte sich an den Weg zu seinem Zimmer, obwohl es eine ganze Weile her war, seit sie es zum letzten Mal gesehen hatte. Seit einem Tag, kurz nach seinem Tod, war sie nicht mehr dort gewesen, und damals war sie auf einer Art Pilgerreise in sein Zimmer gegangen, um sich von seinen Sachen zu verabschieden. Jetzt drangen Erinnerungen auf sie ein, buhlten um ihre Aufmerksamkeit, aber sie hielt sie entschlossen auf Armeslänge von sich entfernt. Sie war geschäftlich hier. Sonst nichts. Ash wartete am oberen Treppenabsatz auf sie und hielt ihr die Tür zu seinem Zimmer auf. Sie ging an ihm vorbei und blieb gleich nach Betreten des Raums stehen. Er war genau so, wie sie ihn in Erinnerung hatte. Nichts hatte sich verändert. Gar nichts.

»Ich verbringe hier viel Zeit«, sagte Ash leise. »Er ist für mich voller Erinnerungen, die ich nicht loslassen möchte. Ich schlafe nicht mehr, aber ich liege stundenlang auf dem Bett und denke, erinnere mich, versuche all die Dinge festzuhalten, die mich zu meinem *Ich* machen. Es hilft mir, wenn ich meine Sachen um mich herum habe – meine Bücher und meine Musik, Bürste und Kamm und Deodorant auf meinem Frisiertisch. All die kleinen Dinge, die die Lebenden jeden Tag benutzen und über die sie sich keine weiteren Gedanken machen. Ich gebrauche sie nicht mehr, aber ich betrachte sie gern. Sie helfen mir dabei ... so zu tun, als ob.«

»Ich bin geschäftlich hier«, sagte Rhea mit etwas mehr Nachdruck, als sie beabsichtigt hatte. »Ich muß mit dir über James Hart sprechen.«

»Ja, ich dachte mir schon, daß es darum gehen könnte. Bitte, nimm Platz.«

Es gab nur einen Stuhl, und Rhea setzte sich darauf, die Beine geziert übereinanderschlagend. Ash setzte sich auf die Bettkante und sah sie an. Rhea zog die Füße ein Stück zurück, damit sie Ashs nicht berührten. Er sah sie aufmunternd an, und sie mußte kurz wegsehen. Er versuchte so sehr, sich hilfreich zu geben, und irgendwie machte das alles noch viel schwieriger. Sie schaute sich im Zimmer um, um ihn nicht ansehen zu müssen, und alles, worauf ihr Blick fiel, brachte Erinnerungen zurück an die Zeit, die sie gemeinsam in diesem Zimmer verbracht hatten. Das Poster an der Wand, von dem Konzert, das sie gemeinsam besucht hatten, das Buch auf der Kommode, das sie ihm geschenkt hatte und das er immer vorgehabt hatte zu lesen, was aber nie geschehen war. Oder vielleicht hatte er es inzwischen gelesen, nun, da er mehr Zeit hatte.

»Schwarz steht dir gut«, sagte Ash. »Sehr elegant. Wenn ich gewußt hätte, daß du so gut darin aussiehst, wäre ich früher gestorben.«

»Es ist nicht für dich. Ich war heute schon auf einer Beerdigung. Lucas DeFrenz.«

»Ja, ich habe davon gehört. Ich habe mir Sorgen gemacht, du könntest bei der Schießerei verletzt worden sein. Aber ich hätte wissen müssen, daß dir nichts passiert. Du hast immer Glück gehabt.«

»Warum trägst du Schwarz?« fragte Rhea, mehr um das Bevorstehende hinauszuschieben als aus wirklichem Interesse.

Ash grinste plötzlich. »Ich trauere um mein Sexualleben.«

Rhea stöhnte und lächelte unwillkürlich. »Dein Tod hat an deinem Sinn für Humor nicht das geringste geändert. Leonard, wir wollen das hier für uns beide so leicht wie möglich machen. Ich bin nicht deinetwegen hergekommen, ich bin hier, um von dir so viel wie möglich über diesen James Hart zu erfahren. Seltsame Dinge haben sich zugetragen, seltsam für Schattenfall, und alles begann mit der Heimkehr von James Hart. Erzähl mir etwas über ihn. Was für ein Typ ist er?«

Ash schürzte die Lippen. »Ein ganz normaler Kerl, nichts Besonders. Falls er verantwortlich sein sollte für das, was in dieser Stadt vor sich geht, dann weiß er nichts davon, dessen bin ich sicher. Die Stadt sagt ihm überhaupt nichts. Anscheinend war ich mit ihm in der Schule, aber ich kann mich an nichts Bestimmtes erinnern. Natürlich ist mein Gedächtnis nicht mehr das, was es mal war.« Ash hielt inne und runzelte plötzlich die Stirn. »Eines ist mir aufgefallen … Ich habe Hart zu Altvater Zeit gebracht, und Jack Fetch war dort. In

Lebensgröße und doppelt so häßlich. Rhea, *die Vogelscheuche hat sich vor Hart verneigt*. Ich habe noch nie gesehen, daß sich Jack Fetch vor irgend jemandem verneigt hätte, nicht einmal vor dem Zeitmeister persönlich. Vielleicht täusche ich mich, aber ich glaube, Altvater Zeit war ebenfalls überrascht. Und das erlebt man nicht alle Tage.«

»Das haut mich um«, sagte Rhea stirnrunzelnd. »Ich hätte nie gedacht, Jack Fetch würde irgendeine Autorität außer dem Zeitmeister anerkennen. Fest steht, daß er sich vor mir noch nie verneigt hat, bei den wenigen Malen, da sich unsere Wege kreuzten. Nicht, daß ich gewußt hätte, wie ich mich verhalten sollte, wenn er es getan hätte. Das ist einfach ein seltsamer Vorgang. Ich würde ihn verbannen, wenn er nicht so dringend gebraucht würde. Und wenn ich der Ansicht wäre, er würde irgendeine Notiz von mir nehmen. Was kannst du mir sonst noch über James Hart erzählen?«

»Das ist schon alles, wirklich. Er gehört zu der freundlichen Sorte, und er war von Schattenfall nicht allzu beeindruckt, was entweder auf einen starken Charakter oder eine außerordentlich beschränkte Phantasie schließen läßt. Es war ganz angenehm, mit ihm zusammen zu sein, aber er schien ziemlich verschlossen. Über sich selbst hat er überhaupt nicht viel gesprochen, wenn ich es mir jetzt so überlege. Ich weiß nicht, was ich dir sonst noch sagen soll.«

»Ich hatte auf mehr gehofft, Leonard.«

»Tut mir leid. Mehr habe ich nicht zu bieten.«

»Dann wird's Zeit, daß ich gehe.« Rhea stand auf, und Ash war ebenfalls flink auf den Beinen. Sie glättete die Falten in ihrem Kleid und vermied es sorgsam, ihn anzusehen. »Es war schön, dich zu besuchen, Leonard. Wir müssen das irgendwann wiederholen. Jetzt muß ich mich beeilen. Ich habe noch hundert Sachen zu erledigen.«

»Geh nicht, Rhea, bitte!«

»Es gibt sonst nichts mehr zwischen uns zu bereden.« Rhea zwang sich, ihm in die Augen zu sehen. »Ich war geschäftlich hier, Leonard. Das war alles.«

»Es gibt noch so vieles, was ich dir sagen möchte.«

»Ich möchte es nicht hören.«

»Das glaube ich dir nicht. Du bist endlich zu mir gekommen, nach all der Zeit. Das muß etwas bedeuten. Du hast mir so sehr gefehlt. Es gibt keine Stunde am Tag, in der ich nicht an dich und unsere gemeinsame Zeit denke. Manchmal glaube ich, es sind nur diese Erinnerungen, die mich zusammenhalten.«

»Hör auf! Das war jemand anderes. Der Mann, den ich geliebt habe, ist tot und begraben und weg! Er ist nicht mehr Teil meines Lebens.«

»Ich bin immer noch ich, Rhea. Ich bin tot, aber ich bin immer noch ich. Ich bin derselbe Mann, der deine Hand hielt, als wir spazierengingen, der herumsaß und wartete, während du dir krampfhaft überlegtest, was du anziehen sollst. Dein Gesicht hat sich soeben verändert, Rhea. Es ist dieses kalte, leere Gesicht, das du immer aufsetzt, wenn du etwas nicht hören möchtest. Die Rolläden in deinen Augen fallen herab, und dein Gesichtsausdruck sagt: niemand zu Hause. Versteck dich nicht vor mir, Rhea. Nicht vor mir. Ich bin so allein.«

»Tu mir das nicht an, Leonard.« Rhea hielt seinem Blick unverwandt stand, aber sie spürte, wie ihre Beine zitterten. Anspannung oder Überanstrengung. Sonst nichts. »Zwischen uns ist nichts mehr. Liebe ist etwas für die Lebenden, für Menschen mit Zukunft.«

»Denkst du, ich wüßte das nicht? Du ahnst ja gar nicht, was dieser Zustand jetzt für mich bedeutet. Ich bin nicht wirklich Ash. Ich bin eine Erinnerung dessen, der ich einmal war, eine Erinnerung, der Gestalt gegeben wurde. Und das ist nicht genug. Ein Mann der verborgenen Untiefen, so hast du mich genannt. Nur daß es jetzt stimmt. Ich fange an, Dinge zu vergessen, Rhea.

Ich verliere all das aus dem Gedächtnis, was mich einst ausgemacht hat. Jeden Tag erinnere ich mich an etwas weniger. Der Text eines Lieblingssongs, die Farbe des Wagens eines Freundes – weg, und nichts mehr da, um den leeren Raum zu füllen. Nur kleine Dinge, bis jetzt, aber sie häufen sich. Oder vielmehr, sie bauen mich ab. Ich schwinde dahin. Mit jedem Tag bleibt weniger von mir übrig. Irgendwann wird alles dahin sein, dann bin ich wirklich tot. Nur noch ein Geist, das Abbild von jemandem, den es nicht mehr gibt. Hilf mir, Rhea, ich habe Angst. Ich habe so entsetzliche Angst.«

Die Qual in seiner Stimme riß an ihr, und Schmerz stieg in ihr auf, dieser alte bittere Schmerz, den sie niemals mit jemandem geteilt hatte. Sie sah Ash wütend an, entschlossen, den Tränen, die in ihren Augen brannten, keinen freien Lauf zu lassen. »Du bist nicht zurückgekommen, weil du mich liebtest. Du bist zurückgekommen, weil deine Mutter dich brauchte.«

»Nein! So war das nicht!«

»Warum bist du dann zurückgekommen? Warum mußtest du zurückkommen und unser aller Leben zerstören?«

»*Ich weiß es nicht!* Ich bin zu einem bestimmten Zweck hier, aber ich weiß nicht weshalb und warum. Ich sagte, meine Eltern brauchen mich, weil ich etwas sagen mußte. Ich wollte dir nicht weh tun. Ich wollte dir niemals weh tun. Du bist alles, was jemals für mich wichtig war, Rhea. Ich wäre für dich gestorben. Ich wäre für dich tot geblieben, wenn ich gekonnt hätte. Deshalb habe ich mich während all der Zeit von dir ferngehalten, weil ich wollte, daß du frei bist, daß du von mir loskommst. Aber etwas hat mich zurückgebracht und hält mich hier fest. Und mit jedem Tag ist weniger von mir da. Ich kann nicht leben, aber etwas läßt mich auch nicht sterben. Ich brauche dich, Rhea. Wenn du mich jemals geliebt hast, so liebe mich jetzt.«

Rhea nahm seine kalten Hände in ihre. »Wenn ich dich jemals geliebt habe? Ich habe niemals aufgehört dich zu lieben.«

Ash machte einen Ansatz, sie in die Arme zu schließen, zögerte dann jedoch, und Rhea umfing ihn ihrerseits, bevor er sich über das Gesagte weitere Gedanken machen konnte. Sie vergrub das Gesicht in seiner Halskuhle und stieß den Atem in einem langen, bebenden Seufzer aus.

»Ich weiß nicht mehr, was ich tun soll, Leonard. Nichts in meinem Leben ergibt noch einen Sinn. Schattenfall löst sich in den Nähten auf, trotz all meiner Anstrengungen, es zusammenzuhalten. Alles geschieht so *schnell*. Ich schaffe es gerade noch, mit dem Lesen der wichtigsten Berichte nachzukommen. Ich nehme an, das ist der eigentliche Grund, warum ich hier bin. Ich bin gekommen, um dich um Hilfe zu bitten, auch wenn ich das nicht zugeben möchte. Ich fühle mich so sehr als Versagerin. Nachdem du nicht mehr da warst, hatte ich nur noch meine Arbeit. Ich habe mich mit aller Kraft hineingekniet. Ich brauchte das Gefühl, daß irgend etwas in meinem Leben erfolgreich ist. Und da ich nichts anderes mehr hatte als meine Arbeit, hat sie mein Leben beherrscht. Ich bin hierhergekommen, um dich für meine Zwecke zu benutzen, Leonard. Um Informationen von dir zu bekommen, die es mir ermöglichen werden, die Sache mit Hart zu durchschauen. Damit ich wieder an der Spitze stehe.«

»Das macht mir nichts«, sagte Ash. »Benutze mich, soviel du willst.«

Beide brachten eine Art Lachen zustande und wichen ein kleines Stück voneinander ab, um sich gegenseitig in die Augen sehen zu können. Ash hielt immer noch Rheas Hände fest, und sie drückte ihrerseits sanft die seinen. Sie waren immer noch kalt.

»Was auch geschieht, Leonard, ich werde dich nicht mehr verlieren. Wir sind wieder zusammen, ob gut oder schlecht. Der Tod hat uns letzten Endes doch nicht getrennt.«

»Ich freue mich«, sagte Ash. »Was von mir noch übrig ist, ist dein. Solange es andauert. Ich wünschte, ich könnte dir mehr bieten.«

»Wir werden einen Weg finden, um für ewig zusammen zu bleiben«, sagte Rhea. »Es muß einen Weg geben. Das hier ist schließlich Schattenfall.«

»Solange es andauert. Ich hatte in letzter Zeit einige sehr seltsame Empfindungen. Ahnungen. Schlimme Ahnungen. Ich glaube, uns steht etwas sehr Übles bevor. Etwas, das mächtig genug ist, um die ganze Stadt zu bedrohen.«

»Nicht du auch noch, Leonard! In den letzten Wochen leiden alle unter einer Art Paranoia. Könntest du dich wenigstens etwas genauer ausdrücken?«

»Tut mir leid. Seit ich tot bin, sehe ich die Dinge klarer, aber es sind eher Gefühle als wirkliche Kenntnisse. Es ist etwas da draußen, außerhalb der Stadt, das lauert und nur auf den richtigen Augenblick wartet, aber ich habe keine Vorstellung davon, was das sein könnte. Es lebt, falls das irgendwie hilfreich ist.«

»Nicht sehr.«

»Das habe ich auch nicht erwartet.«

»Du hast dir doch bestimmt schon deine eigenen Gedanken darüber gemacht, Leonard. Was könnte es deiner Meinung nach sein?«

»Ich weiß nicht«, sagte Ash. »Aber ich habe mir überlegt, ob das vielleicht der Grund ist, warum ich zurückgeschickt wurde. Es muß ja einen Grund geben.«

»Bestimmt gibt es den«, bestätigte Rhea. »Vielleicht habe ich dich zurückgeholt, weil ich dich so sehr brauche.«

»Vielleicht. Es sind schon seltsamere Dinge geschehen, sogar in Schattenfall. Du hast ein sehr schönes Kleid an. Darf ich dir helfen, den Reißverschluß zu öffnen?«

Tief unter Caer Dhu, dem Gerichtshof und der Burg des Elfenvolkes, tief im Herzen des Landes unter dem Hügel, wandelten drei Gestalten gemächlich durch einen breiten Erdtunnel. Zwei waren groß und blond, und einer war es nicht. Doch alle drei trugen eine Vornehmheit an sich – wie einen zerbeulten und abgescheuerten Schild, der in einer Schlacht scharf hergenommen worden war. Es war dunkel in dem Tunnel, aber die Irrlichter, Hunderte an der Zahl, tanzten in der Luft um die drei Gestalten herum. Ihr blaues und weißes Licht strahlte grell und durchbohrend und glitzerte auf den glatten Erdwänden, dennoch warf keiner der drei einen Schatten.

Oberon und Titania und der verwelkte Elf namens Puck blieben schließlich vor einer großen Falltür stehen, die ebenerdig in den Erdboden eingelassen war. Sie maß gute sechs Meter im Quadrat und reichte von Wand zu Wand, dicke Bohlen aus jahrhundertealter Eiche, die mit Stahlbändern und Silbernieten zusammengehalten wurden. Worte und Sätze in einer Sprache, die viel älter war als die Menschheit, waren in das Holz der Falltür eingeschnitzt und mit Säure in die Stahlbänder geätzt. Es gab keinen Ring oder sonstigen Mechanismus, mittels dessen sie sich hätte heben lassen, falls irgend jemand überhaupt die Kraft besessen hätte, das gewaltige Gewicht zu bewegen. Oberon, König der Elfen, betrachtete schweigend die Falltür. Kein sichtbarer Gedanke und keine Gefühlsregung waren in seinen eisblauen Augen oder seinen farblosen Zügen zu erkennen. Er war drei Meter groß, bestand beinahe zur Gänze aus Muskeln und war eingehüllt in Gewänder von blutroter Farbe. Dennoch stand er vor der Falltür wie ein Lieferant, der nicht wußte, wie er empfangen würde.

Titania, seine Frau, Königin der Elfen, stand neben ihm. Sie war ein paar Zentimeter größer als er und in dunkelstes Nachtschwarz mit silbernen Bordüren gekleidet, doch unter dem kurzen schwarzen Haar ähnelte die Blässe ihres Gesichtes der eines Gespenstes. Sie hatten viel miteinander durchgemacht, er und sie, und wenn sie Menschen gewesen wären, hätten sie sich bestimmt gefragt, ob es Liebesgefühle oder Erinnerungen waren, die sie immer noch vereinten. Aber sie waren Elfen, mit erhabeneren und erleuchteteren Empfindungen, als je ein Mensch erfahren hatte oder zu ertragen vermochte, und ihre Liebe war ewig.

Puck, mißgestaltet und zerbrochen, der einzige unvollkommene Elf, kauerte auf seinen behaarten Hinterbacken vor der Falltür; ein Arm hing weiter herab als der andere, was auf seinen Buckel zurückzuführen war. Die Hand an diesem Arm war zu einer Klaue deformiert, und er kratzte mit den scharfen Nägeln lässig über das uralte Holz. Elektrische Funken tanzten um seine Finger, als dünne Holzspäne sich in Kringeln von der Falltür ablösten. Unter den Höckern der Hörner, die an seiner Stirn herausragten, brannten seine grünen Augen vor boshaftem Schalk, obwohl sein Gesichtsausdruck überaus feierlich war. Er kratzte sich geistesabwesend den wuscheligen Pelz, den er trug, im auffälligen Gegensatz zu der eleganten Kleidung seiner Begleiter. Puck machte sich wenig aus Eleganz oder Würde, da beides angesichts seiner verkorksten Gestalt ohnehin aussichtslos war.

»Es ist noch nicht zu spät«, sagte Oberon leise. »Wir könnten uns immer noch abwenden. Das Schicksal von Schattenfall wurde uns bekanntgegeben. Die Stadt kann nicht überdauern. Der Wilde Junker ist dort los, untötbar und unaufhaltsam, und die Bewohner werden von denen, denen sie vertrauten, betrogen. Wir müssen dieses Schicksal nicht teilen. So sehr es mich auch schmerzen würde, lieber würde ich die Stadt zerstört und alles darin tot sehen, bevor ich die Zukunft unseres Volkes aufs Spiel setzen sollte.«

»Wir alle haben das Orakel vernommen«, sagte Titania mit ruhiger und gleichmäßiger Stimme. »Schattenfall kann nicht gerettet oder geschützt werden, aber wir brauchen nicht zusammen mit der Stadt unterzugehen. Wir können uns noch immer abwenden, uns nach Caer Dhu zurückziehen und den Niedergang der Stadt abwarten. Das Elfenvolk würde überleben.«

»Zu welchem Zweck?« fragte Puck, ohne den Blick von der Falltür zu heben. »Wir könnten unser wertvolles Leben retten, aber nur indem wir das aufgeben, was wir am höchsten schätzen. Wir sind eingeschworen, die Stadt zu schützen, um jeden Preis. Genau wie der Held, Lester Gold, euch vor dem abscheulichen Untier geschützt hat. Sollen wir ihnen erlauben, uns zu übertrumpfen? Wer sind die Elfen, wenn sie keine Ehre kennen? Wollen wir unsere geheiligten Eide brechen, unser Vertrauen verspielen, das, was wir bei uns selbst immer am höchsten geschätzt haben, in den Dreck ziehen lassen, nur um zu überleben? Ich glaube nicht. Die Menschen mögen zu solcher Doppelzüngigkeit fähig sein, wir sind es nicht. Es würde uns zerstören. Nein, die Elfen müssen kämpfen. Eine einfache Entscheidung in einer komplizierten Welt.«

Oberon trat unruhig von einem Bein aufs andere. »Der Zeitmeister hat uns den Rücken zugekehrt. Zum ersten Mal seit unzähligen Jahrhunderten können wir nicht in die Zukunft blicken. Wir haben immer gewußt, daß diese Zeit einmal kommen würde, da selbst unsere Orakel mit Blindheit und Taubheit geschlagen sein müßten, wenn sie es nicht vorausgesehen hätten, aber wir zogen es vor, nicht daran zu denken. Jetzt haben wir diesen Trost nicht mehr. Wir suchen die Zukunft und sehen nur Dunkelheit. Eine größere Macht umwölkt unsere Sicht. Aber welche Macht gibt es, die größer ist als wir? Es gab nur eine entsprechende Gruppe, und die ist weg.«

»Die Gefallenen«, sagte Puck, und das Wort schien in der Stille des Tunnels unendlich nachzuhallen.

»Sprich ihren Namen nicht so laut aus«, sagte Titania. »Sie könnten aufwachen.«

»So leicht nicht«, sagte Puck. Er kicherte boshaft. »Schattenfall wird zerstört sein und Caer Dhu in Schutt und Asche liegen, bevor die Gefallenen jemals wieder erwachen. Kommt, mein edler König, meine edle Königin, die Zeit des Redens ist vorbei. Der Hof hat über dieses Thema rauf und runter und hin und her debattiert. Es gibt nur eine einzige Antwort. Wir können der Ehre nicht den Rücken kehren, indem wir entweder die Stadt zerstören oder ihr einfach keine Beachtung schenken; es bleibt uns also nichts anderes übrig, als die Alte Waffenkammer zu öffnen, unsere alten Waffen hervorzuholen und unser schlafendes Blut für die Rache zu erwecken. Die Elfen müssen wieder einmal in den Krieg ziehen, mit dem Trost der Prophezeiung oder ohne ihn. Dabei ist es gleichgültig, wer unsere Feinde sein werden. In all unseren Kriegen, in unserer gesamten Geschichte wurden die Elfen niemals besiegt.«

»Ja«, pflichtete Oberon bei. »Unser Ruhm und unser Fluch. Du hast recht mit dem, was du sagst, Puck, Waffenmeister. Die Zeit ist gekommen. Öffne die Tür und laß uns ein.«

»Macht euch bereit«, sagte Puck, und zum erstenmal lag kein Schalk in seinen Augen. »Ich werde den Schläfer aufwecken.«

Er hob einen gehuften Fuß und stampfte damit zweimal auf die Falltür. Der Krach war unangenehm laut in der Stille und hallte noch lange nach, nachdem er hätte erstorben sein sollen. Es klang, als ob er eine unermeßlich weite Strecke zurückzulegen hätte. Und in weiter Ferne, jenseits des Seh- oder Hörvermögens, rührte sich etwas außerhalb der erwachenden Welt in seinem langen Schlaf und erwachte. Es wandte sein schreckliches Antlitz den drei Elfen zu, und sie sahen weg, unfähig, seinem Blick zu begegnen. Aber wo sie auch hinsahen, der Schläfer war da und starrte sie an, und sie erschauderten vor Angst und Abscheu, während sie eine Veränderung durchmachten.

Der Stolz und die Großartigkeit der Elfen lag darin, daß sie nicht an eine bestimmte Erscheinungsform oder Wesensart gebunden waren. Für sie galt nicht die menschliche Logik von ja oder nein, von entweder-oder; sie lebten nach großzügigeren Begriffen. Für die Elfen waren Daseinsform und Gestalt so vergänglich wie Gedanken oder Vorstellungen, und die Vergangenheit, Gegenwart und Zukunft waren ihnen gleichermaßen zugänglich. Sie hatten sich in einer Übereinkunft auf eine Grundform geeinigt, zum Teil aus ästhetischen Gründen, aber vor allem kraft der Tradition und Überlieferung. Es gab einen Grund für diese Überlieferung, eine jahrhundertealte Tradition, aber nur wenige erinnerten sich daran. Der Schläfer wußte Bescheid. Er war nicht fähig zu vergessen. Und vor allem galt das Gebot der Ehre. Die Elfen brauchten die Ehre, sie war das einzige, was ihre Gedanken und Bestrebungen zusammenhalten konnte und sie davon abhielt, sich aus einer augenblicklichen Laune heraus gegenseitig zu zerstören. Doch jetzt war all dies vergangen, weggefegt vom Blick des Schläfers. Die drei Elfen waren ihrer Spontaneität beraubt, in ihre Form eingeschlossen und in der Gegenwart verankert – verbannt in die Niederungen der unveränderlichen Realität. Titania und Oberon klammerten sich aneinander und zitterten heftig, und selbst Puck verlor viel von seinem eigenartig düsteren Frohsinn. Er hob den gehörnten Kopf und stampfte erneut mit dem Huf auf die Falltür.

»Öffne die Tür, Schläfer. Unsere Feinde sind hinter uns her, und das Schwert muß aus der Scheide fahren.«

Die massive Falltür ruckelte als Antwort auf seine Stimme und die uralten Losungsworte. Staub stob von ihren Rändern auf, und die Falltür hob sich langsam nach oben, drehte sich geschmeidig in lautlosen Scharnieren und enthüllte ein großes schwarzes Maul. Die Irrlichter wichen aufgeregt brodelnd zurück und wollten ihm nicht näher kommen. Die Elfen verharrten starr und steif und bewahrten ihre Würde, obwohl ihnen alles andere genommen worden war. Sie hatten sich bereitwillig darauf eingelassen, sich auf eine einzige Form zu beschränken, um Zugang zu ihrer lange verlassenen Waffenkammer und den darin enthaltenen mächtigen Waffen zu bekommen. Aber das alles war so lange her … Sie hatten den Schrecken unerbittlicher Ordnung vergessen. Nur die Elfen konnten dem Blick des Schläfers standhalten und die Form und Struktur der ultimativen Realität erfassen. Menschen wären unter diesem Blick zusammengeschrumpft wie ein Blatt unter der durch ein Brennglas verstärkten Sonnenhitze. Selbst die Elfen hatten bei dem letzten derartigen Unterfangen hohe Verluste hinnehmen müssen, was der Grund dafür war, daß die Waffenkammer so lange ohne Besuch geblieben war. Es war ein Preis, den die Elfen seit unzähligen Jahrhunderten nicht mehr bezahlt hatten, nicht mehr seit sie die Waffenkammer geleert hatten und losgezogen waren, um sich mit den Gefallenen auseinanderzusetzen – vor ach so langer Zeit.

Die Falltür stand offen, und ihre obere Kante streifte die Erddecke des Tunnels. Vor ihr lag die riesige schwarze Öffnung, ein aufklaffendes Maul und darunter unerbittliche Dunkelheit, die das gebündelte Licht der Irrlichter mit verachtungsvoller Leichtigkeit verschluckte. Der Anblick dieser Dunkelheit glich dem eines Nachthimmels, der nie einen Mond gekannt hatte. Die Elfen wurden von Schwindelgefühlen gepackt, doch ihr Stolz hielt sie noch immer am Rand der Öffnung. Die Dunkelheit schien bis in eine ewige Tiefe hinabzufallen, zumindest tiefer, als es für irgend etwas aus dem Bereich der Wirklichkeit zutreffen sollte. Die Waffenkammer war zu mächtig und zu verlockend, um sie für jeden offen zu lassen, der in sie hineinstolpern mochte, deshalb hatten die Elfen sie aus der Welt herausgenommen und sie so versteckt, daß nur sie selbst sie finden konnten. Puck sah Oberon und Titania an und machte eine höhnische Verbeugung.

»Nach euch, mein edler König, meine edle Königin.«

»Nein, getreuer Puck«, sagte Oberon. »Dir gebührt die Ehre, du bist der Waffenmeister, und du gehst als erster.«

Der schrumplige Elf lachte leise und trat in die Dunkelheit. Eine breite Stufe aus glänzendem Stahl tauchte aus dem Nirgendwo auf, um seinen Huf zu stützen, und darunter erschien wieder eine Stufe. Puck stieg, ohne mit der Wimper zu zucken, die glänzenden Stufen hinab, so wie sie vor ihm erschienen, und Oberon und Titania folgten ihm dicht auf den Fersen. Die hüpfenden Irrlichter kreisten unsicher um die Öffnung, weigerten sich jedoch, ihnen weiter zu folgen. Die Falltür schwang nach vorn, ließ sich sanft an ihrem Platz nieder und schnitt dadurch das Land unter dem Hügel von dem anderen Ort ab, jenem Ort, den die Elfen dazu bestimmt hatten, die Waffenkammer zu beherbergen und zu schützen.

Ein Licht schimmerte in der Dunkelheit tief unten, ein gleichmäßiger roter Schein, wie ein nicht blinzelndes, beobachtendes Auge. Die Elfen stiegen langsam und vorsichtig zu ihm hinunter (später konnten sie sich nicht darüber einig werden, wie lange der Abstieg gedauert hatte). Es gab nur die Stahlstufen und die Dunkelheit und ein zunehmendes Gefühl der Entfernung. Doch endlich trat Puck von einer Stahlstufe auf nackten Beton, und die Waffenkammer erschien um ihn herum, als wäre sie immer schon dagewesen.

Sie war unermeßlich groß, eine scheinbar endlose Höhle, die sich in alle Richtungen ausdehnte, weiter als das Auge reichte. Karmesinrote Lichter, in regelmäßigen Abständen angebracht, leuchteten von der Decke, die sich etwa zwanzig Meter über ihnen wölbte, herab. Und in diesem höllenroten Licht standen ringsum Reihe um Reihe glänzender Stahlregale, die in einem unvorstellbaren Überfluß mit Waffen und Gerätschaften aller Art gefüllt waren. Da waren all die vielen Formen der Zerstörung vertreten, die sich die Elfen in jenen Tagen ausgedacht hatten, als sie noch mehr von der Wissenschaft als von der Magie abhingen. Da gab es Projektil-Waffen und Energie-Gewehre, Plasma-Generatoren und Hochenergie-Laser. Dazu zahllose Bomben und Kanonen. Gewaltige Mechanismen, die eine Armee oder eine Welt mit der gleichen Leichtigkeit auseinanderreißen könnten. Riesige Bildschirme hatten den Zweck, die Pläne und Positionen eines Feindes zu enthüllen, und eine Computeranlage stand bereit, um sie unwirksam zu machen.

Die drei Elfen blickten sich mit einiger Scheu um. Es war lange her, seit sie das letzte Mal hiergewesen waren, und sie hatten viel vergessen. Sie hatten aufgrund ihrer eigenen Entscheidung darauf verzichtet, sich der Waffenkammer zu bedienen, nachdem sie deren Macht eine Zeitlang zu sehr genossen hatten. In den Nachwehen des Krieges gegen die Gefallenen war ihnen bald klar geworden, daß der nächste unausweichliche Schritt darin bestünde, daß eine einzelne Gruppe von Elfen diese Waffen gegen eine andere einsetzen und damit die Zerstörung aller beider herbeiführen würde. Deshalb hatten sie der Waffenkammer und allem, was sie enthielt, den Rücken gekehrt und es tief in ihren Köpfen begraben, damit sie nur im äußersten Notfall darauf zurückgreifen könnten, vielleicht wenn das Land unter dem Hügel selbst in Gefahr wäre. Jetzt waren sie zurückgekehrt, und die Erinnerungen fluteten zurück wie Wasser, das von einem Damm freigegeben wird. Erinnerungen an Gemetzel und Vernichtung und an das wilde Aufschäumen des Blutes. Puck lächelte und streckte sich träge, wie eine Katze in der Sommersonne. Es war schön, wieder da zu sein.

»Puck, Waffenmeister«, stellte er sich zackig vor. »Bestätigen.«

Ein schimmernd purpurnes Licht kam von oben herab und hielt ihn auf der Stelle fest wie einen auf einer Stecknadel aufgespießten Schmetterling. Er konnte sich weder bewegen noch blinzeln oder auch nur atmen, aber Puck war klug genug, nicht dagegen anzukämpfen. Bis der Schläfer seine Identität und seinen Rang bestätigen würde, unterstand er noch immer seinem Befehl, und er würde ihn ohne zu zögern töten, wenn er ihn als Gefahr erachtete. So hatte er ihn schließlich vor vielen Jahrhunderten programmiert. Das Licht sickerte in ihn ein wie eine schleichende Kälte und ertastete seine körperliche Struktur sowie sein genetisches Make-up, um es mit seinen Aufzeichnungen zu vergleichen.

»*Bestätigt*«, sagte eine ruhige, nichtmenschliche Stimme in seinem Kopf. »*Willkommen zurück, Waffenmeister.*«

»Aktiviere alle Systeme«, sagte Puck. »Ich möchte, daß alle Waffen wieder aufgereiht und zur Überprüfung bereitgemacht werden.«

»*Selbstverständlich, Waffenmeister. Meine Sensoren nehmen zwei weitere Lebensformen in deiner unmittelbaren Umgebung wahr. Sie müssen abgetastet und für unbedenklich erklärt werden, bevor die Überprüfung stattfinden kann.*«

Puck nickte Oberon und Titania zu, und sie nannten ihre Namen und ließen das Abtasten durch das schimmernde Licht über sich ergehen. Puck sah zu und machte sich nicht die Mühe, seine Erheiterung zu verbergen. Es war wirklich sehr lange her, seit der König und die Königin des Elfenvolkes sich einem anderen Willen außer ihrem eigenen hatten fügen müssen. Sie nahmen es erstaunlich gelassen hin. Wahrscheinlich weil sie sich allmählich an all die wirkungsvollen Waffen erinnerten, die das Arsenal enthielt, und ebenso ungeduldig waren, diese wundervollen Spielzeuge in die Hand zu bekommen, wie er selbst. Der Schläfer bestätigte die Identität Oberons und Titanias und erwies ihnen seine Huldigung. Bildschirme leuchteten hell an allen Seiten auf und zeigten endlose Informationen darüber, welche Waffen für den sofortigen Einsatz zur Verfügung standen und welche einiger Zeit zur Bereitstellung bedurften. Puck grinste, bis seine Backen schmerzten. Wie hätte er dies alles jemals vergessen wollen? Hier lagerte genügend Vernichtungspotential, um Schattenfall in wenigen Stunden dem Erdboden gleichzumachen. Genügend zerstörerisches Gerät, um die ganze Welt zu Schrott zu zermahlen. Vieles davon hatte er selbst im Krieg gegen die Gefallenen benutzt, und etwas Warmes und Düster-Angenehmes rührte sich in ihm, als er sich erinnerte, wie er diese oder jene Waffe benutzt und wie er den Tod oder die Verheerung nach seinem Belieben gestaltet hatte.

Da gab es beispielsweise den Lichtspeer, der nicht aufgehalten werden und dem man nicht entrinnen konnte, sobald er einmal geschleudert worden war, und der den Feind unter Tausenden ausmachen konnte. Da war der Kessel der Nacht, in dem die Toten zum Leben erweckt und ausgesandt werden konnten, um im Namen der Elfen erneut zu töten, gleichgültig auf welcher Seite sie ursprünglich gekämpft haben mochten. Da war der Knochenritzer, die Tosende Flut, der Traumzerschmetterer und der Geistdieb. Alpträume der Zerstörung, in handfeste Form gebracht, heute noch so wirkungsvoll und tödlich wie einst, als die Elfen sie schufen, vor vielen tausend Jahren.

Oberon und Titania schritten ohne Eile durch die

Halle der Waffen, blieben hier und da, vor diesem oder jenem Bildschirm stehen, ergötzten sich an besonders nachhaltigen Erinnerungen an Leid oder Gemetzel. Hervorragende Zerstörungsmechanismen enthüllten sich ihren Meistern, die die Aussicht auf eine Welt in Flammen äußerst erfreulich fanden. Es war wieder an der Zeit, daß die Elfen ihren Mut und ihr Können und ihre Ehre auf dem einzigen wichtigen Feld, dem Feld der Ehre, unter Beweis stellten. Die Elfen wußten, daß sie nicht mehr das waren, was sie einst gewesen waren. Die Unsterblichkeit hatte etliche Nachteile, einer davon war die Langeweile. Sie waren aus Mangel an Herausforderungen verweichlicht und träumten ihr langes Leben lang vor sich hin – aber damit sollte jetzt Schluß sein. Sie würden ihr Blut im Schmelzofen der Schlacht erhitzen und ihre Größe im Blut ihrer Feinde wiederentdecken.

Puck stand allein vor einem riesigen Bildschirm, mit den Gedanken offensichtlich ganz woanders. Seine Zeit als Waffenmeister hatte ihn zu dem gemacht, was er heute war – der einzige unvollkommene Elf. Er hatte sich Kräften und Energien ausgesetzt, die unermeßliche Macht ausgestrahlt hatten, und er hatte den Preis dafür bezahlt. Seine Gestalt hatte sich in der Hitze fremdartiger Fluten verzerrt und war geschrumpft, sein Fleisch war zerronnen, wie Wachs an einer Kerze hinabläuft, um der Hitze zu entkommen. Er war Waffenmeister des Elfenvolkes gewesen, und erst jetzt wurde ihm allmählich wieder bewußt, was das mit sich brachte. Der Krieg war sein Leben gewesen, sein Daseinszweck, der Sinn seiner Existenz. Er sonnte sich im Tod und in der Zerstörung und in dem Zertrampeln von Welten. Er nahm eine Waffe aus einem Regal, lud sie, zielte, ohne zu zögern, und schoß ein großes Loch in das Regal. Der Knall der Explosion dröhnte laut in der Halle der Waffen, und scharfkantige metallene Schrapnellstücke fielen wie Hagel aus der Luft. Puck atmete tief durch, noch immer grinsend. Es war gut, wieder zurück zu sein.

Er richtete seine Gedanken nach innen und griff über die materielle Welt hinaus. Sein innerer Blick fiel auf einen Strang tobender Macht, wo gesteuerte Energien unauslöschlich brannten. Weitere Stränge flammten um ihn herum auf, knisternd und heulend in den Hohlräumen zwischen den Welten, bereit, von jenen angezapft und ausgenutzt zu werden, die die entsprechende Kraft und Verwegenheit besaßen. Es war die Sache eines Augenblicks, auszugreifen und den nächstliegenden Strang anzuzapfen, und dann würde eine Kraft jenseits der Steuerung durch Sterbliche, jenseits ihres Hoffens oder Ermessens, in ihm schlagen. Und erst da fiel Puck ein, aus welcher Quelle sich diese Energiestränge speisten, und sein Gelächter schallte laut und wild durch die Halle der Waffen.

Es waren die Gefallenen, Millionen an der Zahl – tot, aber nicht zerstört, besiegt, aber nicht erlöst, endlos leidend, da sich ihre Zerstörung weit über das Ausmaß der Zeit hinaus erstreckte. Die Gefallen starben und würden immer sterben.

»Zittert, all ihr Welten, die sein mögen«, flüsterte Puck. »Die Elfen ziehen wieder in den Krieg.«

Sheriff Richard Erikson stieß die große schmiedeeiserne Tür auf und trat in einen Alptraum aus wucherndem Grün. Bäume und Büsche drängten sich an den Rändern des einzigen gepflasterten Weges zusammen, und dicke Kriechgewächse rankten sich von tiefhängenden Ästen herab. Der Hauch einer Bewegung schaukelte die Bäume um ihn herum und raschelte durch die dicht verwobenen Äste, doch kein Wind wehte, und die Luft in dem Garten stand totenhaft still. Es war früh am Abend, aber bereits dunkel, und tiefe, undurchdringliche Schatten füllten die wenigen Lükken zwischen den Gewächsen. Die Stille wurde immer knisternder, je weiter er in den Garten hineinging, und jedes plötzliche Rascheln oder Flüstern einer Bewegung erzeugte einen wahrnehmbaren Laut in der Stille. Die Luft war angefüllt von Düften, dicht und übelkeiterregend süß, wie von Blumen, die zu lange im Gewächshaus geblieben und in Fäulnis übergegangen waren.

Erikson blieb stehen und sah sich in aller Ruhe um. Nichts Bestimmtes bot sich seinem Blick dar, aber er hatte das deutliche Gefühl, daß dies ein schlechter Augenblick wäre, um ein Zeichen von Schwäche erkennen zu lassen. Er spürte das Gewicht seiner Waffe und seines Schlagstocks an der Hüfte, doch er hielt die Hand von beidem entfernt. Er wollte nichts in Gang setzen. Es lag ein entferntes Gefühl von Ruhe, von Entspannung in der Luft, und rings um ihn herum tauchten der Garten und die Dunkelheit allmählich in Stille ein. Auch von Erikson wich ein Teil seiner Anspannung, und er atmete wieder etwas leichter. Er schritt ohne Eile auf dem schmalen Weg dahin, in Richtung des großen, wuchtigen Hauses vor sich. Es war ein klotziges, häßliches Gebäude, überall von Efeu überwuchert. Hinter einem Fenster im Erdgeschoß brannte Licht, die anderen waren dunkel und leer und starrten ihn an wie lauernde Augen. Erikson schniefte, unbeeindruckt. Er hatte zu seiner Zeit schon häßlichere Häuser gesehen. Schattenfall war keine Stadt für Zartbesaitete, besonders wenn man das Gesetz verkörperte. Er betrachtete das düstere Haus mit finsterer Miene und seufzte lautlos. Aus welchem Grund auch immer der gute Dr. Mirren ihn sprechen wollte, er hoffte für ihn und sich selbst, daß es wichtig war.

Der Anruf hatte ihn vor einer halben Stunde über Funk im Auto erreicht: Dr. Nathaniel Mirren mußte unbedingt mit Sheriff Erikson sprechen. Er wollte nicht sagen, um was es ging, nur daß es lebenswichtig sei, daß der Sheriff sich sofort mit ihm in Verbindung setze. Er hatte das Wort *lebenswichtig* besonders betont. Sein Büroleiter hatte versucht, ihn an einen der Stellvertreter zu verweisen, aber Mirren ließ sich nicht darauf ein. Es mußte Erikson sein. Bei jedem anderen hätte Erikson eine höfliche, beschwichtigende Antwort gegeben und sich mit der Sache befaßt, sobald er Zeit dazu gehabt hätte, aber bei Mirren war es etwas anderes. Der gute Doktor war ein maßgebliches Mitglied der Gemeinde, mit guten Verbindungen, und – das ließ sich nicht leugnen – oft fähig, Dinge in der Gegenwart und Zukunft zu sehen, die anderen Leuten entgingen. Genau das, was die Stadt brauchte – ein weiterer Politiker mit Ambitionen, der in der Zauberei herumplätscherte.

Nekromantie, um genau zu sein – Herummachen mit den Toten. Obwohl das natürlich niemand laut aussprach. Es war nicht unbedingt illegal, aber es wurde auch nicht besonders gern gesehen. Nach der Erfahrung des Sheriffs neigten die Leute dazu, bei der Vorstellung ziemlich aufgeregt zu reagieren, daß die letzte Ruhe ihrer lieben Dahingeschiedenen von Dr. Mirren gestört werden könnte, nur weil dieser auf der Suche nach Antworten auf Fragen war, die er schon gar nicht hätte stellen sollen. Dennoch hatte Mirren gute Beziehungen zu allen ›richtigen‹ Leuten, sowohl in gesellschaftlichen als auch in politischen Kreisen, und er war der beste Arzt in Schattenfall. Er war ein Genie, was die Diagnose anging, und deshalb machte jeder Zugeständnisse, was seine Person betraf. Viele Zugeständnisse.

Erikson kam endlich an der Eingangstür an und hielt Ausschau nach einer Klingel, um zu läuten. Es gab keine, dafür gab es einen großen eisernen Klopfer an der Tür, in der Form eines fauchenden Löwenkopfes. Es war ein großer Klopfer, mindestens doppelt so groß wie Eriksons Faust, und er empfand ein seltsames Zögern, ihn zu bedienen, als ob er befürchtete, er könnte plötzlich zum Leben erwachen und nach seiner Hand schnappen. Er verdrängte heftig den Gedanken, umfaßte den Klopfer mit festem Griff und schlug ihn zweimal an. Selbst durch die Tür hörte er den lauten Widerhall im Haus. Ansonsten blieb alles still, abgesehen von dem gelegentlichen Rascheln und Huschen im Garten hinter ihm. Er sah nicht zurück. Ihm war nicht danach zumute zu wissen, was da war. Ein Gedanke durchzuckte ihn, und er wühlte in seiner Jackentasche. Er brachte ein Päckchen Pfefferminzbonbons zum Vorschein, schob sich eins in den Mund und lutschte geräuschvoll daran. Es wäre nicht gut gewesen, wenn Dr. Mirren Alkohol in seinem Atem gerochen hätte.

Erikson hielt sich nicht für einen starken Trinker, aber hin und wieder genoß er ein Glas von diesem oder jenem. Zur Zeit lag ›hin und wieder‹ viel enger beieinander als sonst. Seine Suche nach dem Mörder verlief quälend langsam, und von allen Seiten wurde immer mehr Druck auf ihn ausgeübt. Er tat sein möglichstes und verlangte sich und seinen Stellvertretern gnadenlos das Äußerste ab, aber bis jetzt hatte er trotzdem so gut wie keinen Erfolg vorzuweisen. Zehn tote Opfer und keine Spur von dem Täter. Keine Hinweise, keine Verdächtigen; es war ihnen bis jetzt noch nicht einmal gelungen, die Mordwaffe eindeutig zu identifizieren. Ein stumpfer Gegenstand – näher waren sie der Sache noch nicht gekommen –, der mit beinahe übermenschlicher Kraft benutzt worden war. Deshalb trank Erikson hin und wieder das eine oder andere Glas. Er konnte nicht anders. Er brauchte etwas, um sich bei Kräften zu halten.

Er betrachtete die breite, hohe Tür vor sich. Diese drängende Wichtigtuerei, um ihn hierherzurufen, und jetzt machte sich Mirren nicht einmal die Mühe, die verdammte Tür zu öffnen! Es war allerdings eine ziemlich eindrucksvolle Tür. Schätzungsweise zweieinhalb Meter hoch. Die Art von Tür, die ausdrücklich dafür gemacht war, Leute draußen zu halten. Beinahe, so könnte man sagen, die Tür eines Belagerten. Die Tür von jemandem, der Feinde hatte. Ein Lichtschimmer oben an der Tür zog seinen Blick an sich, und er spähte aufmerksamer hinauf. Inzwischen hatten sich seine Augen an die Dunkelheit gewöhnt, aber dennoch erkannte er lediglich die Umrisse der Überwachungskamera, die gleich über der Tür angebracht war. Kein Wunder, daß Mirren so lange brauchte. Er sah sich seinen Besucher erst eingehend an.

*Was beschäftigt Sie, Doktor? Was macht Ihnen soviel angst?*

Die Tür schwang auf, und Dr. Mirren sah zum Sheriff hinaus. Sein Gesicht schien blaß und angestrengt, und er hielt ein Gewehr in der Hand. Erikson stand sehr still da. Mirren betrachtete ihn aufmerksam. Die Lippen des Arztes zitterten, aber seine Hände waren ruhig, und das Gewehr schwankte nicht. Mirrens Kleidung war in unordentlichem Zustand, und den dunklen Ringen unter seinen Augen nach zu urteilen hatte er in letzter Zeit nicht viel Schlaf bekommen. Er blickte an dem Sheriff vorbei in die Dunkelheit hinaus, wobei seine Augen vor und zurück schossen, als versuchte er, etwas überraschend zu erwischen. Erikson räusperte sich behutsam.

»Sie wollten mich sprechen, Doktor. Hier bin ich also. Sie sagten, es sei wichtig.«

»Es ist wichtig. Sehr wichtig.« Mirren senkte das Gewehr, nahm den Finger jedoch nicht vom Abzug. »Entschuldigen Sie, ich traue der Kamera nicht mehr. Es gibt so viele Dinge, die auf dem Monitor nicht zu sehen sind.«

Erikson wählte seine Worte mit Sorgfalt. »Welche Art von ... Dingen erwarten Sie, Doktor?«

Mirren musterte ihn kalt. »Sprechen Sie mit mir, Sheriff. Sagen Sie mir etwas, das nur Sie und ich wissen können. Ich muß sicher sein, daß Sie wirklich der sind, der Sie zu sein scheinen.«

»Doktor, wir kennen uns jetzt seit beinahe zehn Jahren. Wir haben uns in Stadtratsitzungen an unterschiedlichen Seiten des Tisches so oft gegenübergesessen, daß ich es nicht mehr zählen kann. Jetzt haben Sie meinem Büroleiter gesagt, sie müßten mich in einer lebenswichtigen Angelegenheit sprechen. Ich befinde mich zur Zeit mitten in den Ermittlungen verschiedener Mordfälle, falls Sie das vergessen haben sollten, und meine Auslegung des Wortes ›lebenswichtig‹ unterliegt allmählich verdammt strengen Maßstäben. Also entweder Sie lassen mich hineinkommen und erzählen mir, was los ist, oder ich gehe wieder. Auf mich wartet nämlich jede Menge Arbeit.«

Mirren lächelte leicht, obwohl sich nichts davon in seinen Augen widerspiegelte. »Ja, Sie sind Erikson. Tut mir leid, aber ich habe meine Gründe. Kommen Sie rein, dann erkläre ich es Ihnen.« Er trat zurück und bedeutete dem Sheriff mit einer Handbewegung einzutreten. Er machte jetzt einen etwas ruhigeren Eindruck, aber dennoch hielt Erikson ein wachsames Auge auf das Gewehr, während er an dem Doktor vorbei den Eingangsflur betrat. Mirren zuckte entschuldigend mit der Schulter und senkte den Lauf des Gewehrs zu Boden. Er warf noch einen letzten mißtrauischen Blick in seinen Garten hinaus, dann schlug er die Tür zu, sperrte sie ab und verriegelte sie noch zusätzlich. Der Anblick der verschlossenen Tür schien ihn einigermaßen zu besänftigen, und er forderte Erikson mit einem Nicken auf, ihm zu folgen, wobei er einen Teil seiner alten Überheblichkeit wiedergewonnen hatte. »Hier entlang, Sheriff. Wir können uns in meinem Arbeitszimmer unterhalten.«

Er ging mit schnellen Schritten durch den Flur, und Erikson mußte sich beeilen, um ihm nachzukommen. Er fühlte sich etwas sicherer, nun, da das Gewehr nicht mehr auf ihn gerichtet war, und nahm die Gelegenheit wahr, sich in seiner Umgebung gründlich umzusehen.

Er war bisher noch nie in Mirrens Haus gewesen, obwohl er allerlei Gerüchte darüber gehört hatte. Der Flur wirkte zweifellos eindrucksvoll. Der einzig richtige Ausdruck dafür war riesig. Er war schwach beleuchtet, mit Schatten an allen Seiten. Holzgetäfelte Wände schimmerten dumpf hinter schweren antiken Möbeln und hier und da verteilten Gemälden. Erikson erkannte keines davon, doch sie hatten das düstere Aussehen von Alter und Wert. In einer Nische stand sogar eine Rüstung, die so aussah, als könnte sie eine gründliche Politur vertragen. Wenn der Rest des Hauses den Ausmaßen des Flurs entsprach, dann mußte Mirren wohl darin herumklappern wie eine einzelne Erbse in einer Hülse. Ein derart weiträumiges Haus verlangte nach einer großen Familie und einem Stab von Dienern, um es auszufüllen. Aber Mirren lebte allein und hatte immer schon allein gelebt.

Erikson runzelte die Stirn. Er hätte ungern auch nur eine Stunde hier allein verbracht, tagsüber oder nachts. Es war ein unheimliches Haus, selbst für Schattenfall. Es herrschte ein starker Hauch von bösen Vorahnungen, von etwas Schlimmem, das sich ereignen würde. Der Sheriff wurde den Drang nicht los, stehenzubleiben und nach hinten zu sehen. Allmählich kam er zu der Ansicht, er hätte seinem inneren Gefühl draußen im Garten folgen und sich aus dem Staub machen sollen, solange das noch möglich war. Der Gedanke beunruhigte ihn, und er zog ärgerlich die Nase hoch. Er war der Sheriff von Schattenfall, und es bedurfte weit stärkerer Geschütze als eines unheimlichen alten Hauses, um ihn von seiner Pflicht abzuhalten. Weitaus stärkerer.

Das Arbeitszimmer erwies sich als erstaunlich gemütlich. Es war ein großer Raum, aber nicht protzig, und gut ausgeleuchtet. Dicht vollgestellte Bücherregale bedeckten drei Wände, und zwei dick gepolsterte, sehr bequem aussehende Sessel standen zu beiden Seiten des knisternden offenen Kaminfeuers. Mirren ließ sich in den nächsten Sessel sinken und bedeutete Erikson, im anderen Platz zu nehmen. Er legte sich das Gewehr quer über die Knie, wobei er es weiterhin so fest umklammert hielt, daß seine Fingerknöchel weiß hervortraten. Er sah dem Sheriff ungeduldig zu, während dieser sich setzte. Anscheinend wollte er ihm etwas mitteilen, war sich aber nicht sicher, wo er anfangen und ob er es überhaupt tun sollte.

»Doktor, Sie haben mich gebeten herzukommen«, sagte Erikson schließlich. »Also, was ist so wichtig, daß ich die Untersuchung mehrerer Mordfälle Knall auf Fall liegenlassen mußte, um mit Ihnen zu sprechen? Unter gewöhnlichen Umständen verleiht Ihnen Ihre Zugehörigkeit zum Stadtrat gewisse Vorrechte, aber zur Zeit sind die Umstände alles andere als gewöhnlich. Nun, warum bin ich hier? Hat es etwas mit der Aufklärung der Morde zu tun?«

»Ich weiß nicht genau«, antwortete Mirren, beinahe um Entschuldigung heischend. »Vielleicht.«

»›Vielleicht‹ reicht nicht.«

»Bitte, Sheriff, haben Sie Geduld mit mir. Meine Lage ist … schwierig. Erzählen Sie mir etwas über die Untersuchung der Mordfälle. Wie kommen Sie voran?«

»Überhaupt nicht. Meine Leute und ich rennen ständig gegen Mauern an, auf der Suche nach etwas, irgend etwas, das uns einen Ansatz geben könnte, aber wir haben trotz all unserer Bemühungen verdammt wenig Erfolg vorzuweisen. Keine Hinweise, keine Motive, keine Verdächtigen. Nur Leichen. Und als ob das noch nicht schlimm genug wäre, hat sich Altvater Zeit auch noch in seiner Galerie der Gebeine verschanzt und ist nicht bereit, irgend jemanden zu empfangen. Kein Wort der Erklärung, ganz zu schweigen von einer Entschuldigung. Nur eine knappe schriftliche Warnung, bei einem Punker-Mädchen hinterlassen, das bei ihm wohnt.«

»Eine Warnung?« Mirren rutschte in seinem Sessel nach vorn, und ein Anflug von Leben kehrte in sein angespanntes Gesicht zurück. »Wie lautet sie?«

*»Hütet euch vor dem Wilden Junker*. Das ist alles. Sagt Ihnen das etwas?«

»Nein«, antwortete Mirren, der sich wieder in seinem Sessel zurücklehnte. »Ich kann nicht behaupten, daß ich damit etwas anfangen kann.«

Er wirkte plötzlich älter, auch erschöpft, und Erikson empfand flüchtig Mitleid mit dem Mann. Was immer Mirrens Problem sein mochte, es hatte ihn sichtlich mitgenommen. Erikson fragte sich allmählich, ob er doch nicht ganz umsonst zu ihm herausgefahren war. Etwas war hier geschehen, etwas so Schlimmes, daß ein Mann dadurch um zehn Jahre gealtert schien, ein Mann, der sich jeden Tag spaßeshalber mit dem Tod beschäftigte. Was konnte einem Menschen einen solchen Schrecken einjagen? Erikson beschloß, das Gespräch fortzusetzen und abzuwarten, wohin es führen mochte.

»Ich habe meine Leute angewiesen, in den Bibliotheken zu recherchieren und mit verschiedenen kompetenten Leuten in der Stadt zu sprechen, um herauszufinden, wer oder was dieser Wilde Junker wohl sein mag, aber bis jetzt sind wir auf keinerlei Information gestoßen. Ich bekomme nicht einmal zwei gleiche Antworten auf die Frage, warum Altvater Zeit beschlossen haben mag, sich von der Stadt abzuriegeln. Soweit wir wissen, hat es so etwas noch nie gegeben.«

Mirren nickte bedächtig. »Wie lange ist der Zeitmeister nun schon nicht ansprechbar?«

»Seit beinahe zwölf Stunden. Seine Automaten sind allerdings immer noch unterwegs. Ich bekomme Berichte, daß sie überall auftauchen. Es wurde sogar einer am Schauplatz des letzten Mordes gesichtet, als die Leiche noch warm war. Vielleicht haben Sie davon noch nichts gehört. Keith Januar, psychologisch geschulter Ermittler aus einer Krimi-Serie der späten

Sechziger. Er hat sich nie so richtig durchgesetzt, und man hat ihn seither auch nicht neu aufgelegt. Er wurde in seinem Wohnzimmer tot aufgefunden. Seinem Aussehen nach zu schließen muß er sich mit seinem Mörder einen ziemlich heftigen Kampf geliefert haben. Das Zimmer war eine einzige Unordnung. Meine Leute durchsuchen es mit einem feinzinkigen Kamm. Diesmal werden wir etwas finden. Einen Faden aus einem Kleidungsstück, Dreck vom Schuh des Mörders. Irgend etwas.«

»Haben Sie ihn gekannt, Sheriff?«

»Ja. Ich habe ihn gekannt, habe bei einigen Fällen mit ihm zusammengearbeitet. Ein angenehmer Typ. Einige Ergebnisse hätte ich ohne seine Hilfe nicht bekommen. Ab und zu bin ich mit ihm etwas trinken gegangen. Erst neulich war ich abends bei ihm zu Hause, wir haben uns zusammen einen Schluck genehmigt und über dies und jenes geredet. Jetzt ist er tot, und anscheinend bin ich nicht in der Lage, verdammt noch mal, etwas der Aufklärung Dienliches zu tun. Trotz meiner langjährigen Ausbildung, meiner Erfahrung, kann ich nicht einmal den Mörder meines Freundes finden.«

»War irgend etwas ... Ungewöhnliches an diesem Mord?«

»Ja. Keine Anzeichen eines gewaltsamen Eindringens, was die Vermutung nahelegt, daß das Opfer seinen Mörder kannte. Jack Fetch war ebenfalls dort. Kreuzte nicht lange nach den Automaten auf. Er hat nichts unternommen. Stand einfach nur da, sah zu und ängstigte meine Leute zu Tode. Das war ungewöhnlich. Die Vogelscheuche erscheint im allgemeinen nur dann auf der Bildfläche, wenn etwas Unangenehmes zu erledigen ist. Je mehr ich darüber nachdenke, desto weniger gefällt es mir. Der Zeitmeister versteckt sich, und Fetch rennt frei herum. Das muß etwas zu bedeuten haben ...«

Eine Zeitlang saßen sie schweigend da und sahen sich von einer Seite des knisternden Feuers zur anderen an. Erikson empfand es als etwas peinlich, daß er Mirren gegenüber so viel preisgegeben hatte. Sie waren ja schließlich keine Freunde. Nur Bekannte. Er glaubte nicht, daß Mirren überhaupt irgendwelche Freunde besaß. Er war nicht gerade das, was man einen geselligen Typen nannte. Aber Erikson mußte mit jemandem reden. Sonst würde er platzen.

»Kann ich Ihnen etwas zu trinken anbieten, Sheriff?« fragte Mirren unvermittelt. »Ich könnte selbst etwas gebrauchen, und ich trinke nicht gern allein. Eine schlechte Angewohnheit für einen Arzt.«

»Ich würde zu einem kleinen Glas von irgendwas nicht nein sagen, wenn Sie es schon anbieten«, sagte Erikson, darauf bedacht, seine Stimme so beiläufig und gelassen wie möglich klingen zu lassen.

Mirren legte das Gewehr beiseite und holte zwei Cognac-Gläser und eine Karaffe aus einem schmuckvollen Holzschrank. Er goß mit sicherer, beherrschter Hand zwei großzügige Portionen ein und brachte sie zum Kamin. Ein Scheit krachte im Feuer, und Mirren zuckte zusammen. Er reichte Erikson ein Glas, setzte sich vorsichtig wieder hin und legte sich das Gewehr noch einmal über die Knie, beinahe geistesabwesend. Er schwenkte den Cognac sanft im Glas, um sein Bukett zur Entfaltung zu bringen, und nippte dann genüßlich daran. Erikson probierte. Er kannte sich mit Cognac nicht übermäßig gut aus, aber er erkannte einen hervorragenden, wenn er einen schmeckte. Er mußte sich beherrschen, um nicht das ganze Glas in schnellen Zügen zu leeren. Er wollte nicht den Anschein erwecken, als wisse er die Köstlichkeit nicht zu schätzen.

»Erzählen Sie mir etwas über die Stadt«, sagte Mirren. »Ich weiß, Sie warten darauf, daß ich zur Sache komme, und Sie fragen sich vielleicht, ob ich den

Augenblick, da ich Ihnen eröffnen muß, warum Sie hier sind, nicht einfach nur hinauszögere. Nun, möglicherweise tue ich das, zum Teil, aber bitte glauben Sie mir, ich habe einen Grund, diese Fragen zu stellen. Wie ist die Stimmung heute abend in der Stadt?«

»Von Angst geprägt«, sagte Erikson tonlos. »Erschüttert. Die Leute geraten allmählich in Panik. So etwas hat es bisher in Schattenfall noch nicht gegeben. Morde geschehen hier sonst einfach nicht. Man geht davon aus, daß Kräfte in der Stadt wirksam sind, die uns gegen solche Dinge schützen. Wenn wir uns darauf nicht mehr verlassen können, welche anderen verletzbaren Stellen mögen wir sonst noch aufweisen? Warten Sie, bis die Leute dahinterkommen, daß der Zeitmeister sich verschanzt hat. Dann ist der Ofen wirklich aus.

Einige Leute haben bereits versucht, die Stadt zu verlassen. Sie sind nicht weit gekommen. Als der Zeitmeister aus der Sicht entschwand, entstanden rings um die Stadt Barrieren. Zur Zeit kommt niemand heraus oder herein. Die Bürgermeisterin übt Druck auf mich aus, weil der Stadtrat Druck auf sie ausübt, aber all das wußten Sie sicher bereits, nicht wahr, Doktor? Der einzige gute Vorschlag, den der Stadtrat vorgebracht hat, ist, James Hart zu verhaften, vermutlich aufgrund allgemeiner Prinzipien. Das ist keine schlechte Idee. Leider ist Hart verschwunden. Er hat sich ein Loch gegraben, ist hineingeklettert und hat es über sich zugeschüttet. Wissen Sie, wozu ich mich augenblicklich gezwungen sehe, Doktor? Wenn ich von Ihnen weggehe, begebe ich mich zu Suzannes Haus, dem Schuppen unten am Fluß, und laß mir von ihr die Karten legen. Vielleicht kann sie mich wenigstens in die richtige Richtung weisen.

Hören Sie, Doktor, ich war bis jetzt sehr geduldig, aber nun bin ich damit am Ende. Entweder Sie kommen zum Kern der Sache und erklären mir, was ich hier soll, verdammt noch mal, oder ich gehe. Und ich komme nicht noch einmal.«

Mirren seufzte und nahm einen tiefen Schluck aus seinem Glas. »Etwas Schlimmes zieht herauf, Sheriff. Etwas sehr Mächtiges und ganz und gar Tödliches. Stark genug, um diese Stadt auszuradieren. Ich werde Ihnen nicht verraten, woher ich das weiß; Sie würden es nicht gutheißen. Ziehen Sie Ihre eigenen Schlüsse. Glauben Sie mir einfach, wenn ich Ihnen sage, daß die gesamte Stadt in Gefahr ist. Sie müssen allmählich Entscheidungen hinsichtlich der besten Verteidigung der Stadt treffen. Einige Teile müssen vielleicht hingegeben werden, um andere zu schützen. Und, Sheriff, Sie haben nicht mehr viel Zeit. Die Uhr läuft.«

Erikson verzog das Gesicht zu einer finsteren Miene, bewahrte jedoch eine heuchlerisch höfliche Stimme. »Könnten Sie sich etwas genauer ausdrücken, was die Natur dieser Gefahr betrifft?«

»Nein, das kann ich nicht. Aber die Gefahr besteht, sie ist real. Sie müssen mir glauben.«

»Und deshalb haben Sie mich herkommen lassen, um mir das zu sagen? Etwas Schlimmes steht bevor? Doktor, ich hoffe, ich erfahre mehr als das aus Suzannes verdammten Karten.«

»Das ist nicht der einzige Grund, warum ich Sie hergebeten habe, Sheriff. Ich glaube, im wesentlichen geht es darum … daß ich Angst habe. Verstehen Sie, ich kann es mir nicht leisten zu sterben. Noch nicht. Wenn ich sterbe, dann erwartet mich der Tod. Ich habe … fragwürdige Dinge getan, um Wissen zu erlangen, und der Tod wird mich dafür bezahlen lassen. Bereits jetzt laufen etliche Dinge schief. Ihnen liegt mein Bericht darüber vor, was geschah, als ich versuchte, Oliver Landos Geist für Bürgermeisterin Frazier zu erwecken, um ihn in bezug auf seinen Mörder zu befragen. Statt dessen kam etwas anderes. Etwas Altes und Abscheuliches und sehr Mächtiges. Seither ist es mir nicht mehr gelungen, ein erfolgreiches Ritual zu vollziehen, doch … Dinge sind trotzdem erschienen, ohne daß ich sie gerufen hätte.

Bis jetzt haben sie es noch nicht geschafft, meine Schutzvorrichtungen zu durchbrechen; ich habe viele Jahre damit zugebracht, dieses Haus samt dem Gelände ringsum zu sichern. Ich bin kein Narr. Ich kenne die Gefahren. Aber ich fange an, Dinge zu sehen. Ich schaue in den Spiegel, und jemand anderes sieht mich an. Am Rande meines Gesichtsfeldes kommen und gehen Dinge, lachend und flüsternd. Nachts höre ich Stimmen und Schritte vor meiner Schlafzimmertür. Sie kommen, um mich zu holen, Sheriff. Die Toten kommen, um mich mitzunehmen.«

Erikson stand auf, und Mirren erhob sich ebenfalls unsicher. Erikson sah ihn ausdruckslos an. »Ich weiß nicht, was ich für Sie tun kann, Doktor. Die Toten entziehen sich meiner Zuständigkeit als Ordnungshüter.«

»Sie können mich in Schutzhaft nehmen. Ich verlange vollen Polizeischutz. Es gibt ein halbes Dutzend hochrangiger Zauberer, die für die – oder mit der – Polizei arbeiten. Sie könnten einen Ring von Verteidigungsvorkehrungen ersten Grades errichten, der alles fernhielte. Zumindest würde man dadurch genügend Zeit gewinnen, um die weiteren Schritte zu beschließen. Es gibt einige Dinge, die ich Ihnen nicht verraten kann, Sheriff. Ich habe Sie über die drohende Gefahr in Kenntnis gesetzt. Ich denke, Sie schulden mir dafür etwas.«

»Für das unbestimmte Gefühl, daß irgendeine Macht, die Sie nicht benennen und nicht beschreiben können, in unsere Richtung unterwegs ist? Doktor, meine Zauberer und Stellvertreter arbeiten allesamt sechzehn Stunden am Tag oder mehr an der Aufklärung der Morde, und ich brauche jeden einzelnen von ihnen. Und sie brauchen mich. Ich habe ohnehin schon zuviel Zeit hier vergeudet. Ich kann Sie an einige private

Schutzagenturen verweisen, aber ich warne Sie, zur Zeit herrscht eine rege Nachfrage nach ihren Diensten. So, jetzt muß ich wirklich gehen.«

Er merkte, daß er immer noch das Glas in der Hand hielt, und kippte den letzten Schluck Cognac hinunter. Er ließ beim Hinabrinnen eine Spur von Wärme zurück, aber er linderte die knochentiefe Kälte und Erschöpfung nicht, die jetzt ständig in ihm steckte. In der Vergangenheit hatte er stets den Alkohol gehabt, um sich ein wenig aufzubauen, wenn er wirklich viel Unangenehmes um die Ohren hatte, aber zur Zeit war ihm nicht einmal das geblieben. Er wußte nicht, ob das gut war oder nicht. Er stellte das leere Glas auf der Armlehne seines Sessels ab und sah Mirren kalt an.

»Sie haben sich Ihr eigenes Bett gemacht, Doktor. Jetzt ist es an Ihnen, sich hineinzulegen. Ich habe Ihnen oft genug gesagt, Ihr häßliches kleines Hobby würde sich eines Tages gegen Sie wenden und Sie beißen. Mir scheint, Sie täten am besten daran, sich eine verständnisvolle Kirchengemeinde auszusuchen und um Zuflucht zu bitten. Diese Leute neigen eher zu verzeihender Nachsicht als ich. Vielleicht können sie Sie schützen, sofern Sie ernsthaft bereuen, was Sie getan haben. Wenn Sie das nicht tun, dann sind Sie auf sich selbst gestellt, Doktor. Machen Sie sich nicht die Mühe, mich hinauszuführen. Ich finde den Weg.«

Er schritt aus dem Arbeitszimmer und durch die riesige Eingangshalle, ohne sich einmal umzublicken. Er hatte Mirren noch nie leiden können, dennoch spürte er ein verschwommenes Schuldgefühl, weil er kein Mitleid für den Mann empfand. Doch wenn nur die Hälfte der Gerüchte, die er über Mirren gehört hatte, stimmten, dann verdiente er sämtliche verdammten Unbilden, die ihm bevorstehen mochten.

Er trat hinaus und zog die schwere Tür hinter sich zu. Es kam ihm so vor, als sei der Garten voll von ruheloser Bewegung, schwankenden Ästen und lautem Rascheln. Er war sich nicht sicher, aber er glaubte, verstohlen huschende Schatten am Rand des Weges zu sehen. Erikson lächelte kalt, legte die Hand an den Gürtel in der Nähe seiner Waffe und ging langsam, aber zielstrebig den Weg hinunter und durch das Gartentor hinaus.

*Etwas Schlimmes kündigt sich an … Ich habe Neuigkeiten für Sie, Doc. Ich glaube, es ist bereits hier.*

In seinem Arbeitszimmer saß Mirren allein vor dem Kamin, das Gewehr vergessen in der Hand. Die von draußen würden bald die Stadt erreichen und Tod und Zerstörung mit sich bringen, und dann würde dieser Narr von einem Sheriff das bekommen, was ihm bestimmt war. Er und viele andere Leute, die sich einbildeten, hier das Sagen zu haben. Das hatten ihm die Krieger versprochen, als Gegenleistung für seine Arbeit zu ihren Gunsten. Aber sie täten gut daran, bald hier zu sein, sonst würden ihre Schutzversprechungen nichts mehr bedeuten. Der Sheriff verdiente alles, was ihm und seiner hochgeschätzten Stadt widerfahren würde. Er hatte seine Chance gehabt. Wenn Erikson eingewilligt hätte, ihn zu schützen, dann hätte er ihm alles über sein Abkommen mit denen von draußen gesagt. Es wäre vielleicht noch immer genügend Zeit gewesen, um eine Art Verteidigung zu errichten. Doch jetzt hatten der Sheriff und die Stadt ihn im Stich gelassen, und er war allein, wie üblich. Hatte er wirklich etwas so Schlechtes getan? Er hatte doch nach nichts anderem gestrebt als nach der Wahrheit … und vielleicht nach ein wenig Gesellschaft. Deshalb hatte er das Abkommen mit den Kriegern getroffen. Sie hatten ihm Zugang zu mystischem Wissen geboten, das in Jahrhunderten angehäuft worden war. Wie hätte er da ablehnen können? Mirren erzitterte, trotz der Wärme des Feuers. Er hatte soviel aufs Spiel gesetzt, einschließlich seiner Seele, aber wenn die Krieger des Kreuzes nicht bald hier einträfen, wäre alles umsonst gewesen. Die Toten kamen, um ihn abzuholen, und sie ließen als Antwort kein Nein gelten.

In der Regel widersprach es Derek und Clive Mandervilles Wesen, etwas in Eile zu tun. Als Totengräber und allgemeine Handwerker (oder Friedhofstechniker, wie ihre Mutter es vorzog sie zu nennen), hatte ihre Arbeit die Eigenschaft, sporadisch anzufallen und gemächlich ausgeführt zu werden. Wenn sie nicht gerade darauf warteten, daß eine Beerdigung zu Ende ging oder ein Unwetter sie ins Wasser fallen ließ, war stets genügend Zeit für eine müßige philosophische Diskussion oder einen kräftigen Zug an einer Handgerollten. Dennoch konnten die Brüder Manderville schnell handeln, wenn sich die Notwendigkeit ergab, und gegenwärtig hätte die Geschwindigkeit, mit der sie zwei Koffer packten, einen Beobachter vom *Guinness Buch der Rekorde* in Erstaunen versetzt. Kleidungsstücke, Toilettenartikel und andere wichtige Dinge wurden mit verblüffender Schnelligkeit und Genauigkeit in Richtung der Koffer geworfen. Kurz gesagt, Dereks und Clives Art zu packen war olympiareif.

Das entsprach nicht ihrer Lieblings-Lebensweise, weder bei der Arbeit noch im Privatleben, aber die Brüder Manderville waren sehr wohl in der Lage, eine Bedrohung für den Fortbestand ihrer Lebensführung zu erkennen, besonders wenn sie sie zu Boden warf, ihnen metaphorisch ein Knie auf die Brust setzte und ihnen mitten ins Gesicht knurrte. Sie hatten auch keine Schwierigkeit damit zu entscheiden, wie man einer solchen Krise begegnete. Sie befanden sich im Zustand der Panik.

Derek und Clive wohnten zusammen mit ihrer Mutter in einem hübschen kleinen Haus mit Blick auf den Allseelen-Friedhof. Die Aussicht war nicht besonders, aber zumindest bedeutete das, daß sie in der Früh keinen weiten Weg zur Arbeit hatten. Sie hatten gute Jobs, eine ausgezeichnete Gesundheit und eine sichere, wenn auch begrenzte Zukunft. Derek und Clive waren beide jung, Anfang beziehungsweise Mitte der Zwanzig, und sie waren groß, muskulös und auf eine Weise gutaussehend, die mehrere weibliche Herzen schon hatte höher schlagen lassen und sich günstig auf das Heben einiger Röcke ausgewirkt hatte. Das Geld floß ihnen nicht gerade in Strömen zu, aber es reichte immer für ein Glas von dem oder jenem. Grundsätzlich, alles in allem genommen, hätten sie also mit ihrem Los zufrieden sein müssen. Die Welt bot sich ihnen sozusagen von der erfreulichen Seite dar. Statt dessen hatten sie die Arbeit frühzeitig verlassen, waren den ganzen Weg nach Hause gerannt und befanden sich gegenwärtig in ihrem Schlafzimmer, wo sie zwei Koffer mit äußerster Schnelligkeit packten, um bei Nacht und Nebel das Weite zu suchen.

Da es allerdings erst hellichter Nachmittag war, würde die Sache wohl ohne Nacht und Nebel ablaufen. Flucht war das Entscheidende, darauf waren sie aus, und zwar so schnell wie möglich. Leider ging die Packerei nicht besonders zügig vonstatten. Sie wollten nur das Allerwichtigste mitnehmen, aber Derek und Clive hatten große Probleme, darin übereinzukommen, was sie unbedingt zum Leben brauchten. Sie packten jetzt schon seit beinahe einer halben Stunde und hatten noch nicht viel zustande gebracht. Ihre Gemüter waren aufs äußerste angespannt. Jeder riß irgendwelche Dinge aus dem Koffer des anderen, und beide atmeten schwer mit geblähten Nüstern. Clive trug sein Deep-Fix-Live-Tour- T-Shirt und Jeans, die so dreckig waren, daß sie allein in die Wäscherei hätten laufen können. Derek hingegen hatte sich die Zeit genommen, seinen besten Anzug anzuziehen, komplett mit Hemd und Krawatte. Er konnte nicht alle Knöpfe an ersterem schließen, und die letztere strangulierte ihn beinahe, aber zumindest hatte er sich Mühe gegeben.

»Jedenfalls werde ich bei meinem Abgang nicht aussehen wie eine Schneiderpuppe«, erklärte Clive schneidend. »Wir haben Leute beerdigt, die im Anzug einen behaglicheren Eindruck gemacht haben als du.«

»Wenn wir uns nicht beeilen«, erwiderte Derek in ätzendem Ton, »wird jemand uns beerdigen, mit oder ohne Anzug und ungeachtlos dessen, ob wir dann noch atmen oder nicht.« Er schwieg eine Weile, zufrieden mit dem ›ungeachtlos‹. Das war ein Wort, das er häufig gebrauchte. »Der Anzug ist eine Verkleidung, verstehst du? Wer rechnet schon damit, mich in einem Anzug zu sehen?«

Er setzte eine dunkle Sonnenbrille auf, um die Wirkung zu vervollkommnen. Clive schnaubte unbeeindruckt. »Großartig. Jetzt siehst du wie ein Spion aus. Der Zweck dieser Übung ist, unauffällig aus der Stadt zu verschwinden, hast du das vergessen? Wenn du in diesem Aufzug hinausgehst, wird jeder, den wir kennen, an uns herantreten und fragen, wer bei uns in der Familie gestorben ist.«

»Wenn du dich ebenfalls fein anziehen würdest, würde niemand uns erkennen«, entgegnete Derek geduldig. »Ich dachte, du könntest eins von Mamas alten Kleidern tragen, und wir könnten so tun, als seien wir Mann und Frau.«

Clive musterte ihn mit einem gefährlichen Blick. »Du wirst doch jetzt nicht etwa *komisch*, oder?«

»Schon gut, schon gut. Es war nur eine Idee.«

Beide verstummten, als ihre Mutter hereinkam. Mrs. Manderville trug ein Nonnengewand samt Schleier, wie üblich, und da sie ziemlich klein und etwas pummelig war, glich sie einem mütterlichen Pinguin. Sie war nicht gerade das, was man als religiös hätte bezeichnen können, aber sie kleidete sich als Nonne, seit ihr Mann drei Jahre zuvor gestorben war. Sie trug ein

Tablett mit zwei großen Gläsern Limonade darauf. Die Brüder warfen einen Blick auf die Limonade und zuckten zusammen.

»Hier, meine Lieben«, sagte Mrs. Manderville fröhlich. »Ich habe euch beiden je ein Glas mit schöner kühler Limonade gebracht.«

»Danke, Mama«, sagten Derek und Clive wie aus einem Mund. Jeder nahm sich ein Glas und hielt es linkisch in der Hand.

Mrs. Manderville strahlte sie beide an, blinzelte zu den offenen Koffern auf dem Bett, wandte sich um und verließ den Raum, wobei sie einen alten Country-und-Western-Song vergnügt vor sich hin summte. Mrs. Manderville stand auf Country und Western. Sie war nie glücklicher, als wenn sie bei jemandem mitsingen konnte, der Geschichten von gebrochenen Herzen und Seelenleid mehr oder weniger musikalisch vortrug. Im wesentlichen lebte Mrs. Manderville in ihrer ganz eigenen Welt, wo sie sich nicht daran zu erinnern brauchte, daß ihr Ehemann tot war, und sie besuchte die reale Welt nur gelegentlich, um sich zu vergewissern, daß mit ihren Jungs alles in Ordnung war. Sie hatten ihr schon mehrmals gesagt, daß sie ausziehen würden, aber es war nie in sie eingedrungen. Sie neigte dazu, Dinge, die sie nicht hören wollte, auch nicht zu hören. Viele Leute waren so, aber Mrs. Manderville hatte diese Eigenschaft zu einer Kunstform erhoben. Derek und Clive warteten, bis sich die Tür hinter ihr geschlossen hatte, dann stellten sie die Gläser mit Limonade auf die Kommode zu den anderen sechs Gläsern, die sie ihnen bereits gebracht hatte. Wenn Mrs. Manderville einmal einen Gedanken gefaßt hatte, war daran nicht zu rütteln. Derek sah Clive an, der ihn seinerseits betrachtete. Derek seufzte tief.

»Hör mal, wir haben keine Zeit zum Streiten. Die Krieger sind unterwegs hierher, und der Fortbestand unserer Gesundheit hängt davon ab, daß wir ein beträchtliches Stück weit weg sind von Schattenfall, wenn sie hier eintreffen.«

»Bist du sicher, daß sie kommen?«

»Scheißt der Papst in den Wald? Sie klopfen irgendwann innerhalb der nächsten vierundzwanzig Stunden an unsere Tür, und wenn es soweit ist, dann habe ich für meinen Teil die Absicht, von hier verschwunden zu sein. Sie glauben, daß wir all die Monate über für sie gearbeitet und den Weg für die Invasion in die Stadt vorbereitet haben. Tatsächlich gehen sie bei ihren derzeitigen Aktivitäten von der Fehleinschätzung aus, daß wir die ganze Zeit über die Verteidigungseinrichtungen der Stadt eifrig sabotiert haben, als Gegenleistung für die nicht unerheblichen Geldbeträge, die sie uns zukommen ließen. Im voraus, diese Dummköpfe. Sie werden ganz und gar nicht erfreut sein, wenn sie hier ankommen und feststellen, daß wir statt dessen überhaupt nichts getan haben, um es zu verdienen. Sie halten uns für politisch engagierte, ideologische Terroristen. Sie werden bestimmt nicht beeindruckt sein von zwei Friedhofstechnikern, die immer noch bei ihrer Mutter wohnen. Ich weiß nicht, wie du das siehst, aber ich mache mich zum nächstgelegenen Horizont auf.«

»Bist du fertig?« fragte Clive bissig. »Es wird dich überraschen, aber das meiste davon war mir ohne deine Hilfe klar. Darf ich dich daran erinnern, wessen Schuld es ist, daß die Krieger uns für so heiße Kerle halten? Wer hat ihnen erzählt, wir hätten persönlichen Kontakt zu Altvater Zeit, hätten von jedem Mitglied des Stadtrates Material erpreßt und bei der Errichtung der Verteidigungsanlagen der Stadt geholfen?«

»Na gut, ich hab mich ein bißchen hinreißen lassen … Entscheidend ist, wir beide werden in gleichen Leichensäcken weggetragen, wenn wir nicht aufhören herumzuplänkeln, anstatt so schnell wie möglich von hier zu verschwinden. Was soviel heißt, um zur Sache zurückzukommen, daß wir keine Zeit haben, uns über Unwesentliches wie das hier zu streiten.«

Er war im Begriff, nach einem Stapel Tonbänder zu greifen, doch Clive bekam sie als erster zu fassen. »Die kann ich nicht dalassen! Das sind meine Raubkopien von Benny and the Jets.«

»Clive, unsere Zeit und unser Platz im Koffer sind sehr beschränkt, ähnlich wie deine geistigen Fähigkeiten. Wir müssen uns ans Wesentliche halten.«

»Du nimmst deinen Teddybär mit!«

»Er ist mein Maskottchen.«

»Sentimentaler Quatsch! Wenn du dein Bärchen mitnimmst, dann nehme ich meine Bänder mit.«

»Na gut. Alles für ein ruhiges und hoffentlich verlängertes Leben. Aber keine weiteren Luxusgegenstände.«

Sie packten schweigend weiter, wobei sie sich gegenseitig beäugten wie Bussarde. Clive warf einen Blick zu den Limonadegläsern auf der Kommode.

»Ich bin immer noch der Ansicht, wir sollten Mama mitnehmen.«

»Sie würde niemals ohne Pa mitgehen, und wir haben keine Zeit, ihn auszugraben. Ihr wird nichts geschehen. Die Krieger werden doch einer Nonne nichts antun, oder? Nein, sie haben viel wichtigere Dinge im Sinn. Zum Beispiel, was sie tun sollen, wenn Schattenfall sich zusammenrauft und den Kriegern im ganzen Land in den Arsch tritt. Ich meine, sie haben keine Chance zu siegen, die armen Schweine, oder?«

»Na ja«, sagte Clive. »Das stimmt.«

Beide kicherten boshaft und drückten die Schnappschließen ihrer Koffer zu.

»Also dann«, sagte Derek, der sich um einen gefaßten, geschäftsmäßigen Ton bemühte. »Jetzt müssen wir nur noch unsere verschiedenen Arbeitgeber anrufen und ihnen erklären, warum wir morgen nicht erscheinen werden. Wir sind ja tatsächlich durch etwas

Unvorhergesehenes, Schwerwiegendes und höchst Ansteckendes verhindert.«

»Pusteln«, sagte Clive. »Pusteln sind immer gut, um den Leuten angst zu machen.«

»Gut. Überall?«

»Vor allem um die Unaussprechlichen herum. Das reicht schon.«

Derek hatte plötzlich das Gefühl, als juckte es ihn überall, doch er verdrängte das. »Während ich dies erledige, trägst du die Koffer hinunter und packst sie in den Wagen. Sobald ich fertig bin, fahren wir zum Park und verstecken uns dort, bis es dunkel wird.«

»Moment mal«, sagte Clive. »Was soll das denn heißen, wir warten im Park, bis es dunkel wird? Davon hast du bisher nichts gesagt. Ich würde niemals eine Nacht im Park verbringen, auch wenn ich mit zwei Bazookas und einem Flammenwerfer bewaffnet wäre! Falls du es vergessen hast: Der Park hat die unangenehme Neigung, sich mit Dinosauriern zu bevölkern, sobald es dunkel wird.«

»Genau! Das ist der springende Punkt. Niemand wird auf den Gedanken kommen, uns dort zu suchen. Ich meine, würdest du das machen, wenn du nicht müßtest?«

»Ich muß es, und ich mache es trotzdem nicht.«

Derek stieß einen tiefen Seufzer aus. »Ich glaube, in einer früheren Inkarnation hat man dein Gehirn als Türstopper verwendet. Der entscheidende Gedanke ist, daß die Krieger mit einer Streitmacht kommen, und sie werden sehr bald hier sein. Alles was uns einen auch noch so kleinen Vorteil verschafft, muß gut für uns sein. Und außerdem ist es in Wirklichkeit gar nicht so gefährlich. Ich meine, in Anbetracht der Größe des Parks und unserer Größe, wie groß ist da die Wahrscheinlichkeit, daß ein Brontosaurus ausgerechnet über uns stolpert?«

»Sehr groß, so wie uns das Glück zur Zeit hold ist.«

Sie verstummten wieder, als Mrs. Manderville mit einem Tablett und zwei Gläsern Limonade hereinkam. Sie alle nickten und lächelten einander an, die Jungen nahmen ihre Limonade, und Mrs. Manderville verließ den Raum, wobei sie glückselig etwas von einem Zugunglück vor sich hinsummte. Clive betrachtete das Glas in seiner Hand.

»Es ist nicht so, als würde einer von uns besonders gern Limonade trinken ...«

»Darum geht es nicht«, erwiderte Derek mit Nachdruck. »Wir müssen trotzdem alle Gläser leeren, bevor wir gehen, sonst ist Mama traurig.«

Clives Blick wanderte zur Kommode. »Wenn ich fünf Gläser Limonade trinken muß, dann bin *ich* traurig. Mir wird sich alles im Mund zusammenziehen.«

»Wir trinken das Zeug natürlich nicht, du Blödmann. Wir kippen es in die Toilette.«

»Das geht doch nicht!« empörte sich Clive. »Man kann doch nicht einfach gute Limonade wegschütten. Ich meine, in China hungern Millionen Menschen.«

»Was soll ich also deiner Meinung nach tun? Die Limonade einpacken und per Luftfracht verschicken? Bring die Koffer runter und laß den Wagen an.«

»Also gut. Dann gib mir die Autoschlüssel.«

Derek sah ihn an. »Ich dachte, du hast die Schlüssel.«

»Nein, ich hab sie nicht.«

»Wenn du sie in diesen verdammten Koffer gepackt hast, dann verknote ich dir die Beine. Leer deine Taschen aus.«

Clive runzelte unglücklich die Stirn und breitete den Inhalt seiner Taschen auf dem Bett aus. Das dauerte eine Weile. Derek betrachtete die wachsende Ansammlung von nicht besonders appetitlichen Gegenständen mit jener Art von Faszination, die sonst nur ganz schlimmen Verkehrsunfällen vorbehalten war. Er beschloß außerdem, daß er, wenn er in Zukunft irgendwann mal eine Rotznase haben sollte, sich ganz bestimmt nicht Clives Taschentuch ausleihen würde. Die Schlüssel kamen als letztes zum Vorschein, natürlich. Es war einer dieser Tage. Clive stopfte alles wieder in seine Taschen, außer einem Klumpen Kaugummi, den er aus seinem Taschentuch klaubte und sich für später hinters Ohr steckte.

»Wer fährt?« fragte er unvermittelt.

»Ich«, sagte Derek. »Ich bin der ältere.«

»Ich habe mehr Übung.«

»Ja, darin, rückwärts irgendwo gegen zu knallen.«

»Das war Pech. Mein Fuß ist abgerutscht.«

»Eben, darum fahre ich. Meiner tut das nicht.«

»Weißt du«, sagte Clive nachdenklich, »wir haben noch immer nicht entschieden, wohin wir überhaupt abhauen. Ich finde New York nach wie vor gut. Oder Hollywood. Irgendwas Glanzvolles, Romantisches.«

»Wenn du Glanz und Romantik willst, kannst du New York vergessen. Das ist keine Stadt, das ist fortschreitende Evolution. Ich würde mich bei den Dinosauriern sicherer fühlen. Nein, ich denke, wir sollten erst mal in der Schweiz vorbeischauen. Dort liegt unser Geld, haben die Krieger gesagt.«

»Ach ja, laß uns zuerst das Geld holen. Dann Hollywood und so viele Miezen, wie ich mit einer Zunge schaffe.« Clives Miene verfinsterte sich plötzlich. »Ehrlich gesagt, ich habe langsam ein schlechtes Gewissen, weil wir uns einfach so aus dem Staub machen. Ich meine, es stehen in nächster Zeit bestimmt einige Beerdigungen an. Wir haben die Leute noch nie im Stich gelassen.«

»Wir waren auch noch nie dem drohenden Tod so nah. Wenn sich Pater Callahan wegen ein paar Gräbern Sorgen macht, dann soll er sich die Ärmel hochkrempeln und sie selber ausheben. Ein wenig körperliche Arbeit würde ihm ohnehin nicht schaden. Man sagt ihm nach, daß er ein heimlicher Esser sei, weißt du.

Angeblich knabbert er Süßigkeiten, während er die Beichte abnimmt.«

»Ich kann mir lebhaft vorstellen, wie der Pater Gräber aushebt!« erwiderte Clive leicht entsetzt. »Das wäre die reine ...«

»Ich würde mir deswegen keine Gedanken machen«, sagte Derek. »Er wird ein paar andere arme Blödmänner finden, die die Arbeit machen. Wahrscheinlich wird er es jemandem als Buße auferlegen. Drei Ave-Marias, und ich möchte anderthalb Meter Erde bewegt sehen, bevor du nach Hause gehst.«

»Laß das ja nicht unsere Mama hören, sonst wäscht sie dir wieder den Mund mit Seife aus.«

»Trag die Koffer zum Auto runter«, befahl Derek streng. »Ich häng mich mal ans Telefon und ruf überall an.«

»Wirst du Sadie anrufen und ihr Lebewohl sagen?«

»Ich sehe nicht ein, warum ich das tun sollte. Sie ist deine Freundin.«

»Nein, ist sie nicht«, widersprach Clive. »Ich dachte, sie ist deine Freundin.«

Sie sahen einander an. »Nein«, sagte Derek. »Sie ist nicht meine Freundin.«

»Na ja, dann ist es ja gut. Wir brauchen sie nicht anzurufen. Ich habe mich immer gefragt, was du an ihr gefunden hast ...«

Pater Ignatius Callahan starrte mürrisch in das leere Bonbonglas. Eigentlich hätten genügend Schokolade und Fondant in diesem Glas sein müssen, um bis zum Ende der Woche zu reichen – und jetzt war es leer, dabei war erst Donnerstag. Im allgemeinen hatte er mehr Willenskraft. Er seufzte wehmütig und kippte das Glas um, um die letzten paar Krümel in seine Handfläche zu schütten. Die Schokolade flammte kurz auf seiner Zunge auf, dann war sie weg, wie die schwindende Erinnerung an einen Kuß. Er runzelte die

Stirn, als dieser Vergleich in seinem Kopf auftauchte, und dann blickte er hinab auf seinen vorgewölbten Bauch und seufzte erneut. Abgesehen von seinem Bauch war er ziemlich gut in Form. Tatsächlich war er für einen Mann knapp unter vierzig verdammt gut in Form. Er trieb jeden Tag Sport, Jogging am Morgen und Laufen am Abend, doch immer wieder spielte ihm seine Lust auf Süßigkeiten einen Streich. Es gab Zeiten, da konnte er so gut wie alles essen und die Kalorien rein durch nervöse Energie verbrennen, aber ein Mann wurde im Laufe der Jahre langsamer, und heutzutage brauchte er nur an einem Plätzchen zu riechen, damit sein Taillenumfang um zwei Zentimeter wuchs. Er versagte sich allerlei, da sein Gewicht im Vergleich zu seinen Jahren im Verhältnis eins zu zwei zunahm, aber hin und wieder gestattete er sich doch ein bißchen Schokolade und Vanillefondant. Als Extra-Leckerbissen. Jeweils ein Viertelpfund pro Woche. Nicht mehr. Aber jetzt war erst Donnerstag nachmittag, und das Glas war bereits leer.

Und die Fastenzeit stand bevor.

Er machte ein entschlossenes Gesicht. Er konnte damit fertigwerden. Er hatte es schon öfter geschafft, er würde es wieder schaffen. Weniger Essen, mehr körperliche Betätigung und eine gehörige Portion mehr Willenskraft. Er wollte nicht herumsitzen, sich mit Süßigkeiten vollstopfen und sich mit einem fetten Leib abfinden, wie es sein Vater getan hatte. Callahan spürte das vertraute Bedürfnis, sich umzuschauen und zu sehen, ob sein Vater ihn beobachtete, da er sich seiner respektlosen Gedanken bewußt war. Er kämpfte den Drang energisch nieder. Sein Vater war vor beinahe zwanzig Jahren an einem Herzanfall gestorben. Er brauchte die Gehässigkeit und Rachsucht dieses Mannes, seinen Jähzorn und seine fliegenden Fäuste nicht mehr zu fürchten. Er war frei. Er war sicher. Er brauchte sich nicht mehr zu ängstigen.

Callahans Miene verfinsterte sich noch mehr, als der alte Haß in ihm wieder aufloderte, der hilflose Zorn des ausgelieferten Kindes gegen ein allgewaltiges und übermächtiges Elternteil. Schändlicher Mensch, böser Mensch. Callahan lächelte ergriffen darüber, wie leicht allein der Gedanke an seinen Vater ihn aus der Fassung bringen konnte – nach so vielen Jahren. Er sammelte sich und verdrängte den Zorn willentlich, gab ihm keine Macht über sich. Er war jetzt ein Mann Gottes, ein Mann des Friedens, und in ihm sollte kein Platz sein für Haß. Das stammte aus einer anderen Zeit, einem anderen Leben, und wenn er in sich selbst keine Möglichkeit fand zu vergessen und zu vergeben, dann konnte er immer noch im Gebet um die Kraft bitten, sein eigenes Leben zu leben, befreit vom Geist seines Vaters. Er lächelte traurig bei diesem wohlbekannten Gedanken und schüttelte den Kopf. Wie weit wir uns von dem entfernen, was wir waren, und wie weit entfernt wir von dem sind, was wir sein könnten. Darin lag irgendwo der Stoff für eine Predigt. Er sah sich nach Papier und einem Kugelschreiber um, doch in dem Augenblick klingelte es an der Haustür, und der Gedanke entschlüpfte ihm. Egal. Er würde wiederkommen, wenn er es wert war. Er erhob sich, legte behutsam den Deckel auf das Bonbonglas und ging zur Tür, um nachzusehen, wer ihn aufsuchte. Er erwartete niemanden.

Er öffnete die Haustür und sah sich einem Mann gegenüber, der eine glänzende schwarze Rüstung trug, verziert mit stattlichen Abzeichen in Rot und Blau, und als Krönung war er mit einem langen dunklen Umhang angetan. Der Mann wirkte groß und muskulös, mit dem Körper eines jungen, durchtrainierten Mannes, aber sein Haar war grau mit silbernen Strähnen, und sein Gesicht wies tiefe Falten auf. Lester Gold, der Mann der Tat, der Geheimnisvolle Rächer, grinste dem überraschten Callahan ins Gesicht.

»Hallo, Nate. Entschuldige, daß ich unangemeldet bei dir hereinplatze, aber es hat sich etwas ergeben. Ich muß mit dir reden.«

»Natürlich«, sagte Callahan schnell. »Du bist hier stets willkommen, das weißt du. Komm rein. Du siehst ... gut aus.«

Gold wirkte noch größer und imposanter, als er in die vollgestopfte Diele trat. Callahan schloß die Tür und schüttelte dann etwas verspätet die Hand, die Gold ihm hingestreckt hatte. Es war eine große Hand voller Leberflecken. Die Hand eines alten Mannes, deren Griff aber kraftvoll und fest war. Callahan runzelte leicht die Stirn, als er durch den Flur vorausging, zurück in sein Arbeitszimmer. Gold sah wirklich gut aus. Sein Gang hatte etwas Federndes, und in seinen Augen lag ein Leuchten, wie es Callahan seit langem nicht mehr erlebt hatte. Andererseits hatte er Gold seit beinahe drei Jahren nicht mehr in seinem Kostüm gesehen. Er war davon ausgegangen, daß der Geheimnisvolle Rächer sich zur Ruhe gesetzt hatte. Irgend etwas mußte geschehen sein. Etwas wirklich Wichtiges, um Gold zu diesem Sinneswandel zu bewegen. Callahan spürte die erste schwache Regung von Unbehagen, doch er dämmte sie mit aller Kraft ein, während er Gold in sein Arbeitszimmer winkte. Für eine Weile beschäftigten sie sich damit, sich gemütlich in den beiden Sesseln am Feuer niederzulassen, dann beugte Gold sich vor und betrachtete Callahan mit einem durchdringenden, beunruhigenden Blick.

»Sonderbare Dinge haben sich in der Stadt zugetragen«, sagte er tonlos. »Sonderbar selbst für Schattenfall. Beunruhigende Dinge.«

Dann hielt er im Reden inne, als ob er nicht wüßte, wo er anfangen sollte oder wieviel er ungefährdet preisgeben durfte. Callahan wartete geduldig. Das Kostüm des Geheimnisvollen Rächers wirkte – aus der Nähe betrachtet – noch eindrucksvoller, beinahe überwältigend, doch das Gesicht war das eines Mannes voller Zweifel, gepeinigt von einem Zwiespalt der Seele. Schließlich seufzte Gold und lehnte sich zurück; seine kräftigen Hände lagen unruhig auf den Armlehnen des Sessels, als fühlten sie, daß sie sich eigentlich mit einer dringenden Angelegenheit befassen müßten.

»Wie lange kennen wir uns nun schon, Nate?«

Callahan lächelte. »Das müssen jetzt beinahe zwölf Jahre sein. Meistens kam uns alles irgendwie sinnvoll vor. Ja, es ist beinahe zwölf Jahre her, daß ich nervös an deiner Tür klopfte, dein allerserstes Magazin in der Hand, um dich um ein Autogramm zu bitten. Du warst sehr entgegenkommend, und als du mir deine Privatsammlung von Erinnerungsstücken zeigtest, dachte ich, ich sei vorzeitig gestorben und in den Himmel gekommen.«

Gold lachte. »Du ahnst ja nicht, wie bewegt ich war. Ich hatte noch nie einen Geistlichen als Fan gehabt. Wie steht es um deine Sammlung?«

»Ziemlich gut. Es gibt immer noch ein paar Gegenstände, die ich bis jetzt nicht ergattern konnte, aber ich halte die Augen offen. Es sind die Preise, die mir heutzutage Schwierigkeiten bereiten. Du glaubst nicht, wie hoch einige der selteneren Comics gehandelt werden. Aber du bist bestimmt nicht hergekommen, um darüber zu reden. Was ist los, Lester? Wie kann ich dir helfen?«

Gold rutschte in seinem Sessel wieder nach vorn, als wappnete er sich für etwas, und seine Augen waren plötzlich kalt.

»Nate, was kannst du mir über die Krieger des Kreuzes sagen?«

Callahan zog eine Augenbraue hoch. »Also, das ist jetzt ein Begriff, den ich nicht zu hören erwartet hatte. Was willst du über sie wissen?«

»Alles. Wer sie sind und wo sie sich aufhalten. Ihre Ziele, ihre Absichten. Der Name ist erst neulich in Prophezeiungen und Warnungen aufgetaucht, und zwar überall in der Stadt. Aber anscheinend weiß niemand etwas Genaueres über sie. Ich hatte eigentlich vor, in die Bibliothek zu gehen, doch ich hoffe, du kannst mir diesen Weg ersparen.«

»Siehst du in ihnen eine Gefahr für Schattenfall?«

»Ich weiß nicht. Vielleicht.«

»Ich kann mir nicht vorstellen, wie das möglich sein sollte. Sie sind eine Randgruppe von extremen Fanatikern, die daran glauben, ihre besondere christliche Denkart durch brutale Gewalt durchsetzen zu können. Für manche sind sie militante Eiferer, für andere christliche Terroristen. Sie predigen Revolution und Höllenfeuer und leisten verschiedenen rechtsgerichteten Regierungen überall auf der Welt finanzielle Hilfe. Sie sind stark im Bekehren zum Glauben und im Eintreiben von Spenden. Sie unterhalten sogar ihren eigenen Satellitensender. Sie standen mehrmals im Kreuzfeuer der Justiz, da ihnen fragwürdige Methoden, wie zum Beispiel Gehirnwäsche bei ihren Glaubensneulingen, vorgeworfen werden, aber man konnte ihnen nie etwas beweisen. Einige begrüßen sie als die letzte Chance des Christentums für ein Überleben in einer zunehmend säkularen Welt. Aber warum ihr Name plötzlich in Prophezeiungen bezüglich Schattenfall auftaucht, ist mir schleierhaft.«

»Die Prophezeiungen sehen in den Kriegern eine Art Bedrohung. Ein Seher gebrauchte sogar das Wort *Invasion*.«

»Nein«, sagte Callahan im Brustton der Überzeugung. »Ich kann das nicht glauben. Wenn etwas Derartiges in der Luft läge, hätte ich inzwischen davon gehört. Ich verspreche dir, Lester, wir befinden uns nicht in Gefahr. Wahrscheinlicher ist, daß wir alle die Anspannung aufgrund der kürzlich geschehenen Morde spüren. Hilflose, verängstigte Leute greifen jeden Klatsch und alle Gerüchte auf, die eine Antwort versprechen. Wir dürfen nicht zulassen, daß wir von der Hysterie gepackt werden; es ist wichtig, daß Leute wie wir einen klaren Kopf behalten. Die Menschen blicken zu uns auf. Aber das weißt du natürlich längst. Du bist nicht hergekommen, um dich über die Krieger des Kreuzes aufklären zu lassen. Du machst dir wegen irgend etwas Sorgen, stimmt's? Etwas … Spirituellem.«

»Ja«, bemerkte Gold so leise, daß Callahan ihn kaum hörte. Die Hände des großen Mannes hatten sich zu Fäusten geballt, und sein Blick war zu Boden gerichtet, um den Augen des Geistlichen auszuweichen. »Ich bin im Land unter dem Hügel gewesen und habe mit den Elfen gesprochen. Ich habe … seltsame Dinge gesehen. Beunruhigende Dinge.«

Callahan nickte bedächtig. »Du hättest nicht dorthin gehen sollen, Lester. Das ist kein Ort für einen Christen. Das Land unter dem Hügel ist ein übler Ort, versunken in Sünde und Verruchtheit. Von dort kommt nichts Gutes, und auch nicht von den Wesen, die dort leben.«

»Angeblich sind sie unsterblich. Sie waren so schön, aber so grausam … zivilisiert, und trotzdem wild.«

»Sie stecken voller Widersprüche.« Callahan bemühte sich, seine Stimme ruhig und gelassen klingen zu lassen. Gold war zu ihm gekommen, um sich Rat und Trost zu holen, nicht um sich streng belehren zu lassen. »Das Lügen ist Teil ihrer Natur. Sie wissen nichts von Glauben oder Überzeugung. Sie sind unsterblich, weil sie keine Seelen haben; wenn sie also sterben, ist ihnen sowohl der Himmel als auch die Hölle verwehrt. Sie haben Gott zurückgewiesen und seine Lehren verflucht. Es sind Dämonen, Lester. Alles was du gesehen oder zu sehen geglaubt hast, war nichts anderes als prächtiger Schein – magische Illusionen, um ihre wahre Boshaftigkeit zu verbergen. In Wirklichkeit sind sie gemeine und scheußliche Geschöpfe, unfaßbar häßlich, und sie leben in einer von ihnen selbst geschaffenen verkommenen Hölle. Ihr Gold ist falsch, ihre Nahrung ist Gift, ihr Wort ist wertlos. Ihr Dasein hat den einzigen Zweck, den Menschen von seinem Glauben und seiner Pflicht wegzulocken.«

»Du magst sie nicht, was?« fragte Gold, und Callahan mußte lächeln.

»Tut mir leid, ich habe mich ein wenig ereifert, ja? Glaub mir, Lester, die Elfen sind böse, und von ihnen kann nichts Gutes kommen. Wie kam es, daß du bei ihnen warst?«

»Sean Morrison …«

»Sean? Sag nichts mehr. Wenn je jemand geboren wurde, um Schwierigkeiten zu machen, dann ist es er. Er hat eine schöne Gesangsstimme und entschieden zuviel Charme, aber in ihm ist kein Platz für das heilige Wort. Er ist ein Heide, verdammt durch seine eigene Überheblichkeit und Narrheit. Du hast dich in schlechte Gesellschaft begeben, Lester. Wir machen unruhige Zeiten durch und müssen uns an das halten, von dem wir wissen, daß es wahr ist.«

»Ich weiß nicht mehr, an was ich glauben soll«, sagte Gold. »Es ist schwer, an Himmel und Hölle zu glauben, wenn man in einer Stadt lebt, wo die Toten andauernd wieder ins Leben zurückkehren.«

»Nun, ganz so oft geschieht das auch wieder nicht«, entgegnete Callahan. »Aber ich weiß, was du meinst. Ich habe heute vormittag Lucas DeFrenz wiederbeerdigt.«

»War er wirklich ein Engel, was meinst du?«

»Nein, nur eine irregeleitete Seele, durch sein Dahinscheiden dem Wahnsinn verfallen. Er hat jetzt seinen Frieden gefunden, in den Armen des Herrn.«

Sie saßen eine Zeitlang schweigend da. Gold sah immer noch besorgt aus, tief im Inneren aufgewühlt. Callahan wünschte, es wäre ihm noch etwas anderes zu sagen eingefallen, um die Angst seines Freundes zu beschwichtigen. Offenbar lastete noch etwas auf Golds

Gemüt. Der alte Held sah plötzlich auf, als hätte er soeben eine Entscheidung getroffen. Er sah dem Geistlichen kühn ins Gesicht.

»Ich möchte dir noch einen Namen nennen, Nate. Ich bin gespannt, ob er dir etwas sagt.«

»Aber gern.«

»Der Wilde Junker.«

Callahan wartete einen Augenblick, ob noch etwas folgen würde, dann lehnte er sich in seinem Sessel zurück und kräuselte nachdenklich die Lippen. »Ich kann nicht behaupten, daß bei mir irgendeine Glocke geläutet hat. In welchem Zusammenhang hast du den Namen gehört?«

»Die Elfen haben ihn erwähnt. Sean fragte sie, wer für die Morde in Schattenfall verantwortlich sei, und sie sagten: der Wilde Junker.«

»Du kannst den Elfen nicht trauen, Lester. Sie ergötzen sich an Lug und Betrug. Was immer du von ihnen zu hören bekommst, du darfst es nicht glauben.«

Gold nickte nachdenklich, aber er sah überhaupt nicht überzeugt aus. Callahan beschloß, es sei an der Zeit, das Thema zu wechseln.

»Laß es mich jetzt bei dir mit einem Namen versuchen, Lester. Was kannst du mir über James Hart sagen?«

»Ich habe mir schon gedacht, daß wir auf ihn zu sprechen kämen. Sein Name ist derzeit in aller Munde. Ich habe vorhin erst mit dem Stadtrat gesprochen; alle drehen durch wegen Hart. Anscheinend ist er untergetaucht, vor ein paar Stunden einfach wie vom Erdboden verschwunden; so vollständig, daß weder die Leute des Sheriffs noch die Lieblingsmagier des Rates die geringste Spur von ihm finden. Viele Leute behaupten, ihn getroffen, mit ihm gesprochen zu haben, aber es gibt kaum zwei übereinstimmende Aussagen. Bist du ihm begegnet?«

»Nein. Er macht mir Sorgen. Ich halte es einfach nicht

für einen Zufall, daß so viele ungute Dinge ausgerechnet seit seiner Rückkehr geschehen sind. Ich habe einige der Geschichten gehört, die man sich über ihn erzählt. Man sagt, er habe eine kranke Frau geheilt und Jack Fetch sei vor ihm niedergekniet. Einer der St.- Laurence-Mystiker behauptet, er sei eine Offenbarung der Veränderung, ein Vermittler der Möglichkeiten. Ich bin in die Bibliothek gegangen und habe die Originalprophezeiung nachgelesen. Sie ist erstaunlich sachlich und eindeutig. James Hart bringt das Ende von Schattenfall mit sich. Kein Wenn und Aber oder Vielleicht.«

»Es tut mir leid, Lester. Du bist zu mir gekommen, um Hilfe und Trost zu bekommen, und ich kann dir nicht einmal ein wenig Hoffnung geben. Denk daran, was ich gesagt habe. Man kann den Elfen nicht trauen, und du kannst die Sache mit einer Invasion durch christliche Terroristen vergessen. Konzentriere dich auf das, was uns unmittelbar betrifft: die Morde. Große Dinge geschehen rings um uns herum, Lester. Uns bleibt nichts anderes übrig, als uns an das zu halten, was wir verstehen. Und vielleicht ist alles gar nicht so schlimm, wie es zu sein scheint. Wer weiß, vielleicht muß Schattenfall zerstört werden, damit etwas Größeres seinen Lauf nehmen kann.«

»Vielen Dank, Nate. Sehr tröstlich.«

Beide schmunzelten vor sich hin, dann stand Gold auf, und Callahan erhob sich ebenfalls und begleitete ihn aus dem Arbeitszimmer und durch die Diele zur Haustür. Dort blieb Gold kurz stehen, als wollte er zum Abschluß noch etwas sagen, etwas Tapferes und Bedeutendes, doch schließlich lächelte er nur, schüttelte Callahan die Hand und machte sich auf den Weg. Der Geistliche sah ihm nach, während er langsam zu seinem Wagen ging; dann schloß er mit einem nachdenklichen Kräuseln der Lippen die Tür. Die Dinge spitzten sich schneller zu, als er erwartet hatte. Er ging durch die Diele zurück in sein Arbeitszimmer und setzte sich an seinen Schreibtisch. Hier pflegte er zu sitzen und seine Gedanken zu ordnen, wenn er seine Predigten schrieb, und er zog es stets vor, hier zu sitzen, wenn er etwas Wichtiges zu entscheiden hatte.

Er öffnete die obere Schublade des Schreibtischs und zog ein reinweißes Telefon heraus. Es sah ganz gewöhnlich aus, war aber in keiner Weise an das System der Stadt angeschlossen, und jene, die Grund hatten zu wissen, wovon sie sprachen, hatten ihm versichert, daß es unmöglich durch irgendwelche Mittelsleute von draußen abgehört werden konnte, weder magisch noch technisch. Callahan zögerte dennoch, es zu benutzen. Man war hier schließlich in Schattenfall. Er seufzte lautlos und nahm den Hörer auf. Es ertönte kein Freizeichen, nur ein leises Summen, und dann sagte eine Stimme seinen Namen.

»Ja, ich bin es«, sagte Callahan und kam sich im selben Augenblick albern vor. Natürlich war er es, niemand außer ihm würde an diesem Telefon etwas hören. So war es konstruiert. »Du mußt deine Vorgesetzten warnen. Die Dinge laufen hier aus dem Ruder. Wenn ihr nicht bald mit der Invasion beginnt, geht euch der Vorteil der Überrumpelung verloren. Dein Name taucht überall in Schattenfall in Orakeln auf. Sie wissen noch nicht, was das alles zu bedeuten hat, aber sie werden nicht lange brauchen, es herauszufinden. Außerdem gibt es zu viele unbekannte Faktoren, die die Sache durcheinanderbringen. Zuerst die Morde, dann James Harts Rückkehr. Jetzt ist er verschwunden, und die Elfen drohen, sich in die Angelegenheiten der Stadt einzumischen.«

»Besteht die Gefahr, daß deine Rolle entlarvt werden könnte?« fragte die Stimme am anderen Ende. Sie hörte sich nicht besonders besorgt an.

»Ich weiß nicht. Es war ein ziemlich waghalsiges Unterfangen, euren Mann einzuschmuggeln, und noch mehr, die Schwachstellen in der Verteidigung der Stadt zu schaffen, damit ihr den Hubschrauber schicken konntet, um ihn abzuholen. Ihr hättet mir sagen sollen, daß er ein Mörder war.«

»Das brauchtest du nicht zu wissen. Verhalte dich unauffällig, dann bist du sicher. Sprich noch mal über die Elfen. Haben sie etwas mit den Abwehreinrichtungen der Stadt zu tun?«

»Ich weiß nicht. Vielleicht, in der Zukunft.«

»Das muß verhindert werden. Solche Dämonen sind mächtig und unberechenbar, wir werden sie zur gegebenen Zeit unschädlich machen, aber der gegenwärtige Zeitpunkt ist ungünstig.«

»Es sind Geschöpfe der Nacht«, sagte Callahan abschätzig. »Sie können gegen die Krieger des Herrn nichts ausrichten.«

»Natürlich nicht. Aber sie könnten unseren Streitkräften während der Invasion beträchtlichen Schaden zufügen. Wir sind nicht bis hierher gekommen, um den Gegenstand unseres Angriffs zu verlieren. Tu alles, was du kannst, um zu verhindern, daß die Stadt die Elfen um Hilfe bittet. Es dauert jetzt nicht mehr lange. Wir kommen bald, und dann wird jeder Dämon und jede Ausgeburt der Hölle vor uns fallen. Wir sind die Krieger des Kreuzes – Gottes auserwählte Krieger –, und niemand kann sich gegen uns behaupten.«

Sean Morrison tauchte kopfüber in die Plastik-Schneekuppel, und der Schock durch die plötzliche beißende Kälte nahm ihm fast den Atem. Schnee und Eis wirbelten um ihn herum, während er durch die Luft trudelte. Licht von irgendwo aus der Nacht zeigte ihm den schneebedeckten Boden tief unter sich. Er brachte einen kurzen, bebenden Atemzug zustande, und die Kälte stach erneut in ihn hinein, als eisige Luft seine Lunge füllte. Morrison knirschte mit den Zähnen und konzentrierte sich darauf, seinen Fall in ein gesteuertes Tauchen zu verwandeln. Der Boden war dem Anschein nach noch immer weit, weit weg, aber er hatte so etwas schon mal gemacht, also konnte er es wieder tun. Nach dem, was ihm vom letzten Mal in Erinnerung geblieben war, würde die Landung hart und schmerzhaft sein, aber letzten Endes doch eine Landung, nach der man aufstehen und davongehen konnte. Und das war das einzige, worauf es ankam.

Altvater Zeit mochte wirklich keine ungeladenen Besucher. Er verfügte sogar über noch weniger feine Methoden, Leute zu erschrecken, die vor dem langen Sturz nicht gewarnt waren, aber Morrison hatte keine Angst. Na ja, jedenfalls nicht viel. Er runzelte plötzlich die Stirn, als er merkte, daß die Luft um ihn herum dicker wurde und seinen Fall abbremste. Zuerst dachte er, der Zeitmeister habe sich erweichen lassen und beschlossen, ihm die Sache zu erleichtern, aber er brauchte nur wenige Augenblicke, um festzustellen, daß er nicht nur nicht mehr weiter fiel, sondern praktisch in der Luft schwebte, von allen Seiten vom Sturm gepeitscht. Er spähte in den tobenden Schnee und arbeitete sich durch den Sturm hinab, indem er mit mehr Zielstrebigkeit als Eleganz durch die eisige Luft schwamm.

Der Boden kam ihm wieder mit zunehmender Geschwindigkeit entgegen. Morrison hatte im Laufe der Jahre einiges von den Elfen gelernt, und das meiste hatte mit Willenskraft und Entschlossenheit zu tun. Und ein ganz klein wenig Magie. Plötzlich teilte sich der Schneesturm vor ihm, und der Boden eilte ihm entgegen, um ihm ins Gesicht zu schlagen.

Die dicke Schicht zusammengebackenen Schnees dämpfte seine Landung, aber trotzdem dauerte es ein paar Minuten, bevor er sich wieder kräftig genug fühlte, um aus dem Loch zu krabbeln, das er verursacht hatte. Er schlang die Arme fest um sich und versuchte, sich angesichts des Sturms etwas Wärme zu bewahren. Und er sah sich um. So sehr weit weg von seinem Ziel war er nicht. Die Allheiligen-Halle rief ihn wie ein Leuchtstrahl. Sie konnte sich nicht vor ihm verstecken, was der Zeitmeister auch tun mochte. In der Galerie des Frostes rief ihn die Ewigkeitspforte ebenso wie sie all jene rief, die sie längst durchschritten haben müßten, es jedoch nicht getan hatten. Er setzte sich in Richtung der Halle in Bewegung, wie ein Pferd, das in seinen Stall zurückkehrt, und ein Teil von ihm wunderte sich darüber, wie stark er auf den Ruf reagierte, obwohl ein anderer Teil von ihm, tief unten, am liebsten durch die Pforte gegangen wäre und Frieden gefunden hätte. Er lächelte freudlos. Später wäre noch genug Zeit für Frieden. Jetzt mußte erst mal einiges erledigt werden.

Der Sturm tobte immer heftiger, aber das konnte ihn nicht aufhalten. Er hatte eine weite Strecke zurückgelegt, um mit Altvater Zeit zu sprechen, und er mußte ihm ein paar sehr gezielte und ziemlich dringliche Fragen stellen. Wie zum Beispiel, warum jemand mit der Macht und den Möglichkeiten des Zeitmeisters es bisher nicht geschafft hatte, den Mörder, der Schattenfall in Angst und Schrecken versetzte, ausfindig zu machen oder zu identifizieren. Und warum er die Stadt nicht vor dem Kommen des Wilden Junkers gewarnt hatte. Wer oder was immer das auch sein mochte. Und vor allem, wann würde der Zeitmeister seinen alten Arsch endlich in die Höhe bringen und etwas unternehmen? Morrison wollte keinen Zweifel daran lassen, daß er und andere nicht bereit waren, einfach dazusitzen und geduldig zu warten, bis der Zeitmeister irgendwann vielleicht mal einen Finger krumm machte. Sie hatten einige eigene Pläne, um die Stadt zu schützen. Wie zum Beispiel die Elfen loszulassen.

Morrison grinste. Das müßte dem Zeitmeister Feuer unter dem Hintern machen. Was immer auch geschehen mochte, er würde ein paar Antworten bekommen. Morrison glaubte fest an die Vorzüge einer persönlichen Konfrontation. Es fiel den Leuten viel schwerer, einen zu mißachten, wenn man ihnen von Angesicht zu Angesicht gegenüberstand.

Die ganze Allheiligen-Halle ragte vor ihm aus dem Schnee auf, riesig und düster und ganz und gar nicht einladend. Das Toben des Schneesturms steigerte sich noch mehr, als unternähme er einen letzten Versuch, ihn abzuhalten, doch er neigte einfach den Kopf nach vorn, zog die Schultern hoch und trabte durch den Schnee weiter, Schritt für Schritt. Der Wind heulte, peitschte ihn zuerst von der einen Seite und dann von der anderen, und die eisige Kälte senkte sich gnadenlos in seine Knochen und saugte die Kraft aus ihm. Aber immer noch sprach die innere Stimme zu ihm, rief ihm zu weiterzugehen, und er brauchte nicht lange, bis er die einzige ungekennzeichnete Tür fand. Er stieß sie mit dem Fuß auf, und ein helles goldenes Licht ergoß sich in den Sturm hinaus.

Er taumelte hinein, lehnte die Schulter an die Tür und knallte sie gegen den Druck des Windes zu. Das Heulen des Sturms verringerte sich zu einem Murmeln, und Wärme sickerte langsam in seinen Körper. Er drückte den Rücken gegen die Tür und starrte ins Nichts, während sein Atem sich allmählich wieder normalisierte. Er verzog das Gesicht, als die wiederkehrende Blutzirkulation wie Stecknadeln in seinen Fingern stach, dann machte er sich daran, sich den angehäuften Schnee von den Kleidern zu klopfen. Anscheinend gab es davon ziemlich viel. Der Zeitmeister hatte wirklich etwas gegen Besucher. Er beschloß, wenn er das jemals noch mal machen müßte, würde er als erstes einen dickeren Mantel anziehen. Er schniefte und sah sich um. Die riesige mittelalterliche Halle erstreckte sich bis in die Ferne, und Schatten drängten sich zwischen den mit großen Abständen angebrachten Gaslaternen. Hoch über ihm rührte sich kurz etwas im Gebälk, dann war es wieder still. Die Halle hatte Morrison schon beim letzten Mal, als er hiergewesen war, nicht beeindruckt, und diesmal war es nicht anders. Vor allem sah sie so aus, als könne sie eine modernere Beleuchtung und eine gründliche Reinigung vertragen.

»Setz den Kessel auf, Zeitmeister. Du hast Besuch.«

Morrison wartete, während seine Stimme laut in der Stille widerhallte, doch es folgte keine Antwort. Es hätte ihn auch überrascht, wenn es anders gewesen wäre. Der Zeitmeister hatte ihm durch den Schneesturm bereits deutlich zu verstehen gegeben, daß er ganz und gar nicht willkommen war. Er machte sich auf den Weg durch die Halle, wobei er fest aufstampfte, um den letzten Rest Schnee von seinen Schuhen zu lockern und wieder etwas Gefühl in die fast erfrorenen Füße zu bekommen. Der Ruf der Ewigkeitspforte erklang jetzt lauter und deutlicher, aber er bemühte sich, nicht mehr darauf zu hören, als er unbedingt mußte. Dafür war er nicht hierhergekommen. Er hatte zu viele Dinge zu erledigen. Für die Tür wäre später noch Zeit. Viel später.

Er mußte sich das immer wieder ins Gedächtnis rufen. Das war die einzige Möglichkeit, bei Verstand zu bleiben.

Als er die Galerie der Gebeine erreichte, fühlten sich seine Hände und Füße endlich wieder so an, als gehörten sie zu ihm. Er schritt an den Bildern und Wänden vorbei, ohne ihnen auch nur einen Blick zu schenken, und er achtete nicht auf die Bewegungen und die plötzlich ausbrechenden Laute. Er hatte keine Zeit, um sich ablenken zu lassen. Was der Grund dafür war, daß der Arm, der aus dem Bild zu seiner Linken hervorschoß, ihn so völlig überraschend traf. Er kam mit einem Ruck zum Stehen, als die klauenbewehrte Hand sich um sein Genick schloß und ihn dann mühelos schüttelte, wie ein Hund eine Ratte schüttelt. Morrison versuchte, nach der Hand zu greifen, sein Arm reichte jedoch nicht so weit nach hinten. Die Hand wirbelte ihn herum, und Morrison mußte in das Abbild eines riesigen, muskelbepackten Ungeheuers mit großen starrenden Augen und einem karmesinroten Maul, gespickt mit gezackten Zähnen, schauen. Große Bizepse wölbten sich an dem Arm, als das Untier den strampelnden und fuchtelnden Morrison an sich zog, und aus seinem Maul floß rauchender Speichel. Morrison hörte auf, sich zu wehren, und ergab sich dem Zerren, um ein wenig Kraft zu sammeln; dann trat er das Untier mit voller Wucht zwischen die Schenkel. Wenn er mit dieser Kraft einen Fußball getreten hätte, wäre er über das ganze Spielfeld geflogen. Wie die Dinge lagen, traten die Augen des Untiers hervor, dann drückte er sie fest zu, und die Klaue ließ sein Genick los. Er taumelte rückwärts, weg von dem Bild, und straffte sich in der Erwartung, daß ihn das Tier wieder packen würde. Doch nichts geschah. Nach einer Weile entspannte er sich ein wenig und setzte seinen Weg durch den Gang fort.

Morrisons Miene war düster, während er seinen Mantel zurechtzog. So etwas dürfte eigentlich nicht passieren.

Tatsächlich dürfte es keinem der Automaten des Zeitmeisters möglich sein, durch die Bilder zu reisen. Wenn der Zeitmeister die Herrschaft über die Galerie verlor, dann war die Lage noch beunruhigender, als er gedacht hatte. In vielerlei Hinsicht war Altvater Zeit der Leim, der Schattenfall zusammenhielt, der seine vielen überlappenden Realitäten in Einklang brachte. Was, zum Teufel, ging da vor, daß sogar der Zeitmeister davon betroffen war?

Morrison beschleunigte seine Schritte ein wenig, wobei er sich sorgsam in der Mitte des Gangs hielt, nur für den Fall, daß noch ein weiterer Bildbewohner sich zu Schabernack aufgelegt fühlte. Er bemühte sich, sie im Vorbeigehen nicht anzuschauen, doch unwillkürlich erhaschte er immer wieder Ansichten von Szenen voller Krach und Tumult, mit wilden Gesichtern und manchmal dem Flackern von Flammen. Die Aufmerksamkeit des Zeitmeisters richtete sich offenbar anderswohin, und die Stadt wußte es. Morrison war so sehr mit den Bildern beschäftigt, daß er die gleichmäßigen Schritte, die ihm folgten, nicht hörte, bis sie ihn beinahe eingeholt hatten.

Sein Instinkt warnte ihn im letzten Augenblick, und er blieb stehen und drehte sich blitzschnell um, woraufhin er sich von Angesicht zu Angesicht einem hohen metallenen Automaten gegenübersah. Er ragte vor ihm auf wie ein aufziehbarer Riese, und seine glänzenden Messing- und Silberteile tickten leise, während sich Räder drehten und Gewichte hin und her schwangen. Metallarme schossen vor, um Morrison zu packen, doch er entwich ihnen mühelos. Er tanzte um die Metallfigur herum, und der Ärger darüber, wie knapp er wieder mal entkommen war, trieb ihm die Röte ins Gesicht. Der Zeitmeister sollte ihn nicht so leicht aufhalten können.

Er sprang hin und her und schlug und schubste den Automaten, wobei er stets außerhalb von dessen Reichweite blieb, nur um zu beweisen, daß er ihm nichts anhaben konnte. Das Ding war schnell und stark genug, um einen gewöhnlichen Menschen zu fassen zu bekommen, aber Morrison hatte im Land unter dem Hügel gelebt. Schließlich verlor er die Geduld, er umtänzelte den Automaten und schickte ihn krachend zu Boden. Er ließ ihn zappelnd auf dem Rücken liegen, wie eine umgedrehte Schildkröte, und eilte weiter durch den Gang. Von jetzt an mußte er auf der Hut sein. Er hatte keine Freunde in der Galerie der Gebeine.

Er rannte im gemäßigten Laufschritt durch den Gang, um seine Kräfte zu schonen, und wich in Nischen und Spalten und die gelegentlichen Sackgassen aus, um weiteren Automaten aus dem Weg zu gehen, die leise aus den Bildern an der Wand auftauchten. Vermutlich war der Zeitmeister zu sehr beschäftigt mit dem, was immer ihn gegenwärtig voll in Anspruch nehmen mochte, um seine ungeteilte Aufmerksamkeit auf das zu richten, was in seiner Galerie frei herumlief. Doch es war unmöglich abzuschätzen, wie lange das noch dauern mochte. Er lief weiter, wich den Automaten aus, wo er konnte, und wo er es nicht konnte, tänzelte er um sie herum. Geschrei und Geheule hallten aus den Bildern, sowie gänsehauterregende Laute der Gewalt und der Raserei. Doch endlich erreichte er die privaten Räume des Zeitmeisters, das sogenannte Innere Gemach, und blieb kurz vor der Tür stehen, um wieder zu Atem zu kommen. Er wollte bei dem Zeitmeister nicht den Eindruck erwecken, als sei er irgendwie aufgeregt. Morrison holte tief Luft, stieß die Tür mit dem Fuß auf und trat ein, als ob ihm der Ort gehörte. Es kam immer auf den ersten Eindruck an.

Leider hatte er diesen Eindruck auf einen leeren Raum verschwendet. Er runzelte die Stirn und sah sich um. Der Ort sah noch ziemlich genauso aus wie beim letzten Mal, als er ihn gesehen hatte: ein Durcheinander von psychedelischen Lichtern und Farben, wie eine Rorschach-Kleckserei aus den sechziger Jahren. Lichtmuster schäumten und blubberten an den Wänden, und die Luft war erfüllt von schweren Düften. Achtlos hingeworfene Kissen lagen überall am Boden herum, und eine riesige indische Wasserpfeife stand lässig in einer Ecke. Überall gab es Blumen- und Friedens-Zeichen, und das sanfte Klimpern von Gitarren erklang aus versteckten Lautsprechern. Er hatte das Gefühl, eine Rückblende zu erleben. In gewisser Weise war es wie eine Heimkehr … Doch Morrison trat diesen Gedanken mit aller Gewalt nieder. Er konnte es sich nicht leisten, dem Zeitmeister einen Eröffnungsvorteil zu gewähren. Außerdem waren solche Gedanken gefährlich. Sie führten zur Ewigkeitspforte.

»*Was, zum Teufel, machst du hier?*«

Morrison lächelte warmherzig beim Ausbruch der schroffen Stimme hinter sich. Er drehte sich gemächlich um und nickte der jungen Punkerin in schwarzem Leder und Ketten freundlich zu; sie stand gegenüber in einer Türöffnung, die einen Augenblick zuvor noch nicht dagewesen war.

»Liebe Mad, bitte bleib so, wie du bist. Das macht einen Teil deines Reizes aus.«

»Laß den Scheiß, Morrison«, sagte Madeleine Kresh, während sie mit düsterer Miene auf ihn zuging. »Du darfst eigentlich nicht hier sein. Niemand darf eigentlich hier sein. Der Zeitmeister empfängt keine Besucher.«

»Mich wird er empfangen«, sagte Morrison ungerührt. »Ich muß etwas Wichtiges mit ihm besprechen.«

»Hör mal, Schwanzlos, der Zeitmeister hat sich eingeschlossen und die Tür verriegelt. Er läßt nicht einmal mich zu sich. Du kannst also gleich kehrtmachen und von hier verschwinden. Was immer der Zeitmeister gerade treiben mag, er will nicht gestört werden.«

»Habe ich dir schon gesagt, daß du heute besonders umwerfend aussiehst?«

»Schmeichelei bringt dich auch nicht weiter.«

»Komm jetzt, Mad, etwas stimmt nicht, und du weißt es. Der Zeitmeister hat sich noch nie eingeschlossen, wenn ein echter Notfall anlag. Du stehst ihm näher als sonst jemand. Ist dir in letzter Zeit irgend etwas … Ungewöhnliches an seinem Verhalten aufgefallen?«

Mad verzog das Gesicht zu einer unglücklichen Grimasse, und ihre schwarz und weiß gemusterten Züge wirkten mit einemmal kindlich und verletzlich. »Das kann man beim Zeitmeister schwer beurteilen, aber … ja. Er verbringt den ganzen Tag damit, in der Galerie auf und ab zu wandern und die Bilder anzustarren.

Da er sie von hier aus genauso gut sehen könnte, möchte ich tatsächlich gern wissen, was in ihm vorgeht. Oder was er sucht. Er hat alle seine Automaten zu sich gerufen; ich glaube, in der Stadt läuft kein einziger mehr herum. Und er spricht nicht mehr mit mir. Sonst ergeht er sich in stundenlangen Vorträgen über seine Arbeit und die lehrreichen Lektionen, in deren Genuß man kommt, wenn man ihm zuschaut, und ich kann ihn kaum zum Schweigen bringen. Er hat sich verändert. Seit James Hart ihn besucht hat, wirkt er … zerstreut.«

»Hast du James Hart kennengelernt?« Morrison sah sie mit verstärktem Interesse an. »Was für ein Typ ist er?«

»Erstaunlich durchschnittlich. So wie der Zeitmeister über ihn gesprochen hat, hatte ich erwartet, daß er zwei Köpfe hätte und ein persönliches thermonukleares Gerät unter dem Arm trüge. Als ich ihn erlebt habe, kam er mir allerdings wie eine echte Niete vor. Bis Jack Fetch vor ihm auf die Knie gefallen ist und sich vor ihm verbeugt hat.«

»Hast du das wirklich gesehen? Ich konnte es nicht glauben, als ich es hörte.«

»Ich war dabei, und trotzdem kann ich es kaum glauben. Als es geschah, habe ich eine Heidenangst gekriegt. Ich meine, wenn du dich schon nicht mehr darauf verlassen kannst, daß Jack Fetch sich selbst treu bleibt, wem kannst du dann noch vertrauen? Ich nehme an, ich hätte wissen müssen, wenn Fetch schon übergeschnappt war, dann ließe dasselbe beim Zeitmeister auch nicht lange auf sich warten. Ich kann dich nicht zu ihm reinlassen, Sean. Er spricht nicht mal mit mir. Nach allem, was ich für ihn getan habe … der undankbare Mistkerl! Er konnte mir immer vertrauen. Er konnte mir in jeder Hinsicht vertrauen. Etwas stimmt nicht. Abgesehen von all den verrückten Dingen, die sich in letzter Zeit in der Stadt ereignen. Vielleicht täusche ich mich, aber … ich glaube, der Zeitmeister hat Angst.

»Angst? Er ist unsterblich, untötbar, allwissend und vermutlich allmächtig. Was, zum Teufel, könnte das sein, das ihm Angst macht?«

»Ich weiß nicht. Und ich glaube, ich will es auch gar nicht wissen. Ich wünschte nur, das Ganze wäre vorbei und wir könnten zu dem zurückkehren, was hier in der Gegend für normal gilt. Inzwischen kannst du dich verpissen und aufhören, mich zu belästigen, sonst graviere ich dir meine Initialen in die Stirn.«

»Wie kannst du so etwas sagen, Mad, nach allem, was wir einander bedeutet haben?«

»Wir haben einander nie etwas bedeutet. Ich habe ungefähr soviel Gefühl für dich wie für das, was ich morgens von meinen Stiefeln kratze. So, da du den Zeitmeister nicht zu sehen bekommst, kannst du dich genausogut schleichen, solange dein Körper noch einigermaßen unversehrt und funktionsfähig ist.«

Morrison hatte das deutliche Gefühl, daß Charme bei Mad weitgehend vergeudet war, aber er behielt ihn dennoch bei. Es war nicht so, als hätte er nichts anderes zu tun gehabt. Er lächelte sie gewinnend an, und dann sahen sich beide ruckartig um, als sie Schritte hörten, die sich draußen im Gang näherten. Ein Dutzend von des Zeitmeisters Automaten strömten ins Innere Gemach, einer nach dem anderen, in vollkommenem Gleichschritt. Sie fächerten aus, um die Tür zu verstellen, und Morrison wich langsam von ihnen zurück, wobei sein Blick aufmerksam von einer Räderwerkgestalt zur anderen wanderte. Ihre ausdruckslosen gemalten Gesichter zeigten keinerlei Regung, doch in ihren zielstrebigen, wohlbemessenen Bewegungen lag eine kalte, gelassene Drohung, die Morrisons Blut erstarren ließ.

»Alles in Ordnung«, sagte Mad. »Er wollte gerade

gehen. Laßt ihn durch, dann ist er gleich weg. Nicht wahr, Morrison?«

»Ich denke bestimmt darüber nach.«

»Du bist keine Hilfe, Morrison.« Sie blickte aufmerksam von einem Automaten zum anderen, aber anscheinend nahm kein einziger Notiz von ihr. »Ich sagte, ich kümmere mich darum. Jetzt verkrümelt euch dahin, woher ihr gekommen seid, und laßt mich die Sache machen. Ja?«

»Ich glaube, sie hören dir gar nicht zu«, sagte Morrison. »Ich habe den Eindruck, sie sind hier, um dafür zu sorgen, daß ich wirklich gehe. Schade für sie, daß ich noch nicht dazu bereit bin.«

Plötzlich hielt er seine Gitarre in Händen, als ob sie die ganze Zeit schon dagewesen wäre. Er schlug ein paar Akkorde an, grinste die Automaten unheilvoll an und stimmte einen seiner alten Songs an. Einen der Songs, den er in den sechziger Jahren zu singen pflegte, bevor er nach Schattenfall kam, als seine Stimme und seine Musik auf der ganzen Welt bekannt waren. Er hatte ihn seit Jahren nicht mehr gesungen. Er erinnerte ihn zu sehr an die Zeit, in der er lebendig und real gewesen war. Aber jetzt sang er ihn, und seine Stimme erfüllte den Raum.

Die ganze alte überwältigende Kraft war wieder da, ging von seinem Song und seiner Stimme aus, eine Energie, der man sich nicht entziehen konnte. Es war eine Art Magie; eine alles erfassende, mitreißende Flut, die eine Konzerthalle durchwogte, bei der das Publikum aufsprang und die Musik in den Adern pochte. Der Song schwappte über die Automaten und trieb sie zurück; ihre nichtlebenden Körper waren unfähig, die ungebändigten Gefühle, die um sie herum heulten, zu begreifen oder damit umzugehen.

Sie wichen zurück, einer nach dem anderen, bis sich ihre Rücken gegen die Wand drückten und sie keinen Ausweg mehr hatten; außer wieder durch die Tür nach draußen. Sie strömten rückwärts hinaus, und ihre gemalten Gesichter waren unfähig, die Kraft widerzuspiegeln, die sie aus dem Inneren Gemach trieb, die Kraft, die in dieser Musik und in dieser Stimme lag. Und dann war der letzte von ihnen weg, die Tür schloß sich, und der Song brach ab, sein unvollendeter Refrain klang in der Luft nach. Mad betrachtete Morrison mit einem Ausdruck, der an Hochachtung grenzte.

»Nicht schlecht«, sagte sie schließlich, wobei sie sich sehr um einen gleichgültigen Ton bemühte. »Etwas vor meiner Zeit, aber wirklich gar nicht übel. Damit kannst du einen wirklich schaffen!«

»Lästere nicht«, sagte Morrison. Er sah auf seine Gitarre hinab und grinste fröhlich. »Gut zu wissen, daß ich immer noch ein Feuer entfachen kann, wenn es sein muß.«

Dann verstummte er und sah wieder zur Tür, und Mad ebenfalls. Man hörte ein Rascheln von Kleidung und das Scharren von Zweigen über den Boden, und Jack Fetch trat ins Innere Gemach, ein starres Lächeln in den Rübenkopf eingraviert, und nur Löcher an den Stellen, wo die Augen hätten sein sollen. Die Vogelscheuche Jack Fetch war gekommen, um das zu erledigen, was die Automaten nicht bewerkstelligt hatten. Er blieb gleich nach der Türschwelle stehen, den leeren Blick starr auf Morrison gerichtet.

»O Scheiße!« sagte Mad. Fast in derselben Sekunde hielt sie ein Klappmesser in der Hand, und die lange Klinge schnappte heraus. Sie sah die Vogelscheuche an, dachte an das letzte Mal, als sie das Messer an ihm ausprobiert hatte, und warf Morrison einen unsicheren Blick zu. »Sean, vielleicht könntest du ein andermal wiederkommen.«

»Nein«, sagte Morrison. »Nein, ich glaube nicht.«

»Sean, mach keine Scherereien! Jack Fetch bringt ganz und gar nichts Gutes. Du hast nicht gesehen, was er anrichten kann. Er ist gefährlich, er ist bösartig, und der Zeitmeister ist nicht hier, um ihn an die Kandare zu nehmen.«

»Vielleicht ist er gekommen, um sich vor mir zu verneigen.«

»Darauf würde ich kein Geld wetten. Sean, verdrück dich von hier, verdammt noch mal! Bitte!«

Die Vogelscheuche bewegte sich plötzlich wieder und ging erneut zielstrebig auf Morrison zu. Morrison schlug seine Gitarre an und erhob erneut die Stimme. Gefühl erfüllte den Raum – warm und angenehm, wie ein heißes Getränk an einem kalten Tag. Mad wogte unbewußt im Rhythmus, von der Flut mitgerissen. Leben und Liebe und alles, was das einschloß, ergoß sich über Jack Fetch, aber es hielt ihn nicht auf. Die Musik prallte gegen die Wände, und Morrisons Stimme hob und senkte sich wie ein aufgewühlter Ozean, mächtig und unentrinnbar, und dennoch kam die Vogelscheuche unbeirrt auf ihn zu. Eine in einem Handschuh steckende Hand schoß hervor und riß Morrison die Gitarre aus den Händen. Jack Fetch betrachtete sie einen Augenblick lang, als wäre er unsicher, um was es sich dabei handelte, und dann zerfetzte er die Gitarre, als bestünde sie aus Papier.

Der unvollendete Song hallte noch nach, als die Bruchstücke zu Boden fielen, und Morrison leckte sich über die trockenen Lippen. Er musterte die Vogelscheuche mit einem Blick, der all seine alte Überheblichkeit enthielt, und setzte wieder an zu singen, diesmal ohne Instrumentalbegleitung. Seine Stimme füllte den Raum wie eine unaufhaltsame Gegenwart, widerhallend mit der ganzen alten Kraft, die sein Publikum früher hatte erstarren und nach Luft japsen lassen. Und dann war Jack Fetch über ihm, kalt und störrisch. Eine Handschuh-Hand schoß hervor, packte Morrison am Vorderteil des Hemds und zog ihn nahe an die Vogelscheuche heran. Morrison hörte auf zu singen und packte mit beiden Händen den Rübenkopf in einer letzten trotzigen Geste, um ihn mitten auf die geschnitzten Lippen zu küssen.

»Also gut, das reicht jetzt.«

Jack Fetch ließ Morrison sofort los, als die müde, flache Stimme ertönte, dann trat er zurück und stand still da, die Arme an die Seiten gelegt, und wartete auf neue Befehle. Morrison machte einen tiefen, bebenden Atemzug der Erleichterung, dann wandte er sich um zu der Gestalt, die in der gegenüberliegenden Tür aufgetaucht war.

Altvater Zeit erwiderte seinen Blick mit einer Mischung aus Zuneigung und Wut. Er war mit einem langen, wallenden Kaftan bekleidet, vervollständigt durch Sandalen, Perlen und ein Stirnband. Das graue Haar fiel ihm auf die Schulter herab, und sein langer Bart war ordentlich geflochten. Er sah aus wie der typische Sechzigerjahre-Guru, allerdings eine Billigausgabe davon. Und genau das hatte Morrison immer in ihm gesehen. Obwohl er diesmal älter, zerbrechlicher wirkte – als hätten die Jahre ihn eingeholt. Morrison war über das Maß der Veränderung erschüttert, und ein schneller Blick zu Mad verriet ihm, daß es ihr nicht anders ging.

»Die meisten Leute begreifen einen Wink«, sagte der Zeitmeister streng. »Ich kann nicht bleiben, um mit dir zu sprechen, Sean. Etwas Schlimmes steht bevor, und ich muß mich darauf vorbereiten. Ich weiß über die Morde Bescheid, und auch über den Wilden Junker. Beides muß warten. Ich bin mir ohnehin nicht sicher, ob ich etwas dagegen tun kann. Es gibt Mächte im Universum, vor denen es keine Entrinnen gibt. Es tut mir leid, Sean. Geh nach Hause. Du erreichst hier nichts, und ich tue alles in meiner Macht Stehende. Und ja, ich weiß auch über das Elfenvolk Bescheid. Ich glaube, du begreifst nicht, was du dort in Gang gesetzt hast. Aber du wirst es irgendwann begreifen. Leb wohl, Sean.

Wenn wir beide das Bevorstehende überleben, können wir uns danach unterhalten.«

Dann war er weg, verschwunden mit der Endgültigkeit einer geplatzten Seifenblase. Jack Fetch wandte sich lautlos ab und verließ das Innere Gemach. Morrison und Mad sahen einander an.

»Ich glaube, er meint es ernst«, sagte Mad.

»Ich glaube, du könntest recht haben.« Morrison kniete sich nieder und sammelte die Überreste seiner Gitarre ein. Sie war zweifellos so gründlich zerschmettert, daß sie nicht mehr repariert werden konnte, und er wiegte sie eine Zeitlang in den Armen wie ein totes Kind. Schließlich schüttelte er den Kopf, und die Gitarre verschwand. Er stand auf, sah Mad an und zuckte die Achseln. »Ich habe den Eindruck, meine Reise war die reine Zeitverschwendung. Er wußte bereits alles, was ich ihm sagen wollte. Seine Antworten waren nicht gerade zufriedenstellend, aber so ist der Zeitmeister nun mal. Ich nehme an, ich könnte mich weiter hier herumtreiben und in seinem Inneren Gemach herumhängen, nur um ihn zu ärgern, aber ich sehe eigentlich keinen Sinn darin. Er hat offenkundig alles gesagt, was er zu sagen beabsichtigte, und ich kann nicht einfach hier herumhängen und nichts tun. Es sei denn, du möchtest, daß ich bleibe, um dir Gesellschaft zu leisten, Mad.«

Sie lächelte süßlich. »Wenn es erst mal soweit ist, dann ist alles zu spät.«

Morrison lachte kurz, warf ihr eine Kußhand zu und ging zur Tür. Mad sah ihm nach, bis er beinahe gegangen war, dann räusperte sie sich. Er blieb stehen und blickte zurück. Mad sah ihn nachdenklich an.

»Dein Name war nicht immer Sean, oder?«

»Nein«, bestätigte Morrison, »war er nicht.« Er grinste sie an, drehte sich um und verließ das Innere Gemach. Ein Nachhall seiner Stimme verweilte hinter ihm in der Luft, wie das Echo eines zärtlich geflüsterten Namens.

In einem Augenblick spazierte James Hart die Straße entlang, wobei sein Schattenfreund um seine Füße herumscharwenzelte wie ein lebhaftes Hündchen, und im nächsten Augenblick befand er sich am Strand. Er blieb stehen und blinzelte ein paarmal, um der Welt die Möglichkeit zu geben, wieder zu dem zurückzukehren, was sie sein sollte, aber die Szene blieb beharrlich dieselbe. Er stand an einem Kiesstrand, der sich nach beiden Seiten erstreckte, soweit das Auge reichte. Vor ihm lag das Meer glatt unter der Mittagssonne wie eine graue Decke. Es gab keine Wellen, kein Wind wehte, um die Wasseroberfläche zu kräuseln, nur das sanfte Plätschern der steigenden Flut, mit träger, einschläfernder Ruhe. Die Luft war würzig und ein ganz klein wenig kühl, vielleicht schon ein Hinweis auf das Ende des Sommers. Hoch oben hing eine Möwe wie ein schwebender Schatten am Himmel und stieß ihre Klagerufe aus. Hart fand, daß er noch nie etwas so Trauriges gehört hatte. Er runzelte leicht die Stirn. Dieser Gedanke hatte beinahe etwas Vertrautes, als wäre er ihm nicht zum erstenmal durch den Kopf gegangen.

Sein Stirnrunzeln vertiefte sich. Der Strand sagte ihm überhaupt nichts, aber er hatte dennoch das untrügliche Gefühl, daß er ihn von irgendwoher kannte. Daß er schon einmal hiergewesen war, in jener Zeit, die für ihn verloren war – die ersten zehn Jahre seiner Kindheit. Vielleicht war er mal mit seinen Eltern hiergewesen, in den Sommerferien. Je mehr er den Strand betrachtete, desto vertrauter kam er ihm vor. Er wanderte langsam daran entlang, und Kieselsteine rutschten und knirschten unter seinen Füßen. Ihm fiel auf, daß er all das überraschend ruhig aufnahm, aber so war das nun mal in Schattenfall. Nach einer gewissen Zeit war es schwer, sich von irgend etwas aus der Ruhe bringen zu lassen. Er durchquerte einen kleinen Teich im Gestein, der gerade außerhalb der Reichweite der heranrollenden Flut lag, und er kniete an ihm nieder, erneut von einem Déjà-vu-Gefühl ergriffen. Ein hellorangefarbener Seestern lag am Grund des Teiches und stellte sich tot. Ein Krebs, der nicht mehr als zwei Zentimeter breit sein mochte, schwenkte bedrohlich die Zangen, darauf gefaßt, bei jeder plötzlichen Bewegung sofort das Weite zu suchen.

»Ich war schon mal hier«, sprach Hart leise vor sich hin.

»Natürlich«, sagte Freund knapp, wobei er Hart über den Rücken kroch, um in den Teich zu spähen. »Deine Eltern sind jeden Sommer mit uns hierhergefahren. Du hast immer am Rand des Wassers gesessen und Steine ins Meer geworfen. Ich habe darin nie einen Sinn gesehen. Ich meine, das Meer war schließlich nicht schwer zu treffen …«

»Wie heißt dieser Ort hier?« fragte Hart; er hob einen Kieselstein auf und wog ihn gedankenverloren in der Hand.

»Jetzt hast du mich erwischt. Ich konnte mir Namen noch nie gut merken, und es ist ziemlich lange her.«

»Na gut, probieren wir es anders. Was machen wir hier, zum Teufel?«

»Ich habe dich herbeordert«, sagte eine schleppende, bekannte Stimme. »Es gibt Dinge, die ausgesprochen werden müssen. Dinge, die besprochen werden müssen. Und – obwohl ich das nicht gerne sage – die Zeit wird allmählich knapp.«

Hart blickte angespannt den Weg zurück, den er gekommen war, und dort – in einem Liegestuhl, der kurz zuvor nicht dagewesen war – lag Altvater Zeit. Er war mit derselben viktorianischen Aufmachung angetan wie zuvor, aber seine Socken und Schuhe waren ordentlich an einer Seite zusammengelegt, und seine Hose war bis zu den Knien hochgezogen, als beabsichtigte er irgendwann durchs Wasser zu waten. Er wirkte älter und sehr müde, aber dennoch erübrigte er ein Lächeln für Hart.

»Wie ich sehe, hast du deinen Freund gefunden. Ich hatte das gehofft. Ihr beide wart als Kinder unzertrennlich.« Er sah sich in aller Ruhe um und nahm die Szene mit einigem Stolz in sich auf, als hätte er sie persönlich arrangiert. »Mir hat dieser Strand immer gefallen. Ich wäre gern mit dir und deinen Eltern hierhergekommen, aber das war nicht möglich. Manchmal war ich allein hier, nachdem ihr, du und deine Familie, gegangen wart, damit ich mich euch nahe fühlen konnte. Zieh die Schuhe aus, James. Kiesstrände kann man am besten barfuß genießen.« Er wühlte mit den Zehen in den Steinchen und lächelte wieder.

»Moment mal!« sagte Hart. »Laß das noch mal vor mir abspulen! Du wußtest von Freund?«

»Natürlich. Ich weiß alles. Das ist mein Job.«

»Dann hättest du vielleicht die Freundlichkeit mir zu erklären, warum ich hierhergebracht wurde.«

Der Zeitmeister hob eine Augenbraue. »Höre ich da einen wütenden Klang in deiner Stimme, James? Falls die Zeit ungünstig sein sollte, bitte ich um Entschuldigung, aber wir müssen miteinander reden. Es stehen trotz meines besten Bemühens gewisse Ereignisse bevor, und du mußt dich darauf vorbereiten. Ich werde dir einiges erklären; wichtige Dinge, die ich bei unserem letzten Treffen nicht zur Sprache bringen konnte.«

»Warum nicht?«

»Zu viele Mithörer.« Der Zeitmeister machte eine Handbewegung, und ein zweiter Liegestuhl stand neben ihm. »Nimm Platz. Es ist besser, wenn du sitzt – bei einigen der Dinge, die ich dir zu sagen habe.«

Hart betrachtete den Liegestuhl argwöhnisch und ließ sich dann vorsichtig hineinsinken. Entgegen seinen Erwartungen brach er nicht sofort unter ihm zusammen. Tatsächlich war er sogar überraschend bequem. *Nur in Schattenfall*, dachte er verbittert. Er sah zu Altvater Zeit hinüber, der aufs Meer hinausblickte.

»Also gut«, erwiderte Hart ungeduldig. »Ich bin hier. Ich bin fertig. Ich bin bereit. Ich höre.«

»Dein Vater war Jonathon Hart«, sagte der Zeitmeister. »Aber deinen Großvater hast du nicht gekannt.«

»Stimmt. Ich habe überhaupt niemanden von meinen Großeltern gekannt. Meine Eltern haben nie über sie gesprochen. Es gab nicht einmal Fotos von ihnen. Es gab auch keine Onkel oder Tanten, nur unsere kleine Familie. Als Kind habe ich mir manchmal überlegt, ob wir vielleicht die schwarzen Schafe der Familie seien, wegen etwas so Abscheulichem, daß man nicht einmal darüber reden konnte, aus der Sippe ausgeschlossen. Als ich nach der Beerdigung die Landkarte und den Brief meines Großvaters zwischen den Papieren meines Vaters fand, wußte ich nicht, was ich denken sollte. Ich glaube, das ist einer der Gründe, warum ich mich schließlich dafür entschied, hierherzukommen. Ich suchte nach Antworten. Statt dessen stellten sich mir immer mehr Fragen, Dinge betreffend, die mir bis dahin nicht einmal im Traum in den Sinn gekommen wären.« Er hielt plötzlich inne, als ob ihm ein Gedanke gekommen wäre. »Hast du meine Großeltern gekannt? Geht es darum?«

»Ja. Deine Eltern wollten nicht, daß du etwas über Schattenfall erfährst. Sie hatten Angst, du würdest hierher zurückkommen wollen, um nach dem Rest deiner Familie zu suchen. Und aufgrund der Prophezeiung war das viel zu gefährlich. Sie wollten, daß du ein normales Leben führst. Aber es gab einige Dinge hinsichtlich der Prophezeiung und deiner Familie, die sie dir nie gesagt haben, die du aber wissen mußt. Deshalb fällt mir die Aufgabe zu, sie dir jetzt zu eröffnen. Alles beginnt mit der Prophezeiung, lange vor deiner Geburt.«

»Augenblick mal«, unterbrach ihn Hart, wobei er sich ruckartig in seinem Liegestuhl aufrichtete. »Die Prophezeiung wurde gemacht, als ich zehn Jahre alt war. Deshalb mußten wir Schattenfall so überstürzt verlassen.«

»Nein«, widersprach der Zeitmeister. »Deine Großmutter hat die Prophezeiung gemacht, kurz nachdem sie deinem Vater, Jonathon Hart, das Leben geschenkt hatte. Und kurze Zeit später starb sie. Die Prophezeiung wurde geheimgehalten. Schon damals war klar, was für eine Bombe sie enthielt. Man wollte Zeit gewinnen, um sich mit der Prophezeiung zu befassen und sich über ihre Bedeutung Klarheit zu verschaffen. Die einzigen, die davon wußten, waren also dein Großvater und dein Vater, nachdem du geboren warst. Er glaubte nicht daran. Er wollte nicht daran glauben. Aber in einer Stadt wie dieser kann man schwerlich etwas geheimhalten, und irgendwann wurde die Sache bekannt. Als du zehn Jahre alt warst.«

Hart lehnt sich in seinem Liegestuhl zurück und runzelte heftig die Stirn, während er versuchte, all die neuen Erkenntnisse zusammenzufügen. Freund kuschelte sich in seinen Schoß wie eine Decke und versuchte, ihm durch seine Gegenwart Trost zu spenden. Hart seufzte und blickte hinaus auf die stille Fläche des Meeres. Das Gehörte erklärte allerlei, aber es warf ebenso viele Fragen auf, wie es beantwortete.

»Also«, sagte er schließlich. »Wer war mein Großvater, Jonathons Vater?«

»Ich bin das«, antwortete Altvater Zeit.

Die Worte schienen in der Luft zu hängen, während Hart den Zeitmeister ungläubig anstarrte. »Aber … das ist unmöglich! Ich dachte, du kannst keine Kinder haben!«

»Das dachte ich auch. Und jahrhundertelang stimmte es. Doch dann lernte ich deine Großmutter kennen, und zum erstenmal in meinen Leben verliebte ich mich. Sie war niemand Besonderes oder Bedeutendes, außer für mich. Sie war eine Kriegerin aus einem alten Fernsehfilm, an die sich niemand mehr erinnerte. Niemand staunte mehr als wir selbst, als sie schwanger wurde. Ich hätte mich beinahe von ihr getrennt, da ich überzeugt war, das Baby müsse von einem anderen sein, aber bald glaubte ich das gewaltige Potential zu entdecken, das in dem Fötus schlummerte, und die Kraft zu erkennen, die das Kind möglicherweise entwickeln würde. Es war meine Kraft – die Kraft der Zeit. Anfangs behielten wir dieses Wissen für uns. Wir hatten keine Ahnung, was es bedeutete. Die Schwangerschaft erwies sich als lang und beschwerlich, und letzten Endes starb sie daran. Und ich war allein, mit einer toten Geliebten, einem Baby, das keinerlei Anzeichen irgendeiner Kraft zeigte, und einer Prophezeiung, die keinen Sinn ergab.

Das alles paßte mir ganz und gar nicht. Eine Zeitlang war ich ziemlich durchgedreht. Obwohl es dank der Natur meines Jobs eine Weile dauerte, bis es jemandem auffiel. Ich habe unzählige Todesfälle in Schattenfall gesehen, aber keiner berührte mich so sehr wie der ihre. Ich wollte das Baby nicht. Ich hatte keine Erfahrung im Aufziehen von Kindern, und auch kein Interesse daran, selbst wenn ich mir eine Geschichte hätte ausdenken können, um ihm das Ganze zu erklären. Deshalb gab ich es den Harts. Sie hatten gerade erst ein Baby verloren und nahmen es mit Freuden. Und ich ließ alles hinter mir und widmete mich wieder meinem Job.

Nach einigen Toden und Wiedergeburten war ich in der Lage, die Dinge ein wenig klarer zu betrachten. Es gibt nichts Besseres, als ein paarmal alt zu werden und zu sterben, um ein wenig zur Ruhe zu kommen. Ich hielt ein Auge auf Jonathon. Er wuchs zu einem vollkommen normalen Kind heran, ohne jemals eine Spur der Kraft zu zeigen, die ich an ihm wahrgenommen hatte. Die Zeit verging, und ich gestattete mir, ihn aus den Augen zu verlieren. Und dann war er plötzlich ein Mann, er heiratete, und seine Frau wurde schwanger.

Du warst ein so winzigkleiner Wicht als Baby. Lange machten sie sich Sorgen um dich und bangten um dein Überleben. Doch ich zweifelte niemals daran. Ich sah die Kraft in dir, latent, aber vorhanden, strahlend wie die Sonne. Ich behielt deine Entwicklung aufmerksam im Auge. Ich hatte es nicht geschafft, Jonathon ein Vater zu sein, aber ich versuchte, dir ein Großvater zu werden, wenn auch nur aus der Ferne.

Und dann, kurz nachdem du zehn geworden warst, wurde die Prophezeiung auf einmal bekannt. Ich ging zu deinen Eltern und erzählte ihnen alles. Es war keine Zeit für Schuldzuweisungen und Versöhnungen; du mußtest in Sicherheit gebracht werden. Sie packten das Allernötigste zusammen, und ich brachte sie ungesehen aus der Stadt. Das erschien mir damals geeignet zu sein, um uns allen eine Verschnaufpause zu verschaffen. Und eine Zeitlang war alles still.

Dann wurden deine Eltern ermordet.«

Hart hatte das Gefühl, aus seinem Liegestuhl aufspringen oder etwas sagen zu müssen, aber tatsächlich fühlte er sich nur benommen, wie betäubt. Er hatte bereits so viele Dinge gefühlt. Er merkte, daß der Zeitmeister ihn ansah und auf eine Reaktion wartete. Er leckte sich über die trockenen Lippen und räusperte sich. »Wer … wer hat sie umgebracht?«

»Die Krieger des Kreuzes. Sie sind eine vor langer Zeit gegründete extremistische Vereinigung, eine Armee christlicher Terroristen, mit dem Ziel, ihre Version des Christentums durchzusetzen, indem sie alles ausmerzen, das sie bedrohen könnte. Meistens arbeiten sie im verborgenen, indem sie sich politischer Lobbies bedienen und wirtschaftlichen Druck ausüben, aber sie sind nicht abgeneigt, sich gelegentlich die Hände blutig zu machen. Seit Jahrhunderten versuchen sie, Schattenfall zu lokalisieren und anzugreifen. Teilweise weil sie in uns eine Stadt voller Dämonen und unnatürlicher Geschöpfe sehen, aber vor allem weil sie sich der Ewigkeitspforte bemächtigen wollen. Sie glauben, durch sie hätten sie unmittelbaren Zugang zu Gott.«

»Warum ist ihnen das so wichtig?« fragte Hart, nur um etwas zu sagen.

Der Zeitmeister zuckte mit den Schultern. »Wer weiß? Vielleicht wollen sie einige gezielte Fragen über die Natur der Welt stellen. Und vielleicht wissen sie es selbst nicht so genau. Wie bei allen extremistischen Organisationen verlaufen ihre Umrisse ein wenig im trüben.«

»Könnte die Pforte ihnen wirklich Zugang zu Gott verschaffen?«

»Vielleicht. Aber nur auf der Grundlage eines Weges ohne Umkehr, was für jeden anderen auch gilt.«

Hart schüttelte nachdenklich den Kopf; er versuchte, das alles zu verarbeiten und einen Sinn darin zu entdecken. Freund legte sich wie ein Schal um seine Schulter und umschmeichelte ihn tröstend.

»Nimm's nicht so schwer, Jimmy«, murmelte er ihm ins Ohr. »Laß dich nicht von ihm überrumpeln. Mach einfach einen Schritt nach dem anderen. Und vergiß nicht, du bist nicht allein. Ich bin bei dir.«

Hart nickte flüchtig und sah den Zeitmeister an. In Wirklichkeit war nur eine einzige Frage von Bedeutung. »Warum haben die Krieger meine Eltern umgebracht?«

»Weil du nach Schattenfall zurückkehren und die Prophezeiung aktivieren solltest.«

Hart ruckte in seinem Liegestuhl auf, als hätte der Zeitmeister ihm eine Ohrfeige versetzt. »Soll das heißen, es war meine Schuld? Sie sind meinetwegen gestorben?«

»Nein, du kannst nichts dafür. Das darfst du nicht denken. Die Krieger müssen die volle Verantwortung für ihr Handeln übernehmen, und auch für die Folgen ihres Handelns. Sie sehen in dir und in der Prophezeiung einen Hebel, den sie benutzen können, um die Stadt aufzubrechen. Ich bezweifle, daß sie sich über dich und deine Eltern irgendwelche Gedanken machen. Schattenfall wird von allen möglichen Wach- und Schutzeinrichtungen geschützt, aber in letzter Zeit wurde immer deutlicher, daß es in unseren Reihen Verräter geben muß. Ich habe deshalb einen Schritt unternommen, den ich bisher stets scheute, und das einzige Mittel angewandt, das mir noch zur Verfügung steht. Ich habe die Ewigkeitspforte geschlossen und die Stadt vollständig von der Welt draußen abgeschottet. Eine Verzweiflungstat, ich weiß.

Ich wage es nicht, die Pforte lange geschlossen zu halten; die Anwesenheit dahingehender Seelen nimmt immer mehr zu, und irgendwann wird die Stadt buchstäblich aus allen Nähten platzen. Den Leuten ist nicht klar, wie anfällig das Gleichgewicht dieser Stadt ist. Wenn es einmal ernsthaft gestört wird, muß man Himmel und Erde in Bewegung setzen, um es wieder herzustellen. Möglicherweise buchstäblich.

Aber im Augenblick bin ich ziemlich hilflos. Eigentlich müßte ich in der Lage sein, die Verräter zu benennen, aber ich kann es nicht. Die Krieger schirmen sie gegen mich ab, obwohl ich vor ein paar Monaten noch behauptet hätte, das sei unmöglich. Ich durchschaue nicht einmal ihre Unternehmungen. Ich war bisher immer in der Lage, alles zu sehen, was in Schattenfall vor sich geht, in all seinen Dimensionen, in der Vergangenheit und der Gegenwart, aber jetzt nicht mehr. Dinge werden vor mir verborgen. Das ist sehr beunruhigend, ungefähr mit Gedächtnislücken zu vergleichen. Ich will es dir zeigen.«

Hart zuckte in seinem Liegestuhl zusammen, als sich die Welt plötzlich veränderte. Er flog über die Stadt, so hoch, daß er alles sehen konnte, und gleichzeitig befand er sich mitten drin, wie eine Spinne in ihrem Netz. Nichts geschah, ohne daß er es wußte, nichts bewegte sich, ohne daß er es sah, bis in die kleinste Einzelheit. Er bemerkte gleichzeitig tausend Begebenheiten und hörte das Brüllen und Plappern von tausend Stimmen. Alles war so groß, und er war so klein. Nur mit Mühe konnte er das Gefühl für seine eigene Identität aufrechterhalten, um nicht in einem Meer von Wissen zu ertrinken. Doch während er sich so quälte, erkannte er den Anfang bestimmter Muster, und er spürte, wie ihm die Stränge der Stadt durch die Finger liefen. Er traute sich zu, in alledem einen Sinn zu erkennen, wenn er etwas Zeit hätte, und das Drehen der Welt um ihn herum zu erfassen. Trotzdem gab es hier und da leere Flecken, Orte, zu denen ihm der Zugang verwehrt war, Leute, die er nicht zu sehen vermochte, wie eine juckende Stelle, die er nicht kratzen konnte. Und dann war plötzlich wieder der Strand da, einsam und leer; Hart atmete tief aus, während er sich allmählich in seinem Stuhl entspannte.

»Nach einiger Zeit gewöhnt man sich daran«, sagte der Zeitmeister. »Du hast die Kraft in dir, James. Meine Kraft. Deine Rückkehr nach Schattenfall hat sie in dir erweckt. Noch schlummert sie zum größten Teil. Wahrscheinlich deshalb, weil die Welt nicht zwei Zeitmeister gleichzeitig verkraften kann.«

»Dann soll ich dein ... Nachfolger werden?« stammelte Hart.

»Ich weiß nicht. Vielleicht. Angeblich bin ich ja unsterblich und untötbar, aber man weiß nie ... Du hast die leeren Stellen gesehen. Auch sie sollten angeblich unmöglich sein, aber in letzter Zeit geschehen allerlei unmögliche Dinge in Schattenfall. Du hast den Erzengel Michael kennengelernt, nicht wahr? Er ist eigens deshalb zur Erde herabgekommen, um uns vor den bevorstehenden Veränderungen und ihrer Bedeutung zu warnen, aber jemand oder etwas hat in seinem Gedächtnis herumgepfuscht, so daß er seinen Auftrag nicht vollständig ausführen konnte. Er wurde ermordet, oder vielmehr der Körper, den er besaß, wurde ermordet, bevor er sich erinnern konnte. Ich bin ziemlich sicher, daß es die Krieger waren, die sich an seinem Geist zu schaffen machten, aber ich glaube nicht, daß sie ihn umgebracht haben. Das war der Wilde Junker. Ich erzähle dir später etwas über ihn, nachdem wir die Invasion der Krieger überlebt haben. Falls wir sie überleben ...«

»Eine Invasion?« Hart richtete sich wieder in seinem Liegestuhl auf, und zwar so jäh, daß er beinahe umgekippt wäre. »Was meinst du mit einer Invasion? Verfügen diese Krieger über eine Armee oder so was? Wann kommen sie?«

»Die Krieger *sind* eine Armee, und sie werden bald hier sein. Sie haben überall ihre Mittelsmänner und ihre eigenen militärischen Ausbildungslager.«

»Wenn sie so groß sind, warum habe ich dann noch nie etwas von ihnen gehört?«

»Wahrscheinlich hast du schon mal davon gehört. Sie existieren in vielerlei Form, mit unterschiedlichen Namen, aber im Herzen sind sie alle Krieger. Sie verfügen über eine gewaltige, wenn auch indirekte Macht, und sie sind außerordentlich gefährlich. Zu ihrem Leidwesen kann auch Schattenfall recht gefährlich werden, und wir haben mächtige Freunde. Ich habe das deutliche Gefühl, daß wir sie brauchen werden.

Ich habe Anweisung gegeben, DeFrenz' Leiche nicht zu verbrennen, für den Fall, daß der Engel Michael zurückkommt, aber bis jetzt ist das nicht geschehen. Abgesehen davon bin ich so ziemlich am Ende meiner Weisheit. Deshalb habe ich dich hierhergebracht. Irgendwo tief in deinem Inneren steckt all meine Kraft. Ich habe immer befürchtet, die Prophezeiung besage, daß es dir bestimmt sei, sie zur Zerstörung von Schattenfall zu benutzen, aber jetzt frage ich mich, ob du sie vielleicht benutzen sollst, um die Stadt vor den Kriegern zu schützen. Möglich wäre es.

Bestimmt bist du von mir als Großvater nicht übermäßig begeistert. Es gibt nicht viel, wofür du mir dankbar sein könntest, und ich habe kaum Erfahrung mit Kindern. Mad kommt dem ziemlich nahe, aber es ist nicht dasselbe. Ich habe nicht einmal viel Übung im Menschsein. Der Job nimmt den größten Teil meines Lebens in Anspruch, und jahrhundertelang war ich damit ganz zufrieden. Das veränderte sich, als ich deine Großmutter kennenlernte. Meine Sarah. Sie lehrte mich die Freuden und Beschränkungen des Menschseins kennen. Ich bin mir bis heute noch nicht sicher, ob das meine Arbeit leichter oder schwerer gemacht hat. Ich muß eine gewisse Distanz halten, sonst könnte ich nicht das tun, was dieser Job manchmal von mir verlangt. Aber ich versuche, das, was getan werden muß, sowohl mit Hingabe als auch mit Kompetenz zu verrichten.

Wenn du es nicht für mich tust, James, dann tu es für die Stadt. Sie ist ein besonderer Ort, und die Krieger würden sie zerstören, wenn sie versuchten, sie zu etwas zu machen, das sie nicht ist, nur weil sie meinen, so müßte sie sein.«

»Aber … was ist sie?« fragte Hart nachdenklich. »Was ist Schattenfall wirklich?«

»Du hast schon ein Dutzend Erklärungen gehört, davon bin ich überzeugt, aber im wesentlichen ist es ganz einfach. Die Welt kann zu einer Zeit nur soundsoviel glauben. Alte Träume müssen neuen Platz machen. Hier ist der Ort, an den die alten Träume kommen, um zu sterben und vergessen zu werden, und all jene, denen die Realität zuviel geworden ist, finden hier Trost.

Schattenfall ist notwendig. Es lindert den Schmerz der Welt.«

Sie saßen eine Weile schweigend nebeneinander und blickten auf das ruhige Meer hinaus. Der Wind war angenehm kühl; zwei Möwen schwebten hoch über ihnen dahin und stießen ihre Klagelaute gegeneinander aus.

»Wieviel Zeit bleibt noch, bis sie kommen?« fragte Hart schließlich.

»Draußen in der realen Welt nicht mehr viel. Aber hier läuft die Zeit anders. Du kannst dir soviel Zeit lassen, wie du brauchst, um deine Entscheidung zu treffen.«

Hart nickte, griff nach unten und hob einen Kieselstein vom Strand auf. Er war glatt und kalt und ein wenig feucht. Er wog ihn in der Hand und sah den Zeitmeister an. »Hast du jemals Steine ins Meer geworfen?«

»Nein, ich kann nicht behaupten, das jemals getan zu haben. Machen das die Menschen?«

»Ja. Es ist etwas, das Väter auch gern mit ihren Söhnen machen – oder Großväter mit ihren Enkeln.«

Und James Hart und Altvater Zeit warfen abwechselnd Steine ins Meer hinaus – manchmal möglichst weit, manchmal in möglichst vielen Sprüngen – den ganzen nicht enden wollenden Nachmittag lang.

Saphir-See war einst ein Ferienlager für Kinder gewesen, aber das hatte nicht lange angedauert. Im Laufe der Jahre wechselten ständig die Besitzer, und jeder versuchte, es gewinnbringend zu betreiben – erfolglos. Da gab es die Gesundheitsfanatiker, die Orientierungsläufer-Fanatiker und die Überlebenskünstler-Experten (die wieder eine andere Art von Fanatikern waren). Einrichtungen kamen und gingen, das Lager wurde jedesmal ein wenig schäbiger, und niemand, der in der Nähe wohnte, war darüber erstaunt. Saphir-See lag zwar mitten in einer schönen Landschaft, aber es war einfach zu abgelegen. Die Umgebung war recht hübsch, aber etwas Ähnliches fand man durchaus auch an preiswerteren und leichter zugänglichen Orten. Deshalb standen die Hütten und Unterkünfte leer und verlassen da, und die Welt vergaß Saphir-See. Was den Kriegern des Kreuzes nur recht war.

William Royce, Oberster Anführer der Krieger, schritt energisch durch das vollbesetzte Lager und nickte anerkennend dem kontrollierten Chaos um ihn herum zu. Männer in militärischen Uniformen marschierten und exerzierten zu Hunderten, und die gebrüllten Befehle ihrer Unteroffiziere schallten laut und durchdringend in den ruhigen Abend. Die Sonne ging allmählich unter, und überall im Lager brummten Generatoren. Jeeps brausten in Erledigung wichtiger Angelegenheiten hin und her, und in der nahegelegenen Lichtung liefen Kampfhubschrauber warm und standen für Waffentests bereit. Wohin Royce auch sah, überall bereitete sich seine Armee stolz und emsig auf den Krieg vor. Sein Herz schwoll an, und er gestattete sich ein kurzes Lächeln. In weniger als zwölf Stunden wäre er endlich soweit, seine Armee des Lichts gegen die Teufelsbrut zu führen, die derzeit Schattenfall heimgesucht hatte. Blut würde fließen, die Gottlosen würden zu Tausenden umkommen, und er würde im Triumphzug durch die Straßen marschieren, von denen er schon so lange träumte.

Royce war ein kleiner, stämmiger Mann Mitte der Vierzig. Er hatte kräftige, kantige Züge, beherrscht von einer scharfgeschnittenen Nase und einem einschüchternd offenen Blick. Er wußte, daß sein Blick die Leute verunsicherte, und er wandte ihn wie eine Waffe an, um Männer von Knaben zu unterscheiden. Der Großteil seiner Haare war ausgegangen, und er scherte sich einen Dreck darum. Er hatte in der Armee seines Landes eine ordentliche Karriere gemacht, indem er langsam, aber beständig aufgestiegen war, bis der Herr ihn abberief und ihm befahl, seine eigene Armee zu gründen, eine Armee des Lichts. Er hatte die Krieger des Kreuzes beinahe zufällig gefunden, obwohl es, wie ihm später klar wurde, von Anfang an der Wille des

Herrn gewesen war, daß er sie fände. In jüngerer Vergangenheit waren sie auseinandergefallen, hatten sich in mehrere sich befehdende Gruppen gespalten, aber er war mit seiner Vision und seiner militärischen Erfahrung zu ihnen gestoßen, und innerhalb eines Jahres hatte er sie in eine Armee verwandelt, die des Herrn würdig war. Das einzige, was sie wirklich brauchten, war ein gemeinsames Ziel, und er hatte dieses in Schattenfall gefunden.

Seit seiner Kindheit hatte er von dieser Stadt geträumt, aber er wußte, daß sie ihm verwehrt war. Bis jetzt. Zumindest solange, wie Dämonen und unnatürliche Geschöpfe ungestraft durch die Straßen laufen durften und Hexen öffentlich ihre üble Magie ausübten. Schattenfall war ein Ort der Menschen, nur für Menschen vorgesehen. All das hatte er in seinen Träumen gesehen, und noch mehr, und er hatte geschworen, daß er eines Tages kommen würde, um diese Straßen vom Schmutz zu reinigen. Und nun, nach jahrelangem Planen und Üben und Warten war er bereit. Er hatte die Krieger zu einer berufsmäßigen Streitkraft ausgebildet, indem er sie als Söldner in hundert nicht erklärten Kriegen auf dem ganzen Globus ausgeliehen hatte, damit sie durch Schmerz und Erfahrung abgehärtet würden. Sie hatten ihm alle Ehre gemacht, immer wieder, und wenn einige namenlos und einsam auf fremden Feldern gestorben waren, dann war es nicht umsonst geschehen. Den Kriegern blieben sie unvergessen, und diese kämpften zur Erinnerung an sie um so hingegebener. Niemand beschwerte sich jemals oder erhob irgendwelche Einwände. Sie wußten, sie verrichteten die Arbeit des Herrn, und sie waren's zufrieden.

Berater bestürmten ihn in letzter Minute mit Plänen und Papieren und allerlei Problemen, und er nahm sich ihrer aller ruhig und fachkundig an. Er nahm sich die Zeit, ihnen allen gegenüber höflich zu sein und niemals besonders gehetzt oder beunruhigt über die von ihnen überbrachte Nachricht zu wirken. Selbst wenn er sich innerlich so sehr bis zum Anschlag aufgezogen fühlte, daß er glaubte, jeden Augenblick überschnappen zu müssen.

Er blieb vor dem langen, individuell ausgestatteten Wohnwagen, der sein mobiles Hauptquartier war, stehen und ließ den Blick über seine Leute schweifen. Es waren gute Männer und Frauen, allesamt Christen, nicht verdorben durch die Vergnügungen und Schwächen der modernen Welt. Sie würden vor nichts haltmachen und niemals zögern, seine Befehle auszuführen. Entweder man war ein Krieger und vom Herrn geliebt, oder man war ein Sünder und nur die Zerstörung wert. Sie waren seine Kinder, und er würde sie zum Sieg führen. Das war von Gott so bestimmt.

Er zog die Tür auf und trat in sein Hauptquartier. Anfangs war der Wohnwagen mit allem nur erdenklichen Komfort und technischen Raffinessen eingerichtet gewesen, aber er hatte das meiste davon herausgerissen. Statt dessen hatte er Reihen von Computern und Monitorbildschirmen angebracht und ihn mit aller nötigen Technologie des modernen Soldaten ausgestattet. In seinem Hauptquartier war er nie mehr als einen Telefonanruf weit von seinen Leuten überall in der Welt entfernt. Ausgebildete Männer und Frauen saßen ständig vor den Monitoren; ihnen entging nichts. Sie hatten sogar ihren eigenen Satelliten, um eine allzeit mögliche Kommunikation zu gewährleisten. Es gab eine Million Soldaten des Herrn, überall auf der Welt verteilt, jederzeit auf Abruf bereit, für die Sache zu sterben, nur auf das entsprechende Wort von ihm wartend. Manchmal gab ihm das ein Gefühl demütiger Bescheidenheit.

Er nickte seiner Sekretärin, die an ihrem Schreibtisch saß, zu, und sie lächelte ihn strahlend an, als er an ihr vorbeiging. In ihrer Funktion als seine Sekretärin hielt sie ihm unnötige Besucher und lästigen Papierkram vom Hals, und als seine Leibwächterin beschützte sie ihn vor den Feinden des Herrn. Sie machte ihre Sache außerordentlich gut. Er ging in sein Privatbüro weiter und schloß die Tür fest hinter sich. Er verspürte das Verlangen nach ein wenig Ruhe und Besinnung, solange er noch die Möglichkeit dazu hatte. Aber zuerst die Büroarbeit.

Er setzte sich an seinen Schreibtisch und blätterte schnell durch den Schriftenstapel des Tages, unterschrieb an den Stellen, die seine Sekretärin angekreuzt hatte, und las die wichtigsten Passagen. Dem Anschein nach war alles in Ordnung, aber er wurde die wachsende Überzeugung nicht los, daß er irgend etwas vergessen hatte. Etwas Wichtiges. Er ging noch einmal seine geistige Checkliste durch. Der letzte Teil der Kampfhubschrauber und Truppentransporter war angekommen, und zur Zeit wurden sie von den Ingenieuren überprüft. Die letzten Lieferungen von Waffen und Munition waren aus verschiedenen Armeebasen eingetroffen; dort hatte man ihr Fehlen wahrscheinlich noch nicht einmal bemerkt. Und jeder Mann und jede Frau, alle Krieger hatten den Testanruf beantwortet und sich zur Stelle gemeldet.

Aus allen Lebensbereichen kamen sie, aus allen gesellschaftlichen Schichten und wirtschaftlichen Verhältnissen, vereint durch ihren Glauben an den Herrn und ihren Haß auf jeden und alles, das nicht der Vorstellung der Krieger von einem Christen entsprach. All jene, die mit Schund und Schmutz ihr Geld verdienten, die Atheisten und die scheinheiligen Politiker mußten sich für allerlei verantworten, und die Krieger würden dafür sorgen, daß das geschähe, sobald Schattenfall der Armee des Lichts zugefallen war. Jede Station war angesprochen und in Bereitschaft versetzt worden, und alle warteten nur auf das entsprechende Wort von ihm, um die Invasion in Gang zu setzen. Er hatte alles getan, um sich und seine Leute vorzubereiten. Jetzt blieb ihm nur noch übrig zu beten. Und das war es, was er vergessen hatte. Er schloß die Augen, legte die Handflächen aneinander und sandte seine Worte zu Gott hinauf. Seinem Gott.

*Lieber Herr, erhöre mich. Gewähre uns die Kraft und die Stärke, um den Abschaum auszumerzen, der deine ruhmreiche Stadt des Lichts, Schattenfall, heimgesucht hat. Führe unsere Waffen und verdamme all jene, die es wagen, sich uns in den Weg zu stellen. Jeder Tote wird ein Geschenk an dich sein, eine weitere Seele, die dem gerechten Urteil zugeführt wird. Wir werden den Sieg davontragen, wenn auch die Aussichten nicht zu unseren Gunsten stehen, denn du bist bei diesem ruhmreichen Kreuzzug bei uns. So wie unsere Vorfahren gekämpft haben, um das Heilige Land von den Heiden zu befreien, so werden wir Schattenfall säubern, und dann die ganze Welt. Die Krieger werden in Erhabenheit herrschen, in deinem heiligen Namen.*

*Die Schuldigen werden bestraft.*

Er öffnete die Augen und sah zu dem Fernsehgerät, das in einer Ecke seines Büros stand. Er hatte im Laufe der Jahre vieles tun müssen, um seine Armee aufzubauen, um die Krieger wiederzubeleben und sie zusammenzuhalten. Einiges davon bedauerte er mehr als das meiste. Eine Sache insbesondere lastete schwer in seinen Träumen, wenn nicht sogar auf seinem Gewissen.

Er schob seinen Stuhl vom Schreibtisch zurück und stand auf. Er zog die oberste Schublade auf, nahm die Fernbedienung des Fernsehers heraus und zielte wie mit einer Pistole auf das Gerät. Sein Mund war trocken, und seine Hand zitterte ein wenig. Er leckte sich über die Lippen und senkte langsam die Fernbedienung. Dies war nicht die Zeit für Angst oder Schwäche.

*Ich fürchte nichts, denn der Herr ist bei mir. Ach ja, welcher Herr?*

Die Worte klangen in seinem Kopf, aber die Stimme hörte sich nicht wie die seine an. Er drückte die Augen fest zu, dann öffnete er sie wieder und sah zu dem Fernsehapparat. Er stand allein da, kompakt und gewöhnlich, in einem mit Kreide gezogenen Pentagramm. Er war nicht eingeschaltet, und er besaß keine Antenne. Royce holte zur Beruhigung tief Luft und tippte auf der Fernbedienung herum. Der Fernseher schaltete sich eigenständig ein, und graues Statikgeflimmer funkelte und spuckte auf dem Bildschirm. Dann wurde das Bild klar, und ein Showmaster in einem glitzernden Anzug stand mitten in einem Meer aus Feuer; an allen Seiten leckten die Flammen an ihm. Er lächelte, und seine Zähne liefen in Spitzen aus. Auf seiner Stirn waren Beulen zu sehen, die Ansätze zu Hörnern hätten sein können.

»Nun, wen haben wir denn heute bei uns im Publikum? Hallo, Leute, es ist William (›ich schmeiße den Laden hier‹) Royce, Oberster Anführer der berühmten (oder wäre ›berüchtigt‹ besser?) Krieger des Kreuzes, ein Muster an Tugend und ein durch und durch guter Kerl. Beschützer der Schwachen, solange sie den richtigen Gott auf die richtige Weise anbeten, und Bestrafer der Unwerten, und zum Teufel mit dem, was das Gesetz sagt. Also, was sagt ihr dazu, Leute? Der Mann hat einen brausenden Applaus verdient, wir wollen ihn von Herzen willkommen heißen. William Joyce, kommen Sie runter!«

Irre Schreie brachen hinter der Gestalt aus, der Lärm von zahllosen Leuten in unglaublicher, unbeschreiblicher Qual. Die Flammen loderten für einen Augenblick auf, füllten den Bildschirm und fielen dann zurück, um zu zeigen, wie der Showmaster sich in einen Heavy Metal-Rock 'n' Roller verwandelte, vollständig mit langen Haaren, Leder und Ketten versehen. Sein Gesicht war aufgedunsen und geschwollen von zu vielen Ausschweifungen und fleischlichen Genüssen. Hörner kringelten sich unübersehbar aus seiner Stirn. Er lächelte, und eine gespaltene Zunge zuckte kurz zwischen seinen aufgeworfenen Lippen hervor.

»Mach kein so überraschtes Gesicht, William. Ist das nicht genau das, was du immer geahnt hast? Ich habe viele Formen und viele Gesichter, und meine Namen sind Legion. Ich weiß, das ist ein alter Gag, aber wir lieben hier unten nun mal die Traditionen. Ich bin jeder Rock 'n' Roller, der je zu laut für deine wertvollen Ohren gespielt hat. Wenn du eine Platte rückwärts abspielst, hörst du meine Stimme, wenn du aufmerksam lauschst. Aber nur solange du sie hören willst. Du lächelst ja gar nicht, William. Gefällt dir diese Erscheinungsform nicht? Du weißt, für dich mache ich alles, solange du da draußen bist und ich hier unten bin. Vielleicht entspricht das eher deinem Geschmack.«

Er war ein Chorknabe in einem altmodischen weißen Chorrock, an ein Holzkreuz genagelt. Blut rann dicklich von seinen Handgelenken und Fußknöcheln, und sein Blick schien entrückt. Er öffnete den Rosenknospenmund und sang: »Jesus soll mein Sonnenstrahl sein …«

»Genug!« Eine Schweißperle kullerte Royce übers Gesicht, aber seine Stimme war fest und herrisch: »Hör auf mit dem Mist, Dämon! Ich habe dich im Namen des Herrn gerufen und befehle dir, ein gottgefälligeres Verhalten an den Tag zu legen!«

»Spielverderber«, maulte der Chorknabe. Die Flammen loderten erneut empor, und als sie zurückfielen, saß ein weiblicher Teenager in Jeans und Pullover in einem Korbstuhl, die Beine lässig übereinandergeschlagen, um ihre großartige Länge zur Geltung zu bringen. »Erinnerst du dich an mich, Billy? Ich war das erste Mädchen, das dich je angelacht hat, damals auf der Highschool. Du hattest alle möglichen Träume, in denen ich vorkam, aber du hast nie den Mut aufgebracht, mich tatsächlich anzusprechen. Du könntest mich jetzt haben. Du könntest alles mit mir machen, was du willst. Du brauchst nur das Pentagramm zu öffnen und mich herauszulassen, dann kann ich alles für dich sein, wovon du je geträumt hast.«

»Was du nicht sagst«, entgegnete Royce. »Bist du dieses alberne Theater niemals leid? Ich weiß, wer du bist und was du bist, und deine Verlockungen lassen mich kalt. Ich habe mich dem Herrn verschworen, und seine Kraft ist die meine.«

»Daran zweifle ich keinen Augenblick, Billyboy. Aber wenn du so rein und heilig bist, und wenn deine Sache so verdammt rechtschaffen ist, wie kommt es dann, daß du zu mir kommst, um dir die Kraft zu holen, die du so dringend benötigst? Und du brauchst mich wirklich, Billy. Beten und fasten ist schön und gut, aber damit kannst du keine Stadt einnehmen. Alle Armeen und Verräter der Welt werden dich nicht an den Verteidigungsanlagen von Schattenfall vorbeibringen. Dafür brauchst du mich und meinesgleichen. Und wenn der Tag vorüber und die Schlacht geschlagen ist, dann stehe ich hier, ganz vorn in der Reihe, und verlange meinen Lohn. Dann nützt dir alles Beten nichts mehr, Billyboy.«

»Lügner und Prinz der Lügner«, sagte Royce ruhig. »Du gehorchst mir, weil der Herr mit mir ist, und du kannst nicht gegen sein Wort handeln.«

Der Dämon zuckte anmutig mit den Schultern. »Niemand ist so taub wie jene, die nicht hören. Was willst du diesmal von mir?«

»Erzähl mir etwas über Schattenfall. Ahnt dort irgend jemand, daß wir sie demnächst angreifen werden?«

»Ein paar Leute schöpfen allmählich Verdacht, aber sie wissen nicht genau, was ihnen bevorsteht. Wir haben die Zukunft vor ihnen versteckt und ihre Gehirne vernebelt. Entspann dich, Billy. Deine und meine Mittelsleute sind auf dem Posten. Nichts wird schiefgehen.«

»Und der Verräterengel Michael?«

»Meine Brüder und ich bemühen uns immer noch gemeinsam, ihn daran zu hindern, zu einem menschlichen Wirt zurückzukehren. So ein Spaß! Findest du es nicht erheiternd, Billy, mein Lieber, daß ein Mann, der vorgibt, im Namen Gottes zu kämpfen, mit einem der Gefallenen gegen einen der Wirte Gottes einen Handel auf Gegenseitigkeit betreibt?«

»Deine Worte machen mich nicht wankelmütig. Ich tue, was getan werden muß.« Royce war darauf bedacht, seiner Stimme einen entschlossenen Klang zu geben. »Ich werde jede Waffe benutzen, die mir zu Gebote steht, um den Kampf des Guten auszutragen. Ich werde das Böse benutzen, um das Böse zu bekämpfen, wenn es sein muß. Der Erzengel Michael ist ein Verräter am Herrn und am Werk des Herrn. Er würde die fremdartigen Geschöpfe verteidigen, die Schattenfall wie die Pest heimgesucht haben. Wenn ich meine Hände beschmutzen muß, indem ich mit jemandem wie dir zusammenarbeite, um ihn aufzuhalten, werde ich nicht zögern. Gott ist mit mir.«

Der Dämon kicherte niedlich. »Das sagen sie alle …«

»Genug! Bilde dir nicht ein, du könntest mich verführen oder verwirren, Dämon. Du bist verdorben und schlecht, und ich kenne dich zu gut. Jetzt mach, daß du wegkommst.«

»Nicht so schnell«, erwiderte der Dämon lässig. »Wir quatschen doch gerade so nett miteinander. Und deine Wachen haben schwer nachgelassen.«

Royce sah unwillkürlich zu den Kreidestrichen des Pentagramms rings um den Fernsehapparat. Sie waren unversehrt. Und dennoch kam es ihm plötzlich unangenehm warm in seinem Büro vor. Ein brennend heißer Lufthauch wehte aus dem Bildschirm auf ihn zu, beladen mit dem Geruch von Schwefel. Schreie voller Schmerz und Entsetzen erhoben sich erneut im Hintergrund, nun jedoch näher und gemischt mit einem schaurigen Gelächter. Die weibliche Dämonengestalt erhob sich von ihrem Stuhl und machte einige Schritte nach vorn, so daß sie den Bildschirm ausfüllte. Die Flammen hüpften und tanzten. Sie streckte die Hand aus, und diese stach aus dem Bildschirm heraus und ragte in sein Büro. Ihre Fingernägel waren lang und scharf und hatten die Farbe von Blut. Royce wich unwillkürlich einen Schritt zurück, und die Dämonengestalt lachte höhnisch. Hörner sprossen aus ihrer Stirn, gebogen wie die einer Ziege.

»Hast du noch nie das Sprichwort gehört, süßer Billy: Wenn du mit dem Teufel speist, benutze einen langen Löffel? Nun, dein Löffel war nicht lang genug. Das Spiel ist aus. Du hast verloren. Es ist Zeit, ein anderes zu spielen, das mir besser gefällt. Zeit für mich und all meine Freunde herauszukommen. Wir werden uns köstlich amüsieren.«

Der Fernsehbildschirm dehnte und erweiterte sich und sah von einem Augenblick zum anderen weniger wie ein Fenster und mehr wie eine Tür aus. Royce riß den Blick von dem lachenden Dämon los und holte tief Luft. Die Fernbedienung lag noch in seiner Hand, und ihr vertrautes Gewicht beruhigte ihn. Er traf wieder den Blick des Dämons, der im Begriff war, sich aus dem Bildschirm herauszuwinden, und nun gar nicht mehr wie ein Mädchen aussah.

»Ich habe keine Angst vor dir«, sagte Royce. »Ich habe dich gerufen, und ich kann dich wieder wegschicken. Du bist eine Verbindung mit mir eingegangen und unterliegst deren Regeln. Ich kannte deinen wahren Namen, deshalb habe ich Macht über dich erlangt. Zurück in die Flammen, Höllenbrut, bis ich dich wieder brauche.«

Er drückte den Aus-Knopf der Fernbedienung, und der Fernsehapparat begann zu schrumpfen. Der Dämon wurde unweigerlich hineingesogen, trotz seiner Gegenwehr. Er schnaubte und spuckte und klammerte sich verzweifelt an die Ränder des Bildschirms, aber im nächsten Augenblick war er wieder drin, und der Fernsehapparat hatte seine normale Größe zurückbekommen. Royce drückte ein zweites Mal auf den Aus-Knopf, und das Bild verschwand vom Bildschirm, als wäre es niemals dagewesen. Das Gerät schaltete sich selbst aus, und es blieb nichts anderes zurück als die unangenehme Wärme und der Geruch von Schwefel. Royce setzte sich an seinen Schreibtisch, legte die Fernbedienung aus der Hand und drehte die Klimaanlage hoch.

Das Intercom summte, und er zuckte heftig zusammen. Er wartete ein paar Augenblicke, um sein Herz zur Ruhe kommen zu lassen, bevor er antwortete. Es wäre nicht gut, wenn er sich aufgeregt oder erschreckt angehört hätte. Es war wichtig, daß seine Leute an ihn glaubten. Und ganz bestimmt wäre es nicht gut, wenn sie argwöhnten, mit welchen Kräften er in ihrem Namen zusammenarbeitete. Sie würden es nicht verstehen. Er beugte sich über das Intercom.

»Ja?«

»Frank Morse ist hier und möchte dich sprechen, Führer.«

»In Ordnung. Ich erwarte ihn. Schick ihn herein.«

Royce setzte sich am Schreibtisch zurecht und setzte sein strengstes und unergründlichstes Gesicht auf. Dies würde alles andere als erfreulich werden, aber es mußte getan werden. Die Tür ging auf, und Morse kam herein. Er schritt auf den Schreibtisch zu, knallte die Hacken zusammen, nahm eine stramme Habtacht-Stellung ein und blieb schweigend stehen, den Blick starr auf einen Fleck unmittelbar über Royces Kopf gerichtet. Morse war jung, kaum über zwanzig, doch in seinem Herzen brannte das heilige Feuer der Glaubenseiferer, und er wäre für Royce gestorben – oder für den Herrn. Manchmal schien er sie durcheinanderzubringen. Alles an ihm hatte den Anschein erweckt, als sei er genau der richtige Mann, um nach Schattenfall geschickt zu werden und eine einfache Aufgabe zu erledigen, aber irgendwie war das Ganze gründlich schiefgelaufen. Royce war sich ziemlich sicher, daß er wußte warum, aber er wollte es von Morses Lippen vernehmen. Er bedeutete Morse mit einem Nicken, bequem zu stehen, und dieser nahm Paradestellung ein, wobei er es immer noch vermied, Royce in die Augen zu sehen.

»Ich habe den Bericht über deine Reise nach Schattenfall gelesen, Frank. Er liest sich nicht besonders gut. Ich bin sehr enttäuscht von dir, Frank. Du wurdest mit strikten Anweisungen hingeschickt. Töte den Sheriff und die Bürgermeisterin und mach dich sofort aus dem Staub, ohne daß dich jemand sieht. Das wäre ein Probelauf für andere Aufgaben gewesen.

Statt dessen hast du dich von einem der minderwertigeren Geschöpfe der Stadt ablenken lassen, und ich mußte einen Hubschrauber losschicken, um dich herauszuholen. Weißt du, wie viele Agenten ich in Gefahr gebracht habe, um dich und diesen Hubschrauber sicher aus Schattenfall herauszubringen? Antworte mir, Frank! Ich rede nicht um des Vergnügens willen, meine eigene Stimme zu hören.«

»Du hast vollkommen recht, mein Führer. Ich habe mich ablenken lassen. Ich hatte ... Visionen. Dinge, die vorgaben, Engel in himmlischer Glorie zu sein, um meinen Glauben auf die Probe zu stellen. Und dann, als ich den Dämon auf einem christlichen Friedhof stehen sah, hemmungslos seinen Ziegenkopf und seine Hörner entblößend, ließ ich mich vom Zorn übermannen. Ich habe in meiner Mission versagt. Ich nehme jede Bestrafung hin, die dir notwendig erscheint.«

»Ach, das tust du, ja? Mir war gar nicht bewußt, daß ich deine Erlaubnis dazu brauche. Mir geht es nicht um Bestrafung, Frank. Nur um Sühne. Du hast gegen mich und gegen den Herrn gesündigt, und du mußt den Schaden wiedergutmachen. Du wirst in der vordersten Reihe unserer Streitkräfte stehen, wenn wir die Stadt angreifen. Du wirst nackt und unbewaffnet hineingehen, nur mit deinem Glauben gerüstet. Wenn dieser stark genug ist, und wenn es Gottes Wille ist, dann wirst du überleben und wieder in unsere Gemeinschaft eingegliedert. Das ist alles, Frank. Wegtreten!«

»Ja, Führer. Danke, Führer.«

Morse knallte wieder die Hacken zusammen, drehte sich ruckartig um und marschierte aus dem Büro. Anscheinend war er nicht allzu betroffen über seine Strafe. Der gockelhafte junge Tugendbold sah vielmehr so aus, als freue er sich über die Gelegenheit, seinen Glauben unter Beweis zu stellen. Das Intercom summte erneut, und Royce sah es an, als handelte es sich um eine zischende Schlange.

»*Ja*?«

»Martyn Casey ist hier, um dich zu sprechen, Führer.«

»Ja, natürlich. Schick ihn rein.«

Royce verzog mißmutig das Gesicht. Anscheinend wurde er müde. Er hatte ganz vergessen, daß er mit seinem Stellvertretenden Kommandeur verabredet war. Und er mußte unbedingt noch ein wenig Zeit zum Ausruhen finden, bevor es losging. Müde Menschen machen Fehler. Die Tür öffnete sich schwungvoll, und Casey trat ein, freundlich lächelnd. Royce lächelte und nickte ihm seinerseits freundlich zu, als wenn er nicht die geringsten Sorgen hätte.

»Ach, Martyn, schön dich zu sehen. Nimm doch bitte Platz. Also, ich habe gehört, du hast ein Problem.«

Casey setzte sich, und sofort sah er entspannt und erleichtert aus. Er war ein bißchen kleiner als der

Durchschnitt, mit einem offenen, aber unverbindlichen Gesicht und blassen, treuherzigen Augen. Er war Anfang Fünfzig und sah mindestens zehn Jahre jünger aus. Seine Selbstbeherrschung war sprichwörtlich, und man hatte noch nie erlebt, daß er die Stimme im Zorn erhoben hätte, ganz zu schweigen davon, daß er außer sich geraten wäre. Seine Spezialität lag darin, allgemeine Ziele anzupeilen und sie in spezifische Pläne und Unternehmungen umzusetzen. Er war der vollkommene Stellvertretende Kommandeur, und Royce hielt ständig ein aufmerksames Auge auf ihn. Solche Männer waren ehrgeizig, und deshalb gefährlich.

»Alles läuft nach Plan, mein Führer. Die Truppen sind bestens vorbereitet, mit allen unseren Mittelsmännern in Schattenfall wurde Verbindung aufgenommen, und alle stehen bereit, von einem Augenblick zum nächsten auszurücken. In aller Stille, aber systematisch werden sämtliche Verteidigungseinrichtungen der Stadt unterwandert, und bald wird sie hilflos vor uns liegen. Man könnte sagen, in allen entscheidenden Punkten ist der Krieg so gut wie vorbei. Trotzdem haben wir ein kleines Problem ...«

Er legte eine wirkungsvolle Pause ein, und Royce blickte ihn finster an. »Heraus damit, Martyn!«

»Ja, mein Führer. Da ist immer noch das Rätsel um diesen Wilden Junker. Unser Geheimdienst konnte bemerkenswert wenig über ihn in Erfahrung bringen, außer daß er nach der in der Stadt herrschenden Ansicht in jüngster Zeit für eine Reihe von Morden verantwortlich ist. Obwohl an sich nicht von besonderer Wichtigkeit, stellt dieser Mann dennoch einen unbekannten Faktor dar, was bedeutet, daß wir uns nicht auf ihn vorbereiten konnten.«

Royce lächelte gepreßt. »Ich kann mir nicht vorstellen, daß ein im Dunkeln herumschleichender Mörder für unsere Soldaten ein großes Problem darstellen sollte. Ich sehe keinen Grund, unsere Pläne in irgendeinem Punkt zu ändern. Die Invasion wird wie vorgesehen durchgeführt. Zu diesem Zeitpunkt darf es in uns keinen Platz für Zweifel geben, nur für den Glauben. Das ist alles, Martyn. Du darfst gehen.«

Casey verneigte sich kurz, richtete sich auf und verließ den Raum, wobei er die Tür leise hinter sich schloß. Royce seufzte. Er war dem Erfolg jetzt so nahe, daß er ihn beinahe schon schmecken konnte. All die Jahre des Planens, um an diesem Ort anzukommen, in diesem Augenblick. Alles, was er getan hatte, um die Galerie des Frostes zu betreten und vor der Ewigkeitspforte zu stehen. Er wußte genau, was er sagen würde. Er hatte ein Leben lang darauf gewartet, es zu sagen.

ihnen [illegible]. Die Maschine wird [illegible] [illegible] [illegible] Zeit [illegible] [illegible] [illegible] [illegible] [illegible] [illegible] [illegible] [illegible] [illegible] [illegible] [illegible] [illegible] [illegible] [illegible] [illegible] [illegible] [illegible] [illegible] [illegible] [illegible] [illegible] [illegible] [illegible] filtern des [illegible] [illegible] [illegible] [illegible] [illegible] [illegible] [illegible] [illegible] [illegible] [illegible] [illegible] [illegible] [illegible] [illegible] [illegible] [illegible] [illegible] [illegible] [illegible]

8. KAPITEL

# Der erste Schlag

Sheriff Richard Erikson saß allein in seinem Büro und sah die Flasche Whiskey auf seinem Schreibtisch an, und die Flasche sah ihn an. Sie war voll gewesen, als er sie aus der untersten Schreibtischschublade gezogen hatte, aber irgendwie hatte er es in weniger als einer Stunde geschafft, sie um ein Drittel zu leeren. Ein Beweis dafür, wozu ein Mann fähig ist, wenn er sich mit Leib und Seele darauf konzentriert. Es war gut zu wissen, daß er immer noch zu etwas taugte. Er konnte zwar keine Mörder dingfest machen oder die Leute der Stadt beschützen, aber er war in der Lage, sich immerhin noch zu besaufen. Er lächelte verbittert. Das war beinahe ein Klischee: der abgebrühte Bulle, der in eine Flasche eintaucht, wenn die Dinge zu schwierig wurden. Auf die eine Weise gespielt, ist es eine Tragödie, auf die andere Weise gespielt, wird eine Komödie daraus. Nur daß er keine Lust hatte zu spielen. Er war einfach nur ein Mann, der etwas zu trinken brauchte.

Er hatte sich immer für einen starken Menschen gehalten. Einen starken, tüchtigen Menschen. Jemanden Zuverlässiges, an den man sich anlehnen konnte, wenn das Leben Schwierigkeiten bot. Doch dann fing die Sache mit den Morden an, einer nach dem anderen, und er mußte feststellen, daß er doch nicht der Bulle war, für den er sich gehalten hatte. An stillen Tagen hatte er davon geträumt, wie es wohl wäre, wenn er einen Mordfall aufzuklären hätte. Es wie Sherlock Holmes zu machen und jeden ringsum durch seine detektivischen Glanzleistungen zu verblüffen. Doch jetzt, da sein Traum endlich wahr geworden war, hatte er sich als Alptraum entpuppt.

Zwölf Leichen. Acht Männer und vier Frauen, alle auf die gleiche Weise umgebracht. Keine Mordwaffe und keine Zeugen. Keine Verdächtigen, keine Hinweise, kein Verbindungsglied zwischen den Opfern untereinander oder zu ihrem Mörder. Erikson und seine Hilfssheriffs hatten in Sechzehnstunden-Schichten oder länger gearbeitet, auf der Suche nach einem Schlüssel zu den Vorfällen, und das einzige, was dabei herausgekommen war, waren schlechte Laune und Ringe unter den Augen. Ein einziges Mal war die Stadt auf ihren Sheriff angewiesen, und er ließ sie im Stich. Er war dem Ergreifen des Mörders jetzt nicht näher als an jenem Abend, als er neben der Leiche des ersten Opfers in Suzannes Schuppen unten am Fluß gekniet hatte.

Eigentlich hätten in Schattenfall gar keine Morde vorkommen dürfen. So etwas war schlichtweg unmöglich – zumindest war das bisher der allgemeine Glaube gewesen, an dem auch er festgehalten hatte. Die Stadt war ihr eigener Ordnungshüter und reglementierte sich von selbst, mit ein wenig Unterstützung von Altvater Zeit. Und dann und wann auch von Jack Fetch. Erikson runzelte die Stirn. Theoretisch war er der Vogelscheuche vorgesetzt, aber er wußte seit langem, daß Jack Fetch nur vom Zeitmeister Befehle entgegennahm. Er hatte stets den Mund gehalten und bei entsprechenden Gelegenheiten in die andere Richtung geschaut, weil der Zeitmeister sich anscheinend immer im klaren darüber war, was er tat. Die Vogelscheuche machte alles, was nötig war, um die Stadt zu schützen, mehr nicht. Doch jetzt hatte der Zeitmeister das Vertrauen, das Erikson in ihn gesetzt hatte, weitgehend verspielt, nachdem sich herausgestellt hatte, daß er keineswegs unfehlbar war. Die Morde rissen Schattenfall auseinander, und der Zeitmeister und die Vogelscheuche waren nirgends aufzutreiben. Großartig! Wirklich großartig!

Erikson goß sich noch eine gehörige Portion ein. Irgend etwas störte ihn sehr daran, daß er Whiskey aus seinem Lieblingskaffeebecher trank. Das war beinahe ein ... Sakrileg. Der Gedanke erheiterte ihn, aber ihm war nicht nach lächeln zumute. Es war nicht so, daß er Whiskey besonders gern mochte. Eigentlich schmeckte er wie Wieselpisse. Er betrachtete grüblerisch den Becher mit der Abbildung von Richter Dredd, die mit einer Sprechblase versehen war, in der stand ICH BIN ZUSTÄNDIG! Ja. Richtig. Richter Dredd betrachtete ihn seinerseits vorwurfsvoll, und Erikson drehte den Becher um, damit er ihn nicht mehr ansehen mußte. Er warf einen Blick auf seine Armbanduhr. Es wurde allmählich spät. Noch eine Stunde oder so, dann wäre es nicht mehr spät, sondern früh. Er hätte eigentlich nach Hause gehen und sich etwas Schlaf gönnen sollen, aber er war zu müde, um sich zu bewegen. Zu müde und zu betrunken.

Wahrscheinlich auch zu betrunken, um zu fahren. Er würde sich selbst einen Strafzettel geben müssen. Das brachte ihn zum Kichern, und der plötzliche hohe Laut überraschte ihn. Er neigte in der Regel nicht zum Kichern. Er könnte sich ein Taxi rufen. Er könnte, aber er würde es nicht tun. Bald würde sich die Kunde von seinem ... Zustand überall verbreiten. Er mußte nach außen hin Haltung bewahren. Die Stadt durfte den Glauben an ihren Sheriff nicht verlieren, selbst wenn er selbst nicht mehr an sich glaubte. Außerdem wartete zu Hause ohnehin niemand auf ihn. Das war noch nie anders gewesen. Er hatte immer schon allein gelebt. Er gestattete seiner Unterlippe, eine selbstmitleidige Schnute zu ziehen. Früher einmal hatte es Leonard und Rhea gegeben, aber jetzt war Leonard tot, und Rhea war Bürgermeisterin. Der Job war sein Leben gewesen, und jetzt war ihm sogar das genommen worden. Er hatte alle Hoffnung auf Liebe und Ehe aufgegeben, um sich auf seine Arbeit zu konzentrieren, und nun wurde ihm so etwas angetan! Sein Traum war zerstört, da es sich erwies, daß er seines Amtes nicht würdig war. Er war nicht Sherlock Holmes. Er war nicht einmal Dr. Watson.

Er trank seinen Whiskey, und sein trüber Blick schweifte durch das leere Büro. Zu Hause niemand, und hier auch niemand. All seine Hilfssheriffs waren irgendwo in Sachen Mordaufklärung unterwegs. Vielleicht sollte er hinuntergehen und in einer der Zellen schlafen. Eine Nachricht hinterlassen, daß er nicht gestört werden wollte. Sie würden es verstehen. Sie alle spürten den Druck. Einige wandten sich sogar trost- und hilfesuchend an ihn, was nur zeigte, daß sie nicht so schlau waren, wie sie dachten. Er seufzte, goß wieder Whiskey in seinen Becher und betrachtete ihn müde. Er hätte wirklich mit den anderen dort draußen sein müssen, um die Stadt nach irgendwelchen Spuren abzuklappern, auf der Suche nach dem entscheidenden Hinweis, der den ganzen Fall aufrollte und alles in einen Zusammenhang brächte. So würde jeder Fernsehdetektiv, der seiner Einschaltquote gerecht wurde, verfahren. Statt dessen vergeudete er Zeit, indem er sich betrank und sich von Leuten wie Dr. Nathaniel Mirren ablenken ließ.

Hier hatten wir also einen Mann mit Problemen. Erikson verzog unglücklich das Gesicht. So ungern er es auch zugab, selbst ein Schweinehund wie Mirren hatte Anspruch auf Schutz, aber verdammt sollte er sein, wenn er wüßte, was er tun könnte, um ihm zu helfen. Die Toten entzogen sich seiner Rechtspflege. Ein flüchtiges Lächeln huschte über sein Gesicht. Das war ein guter Satz, den er sich merken mußte. Er seufzte und lehnte sich auf seinem Stuhl zurück. Vielleicht könnte er ein paar Kirchenvertreter anrufen und sich deren Vorschläge anhören. Natürlich nicht jetzt. Ganz und gar die falsche Zeit, um Kirchenvertreter anzurufen. Selbst wenn er jemanden in wachem Zustand anträfe, würde man dumme Fragen stellen, weil er sich so eigenartig anhörte. Pfarrer rochen eine Whiskeyfahne, auch am Telefon.

Er betrachtete die Reihe von einem halben Dutzend Telefone auf seinem Schreibtisch und schüttelte versonnen den Kopf. Er würde morgen früh anrufen. Er sah sich nach seinem Schreibblock um, um sich eine entsprechende Notiz zu machen, und sein Blick stolperte über einen Stapel von Papieren, die er vor einiger Zeit zur Seite geschoben hatte. Sie waren unwichtig. Nur ein Haufen von Berichten, und da sie nichts mit den Morden zu tun hatten, waren sie völlig bedeutungslos. Er nahm den obersten Bericht zur Hand, um ihn pflichtschuldig zu überfliegen. Offenbar war Lester Gold in seiner alten Aufmachung als Geheimnisvoller Rächer in der Stadt gesichtet worden. Angeheftet an die Seite war ein weiterer Bericht, wonach andere Superhelden und kostümierte Abenteurer überall in der Stadt aufgetaucht waren, einige neu und einige aus dem Ruhestand zurückgekehrt, als ob die Gemeinde einen unausgesprochenen Bedarf an ihnen hätte. Großartig. Genau das, was er brauchte. Ein Haufen wohlmeinender Amateure und alter Männer in Strumpfhosen und Umhängen, ohne jedes Farbempfinden, die sich ständig einmischten und alles durcheinanderbrachten. Er hob den ganzen Stapel hoch und spießte ihn auf den Papierdorn.

Eines der Telefone klingelte, und er sah es mit verschwommenen Augen an. Wer immer das sein mochte, es war nicht richtig, daß man ihn jetzt anrief. Er hätte um diese Zeit gar nicht hier sein sollen, und außerdem hatte er auch keine Lust, mit irgend jemandem zu reden. Das Läuten dauerte beharrlich an, schrill und durchdringend, und schließlich nahm Erikson den Hörer ab, nur damit es aufhörte.

»Sheriff Erikson, und wehe, es handelt sich um nichts Wichtiges!«

»Hilfssheriff Briers, Chef. Wir haben Probleme. Bei uns laufen Berichte über Störungen überall in der Stadt ein. Ich bin auf dem Weg nach Darkacre, und Collins und Lewis sind drüben in Mansion Heights. Wir haben Meldungen über Brände, Kämpfe, sogar Explosionen. Das hört sich alles ziemlich scheußlich an. Was ist das? Augenblick mal. Chef, jemand versucht .... was?«

Die Stimme verstummte jäh, aber Erikson hörte eine andere Stimme, die aufgeregt im Hintergrund plapperte. Er drückte die Augen fest zu und versuchte, sich auf das zu konzentrieren, was sein Hilfssheriff gesagt hatte. Störungen? Was sollte das heißen, Störungen? Plötzlich ertönte Briers' Stimme wieder, gehetzt und vielleicht mit einem Unterton von Panik.

»Tut mir leid, Chef. Ich muß gehen. Hier geht es drunter und drüber. Ich sehe Flammen am Horizont. Wie wir erfahren haben, finden offene Kämpfe in den Straßen statt, und es wurden sogar schon Leute getötet. Feuerwehr und Ambulanz sind alarmiert, aber es gehen so viele Notrufe ein, daß uns vielleicht nichts anderes übrigbleibt, als an Ort und Stelle zu bleiben und alles aufzunehmen. Du solltest besser rauskommen, Chef. Hier ist wirklich die Hölle los.«

Der Hilfssheriff kappte die Verbindung, ohne eine Antwort abzuwarten. Erikson hatte gerade erst den Hörer aufgelegt, als das Telefon daneben klingelte. Diesmal war es Hilfssheriff Hendry, der aus dem Vorort Haymeadow anrief. Weitere Störungen, Schäden an Gebäuden, Verletzte. Noch ein Telefon klingelte, und noch eins. Störungen, und noch mehr Störungen. Bewaffnete schossen in den Straßen, Panzer und Mannschaftswagen drängten aus den Randbezirken herein. Erikson versuchte verzweifelt, sich auf all das einen Reim zu machen; sein Geist war immer noch vom Alkohol benebelt. Er versuchte, Einzelheiten über die Geschehnisse in Erfahrung zu bringen, aber die Hilfssheriffs waren genau wie die Stadt überrumpelt worden. Er bemühte sich, einen der Anrufer zu beruhigen und eine zusammenhängende Darstellung der Dinge zu bekommen, als plötzlich im Hintergrund der Knall einer Explosion zu hören war, gefolgt von Schreien. Eine zweite Explosion, noch lauter, und das Telefon war tot.

Erikson betrachtete den Hörer in seiner Hand und schüttelte ihn, als wollte er ihn dazu überreden, wieder zu funktionieren, aber die Leitung blieb tot. Er legte den Hörer langsam auf und starrte die plötzlich schweigenden Telefone an. Die Stadt wurde angegriffen. Die ganze verdammte Stadt. Er überlegte, was er tun sollte, und der Whiskey wirbelte durch seine Gedanken, dick und schwer und wirr.

Polly Cousins ging vorsichtig die schmalen, dürftig beleuchteten Stufen hinunter, die der einzige Eingang zur ›Kaverne‹, einer zu einem Klub ausgebauten Höhle, waren. Man hielt dort offenbar nichts von solchem überflüssigen Luxus wie einem leichten Zugang und einer Außenbeleuchtung. Plötzlich ragte das Tor vor ihr auf und öffnete sich schwingend, als sie sich ihm näherte. Grelles Licht fiel in die Düsternis heraus, wurde jedoch beinahe im selben Augenblick durch die riesige Gestalt eines Rausschmeißers verdeckt, der allem Anschein nach unmittelbar von King Kong abstammte. Und er mußte sogar ein ziemlich enger Nachfahre sein. Er war einiges über zwei Meter groß und wirkte in den Schultern fast ebenso breit. Er unterzog Polly einer gründlichen Musterung, um sicherzugehen, daß sie keine unsichtbaren Waffen trug, und trat dann zögernd zurück, um sie einzulassen. Polly schritt mit hocherhobener Nase an ihm vorbei, und ihre Hände, die sie seitlich am Körper hielt, waren zu Fäusten geballt, damit sie nicht zitterten.

Es war lange her, seit sie das letzte Mal in der ›Kaverne‹ gewesen war; es war überhaupt lange her, seit sie fähig gewesen war, das Haus zu verlassen. Doch nun, da sich all ihre Persönlichkeiten wieder vereinigt hatten, wollte sie feiern, und wenn es ihren Tod bedeutete. Sie hatte den größten Teil des Tages damit verbracht, durch die Stadt zu streifen, um sich wieder zurechtzufinden und ihre Nerven einigermaßen zu beruhigen. Nein, Nerven war das falsche Wort. Sie hatte Angst gehabt. So viel Angst, daß sie Bauchweh bekommen hatte und all ihre Glieder zitterten. Es hatte mehrere Stunden gedauert, aber schließlich hatte sie ihre Nerven wieder unter Kontrolle. Jetzt empfand sie nur noch eine gemäßigte Scheu bei dem Gedanken an ihr erstes Rendezvous seit Jahren. Es erleichterte die Sache für sie, daß sie mit James Hart vereinbart hatte, sich in der ›Kaverne‹ zu treffen. Sie hatte hier so manche glückliche Zeit verbracht, als sie noch jünger gewesen war und ihr Leben noch ihr selbst gehört hatte.

Sie blieb unvermittelt vor einer Spiegelwand – genau vor der Haupttür – stehen. Sie sah gut aus. Sie war in langes fließendes Schwarz gekleidet, mit schwerem Augen-Make-up und schwarzen Fingernägeln, und wirkte ausgesprochen dramatisch-schaurig. Dieser Look war sehr in Mode gewesen, als sie das letzte Mal hiergewesen war, was nur bewies, wie lange das her war. Sie war immer noch modisch dünn, und wenn sie vorteilhaft gekleidet war, sah sie um einige Jahre jünger aus als die sorgenvolle Fremde, die ihr für gewöhnlich entgegensah, wenn sie sich im Spiegel betrachtete. Zumindest hoffte sie, daß es so war. Sie wollte bei James im besten Licht erscheinen. Sie hob wieder das Kinn, stieß die Haupttür auf und marschierte entschlossen in die ›Kaverne‹.

Dröhnende, vibrierende Musik umfing sie, und dazu

ein lautes Stimmengewirr, woraufhin sie ihren Weg nicht weiter fortsetzte. Die Luft war erfüllt von einer Mischung aus Rauch, Parfüm und Geselligkeit, und sie sah sich verzweifelt nach etwas Vertrautem um. Zum Glück war die Bar nicht weit weg. Sie bahnte sich einen Weg durch das Gewühl, bestellte einen großen Drink und blickte sich dann verstohlen um. In der Höhle herrschte heute ein starker Hauch von ›Sechziger Jahre‹, aber das war eigentlich immer so gewesen. In zwei goldenen Käfigen, die von der Decke hingen, zappelten zwei Go-go-Tänzerinnen in Feder-Bikinis mit unermüdlicher Energie zu der Musik der Live-Band. Unten am Boden hüpfte die Menge begeistert zu dem Rhythmus herum, ausstaffiert mit einem wilden Modemix. Kellnerinnen, bekleidet mit tiefausgeschnittenen Blusen, Leder-Miniröcken und hochhackigen Stiefeln, bewegten sich ohne Eile zwischen den Tischen an der linken Seite. Ein großer, schlanker Mann spazierte aus der Menge heraus; an jedem Arm hatte er ein Mädchen, und er lächelte jeden an. Er trug die hellrote Uniformjacke der Chelsea Pensioners und eine lächerlich schmale Sonnenbrille. Polly mußte schmunzeln. Sehr Penny Lane. Sehr Sergeant Pepper. Sie überlegte, daß die meisten der jungen Leute, die sich gegenwärtig vor ihr das Herz aus dem Leibe tanzten, wahrscheinlich den Bezug nicht einmal erkennen würden, aber sie wehrte sich dagegen, sich von diesem Gedanken bedrücken zu lassen. Endlich kam ihr Drink, obwohl sie, als sie den Preis hörte, ihn am liebsten hätte zurückgehen lassen. Sie hatte vergessen, wie teuer Drinks in Clubs waren. Sie verzog den Mund zu einem wenig vergnügten Lächeln. Anscheinend hatten sich einige Dinge während ihrer Abwesenheit überhaupt nicht verändert. Sie nippte schicksalsergeben an ihrem Glas und blickte sich um, auf der Suche nach James Hart.

Sie war pünktlich, aber bis jetzt hatte sie ihn in dem

Gewühl von Leuten noch nicht entdeckt. Sie hoffte, daß er nicht zu den Typen gehörte, die absichtlich zu spät kamen, damit der andere Teil ihn – theoretisch – um so sehnsüchtiger erwartete. Sie war sich nicht sicher, ob ihr Mut noch sehr viel länger anhalten würde, mit oder ohne Drink. Es würde nicht mehr viel fehlen, dann hätte sich ihr Herz aus ihrer Brust herausgestrampelt. Eigentlich hätte Suzanne Dubois irgendwo hier sein sollen, um ihr moralische Unterstützung zu leisten, aber sie war nirgendwo zu sehen. Polly ließ den Blick schweifen und legte ihren Gefühlen strenge Zügel an. Ihr Blick stolperte über eine Gruppe von Beatniks, die um einen Tisch herumsaßen und allesamt schwere Dufflecoats und dunkle Sonnenbrillen trugen, trotz der düsteren Beleuchtung. Sie drängten sich zusammen, als wollten sie einander trösten, wobei sie versuchten, möglichst cool auszusehen, und hielten sich gegenseitig Lyrik-Bände vor die Nase, die sie auf eigene Kosten hatten drucken lassen. Niemand schenkte ihnen auch nur die geringste Beachtung, was wahrscheinlich der Grund dafür war, daß sie so mürrisch dreinblickten. Am Tisch daneben saß ein Haufen leicht ausgeblichen wirkender Hippies, alle mit großen Augen und verträumtem Lächeln und langen Haaren – ganz Flower Power. Heute abend war in der ›Taverne‹ offenbar ganz schwer der Stil der Sechziger angesagt, obwohl man vereinzelt auch ein paar andere Epochen und Moderichtungen sah.

Plötzlich stand James Hart vor ihr, unvermittelt aus der Menge aufgetaucht. Er lächelte sie fröhlich an, und sie lächelte zurück, mit einemmal so nervös, daß ihr beinahe die Luft weggeblieben wäre; sie keuchte angestrengt. Sie begrüßten sich mit einem ziemlich formellen Händedruck, und Polly merkte, daß er ebenso nervös war wie sie selbst, woraufhin sie sich gleich um einiges besser fühlte.

»Ein netter Ort, um sich zu treffen, eine gute Idee

von dir«, sagte Hart, beugte sich vor und hob die Stimme, um sich trotz des Krachs Gehör zu verschaffen. »Du hast dein Glas beinahe ausgetrunken. Möchtest du noch etwas?«

»Pfirsich-Brandy und Limonade«, antwortete Polly automatisch. Sie leerte ihr Glas und reichte es ihm, und er schlängelte sich mit geübter Lässigkeit durch die Menge. Es gelang ihm, den Barkeeper auf sich aufmerksam zu machen, und er bestellte ihren Drink und einen für sich selbst. Polly war ziemlich beeindruckt. Es war ihr nie mit solcher Leichtigkeit gelungen, die Aufmerksamkeit des Barkeepers zu erlangen, es sei denn, die Bar war menschenleer und sie klammerte sich beinahe an das Hemd des Barkeepers. Sie wollte eigentlich nicht schon so schnell einen zweiten Drink haben, aber sie hatte James auch nicht abweisen und muffig erscheinen wollen. Sie schüttelte ärgerlich den Kopf. Sie lebte schon zu lange allein; ihr Geschick im Umgang mit anderen Menschen war aus Mangel an Übung verkümmert. Der Abend würde katastrophal verlaufen, das spürte sie. Panik durchzuckte sie wie ein Blitz, und sie mußte ihre ganze Selbstbeherrschung aufbieten, um nicht schreiend aus dem Club zu rennen. Sie riß sich mit aller Kraft zusammen. James würde dafür sorgen, daß der Abend nicht schieflief. Sie wußte nicht warum, aber sie vertraute ihm.

Hart bezahlte die beiden Drinks, wobei er nur ganz leicht mit den Wimpern zuckte, und sah zu Polly hinüber. Sie blickte auf die Tanzfläche, anscheinend in Gedanken verloren. Sie war ein wenig nervös gewesen, als sie sich begrüßt hatten, das war ihm nicht entgangen, aber offenbar hatte sie sich jetzt beruhigt. Es war klar, daß sie so etwas wie das hier schwierig finden mußte, nachdem sie so lange in der erzwungenen Einsamkeit gelebt hatte. Er mußte besonders viel Verständnis für sie aufbringen und die Sache für sie so leicht machen, wie er nur konnte. Schließlich sollte sie nicht ebenso nervös sein wie er. Es war ihm noch nie gelungen, eine erste Verabredung gelassen anzugehen. Tatsächlich war er eine halbe Stunde zu früh dagewesen, um den Ort in Augenschein nehmen zu können. Er fühlte sich an einem neuen Ort nie wohl, solange er sich nicht gründlich umgesehen hatte. Er mußte wissen, von welcher Art die Bar war und wo sich die Toiletten befanden. Solche Dinge.

Er freute sich, Polly wiederzusehen. Sie sah fabelhaft aus. Ihre Aufmachung war ein wenig extrem, aber er hatte schon Schlimmeres gesehen. Auf jeden Fall wirkte sie jetzt, nachdem sie das Haus verlassen hatte und nicht mehr unter dessen Einfluß stand, jünger und entspannter. Hart war sich nur allzusehr des Umstandes bewußt, daß er immer noch dieselben Klamotten trug, in denen er seit einer Woche unterwegs war. Er war ziemlich spontan nach Schattenfall aufgebrochen, einer impulsiven Eingebung folgend, und hatte sich nicht die Mühe gemacht, einen Anzug einzupacken, sondern hatte einfach nur ein paar Sachen in eine Reisetasche gestopft. Doch je mehr er darüber nachdachte, desto weniger impulsiv kam ihm seine Abreise jetzt vor, sondern vielmehr wie die Befolgung einer Anweisung an sein Unterbewußtsein, als hätte Schattenfall damals schon die Herrschaft über sein Leben übernommen. Bis jetzt hatte es ihm noch nichts ausgemacht, aber jetzt wünschte er doch, er hätte sich die Zeit genommen, um sich etwas Anständiges zum Anziehen einzupacken. Er wollte für Polly so gut wie möglich aussehen. Sie verdiente das Beste, das er zu bieten hatte. Plötzlich wurde ihm bewußt, daß er jetzt schon eine ganze Zeitlang mit den beiden Getränken in der Hand dastand, und er beeilte sich, Polly ihren Pfirsich-Brandy mit Limonade zu reichen. Er zuckte im Geiste zusammen. Wie sie dieses Zeug trinken konnte, war ihm schleierhaft. Sie standen nebeneinander, lächelten sich über ihre Gläser hinweg an, und keiner wußte so recht, was als nächstes zu tun oder zu sagen wäre.

Es gab sehr viele Dinge, über die Hart gern mit Polly gesprochen hätte. Seine Unterhaltung mit Altvater Zeit wühlte ihn im Inneren immer noch auf; er konnte nicht darüber hinwegkommen. Er mußte die Sache mit jemand anderem besprechen, sonst würde er platzen. Und dennoch wollte ein Teil von ihm das Ganze vergessen, damit er sich darauf konzentrieren könnte, sich mit Polly eine schöne Zeit zu machen. Er sehnte sich verzweifelt danach, sich wie ein ganz normaler Mensch zu fühlen, obwohl seine Beziehung zum Zeitmeister die Vermutung nahelegte, daß er das nicht war und noch nie gewesen war. Um sich abzulenken, sah er sich nach einem freien Tisch um, und dann tat sein Herz einen Doppelsprung, als sein Blick zum ersten Mal auf die Live-Band fiel. Er wandte sich Polly zu, die seinem Blick folgte und dann lächelnd mit den Schultern zuckte.

»Ach, die spielen öfter hier«, sagte sie beiläufig. »Ohne die wäre der Ort einfach nicht das, was er ist.«

»Aber ich dachte … ich meine, sie sind doch alle tot, oder nicht? Sie sind doch alle bei einem Flugzeugabsturz ums Leben gekommen …«

»In Schattenfall ist es kein Hindernis, tot zu sein. Wir haben in dieser Hinsicht keine Vorurteile. Die Leute haben einst an sie geglaubt, und nur darauf kommt es an.«

Suzanne Dubois saß ziemlich versteckt an einem Tisch in der Dunkelheit der gegenüberliegenden Ecke und beobachtete Polly und Hart aufmerksam, wenn auch unauffällig, nur um sicherzugehen, daß alles in Ordnung war. Sie wußte nicht so recht, was sie tun würde, wenn das nicht der Fall wäre, aber sie hatte Polly versprochen, für sie da zu sein, und versprochen war versprochen. Suzanne hielt sonst keine Versprechen, aus Prinzip, weil sie dadurch berechenbar würde, aber das machte dieses eine um so wichtiger. Sie ließ den Blick gerade lange genug von Polly und Hart abschweifen, um sich schnell umzusehen, und erschauderte angewidert. Sie hielt nicht viel von der ›Kaverne‹, hatte noch nie viel davon gehalten. Nostalgie war schön und gut, aber es war nicht mehr so, wie es einmal gewesen war. Suzanne glaubte felsenfest an ein Leben in der Gegenwart, und manchmal, aufgrund ihrer Karten, glaube sie auch an die Zukunft. Blicke nie zurück, pflegte sie gern zu sagen, besonders nach einigen Drinks. Du siehst nichts anderes als die Fehler, die du gemacht hast, und sehr wahrscheinlich holen sie dich ein. Sie trug die übliche Mischung aus Mode und Lumpen, eher eilig als stilvoll zusammengestellt. Sie hielt nichts davon, sich aufzutakeln – oder abzutakeln, je nach Gelegenheit. Nimm mich, wie ich bin. Du bekommst das, was du siehst. Suzanne steckte voller solcher kleiner Redensarten, vor allem um die Tatsache zu verschleiern, daß sie längst den Versuch aufgegeben hatte, einen guten Eindruck zu machen. Das lag ihr einfach nicht.

Sie sah den Mann neben sich wohlwollend an. Ein Gutes hatte es, mit Sean Morrison auszugehen: was immer sie trug, verglichen mit seinen Klamotten sah es auf jeden Fall gut aus. Er hatte sein übliches T-Shirt an, Jeans und eine Lederjacke, und alles sah so aus, als ob jemand anderes darin geschlafen und dabei auch noch eine besonders unruhige Nacht verbracht hätte. Sean war noch nie bekannt dafür gewesen, daß er sich einen Deut darum geschert hätte. Er ließ immer durchblicken, daß er etwas Wichtigeres zu tun habe, als sich um die Launen der Mode zu kümmern. Suzanne war einigermaßen überzeugt davon, daß er damit nur seinen Mangel an Geschmack überspielte, aber sie hüllte sich in dieser Hinsicht in diplomatisches Schweigen. Im Augenblick betrachtete er sie, wie sie Polly und Hart beobachtete. Sie spürte seinen Blick hinten im

Hals. Sie wandte das Gesicht zu ihm um, und er lächelte sie an, mit einem halb erheiterten und halb wütenden Ausdruck.

»Weißt du«, sagte er ruhig, »als du mich angerufen und gesagt hast, du bräuchtest heute abend meine Gesellschaft, habe ich mir eigentlich etwas anderes als das hier vorgestellt.«

»Tut mir leid«, antwortete Suzanne, »aber ich möchte, daß heute abend alles richtig läuft. Polly hatte viel Pech im Leben, und sie hat das Recht auf ein bißchen Glück. Sie wird heute abend eine gute Zeit haben, sonst wird es jemandem leid tun.«

»Und du glaubst, sie findet ihr Glück bei dem geheimnisvollen und rätselhaften James Hart? Ich möchte dich nicht beunruhigen, Suze, aber nach allem, was ich gehört habe, ist er nicht gerade Prinz Liebenswert. Man munkelt, der Kerl habe etwas ausgesprochen Gespenstisches. Um die Wahrheit zu sagen, er macht äußerlich nicht viel her. Ich habe jemand Größeres erwartet.«

»Du bist heute abend schlecht gelaunt, Sean. Welche Laus ist dir über die Leber gelaufen?«

»Ach, es ist nichts. Ich habe lediglich mit den Elfen gesprochen und versucht, sie dazu zu überreden, ihr Land unter dem Hügel zu verlassen und hierherzukommen, um bei der Jagd nach unserem Mörder zu helfen. Aber das ist eine Ewigkeit her, und ich habe bis jetzt noch nicht das geringste Anzeichen von ihnen gesehen oder gehört. Sie führen irgend etwas im Schilde, und ich habe das dumpfe Gefühl, daß es mir nicht gefallen wird, wenn ich herausfinde, um was es sich dabei handelt. Wenn die Elfen einen Plan aushecken, dann ist es nur vernünftig, den Kopf einzuziehen und in Deckung zu gehen. Ich vermute mit an Sicherheit grenzender Wahrscheinlichkeit, daß ich einen Wirbelsturm ausgelöst habe. Und jeder wird mich für die Sturmschäden verantwortlich machen.«

Er verstummte, als Suzanne wieder verstohlen zu Polly und Hart hinsah. »Hör mal, was genau hast du vor, Suze? Willst du darauf warten, daß er etwas sagt, das Polly bekümmert, um dann hinzurennen und ihm eine reinzusemmeln? Laß sie in Ruhe. Sie sind beide einiges über einundzwanzig und durchaus in der Lage, sich um sich selbst zu kümmern.«

»Du hast vollkommen recht«, sagte Suzanne. »Sprich mit mir, Sean. Lenk mich ab.«

»Also gut. Was ist mit deinem gegenwärtigen Verehrer geworden – dem jugendlichen Gitarrenwunder? Darf er so spät nicht mehr aus dem Haus, oder muß er noch Hausaufgaben machen?«

»Das wirst du mir büßen«, sagte Suzanne bitter-süßlich. »Ausgiebig und auf schreckliche Weise. Zur Zeit hat er sich schmollend zu seinen Freunden zurückgezogen, weil ich sein gequältes Genie nicht erkannt habe. Oder zumindest war ich es leid, mir andauernd anzuhören, wie er darüber redet. Punks können manchmal ganz unterhaltsam sein, aber sie neigen dazu, schrecklich zielstrebig zu werden. Wenn es um Sex ginge, wäre mir das egal, aber er läßt sich abendfüllend über seine Musik aus … wenn es das wäre, was mich interessiert, dann würde ich mir einen musikalischen Dildo kaufen. Aber er kommt bestimmt wieder, da mache ich mir gar keine Sorgen. Alle kommen immer wieder. Sogar du, Sean.«

»Willst du damit etwa andeuten, daß ich leicht zu handhaben bin?« fragte Morrison und zog überheblich eine Braue hoch.

»Den Gedanken kannst du dir abschminken!«

»Neulich habe ich Ambrose gesehen«, sagte Morrison leichthin. »Er hat einen japanischen Geschäftsmann, der auf Besuch da war, mit seinem Wassermolchauge-und-Hundezunge-Kunststückchen eingewickelt. Es geht ihm ganz gut, seit er sich auf Wechsel- und Effektengeschäfte verlegt hat.«

»Oh, ich habe immer noch eine sentimentale Schwäche für Ambrose. Außerhalb der Stadt gibt es einen tiefen Sumpf, den Ambrose und ich in den nächsten Tagen besuchen werden, und zwar mit etwas Schwerem, das ihn nach unten zieht. Vergiß nicht, Sean, *ich* habe *ihn* verlassen, nicht umgekehrt. Wir hätten erst gar nicht heiraten sollen, aber so was macht man nun mal, wenn man jung und dumm ist und den Unterschied zwischen Liebe und Sex nicht begreift.«

Hart und Polly saßen kameradschaftlich zusammen an einem Tisch, angenehm weit weg von der Band und den Tänzern entfernt, beschäftigten sich angelegentlich mit ihren Drinks und bemühten sich, nicht an die Dinge zu denken, die wirklich in ihnen vorgingen.

»Nun«, sagte Polly munter. »Was hast du über deine Vergangenheit herausgefunden?«

»Mehr als ich erwartet hatte. Das Ganze ist allerdings ... kompliziert. Was treibt dein Vater jetzt so, nun, da er wieder unter den Lebenden weilt?«

»Er versucht, alles aufzuholen, was seit seinem ... Weggehen geschehen ist. Schattenfall hat sich während der letzten paar Jahre sehr verändert. Wo ist dein Freund?«

»Ich habe ihn zu Hause gelassen, vor dem Fernseher bei seinen geliebten Seifenopern. Ich hatte heute abend keine Lust auf eine Aufsichtsperson.«

Sie schwiegen erneut. Es war schwierig, miteinander zu reden, wenn jeder so schrecklich viel auf dem Herzen hatte und nicht darüber sprechen wollte. Hart spürte, wie er die Augenbrauen zusammenzog, und bemühte sich, nicht die Stirn zu runzeln. Er wollte nicht, daß Polly glaubte, er langweile sich oder wäre böse auf sie. Aber es fiel schwer, eine lockere Unterhaltung zu führen, wenn das meiste, das sie gemein hatten, zu erschütternd war, um darüber zu sprechen. Er war sich seiner Gefühle für Polly nicht einmal sicher. Was sie miteinander durchgemacht hatten, hatte so etwas wie eine Verbindung geschmiedet, aber das war mehr auf die Umstände als auf ihre jeweilige Persönlichkeit zurückzuführen. *Eine großartige Grundlage für eine Beziehung: Ich habe ihr geholfen, ihren Vater wiederauferstehen zu lassen und mit ihm und sich selbst einigermaßen ins reine zu kommen.*

Nicht daß er viel besser gewesen wäre. Wie hätte sie irgend etwas Tiefergehendes für ihn empfinden können, wenn er nicht einmal selbst sicher war, wer er wirklich war? Hart kam zu dem Schluß, daß er zuviel dachte und zuwenig redete. Polly mußte glauben, er habe ein Schweigegelübde abgelegt. Am besten wäre es, wenn er aufhörte, sich darüber Gedanken zu machen, wie er sie beeindrucken könnte, und sich lediglich entspannte. Er sollte den Dingen einfach ihren Lauf lassen. Er war hier sicher; nur ein Gesicht von vielen in der Menge, und niemand erwartete oder befürchtete etwas von ihm. Er lächelte Polly an, und sie lächelte ihn an; sie spürte die Veränderung in seiner Stimmung und zeigte sich dankbar dafür.

Die Lichter gingen aus, und die Lautstärke der Musik ließ entscheidend nach, als die Verstärker ausfielen. Die Band hörte plötzlich auf zu spielen, und sofort erfüllte eine Stille den Club, da die Gespräche der Leute verstummten. Die ersten Fragen waren soeben laut geworden, als ein Rütteln das Gebäude erschütterte. Schreie und ein paar Kreischlaute ertönten in der pechschwarzen Dunkelheit, als der Boden bebte und gleich wieder ruhig war. Eine laute und zuversichtliche Stimme sagte besonnene und vernünftige Dinge, vermutlich war es die Stimme des Geschäftsführers. Aber niemand hörte zu. Hart streckte die Hand im Dunkeln aus und ergriff Pollys. Sie zitterte heftig, und er drückte sie auf eine – so hoffte er – beruhigende Weise. Der Club erbebte erneut, diesmal kräftiger. Leute schrien auf, als sie zu Boden geworfen wurden, und von überallher war das Zerbrechen von Glas zu hören.

Überall erhob sich ein schrilles Kreischen und Schreien, und Panik brach unter den Leuten aus. Einige brüllten und fluchten, während sie sich bereits einen Weg durch die Dunkelheit zu den Ausgängen bahnten.

Dann gab es einen ohrenbetäubenden Krach, und eine Seite der Club-Höhle explodierte nach innen. Ziegel und Steine und Holzstücke flogen durch die Luft wie Schrapnellsplitter und schnitten mit gräßlicher Wirkung durch die von panischer Angst ergriffene Menge. Blut floß, und Leute stürzten, und Männer und Frauen schrien in Todesqual. Hart wurde durch die Wucht der Explosion auf den Tisch geworfen und prallte gegen eine andere Person, bevor er zu Boden ging. Er hoffte, daß es nicht Polly war. Etwas stieß fest gegen seinen Ellbogen, und sein Arm wurde taub. Er spürte, wie ihm Blut übers Gesicht rann, aber er wußte nicht, ob es seins war oder nicht. Er rief nach Polly, doch seine Stimme verlor sich in dem allgemeinen Tumult. Er schaffte es, sich mit einem Fuß am Boden abzustützen und auf die Beine zu kommen. Er griff in die Dunkelheit – nach Polly –, da gab es eine erneute Explosion, noch lauter als die erste, und die Decke stürzte herab. Schreie wurden jäh abgeschnitten, ertränkt im Poltern des herabfallenden Gesteins, dann herrschte lange Zeit nur noch Stille in der ›Kaverne‹.

Ash und Rhea lagen eng umschlungen in Ashs Bett. Es war eigentlich nicht groß genug für zwei, doch keinem von beiden war danach zumute, sich deswegen zu beschweren. Rhea streckte sich wohlig und genoß es, wie sich ihre Haut an Ashs rieb, und sie vergrub das Gesicht an seinem Hals. Es war angenehm kühl in dem Schlafzimmer, und sie beide lagen nackt unter einem einzigen Bettuch. Ash griff über sie hinweg und schüttelte eine Zigarette aus der Packung, die auf dem Nachttisch lag. Er steckte sie sich in den Mund und berührte mit der Spitze des Zeigefingers die Zigarettenspitze. Sie erglühte hell unter der Berührung und brannte sofort.

»Solche Sachen werden dein Tod sein«, sagte Rhea schläfrig.

»Sehr lustig.« Ash lag auf dem Rücken und starrte zur Decke hinauf; Rauch stieg aus seinem schlaffen Mund nach oben. »Also, wie war es … mit einem Geist zu schlafen?«

Rhea hob den Kopf und überlegte eine Weile, wobei sie ihm sanft durchs Brusthaar fuhr. »Ich finde, du hast dich sehr geistvoll gegeben.«

Ash stöhnte. »Ich hatte vergessen, wie sich Sex bei dir auswirkt. Jeder andere bekommt Hunger oder hat Lust auf eine Zigarette. Du kommst mit schlechten Späßen daher.«

»Sie müssen schlecht sein, um gut zu sein. Wie auch immer, du bist selbst schuld, weil du gefragt hast. Warum müssen Männer hinterher immer fragen, wie es war? Was möchtest du, Punkte für Technik und Ausdauer?«

Ash zuckte die Achseln und genoß, wie sich dabei ihr Körper an seinem rieb. »Ich habe mich nur gefragt, ob es sich überhaupt irgendwie … anders angefühlt hat, jetzt, da ich tot bin. Es kann nicht ausbleiben, daß es da Unterschiede gibt. Ich bin nicht mehr die Person, die du einst gekannt hast. Ich bin die Erinnerung eines Mannes, durch Willenskraft zu Fleisch und Blut geworden, aber meine Erinnerung ist unvollkommen. Zum Beispiel liegst du jetzt schon seit einiger Zeit mit deinem ganzen Gewicht auf meinem linken Arm, aber er ist nicht eingeschlafen. Ich versuche, alles für dich zu sein, was ich kann, Rhea, aber ich kann nicht all das sein, was ich einst war. Es tut mir leid.«

»Nein, sag das nicht. Es ist gut. Ich begreife.« Rhea lehnte erneut den Kopf an seinen Hals, und ihre Lippen bewegten sich beim Sprechen an seiner Haut. »Ich weiß, daß es Unterschiede gibt. Bei der Art und Weise, wie wir herumgetobt haben, ist es ein Wunder, daß das Bett nicht zusammengebrochen ist, aber du hast keinen Tropfen Schweiß hervorgebracht und bist kein bißchen außer Atem geraten. Du fühlst dich immer ein klein wenig kalt an, und du wirst nie wärmer, wie fest ich mich auch an dich drücke.«

»Macht das etwas aus? Ich habe dich von ganzem Herzen geliebt, als ich lebte, und ich liebe dich jetzt noch genauso. Das hat sich nicht geändert. Es wird sich nie ändern.«

Plötzlich erfüllte ein schrilles Piepsen den Raum, und Rhea stöhnte ärgerlich. »Das ist auch so etwas, das sich nie ändert. Mein Büro hat gemerkt, daß ich mich seit fünf Minuten nicht mehr gemeldet habe, und meine gesamte Belegschaft hat einen kollektiven Panikanfall. Wenn ich einen Funken Verstand hätte, würde ich den verdammten Piepser wegwerfen und Stein und Bein schwören, daß ich ihn verloren habe. Darf ich mal dein Telefon benutzen? Es besteht immerhin die Möglichkeit, daß es etwas Wichtiges ist.«

»Klar. Mach nur.«

Rhea richtete sich im Bett auf, rieb sich mit den Fingerknöcheln die Augen, und Ash setzte sich ebenfalls auf. Er lehnte sich an das Kopfende und sah glücklich zu, wie Rhea auswendig eine Nummer auf seinem Nachttischtelefon wählte. Es gefiel ihm, wenn Rhea in seinem Zimmer war und seine Sachen benutzte. Das war genau wie in alten Zeiten. Rhea nahm ihm die Zigarette aus der Hand, während sie auf das Klingeln des Telefons am anderen Ende lauschte, und schaffte zwei schnelle Züge, bevor jemand abnahm.

»Hier spricht Bürgermeisterin Frazier. Und wenn sich herausstellt, daß dieser Anruf nicht einhunderteinprozentig nötig ist, dann … Also, was ist?«

Dann verstummte sie und hörte zu. Der Piepser schaltete sich aus. Ash versuchte, in ihrem Gesicht zu lesen, während sich das Schweigen ausdehnte, doch sie wirkte vollkommen ruhig und gefaßt. Sie hatte ihr professionelles, politisches Gesicht aufgesetzt. Er nahm ihr seine Zigarette wieder ab, und sie merkte es gar nicht. Sie schnaubte und murmelte ein paarmal etwas, den Blick in weite Ferne gerichtet, und fragte schließlich mit vollkommen ruhiger Stimme, wie schlimm es sei. Sie hörte zu und nickte dann langsam, als hätte sie die Antwort bekommen, die sie erwartet hatte.

»Gut. Ich komme sofort. Berufen Sie den Rest des Stadtrats ein, und halten Sie ihn zusammen, bis ich dort sein kann. Versuchen Sie weiter, Sheriff Erikson zu erreichen, und schicken Sie jemanden in die Galerie der Gebeine, damit er beim Zeitmeister gegen die Tür hämmert. Er kann uns doch nicht einfach im Stich lassen.« Sie legte den Hörer mit kaum beherrschter Wucht auf und sah Ash an. »Jetzt hat die Scheiße den Ventilator getroffen! Schattenfall wird von einer unbekannten, aber außerordentlich schlagkräftigen Streitmacht angegriffen. Die ganze Stadt. Wer immer unser Feind ist, er verfügt anscheinend über eine ganze Armee, noch dazu eine gut ausgebildete. Sie haben bereits einige Schlüsselstellungen eingenommen und versuchen derzeit, unser Kommunikationsnetz zu durchbrechen. Sie haben einige Teile der Stadt beschossen. Panzer, Lastwagen und Hubschrauber dringen aus allen Richtungen ein, ohne auf Gegenwehr zu stoßen. Unsere Verteidigungseinrichtungen sind zusammengebrochen. Niemand weiß warum.

Meine Leute sind in Panik geraten. Der Zeitmeister weigert sich, mit ihnen zu reden. Er hat die Ewigkeitspforte geschlossen und die Stadt abgeriegelt. Niemand kann sie verlassen, obwohl die Invasoren keine Mühe haben einzudringen. Unser guter Sheriff ist nicht in seinem Büro, und keiner seiner Stellvertreter weiß, wo er sich befindet. Wahrscheinlich besäuft er sich irgendwo. Ich muß zurück, Leonard. Die Angreifer fegen unsere Leute nur so weg. Ich muß irgend etwas tun, um unsere Streitkräfte zu organisieren.«

»Ich komme mit dir«, sagte Ash. »Ich habe dich nach der langen Zeit nicht wiedergefunden, um dich gleich wieder zu verlieren. Außerdem brauchst du vielleicht jemanden, der dir Rückendeckung gibt.«

Rhea nickte schnell und schwang die Beine aus dem Bett. Sie und Ash zogen sich mit verzweifelter Schnelligkeit an und zerrten ihre Kleidung mit roher Gewalt an Ort und Stelle. Rhea war als erste fertig; sie eilte zur Tür hinaus und die Treppe hinunter. Martha Ash wartete unten. Rhea blieb vor ihr stehen, sich plötzlich ihrer unzulänglichen Aufmachung bewußt; sie fragte sich, was Leonards Mutter wohl denken mochte, doch Martha lächelte nur warmherzig.

»Ich freue mich, daß ihr wieder zusammen seid, meine Liebe. Er braucht dich.«

»Ja, das glaube ich auch. Aber wir müssen los. Etwas Wichtiges ist im Gang, drüben in der Stadt.« Sie zögerte, dann fuhr sie fort: »Martha, ich halte es für das Beste, wenn ihr beide, du und Thomas, eine Zeitlang im Haus bliebet. Laßt niemanden herein, und haltet euch von den Fenstern fern. Nur zur Vorsicht.« Sie unterbrach sich, als Ash die Treppe herunterpolterte, wobei er sich noch das Hemd zuknöpfte. »Beeil dich, Leonard, sonst muß ich ohne dich los. Bis bald, Martha.«

Sie gab Martha einen flüchtigen Kuß auf die Wange, dann rannte sie durch die Diele und zur Tür hinaus, dicht gefolgt von Ash. Sie sprangen in den Wagen, Rhea ans Steuer. Der Motor sprang zur Abwechslung mal gleich an. Sie schaltete wie wild durch die Gänge und war die Einfahrt hinunter und auf die Straße gebraust, bevor Ash Zeit gehabt hatte, seinen Sicherheitsgurt zu befestigen.

»Ich weiß, daß das in meinem Fall eigentlich nicht nötig ist«, sagte er und zog dabei an dem Gurt, um zu prüfen, ob er wirklich sicher war, »aber ich tue gern so als ob. Das hilft mir dabei, mich einigermaßen real zu fühlen. Übrigens, ein tolles Auto. Um einiges besser als die alte Schrottkiste, mit der du früher herumgefahren bist. Der Stadtrat hat sich endlich darauf geeinigt, die Mittel für einen Dienstwagen zu bewilligen, wie?«

»Nein«, antwortete Rhea; sie nahm eine Kurve sehr eng und blickte düster auf die Straße vor ihnen. »Ich war es leid zu warten, habe trotzdem einen Wagen gekauft und ihnen die Rechnung geschickt. Sie streiten im Komitee immer noch darüber.«

Ash lächelte, doch das hielt nicht lange an. »Was glaubst du, wer sind die Angreifer?«

»Ich habe nicht die blasseste Ahnung. Angeblich soll es sich um eine ganze Armee handeln, aber das könnte übertrieben sein. Die meisten Berichte, in denen sie beschrieben sind, klingen ziemlich hysterisch. Aber es ist nicht so entscheidend, wie groß ihre Zahl ist; die Abwehr- und Verteidigungsanlagen der Stadt hätten sie auf jeden Fall abhalten müssen. Irgend jemand hat gepennt, und wenn ich herausfinde, wer das ist, dann krieg ich ihn an den Eiern, wenn das alles erst vorüber ist.«

Ash runzelte plötzlich die Stirn, den Blick nach innen gerichtet. »Fahr langsamer, Rhea. Da vorn ist etwas, gleich nach der nächsten Kurve …«

Rhea trat automatisch auf die Bremse, und als sie um die Ecke bogen, blieb ihnen noch genügend Zeit, vor der mit sechs Soldaten in Militäruniform bemannten Straßenblockade zum Stehen zu kommen. Die Straßenblockade bestand aus Betonpfosten, die mit gerolltem Stacheldraht zusammengebunden waren – eine schnelle, aber wirkungsvolle Methode. Rhea ließ den Motor im Stand weiterlaufen. Die Soldaten näherten sich dem Wagen, und Rhea stellte lediglich fest, daß sie mit Maschinenpistolen bewaffnet waren. Die Soldaten wirkten jung, hartgesotten und sehr tüchtig. Rhea sah sie trotzdem unerschrocken an.

»Was macht ihr denn hier, zum Teufel? Was soll denn diese Blockade? Es hätte einen Unfall geben können!«

»Schalten Sie den Motor aus, und steigen Sie aus«, sagte einer der Soldaten. Der Art, wie er das sagte, und der Art, wie die anderen Soldaten auf ihn reagierten, nach zu schließen, war er der Anführer der Gruppe. »Ich bin Feldwebel Crawford vom Heiligen Orden der Krieger des Kreuzes, der Armee Gottes. Diese Stadt untersteht unserem Schutz, und das Kriegsrecht wurde ausgerufen.«

»Unter eurem Schutz?« sagte Rhea, die keine Anstalten machte, aus dem Wagen auszusteigen. »Gegen wen beschützt ihr uns, zum Teufel?«

»Die Krieger wessen?« sagte Ash.

»Aussteigen!« befahl Crawford ungerührt. »Wenn es nicht freiwillig geschieht, lasse ich Sie von meinen Leuten herausziehen. Raten Sie mal, was uns lieber ist.«

Er öffnete die Tür auf Rheas Seite. Er sah ganz und gar nicht so aus, als ob mit ihm zu spaßen wäre. Rhea schnaubte, schaltete den Motor aus und stieg aus dem Wagen, als wäre das die ganze Zeit schon ihre Absicht gewesen. Ash stieg auf der anderen Seite aus. Seine Füße hatten kaum den Boden berührt, da wurde er von zwei Soldaten gepackt, herumgedreht und mit unnötigem Kraftaufwand über die Kühlerhaube des Wagens gebeugt. Ein Krieger drückte ihn nach unten, während der andere ihn mit professioneller Gründlichkeit durchsuchte. Rhea sah Crawford an.

»Habt ihr die Absicht, auch bei mir eine Leibesvisitation durchzuführen?«

»Das halte ich nicht für nötig. Aber ich werde Ihre Handtasche inspizieren.«

Rhea schnaubte erneut und warf sie ihm zu. Er öffnete sie und kippte den Inhalt auf die Kühlerhaube. Er wühlte mit einem Finger durch das Zeug und nahm ihren Führerschein heraus. Er prüfte ihn, während sie ihre Sachen wieder in der Handtasche verstaute, und hob eine Augenbraue, als er den Namen las.

»Wir haben einen Glücksfang gemacht, Jungs. Das hier ist Bürgermeisterin Rhea Frazier. Sie ist an der Führung dieser Jauchegrube von einer Stadt beteiligt. Ihr Name steht auf meiner Roten Liste, Bürgermeisterin Frazier. Sie wissen, was das bedeutet? Erstens bedeutet es, daß Sie von meinen Vorgesetzten verhört werden. Es bedeutet außerdem, daß wir alles mit Ihnen anstellen können, was uns beliebt, solange wir Sie nicht so sehr beschädigen, daß Sie keine Fragen mehr beantworten können. Man würde uns nicht einmal auf die Finger klopfen. Meine Vorgesetzten mögen Sie wirklich überhaupt nicht. Nun, ich bin sicher, daß es alle möglichen unangenehmen Überraschungen gibt, die eine angreifende Armee in dieser Stadt erwarten. Sie werden mir alles darüber sagen, damit ich meine Leute warnen kann.«

»Und wenn nicht?« sagte Rhea.

»Wenn nicht, dann werden wir zusehen, wie Ihr Freund hier als Schlagball benutzt wird. Wenn Sie also nicht zuhören wollen, wie ihr Freund schreit, sollten Sie sich besser kooperativ zeigen, Bürgermeisterin Frazier.«

»Wir haben viel Zeit«, sagte einer der anderen Soldaten. »Wir sind dem Zeitplan um einiges voraus. Viel Zeit für Spaß und Spiel. Ich denke, wir sollten sie erst mal ein bißchen weich machen – ihr wißt, was ich meine? Sie sieht so aus, als könnte sie sich als sehr kooperativ erweisen, mit ein bißchen Nachdruck.«

»Ihr rührt sie nicht an!« sagte Ash.

Der Soldat drehte sich mit erstaunlicher Schnelligkeit um und stieß Ash eine Faust in den Magen. Bei der Wucht des Schlages sackte Ash nach vorn zusammen, und sein Gesicht traf auf das nach oben stoßende

Knie des Soldaten. Rhea schrie auf, und Crawford packte sie von hinten, wobei er ihr die Arme fest an die Seiten drückte. Ash lehnte sich an die Kühlerhaube des Wagens zurück und schüttelte den Kopf. Der Soldat packte ihn mit beiden Händen an der Vorderseite des Hemdes und schlug ihn gegen die Seite des Wagens, und noch einmal und noch einmal. Der Wagen wakkelte unter dem Aufprall, und Rhea hörte voller Qual, wie Ashs Körper gegen den Wagen krachte. Er schrie nicht ein einziges Mal. Der Soldat hörte auf, um wieder zu Atem zu kommen, und grinste fröhlich.

»Feinfühlig wie immer, Kamen«, bemerkte Crawford trocken.

»Er lebt, oder?« erwiderte Kamen. »Im Augenblick jedenfalls. Warum nimmst du Madam nicht mit und suchst dir ein behagliches Plätzchen zum Hinlegen, während wir uns hier ein wenig mit unserem neuen Freund vergnügen? Oh, und Feldwebel, benimm dich wie ein Gentleman. Wir wollen kein beschädigtes Gut, wenn wir an der Reihe sind.«

»Verlaß dich auf mich«, sagte Crawford. »Versuch mal, ob du deinen neuen Freund nicht dazu bringen kannst, ein paar Laute von sich zu geben. Vielleicht trägt das dazu bei, daß unsere hochwohlgeborene Bürgermeisterin sich etwas kooperativer zeigt. Etwas ... mehr mitgeht.«

Rhea trat ihm kräftig auf den Fuß, und sein Griff lockerte sich, ebenso vor Überraschung wie vor Schmerz. Sie befreite sich mit einem Satz von Crawford und rannte zu Ash, aber zwei der anderen Soldaten hatten sie gepackt, bevor sie mehr als ein paar Schritte zurückgelegt hatte. Crawford kam, um sich vor sie hinzustellen. Sie atmeten beide heftig, aber er grinste. Er griff nach einer Handvoll ihrer Bluse und riß sie auf.

»Rührt sie nicht an«, sagte Ash.

Die Soldaten wandten sich um und sahen ihn an.

Etwas Neues lag in seiner Stimme, etwas ... Beunruhigendes. Kamen wich einen Schritt zurück, und Crawfords Hand ließ von Rheas Bluse ab. Trotz der Mißhandlung, die Ash erfahren hatte, war keine Spur von Blut oder Prellungen in seinem Gesicht zu bemerken. Ohne weitere Worte und ohne etwas zu tun, wirkte Ash in diesem Augenblick beängstigend. Er gab sich als das, was er war, ein wandelnder Toter, und zeigte den Soldaten, was das bedeutete. Ihr Blut erstarrte, und sie alle taumelten von ihm weg, Entsetzen umklammerte ihre Herzen. Sie machten sich nicht die Mühe, die Waffen zu heben. Sie wußten, daß sie damit nichts ausrichten konnten. Sie sahen den Tod in Ashs Gesicht und hörten ihn in seiner Stimme, und keiner von ihnen war dem gewachsen.

Kamen zerbrach als erster; er rannte in das Gehölz neben der Straße, ohne sich ein einziges Mal umzusehen und sich zu überzeugen, ob seine Kameraden folgten. Sie ergriffen sofort nach ihm die Flucht, und in ihren Köpfen und Seelen war nichts mehr außer Angst und Panik. Crawford weinte beim Laufen, und er wußte nicht warum. Rhea sah ihnen nach. Die Angst hatte sie kaum berührt, aber sie hatte genug davon gespürt, um zu wissen, warum die Soldaten wegrannten. Sie wußte auch, daß sie für Ash nun niemals mehr dieselben Gefühle wie früher aufbringen würde. Doch jetzt sah er ganz wie immer aus, die Angst war nur eine Erinnerung, und sie eilte zu ihm, um sich zu vergewissern, daß er unversehrt war. Er bedeutete ihr mit einer Handbewegung, in den Wagen zu steigen.

»Fahr los, Rhea! Bring uns hier raus!«

Sie nickte und setzte sich ans Steuer. Ash stieg neben ihr ein, und sie hatte den Wagen schon um die Barrikade herummanövriert und fuhr die Straße hinunter, während er noch die Tür schloß. Sie fuhr schnell, aber vorsichtig, ständig auf der Hut vor weiteren Straßenblockaden, und ihre Fingerknöchel traten weiß hervor, so angespannt umklammerte sie das Lenkrad.

»Ich finde, das hast du recht gut gemacht«, sagte sie schließlich und bemühte sich um ihre übliche professionelle Gelassenheit, was ihr jedoch nicht ganz gelang.

»Es ist leicht, tapfer zu sein, wenn man weiß, daß einem nichts mehr etwas anhaben kann«, sagte Ash. »Ich habe mir nur deinetwegen Sorgen gemacht.«

»Ich mache mir wegen der Stadt Sorgen«, erwiderte Rhea. »Wenn diese Schweinekerle typisch sind für die Angreifer ... Wir müssen uns an einen sicheren Ort begeben, Krisenkomitees zusammenstellen, Entscheidungen treffen. Sofern es irgendwo noch einen sicheren Ort gibt ...«

»Fahr«, sagte Ash. »Fahr einfach weiter.«

Die Krieger des Kreuzes fielen heulend in Schattenfall ein, wie ein Rudel Wölfe, durch den Geruch von Blut in Wahnsinn versetzt. Leute rannten schreiend vor ihnen davon, und die Krieger erschossen sie auf der Flucht. Die Befehle der Soldaten lauteten, die Einwohner der Stadt zu terrorisieren und sie zu jedem Widerstand unfähig zu machen, und eine ganze Zeitlang fegten sie widerstandslos alles nieder. Panzer rumpelten unerbittlich durch die sich leerenden Straßen und nahmen jede Gelegenheit wahr, Gebäude, die in irgendeiner Weise der Obrigkeit dienten, zu beschießen und sie dem Erdboden gleichzumachen. Flammen loderten hinter der einfallenden Armee auf, und es war niemand mehr da, um sie zu löschen. Rauchschwaden türmten sich am Himmel und verdeckten die Sonne. Die Krieger brachten Tod und Verwüstung nach Schattenfall, und sie lachten und scherzten und sangen Lieder zum Lobe des Herrn, während sie gnadenlos auf das Zentrum der Stadt und damit ihrem letzten Angriffsziel zustrebten: dem Sarkophag der Zeit.

Drei Mitglieder des Stadtrats hatten sich in ihrem Sitzungszimmer versammelt, bevor die Krieger sie fanden. Der zuständige Offizier verglich ihre Namen mit denen in einer Liste und befahl einem der Stadträte vorzutreten. Er gehorchte, unsicher blinzelnd, und der Offizier befahl seinen Soldaten seelenruhig, den Mann zu erschießen. Die anderen beiden Ratsmitglieder starrten immer noch ungläubig, als die Kugel des Kriegers den Mann von den Beinen riß und ihn gegen die Wand hinter sich schleuderte. Er glitt langsam zu Boden und hinterließ eine lange Blutspur an der Wand. Die Krieger trieben die beiden verbliebenen Ratsmitglieder aus dem Raum, und sie folgten widerstandslos, die Augen vor Entsetzen weit aufgerissen. Der Offizier gab Anweisung, das Gebäude in Brand zu stecken, und seine Männer lachten, als sie das Feuer legten. Sie verrichteten das Werk Gottes, und das war ein so schönes, ach so schönes Gefühl!

Doch noch während die Invasoren durch die Außenbezirke und weiter in die dichter bebauten Innenbereiche der Stadt schwärmten, verlangsamte sich ihr Vormarsch. Karten waren wertlos. Es war möglich, daß sich eine Straße in eine andere verwandelte, während sie sie hinabfuhren, oder sie kehrte sich sogar um, ohne daß sie es merkten. Die Zeit änderte sich plötzlich, ohne Vorwarnung, von Tag zu Nacht und wieder zurück. Die Invasoren hatten eine Liste, auf der alle zu besetzenden, strategisch wichtigen Gebäude und Orte aufgeführt waren, doch nichts davon stand an der Stelle, wo es hätte zu finden sein müssen. Es war, als ob die Stadt selbst daran arbeitete, sie zu verwirren. Sie hielten aufs Geratewohl Leute an oder zerrten sie aus Häusern und fragten nach dem Weg, doch obwohl die Stadtbewohner zu sehr in Angst und Schrecken versetzt waren, um zu lügen, half das den Invasoren wenig. Es gab Welten innerhalb von Welten in den Grenzen von Schattenfall, und selbst die Naturgesetze hatten keinen Bestand. Eine Gruppe glaubte, eine andere bewaffnete Streitmacht herannahen zu sehen, und eröffnete das Feuer, um dann feststellen zu müssen, daß sie ihre eigene Nachhut beschossen. Andere Gruppen verloren sich in Dschungeln oder offenen Ebenen und verfielen in fremdartigen Landschaften ohne Sinn und Verstand dem Wahnsinn.

Ein Zug wurde vom Hauptstrom der Angreifer getrennt und verirrte sich bald hoffnungslos. Die Männer versammelten sich um einen Wegweiser, in der Hoffnung auf nützliche Hinweise, nur um feststellen zu müssen, daß die Worte auf dem Wegweiser sich veränderten, wenn sie nicht hinsahen – und sogar während sie hinsahen – und ihnen nutzlose oder widersprüchliche Informationen gaben. Die Krieger verfluchten ihn, und er verfluchte sie seinerseits. Sie durchlöcherten ihn mit Gewehrkugeln, und der Wegweiser krachte zu Boden. Auf ihm war zu lesen: O ICH STERBE. Die Soldaten trampelten darauf herum und schrien. In ihrer Wut und Enttäuschung bedachten sie die umgebenden Gebäude beinahe lückenlos mit ihrem Gewehrfeuer und lachten, als sie die qualvollen Schreie hörten.

Jedes lebende Ding, das nicht eindeutig menschlich war, wurde auf den ersten Blick erschossen. Die Offiziere der Krieger hatten sie zu Dämonen erklärt, zu Teufeln, unnatürlichen Wesen, deren Existenz an sich schon eine Verhöhnung Gottes sei. Die Soldaten erschossen Einhörner und Greifen, Comic-Wesen und Kindheitsfreunde. Einige versuchten sich zu ergeben, aber die Krieger hatten kein Erbarmen mit irgend etwas Nichtmenschlichem. Die Subnaturalen flohen, verschwanden in geheimen Verstecken und Erdlöchern, wobei sie in viele verschiedene Richtungen davonrannten, damit die Angreifer nicht hoffen konnten, sie alle zu erwischen. Aber einige konnten nicht schnell genug rennen, und andere wurden aufgespürt und aus ihren Schlupflöchern gezerrt, um von einer

Kugel im Kopf oder unter den Schlägen eines Gewehrkolbens zu sterben. Jämmerlich kleine Leichen lagen in blutigen Haufen zwischen den brennenden Gebäuden; unschuldige Augen starrten blind ins Leere.

Schließlich gelang es den Kriegern, den Hauptbahnhof und die Busstation zu finden, und sie besetzten beides, um die Stadtbewohner am Fliehen zu hindern und um Hilfe von außen abzuhalten. Es gab eindeutige Anzeichen, daß einige Leute bereits geflohen waren, aber die Soldaten betrachteten voller Unbehagen die fremdartigen Namen und Zielbestimmungen auf den Abfahrt-Anzeigetafeln und verzichteten darauf, sie zu verfolgen.

Der lokale Fernseh- und Radiosender fiel als nächstes in die Hand der Feinde, und die Krieger strahlten ihre Anweisungen aus. Alle sollten Ruhe bewahren und in den Häusern bleiben. Jeder Fluchtversuch würde als Zeichen von Schuld gewertet. Alle nichtmenschlichen Lebensformen mußten den Besatzungstruppen zur Exekution ausgeliefert werden. Das Beherbergen solcher Geschöpfe würde mit dem Tode bestraft. Widerstand würde mit dem Tode bestraft. Fernsehbildschirme zeigten zerstörte Gebäude mit zerschmetterten Fenstern, die ungehindert brannten. Überall lagen Körper herum, und die Toten und Sterbenden wurden von den Kriegern gleichermaßen mißachtet, während sie unaufhaltsam und erbarmungslos vordrangen.

Es gab zwar hier und da so etwas wie einen Widerstand, aber es waren vereinzelte, klägliche Unterfangen. Durch die Schnelligkeit des Angriffs war die Stadt unvorbereitet überrumpelt worden, trotz aller Vorahnungen, und der Überraschungseffekt kam den Angreifern zugute. Die Krieger drängten gnadenlos voran, trotz aller Maßnahmen, die die Stadt ergriff, um sie zu verlangsamen oder aufzuhalten, immer weiter in Richtung des angestrebten Ziels der Invasion: Herrschaft über den Sarkophag und dadurch Zugang zur Galerie des Frostes und der Galerie der Gebeine. Zu Altvater Zeit und zur Ewigkeitspforte. Es dauerte Stunden – nach Darstellung einiger waren es Tage –, aber schließlich strömte die Vorhut der Angriffstruppen in den Park – und sah sich zum ersten Mal einem echten Widerstand gegenüber. Von überallher kamen sie herbei, eine große ausschwärmende Armee von Metallautomaten, munter aus allen Richtungen herbeilaufend, um sich mit leiser Wut auf die Krieger zu stürzen. Blut spritzte von Metallfäusten, doch die gemalten Gesichter verzogen keine Miene, während sie Schneisen in die Reihen der Angreifer schlugen, tötend und verstümmelnd und zermalmend, mit kalter, wohlberechneter Schlagkraft.

Die Krieger wichen zurück, um sich ein freies Gefechtsfeld zu verschaffen, und feuerten dann mit Automatikwaffen. Die Geschosse prallten häufiger von ihrem Ziel ab, als daß sie eindrangen, aber dennoch fielen einige Automaten, wenn die Geschosse empfindliche Gelenke oder Öffnungen getroffen hatten. Die Räderwerkgestalten achteten nicht auf ihre Verluste, sondern marschierten immer weiter vor, und Schritt um Schritt, Fuß um Fuß wurden die Krieger zurückgedrängt, bis sie sich plötzlich wieder außerhalb des Parks befanden. Sie gruppierten sich neu, so gut es eben ging, nachdem ihre militärische Überlegenheit für den Augenblick durch ihre Verluste und den unaufhaltsamen Vormarsch ihres nichtmenschlichen Feindes erschüttert war. Während sie noch zögerten, erhob sich dichter Nebel und hüllte den Park ein. Die Automaten zogen sich zurück, einer nach dem anderen, und verschwanden lautlos im Nebel. Eine gespannte Stille senkte sich über den Schauplatz, und die Krieger senkten langsam die Waffen. In Kürze würden sie ihre Position wieder stärken und per Funk Verstärkung und wirkungsvollere Waffen anfordern, doch im Augenblick standen sie einfach nur da, starrten in den Nebel und erschauderten unter dem Eindruck der ersten Vorboten einer Niederlage.

Einige Teile Schattenfalls sind älter als andere. In einem der ältesten begrüßte ein uralter Kreis stehender Steine die Morgendämmerung, wie es seit unzähligen Jahrhunderten geschehen war, ruhig und lautlos, nur darauf wartend, erweckt und einem Nutzen zugeführt zu werden. In diesem Kreis hatten hundert Männer und Frauen die zwischen ihnen bestehenden Widersprüche überwunden und waren zusammengekommen, um einen neuen Kreis innerhalb des alten zu bilden. Druiden standen neben Juden, Christen neben Muslimen, vermischt mit Anhängern von Wicca und der Goldenen Morgenröte. Es hatte Zeiten gegeben, da hatten sie heißblütig miteinander gestritten, hatten sich mit Fäusten und Messern bekämpft, aber durch die Bedürfnisse der Stadt hatten sie zu einer neuen Einigung gefunden. Dieselbe innere Stimme hatte sie zu den stehenden Steinen gerufen, um Schattenfall gegen die Krieger zu verteidigen. Denn letztlich galt der Satz: Der Feind meines Feindes ist mein Freund. Oder zumindest mein Verbündeter.

Sie vereinigten sich, Hand in Hand, als das erste Licht der Morgendämmerung sich über die Steine ergoß, und eine uralte Musik rührte sich in ihrem Inneren und brach als Gesang aus ihnen heraus. Die Weisen sangen, und Macht brannte in ihnen; die alte, wilde Magie aus der Dämmerung der Zeit, bevor der Mensch die Vernunft und die Wissenschaft entdeckte und sich dafür entschied, sich aus der natürlichen Ordnung auszuklinken. Es war eine weitreichende, launische, kapriziöse Magie, leidenschaftlich und tobend, doch die Weisen schöpften aus der seit langem bestehenden Macht der Steine und beugten sie ihrem Willen. Sie bezogen Macht aus all den alten Quellen – aus dem Mond und den Gezeiten, den Auen und den Hainen, aus dem Licht, das in der ganzen lebenden Welt brannte.

Die wilde Magie baute sich innerhalb des Kreises der Weisen auf und jagte rundherum auf der Suche nach einem Ausgang. Die Spannung baute sich immer mehr auf, schrie nach Freilassung, aber die Weisen hielten sie immer noch zurück. Sie zapften ihre Reibung an und schickten ihren Geist kreisend über die belagerte Stadt, um zu sehen, wie weit die Krieger vorangekommen waren. Sie beobachteten, und sie lernten, und ihre Herzen wurden kalt wie Stein.

Die Krieger des Kreuzes drängten zu Tausenden herein und brachen mit wildem Geheul durch Lücken in den Verteidigungsanlagen der Stadt, die nur von innen geschlagen worden sein konnten. Die Soldaten eines eifersüchtigen Gottes erkämpften sich ihren unerbittlichen Weg nach innen, in Richtung des Herzens der Stadt, und sie brandschatzten und töteten im Vorbeimarsch.

Die Weisen wurden Zeugen der Ermordung der Subnaturalen und der Zerstörung der Stadt und konnten ihren Zorn nicht länger bezähmen. Die wilde Magie, der die kalte Raserei der Weisen Form und Gestalt gegeben hatte, brach hervor und stürzte sich auf die vordringenden Krieger. Von diesem Augenblick an waren die Soldaten des Herrn verhext. Maschinen brachen zusammen, Motoren liefen nicht mehr, Unfälle geschahen. Männer stürzten und brachen sich die Beine. Treibstoff verwandelte sich in Wasser. Gewehre hatten Ladehemmungen oder explodierten in den Händen der Soldaten. Und Hubschrauber fielen vom Himmel wie sterbende Fliegen. Der Vormarsch der Krieger kam taumelnd zum Stehen, überall in der Stadt.

Doch dann zogen die Krieger des Kreuzes ihre Geheimwaffe – die Zauberpriester, die sich der Vision des Herrn verschrieben hatten und fanatisch dem Weg der

Krieger folgten. Ihre Magie stammte aus den dunklen Bereichen der Welt (und den dunklen Bereichen in ihren Herzen, obwohl sie das niemals zugegeben hätten). Der Zweck heiligt die Mittel, pflegten sie zu sagen, sofern sie überhaupt darüber sprachen, alles ist gerechtfertigt, wenn es im Namen des Herrn geschieht. Sie erhoben ihre bittere Magie und zielten damit auf die Weisen, die nur durch die uralte Macht, die den stehenden Steinen innewohnte, geschützt waren. Die Kraft, die sie verhext hatte, war in Windeseile gebrochen. Motoren sprangen wieder an, Waffen feuerten, und der Vormarsch wurde fortgesetzt. Die Weisen stählten sich, erhoben die Stimmen zu einem Gesang und schickten die wilde Magie wieder aus.

Diesmal tobte sie durch die natürliche Welt, und das Wetter wandte sich gegen die Krieger. Stürme bliesen aus dem Nirgendwo, und blendender Regen fiel vom Himmel. Die Soldaten erfroren in Schnee und Hagel und Eis, und glühendheiße Sonnen brachten das Blut in ihren Adern zum Kochen. Donner grollte und erschütterte die Welt, und Blitze zuckten herab, um Panzer zu zerschmettern und Hubschrauber wie brennende Vögel vom Himmel zu werfen.

Aber wieder schlugen die Zauberpriester zurück, indem sie den Einfluß der Weisen auf die natürliche Welt zerbrachen; das Wetter beruhigte sich, am Himmel wurde es wieder still. Die Priester waren stark in ihrem Fanatismus, und sie konnten auf den Glauben ihrer ganzen Armee bauen. Die Weisen hingegen hatten lediglich sich selbst und die Macht der Steine, und sie wußten, daß das nicht ausreichen würde. Besonders jetzt, nachdem die Zauberpriester sie lokalisiert hatten.

Ein Trupp von Soldaten sonderte sich vom Hauptschwarm der Invasion ab und begab sich zielstrebig zu dem Kreis der Steine. Sie waren vielleicht noch dreißig Minuten davon entfernt, vielleicht auch weniger. Es war keine Zeit zum Nachdenken oder Planen; nur Verzweiflung und ein letzer Wurf mit den Würfeln. Die Weisen faßten einander fest bei den Händen und erhoben die Stimmen zu einem weiteren Gesang. Sie riefen die Wanderer der Unteren Straße an, jenes Weges, den die Seelen der Toten einschlugen, wenn sie sich ungesehen nach Schattenfall und zur Ewigkeitspforte und damit zur letzten Ruhe begaben. Die meisten Toten konnten oder wollten sie nicht hören, doch die neuesten Toten aus Schattenfall, die von den Kriegern ermordet worden waren, sahen von der Reise ab, um ihre Stadt ein letztes Mal zu beschützen. Sie sanken in den Kreis der Steine und gaben alles, was ihnen zu geben geblieben war: sich selbst. Neue Kraft pulsierte zwischen den Steinen und kreiste in ihnen, und die Weisen bemühten sich eifrig, sie zu zügeln und zu steuern. Die Macht, die sie endlich aufzubauen vermochten, reichte im besten Fall für einen Versuch, aber für den Augenblick mußte das genügen. Sie gaben ihr als Geomantik Form und Gestalt – Magie der Erde und all dessen, was sie bewegt. Sie sangen, mit heiseren und angestrengten, aber dennoch ehrlichen Stimmen, und die Erde hörte sie.

Die Gruppe der Krieger kam immer näher. Die Zeit reichte nur noch für einen letzten Zauber. Sie konnten entweder die Hauptstreitkräfte der Invasoren angreifen oder sich verteidigen, beides war jedoch nicht möglich. Zu ihren Gunsten muß gesagt werden, daß die Weisen nicht zögerten. Sie erhoben ihren Gesang und riefen etwas an, das tief im Inneren der Erde lebte. Der Haupttrupp der Angreifer hielt wieder inne, als die Krieger das Herannahen einer unbestimmten Energie spürten. Der Boden unter ihren Füßen bebte, als ratterte eine Untergrundbahn durch einen Tunnel tief unten. Aber das Beben wurde stärker, als etwas durch die Erde zu ihnen heraufwuchs; riesig und mächtig. Die Erde brach auf, und breite Spalten taten sich auf, durch die man die gewaltigen weißen Segmente von Cromm Cruach sehen konnte, dem Großen Wurm, alt und abscheulich und überwältigend in seiner Macht.

Die Weisen beobachteten das Vordringen des Wurms, während Panzer und Jeeps und Soldaten in den breiten Spalten der Erde verschwanden. Sie sahen zu, wie der Wurm aus dem Boden brach und Panzer und Truppentransporter wie Spielzeug zerschlug. Die Erde verschluckte schreiende Soldaten und bebte ununterbrochen durch den Zorn des Wurms. Die Krieger eröffneten das Feuer auf die großen weißen Segmente, die durch die Spalten im Boden auftauchten, aber ihre Waffen richteten wenig Schaden an. Er war zu groß, zu gewaltig für ihre winzigen Geschosse. Ein riesiges Loch tat sich unter einer Gruppe auf und verschluckte Menschen und Fahrzeuge gleichermaßen, dann schlugen die beiden Seiten aneinander, als Cromm Cruach das riesige Maul schloß, und die Krieger waren weg, als hätte es sie niemals gegeben.

Und immer noch hielt die Raserei des Wurms an. Sein unterirdischer Pfad unterhöhlte Gebäude zu allen Seiten. Ein Haus brach plötzlich in sich zusammen, als hätte es alle Kraft verlassen. Risse durchzogen Wände, während sich weitere Gebäude verschoben und langsam einstürzten und der Wurm seinen Vernichtungszug fortsetzte. Unschuldige Leute wurden in der Zerstörung zerquetscht, und die Luft war erfüllt von den Schreien der Verschütteten und Verletzten. Die Wirkung einiger Waffen war einfach zu gewaltig, um ihren Einsatz zu rechtfertigen. Die Weisen betrachteten das Schauspiel voller Grausen und änderten ihren Gesang, indem sie Cromm Cruach befahlen, in die Tiefe der Erde zurückzukehren – er wehrte sich jedoch mit träger, unnachgiebiger Kraft dagegen. Zum ersten Mal seit Jahrhunderten war er frei, und er würde sich nicht freiwillig wieder in Ketten legen lassen.

Die Weisen hatten nicht mehr genügend Kraft, um

ihn zu zwingen, und sie wußten es. Sie wußten außerdem, daß die herannahende Gruppe von Kriegern nicht mehr weit entfernt war. Sie konnten den Wurm nicht bändigen, und sie konnten sich selbst nicht schützen, nun da sie entdeckt worden waren, also taten sie das einzige, das ihnen übrigblieb. Sie gestatteten den Kriegern, den Kreis der Steine zu durchbrechen, und leisteten keinen Widerstand, als die Soldaten sie alle erschossen. Sie lagen still da, blutige Haufen zwischen den Steinen, doch in den wenigen Augenblicken, die ihnen geblieben waren, schöpften sie aus der Magie, die durch ihren eigenen Tod neue Kraft gewonnen hatte, und benutzten sie, um den Wurm gefangenzunehmen und ihn in die Tiefe der Erde zurückzuschicken. Der Boden wurde ruhig, Gebäude festigten sich, und die Leute machten sich daran, unter dem Schutt nach Überlebenden zu suchen.

Die Krieger urinierten auf die Leichen der Weisen, jagten die stehenden Steine mit Sprengstoff in die Luft und machten sich auf den Weg zu ihrem nächsten Angriffsziel.

Frank Morse, der schon einmal in der Stadt gewesen war, damals mit einem Mordauftrag, wandelte jetzt nackt und unbewaffnet durch Chaos und Zerstörung, und nichts davon berührte ihn. Rings um ihn herum schossen seine Krieger-Brüder den fliehenden Abschaum nieder und steckten deren verseuchte Häuser in Brand. Doch obwohl die gottverdammten Einwohner manchmal den Mut aufbrachten, sich zur Wehr zu setzen, nahm Frank Morse keinerlei Schaden. Er marschierte glücklich an der Front der Invasionsarmee, sang Lobpreisungen des Herrn und verdammte die Ungläubigen. Ein warmes Glühen erfüllte sein Herz, weil er sich als würdig erwiesen hatte, von Gott beschützt zu werden. Nicht daß er jemals wirklich daran gezweifelt hätte, natürlich nicht. Er war reinen Glaubens und vorbildlich und unerschütterlich in seiner Ausmerzung der Gottlosen. Er ließ den Blick schweifen, nahm den Rauch und die Flammen der brennenden Gebäude sowie die Schreie der Stadtbewohner in sich auf und lachte laut. Gott war in seinem Himmel, und endlich war mit der Welt alles in Ordnung – oder zumindest würde es bald so sein. Bald würden die Krieger die Herrschaft über die Ewigkeitspforte von den Unwerten übernehmen, und dann würden sie ihren rechtmäßigen Platz als Herrscher über diese sündige Welt einnehmen. Das Wort des Herrn würde mit gnadenloser Gewalt durchgesetzt, und Gott mochte dann den Schuldigen beistehen!

Einige seiner Krieger-Brüder fielen, als die Stadtbewohner ihrerseits kämpften, indem sie bösartig über die Soldaten des Herrn herfielen und sich wehrten wie in die Enge getriebene Ratten. Einige seiner Brüder standen nicht wieder auf, und Morse sprach ein Gebet für ihre Seelen. Nur ein kurzes Gebet, da sie offenkundig unwürdig waren. Wenn ihr Glaube so rein und heilig wie der seine gewesen wäre, wären sie den Ungläubigen nicht zum Opfer gefallen. Dann bog er um eine Ecke, und plötzlich wurde alles still. Er sah sich schnell um, doch der Rest der Invasionsarmee war nirgends zu sehen. Die Straße war leer, die Häuser waren unberührt von Feuer oder Zerstörung. Er mußte die falsche Abbiegung genommen haben. Er eilte wieder um die Ecke zurück, aber auch diese Straße schien verlassen. Irgendwie war er von seinen Brüdern getrennt worden, und er befand sich nackt und allein auf feindlichem Territorium. Morse empfand einen kurzen Anflug von Panik und verdrängte sie rücksichtslos. Er war nicht allein. Der Herr war bei ihm und würde ihn beschützen. Vielleicht war dies eine Art Prüfung …

Er hörte eine Bewegung am anderen Ende der Straße und drehte sich schnell um. Eine kleine dunkle Gestalt kam langsam, aber stetig auf ihn zu. Seine Hände zuckten und griffen nach Waffen, die er nicht besaß. Die Gestalt trat aus dem Schatten ins Licht, und Morses Herz machte einen Satz. Er kannte das Geschöpf, und es kannte ihn. Der knapp anderthalb Meter große Teddybär mit dem Goldhonigfell und den dunklen wissenden Augen blieb etwa zehn Schritte vor ihm stehen. Er trug seinen üblichen roten Umhang, die passende Hose und ein leuchtend blaues Halstuch und hielt ein Automatikgewehr in der Hand. Ein Patronengurt verlief quer über seine Brust und hing fast bis zu den Fußknöcheln hinab. Morse hatte noch nie von Petz, dem Bären, gehört. Seine Eltern hatten ihn in seiner Kindheit vor derart trivialem und versponnenem Zeug bewahrt. In seinem Leben hatte es keinen Platz gegeben für Magie und Phantasie, schon damals nicht. Aber er erinnerte sich an den Bären vom Allseelen-Friedhof. Er erinnerte sich, daß er auf ihn geschossen hatte und es nicht geschafft hatte, ihn zu treffen, und als er gerade dachte, er sei über die Strickleiter in den Hubschrauber entkommen, hatte die unnatürliche Kreatur ihn mit seiner dreckigen Tatze am Fußgelenk gepackt und sie gequetscht. Die Stelle war immer noch blau angelaufen.

»Dämon«, sagte Morse. »Ich fürchte dich nicht. Der Herr ist bei mir.«

»Ich erinnere mich ebenfalls an dich«, sagte Petz, der Bär. »Du hast auf meinen Freund geschossen. Du hättest mich ebenfalls erschossen, wenn du gekonnt hättest. Aber jetzt habe ich eine Waffe und du nicht. Willst du noch ein paar letzte Worte von dir geben, Mörder?«

»Du kannst mir nichts anhaben. Gott wird dich niederstrecken.«

»Du hast auf meinen Freund geschossen«, wiederholte der Bär, und zum erstenmal durchfuhr Morse ein Schauder der Unsicherheit. Da lag etwas in der Stimme des Bären, und in seinen Augen – etwas Kaltes und Unergründliches. Morse versuchte zu lächeln. Er konnte das nicht ernst nehmen – ein Teddybär mit einer Waffe! Aber das Gewehr sah sehr wirklich und sehr gefährlich aus, und je länger er darüber nachdachte, desto mehr traf das auch auf den Bären zu. Er zitterte plötzlich, als ein kalter Wind ihn umstreifte, und er versuchte, eine etwas aufrechtere Haltung anzunehmen, damit der Bär nicht auf den Gedanken käme, er zittere aus Angst. Der Bär hob das Gewehr und zielte, und eine Zeitlang standen sie beide so da und starrten einander an.

Dann senkte der Bär das Gewehr, betrachtete es und seufzte leise. Er kniete nieder und legte die Waffe sanft zu Boden, dann nahm er sich den Patronengurt ab und legte ihn daneben. Er richtete sich wieder auf und sah Morse fest an.

»Nein«, sagte er leise, aber mit Nachdruck. »Ich bin kein Mörder, und ich lasse mich nicht von dir dazu machen. Das wäre Verrat an alledem, was ich in der Welt eines Kindes verkörpert habe. Ich würde sagen, zur Hölle mit dir, aber ich weiß, du bist bereits dort.«

Petz drehte sich um und stapfte davon, und Morse sah ihm nach. Der Bär bog um eine Ecke und verschwand, und die Lähmung, die Morse befallen gehabt hatte, war plötzlich verschwunden. Er rannte los, hob den Patronengurt auf und warf ihn sich über die Schulter, packte sich das Gewehr und rannte die Straße hinunter, dem Bären hinterher. Der kleine Mistkerl hatte es tatsächlich gewagt, ihn zu bedrohen, hatte es gewagt, ihm Angst einzujagen … Er bog um die Ecke, das Gewehr im Anschlag, und mußte jäh anhalten, da er beinahe gegen seine Krieger-Brüder geprallt wäre.

»Ach, da bist du ja, Frank«, sagte der für diese Einheit zuständige Major. »Dachte schon, wir hätten dich verloren. Hätte mich nicht gewundert, bei all dem Durcheinander, aber versuche in Zukunft, in unserer Nähe zu bleiben, sei so gut. Wir haben keine Zeit für Suchspielchen. Hast dir auch eine Waffe geschnappt, wie ich sehe. Das gefällt mir an einem Mann – Initiative. Ich meine, wir können den Quatsch von wegen nackt und unbewaffnet jetzt vergessen. Du hast deinen Wert bewiesen. Jetzt komm, wir verfolgen einen Dämon, der in diese Richtung abgehauen ist, und mit ein bißchen Glück führt er uns genau in das Versteck seiner Artgenossen.«

Er verstummte und blickte die Straße entlang. Morse folgte seinem Blick. Ein großer Comic-Hund, über einsfünfzig groß und bekleidet mit einem schlecht sitzenden Anzug mit Gamaschen, watschelte von dannen. Er sah alt aus, mit weißen und grauen Haaren im Gesicht, und seine langen Ohren hingen schlaff herunter. Er sah sich nach hinten um, schaute zweimal hin, als er die Krieger sah, und versuchte, schneller zu laufen. Der Major lachte. »Ihm nach, Männer! Laßt ihn nicht aus den Augen! Ich will seine Ohren. Los, Frank, lauf mit! Du willst dir den Spaß doch nicht entgehen lassen, oder?«

Die Soldaten rannten dem Hund hinterher, der so aussah, als würde er jeden Augenblick zusammenbrechen, dem es aber trotzdem gelang, immer noch vor seinen Verfolgern zu bleiben. Die Krieger lachten und schrien beim Laufen und schossen manchmal in die Luft, nur weil es ihnen Spaß machte zu sehen, wie der Hund katzbuckelte, sprang und erbärmlich heulte. Morse lachte nicht. Der Hund machte einen ganz harmlosen Eindruck, aber er traute keinem Wesen in dieser gottverdammten Stadt. Außerdem war das hier Pflicht, kein Vergnügen. Lachen war frivol und lenkte vom Wesentlichen ab.

Der Hund rannte in eine schmale Gasse, und die Krieger rannten hinter ihm her, scherzend und lachend. Doch als sie in die Gasse einbogen, war von dem Hund nichts mehr zu sehen. Die Soldaten hielten an und sahen sich um. Es handelte sich um eine Sackgasse, und es gab keinen Ausgang und keine Abzweigungen, keine Seitengassen, in denen der Hund hätte verschwinden können. Morse spürte plötzlich, wie eine kalte Hand sein Herz umklammerte, und er wandte sich an den Major.

»Bring uns hier raus. Das ist eine Falle!«

»Immer mit der Ruhe, Frank. Wir werden sein Versteck finden. Er kann ja nicht einfach vom Erdboden verschwunden sein. Vielleicht gibt es hier irgendwo eine Geheimtür, die uns zum Rest der Bande führt. Kein Grund zur Panik. Es ist ja schließlich nur ein Hund.«

»Nein«, sagte eine ruhige, leise Stimmen aus der Düsternis. »Nicht einfach nur ein Hund. Ein *Comic*-Hund.«

Er trat wieder ins Licht, und die Krieger scharrten unbehaglich mit den Füßen. Er nahm eine aufrechtere Haltung an, und sein Blick war kalt und eindringlich. Er sah nicht mehr alt oder harmlos aus. Er grinste, und sein Maul verzog sich zu unnatürlicher Breite und entblößte große, blockförmige Zähne.

»Ich bin nicht real«, sagte der Hund. »Und obwohl ich in der realen Welt lebe, habe ich mir einige Eigenschaften aus der Welt des Zeichentricks bewahrt, die mir das Leben schenkte. Zum Beispiel kann ich größer werden ...« Er schoß zu einer Höhe von drei Metern und blähte sich zu entsprechendem Umfang auf; die Krieger wichen zurück und legten die Gewehre an. »Oder kleiner.« Er schrumpfte auf die Größe einer Maus und huschte zwischen den Füßen der Krieger herum. Sie schrien und stampften, aber er entwischte ihnen mühelos. Der Hund nahm wieder seine ursprüngliche Größe an und stand mit einem häßlichen Grinsen vor den entnervten Soldaten. Seine Zähne hatten jetzt scharfe Spitzen, und aus seinen Tatzen sprossen gefährlich aussehende Krallen. »Und für den Fall, daß das noch nicht reicht, habe ich ein paar Freunde mitgebracht.«

Schatten bewegten sich, bekamen Zähne und Augen, und Monster traten in das Licht der Gasse. Sie wuchsen und schrumpften und veränderten ihre Form mit gespenstischer Leichtigkeit. Sie besaßen Zähne und Klauen und gewaltige Muskeln. In einem Cartoon wären sie vielleicht komisch gewesen, aber in der wirklichen Welt waren sie erschreckend und gräßlich, wie dem schlechten Traum eines Kindes entsprungen. Ein Krieger wurde plötzlich von Panik ergriffen. Er legte sich das Gewehr an die Schulter und eröffnete das Feuer, und im nächsten Augenblick schossen alle. Die Gasse war erfüllt von Rauch und dem Knallen von Schüssen, die ununterbrochen abgefeuert wurden. Endlich hörte einer nach dem anderen auf, und sie senkten die Waffen. Der Rauch verzog sich, und die Comic-Monster waren noch immer da, grauenvoll und angsteinflößend in ihren lebhaften Technicolor-Farben. Sie waren von Einschüssen durchlöchert, die unter den Augen der Krieger in Sekundenschnelle verheilten. Die Gestalten der Monster zerliefen und verwandelten sich mit schrecklicher Leichtigkeit. Ein Soldat wimmerte. Die Monster lachten. Sie sahen überhaupt nicht komisch aus. Der Hund grinste immer noch.

»Ihr könnt uns nicht verletzen. Wir sind Comic-Figuren, und in einem Cartoon ist alles möglich. Wirklich alles.«

Die Monster blähten sich auf, füllten die Gasse aus und stürzten sich mit Zähnen und Klauen auf die Krieger. Die Gasse war erfüllt von Schreien, schaurigem Gelächter und leisen Schmatzlauten, die von zerreißendem Fleisch herrührten. Die Comic-Figuren zerfetzten die Krieger, spielten mit den Stücken und hörten nicht auf zu lachen.

Frank Morse drehte sich sofort um und rannte davon, als die Monster sich bewegten, und er war aus der Gasse verschwunden und rannte um sein Leben, als er die ersten Schreie hörte. Der Patronengurt klatschte beim Laufen schmerzhaft gegen seine nackte Brust, und er hatte das Gewehr, das er in der Hand hielt, ganz und gar vergessen. Er hatte seine Freunde und Kameraden vergessen, ebenso wie seine Pflicht und seinen Glauben, und er rannte aus Leibeskräften, nach Luft schnappend, jeden Augenblick erwartend, daß ihn etwas Schreckliches von hinten packen würde, aber nichts dergleichen geschah. Er hatte beinahe das Ende der Straße erreicht, da hielt er stolpernd an, als eine einzelne Gestalt ins Licht trat und sich ihm entgegenstellte.

Morse stand einen Augenblick lang einfach nur da, sein Herz hämmerte und seine Lunge schmerzte, und dann legte er mit einem Ruck das Gewehr an und zielte auf den Neuankömmling, der nur ein paar Meter von ihm entfernt stand. Aber er schoß nicht. Er erkannte die Gestalt. Über zwei Meter groß, eingehüllt in einen langen Trenchcoat, mit einem großen Ziegenkopf, eine Pistole lässig in der Hand. So standen sie eine Zeitlang da und sahen einander an.

»Du bist tot«, sagte Morse plötzlich. »Ich habe dich erschossen.«

»Nur verwundet«, erwiderte der Meerbock. »Du bist kein so guter Schütze, wie du dir einbildest. Ich freue mich jedoch, daß du dich an mich erinnerst. Ich erinnere mich ebenfalls an dich.«

»Dämon!« sagte Morse. »Höllenbrut!«

»Das ist gut gesagt, von jemandem, der sich soeben aus dem Staub gemacht und seine Freunde im Stich gelassen, sie dem Tod preisgegeben hat. Gut gesagt von jemandem, der dabeigestanden und zugesehen hat, wie seine Freunde Unschuldige ermordet und deren Häuser in Brand gesetzt haben. Aber all das ist jetzt ohne Bedeutung. Jetzt geht es nur um dich und mich. Du hast eine Waffe, und ich habe auch eine. Anders als bei unserer letzten Begegnung. Vielleicht erschießt du mich, oder ich erschieße dich. Keiner von uns wird auf diese Entfernung danebenschießen. Ich schätze, du mußt dir überlegen, wie es mit deinem Glück steht, du Niete.«

Morse drehte sich um und rannte weg. Er würde davonkommen und dann zurückkehren und das Untier umbringen. Sie alle umbringen. Er spürte, wie der Boden unter seinen Füßen bebte, und roch Rauch in der kalten Luft. Er öffnete den Mund, um zu schreien, und der Meerbock schoß ihm in den Hinterkopf.

Die Krieger des Kreuzes zerrten die sieben Ratsmitglieder, die sie gefunden hatten, durch die Ruinen dessen, was einst deren Stadt gewesen war. Überall brannten Gebäude, loderten Flammen aus geschwärzten Häuserskeletten gen Himmel. Die verlassenen Straßen waren mit Schutt und Glasscherben übersät, und überall lagen Tote und Sterbende. Die Krieger gingen daran vorbei. Sie feierten. Einige tranken Wein und Schnaps, nachdem sie die verlassenen Läden geplündert hatten. Sie lachten und sangen und versetzten den Ratsmitgliedern Fußtritte, um sie zu einer schnelleren Gangart anzutreiben, oder einfach nur weil es ihnen Spaß machte. Die sieben Ratsmitglieder hielten die Köpfe gesenkt und schwiegen. Sie alle hatten blutige Wunden und Prellungen von brutalen Schlägen, und sie waren jetzt klug genug, keine Einsprüche oder Beschwerden mehr vorzubringen. Drei Ratsmitglieder waren bereits tot: kaltblütig erschossen, weil sie überflüssig waren und um zu gewährleisten, daß die anderen das taten, was von ihnen verlangt wurde.

Ihre Hände waren mit Handschellen auf dem Rücken gefesselt, und jeder von ihnen hatte eine Schlinge um den Hals, mit einem Krieger am anderen Ende des Seils, an dem sie gezogen wurden. Sie trotteten dahin, die Köpfe vor Erschöpfung gesenkt, nicht etwa vor Hochachtung, und blickten aufmerksam zu Boden, um ja nicht zu stolpern oder umzuknicken. Wenn sie stürzten, zerrten sie die Krieger einfach weiter, bis sie wieder auf die Beine kamen. Die Soldaten hielten das für einen Mordsspaß. Die Ratsmitglieder hatten jeden Gedanken an Flucht oder Rettung aufgegeben. Es war nicht mal mehr jemand übrig, um ihre Schande mitzuerleben. Jene Stadtbewohner, die den andauernden Beschuß überlebt und der Aufmerksamkeit der vom Blutrausch besessenen Angreifer entgangen waren, hatten sich entweder versteckt oder waren um ihr Leben gerannt. Als ob man in Schattenfall noch irgendwo hätte hinrennen können! Die Krieger sangen Sauflieder, gemischt mit frommen Hymnen, und zerrten die Ratsmitglieder durch die brennenden Ruinen der Hölle.

Schließlich erreichten sie das alte georgianische Haus, das dem Stadtrat als offizielle Sitzungsstätte gedient hatte. Es war ebenso wie alle anderen Gebäude beschossen worden, aber das Erdgeschoß schien noch einigermaßen unversehrt. Die Soldaten führten die Ratsmitglieder hinein, wobei sie sie mit Schlägen und Fußtritten antrieben, und hießen sie schließlich um einen Tisch herum Platz nehmen, in dem Raum, der einst ihr Hauptversammlungssaal gewesen war. Der erschien jetzt wie eine andere Welt. Die Ratsmitglieder waren nicht überrascht, daß die Krieger so gut über sie Bescheid wußten; die Soldaten hatten sich bereits mit den Spionen gebrüstet, mit deren Mitwirkung sie die Stadt infiltriert hatten. Der Leutnant, der die Soldaten anführte, zog sich einen Stuhl heran, wischte die Sitzfläche ab und setzte sich den Ratsmitgliedern gegenüber. Er war jung, kaum jenseits der Zwanzig, mit einem zurückweichenden Haaransatz und einem ständigen freudlosen Lächeln. Er rauchte eine dünne schwarze Zigarre und machte sich nicht die Mühe, sie beim Sprechen aus dem Mund zu nehmen. Die Ratsmitglieder lauschten aufmerksam seinen Worten. Wenn sie etwas nicht verstanden und der Leutnant es wiederholen mußte, wurden sie geschlagen.

»Also, hier sind wir nun alle beisammen«, sagte der Leutnant. »Ist das nicht gemütlich? Setzt euch gerade hin, jeder von euch! Ich kann es nicht ausstehen, wenn jemand die Schultern hängen läßt. Nun wollen wir zur Sache kommen. Von den fünfzehn Mitgliedern des Stadtrates von Schattenfall sind drei tot, und fünf werden vermißt; vermutlich sind sie ebenfalls tot. Soweit also die Bürgervertretung in diesem Sündenpfuhl von einer Stadt noch vorhanden ist, stellt ihr sie dar: und ihr gehört mir, mit Leib und Seele. Wir könnten uns von euch eine Kapitulationserklärung geben lassen, doch ich glaube, das können wir als gegeben annehmen. Nirgendwo regt sich mehr ein ernstzunehmender Widerstand, und die letzten Reste davon werden eben jetzt gebrochen. Dadurch bleibt also nur noch ein Thema übrig, über das wir reden müssen. Ahnt ihr, was das sein könnte, Leute?«

»Der Zeitmeister«, murmelte einer der Ratsmitglieder.

»Schnell erfaßt. Es geht um Altvater Zeit persönlich. Wir hatten gehofft, ihn mittels des Sarkophags im Park zu erwischen, aber anscheinend sind unsere Männer dort auf Schwierigkeiten gestoßen. Also werdet ihr Verbindung mit dem Zeitmeister aufnehmen und ihn dazu überreden, uns die Galerien des Frostes und der Gebeine zu übergeben. Sollte er das wider Erwarten nicht tun, werden wir euch alle töten, einen nach dem anderen, und uns dann daran machen, beliebig ausgewählte Bewohner der Stadt hinzurichten, bis er der Aufforderung nachkommt.«

»Das ist nicht so einfach«, sagte das Ratsmitglied, das zuvor schon gesprochen hatte, und der Leutnant schlug ihm lässig mit dem Handrücken ins Gesicht. Der Schlag war unerwartet kraftvoll, und das Ratsmitglied schwankte auf seinem Stuhl. Blut quoll ihm in einem heftigen Schwall aus einem Nasenloch.

»Sprich, wenn du dazu aufgefordert wirst«, sagte

der Leutnant. »Wenn ich deine Meinung hören will, so unwahrscheinlich das auch erscheint, dann frage ich dich danach. Wie heißt du?«

»Marley. Patrick Marley. Darf ich sprechen?«

»Kommt darauf an. Wenn es mir nicht gefällt, was du zu sagen hast, könnte es sein, daß ich mich über dich ärgere. Und das möchten wir doch beide nicht, oder?«

»Wir können nicht einfach zum Telefon greifen und den Zeitmeister anrufen«, erklärte Marley hartnäckig. »Jeder von uns besitzt einen Ring, den der Zeitmeister ihm gegeben hat. Wir sprechen seinen Namen zu dem Ring, und wenn er Lust hat, nimmt er uns wahr. Wenn er keine Lust hat, geschieht das nicht, was bedeutet, daß wir Boten in die Galerien schicken müssen, damit sie den Grund dafür in Erfahrung bringen.«

»Also gut«, sagte der Leutnant. »Ruf ihn. Und es wäre gut für dich, wenn er antwortete.«

Er winkte einem seiner Soldaten, der einen Ring mit Schlüsseln hervorzog und Marleys Handschellen aufschloß. Er wischte sich das Blut vom Mund, rieb sich das Handgelenk und hielt dann inne, als der Soldat ihm den Gewehrlauf an den Kopf drückte. Er hob einen klobigen Goldsiegelring zum Mund und sprach laut und deutlich:

»Zeitmeister, hier ist Stadtrat Marley. Bitte antworte. Ich wurde gewarnt, daß mein Leben und das anderer verwirkt ist, wenn du es nicht tust.«

Es entstand eine unbehaglich lange Pause, dann gab es plötzlich einen leisen, dumpfen Schlag, mehr zu spüren als zu hören, wie das Läuten einer gedämpften Glocke, und der Zeitmeister war bei ihnen. Er stand am Fenster, mit dem Rücken zu den Flammen und der Verwüstung, der Zorn aber, den sein Gesicht ausdrückte, machte deutlich, daß er sich dessen bewußt war. Er wirkte wie eine Kreuzung zwischen einem lebenden Menschen und einem seiner Metallautomaten:

ein Cyborg-Mischling zwischen Mensch und Maschine. Kabel und Maschinenteile ragten aus seinem toten weißen Fleisch, und die Hälfte seines Gesichts bestand aus bemalter Keramik. Marley hatte ihn in dieser Erscheinungsform noch nie gesehen, hielt jedoch den Mund. Wahrscheinlich zeigte der Zeitmeister den Kriegern das, was sie bewußt oder unbewußt zu sehen erwarteten.

»Macht euch nicht die Mühe, mir mit euren Waffen zu drohen«, sagte der Zeitmeister tonlos. »Ich bin nicht hier. Dies ist nur ein Abbild, das ich in eure Gehirne gepflanzt habe. Entspann dich, Marley. Hilfe ist unterwegs. Ich wäre früher gekommen, aber ich hatte ziemlich viel zu tun. Meine Gehilfen sind zur Zeit sehr weit verstreut.«

»Er hat dich gerufen, weil ich es ihm befahl«, sagte der Leutnant. »Er wird alles für mich tun, wenn er weiß, was gut für ihn ist. Ich habe dir einen Vorschlag zu machen ...«

»Ich weiß«, sagte der Zeitmeister. »Ich habe zugehört. Die Antwortet lautet nein. Die Stadt ist wichtiger als seine Einwohner oder sein Stadtrat. Aber ihr werdet ohnehin keine Zeit mehr haben, noch viele zu töten. Die Stadt erwacht, und Kräfte jenseits eures Begreifens erheben sich gegen eure armselige Armee. Habt ihr wirklich geglaubt, ihr könntet Schattenfall durch Waffengewalt besiegen? Narren! Es gibt Kräfte in der Welt, die sich nicht leugnen oder beherrschen lassen. Ihr werdet das bald verstehen. Im Augenblick sind eure Zauberpriester stark genug, um mich davon abzuhalten, gezielt einzugreifen, aber das geht vorbei. Hör mir zu, Leutnant. Es ist noch nicht zu spät, diesen Wahnsinn zu beenden. Sammelt eure Männer und verlaßt die Stadt. Das, was ihr sucht, werdet ihr hier oder in meinen Galerien nicht finden.«

»Ein netter Versuch«, erwiderte der Leutnant. »Aber wenn es nicht hier ist, warum bist du dann so verzweifelt darauf bedacht, uns davon fernzuhalten? Die Hinrichtungen beginnen jetzt, angefangen mit Marley, gefolgt von einem weiteren Ratsmitglied alle fünf Minuten. Danach machen wir uns daran, Leute hierherzuschleppen und uns etwas einfallen zu lassen. Du bist herzlich eingeladen zuzuschauen.«

»Ich denke, du müßtest dich eigentlich um dringendere Angelegenheiten kümmern«, sagte der Zeitmeister. »Warum schaust du nicht mal zum Fenster hinaus?«

Er verschwand von einem Augenblick zum nächsten, und die Krieger sahen einander verunsichert an. Die Stimme des Zeitmeisters ertönte in der Luft, kalt und ruhig und gespenstisch eindringlich.

»Ich habe meinen Hund losgelassen, Leutnant, und bald wirst du hören, wie er nach deinem Blut heult.«

Der Leutnant schmunzelte lautlos und schüttelte bewundernd den Kopf. »Tollkühn bis zum Schluß. Ich sehe ihn schon vor mir, wie er auf den Knien um Gnade winselt, nachdem wir ihn aus seinem Loch gezogen haben.« Er machte eine lässige Handbewegung in Richtung des Soldaten, der Marley in Schach hielt. »Bring ihn raus, und häng ihn am nächsten Laternenpfahl auf.«

Dann hielt er im Reden inne und drehte sich schnell um, um aus dem Fenster zu sehen, da von draußen plötzlich Rufe und Schüsse zu hören waren, gefolgt von gräßlichen, qualvollen Schreien.

»Laßt die Ratsmitglieder nicht aus den Augen!« schnaubte der Leutnant seine Männer an. »Wenn sie Scherereien machen, erschießt sie!«

Er sah wieder zum Fenster hinaus, und wenn er ihnen nicht den Rücken zugekehrt hätte, hätten seine Männer gesehen, wie alle Farbe aus seinem Gesicht wich. Draußen auf der Straße starben Krieger.

Die Soldaten schossen wild um sich, wobei mindestens die Hälfte der Schüsse einen der ihren traf, aber der Killer bewegte sich geschmeidig zwischen ihnen und schlachtete jeden ab, den er berührte. Seine Hände glichen Rasierklingen, und eine schreckliche Kraft durchströmte seine spindeldürren Arme. Er wandte den lächelnden Rübenkopf dem Fenster zu und salutierte höhnisch vor dem Leutnant. Jack Fetch war in die Stadt gekommen.

Er schnitt eine blutigen Schneise durch die demoralisierten Soldaten, zerfetzte die Männer buchstäblich Glied um Glied mit seiner seltsamen Kraft. Gewehrkugeln trafen ihn von allen Seiten, und Rauchschwaden stiegen von seiner Lumpenkleidung auf, doch da er nicht lebendig war – es nie gewesen war – konnte ihm das alles nichts anhaben. Es gab kein Blut, das er hätte vergießen können, und keine Knochen, die man ihm hätte brechen können, und die Schäden, die die Geschosse an seinen nichtlebenden Bestandteilen anrichteten, verheilten innerhalb weniger Sekunden, als bezögen sie neues Material aus der Luft. Seine behandschuhten Hände schlossen sich wie Schraubstöcke, und seine schlanke Gestalt bewegte sich mit tödlicher Anmut und einer Schnelligkeit, die kaum mit den Augen zu verfolgen war.

Ein Panzer donnerte aus einer Seitenstraße und zielte mit der Kanone auf Jack. Er wandte ihr das Gesicht zu, und der Panzer schoß. Jack Fetch wich dem Geschoß mühelos aus, rannte vor und umfaßte die rechte Spurkette mit beiden Händen. Er brauchte nur einen Augenblick, um den Panzer hochzuheben und auf die Seite zu kippen, indem er die vielen Tonnen Stahl bewegte, als wären sie gewichtlos. Der Panzerkommandeur kroch aus dem Gefechtsturm und schwenkte wie wild eine Handfeuerwaffe. Jack packte mit beiden Händen den Kopf des Mannes und verdrehte ihn um einhundertachtzig Grad. Das Knacken des Genicks war zu leise, als daß es in dem allgemeinen Tumult zu hören gewesen wäre.

Ein Soldat warf eine Granate auf die Vogelscheuche. Jack fing sie auf und warf sie zurück. Er stand nahe genug, um die Auswirkungen der Explosion zu spüren, aber er stand unbeweglich und unverletzt da, während alles um ihn herum zerstört wurde. Ein Kampfhubschrauber dröhnte aus der Dunkelheit heran, und seine hämmernden Maschinengewehre gruben Gräben in die Straße. Er überflog die Vogelscheuche zweimal und griff sie mit tausend Salven pro Minute an, aber sie stand einfach nur da und ließ es über sich ergehen. Der Hubschrauber schwenkte herum, um einen dritten Angriff zu starten. Jack riß einen Laternenpfahl aus dem Boden und warf ihn wie einen Speer. Er durchschlug die Windschutzscheibe und spießte den Piloten auf seinem Sitz auf wie einen Käfer auf einer Nadel. Der Hubschrauber geriet ins Trudeln und prallte gegen ein brennendes Haus. Die Explosion schleuderte brennenden Treibstoff im weiten Umkreis herum. Schreiende Soldaten rannten wie brennende Fackeln durch die Nacht.

Jack Fetch hatte sich weit genug davon entfernt, um nicht berührt zu werden, und das erweckte eine schwache Hoffnung in einem der Krieger. Er näherte sich der Vogelscheuche mit einem Flammenwerfer, und Jack ging ihm mit seinem unveränderten Lächeln entgegen. Der Soldat zündete, sobald er in Reichweite war, und flüssiges Feuer ergoß sich über die Vogelscheuche. Er brannte mit einem hellen flackernden Schein, wurde von den Flammen jedoch nicht verzehrt. Er ging weiter, ein unaufhaltsamer, unerschütterlicher Moloch, und der Krieger schleuderte den Flammenwerfer von sich und rannte schreiend davon. Jack Fetch blieb stehen und sah sich um. Die Soldaten waren geflohen. Übrig waren nur noch reglose Körper und das brennende Wrack des abgestürzten Hubschraubers – die Straße ein Stück weiter runter.

Die Vogelscheuche drehte sich um und ging gemessenen Schrittes zum Sitzungsgebäude des Stadtrates, wobei er eine brennende Fußspur hinter sich ließ. Flammen umzüngelten ihn wie ein lebendiger Umhang. Der Leutnant schob das Fenster hoch und eröffnete das Feuer, aber die Vogelscheuche erbebte kaum unter dem Aufprall der Kugeln. Der Leutnant befahl seinen Männern, ebenfalls zu schießen, und zwei Soldaten stellten sich mit ihren Automatikwaffen neben ihn, um ihr Feuer dem seinen hinzuzufügen. Jack Fetch schritt durch den Kugelhagel weiter wie ein Mann, der durch eine nicht besonders starke Flut watet. Selbst durch die Flammen sahen die Krieger, daß sein Rübenkopf immer weiter lächelte.

Jack stieg die Stufen hinauf, öffnete die Eingangstür und kam durch den Flur in Richtung des Sitzungssaals. Krieger füllten den Flur vor ihm, wild schießend und zurückweichend, als er sich ihnen gemächlich näherte. Dann legte sich eine plötzliche Stille über den Schauplatz, da den Soldaten einem nach dem anderen die Munition ausging oder sich ihre Waffen überhitzten. Kurz danach war in dem Saal nichts anderes mehr zu hören als das leise Knistern der Flammen, die den Körper der Vogelscheuche umzüngelten, sowie das abgehackte Scharren seiner Zweigfüße über den Boden. Die Krieger zogen sich in den Sitzungssaal des Stadtrates zurück, und Jack Fetch folgte ihnen. Der Leutnant packte Marley, zog ihn dicht an sich und hielt dem Ratsmitglied die Pistole an den Kopf.

»Ich habe noch nicht all meine Munition verschossen. Verschwinde von hier, Dämon. Verschwinde, oder ich töte ihn.«

Jack nickte einmal mit dem Rübenkopf und verschwand. In einem Augenblick war er noch da, in der Türöffnung stehend, umgeben von knisternden Flammen, und im nächsten war die Türöffnung leer und der Saal vollkommen still. Der Leutnant schnappte nach Luft, für einen Augenblick erstarrt, und Jack

Fetch tauchte hinter ihm auf. Der Leutnant hatte gerade noch Zeit, den plötzlichen Ausbruch von Hitze zu spüren, dann umfing ihn die Vogelscheuche mit brennenden Armen. Der Leutnant schrie um Hilfe, und seine Männer stürzten davon, wobei sie sich in ihrer Panik, dem Saal zu entfliehen, gegenseitig in die Quere kamen. Die Vogelscheuche drückte den Leutnant an sich, und der Rücken und das Genick des Mannes brachen mit mehrmaligem leisem Knacken. Jack löste den Griff und ließ den Toten zu Boden sacken; dann machte er sich ruhig daran, die Flammen an seinem Körper mit den behandschuhten Händen auszuschlagen. Die Ratsmitglieder sahen einander an; allmählich wurde ihnen bewußt, daß sie erlöst waren. Marley bückte sich und hob die Waffe des Leutnants auf. Jack Fetch salutierte flüchtig vor ihm, dann verschwand er, ohne etwas anderes zurückzulassen als den Geruch brennender Lumpen. Marley sah die anderen Ratsmitglieder an.

»Ich wußte gar nicht, daß er so etwas kann. Wußtet ihr, daß er so etwas kann?«

Lester Gold, der Geheimnisvolle Rächer, lehnte an einem Laternenpfahl und versuchte, wieder zu Atem zu kommen. Er fühlte sich alt. Nein, schlimmer noch – er fühlte sich alt und müde und nutzlos. Er stieß sich von dem Laternenpfahl ab und rieb sich mit dem Handrücken über den Mund. Er mußte sich bewegen. Wenn man nur herumstand, wurde man erschossen. Er führte seine Leute durch die verlassene Straße, die Waffe schußbereit in der Hand, aufmerksam auf jede Bewegung lauernd. Sie waren jetzt beinahe wieder in den Außenbezirken angekommen. Hier schien es einigermaßen sicher. Vielleicht trieb sich noch eine einzelne Gruppe der Dreckskerle irgendwo herum, aber Schattenfall war eine große Stadt, und sie konnten nicht überall gleichzeitig sein. Sie waren jedoch hier gewesen. Etliche der Häuser waren beschossen und zwei vom Feuer vernichtet worden. Man roch noch den Rauch in der Luft. Die Verwüstung hatte etwas Zufälliges, beinahe Beiläufiges an sich, als hätten die Angreifer sie einfach so im Vorbeigehen angerichtet, auf dem Weg zu irgendeinem bedeutenderen Ziel. Aber im Augenblick waren die Straßen leer, und alles blieb vorerst ruhig. Gold war froh darüber. Er mußte sich irgendwo ausruhen und wieder zu Kräften kommen. Und was noch wichtiger war, er mußte das Gefühl haben, daß es in Schattenfall noch ein sicheres Plätzchen gab. Ohne das konnte er nicht weitermachen.

Als ihm die erste Nachricht von der angreifenden Armee zu Ohren gekommen war, hatte er sich auf den Weg gemacht, um sich ihnen in seinem alten Kostüm entgegenzustellen, ohne eigentlich zu wissen, was er zu erwarten hatte, aber immer noch einigermaßen zuversichtlich, daß er zur Verteidigung der Stadt, die seine Wahlheimat war, einen Beitrag leisten könne. Er hatte in einem Schaufenster einen kurzen Blick auf sein Spiegelbild erhascht und sich selbst im Vorbeieilen mannhaft zugenickt. Er sah gut und edel aus in seinem schimmernden schwarzen Bodysuit mit den prächtigen roten und blauen Blitzen, und sein Umhang wogte und flatterte beim Gehen großartig. Er hatte immer noch das Gesicht eines alten Mannes, doch er fühlte sich jung, kräftig und zuversichtlich.

Er traf auf die Soldaten, als diese johlend durch die engen Altstadtgassen marschierten, auf alles schossen, das sich bewegte, und nach Lust und Laune Gebäude in Brand setzten. Rufe und Schreie ertönten, und dicker schwarzer Rauch stieg in die Luft, während die Angreifer jeden Widerstand mit beinahe lässiger Gleichgültigkeit aus dem Weg räumten. Sie hatten von dem Geheimnisvollen Rächer kaum Notiz genommen. Er war ein Mann, und sie waren eine Armee, und selbst ein Mann der Tat konnte nicht hoffen, gegen Panzer und Raketenwerfer bestehen zu können.

Es hatte einen kurzen Schußwechsel zwischen ihm und ihnen gegeben, dann war er gezwungen gewesen, um sein Leben zu laufen. Bald war er in eine Meute von Flüchtlingen geraten, die planlos hierhin und dorthin rannten und von den Soldaten zusammengetrieben wurden. Schließlich schaffte er es, sich einen Weg aus dem Gewühl heraus zu bahnen, und gesellte sich zu einer Gruppe anderer Abenteurer und Superhelden. Genau wie er hatten sie ihre alten Kostüme und Uniformen aus den Schränken geholt und zum ersten Mal seit vielen Jahren wieder angezogen, irgendwie davon überzeugt, daß die Stadt sie brauchte. Und genau wie er waren sie den Eindringlingen entgegengezogen und hatten feststellen müssen, daß die auffallenden Uniformen sie zu einem leichten Ziel für Soldaten mit modernen Waffensystemen machten. Jeder hatte Geschichten zu erzählen, von Helden, die blutig und sterbend in den Straßen zurückgelassen oder wie Tontauben aus der Luft geschossen worden waren.

Hitzschlag war in ein Kreuzfeuer geraten. Die Doppel-Degen-Zwillinge waren unter einem einstürzenden Gebäude begraben worden, während sie versuchten, die Bewohner zu retten. Dem Lebenden Blitz war der Versuch, gegen ein Dutzend Männer gleichzeitig zu kämpfen, zum Verhängnis geworden. Sie hatten ihn mit Fußtritten zu Tode gequält. Jemand nahm seine blutgetränkte Kapuze als Souvenir mit. Und die Frau Schicksal hatte versucht, es allein mit einem Hubschrauber aufzunehmen. Er erschoß sie aus der Luft, mit einer intelligenten Rakete, die sie überallhin verfolgte, wohin sie auch floh.

Sie hätten es wissen müssen. Die wirklich mächtigen Helden kamen nicht nach Schattenfall. Sie waren immer noch in der Welt draußen in Neuauflagen oder Nachdrucken vertreten. Die Leute glaubten noch an sie. Nur die zweitrangigen, die weniger ruhmreichen Helden kamen her. Aber sie waren immer noch tapfer und edelmütig und großartig, und sie fügten sich widerspruchslos in ihren Tod, wie so viele leuchtend bunte Eintagsfliegen.

Nicht alle starben. Einige waren vernünftig genug wegzulaufen. Die Überlebenden fanden sich und vereinigten sich zu kleinen Gruppen, vor allem zum eigenen Trost wie auch zur Bündelung ihrer Kraft. Superhelden verbanden sich mit Superschurken, alter Hader war vergessen. Viele alte Fehden hatten in Schattenfall ihr Ende gefunden. Für sie war der Krieg vorbei, und meistens brauchten sie nicht lange, um festzustellen, daß sie mehr miteinander gemein hatten als mit den ›Zivilisten‹.

Die überlebenden Helden paßten sich an die Gegebenheiten an und fochten einen Guerillakampf gegen die Angreifer aus, indem sie aus dem Schatten heraus zuschlugen und verschwanden, bevor sie geschnappt werden konnten. Sie konnten einigen Erfolg verbuchen, doch nicht genug, um mehr zu bewirken als eine Verlangsamung des erbarmungslosen Vordringens der Soldaten. Helden ohne besondere Ausbildung arbeiteten in kleinen Gruppen am Rand des Kampfgeschehens, retteten unschuldige Unbeteiligte, wo sie nur konnten, und brachten sie in Sicherheit. Sofern es in einer besetzten Stadt noch so etwas wie Sicherheit gab.

Gold blieb wieder stehen, blickte sich um und lauschte angespannt. Irgendwo, nicht allzu weit entfernt, brannte ein Feuer, doch sonst war von den Angreifern nichts zu sehen oder zu hören. Entweder war die Armee durch diesen Stadtteil hindurchgezogen, weil sie ihn des Besetzens nicht für wert befunden hatte, oder die Truppen waren jetzt so weit gestreut, daß sie nicht jede Straße bewachen konnten. Wie auch immer, bestimmt gab es Patrouillen, und er täte gut daran, seine Leute in Bewegung zu setzen, bevor eine

Patrouille auftauchte und sie im Freien vorfände. Er atmete schwer und zwang sich, seine körperliche Erschöpfung zu überwinden. Er war für einen Mann seines Alters in hervorragender Verfassung, aber das viele Sterben um ihn herum, das er hilflos hatte mitansehen müssen, hatte viel von seiner Kraft aufgebraucht. Er spürte jetzt sein Alter. Aber davon durfte er sich nicht aufhalten lassen. Nicht solange die Leute noch auf ihn angewiesen waren.

Er sah wieder zu seinen Schützlingen, und ihre Gesichter verrieten ihm, daß sie das bißchen Hoffnung, das ihnen geblieben war, ganz auf ihn setzten. Dreiundzwanzig Männer und Frauen, die einzigen Überlebenden eines ganzen Blocks, der zum Ziel der Zerstörung durch die Soldaten geworden war. Sie hatten alles verloren, was sie jemals besessen und was ihnen jemals etwas bedeutet hatte, und jetzt vertrauten sie darauf, daß er und seine drei Abenteurerkollegen die Sache für sie im letzten Augenblick doch noch einigermaßen zum Guten wenden würden, indem sie sie in Sicherheit brachten. So wie es sich in den Geschichten immer abspielte. Gold wußte es besser, aber er äußerte nichts, das ihre Illusion zerstört hätte. Das wäre grausam gewesen.

Er sah seine Heldenkollegen an und lächelte ein wenig. Das waren nicht gerade die Kameraden, die er sich ausgesucht hätte, aber in der Not mußte man auch im Wagen des Teufels mitfahren.

Die Blutrote Klaue war zu seiner Zeit ein orientalischer Schurke gewesen, damals, als solche Dinge modern waren. Er mußte jetzt über neunzig sein und sah älter aus als Gott, aber er hatte noch immer großes Geschick darin, einen vergifteten Pfeil zu schleudern. Die Grausamkeiten der Soldaten hatten ihn ungerührt gelassen, doch die lässige Art, mit der sie ihre Verwüstung durchführten, erweckte in ihm einen Zorn, den er seit Jahrzehnten nicht mehr gespürt hatte. Er hatte seine Festtagsrüstung angelegt, hatte sein Restaurant verlassen und war – nur mit seiner alten Pfeilschleuder, einem Markenfabrikat, bewaffnet – allein losgezogen, um die Invasoren aufzuhalten.

Dann war da noch Miß Vergeltung. Sie hatte eine kurze Karriere in den späten Siebzigern hinter sich, als man es so ziemlich mit allem versuchte, aber sie hatte nie den Durchbruch geschafft. Miß Vergeltung war eigentlich ein Transvestit, ein Mann, der sich als Superheldin verkleidete, um das Verbrechen zu bekämpfen. Das war ursprünglich keineswegs allgemein bekannt, an einem Ort wie Schattenfall jedoch lassen sich Geheimnisse nicht lange bewahren. Sie war eine gute und tapfere Streiterin im Kampf von Mann gegen Mann, aber gegen Panzer und Automatikwaffen war nicht viel mit ihr anzufangen.

Der einzige, der ganz und gar in seinem Element zu sein schien, war Captain Nam – ein patriotischer Superheld, der dem Vietnam-Krieg ein positiveres Ansehen hatte verschaffen sollen. Er war nie so richtig populär gewesen, und in bezug auf die Fan-Artikel-Vermarktung hatte er sich als reiner Fehlschlag erwiesen. Aber er kam mit der Invasion gut zurecht. Für ihn war es wie eine Rückkehr nach Hause. Derzeit schmollte er, nachdem Gold ihm eine Rüge erteilt hatte, weil er gesagt hatte, er liebe den Geruch von Napalm am Abend.

Gold blickte die Straße auf und ab. Höchste Zeit, sich in Bewegung zu setzen, solange noch alles ruhig war. Nicht zum ersten Mal fragte er sich, wer genau das eigentlich war, vor dem er sich versteckte. Er wußte einen Namen: die Krieger, aber nach Pater Callahans Erklärung war er nicht klüger als zuvor. Die Eindringlinge gehörten anscheinend keiner eindeutigen Rasse oder Nation an. Sie hatten keine Fahnen und keine besonderen Uniformen. Es waren lediglich Soldaten mit Gewehren. Sie hatten keinerlei Anstalten gemacht zu erklären, wer sie waren oder was sie wollten. Sie drangen einfach ein, übernahmen die Macht und erschossen jeden, der sich beschwerte. Manchmal hängten sie Widerständler an Laternenmasten auf und ließen sie dort baumeln, als Warnung für andere. Aber wer oder was auch immer sie sein mochten, sie waren professionelle Soldaten, und bis jetzt hatte Schattenfall noch kein Mittel gefunden, sie aufzuhalten.

Jemand schrie in der nächsten Straße. Gold bedeutete seinen Leuten schnell mit einer Handbewegung, sich ruhig zu verhalten, schlich lautlos vor und steckte den Kopf um die Straßenecke. Zwei Soldaten hatten ein halbwüchsiges Mädchen in einen Hauseingang gedrängt und lachten, während sie an ihrer Kleidung zerrten. Die Kleine weinte und flehte sie an, doch das fanden die Kerle noch lustiger. Gold dachte kurz, daß er diesem Vorfall keine Beachtung schenken dürfte, sondern seine Leute in die andere Richtung führen müßte. Er hatte die Verantwortung, sie zu beschützen, anstatt loszuziehen und sich wieder mal als Held zu beweisen. Aber er schaffte es nicht, einem Hilfeschrei den Rücken zu kehren. Er schützte die Unschuldigen und strafte die Schuldigen. So einer war er nun mal. Er war der Mann der Tat, der Geheimnisvolle Rächer, und das mußte etwas bedeuten.

Außerdem waren es nur zwei der Dreckskerle. Er könnte sie auseinandernehmen, das Mädchen retten, und wäre wieder verschwunden, bevor irgend jemand gemerkt hätte, daß er dort war. Er schlich um die Ecke, huschte lautlos durch die Straße und war gleich darauf bei den Soldaten. Er konnte seine Waffe nicht benutzen – sie war zu laut. Einer der beiden hörte etwas und wollte losrennen. Gold versetzte ihm einen gezielten Schlag übers Ohr, traf ihn mit voller Wucht. Der Kopf des Soldaten peitschte herum, und er war bewußtlos, bevor er am Boden ankam. Es gab nichts Besseres als Messingknöchel unter dem Handschuh, um einem

Hieb Nachdruck zu verleihen. Der andere Soldat war im Begriff, sein Gewehr in Anschlag zu bringen, und Gold trat es ihm mit dem Fuß aus den Händen. Er zuckte unwillkürlich zusammen, während er sich bemühte, das Gleichgewicht wiederzuerlangen; er war nicht mehr so behende wie früher. Der Soldat holte zu einem Karate-Fußtritt aus, und er fing ihn instinktiv ab. Schön zu wissen, daß die alten Reflexe noch funktionierten.

Er zog den Soldaten zu sich heran und legte los, ihm die Seele aus dem Leib zu prügeln. Seine Hände schlugen hart und sicher zu, denn er verfügte über eine jahrelange Übung und Erfahrung, mit der es der Soldat niemals würde aufnehmen können. Und der Soldat hatte nicht Golds Zorn im Bauch – seine eiskalte Wut. Blut floß, und nichts davon stammte von Gold. Es war ein gutes Gefühl, endlich Hand an einen persönlichen Gegner zu legen und es nicht nur mit einem gesichtslosen Feind zu tun zu haben, der gekommen war, um seine Stadt zu zerstören. Er hörte erst auf, als ihm klar wurde, daß er die Sache zu sehr genoß. Er ließ den bewußtlosen Soldaten schlaff auf den Gehsteig sacken und ging auf das schluchzende Mädchen zu, um es zu trösten. Die Kleine klammerte sich an ihn wie ein Kind; sein Kostüm spendete ihr Trost. Kinder vertrauten Helden.

Er hörte das Herannahen der Soldaten, bevor er sie sah, und er gab dem Mädchen einen sanften Schubs, um sie die Straße hinunter zu seinen Leuten zu schicken. Sie wollte nicht von ihm weggehen, und er mußte ihr noch einmal einen kleinen Klaps versetzen, diesmal fester. Dann hörte sie ebenfalls den nahenden Jeep, und sie rannte los. Gold hielt die Stellung. Er wußte, es wäre ein aussichtsloser Versuch gewesen, einem Jeep davonzulaufen, aber es sollte ihm doch möglich sein, ihn lange genug aufzuhalten, damit das Mädchen bei seinen Leuten ankäme und entkommen könnte. Sie brächten sie in Sicherheit. Er würde sie später einholen. Er zog die Waffe aus dem Holster an seiner Hüfte. Sie war inzwischen altmodisch, nicht annähernd so wirkungsvoll wie einige der modernen Handfeuerwaffen, aber sie hatten zu viele Jahre gemeinsam verbracht, als daß er an einen Wechsel hätte denken können. Sie war genau und zuverlässig, und mehr hatte er von einer Waffe nie verlangt.

Der Jeep bog mit hoher Geschwindigkeit um die Ecke, sozusagen auf zwei Rädern. Einer der Soldaten darin erspähte Gold, deutete auf ihn und rief etwas. Es hörte sich nicht freundlich an. Gold zielte sorgfältig und blies den Mann geradewegs aus dem hinteren Teil des Jeeps. Der Wagen kam quietschend zum Stehen, wobei er sich seitlich drehte und die Straße blockierte. Gold zielte erneut und erschoß den Fahrer, bevor er seinen Sitz verlassen hatte. Die anderen beiden Soldaten sprangen heraus und duckten sich hinter den Jeep, wo sie ihrerseits die Waffen in Anschlag brachten. Gold suchte eilends Deckung in einem Eingang. Die Sache stand nicht schlecht. Sie waren nur noch zu zweit. Er könnte sich ihrer annehmen und später zu seinen Leuten stoßen.

Und dann donnerte ein zweiter Jeep um die Ecke herum in die Straße, gefolgt von weiteren Soldaten, die zu Fuß hinterherrannten. Einer der in der Falle sitzenden Soldaten mußte um Verstärkung gefunkt haben. Gold zählte vierzehn Männer, bevor ein Kugelhagel ihn in den Eingang zurücktrieb. Zahlenmäßig kein günstiges Verhältnis für ihn, aber er hatte schon Schlimmeres erlebt. Er unterzog den Inhalt seiner Taschen einer schnellen Überprüfung. Eine Granate, eine Rauchbombe, die längst zum Ausprobieren fällig war, und eine Handvoll Ersatzmunition. Alles andere, was er an Mitteln und Tricks auf Lager hatte, hatte er schon aufgebraucht, um bis hierher zu gelangen. Weiteres Gewehrfeuer setzte ihm zu, und einige Geschosse prallten an seinem kugelsicheren Bodysuit ab. Er fluchte inbrünstig. Die Kugeln hatten nicht genug Wucht, um die enganliegende Rüstung zu durchdringen, aber ihr Aufprall tat gemein weh. Morgen würde er überall blaue Flecken haben.

Einer der Jeeps fuhr langsam ein Stück weiter und bot so den Soldaten hinter ihm Deckung. Gold beugte sich gerade lange genug aus dem Eingang heraus, um einen der Reifen zu zerschießen. Er konnte nicht zulassen, daß sie an ihm vorbeikamen. Seine Leute brauchten Zeit, um wegzukommen. Geschosse schlugen an allen Seiten neben ihm ein und löcherten das Mauerwerk. Er hätte jederzeit versuchen können, das Schloß der Tür herauszuschießen und sich in dem Haus zu verschanzen, aber dafür wäre später immer noch Zeit, wenn seine Lage wirklich verzweifelt würde. Sie war auch jetzt schon nicht gerade gut, aber er wurde damit fertig. Ein böses Grinsen verzog sein Gesicht. Seltsamerweise fühlte er sich jetzt jünger und besser als seit einer Ewigkeit. Der einsame Kampf gegen eine gewaltige Übermacht, um die Unschuldigen zu schützen – das war es, was einen Helden ausmachte.

Er beugte sich aus dem Eingang, gab zwei schnelle Schüsse ab und zog sich wieder zurück; er lachte laut, als er hörte, wie die Soldaten schrien und fluchten und sich in Deckung brachten. Er würde noch eine Weile mit ihnen spielen, bis er genügend Zeit für seine Leute herausgeschlagen hätte, und dann würde er auf seine übliche Art und Weise – in letzter Minute und dem Tode trotzend – entkommen. Er war der Geheimnisvolle Rächer, der Mann der Tat, und er würde diesen Leuten zeigen, was das bedeutete.

Er bemerkte nicht den Heckenschützen mit dem Gewehr, der an einem Fenster im zweiten Stock des Hauses gegenüberstand. Er bemerkte nicht, wie der Soldat das Auge ans Zielteleskop legte, sorgfältig zielte und den Abzug betätigte. Die Kugel traf Gold mitten ins linke Auge und schleuderte seinen Kopf zurück gegen die geschlossene Tür. Lester Gold sackte schlaff zu Boden, wobei er einen dicken Schmierer von Blut und Gehirnmasse an der Tür hinterließ.

Die Soldaten versetzten seinem toten Körper nacheinander Fußtritte und machten sich dann auf den Weg die Straße hinunter, jenen hinterher, die entkommen waren.

Die beiden Krieger-Offiziere sahen sich mit derselben wohlbedachten Verachtung in Dr. Mirrens Arbeitszimmer um, die sie ihm selbst gegenüber an den Tag gelegt hatten. Der Umgang mit Verrätern war ein schmutziges Geschäft, das drückten ihre Mienen aus, und sie hatten sich diese Aufgabe nicht freiwillig gewählt. Sie hatten Dr. Mirren aufgesucht, weil es ihnen befohlen worden war, aber es war nicht vorgeschrieben, daß sie es gern tun mußten. Mirren behandelte sie mit ausgesuchter Höflichkeit und bot den Offizieren Stühle und Brandy an, was die Krieger beides ablehnten.

Der Oberst war dem Aussehen nach Mitte der Fünfzig, mit einem faltigen Gesicht und eisengrauem Haar, das kurzgeschoren war. Tiefe Runzeln in der Stirn und schmale Lippen. Mirren kannte die Sorte. Anhänger von kaltem Duschen und strenger Körperertüchtigung. Hielten sich viel darauf zugute, niemals außer sich zu geraten, und tranken insgeheim jede Menge Milch, um ihre Magengeschwüre zu besänftigen. Aussichtsreiche Kandidaten für einen Herzinfarkt. Sein Adjutant war jung und gesichtslos und leidenschaftlich bemüht, in seinen farblosen Augen gut auszusehen. Anfang zwanzig, makellos gestaltet, ohne jeden Sinn für Humor. Beide musterten Mirren so, als ob sie ihn soeben dabei ertappt hätten, wie er Geld aus der Armenkollekte seiner heimischen Kirche geklaut hätte.

»Wir haben nicht viel Zeit, Doktor«, sagte der Oberst schroff. »Lassen Sie uns zum Zweck unseres Besuches kommen. Die Informationen, die Sie uns über die Verteidigungseinrichtungen der Stadt lieferten, haben sich als nützlich erwiesen, aber wir brauchen mehr. Wir sehen uns einem zunehmenden und unerwarteten Widerstand gegenüber, und die Stadt … ist nicht ganz das, was wir erwartet haben.«

»Das ist Schattenfall selten«, sagte Mirren ruhig. »Das hier ist ein ganz besonderer Ort, einzigartig auf der Welt. In dieser Stadt kann man das finden, was man braucht. Nicht unbedingt das, was man möchte, aber eben das, was man *braucht*. Man findet Gerechtigkeit, Wiedergutmachung, lange verloren geglaubte Freunde, eine zweite Chance. Ein Spielzeug, das man in der Kindheit verloren hat oder Rache an dem Menschen, der einem Unrecht angetan hat. Man kann hier alles finden; wirklich alles. Aber man muß vorsichtig sein. Vielleicht weiß man gar nicht, was man braucht, bis man es bekommt.«

»Ist es in dieser verfluchten Stadt vielleicht möglich, von irgend jemandem eine klare Antwort zu bekommen?« schimpfte der Oberst. »Wenn ich eine schlichte Frage stelle, erwarte ich auch eine schlichte Antwort, und keine weit ausholende Rede, gespickt mit Hippie-Mystizismen. Von Ihnen hätte ich mehr erwartet, Doktor. Sie sind ein Mann der Wissenschaft. Jetzt erzählen Sie mir etwas über die Verteidigungseinrichtungen der Stadt. Womit müssen wir noch rechnen, wenn wir weiter in die Stadt vordringen? Wie groß ist die Stadt? Und wer ist verantwortlich für Abwehr und Gegenangriff?«

»Drei schlichte Fragen, drei schlichte Antworten: Erstens: Rechnen Sie mit dem Unerwarteten. Zweitens: Die Stadt ist so groß, wie sie sein muß. Und drittens: Hier ist niemand verantwortlich, außer vielleicht in manchen Fällen der Zeitmeister. Wenn Sie noch mehr wissen wollen, kostet Sie das etwas. Sollen wir über meine Bedingungen sprechen?«

»Sie wissen, daß wir Sie dazu bringen können, vernünftig zu reden«, warf der Adjutant ein.

Mirren lächelte ihn an. »Das bezweifle ich.«

In der Stimme des Doktors und in seinen Augen lag etwas, das den Adjutanten von einer Erwiderung abhielt. Er warf dem Oberst einen um Unterstützung heischenden Blick zu, doch dieser war anscheinend ebenfalls um Worte verlegen. Mirren lehnte sich in seinem Sessel am Feuer zurück und betrachtete die Krieger ruhig. Sie hatten gedacht, wenn sie stehenblieben, während er saß, würde ihnen das einen psychologischen Vorteil verschaffen, aber das tat es nicht, und alle merkten das. Der Vorgang war kein militärisches Verhör, sondern vielmehr war er damit zu vergleichen, daß zwei unartige Schüler vor ihren Direktor zitiert worden waren. Mirren mißachtete den Adjutanten und heftete den Blick auf den Oberst.

»Es ist jetzt beinahe ein Jahr her, daß ich über einen Ihrer Spione hier in Schattenfall gestolpert bin. Er kam bei einem Autounfall ums Leben, und man konnte nichts an ihm finden, um ihn zu identifizieren. Deshalb brachte man ihn zu mir, und ich ließ seinen Geist auferstehen und stellte ihm Fragen. Stellen Sie sich meine Überraschung über die Antworten vor, die ich erhielt. Das Ganze stellte sich als schicksalsträchtiger Unfall heraus, für uns beide. Damals hatte ich ... Schwierigkeiten, was meine Forschungsarbeit betraf, und ich erkannte in Ihnen eine Möglichkeit, meine Finanzen aufzubessern, was ich dringend nötig hatte – und ein Mittel zum Schutz gegen die Feinde, die ich mir machte. Deshalb nahm ich zu Ihren Leuten Verbindung auf und wurde mit ihnen handelseinig. Ich sollte Ihnen die Informationen beschaffen, die *Sie* brauchten, um Schattenfall zu lokalisieren und in die Stadt einzudringen, und Sie würden mir das geben, was *ich* brauchte. Ich habe meinen Teil der Vereinbarung erfüllt; jetzt erwarte ich, daß Sie den Ihren erfüllen.«

»Als erstes müssen Sie den Krieger-Geist freisetzen, den Sie herbeigerufen haben«, sagte der Oberst.

»Den? Den gibt es schon lange nicht mehr. Es erfordert viel Energie, einen Geist hier festzuhalten. Ich habe ihn gehen lassen, sobald ich alles von ihm bekommen hatte, was ich brauchte.«

»Dann sehe ich keinen Grund, noch länger hierzubleiben.« Der Oberst lächelte verzerrt. »Wir brauchen Sie nicht mehr, Doktor. Mit ein wenig Mühe und praktischem Einsatz können wir unsere Schwierigkeiten überwinden. Und nachdem der Geist unseres Mannes vor Ihnen in Sicherheit ist, haben Sie kein Druckmittel gegen uns mehr in der Hand. Man hat Ihnen Geld versprochen, aber darauf werden Sie noch etwas warten müssen. Sie bekommen ihre dreißig Silberstücke, wenn die Stadt vollkommen gesichert ist, und nicht früher. Was Ihr Verlangen nach Schutz betrifft – wir brauchen jeden einzelnen Mann, um unseren Angriff voranzutreiben. Wir können keinen erübrigen, und das wird sich auch in nächster Zeit nicht ändern. Ich schlage vor, Sie treffen anderweitige Vorkehrungen.«

»Um das Geld geht es mir nicht«, erklärte Mirren gleichmütig, »aber meine Feinde kommen stündlich näher; ich brauche jetzt Schutz, sonst ist es zu spät. Sie sind Offizier; solche Dinge lassen sich regeln. Erwägen Sie ruhig die Möglichkeit, das Geld zu behalten, das mir zusteht. Niemand würde jemals davon erfahren.«

»Bieten Sie uns ein Bestechungsgeld an?« fragte der Adjutant. Mirren sah ihn nicht an.

»Nun zu dir, Junge. Du hast nichts zu bieten, was ich brauchen könnte. Aber dein Oberst sieht aus wie ein Mann, der die Realität dieser Welt begreift.«

»Wenn ich Zeit hätte«, sagte der Oberst ruhig, »würde ich Sie von meinen Leuten aus diesem Haus schleppen und jeden Zoll Ihres jämmerlichen Lebens aus Ihnen herausprügeln lassen. Vielleicht werde ich das auf jeden Fall tun, sobald die Stadt gesichert ist.

Ich bin ein Soldat des Herrn und über jede Versuchung erhaben.«

»Sie alle behaupten, dem Herrn zu dienen«, entgegnete Mirren, »aber ich glaube, Sie kennen nicht einmal seinen wirklichen Namen. Ich glaube, Sie wissen nicht einmal, vor wem Ihre Vorgesetzten sich in Wahrheit verneigen. Ich habe mit den Toten gesprochen, und sie sehen viel, was den Lebenden verborgen ist. Sie dienen dem Herrn der Fliegen, Oberst. Sie täten gut daran, sich bald schlau zu machen, sonst steht Ihnen später eine grausame Ernüchterung bevor.«

Der Adjutant hob die Hand, als wollte er Mirren schlagen, doch der Oberst gebot ihm mit einer Geste Einhalt. »Blasphemie! Ich hätte nichts anderes erwarten dürfen. Glückwunsch, Doktor. Sie haben mich davon überzeugt, daß Sie die Zeit wert sind, die wir aufwenden müssen, um Ihnen Disziplin beizubringen. Meinem Befehl unterstehen Männer, die sich mit allem, was mit Schmerz zu tun hat, bestens auskennen. Wenn Sie eine Weile in deren Gesellschaft verbracht haben, werden Sie uns alles sagen, was Sie über die Stadt und deren Verteidigungseinrichtungen wissen.«

Danach schwieg er und trat einen Schritt zurück; der Adjutant tat es ihm gleich. Plötzlich hielt Mirren ein Gewehr in den Händen, das einen Augenblick zuvor nicht dagewesen war. Mirren erhob sich aus seinem Sessel, und die Krieger wichen weiter zurück, bis sie an die Wand hinter sich stießen.

»Verlassen Sie mein Haus!« sagte Mirren. »Ich kann nicht davon ausgehen, daß Sie mich schützen, also sind Sie für mich von keinem Nutzen mehr. Verschwinden Sie! Sofort!«

»Wir kommen wieder«, sagte der Oberst.

»Das bezweifle ich«, antwortete Mirren.

Er geleitete sie aus dem Arbeitszimmer, durch den Flur und zur Haustür hinaus. Er stand auf der Schwelle, das Gewehr auf die beiden Krieger gerichtet, und sah ihnen nach, während sie sich in den weitläufigen überwucherten Garten zurückzogen. Zweige schwankten, obwohl kein Wind wehte, und der Efeu pulsierte wie Adern. Die dunkelgrünen Massen des Gartens strotzten vor Leben, und die Krieger blieben stehen und sahen sich unsicher um. *Jetzt*! hauchte Mirren, und der Garten stürzte sich hungrig auf die Krieger. Kriechgewächse umpeitschten die beiden Männer, und Efeu senkte sich mit leisen Schnurrlauten in ihr Fleisch. Grünpflanzen zerfetzten die Körper wie Papier und verstreuten die großzügige Gabe im Garten. Blumen kauten schmatzend Fleisch, und Wurzeln saugten Blut auf, wo immer es hintropfte.

Mirren nickte gelassen. Wenn die Krieger nicht bereit waren, ihm zu helfen, war er gezwungen, sich wieder auf seine eigene Abwehr zu verlassen. Wer immer in seinem Garten umkam, würde im Geist auferstehen und ihm dienen, gleichgültig, wem seine Loyalität zuvor gehört haben mochte. Wenn die Toten ihn schließlich aufsuchten, würde er über seine eigene Armee von Toten verfügen, um sie abzuwehren. Er schritt gemächlich den Weg entlang, und die flüsternden Pflanzen wichen zurück, um ihn vorbeigehen zu lassen. Er blieb stehen und kniete sich nieder, als etwas auf dem Weg seine Aufmerksamkeit auf sich zog. Es war ein Walkie-Talkie. Einer der Krieger hatte es offenbar verloren. Ein Gedanke kam ihm, und er lächelte. Er hob es zum Mund und nahm Verbindung zum Hauptquartier der Krieger auf.

»Hier spricht Dr. Mirren. Bitte schicken Sie mir weitere Soldaten.«

Lange Zeit gab es nichts als Schweigen. Und dann rührte sich jemand in der Dunkelheit unter dem Schutt, der als einziges von der ›Kaverne‹ übriggeblieben war. Er wußte nicht genau, wer er war, aber von oben bis unten tat ihm alles weh. Etwas Schweres lag quer über ihm, und er schlängelte sich langsam darunter hervor. Es fühlte sich an wie eine Leiche, beunruhigend schlaff und reaktionslos. Leises Knirschen und Ächzen umgab ihn ringsum in der Dunkelheit. Er streckte vorsichtig beide Hände aus und spürte nur leeren Raum um sich herum. Er rappelte sich mühsam auf und erhob sich langsam, als erwartete er, jeden Augenblick mit dem Kopf an irgend etwas zu stoßen, dann streckte er die Hände nach oben aus. Seine Fingerspitzen streiften eine Masse von dichtem Schutt und kantigem Gestein. Es fühlte sich einigermaßen sicher an, sogar fest. Hart zuckte mit den Schultern. Er hätte nicht viel daran ändern können, wenn es nicht so wäre.

Allmählich sickerte ihm wieder ins Bewußtsein, wer und wo er war. James Hart, in einem Höhlenklub namens ›Kaverne‹, in Schattenfall. Polly ... Er kauerte sich nieder und tastete in der Dunkelheit seine Umgebung ab, und seine Hand traf auf das schwere Gewicht, das quer über ihm gelegen hatte. Es war ein Körper, weich und nachgiebig und vollkommen reglos. Er fand das Gesicht, und der schwache Hauch eines Atems streifte seine Finger. Zum ersten Mal seit langer Zeit wünschte Hart, er hätte das Rauchen nicht aufgegeben. In diesem Augenblick wäre er zu einem Mord fähig gewesen, nur um sein altes Feuerzeug wieder zu haben. Er blieb in der Hocke, gelähmt vom überwältigenden Gefühl der Hilflosigkeit, und dann stöhnte und jammerte jemand mit schwacher, belegter Stimme. Der Körper bewegte sich unter seinen Händen, und Hart half ihm vorsichtig dabei, sich aufzurichten.

»Polly? Bist du das? Alles okay? Bist du verletzt?« Er merkte, daß er unsinnig daherplapperte, und verstummte, um sie antworten zu lassen.

»Ich weiß nicht«, erwiderte Pollys Stimme. »Es ist zu dunkel, um das zu beurteilen. Anscheinend ist alles noch an mir dran, und zwar an der Stelle, wo es sein muß, aber ich habe wahnsinnige Kopfschmerzen. Was ist denn passiert, verdammt?«

»Weiß der Teufel. Ich glaube, ich erinnere mich an eine Explosion, aber das ist auch schon alles.« Seine tastende Hand fand die ihre, und er drückte sie tröstend. Sie zitterte wie das Herz eines eingefangenen Vogels. »Ich vermute, du hast nicht zufällig ein Feuerzeug dabei? Oder Streichhölzer?«

»Nein. Sind wir da, wo ich glaube, daß wir sind? Unter dem ganzen Schutt eines eingestürzten Gebäudes?«

»Ich fürchte ja. Keine Angst. Wir befinden uns in einer Luftkammer oder so etwas, und die Decke über uns ist anscheinend ziemlich stabil. Bestimmt kommt bald jemand, um uns auszugraben.« Er erwähnte nicht, daß die Luftmenge wahrscheinlich begrenzt war und daß es um so besser wäre, je weniger sie sich bewegten, damit sie sie nicht so schnell verbrauchten. Er glaubte nicht, daß sie das verkraften könnte. Er war sich auch nicht sicher, ob er es täte.

»Vielleicht denken sie, alle seien tot«, sagte Polly schließlich. »Vielleicht haben sie uns aufgegeben und sind weggegangen. Es müssen Tonnen von Schutt über uns liegen.«

»So viel kann es nicht sein, sonst wäre die Decke längst zusammengebrochen. Wir warten eine Weile. Wenn niemand kommt, bleibt uns nichts anderes übrig, als uns einen Weg nach draußen zu buddeln.«

Er bemühte sich – so gut er konnte – um einen ruhigen und gelassenen Ton, obwohl seine Nerven in der beklemmenden Dunkelheit zum Zerreißen gespannt waren. Plötzlich überkam ihn ein Anfall von Klaustrophobie, und kalter Schweiß trat ihm aufs Gesicht. Er sprang auf und prüfte erneut die Decke. Ein Stein gab leicht nach, als er Druck anwandte, und ein unheimliches Knirschen und Ächzen ertönte rings um ihn herum. Er zog die Hand schnell zurück, doch die

Geräusche hörten nicht auf. Er grinste verzerrt in die Dunkelheit. Wer A sagt, muß auch B sagen … Er drückte fester, und der Stein rutschte seitlich weg, fiel herab und landete neben seinen Füßen. Ein grauer Lichtstrahl fiel herab, drängte die Dunkelheit zurück. Es war nicht viel, aber zumindest konnte er jetzt Umrisse erkennen. Polly wandte sich dem Licht zu, und Hart bemühte sich, seinem Gesicht einen unbesorgten Ausdruck zu geben. Sie war in einem fürchterlichen Zustand, von oben bis unten mit Schnitten und Prellungen übersät, und sie zitterte am ganzen Leib. Dann blickte er an ihr vorbei, als sich noch etwas anderes in der Düsternis rührte. Es waren außer ihnen noch zwei Leute in der Luftkammer eingeschlossen, die mit verdrehten Gliedern beieinander lagen. Einer versuchte, sich aufzurichten. Hart huschte hinüber und kauerte sich neben ihnen nieder, und Polly stieß einen erstickten Schrei aus, als sich ihre Augen an das spärliche Licht gewöhnt hatten und sie die beiden erkannte.

»Das ist Suzanne … und Sean Morrison. Was machen die denn hier? Ich habe gar nicht bemerkt, daß sie in unserer Nähe waren.«

»Hinterfrage niemals einen glücklichen Umstand«, entgegnete Hart. »Er könnte sonst ins Gegenteil umschlagen. Versuch mal, ob du sie dazu bekommst, sich aufzurichten und sich zu bewegen, während ich uns vorsichtig ein größeres Loch in die Decke mache. Ich glaube, wir sind nicht weit von der Oberfläche entfernt.«

Er arbeitete langsam und behutsam, indem er die Öffnung Stück für Stück vergrößerte und immer wieder wartete, bis sich die Masse des Schutts in eine neue Lage verschoben hatte. Er hatte keine Ahnung, durch was er gehalten wurde, aber ihm blieb nichts anderes übrig, als ein gewisses Risiko einzugehen. Schließlich entschied er, daß das Loch groß genug war, und er half Polly und den anderen beiden, aus der Düsternis ins

Licht hinaufzuklettern. Hart stieg als letzter heraus, und dann gingen sie schnell über das Meer aus zerbrochenem Stein und Metall, um auf sichereren Boden zu gelangen. Morrison schüttelte andauernd den Kopf, um ihn klar zu bekommen, und Suzanne hielt sich den Arm, der vermutlich gebrochen war, aber ansonsten schienen sie einigermaßen unversehrt davongekommen zu sein. Polly zitterte immer noch, und Hart legte ihr den Arm um die Schulter.

Schließlich schauten sie sich in ihrer Umgebung um, und wohin sie auch blickten, sie sahen nur Verwüstung und reglose Körper, die in Blutpfützen lagen. Hier und da brannten Häuser, und die Flammen loderten ungehindert in den Abendhimmel hinauf.

»Wie lange waren wir dort unten?« fragte Hart benommen. »Es war noch nicht einmal ganz dunkel, als ich hier angekommen bin.« Er warf einen Blick auf seine Armbanduhr. »Drei Stunden? Das kann nicht stimmen. Wie kann so vieles in drei Stunden geschehen?«

»Glaubst du, es hat sonst noch jemand geschafft, aus der Höhle herauszukommen?« fragte Suzanne und verzog das Gesicht, als sie versuchte, eine angenehmere Art zu finden, ihren verletzten Arm zu stützen.

»So wie es aussieht wohl kaum«, sagte Morrison. »Es ist ein Wunder, daß wir lebend herausgekommen sind. Ein echtes Wunder. Was, zum Teufel, ist mit der Stadt passiert, während wir vergraben waren? Das sieht aus wie ein Kriegsgebiet ... Es müssen Dutzende von Leichen sein. Dutzende ...« Er zog ein Taschentuch aus der Tasche und rieb sich vorsichtig das Gesicht ab. Blut war aus einem langen Schnitt in seiner Stirn herausgelaufen und hatte beim Trocknen das linke Auge zugeklebt. Er arbeitete hartnäckig daran, das Auge aufzubekommen, als ob er überzeugt sei, das sich ihm bietende Bild würde sich ändern, wenn er nur mit beiden Augen sehen könnte. »Etwas Schlimmes muß hier geschehen sein. Etwas wirklich Schlimmes.«

Sie gingen auf die menschenleere Straße hinaus, wobei sie dicht beieinander blieben, um sich gegenseitig Mut zu machen. Die meisten Straßenlaternen waren zerschmettert, aber der Vollmond schien, und die brennenden Gebäude erhellten mit ihrem Lichtschein die Umgebung. Der Geruch von Rauch hing dick in der Luft. Überall lagen Leichen und Leichenteile herum. Der Großteil des Blutes war getrocknet, aber einiges erwies sich bei der Berührung noch als feucht. Morrison prüfte es einmal, aber nur ein einziges Mal. Einige der Toten trugen Militäruniformen.

»Wir sind überfallen worden«, sagte Suzanne. »Von Terroristen oder so.«

»Nein«, sagte eine schneidige Stimme. »Nicht Terroristen. Soldaten des Herrn. Bleibt stehen, wo ihr seid, und hebt die Hände über den Kopf.«

Sie alle drehten sich erschrocken um und hoben die Hände. Ein einzelner Mann in Uniform richtete ein Automatikgewehr auf sie. Er sah erstaunlich jung aus, doch sein Gesichtsausdruck war entschlossen und grimmig, und die Waffe lag ohne zu zittern in seiner Hand. Er machte einen selbstbewußten und professionellen Eindruck und schien durchaus entschlossen, die Waffe zu gebrauchen, wenn er es für nötig hielt. Der Soldat musterte Suzanne, die nur einen Arm erhoben hatte, mit kalten Augen.

»Ich sagte: alle Hände hoch!«

»Sie kann nicht«, erklärte Polly. »Sie hat sich den Arm gebrochen.«

»Trotzdem hoch damit!« befahl der Soldat. Er lächelte leicht, als er beobachtete, wie sich Suzanne anstrengte, den anderen Arm mehr als ein paar Zentimeter zu heben. Vor Schmerz und Anstrengung rann ihr Schweiß übers Gesicht. Hart verzog das Gesicht, bemühte sich jedoch, seine Wut zu beherrschen. Wenn er versucht hätte, sich auf den Soldaten zu stürzen, hätte das lediglich seinen Tod bedeutet. Die geeignete Zeit dafür würde kommen, es würde sich eine bessere Gelegenheit ergeben. Der Soldat wurde seines Spielchens schließlich müde und bedeutete Suzanne mit einer Handbewegung, die Sache zu vergessen.

»Wir sind angewiesen, Gefangene zu machen, wenn sich die Gelegenheit bietet«, sagte er leichthin. »Man weiß nie, wann man ein paar Geiseln brauchen kann, um die Bevölkerung ruhig zu halten. Leider ist der Rest meiner Schwadron weitergezogen und hat mich zurückgelassen. Der Feldwebel war der Meinung, es reicht, wenn ein einzelner Mann diesen Schutthaufen hier bewacht. Aber jetzt seid ihr aufgetaucht. Vier Sünder, die aus dem Loch herausgekrabbelt sind, das ihr Grab hätte sein sollen. Die einzigen Überlebenden aus diesem dekadenten Klub.«

»Dekadent?« fragte Morrison. »Anscheinend gehst du nicht oft aus.«

»Halt's Maul«, sagte der Soldat ungerührt. »Ihr vier stellt eine Komplikation dar. Ich mag keine Komplikationen. Ich kann euch nicht bewachen, und ich habe niemanden, dem ich euch übergeben könnte. Es ist also das einzig Vernünftige, euch alle zu erschießen. Nicht persönlich gemeint, versteht ihr.«

Bevor einer von ihnen auch nur zum Sprechen ansetzen konnte, richtete der Soldat das Gewehr auf Hart und betätigte den Abzug. Man hörte ein leises Klicken, und nichts geschah. Der Soldat senkte verwirrt den Blick, und Morrison trat vor und versetzte ihm einen Fausthieb in den Mund. Der Soldat taumelte einen Schritt zurück, doch er ging nicht zu Boden und ließ auch die Waffe nicht fallen. Morrison zielte sorgfältig und gab dem Soldaten einen Fußtritt zwischen die Beine. Die Farbe wich aus dessen Gesicht, und er sank auf die Knie. Morrison nahm ihm das Gewehr ab und schlug ihm mit dem Kolben gegen die Kopfseite. Der Soldat kippte nach vorn und blieb reglos liegen. Morrison grinste ihn grausam an.

»Wenn ich dir nächstes Mal eine reinhaue, dann ist es aus mit dir, Scheißer!«

»Ich denke, wir alle sollten so schnell wie möglich von hier verschwinden«, sagte Hart, »bevor einige von Scheißers Freunden nach ihm suchen.«

Sie gingen langsam weiter durch die verlassene Straße, unsicher, welche Richtung sie am besten einschlagen sollten. Die Straße hatte die seltsame Stille eines schlechten Traums. Sie hörten nur das Knistern der Flammen und ihre eigenen Schritte. Wohin ihr Blick auch fiel, überall sahen sie nur noch mehr Verwüstung, mehr Leichen. Männer, Frauen und Kinder lagen in verzerrten Stellungen da und sahen mit leeren Augen zu, wie ihre Häuser niederbrannten. Hart versuchte, sich etwas Tröstendes einfallen zu lassen, das er Polly, die immer noch unbeherrscht zitterte, hätte sagen können, aber ihm fiel nichts ein. Das alles war zu groß, zu überwältigend, um mit einem schlichten Satz oder irgendeiner Platitüde abgetan zu werden. Er hatte zahlreiche Kriege und Aufstände im Fernsehen gesehen, aber nichts davon hatte ihn auf die Realität von zerfetzten Leichen und den beißenden Rußgeruch brennender Häuser vorbereitet. Es war, als ob ein wütender Gott die Hand nach unten ausgestreckt und in einem Anfall kindlichen Jähzorns die Straße zerstört hätte, als Bestrafung dafür, daß sie zu unabhängig, zu sicher und zu unbesorgt war. Als hätte ihre glückliche Alltags-Realität eine rachsüchtige Welt beleidigt.

Sie alle fuhren beim Krach eines herannahenden Fahrzeugs ruckartig herum. Hart rannte als erster in den Schatten des nächstgelegenen Hauseingangs, die anderen folgten, und sie sahen schweigend zu, wie ein Konvoi von Jeeps vorbeidröhnte, vollgepackt mit bewaffneten Soldaten. Keiner von ihnen schenkte der Verwüstung, durch die sie fuhren, die geringste Beachtung. Der letzte Jeep bog schließlich um die Ecke und war verschwunden, und Stille legte sich wieder über den Schauplatz.

»Wir müssen sehen, daß wir von dieser Straße wegkommen«, sagte Morrison. »Wenn wir weiter im Freien bleiben, werden uns die Truppen früher oder später entdecken.«

»Suzanne kann nicht weit gehen«, sagte Polly. »Sie braucht einen Arzt.«

»Hier können wir uns ebenso gut verbergen wie irgendwo anders«, sagte Hart und deutete auf das Gebäude, das ihnen am nächsten stand. »Es sieht aus, als hätte eine Kanone oder irgend so was das Dach getroffen, aber anscheinend hat das Feuer es verschont, und das Erdgeschoß sieht einigermaßen okay aus. Anscheinend ist niemand zu Hause. Ihr seid hier sicher, während ich Hilfe hole. Vorausgesetzt, ich finde noch irgend jemanden in Schattenfall.«

»Du kannst nicht gehen«, sagte Polly. »Das ist zu gefährlich.«

»Mein Leben steht unter einem guten Stern«, antwortete Hart. »Und einer muß gehen, schon um einen Arzt für Suzanne aufzutreiben. Ich bleibe nicht lange weg. Kümmere dich um die Frauen, Sean. Macht es euch bequem – und Köpfe runter! Ich bin schneller wieder da und bringe Hilfe mit, als ihr es euch vorstellen könnt.«

Er bedachte sie alle mit einem flüchtigen Grinsen, dann rannte er die Straße hinunter. Die Dunkelheit verschluckte ihn, und schon war er nicht mehr zu sehen. Polly schüttelte benommen den Kopf.

»Wir hätten ihn nicht gehen lassen sollen. Sie werden ihn töten.«

»Nicht unbedingt«, widersprach Morrison. »Ich habe die Waffe überprüft, die ich dem Soldaten abnahm. Sie hat keinen Defekt und ist ausreichend mit Munition geladen. Es gibt keinen ersichtlichen Grund, warum sie nicht funktioniert hat, als er sie auf Hart richtete. Vielleicht steht sein Leben tatsächlich unter einem guten Stern. Vielleicht haben wir alle deshalb den Einsturz der Höhle überlebt – weil wir in seiner Nähe waren.«

»Daß mir das alles sogar einigermaßen logisch vorkommt, beweist nur, wie müde ich bin«, sagte Suzanne. »Können wir jetzt bitte von der Straße verschwinden, bevor ich kotzen muß und ohnmächtig werde? Hoffentlich in dieser Reihenfolge.«

Pater Callahan saß allein in seinem Arbeitszimmer und machte sich Sorgen. Er hatten keinen Anlaß, sich Sorgen zu machen, man hatte ihm versprochen, daß alles glatt ablaufen würde. Trotzdem saß er in seinem Arbeitszimmer und lauschte angewidert den Schreien einer Frau draußen auf der Straße. Plötzlich brachen die Schreie ab, und die Stille, die folgte, war irgendwie noch schlimmer. Callahan blickte zum Fenster hinaus und beobachtete den Rauch, der von brennenden Gebäuden aufstieg. Seine Hände ballten sich zu Fäusten, während er sich einzureden versuchte, daß all das für ein höheres Gutes geschähe. Er hatte immer gewußt, daß es zum Konflikt käme, wenn die Krieger hereingelassen würden, aber der Zweck heiligte die Mittel. Die Ewigkeitspforte mußte unter die Herrschaft einer christlichen Autorität gebracht werden. Sie war viel zu wichtig, zu mächtig, um in den Händen eines heidnischen Geschöpfs wie dieses Zeitmeisters zu bleiben, der sich nur sich selbst gegenüber verantwortlich fühlte. Wenn die Pforte wahrhaftig der Zugang zum Höchsten Gott persönlich war … Die Herrschaft über die Pforte bedeutete zwangsläufig auch die Herrschaft über die Stadt, aber nur vorübergehend. Friede würde wieder einkehren, sobald die Krieger jeden Widerstand niedergeschlagen hatten, und dann konnten die Häuser wiederaufgebaut und die Unschuldigen getröstet werden. Die Invasion war ein notwendiges Übel, um ein höheres Ziel zu erreichen.

Letzten Endes würde sich alles zum besten wenden. Das hatte man ihm versprochen.

Aber es war für ihn dennoch schwer, in seinem Arbeitszimmer zu sitzen und nichts zu tun, während die Leute litten. Gleich zu Anfang der Invasion hatte er hinausgehen und helfen wollen, aber die Krieger gestatteten es nicht. Sie bestanden darauf, daß er sich bedeckt halten mußte, und hatten ihm sogar eine Wache vor die Tür gestellt, um ihn zu schützen, für den Fall, daß seine Kollaboration mit den Kriegern bekannt würde. Es hatte ihm nicht gefallen, daß sie das Wort ›Kollaborateur‹ benutzt hatten, aber er hatte genickt und sich gefügt. Es gab eben immer welche, die nichts verstanden.

Eine Zeitlang hatten die Leute ihn angerufen und um Hilfe gefleht, und er hatte allen Trost gespendet, den er zu spenden vermochte. Doch dann hatte das Telefon aufgehört zu klingeln, und wenn er den Hörer abnahm, war da nur Stille. Er wußte nicht, ob das Teil eines allgemeinen Problems war oder ob die Krieger einfach nicht wollten, daß er mit irgend jemandem sprach. Das Telefon war jetzt schon seit einigen Stunden tot. Die Krieger hatten ihm versichert, die Invasion würde schnell vorübergehen, mit einem Minimum an Gewalt, da der Überrumpelungseffekt ihnen genügend Vorteil verschaffte, um die Verteidigungseinrichtungen der Stadt zu überwältigen. Und wenn diese erst einmal außer Kraft gesetzt wären, würde nichts mehr die Krieger daran hindern, quer durch die Stadt bis zum Sarkophag zu marschieren – und mittels diesem zum Zeitmeister persönlich. Er hatte versucht, über sein Spezialtelefon Verbindung mit den Kriegern aufzunehmen. Er hörte, daß es am anderen Ende klingelte, aber niemand ging dran. Wahrscheinlich hatten sie sehr viel zu tun. Es war unmöglich, daß sie ihn einfach ignorierten.

An seiner Haustür wurde laut geklopft, und er

zuckte in seinem Sessel zusammen. Er errötete schuldbewußt, und im ersten Augenblick wollte er die Tür nicht öffnen, falls die Krieger gekommen waren, um ihn zu bestrafen, weil er Zweifel in sich hegte. Doch er schob den Gedanken beiseite und stand auf. Bestimmt hatten sie jemanden geschickt, der ihm erklären sollte, worin das Problem lag und warum die Sache so lange dauerte. Wie rücksichtsvoll! Sie wollten nicht, daß er sich Sorgen machte. Er faßte sich und ging gemächlich zur Haustür, um sie zu öffnen. Der wachhabende Soldat nickte Callahan lässig zu und händigte ihm einen großen runden, festen Karton, einer Hutschachtel ähnlich, aus. Callahan nahm ihn wie selbstverständlich entgegen und wunderte sich über sein Gewicht.

»Der Oberste Führer schickt dir ein Geschenk«, sagte der Soldat. »Er meint, du könntest es für deine Sammlung gebrauchen.«

Callahan versuchte dem Soldaten zu danken, doch der wandte sich einfach ab und gab sich wieder seinen Pflichten als Wachhabender hin. Callahan blinzelte den sturen Rücken des Soldaten eine Zeitlang an, dann zog er sich in seinen Hausflur zurück und schloß die Tür. Seine Sammlung? Er hatte mit Royce kurz über sein Interesse an alten Comic-Heften und entsprechenden Memorabilien gesprochen, aber der Führer hatte kein besonders großes Interesse daran an den Tag gelegt. Und warum sollte er ihm ausgerechnet jetzt ein solches Geschenk machen? Vielleicht um ihn abzulenken, damit er sich nicht allzu viele Gedanken über die Geschehnisse machte? Er wog die Schachtel in der Hand, und etwas bewegte sich schwer darin. Der Deckel war mit Klebestreifen fest verschlossen. Vielleicht lag ein Zettel darin, der alles erklärte; wie auch immer, es wäre auf jeden Fall vernünftiger, das Ding ins Arbeitszimmer zu tragen und es zu öffnen, als im Flur herumzustehen und sich zu überlegen, was es wohl sein mochte.

Er trug die schwere Schachtel in sein Arbeitszimmer, ließ sie auf den Schreibtisch plumpsen und suchte eine Schere. Wie immer tauchte sie an einer Stelle auf, wo er sie als letztes vermutet hätte. Er schnitt energisch das Klebeband durch, hob den Deckel hoch und hielt dann inne, als ihm ein sonderbarer Geruch in die Nase stieg. Er war durchdringend und widerlich und kam ihm irgendwie bekannt vor, obwohl er ihn nicht zuordnen konnte. Er legte den Deckel neben die Schachtel, hob eine Schicht Wellpappe heraus, die zum Verpacken benutzt worden war, und betrachtete, was Royce ihm geschickt hatte.

Es war Lester Golds abgetrennter Kopf. Ein Auge war herausgeschossen, und der Hinterkopf bestand aus zerfetztem roten Matsch. Der Mund klaffte schlaff auf, das Kinn war mit getrocknetem Blut verkrustet, und das eine verbliebene Auge blickte Callahan vorwurfsvoll an.

*Etwas für deine Sammlung …*

Callahan war zu entsetzt, um Übelkeit oder Wut oder Bedauern zu empfinden. In ihm war nur Platz für das tobende Empfinden, betrogen worden zu sein. Sie hatten ihm versprochen, die Invasion liefe zivilisiert ab und man würde nur das allernötigste Minimum an Gewalt anwenden.

Sie hatten gelogen.

Er mußte das Haus verlassen. Er mußte in die Stadt hinausgehen und sich selbst überzeugen, was die Krieger wirklich trieben. Wenn sie ihn in bezug auf den Gebrauch von Gewalt angelogen hatten, welche Lügen hatten sie ihm dann noch erzählt? Lieber Gott, welches Unheil hatte er über Schattenfall gebracht? Er biß sich fest auf die Unterlippe und atmete heftig, während er versuchte, die Beherrschung nicht zu verlieren. Er mußte gründlich nachdenken. Offenbar rechnete Royce nicht damit, daß er die Pläne der Krieger durchkreuzen könnte, sonst hätte er ihm nicht den Kopf geschickt.

Die Absicht war, ihn damit einzuschüchtern, um zu gewährleisten, daß er ihnen nicht mit lästigen Einwänden in die Quere käme. Royce hielt ihn für schwach. Er mußte beweisen, daß der Führer der Krieger sich irrte.

Das Haus zu verlassen dürfte nicht allzu schwer sein. An der Vordertür stand eine Wache, und wahrscheinlich wurde auch der Hinterausgang bewacht – doch er bezweifelte, daß auch eine Wache an den Verandatüren postiert war. Schließlich führten sie nur in einen ummauerten Garten ohne Ausgang. Mit Ausnahme der niedrigen Öffnung, die der vorherige Bewohner für seinen Hund angebracht hatte. Callahan hatte keinen Bedarf daran gehabt, deshalb hatte er sie zuwachsen lassen. Jetzt sah man sie nicht einmal mehr, es sei denn man wußte, daß sie da war. Er würde sich mühsam hindurchquetschen müssen, aber er würde es schaffen. Er mußte es schaffen. Er legte den Deckel wieder auf die Schachtel, klopfte einmal drauf, als ob er sich entschuldigen wollte, und verließ dann das Haus durch die Verandatür, bevor ihm ein Grund einfallen konnte, es nicht zu tun.

Es war ein leichtes, das Grundstück zu verlassen. Niemand sah ihn, und niemand versuchte ihn aufzuhalten. Sein Wagen stand draußen auf der Straße, wo er ihn abgestellt hatte. Er öffnete die Tür und stieg ein, beinahe in der Erwartung, daß ihn jeden Augenblick jemand rufen oder gar eine Kugel treffen könnte, aber alles blieb ruhig. Er ließ den Motor an, murmelte ein kurzes Gebet und fuhr die Straße hinab in die Stadt. In die Hölle.

In jeder Straße gab es Häuser, die beschossen oder in Brand gesetzt worden waren. Immer noch brannten Feuer, und niemand kam, sie zu löschen. Männer und Frauen waren erschossen und als Warnung für andere auf Pfählen aufgespießt worden. Hier und da hatte man jemanden gekreuzigt, mit dicken Eisenbolzen an

Steinwände genagelt. Einige lebten noch. Überall waren die Wände mit Sprüchen beschmiert: BEREUE, SÜNDER! DER SCHULDIGEN HARRT DIE GERECHTE STRAFE. DIES IST DER TAG DES HERRN. Leichen lagen auf der Straße verstreut, und niemand kam, um sie wegzuräumen. Fliegen sammelten sich. Callahan mußte die Geschwindigkeit verringern, um die Leichen zu umfahren. Als er sich dem Zentrum der Stadt näherte, nahm die Zahl der brennenden Häuser zu, Flammen loderten zu allen Seiten auf. *Dies ist der Tag des Herrn der Hölle*, dachte Callahan. *Und ich habe es ermöglicht*.

Er blieb am Ende der Straße stehen, um zu überlegen, auf welcher Strecke er weiterfahren sollte, und sah eine Gruppe von Soldaten, die sich mit Derek und Clive Manderville, seinen Kirchenarbeitern, vergnügten. Die Soldaten hatten einen Kreis gebildet und schubsten Clive innerhalb des Kreises abwechselnd hin und her, wobei die Stöße jedes Mal ein wenig grober wurden. Sein Gesicht blutete bereits, und seine Beine wurden sichtlich schwächer. Er war zu benommen, um sich zu wehren. Der Feldwebel stand außerhalb des Kreises, lachte und hielt das Gewehr auf Derek gerichtet. Derek sprach voller Inbrunst; zweifellos wandte er all seine Überredungskunst auf und versuchte, den Soldaten einen Handel vorzuschlagen. Der Feldwebel sah nicht so aus, als ob er zuhörte.

Callahan wandte den Blick ab. Er konnte nicht eingreifen. Er durfte nicht riskieren, angehalten und gefangengenommen zu werden. Er war verantwortlich für das, was in Schattenfall geschah, deshalb war es an ihm, es zu beenden. Er glaubte zu wissen wie. Es gab einen einzigen Mann, der in der Lage sein könnte, die Invasion der Krieger aufzuhalten und eine Umkehr herbeizuführen. Ein Mann, der über einen festen Glauben und die nötige Macht verfügte. Sankt Augustin.

Pater Callahan lachte laut, und das war kein fröhlicher Klang. Sie beide gemeinsam, er und Augustin, würden den Kriegern zeigen, was die Rache Gottes in Wahrheit bedeutete.

Die Elfen strömten mit Gebrüll aus dem Land unter dem Hügel, materialisierten sich in der Stadt Schattenfall und stürzten sich auf die Krieger wie Wölfe auf ihre Beute. Tausende von Elfen erschienen gleichzeitig, angetan mit ihren alten Rüstungen und ihren schrecklichen Waffen. Sie ritten auf Elfenrössern aus schimmerndem Messing und Kupfer und flitzten in Gleitdrachen aus gesponnenem Silber am Himmel dahin. Kobolde fuhren auf großartigen Motorrädern, deren Treibstoff Menschenblut war, und Zwiggianer kamen in Erscheinungsformen daher, so unmenschlich, daß sie kaum als Lebewesen zu erkennen waren. Die Krieger hielten im Marsch inne, wütend und verdutzt über den neuen Feind. Die Offiziere beschimpften sie schnell als Dämonen und Teufel, Satansbrut aus der Höllengrube, und versuchten sie mit erhobenen Kruzifixen abzuwehren. Aber die Elfen lachten nur. Sie waren älter als jede menschliche Religion. Sie schnitten sich mit atemberaubender Schnelligkeit eine Bahn durch die dicht gedrängten Soldaten, und zu beiden Seiten fielen Körper in ausgedehnten Blutlachen nieder. Schwerter blitzten, Kanonen dröhnten, und Energiewaffen flammten in der Abenddämmerung auf.

Die Schlacht tobte in der ganzen Stadt, vereinzelte Elfen legten sich mit versprengten Kriegern an. Ein Elf warf sich auf einen Schützenpanzer, als dieser aus einer Seitenstraße ratterte. Seine langen Krallen rissen die Stahlummantelung mühelos auf, öffneten sie wie eine Blechdose, um an die Leckereien im Inneren zu gelangen. Die Soldaten schrien, und der Elf klammerte sich wie ein Reiter auf einem Streitroß an die Seite des Panzers, während dieser schaukelte und aufheulte und versuchte, ihn abzuwerfen. Er lachte atemlos, zwängte sich durch die Öffnung, die er gerissen hatte, ins Innere und stürzte sich auf die entsetzten Soldaten. Sie waren in der vollgestopften Enge des Panzers gefangen und hatten keinen Platz zum Kämpfen oder Zurückweichen. Der Elf riß ihnen die Köpfe ab und trank das Blut, das aus ihren Hälsen spritzte. Durchdringende Schreie hallten kurz in dem Panzer wider, und der Elf riß und zerfetzte und war zufrieden. Er hob sich den Fahrer für zuletzt auf, riß ihm das Herz heraus und aß es, während es noch schlug. Dann verließ er den Tank, sang ein Lied in einer längst vergessenen Sprache und machte sich auf die Suche nach neuer Beute, um seinen erwachenden Hunger zu stillen.

In den Straßen und auf den Plätzen stellten sich die Krieger den Elfen mit einem weitgestreuten Kugelhagel entgegen. Der Vormarsch der Elfen wurde dadurch verlangsamt, aber nicht aufgehalten. Es brauchte viel, um einen Elf zu töten, und kaltes Eisen war lediglich ein Mythos, den sich die Menschen ausgedacht hatten, um sich zu beruhigen. Manchmal fing eine Gruppe von Soldaten einen isolierten Elf und durchsiebte ihn mit Gewehrkugeln, um sich daran zu ergötzen, wie er sich krümmte und schrie. Aber unweigerlich mußten sie irgendwann aufhören, weil ihre Munition verschossen war, und dann sahen die Soldaten voller Entsetzen, wie die Wunden des Elfs innerhalb weniger Sekunden heilten und er sich mit unverminderter Raserei auf sie stürzte. Raketengeschosse und Granaten rissen Elfen in Fetzen und verstreuten diese auf der Straße. Doch selbst die so Zugerichteten bekrabbelten sich langsam wieder und nahmen erneut Form an, es brauchte nur ein wenig Zeit. Die Elfen waren nicht der Gestaltwandlung fähig und gebrauchten immer noch Waffen, wodurch sie sich verletzlicher machten – aber die Schäden, die diese Waffen anrichten konnten, überwogen ihre Schattenseiten bei weitem. Sie wehrten Raketen und Explosivstoffe mit Teilchenstrahlen und Hochenergie-Lasern ab, und Tod und Zerstörung gerieten außer Rand und Band.

Oben am Himmel kämpften Drachen eins zu eins gegen Kampfhubschrauber. Die Hubschrauber verfügten über gepanzerte Gehäuse und verheerende Waffen, aber die Drachen waren schneller und wendiger, und sie spuckten Feuer. Sie warfen sich aus unglaublichen Winkeln auf die Hubschrauber, und brennende Maschinen stürzten vom Himmel wie zerknüllte Taschentücher. Die Wracks fielen auf Soldaten und Elfen gleichermaßen herab, doch nur die Elfen gingen unversehrt von dannen.

*Zittert, all ihr Welten, die sein mögen. Die Elfen ziehen wieder in den Krieg.*

Oberon ritt auf seinem Elfenroß aus leuchtenden Knochen ins Herz des Chaos, und immer wieder schleuderten seine Hände den Speer des Lichts. Es war unmöglich, den Speer aufzuhalten oder ihm auszuweichen, und er konnte den einen Mann, der gemeint war, unter Tausenden herausfinden, wo immer er sich auch verstecken mochte. Er bohrte sich durch Häuser, durchschlug Stahl, um seine Opfer zu finden, und kehrte dann in Oberons Hand zurück wie ein Hund zu seinem Herrn. Krieger-Offiziere starben reihenweise, manchmal aufgespießt auf dem glitzernden Speer und von ihm davongetragen. Oberon sammelte ihre Köpfe und band sie an seinem Sattel fest.

Titania schritt durch das Herz des Gemetzels, angetan mit einer Dornenrüstung, das uralte Langschwert Knochenritzer in der Hand. Es durchschnitt Fleisch und Knochen und Metall gleichermaßen, und niemand konnte ihm standhalten. Sie führte die lange Metallklinge, als wäre sie gewichtlos, und das Schwert schnitt eine breite Schneise in das Kampfgeschehen.

Und Puck, der alte Schrumpel-Puck, Waffenmeister Puck, humpelte durch das Gemetzel, erteilte Befehle und plante Strategien und lachte beim Anblick sterbender Menschen. Er trug das Diadem des Chaos, und die Verheerung marschierte an seiner Seite und suchte jeden heim, an dem er vorbeikam.

Einige Waffen schepperten unbemannt durch die Menge der Körper, selbständig und mit eigener Raserei dem Zerstörungswillen der Elfen gehorchend. Die Tosende Flut wallte hierhin und dorthin, zertrampelte Soldaten unter sich und war nicht aufzuhalten. Der Traumzerschmetterer wurde jedem zum Verhängnis, der ihn ansah, und er vernichtete alle Hoffnung und allen Glauben, wo immer sein brennender Blick hinfiel. Krieger verloren alles, woran sie geglaubt hatten, und rannten schluchzend vom Schlachtfeld. Der Geistdieb riß den Verstand aus den Soldaten heraus und ließ sie kichernd und kreischend zurück. Und überall fielen Krieger, ihre Leichen wurden gepackt und zum Hexenkessel der Nacht zurückgebracht, aus dem sie als hohläugige Untote hervorgingen, um im Dienst der Elfen zu kämpfen. Soldaten schrien, als sie unter den Waffen ihrer Freunde fielen und in deren leerem Blick ihr eigenes unvermeidliches Schicksal sahen.

Es waren Tausende von Kriegern und Tausende von Elfen, aber die Soldaten starben so leicht, und die Elfen starben gar nicht. Dennoch tobte die Schlacht in diese Richtung und dann in jene, da einmal die eine Seite und einmal die andere im Vorteil war. Die Krieger setzten ihrerseits die Zauberpriester ein, um die Magie der Elfen abzuwenden. Sie rissen die Geister aus den Untoten, von denen diese besessen waren, so daß sie wieder in die Leblosigkeit fielen, und warfen die magischen Waffen in das ganze Durcheinander, so daß sie Freund und Feind gleichermaßen trafen. Angriffe mit Granaten und Mörsern trieben die Elfen auseinander und hinderten sie am Vormarsch.

Keine Seite scherte sich um die Verwüstung, die sie über die Stadt brachten, oder um die Stadtbewohner, die starben – ohne ihr Zutun einbezogen in die wilden Streitigkeiten. Eine eisige Gestalt heulender Winde stakste durch die Straßen, so kalt, daß jeder erstarrte, der mit ihr in Berührung kam oder einen Blick darauf warf. Die Krieger rächten sich, indem sie Dynamit an Gebäude legten, so daß diese auf die Elfen stürzten und sie lebendig unter sich begruben. Die Krieger und die Elfen kämpften weiter, blind für alles außer den düsteren Freuden der Schlacht, bis sie sich endlich aufgrund einer unausgesprochenen Übereinkunft voneinander trennten und zurückwichen, jeder in sein eigenes Territorium, um die Wunden zu pflegen und neue Pläne zu schmieden.

Ein träge Stille senkte sich auf das, was von Schattenfall übrig war, und überall stiegen Rauch und Flammen auf.

# 9. KAPITEL *Zwischenspiel*

Nacht. Die Stadt war ruhig, sie versorgte ihre Wunden. Beide Seiten hatten sich vom Kampf zurückgezogen, nachdem jeder unerwartet hohe Verluste zu beklagen hatte, und im Augenblick waren sie zufrieden damit, sich zu verkriechen und vor dem neuen Angriff Luft zu schöpfen. Die Soldaten und die Verteidiger hatten die Straßen verlassen, die Drachen und Hubschrauber hatten den Himmel verlassen, und geblieben war eine verwundete, zerbrechliche Stille. Niemand und nichts rührte sich in den leeren Straßen, und das einzige Geräusch war das leise Knistern der Flammen in den schwelenden Gebäuden. Ihr düsterer roter Schein hob sich zuckend vom Himmel ab, wie eine Unmenge flackernder Kerzen. Wie eine Stadt in der Hölle. Irgendwo in der Nacht schlug immer wieder eine Tür, und niemand schloß sie. Der böige Wind wehte einen Fetzen Papier die Straße hinab, bis er sich um ein regloses ausgestrecktes Bein wickelte. Überall lagen Leichen auf der Straße vor dem Haus, in dem Sean Morrison sich versteckte. Morrison hätte eigentlich erwartet, daß jemand käme, um die Leichen wegzuräumen, aber es kam niemand.

Er saß auf einem Stuhl an einem Fenster im Erdgeschoß des Hauses und starrte in die Nacht hinaus. Der obere Stock war durch die Explosion gesprengt worden, und von der Decke des Erdgeschosses waren ständig irgendwelche Knirsch- oder Ächzlaute zu hören, da der Schutt darüber andauernd seine Lage veränderte, als suchte er nach der bequemsten. Das Erdgeschoß war beinahe unberührt, wenn man von den gesprungenen und zerbrochenen Fenstern absah. Alle Lampen waren verloschen, aber der Raum war hell vom Mondlicht, das sich im Eis auf dem Kanal spiegelte, der seitlich am Haus vorbeilief. Morrison saß da und betrachtete die verlassene Straße durch ein gesprungenes Fenster, auf der Suche nach einem Anzeichen von James Hart. Er war seit beinahe zwei Stunden weg, und es war nichts von ihm zu sehen, und auch nicht von der Hilfe, die er versprochen hatte mitzubringen.

Es war kalt in dem Raum, und es wurde immer kälter. Morrison sah seinen Atemdampf vor sich in der Luft. Er zog die Decke enger um sich, aber das half nicht viel. Er hatte die Decken im oberen Stock gefunden – eines der wenigen Dinge, die des Rettens wert gewesen waren. Allmählich wünschte er, er hätte ein wenig gründlicher nachgesehen, aber das Obergeschoß hatte bei jedem seiner Schritte auf unheimliche Weise geächzt, und er hatte sein Schicksal nicht herausfordern wollen. Er sah zur anderen Seite des Raums, wo Suzanne Dubois und Polly Cousins auf einer breiten Couch den Schlaf der Erschöpften schliefen. Sie hatten sich unter dem Rest der Decken eng zusammengekuschelt, um ihre Wärme zu teilen. Ihr Schlaf war tief, aber so unruhig, als würde er von Träumen gestört. Sie hatten beide erstaunliche Reserven an Kraft und Ruhe gezeigt, seit sie sich aus den Überresten der ›Kaverne‹ herausgebuddelt hatten – Morrison beneidete sie deswegen – und letzten Endes hatte der Schlaf sie angenommen und ihn zurückgewiesen. Also saß er wie üblich allein da und sah hinaus. Die beiden Frauen hatten sich gegenseitig Kraft und Trost gegeben, auf eine Weise, die ihn ausschloß. Er glaubte nicht, daß das absichtlich geschehen war. Sie waren nun mal alte und enge Freundinnen, und er hatte eigentlich keiner von beiden wirklich nahegestanden. Er war immer seiner eigenen Wege gegangen, und manchmal bedeutete das, daß man Menschen verließ und allein weiterging.

Aber diesmal war er es, der alleingelassen worden war. Er wollte ohnehin nicht schlafen. Nachdem er so viel Zeit in der Dunkelheit unter den Ruinen der ›Taverne‹ verbracht hatte, glaubte er nicht, daß er jemals wieder schlafen könnte. Das Mondlicht, das in den Raum schien, tat ihm gut; es fiel ruhig und beständig, hell und leuchtend auf jede Kante und in jeden Winkel. Auf seltsame Weise war es fast so, als wäre man unter Wasser, zu weit weg, um von irgend etwas an der Oberfläche berührt zu werden. Eine der Frauen murmelte im Schlaf, und er stand auf und ging hinüber zur Couch, um sich zu vergewissern, daß alles in Ordnung war. Pollys Gesicht wirkte so ruhig und leer wie das eines Kindes, aber Suzanne runzelte im Schlaf die Stirn, als wäre sie mit ihren Träumen nicht einverstanden. Eine verirrte Locke war ihr ins Gesicht gefallen, und Morrison strich sie sanft zurück. Suzanne murmelte etwas und sank mit einem Seufzer tiefer in den Schlaf.

Morrison kauerte sich neben ihr nieder, und seltsame Gedanken gingen ihm durch den Kopf. Er hatte Suzanne immer gemocht; mit ein bißchen Ermutigung hätte er sie vielleicht sogar geliebt. Aber das war nie geschehen. Sie war immer vollauf damit beschäftigt, sich um jemand anderes zu kümmern, für eine streunende Ente oder einen heimatlosen Verwundeten zu sorgen, und er war immer damit beschäftigt, noch ein Lied zu singen und noch ein Glas zu leeren – im allgemeinen beides. Jetzt war es zu spät. Die Dinge hatten sich geändert, die Welt hatte sich weiterbewegt, und wenn er das durchführte, was er zu tun plante, würde er nie Gelegenheit haben herauszufinden, ob er sie geliebt haben könnte oder nicht.

Er erhob sich und ging wieder zu seinem Stuhl am Fenster. Er fühlte sich müde und ausgelaugt und ein wenig alt. Jedenfalls nicht mehr jung. Er hatte die Zeit nicht mehr gemessen, die er nun schon in Schattenfall war, schon gar nicht während seines langen Aufenthalts bei den Elfen, aber es mußte etliche Jahre her sein, daß er so jung in Paris gestorben und zu einer Legende geworden war. Die Legende hatte nicht lange überdauert; nur ein paar Jahre später hatten dieselben Leute, die ihn ermuntert hatten, schnell zu leben, jung zu sterben und eine gutaussehende Leiche zu hinterlassen, eine andere Legende gefunden, an die sie glaubten. Und er war in Schattenfall gelandet. Er lächelte ein wenig, als er sich an das Leben erinnerte, das er geführt hatte: die Musik, die Texte, der Alkohol, die Drogen und die willigen Frauen – und immer seine Songs. Er hatte seine Freunde nicht besonders gut behandelt, aber er hatte ihnen einige bedeutende Stücke hinterlassen.

Er zog den Stuhl an den Schreibtisch vor sich. Während der meisten Zeit, die er dort gesessen hatte, hatte er ein Lied geschrieben, und er wollte es vollenden, bevor er ging. Er glaubte nicht, daß ihm noch viel Zeit blieb. Der ganzen Stadt blieb nicht mehr viel Zeit. Die beiden Seiten hatten vergessen, für welches Ziel sie eigentlich kämpften; sie waren so sehr von der Notwendigkeit in Anspruch genommen, den Feind zu schlagen, daß sie anscheinend eher gewillt waren, die Stadt zu zerstören, als sie in die Hand des Feindes fallen zu sehen. Morrison hatte es nicht vergessen. Die Stadt mußte überleben. Sie war für zu viele Leute von Bedeutung. Er hatte sogar eine Idee, wie er sie retten könnte. Es war ein guter Plan; einer der die Krieger schlagen und Schattenfall vor weiterer Zerstörung bewahren würde, sofern er glückte. Sein letzter Plan, nämlich die Elfen aus dem Land unter dem Hügel zu holen, konnte nur bedingt als Erfolg bezeichnet werden, aber diesmal war er sicher, daß sein Plan aufgehen würde. Das einzige Problem war, daß er dabei wahrscheinlich getötet würde.

Er blickte mit finsterer Miene zum Fenster hinaus auf die leere Straße. Er war noch nicht bereit zu sterben. Er mußte noch so viel erledigen. Die Ewigkeitspforte hatte ihn stets gerufen, seit er in Schattenfall angekommen war, aber er hatte sich geweigert, darauf zu hören. Jetzt lagen die Dinge anders. Er sah zur Couch zurück und seufzte leise. Er hatte nicht viel im Leben ausgelassen, aber ganz bestimmt war ihm Suzanne entgangen. Er wünschte, er hätte sie gekannt, bevor sie nach Schattenfall gekommen war, als sie beide noch real waren und es ihnen noch bevorstand, als Legenden mißverstanden zu werden.

Doch jetzt kam es ihm so vor, als habe er alles Wichtige erledigt. Ein anderer konnte seine Lieder singen und der Stadt als schlechtes Beispiel dienen. Es war nur noch eine Sache, die getan werden mußte, nämlich die Stadt zu retten, die ihm eine zweite Chance gegeben hatte. Er lächelte plötzlich. Wer hätte je gedacht, daß er sich als Held entpuppen würde? Er saß eine Zeitlang da und blickte ins Leere. Er hatte Angst, aber das würde ihn nicht abhalten. Die Stadt war wichtiger als er. Das hatte er immer schon gewußt.

Er betrachtete das Blatt Papier auf dem Schreibtisch vor sich. Vielleicht der letzte Song, den er jemals schreiben würde. Keiner seiner besten, aber immerhin gut genug, um weiterzubestehen. Er schrieb ihn nur, um Lebewohl zu sagen, denn er bezweifelte, daß er Gelegenheit haben würde, sich persönlich zu verabschieden. Er würde ihn hier liegenlassen, wenn er ging, auf dem Schreibtisch. Und dort würde er für Suzanne und Polly liegen, wenn sie aufwachten. Er hatte erwogen, sie aufzuwecken, bevor er ging, den Gedanken dann jedoch verworfen. Sie würden nur versuchen, ihm sein Vorhaben auszureden, und er war schwach genug, daß er möglicherweise auf sie hören würde.

Er stand auf und ging leise zur Couch. Er zog sich die Decke von der Schulter und legte sie behutsam über die beiden schlafenden Gestalten. Er sah sich um, erfreute sich am silbernen Schein des Mondlichts und seufzte einmal kurz. Er verließ den Raum, schloß die Tür leise hinter sich, ging durch den Flur zur Haustür und verließ das Haus. Die Straße wirkte kalt und leer. Niemand war in der Gegend, um Suzannes und Pollys Ruhe zu stören, aber er vergewisserte sich, daß die Haustür sicher verschlossen war, nur für den Fall. Er ging die Straße hinunter und summte die Melodie seines neuen Songs vor sich hin, im Rhythmus des Frostes, der unter seinen Füßen knirschte. Die Luft war sehr beißend und sehr klar, und der Mond war wie ein Bühnenscheinwerfer.

10. KAPITEL

# *Der zweite Schlag*

Jeder wartete auf die Morgendämmerung, aber sie kam nicht. Stunden vergingen, und die Nacht zog sich dahin. Der Mond schien hell, aber es gesellten sich keine Sterne dazu. Überall in Schattenfall erloschen nach und nach die Feuer, und Blut trocknete auf den Gehsteigen. Soldaten verschanzten sich in Gräben und bauten Geschützstellungen, während die Verteidiger Straßenbarrikaden errichteten und alle Waffen einsammelten, die sie auftreiben konnten. Die Spannung wuchs, während sich beide Seiten darauf vorbereiteten, daß die Schlacht in die nächste Phase träte, in dem Bewußtsein, diesmal würden das Töten und die Zerstörung nicht aufhören, bevor die eine oder andere Seite den Sieg errungen hätte. Den totalen Sieg. Es würde keine Friedensverhandlungen geben, keine diplomatischen Vermittlungsversuche. Bei dieser Schlacht ging es um das Herz und die Seele von Schattenfall, und keine der beiden Seiten war an einem Kompromiß interessiert.

William Royce, Oberster Anführer der Krieger des Kreuzes, saß im Büro seines Wohnmobils, das gegenwärtig am Rand der Stadt abgestellt war. Trotz aller Erfolge, die seine Armee errungen hatte, wurde es immer noch als gefährlich erachtet, wenn er sich weiter in die Stadt hineinwagte. Selbst den besetzten Gebieten war nicht zu trauen. Royce sah auf die Papiere, die sich vor ihm auf dem Schreibtisch stapelten, und bemühte sich, nicht die Beherrschung zu verlieren. Nichts war nach Plan verlaufen. Sämtliche Vorarbeiten, die seine Mittelsleute in und in der Nähe der Stadt geleistet hatten, hatten sich als wertlos erwiesen, nachdem die Kampfhandlungen begonnen hatten. Die ganze Stadt hatte sich gegen seine Armee aufgelehnt, häufig auf eine völlig unvorhergesehene Weise. Die Verteidiger hätten eigentlich leichte Beute sein müssen, da ihnen der Glaube und die Hingabe fehlten, die den Kriegern ihre Kraft verliehen, doch die Stadtbewohner hatten sich mit einer Wildheit und Entschlossenheit gewehrt, die den Vormarsch der Krieger zu einem Kriechen verlangsamt hatte.

Darüber hinaus war die wichtigste Kampftruppe der Angreifer an der Natur der Stadt selbst gescheitert und zerbrochen. Die Soldaten hatten sich an hundert Fronten festgefahren, hatten Scharmützel und Straßenkämpfe an hundert verschiedenen Orten und in hundert verschiedenen Zeitzonen geführt, oft gegen fremde Kräfte und unbekanntes Waffengerät. Die Kommunikation glich einer Katastrophe. Die Krieger hatten einige der Schwierigkeiten vorausgesehen, aber bei weiten nicht genug. Trotz ihrer weitreichenden geheimdienstlichen Tätigkeit war es ihnen nicht gelungen, das ganze komplizierte Wesen der Stadt zu erfassen. Royce runzelte die Stirn noch tiefer. Er hatte versagt. Er hatte nicht begriffen. Seine gut ausgebildete Armee hatte einige Erfolge zu verzeichnen, ihre zahlenmäßige Stärke und ihre ausgeklügelten Waffensysteme boten ihr einen gewissen Vorteil, aber er fand keine einzige entscheidende Front, gegen die er sie hätte einsetzen können.

Und zu alledem gab es noch die Elfen. Royce schlug mit der Faust auf einen Stapel von Berichten. Sein Geheimdienst war überzeugt davon gewesen, daß die Elfen nicht die geringste Absicht hatten, ihr Land unter dem Hügel zu verlassen, ganz zu schweigen davon, die Stadt zu verteidigen. Es hatte sogar Hinweise darauf gegeben, daß die Elfen planten, sich ganz und gar gegen die Welt der Menschen abzuschotten. Royce hatte seine Strategie darauf abgestimmt, hatte sich bis zu einem gewissen Grad darauf verlassen, und das hatte sich als Fehler erwiesen. Etwas mußte sich ereignet haben, das die Lage grundsätzlich verändert hatte. Aber was? In seinen Berichten fand sich nichts, das ihm eine Erklärung geliefert hätte.

Die Elfen symbolisierten all das, was mit der Invasion schiefgelaufen war. Der Kampfgeist seiner Truppen war allein schon durch ihre Anwesenheit entscheidend geschwächt worden. Die Soldaten konnten es schwerlich verkraften, daß ihr Glaube und ihre Kruzifixe nicht ausreichten, um ihnen automatisch zum Sieg über die ›Dämonen aus der Hölle‹ zu verhelfen. So hatte man es ihnen eingeredet, zu dieser Erwartung waren sie erzogen worden. Zweifel unterhöhlte den Glauben, und ohne Glauben konnte es keine Disziplin geben.

Gemäß den Berichten waren die Elfen nicht aufzuhalten und nicht zu töten. Ihre Gegenwart reichte oft aus, um eine Schlacht zugunsten der Verteidiger zu entscheiden. Royce schob die Bericht mit einem Handschwenk vom Schreibtisch und ließ die Seiten zu Boden flattern. Es mußte noch irgendein Geheimnis bezüglich der Abwehrkräfte der Stadt geben, etwas, über das ihn sein Geheimdienst nicht unterrichtet hatte. Er drehte sich in seinem Sessel herum, in Richtung des Fernsehgeräts, das in einem mit blauer Kreide gezogenen Fünfeck stand, und der leere Bildschirm blickte höhnisch zu ihm zurück. Er griff nach der Fernbedienung und erstarrte, als der Fernseher sich von selbst anschaltete. Seine Hand war noch mehrere Zentimeter von der Fernbedienung entfernt, aber der Bildschirm leuchtete bereits auf. Das Bild wurde schnell klar und zeigte Royce selbst, wie er auf einem goldenen Thron inmitten eines Flammenmeeres saß. Ziegenhörner sprossen aus seiner Stirn und bogen sich schneckenförmig über den Kopf. Seine Füße waren Teufelshufe. Das Bild lächelte Royce an und blinzelte.

»William, süßer William, ich habe deinen Anruf erwartet.«

»Du hast dich nicht an die Abmachung gehalten«, erklärte Royce wie versteinert. »Du darfst nur dann kommen, wenn ich dich rufe. Darauf haben wir uns geeinigt.«

Die Gestalt zuckte mit den Schultern. »Solche Vereinbarungen waren schon immer dehnbar. Wir kommen uns immer näher, du und ich. Bald wird uns nichts mehr trennen können.«

»Lügner und Prinz der Lügner!« Royce bemühte sich, die Selbstbeherrschung zu bewahren und äußerlich ruhig zu bleiben. Es wäre nicht gut, dem Dämon den Eindruck zu vermitteln, er könnte ihn erschüttern. Das wäre gefährlich. »Sprich mit mir, Höllenbrut! Meine Truppen sahen sich zu einer Unterbrechung der Invasion veranlaßt, wegen der verfluchten Elfen. Warum hast du mich nicht davor gewarnt, daß sie eingreifen würden?«

»Damals, als du dich danach erkundigtest, hegten sie keine derartigen Pläne. Danach hast du nicht mehr gefragt. Ttt, ttt, ttt, Williams, eine Unterlassungssünde! Ohne Zweifel eine Unterlassungssünde. Trotzdem, es macht eigentlich nichts. Du kannst die Elfen immer noch mit deinen Zauberpriestern schlagen.«

»Du bist sehr schnell bereit, Ratschläge zu erteilen, Dämon. Wie soll ich dir trauen?«

Der andere lächelte breit und entblößte schmutzige spitze Zähne. »Du bist mein Sohn, William, der sehr zu meiner Zufriedenheit geraten ist.«

Das Bild verschwand vom Bildschirm, und das Fernsehgerät schaltete sich von selbst wieder aus. Royce betrachtete die Fernbedienung und dann seine Hände, die leicht zitterten. Plötzlich summte das Intercom, und er zuckte auf seinem Stuhl zusammen. Er ließ einen Augenblick verstreichen, um nicht den Eindruck zu erwecken, als habe er auf einen Anruf gewartet, dann drückte er den Knopf.

»Ich sagte doch, daß ich nicht gestört werden will.«

»Tut mir leid, Führer«, antwortete seine Sekretärin, »aber deine engsten Berater sind hier. Sie bestehen darauf, mit dir zu sprechen.«

Royce hob leicht die Augenbraue bei dem Wort *bestehen*, doch als er sprach, klang seine Stimme ruhig und gelassen. »Sie haben mir die Mühe erspart, nach ihnen schicken zu lassen. Sag den Beratern, ich bin gleich bei ihnen.«

Er unterbrach die Intercom-Verbindung, bevor seine Sekretärin antworten konnte, und starrte entschlossen auf seine Hände, bis sie aufhörten zu zittern. Es wäre nicht gut, wenn seine Leute den Eindruck bekämen, sie könnten ihn erschüttern. Das wäre gefährlich. Er stand auf, strich da und dort sein Aussehen zurecht, um sicherzugehen, daß er sich in tadelloser Form zeigte, und verließ dann sein Büro, um mit seinen Beratern zu sprechen.

Die zehn Generäle standen in einer dichten Gruppe vor den Reihen der flackernden Monitore, die verschiedene Ansichten der Stadt zeigten. Kaum einer der Bildschirme offenbarte ausgesprochen Ermutigendes. Da waren ausgedehnte verwüstete Gebiete und Tote ohne Zahl zu sehen, und etliche davon waren Krieger – zu viele. Royce hüstelte kurz, um die Aufmerksamkeit seiner Berater auf sich zu ziehen, und nahm im stillen zur Kenntnis, welche seiner Generäle sich ihm sofort zuwandten und welche nicht. Martyn Casey, sein Stellvertretender Kommandeur, tat es nicht. Er nickte Royce kurz zu, wie einem Gleichgestellten, und richtete den Blick dann wieder auf die Bildschirme.

»Wir haben uns in deiner Abwesenheit unterhalten, Royce. In Anbetracht unserer gegenwärtig mißlichen Lage und der entscheidenden Fehler, die du bei der Planung dieser Invasion gemacht hast, sehen wir uns leider zu der Entscheidung gezwungen, die Invasion abzublasen. Wir können nicht hoffen, die Elfen und ihre Waffensysteme zu schlagen, nicht nach dem gegenwärtigen Stand der Dinge.«

»Dämonen!« murmelte einer der Generäle. »Kobolde aus der Hölle.«

»Richtig, General«, pflichtete Martyn Casey bei. Er wandte sich Royce zu, und sein Gesicht wirkte ruhig und erbarmungslos. »Wir werden unsere Leute zurückziehen und auf einen besser geeigneten Zeitpunkt warten. Sobald wir einen Plan gefaßt haben, wie wir mit den Elfen umgehen wollen. Unterdessen, so haben wir ebenfalls entschieden, wie ich dir leider mitteilen muß, wäre es in jedermanns Interesse, dich deines Amtes als Oberster Anführer zu entheben. Vorübergehend werde ich die Verantwortung übernehmen, um den Rückzug zu leiten.«

Royce zog die Pistole, die an seiner Hüfte hing, und schoß Casey in den Hals. Der Stellvertretende Kommandeur der Krieger wurde gegen die Monitore zurückgeworfen, und einer der Generäle schrie entsetzt auf. Casey sank auf die Knie, Blut quoll ihm stoßweise aus dem Mund. Er versuchte, etwas an dem Blut vorbei zu sagen, und Royce schoß erneut auf ihn. Die Kugel durchschlug Caseys Kopf und zerschmetterte den Monitor hinter ihm. Blut sprühte aus der Austrittswunde und vernebelte die anderen Monitore, so daß sie aussahen wie Schnappschüsse aus der Hölle. Casey fiel nach vorn und blieb reglos liegen. Royce trat gegen den ausgestreckten Arm des Mannes, doch es erfolgte keine Reaktion. Er nickte zufrieden und sah die Generäle an, die ihn ihrerseits mit weit aufgerissenen, entsetzten Augen betrachteten. Royce lächelte seine engsten Berater freundlich an.

»Ist noch jemand der Ansicht, wir sollten uns zurückziehen? Meint noch jemand, ich sollte mein Amt als Oberster Anführer der Krieger zur Verfügung stellen? Nein? Das freut mich. Aber bitte habt keine Scheu, zu mir zu kommen, falls ihr nicht mit der Art und Weise einverstanden seid, wie ich die Dinge durchführe.« Das Lächeln verschwand plötzlich aus seinem Gesicht, und seine Stimme wurde so schneidend und kalt wie sein Blick. »Wir verrichten hier das Werk des Herrn, und die Anzweiflung meiner Autorität ist Verrat an Gottes Wille. Ich dulde keinen weiteren Verrat, Leute. Euer Dienstgrad ist kein Schutz, wenn ihr euch gegen Gott und mich wendet. Wir sind hier, um Gottes Willen umzusetzen, und wir werden nicht davon ablassen, bis der Sieg unser ist. Ganz gleich um welchen Preis.

Also, was unternehmen wir als nächstes?« Seine Stimme klang wieder ruhig und gelassen, und er schob seine Pistole in den Holster, ohne hinzusehen. Mehrere Generäle seufzten erleichtert auf, aber keiner entspannte sich so richtig. Royce betrachtete die Monitorbildschirme, die Lippen nachdenklich gekräuselt. Er zog ein Taschentuch aus der Tasche und wischte etwas Blut von den Monitoren, wo es seine Sicht behinderte.

»Ich weiß, was ihr denkt, und ihr irrt euch. Wir sind auf Schwierigkeiten gestoßen, aber sie sind nicht so schwerwiegend, als daß sie nicht mit Waffengewalt und etwas kreativem Denken überwunden werden könnten. Wir können es uns nicht leisten, hier herumzusitzen und zu warten, bis die Stadt den nächsten Zug durchführt. Den Elfen ist nicht klar, wie groß der Schaden ist, den sie uns zugefügt haben, aber sobald sie ihn in vollem Umfang ermessen, werden sie keinen Augenblick zögern, ihn sich zunutze zu machen, dessen könnt ihr sicher sein. Und verglichen mit ihren teuflischen Waffen sind wir nichts als lahme Enten. Wir können es uns auch nicht mehr erlauben, uns in so viele Splittergruppen aufzuteilen, wie das bisher der Fall war. Das zersetzt unsere Schlagkraft und macht uns anfällig für Angriffe von Seiten größerer Kräfte. Und davon scheint es in dieser verfluchten Stadt viele zu geben. Also, wir können uns nicht zurückziehen, und wir können nicht weiter vordringen. Deshalb müssen wir das Unerwartete tun.« Er betrachtete das blutige Taschentuch in seiner Hand, reichte es angewidert einem seiner Generäle und sah dann zu seiner Sekretärin, die noch immer erstarrt an ihrem Schreibtisch saß. »Sind die Zauberpriester zusammengerufen worden, wie ich es befohlen habe?«

»Ja, Führer. Sie warten draußen auf deine Anweisungen.«

»Ein wenig ungeduldig, vermute ich. Kommt, Leute, ihr seid im Begriff, die wahre Macht hinter unseren Streitkräften kennenzulernen. Ich hätte sie gleich bei der ersten Angriffswelle einsetzen können, wie einige von euch vorschlugen, doch ich wollte abwarten, um herauszufinden, über welche verborgenen Stärken die Stadt verfügt. Jetzt kennen wir ihre Stärken, aber sie kennen die unseren nicht. Die Zauberpriester sind unsere Geheimwaffen, unser As auf der Hand, und sie werden uns zum Sieg verhelfen.«

»Natürlich, Führer«, pflichtete einer der Generäle schnell bei. »So ist es uns bestimmt.«

Royce warf ihm einen strengen Blick zu, und der General wich instinktiv einen Schritt zurück. Die anderen Generäle in seiner Nähe traten unauffällig ein wenig beiseite, um nicht durch seine Gegenwart vergiftet zu werden. Damit nicht das, was immer ihm geschehen mochte, auch sie träfe. Royce schnaubte verächtlich. »Bestimmung, General? Wenn ich auch nur einen Augenblick lang geglaubt hätte, daß du das wirklich so meinst, hätte ich mir wirklich Sorgen um dich gemacht. Blinder Gehorsam ist gut und schön bei den niedrigen Dienstgraden, aber aus den Reihen meiner Offiziere möchte ich so etwas nicht hören. Gott erwartet von uns, daß wir unser Schicksal selbst in die Hand nehmen, durch unseren Glauben und fleißige Arbeit – und durch das Abschlachten der Ungläubigen. Jetzt kommt mit mir, Leute. Ich möchte, daß ihr meine Zauberpriester kennenlernt. Ihr könnt vielleicht etwas Nützliches von ihnen lernen.« Er schwieg und sah zu der zusammengekrümmten Gestalt von Martyn Casey hinab, der mit einem verdutzten Gesichtsausdruck in seinem Blut lag. Royce schnaubte wieder und sah seine Sekretärin an. »Laß den Müll fortschaffen und ordere dann ein paar Leute, die die Sauerei wegputzen. Ich erwarte später noch Besuch.«

Seine Sekretärin nickte schnell und griff nach dem Telefon auf ihrem Schreibtisch. Royce stolzierte eiligen Schrittes aus dem Wohnwagen, und die Generäle eilten hinter ihm her. Vor dem Wohnwagen standen hundert Kriegerpriester in lockerer Paradehaltung in Zehnerreihen. Im selben Augenblick, als Royce aus dem Wohnwagen trat, schlugen sie die Hacken zur Habtacht-Stellung zusammen und blickten starr geradeaus, in Erwartung von Befehlen. Sie trugen Gewänder in reinstem Weiß, die in der Düsternis leuchteten, wie es bei vielen Geistern der Fall ist. Royce schnippte mit den Fingern, und die Außenbeleuchtung des Wohnwagens schaltete sich an. Das plötzliche Licht mußte die Priester geblendet haben, aber kein einziger blinzelte. Royce lächelte sie wohlwollend an. Es war seine Idee gewesen, von Anfang an. Die besten Soldaten, die ergebensten Krieger, ausgebildet zum Gipfel körperlicher Vollkommenheit, und dann in allen mystischen Künsten unterrichtet, um dem Ruhm des Herrn auf beste Art und Weise zu dienen. Und natürlich den Kriegern. Ausgebildet dazu, die Waffen des Feindes gegen diesen selbst zu richten. Royce nickte ihnen gebieterisch zu, und sie alle verneigten sich vor ihm, wobei sich das Licht kurz auf ihren zur Tonsur geschorenen Köpfen spiegelte.

»Meine Freunde«, sagte Royce, und seine Stimme klang klar durch die Stille der Nacht. »Eure Zeit ist gekommen. Ich weiß, es war schwer für euch, beiseite zu stehen und zu warten, während eure Brüder vom Feind niedergemäht wurden. Ihr seid jedoch meine wichtigste Streitmacht, und ich durfte es nicht wagen, euch zu vergeuden, indem ich zu früh handelte. Doch jetzt hat das Warten ein Ende, meine Freunde. Ihr habt meine Befehle, führt sie aus! Macht mich stolz.«

Die hundert Priester verbeugten sich wie ein Mann und ließen sich dann mit überkreuzten Beinen auf dem nackten Beton nieder. Sie nahmen keine Notiz von den anwesenden Generälen oder von sich selbst. Ihr Blick war bereits nach innen gerichtet, wo die wahre Kraft schlummerte. Royce legte sich einen Finger an die Lippen und bedeutete den Generälen mit einer Handbewegung, mit ihm in den Wohnwagen zurückzugehen. Sie folgten ihm, und die Priester blieben allein in der Nacht zurück. Ihre Geister schlängelten sich langsam aus ihren sich entspannenden Körpern und vereinigten sich zu einem einzigen Schub reiner Kraft. Sie fuhr hinaus über die unvorbereitete Stadt und sammelte sich über ihr wie ein unsichtbares Unwetter.

Royce plauderte noch ein wenig aufmunternd mit seinen Generälen, verbunden mit ein paar jovialen Warnungen, und schickte sie dann weg. Er glaubte nicht, daß sie noch eine große Gefahr für seine Autorität darstellten, und außerdem hatte er ihren Anblick satt. Er stand unschlüssig vor den Monitoren und kam zu dem Schluß, daß er auch sie für eine Weile nicht mehr sehen wollte. Es erstaunte ihn nicht sehr festzustellen, daß er sich ruhelos fühlte, und er hatte keinen anderen Wunsch, als einfach für eine Weile von allem wegzukommen. Und warum sollte er das nicht? Er konnte vorläufig nichts tun, bis die Zauberpriester ihr Werk verrichtet hatten, und es war nicht vorauszusagen, wie lange das dauern mochte. Also verabschiedete er sich mit einem kurzen Nicken von seiner Sekretärin, zog sich einen Trenchcoat über die Uniform und war zur Tür hinaus, bevor sie irgendwelche Einwände erheben konnte. Er hatte einen Piepser bei sich, damit man ihn im Notfall rufen konnte, aber sie täte um ihrer selbst willen gut daran, ihn nur in wirklichen Notfällen zu benutzen.

Er warf einen flüchtigen Blick auf die bewegungslosen Priester und schlenderte dann gemächlich ins Lager. Da standen zwanzig weitere Wohnwagen in ordentlichen Reihen, zum Platzen vollgepackt mit Radargeräten, Computern und fleißig arbeitenden Männern. Er zweifelte nicht daran, daß sich Martyn Caseys Schicksal inzwischen unter all seinen Leuten herumgesprochen hatte, und jeder tat sein Bestes, um außerordentlich geschäftig und leistungsfähig auszusehen, nur für den Fall, daß er bei ihm vorbeischauen könnte. Royce schnaubte. Es war höchste Zeit gewesen, ihnen einen Denkzettel zu verpassen, damit sie nicht vergaßen, wer hier wirklich das Sagen hatte. Er hätte Casey schon vor Monaten töten sollen, als er die ersten Anzeichen von Ehrgeiz hatte erkennen lassen, aber der Mann war trotz seiner Fehler ein vorzüglicher Stellvertretender Kommandeur gewesen, und so einen fand man nicht so leicht. Er hatte noch keine Ahnung, wen er als Ersatz für ihn bestimmen würde. Aber das hatte Zeit.

Er schritt weiter zwischen den endlosen Reihen von Zelten hindurch, die fahl in der Nacht schimmerten und in denen die Soldaten ein paar Stunden Schlaf ergatterten, bevor seine Befehle sie wieder in den Kampf schickten. Niemand war draußen, mit Ausnahme einiger Wächter am Lagerrand, als Unterstützung für die

Radargeräte und Überwachungskameras, und er hatte keine Lust, so weit zu gehen. Er spürte einen Anflug von Enttäuschung. Er wäre gern zwischen seinen Leuten herumspaziert, um mit einigen wohlbedachten Worten und kraft seiner Persönlichkeit Ruhe und Zuversicht zu verbreiten. Kämpft weiter, denn der Herr ist bei euch. Macht keine Gefangenen. Schickt die Dämonen zurück in die Hölle, aus der sie kommen. Solche Sachen. Ein Hauch von König Harry in der Nacht.

Aber es war niemand da, mit dem er die Nacht hätte teilen können. Er war allein. So wie immer, mit wie vielen Leuten er sich auch umgeben mochte. Er hatte unzählige Anhänger, von denen jeder bereitwillig sein Leben für ihn geopfert hätte, aber keinen einzigen Freund, mit dem er hätte reden können, von Mann zu Mann. Er hatte Macht, aber niemanden, vor dem er damit hätte angeben können. Er zuckte mit den Schultern und ging zurück zu seinem Wohnwagen. Sein Leben gehörte Gott, und er würde den Weg gehen, der ihm bestimmt war. Er würde die Krieger zum Sieg über die Teufelsbrut führen, die sich in Schattenfall eingenistet hatte, und vielleicht dann, wenn alles vorbei und das Böse ausgemerzt wäre, würde es ihm gestattet sein, sich der Ewigkeitspforte zu nähern und ein paar einfache Fragen in eigener Sache zu stellen.

Als er sich wieder in seinem Wohnwagen-Büro befand, stellte er fest, daß während seiner Abwesenheit weitere Berichte eingetroffen waren, die den größten Teil seines Schreibtischs bedeckten. Royce setzte sich und blätterte sie lustlos durch. Er wußte bereits, was darin stand. Seine Leute hatten Verwüstung und Tod über ganz Schattenfall gebracht, jedoch nicht genügend, um den Geist der Stadt zu brechen. Seine erste Angriffswelle war auf halbem Weg angehalten worden, war an der unmenschlichen Kraft der Elfen zerbrochen. Er verzog das Gesicht zu einer finsteren Grimasse. Entweder würden die Zauberpriester seiner

Sache den Biß geben, den er brauchte, um die Elfen zu schlagen, oder er und der Rest der Krieger könnten einpacken und nach Hause gehen. Er lächelte verzerrt. Die Elfen waren so überheblich in ihrer Macht, waren ihrer Taktiken so sicher, aber seine Priester würden ihnen eine Lektion erteilen, an die sie den letzten kleinen Rest ihres Lebens denken müßten. Sonderbare Geschöpfe. Er würde es ihnen zeigen. Er würde es allen zeigen.

Draußen saßen die Zauberpriester still und geistesentrückt da. Ihre Kraft wuchs, verdichtete sich wie Gewitterwolken, und sie schickten sie breitgefächert über die Stadt. Schläfer rührten sich im Bett, als ihre Träume düster und beklemmend wurden. Kinder erwachten schreiend aus dem Schlaf und ließen sich nicht trösten. Hunde bellten, Katzen heulten, und jeder, der in sich den geringsten Hauch von Magie verspürte, blickte nervös zum Himmel hinauf, ohne zu wissen warum. Nur die Elfen zeigten keinerlei Reaktion, denn die Zauberpriester hatten sich vor den Bewohnern des Elfenreichs versteckt. Als die Priester schließlich über die Elfen herfielen wie Wölfe über ahnungslose Schafe, traf der Angriff die Elfen ohne jede Vorwarnung. Die Magie der Priester sauste wie ein Hammer herab, und in diesem Augenblick zwangen die Priester den Elfen ihre Ordnung auf, fingen sie in einer einzigen Form ein, mit all deren Anfälligkeit und Verletzbarkeit. Sie verfügten noch immer über ihre hochentwickelten Waffen, aber sie konnten sie nicht mehr ungestraft einsetzen. Von diesem Augenblick an waren die Elfen verletzlich. Sie konnten sterben. Sie wurden von Panik ergriffen, und ein wildes Geschrei erhob sich unter ihnen, aber die Priester hörten es nicht. Sie planten bereits ihren nächsten Zug. Sie hatten so viel Kraft und eine ganze Stadt, auf die sie sie anwenden konnten …

Die Krieger-Soldaten brachen aus ihren Stellungen und stürzten sich erneut auf die Verteidiger der Stadt. Wiederbelebt durch ein paar Stunden Ruhe und ihren fanatischen Glauben, strömten sie durch die schmalen Gassen, und ihre Gewehre erfüllten die Nacht mit Feuer und Krach. Die Elfen standen gegen sie auf, aber es gab nicht genügend Platz, um ihre Energiewaffen einzusetzen, das Kampfgeschehen beschränkte sich bald auf Handgemenge Mann gegen Mann, und Schwerter klirrten gegen Bajonette. Die Verteidiger der Stadt beobachteten, gelähmt vor Schreck, wie die ersten Elfen starben, kreischend vor Entsetzen und Schmerz, und Männer und Frauen eilten aus ihren sicheren Verstecken, um den Elfen zu Hilfe zu kommen. Das Leuchtende Volk hatte viele Freunde und Bewunderer in Schattenfall. Blut floß in den Rinnsteinen, und die Straßen waren bald blockiert durch kämpfende, schreiende Mengen, hin und her wogend, da sich zuerst die eine Seite und dann die andere kurzzeitig im Vorteil befand.

Der Kampf wurde so erbittert und an so vielen Fronten geführt, daß die Verteidiger eine kleine Truppe von Kriegern vollkommen übersah, die an dem Kampfgeschehen vorbeizog, lautlos zwischen den Kämpfenden hindurchschlüpfte, immer in Richtung des Zentrums der Stadt. Royce führte sie persönlich an, nur mit einem Kampfanzug der niederen Dienstgrade angetan, ohne irgendwelche Insignien, die seinen hohen Rang verraten hätten. Er sah seine Männer bluten und sterben, leistete jedoch keinerlei Hilfe, sondern setzte seinen Weg zielstrebig fort. Ihr Sterben verschaffte ihm Zeit, Zeit um den Stadtpark und den Sarkophag des Zeitmeisters zu erreichen.

Sie gelangten ohne große Mühe dorthin und fanden die Tore bereits geöffnet vor. Ein kleiner Trupp Soldaten nahm zackig Haltung an und salutierte vor Royce, als er seine Leute in den Park führte. Er erwiderte ihren Salut und sah den befehlshabenden Offizier mit gerunzelter Stirn an. Der Offizier grinste.

»Es hat sich so ergeben, das wir als erste hier eingetroffen sind, Führer, und wir dachten, wir ergreifen die Gelegenheit, wenn auch nur um sicherzustellen, daß keine unerfreulichen Typen vor dir den Sarkophag erreichen. Und es war gut, daß wir das so gemacht haben. Es stellte sich heraus, daß der Park plötzlich von Dinosauriern in Beschlag genommen wird, sobald es dunkel wird. Das sind große, häßliche Monster. Unsere Hauptarmee hält sie mit Mörserbeschuß und Raketenangriffen in Schach. Sie sind häßlich, und, bei Gott, sie sind dumm. Ich habe noch nie so leichte Jagd auf Großwild gemacht. Wir hatten ein paar Scherereien mit den Automaten des Zeitmeisters, aber die sind schon vor einiger Zeit verschwunden. Nun tu, was du tun mußt, Führer; niemand wird dich daran hindern.«

»Danke, mein Sohn«, sagte Royce und klopfte ihm auf die Schulter. »Der Herr ist mir dir zufrieden, und ich bin es auch. Wer sind die beiden?«

Der Offizier sah zu den jungen Männern hinüber, die mürrisch neben ihm standen. Sie trugen Handschellen, und beide hatten offenbar vor kurzem auf der falschen Seite einer heftigen Schlägerei gestanden.

»Nur ein paar Einheimische, Führer. Nachdem wir ein wenig spezielle Überredungskunst anwandten, erzählten sie uns alles über die Dinosaurier und wie man ungefährdet zum Sarkophag kommt. Ich dachte, ich behalte sie lieber noch eine Weile, falls sich herausstellt, daß sie noch etwas Nützliches wissen.«

»Sehr umsichtig von dir, Feldwebel, aber ich glaube, wir brauchen sie nicht mehr. Entledige dich ihrer.«

Der Feldwebel nickte knapp und machte eine Handbewegung zu den Soldaten, die die beiden Gefangenen bewachten. Messer blitzten kurz auf, bevor sie im Fleisch versanken, und Derek und Clive Manderville sanken zu Boden und blieben reglos liegen, nachdem sie ihren letzten Atem ausgehaucht hatten. Blutpfützen bildeten sich um ihre Körper.

Royce hatte nur Augen für den Sarkophag – den wuchtigen Block aus grauem Stein, der auf einem erhöhten Podest stand. Er zeigte keinerlei Anzeichen von Alter oder Verwitterung, obwohl er schon seit zahllosen Jahrhunderten im Park stand. Er wirkte massiv, aber das war er nicht. Laut einiger Berichte war es ein einziger der Zeit entnommener Augenblick; genau der Augenblick, da die Stadt Schattenfall geschaffen wurde, als Körper erstarrt, um sie zu verbergen und zu schützen. Und jetzt war dies das einzige, das zwischen den Kriegern und den Galerien des Frostes und der Gebeine, dem Zeitmeister und der Ewigkeitspforte stand. Royce wandte sich an einen einzelnen Zauberpriester, den er sich als Begleitung mitgenommen hatte und der still und schweigend in seinem weißen Gewand neben ihm stand.

»Du hast noch Verbindung zu deinen Priesterkameraden, nicht wahr? Gut, gut. Öffne diesen Stein für mich. Öffne ihn jetzt!«

Der Priester verneigte sich achtungsvoll vor ihm und bot seinen Geist den Brüdern dar. Die ganze Kraft ihrer Magie floß in ihn und durch ihn hindurch, um den Sarkophag aufzubrechen. Der Körper des Priesters brach in kalte Flammen aus, und sein Fleisch zerrann wie das Wachs einer Kerze, während die Magie, die in ihm tobte, ihn verzehrte. Ein einzelner Riß tat sich im Stein des Sarkophags auf, und in diesem Augenblick verschwanden Royce und seine Leute, wurden an einen anderen Ort verfrachtet. Alles, was vor dem aufgebrochenen Sarkophag übrigblieb, waren die Leichen der beiden Totengräber und der ausgebrannte Körper eines toten Priesters.

Rhea Frazier bremste den Wagen bis zum Stillstand ab, und sie und Leonard Ash starrten den gekreuzigten Mann schweigend an. Sie beide kannten ihn vom

Sehen, ohne je bewußt mit ihm gesprochen zu haben: Tim Hendry, einer von Eriksons Hilfssheriffs. Er war mit langen Metallbolzen durch Arme und Fußknöchel an die Wand genagelt worden, und man hatte ihm die Augen ausgestochen. Blut war seine Wangen hinabgelaufen und auf seiner Brust verspritzt. Es war nicht die erste Kreuzigung, die Rhea und Ash gesehen hatten; die Soldaten hatten sie überall in der Stadt durchgeführt und die Gekreuzigten als Spuren auf ihrem Weg hinterlassen, wie ein Hund, der sein Revier markiert. Aber dies war das erste Opfer, das sie kannten, und das machte die Sache eher noch schlimmer. Realer. Rhea ließ den Motor wieder an, bereit loszufahren, und Hendry hob den blutigen Kopf um einen Zentimeter.

»Er lebt! Er lebt noch!« Rhea schaltete die Zündung aus, öffnete die Tür und stieg aus dem Wagen, um sich vor Hendry zu stellen. Ash kam um den Wagen herum und stellte sich neben sie. Sie sah ihn flehentlich an. »Wir müssen ihn runterholen, ihn ins Krankenhaus bringen …«

»Das wird nicht leicht sein«, antwortete Ash leise. »Diese Bolzen lassen sich nur schwer herausziehen, und es wird ihm wahnsinnig weh tun. Vielleicht ist es sogar besser für ihn, wenn wir ihn so lassen, bis wir einen Arzt finden und die richtigen Werkzeuge auftreiben …«

»Wenn wir nicht sofort etwas unternehmen, wird er sterben!« fauchte Rhea. »Hinten im Wagen liegt eine Brechstange. Versuch's mit der.« Ash nickte und ging zum Wagen. Rhea sah in Hendrys blutiges Gesicht hinauf. »Tim. Kannst du mich hören, Tim?«

Keine Reaktion. Ash kam mit der Brechstange zurück, sah Henry beinahe gleichgültig an, dann schob er das Ende der Brechstange unter Hendrys linken Arm und setzte mit gleichmäßigem Druck an. Der Arm ruckte einen Zentimeter von der Wand weg, indem er über den Metallbolzen rutschte, und Hendry hob den Kopf und brüllte. Rhea zuckte unwillkürlich zurück, als hätte dieser schreckliche Schmerzensschrei ihr einen Stoß versetzt. Ash betätigte die Brechstange mit mehr Druck, und der Arm ruckte ein wenig weiter weg von der Wand. Hendry brüllte wieder. Es war ein rauher, krächzender Laut, der ihm in der Kehle weh tun mußte, aber, so dachte Rhea, wahrscheinlich merkte er das gar nicht, verglichen mit all den anderen Schmerzen, die er erlitt. Ash zog die Brechstange unter Hendrys Arm hervor und sah Rhea an.

»So ist es nicht möglich«, sagte er tonlos. »In seinem geschwächten Zustand wird der Schmerz ihn umbringen, bevor ich ihn von allen Bolzen losbekomme.«

»Aber wenn wir ihn so hängen lassen, wird er auf jeden Fall sterben. Bitte, Leonard, können wir nicht wenigstens diesen einen retten? Es muß doch etwas geben, das wir tun können!«

»Ja«, sagte Ash. »Es gibt etwas.« Er streckte die freie Hand aus und legte sie flach auf Hendrys Stirn. »Geh in Frieden, Tim.«

Hendry stieß einen tiefen Seufzer aus und atmete nicht mehr. Seine Muskeln entspannten sich so sehr, wie es die Bolzen erlaubten, und sein Kinn sackte auf die Brust. Rhea brauchte eine Weile, bis ihr bewußt wurde, daß er tot war.

»Das war das freundlichste, was wir für ihn tun konnten«, sagte Ash. »Seinem Leiden ein Ende zu bereiten.«

Rhea sah ihn ausdruckslos an. »Du hast ihn getötet. Du hast ihn berührt, und er ist gestorben.«

»Ja.«

»Ich wußte nicht, daß du dazu fähig bist.«

»Es gibt vieles, was du über mich nicht weißt, Rhea.« Ash sah sich in der verlassenen Straße um. »Wir sollten besser weiterfahren. Ich finde es nicht gut, wenn wir so herumstehen. Das könnte jemanden auf uns aufmerksam machen, und ich möchte nicht bemerkt werden. Laß uns weiterfahren.«

Sie stiegen wieder in den Wagen, und Rhea fuhr die Straße hinunter. Der Motor klang sehr laut in der Stille. Es war einmal ein Wohnbezirk gewesen, doch jetzt gab es nur noch Ruinen und ausgebrannte Hausskelette zu beiden Seiten. Die meisten Straßenlaternen waren zerschmettert, doch das Mondlicht erhellte die Straße mit seinem schimmernden Schein. Es war, als ob sie am Grund des Meeres dahinführen.

Sie fuhren schon eine ganze Zeitlang, wobei sie immer wieder abbogen, um die Straßenblockaden zu umgehen. Ash nahm sie und jede Ansammlung von Soldaten gefühlsmäßig wahr, lange bevor er sie sah, und das verschaffte ihm einen Vorteil. Andere hatten nicht soviel Glück beim Umgehen der Soldaten. Rhea und Ash sahen ihre Leichen überall, aufgehängt oder gekreuzigt oder einfach nur mit blutigen Löchern zum Sterben auf der Straße liegengelassen. Anfangs dachte Rhea, es müsse ihr übel werden, aber es waren so viele, daß sie schnell dagegen abstumpfte. Sie konnte nicht einmal über sie nachdenken. Es war, als ob ihr Kopf voll von Novokain wäre. Ash sagte nichts, aber auch er wandte den Blick nicht ab. Vermutlich rief der Tod nicht mehr dasselbe Grauen in ihm hervor wie früher. Rhea fragte nicht.

Sie war sich nicht ganz sicher, wohin sie eigentlich fuhren. Sie war mit dem Vorhaben aufgebrochen, mit Sheriff Erikson oder dem Rest des Stadtrats Verbindung aufzunehmen, aber sie konnte keinen von ihnen über ihr Autotelefon erreichen. Sie hielt ein paarmal an und versuchte es über öffentliche Fernsprecher, jedoch ohne Erfolg. Meistens klingelte es nicht einmal am anderen Ende, und bei den wenigen Malen, da dies geschah, antwortete niemand. Was bedeutete, daß die Ratsmitglieder entweder tot oder von den Soldaten gefangengenommen worden waren. Jetzt fuhr sie also in

Richtung des Stadtzentrums und des Sarkophags im Park, in der abwegigen Hoffnung, daß, wenn es ihr nur gelänge, zu Altvater Zeit zu kommen, der alles wieder ins Lot brächte. Falls die Stadt jemals wieder ins Lot gebracht werden konnte, nach allem was ihr geschehen war. Ihr Mund straffte sich zu einer harten Linie. Alles würde wieder in Ordnung kommen. Sie mußte daran glauben, sonst würde sie verrückt werden. Sie sprach es jedoch nicht laut aus. Einerseits weil sie Ashs Antwort nicht hören wollte, andererseits und vor allem wegen eines verrückten Gefühls, daß sie dadurch, daß sie es laut ausspräche, die Aufmerksamkeit des Schicksals auf sich zöge. Sie fuhr weiter und lenkte den Wagen nach links und nach rechts, um den Leichen auf der Straße auszuweichen.

*Sie müssen bald geborgen werden,* dachte sie erstaunlich nüchtern. *So viele Leichen ziehen Fliegen und Ratten und Krankheiten an.*

Die Dinge wurden schlimmer, je weiter sie in die Stadt hineinkamen. Mehr Tote, mehr Verwüstung, mehr Blut und Leichen überall. Es war, als wäre alles, was für Rhea je einen Wert besessen hätte, von den Soldaten zerstört oder befleckt worden. Hin und wieder zogen Flüchtlingsströme an ihrem Wagen vorbei, unterwegs zu den vermeintlich sicheren Grenzen der Stadt. Sie wußten nicht, daß der Zeitmeister die Stadt abgeriegelt hatte, und Rhea hatte nicht den Nerv, es ihnen zu sagen. Sie schleppten ihr wertvollstes Hab und Gut mit sich, wie Menschen aus einem Land der Dritten Welt, die von einem Bürgerkrieg überrumpelt worden waren. Rhea mußte die Flüchtlinge anschauen. Zum Teil wegen des tröstlichen Gedankens, daß immer noch einige Leute in Schattenfall am Leben waren, aber auch weil sie sie wütend machten, und so lange sie wütend war, war in ihr kein Platz für Angst. Ash hatte anscheinend vor nichts Angst, aber schließlich – warum sollte er? Rhea ertappte sich dabei, daß sie lächelte. Anscheinend war es gar nicht so unvorteilhaft, tot zu sein.

»Warum beschützt der Zeitmeister uns nicht?« fragte sie unvermittelt. »Solche Dinge dürften hier eigentlich gar nicht geschehen.«

»Vielleicht ist ihm etwas zugestoßen«, antwortete Ash. »Vielleicht ist er tot. Oder in Gefangenschaft.«

Rhea schüttelte den Kopf. »Mein ganzes Leben lang habe ich gehört, wie mächtig der Zeitmeister und wie sicher Schattenfall im Vergleich zur übrigen Welt sei. Jetzt läuft hier ein Serienmörder frei herum, die Stadt ist Kriegsgebiet, und der Zeitmeister unternimmt gar nichts, um uns zu helfen. Ich weiß nicht, was ich noch glauben soll.«

»Glaub an mich«, sagte Ash. »Ich lasse dich niemals im Stich.«

Rhea lächelte ihn an, antwortete aber nicht. Sie sah, wie die Verkehrsampel vor ihnen auf Rot schaltete, und bremste den Wagen vor der Kreuzung ab. In keiner Richtung gab es Verkehr. Rhea fuhr weiter, ohne darauf zu warten, daß die Ampel umschaltete. Sie bat Ash, es noch mal mit dem Autotelefon zu versuchen, aber wieder kam keine Antwort. Lange Zeit fuhren sie weiter, ohne ein Wort zu sprechen, immer tiefer hinein in den Alptraum, und dann wies Ash sie plötzlich an stehenzubleiben. Sie hielt an und sah sich um, aber die Straße schien menschenleer. Ashs Stirnrunzeln vertiefte sich zu einer finsteren Miene.

»Da vorn sind Soldaten. Gleich um die Ecke. Ich glaube, sie haben jemanden geschnappt. Fahr ganz langsam weiter.«

Rheas erste Eingebung war, zu wenden und eine andere Strecke zu nehmen. Es war ja nicht so, daß sie irgend etwas hätten tun können. Sie roch Rauch in der Luft, und nicht weit von ihnen entfernt ertönte ein Schuß. Das war nichts Neues, aber sie hatte ein besonders ungutes Gefühl dabei. Entschlossen verdrängte sie den Gedanken. Sie mußten es versuchen. Wenn sie einfach aufgeben würde, hätten die Soldaten gewonnen. Sie fuhr langsam weiter und bog um die nächste Ecke, und dann trat sie heftig auf die Bremse. Auf halber Höhe der Straße hatten die Soldaten ein Haus in Brand gesteckt und schossen auf die Einwohner, die auf die Straße hinausrannten, um den Flammen zu entfliehen. Die Soldaten lachten und rissen Witze. Ein Mann, dessen Kleidung in Flammen stand, schwankte durch die Haustür heraus. Die Flammen loderten auf, als er an die frische Luft kam, und auch seine Haare fingen Feuer. Er schrie nicht. Einer der Soldaten schoß ihm ins Bein, und dann sahen sie zu, wie der Mann hilflos am Boden krabbelte, lichterloh brennend, und sie alle lachten, als sei es das lustigste, das sie je im Leben gesehen hatten. Rhea wandte sich Ash zu.

»Wir müssen etwas tun. Gebrauche deine übernatürliche Kraft, damit sie weglaufen.«

»Das gelingt nicht immer auf die gewünschte Weise«, sagte Ash. »Ich kann nicht garantieren, was dabei herauskommt.«

»Versuch's«, sagte Rhea. »Ich kann nicht hier herumstehen und diese Abscheulichkeiten mitansehen.«

»Nein«, sagte Ash. »Das kann ich auch nicht. Bleib im Wagen. Was immer auch geschehen mag, bleib im Wagen.«

Er öffnete die Tür und stieg aus, dann bedeutete er Rhea mit einer Handbewegung, die Tür hinter ihm zu verschließen. Sie tat es, und er lächelte sie kurz an, bevor er die Straße hinunter in Richtung der Soldaten ging.

Einer von ihnen sah ihn kommen und machte die anderen darauf aufmerksam. Sie hoben die Gewehre und brüllten ihm zu, er solle stehenbleiben. Ash hob die Hände, um zu zeigen, daß sie leer waren, doch er setzte seinen Weg fort. Ein Soldat feuerte einen Schuß zwischen seine Füße ab. Ash zuckte nicht einmal zusammen. Er war jetzt fast bei ihnen. Die brennende Gestalt am Boden bewegte sich nicht mehr, obwohl die Flammen immer noch züngelten und tanzten. Der Soldat richtete den Gewehrlauf auf Ash, und dieser blieb stehen und warf sich den Tod um wie einen Umhang.

Der Soldat erblaßte und schluckte krampfhaft. Das Gewehr zitterte in seiner Hand, als wäre es plötzlich sehr schwer geworden. Er senkte die Waffe und wich einen Schritt zurück. Die anderen Soldaten traten ebenfalls zurück, Panik machte sich unter ihnen breit, und dann hob einer von ihnen in einer plötzlichen verzweifelten Anwandlung das Gewehr und schoß Ash in die Brust. Der Aufprall ließ ihn rückwärts taumeln. Rhea schrie auf. Entweder brach die Kugel oder Rheas Schrei den Zauberbann, jedenfalls eröffneten alle Soldaten das Feuer auf ihn. Kugeln stichelten eine Reihe von Einschüssen quer über seine Brust und traten am Rücken wieder aus. Er taumelte weiter rückwärts, machte Sprünge hierhin und dorthin, während die Geschosse ihn trafen, bis er plötzlich stolperte und zu Boden stürzte. Die Soldaten hörten auf zu schießen.

Und Ash richtete sich auf. Die Soldaten bewegten sich nicht. Ash erhob sich langsam und strich sich geistesabwesend den Staub ab. Sein Hemd und seine Jacke waren von Einschußlöchern übersät, das Rückenteil war beinahe vollständig weggerissen, aber nirgendwo gab es eine Spur von Blut. Ash war tot, und Gewehrkugeln konnten ihm nichts anhaben. Er rannte vor, erstaunlich schnell, und befand sich im nächsten Augenblick mitten zwischen den Soldaten. Er packte sich den ihm am nächsten stehenden Mann, hob ihn mit einer Hand hoch und warf ihn drei oder vier Meter die Straße hinunter. Der Soldat traf hart auf und blieb reglos liegen. Ash packte sich einen anderen Soldaten und stieß sein Gesicht krachend gegen die nächste Wand. Er ließ los, und der Soldat brach zusammen, wobei er sich beide Hände vor das übel zugerichtete

Gesicht hielt. Blut sickerte zwischen seinen Fingern hervor. Ein weiterer Soldat trat vor und schoß Ash zwischen die Augen. Sein Kopf fiel zurück, doch kein Blut rann heraus, und es gab keine Austrittwunde. Ash hustete einmal und spuckte die abgeflachte Gewehrkugel in seine Hand.

Der Soldat drehte sich um und wollte weglaufen, doch Ash packte ihn von hinten. Der Soldat schrie hilflos. Ash brach dem Mann mit einer ruckartigen Drehung das Genick und ließ ihn zu Boden fallen. Er machte einen Schritt über den toten Körper und war zwischen den restlichen Soldaten, bevor sie die Flucht ergreifen konnten. Er warf sie durch die Straße, als wären sie Puppen, und die Soldaten starben schreiend. Ash verrichtete sein Werk ohne jedes Mitleid. Er brauchte nur den brennenden Mann anzuschauen, dann war ihm all dieses vollkommen gleichgültig. Allmählich gingen ihm die Soldaten aus, und er stand zwischen den Leichen und sah sich gelassen um. Sein Atem ging nicht einmal schnell. Und dann zerfetzte eine Gewehrkugel seine Schulter.

Sein Arm drosch nutzlos durch die Luft, während er sich umdrehte und sah, daß sich am anderen Ende noch mehr Soldaten in die Straße ergossen. Sie sahen die toten Soldaten und eröffneten das Feuer mit ihren automatischen Waffen. Die wiederholten Aufpralle stießen Ash taumelnd nach hinten, und sein Körper zitterte und bebte, während die Geschosse ihn zerfetzten. Er büßte den halben Kopf und eine Hand ein, aber er fiel immer noch nicht um. Die Kugeln trafen ihn immer wieder und wieder, zersplitterten ihn, zerschnippelten ihn geradezu. Er versuchte, zu den Soldaten zu gelangen, aber der Druck der Geschosse hielt ihn zurück. Und dann brachte einer der Soldaten einen Raketenwerfer zum Vorschein. Ash sah zurück zum Wagen und versuchte, Rhea etwas zuzurufen. Wegen des Krachens und Knatterns der Waffen verstand sie seine Worte nicht, aber sie wußte, was er sagte.

*Bleib im Wagen. Was immer auch geschehen mag, bleib im Wagen.*

Er wandte sich wieder dem Kugelhagel zu und schaffte einen Schritt nach vorn, dann noch einen, indem er gegen die hämmernden Kugeln wie gegen eine tosende Flut ankämpfte. Dann traf ihn die Rakete, und er verschwand in einer Wolke von Rauch und Feuer. Die Soldaten hörten auf zu schießen. Als sich der Rauch verzog, lag Ash reglos am Boden. Sein Kopf und seine Schulter waren vom Körper gerissen worden, und ein Arm lag losgetrennt im Rinnstein, die Hand in einer Geste der Unterwerfung ausgestreckt.

Rhea sprang aus dem Wagen und rannte zu Ash. Sie stand bei ihm, unfähig zu schreien oder zu weinen oder irgend etwas anderes zu tun, als zu ihm hinabzustarren. Ashs Mund bewegte sich leicht. Rhea brach in ein ersticktes Schluchzen aus und wehrte sich leidenschaftlich, als die Soldaten kamen, um sie wegzuzerren. Ihr letzter Blick auf Ash zeigte ihr, wie die Soldaten seinen Körper zusammensammelten und die Stücke in die Flammen des brennenden Hauses warfen.

Peter Caulder huschte von seinen Krieger-Kameraden weg, als niemand hinsah, und verschwand im Schatten einer Nebengasse. Er spazierte davon, ohne darüber nachzudenken, wohin er ging, dann blieb er stehen, sank auf einer Eingangstreppe nieder, zog die Knie an die Brust und umschlang sie mit den Armen. Er hörte immer noch die Schreie des Mannes, den Oberst Ferris verhört hatte. Caulder schüttelte versonnen den Kopf, ein junger Mann mit alten Augen und dem Blut eines anderen auf den Ärmeln. Das konnte nicht richtig sein. Es konnte nicht. Hier sollte es sich um einen ruhmreichen Kreuzzug handeln, um die Sünder zu bestrafen, die ein mächtiges Relikt des Herrn gestohlen und es eigennützig für sich behalten hatten. Man hatte ihm gesagt, in der Stadt wimmele es von Dämonen und sonderbaren Geschöpfen, so daß ein Kampf unvermeidlich sei. Deshalb hatten sie sich einer so harten Ausbildung unterzogen, mit allen Arten von Waffen. Er hatte nie damit gerechnet, daß man von ihm erwarten würde, sein Gewehr gegen Zivilisten zu richten. Gegen unbewaffnete Männer und Frauen. Gegen Unschuldige.

Er hatte von ganzem Herzen und ganzer Seele an die Krieger geglaubt. Er hatte damals etwas gebraucht, an das er glauben konnte, so wie ein Ertrinkender eine Rettungsweste braucht, und die Krieger hatten diesem Bedarf auf vollkommene Weise entsprochen. Er hatte seinen Job aufgrund der angespannten wirtschaftlichen Lage verloren, und dann auch noch seine Wohnung, als er die Miete nicht mehr bezahlen konnte. In den folgenden Monaten hatte er alles andere, das ihm im Leben etwas bedeutet hatte, auch noch verloren, und als die Krieger ihn auflasen, hatte er seit drei Wochen auf der Straße gelebt und sich aus Abfallcontainern ernährt. Sie nahmen ihn bei sich auf und gaben seinem Dasein einen Sinn. Gaben ihm seinen Stolz zurück und versprachen ihm etwas, wofür es sich zu kämpfen lohne. Die Gelegenheit, ein Held zu werden, im Kampf gegen die Dunkelheit. Er hatte gelobt, die Krieger zu ehren und mit seinem Leben zu verteidigen, und damals hatte er daran geglaubt und es ernst gemeint. Aber seit dem Angriff auf Schattenfall hatte er nichts als Tod und Verwüstung gesehen, und das machte ihn krank.

Er hatte gesehen, wie Männer und Frauen erschossen worden waren, nur weil sie sich nicht widerspruchslos gefügt hatten oder im Weg gestanden waren. Er hatte gesehen, wie ihre Häuser in Brand gesteckt und Menschen blutüberströmt und zerbrochen weggeschleppt wurden, um weiter verhört zu werden. Er hatte nichts gesehen, das auch nur wie ein Dämon ausgesehen hätte. Diese Menschen verdienten eine solche Behandlung nicht, selbst wenn sie Sünder waren. Die Soldaten gerieten außer Rand und Band und schossen auf alles, was sich bewegte. Was angeblich eine Such- und Aufspürmission mit einem Minimum an unumgänglicher Gewalt hätte sein sollen, hatte sich zu einem Blutbad ausgeweitet, und niemand unternahm etwas, um es zu beenden. Wenn überhaupt, dann ermutigten die Offiziere ihre Männer höchstens zu noch schlimmeren und blutigeren Exzessen. Alles war gestattet, weil der Feind aus Sündern bestand. Mord, Folter, Vergewaltigung. Die Macht und der Kampf waren den Soldaten zu Kopf gestiegen, und er spürte es ebenfalls – Gott möge ihn beschützen! Er hatte Gebäude in Brand gesteckt, auch wenn er wußte, daß noch Menschen darin sein mußten, und hatte fliehende Männer und Frauen in den Rücken geschossen, wenn sie sich weigerten stehenzubleiben. Es hatte ihm sogar Spaß gemacht, bis er den Fehler begangen hatte, ihnen zu nahe zu kommen und ihre Gesichter zu sehen. Da waren sie mit einemmal keine Sünder mehr, sondern wurden zu Menschen, und damit änderte sich für ihn alles.

Gott sei Dank hatte er keine Kinder erschossen. Einige hatten das getan, aber er nicht.

Er mußte sich absondern und nachdenken. Mit allem aufhören und sich die Dinge durch den Kopf gehen lassen. Also huschte er von seiner Kompanie weg, als sich seine Kameraden daran machten, ihren letzten Gefangenen zu verprügeln. Nur eine kleine beiläufige Brutalität, um ihn vor dem Verhör weichzumachen. Vor dem Schmerz und dem Blut. Er wollte den Gefangenen retten oder ihm zumindest die Schläge ersparen, aber er zweifelte nicht daran, daß seine Kameraden im Herrn auf ihn losgingen, wenn er ihnen den Spaß verdürbe. Die Bestrafung der Sünder hatte sie auf den Geschmack des Blutes gebracht, und es war ihnen inzwischen gleichgültig, wo sie es fanden. Also schlüpfte er davon, um allein zu sein, obwohl das strengstens verboten war. Er wagte es nicht, lange wegzubleiben. Wenn sie vermutet hätten, daß er abhauen wolle, dann hätten sie ihn als Deserteur erschossen. Es gab viele Dinge, weswegen einen die Krieger erschossen. Befehle in Frage zu stellen war ebenfalls ein Grund. Die Krieger-Offiziere bekamen ihre Befehle vom Obersten Führer, der sie wiederum von Gott bekam, das Infragestellen von Befehlen galt also als Gotteslästerung. Caulder hatte an den Führer geglaubt. Er hatte von ganzem Herzen und ganzer Seele an William Royce geglaubt. Royce hatte ihn gerettet, als von ihm nichts mehr übrig war, das des Rettens noch wert gewesen wäre. Es war nicht so, daß er nicht mehr glaubte – er wäre immer noch für William Royce gestorben. Er meinte nur, nicht mehr für ihn töten zu können.

Er hörte sich nähernde Schritte und sah aufgeschreckt um sich. Eine gedrungene, stämmige Gestalt hatte die Gasse betreten und kam geradewegs auf ihn zu. Caulder packte sein Gewehr und sprang schnell auf. Aufgrund seiner Ausbildung hatte er die Waffe angelegt und zielte, bevor er sich richtig bewußt war, was er tat. Er zögerte, und dann stockte ihm der Atem, als die kleine Gestalt aus dem Schatten ins Licht trat. Es war ein knapp eineinhalb Meter großer Teddybär mit honiggoldfarbenem Fell, bekleidet mit einer hellroten Tunika und einer ebensolchen Hose sowie einem langen blauen Halstuch. Seine Augen waren dunkel und wissend und voll von allem Mitleid und aller Vergebung der Welt. Caulder senkte das Gewehr.

»Aber … ich kenne dich«, sagte er leise. »Du bist Petz, der Bär. Als Kind habe ich all deine Abenteuer gelesen, immer wieder. Was machst du denn hier?«

»Die Leute haben nicht mehr an mich geglaubt«, sagte der Bär. »Dies ist der Ort, wo die Träume enden und wo Spielzeugfiguren alt werden. Und was machst du hier?«

»Ich weiß nicht. Ich weiß überhaupt nichts mehr. Der Führer sagte, dieser Ort sei voll von Sündern und Dämonen …«

»Hier gibt es keine Dämonen, und so viele Sünder auch wieder nicht. Nur Leute wie mich. All die Geschöpfe aus Büchern, die vergessen wurden, weil die Leute nicht mehr an sie glaubten und in ihrer Phantasie für sie kein Platz mehr war. Nichts ist jemals wirklich verloren, nicht solange es Orte wie diesen gibt. Wir sind alle hier und sehnen uns am Ende unseres Lebens nach ein wenig Frieden.«

»Royce sagte, ihr würdet mich umbringen.«

»Du bist derjenige mit dem Gewehr.«

Caulder warf das Gewehr von sich, trat zögernd vor und sank dann auf die Knie, um Petz zu umarmen. Er vergrub das Gesicht in dem dichten goldfarbenen Pelz und schluchzte voll Trauer um den Verlust seiner Kindheit und seines Glaubens. Der Bär umarmte ihn seinerseits mit kurzen, kräftigen Armen, alles verstehend, alles vergebend, und zum ersten Mal seit langer Zeit fühlte Peter Caulder einen inneren Frieden. Schließlich, wenn man Petz nicht trauen konnte, wem konnte man dann überhaupt noch trauen?

Weitere Schritte kamen in die Gasse, und die beiden trennten sich ruckartig. Caulder sah sich automatisch nach dem Gewehr um, das er weggeworfen hatte, aber es lag außerhalb seiner Reichweite. Der Bär rührte sich nicht vom Fleck und sah den Neuankömmling gütig an, als dieser ins Licht trat. Caulders Herz setzte einen Schlag aus, als er sah, wer es war: ein großer, hagerer Mann mit Chirurgenhänden und einer Offiziersuniform. Offensichtlich hatte Oberst Ferris sein Verhör beendet. Caulder stellte sich zwischen den Bären und den Oberst, plötzlich voller Angst, Ferris könnte den Bären einfach erschießen, weil er ihn für einen Dämon hielt. Ferris lächelte kalt.

»Du enttäuschst mich, Caulder. Ich hatte etwas Besseres von dir erwartet. Läßt dich von einem freundlichen Äußeren täuschen, nach allen Warnungen, die dir mit auf den Weg gegeben wurden. Du kannst hier nichts und niemandem vertrauen, Junge. Jetzt tritt zur Seite, damit ich mich mit dem Abschaum da befassen kann.«

»Sie dürfen ihn nicht erschießen«, sagte Caulder bebend. »Das dürfen Sie nicht. Es ist Petz, der Bär. Er ist der Held meiner Kindheit. Er ist der Held jedes Kindes. Ich werde es nicht zulassen, daß Sie ihm etwas antun.«

»Zur Seite!« befahl Ferris. »Bei den Kriegern gibt es keinen Platz für Schwächen. Wir verrichten das Werk des Herrn, und es steht uns nicht an, es in Frage zu stellen. Das Ding da hinter dir ist eine Abscheulichkeit. Er verkörpert genau das, von dem wir diese Stadt mit Feuer und Stahl säubern werden; das haben wir gelobt. Es ist noch nicht zu spät, Caulder. Du kannst immer noch an den Busen des Herrn zurückkehren. Aber wenn du bleibst, wo du bist, werde ich durch dich hindurchschießen, um den Dämon zu erwischen. Weg da, Junge!«

Caulder versuchte, nein zu sagen, aber er hatte so viel Angst, daß er das Wort nicht herausbrachte, deshalb schüttelte er nur benommen den Kopf. Oberst Ferris hob die Pistole und schoß aus nächster Nähe auf Caulder. Caulder schrie auf und warf die Arme um sich, als wenn er sich schützen wollte. Der Knall der Pistole hallte noch immer in der engen Gasse nach, als ihm bewußt wurde, daß er unverletzt war, und er langsam die Arme senkte. Er sah an sich hinab, aber nirgendwo war etwas von Blut oder einem Einschußloch zu sehen.

Der Oberst sah ihn verwirrt an, den Arm immer noch ausgestreckt; Rauch stieg von der Mündung seiner Pistole auf. Es war unmöglich, daß er aus dieser kurzen Entfernung danebengeschossen hatte. Noch ein Schritt weiter vor, und die Waffe hätte Caulders Brust berührt. Ferris merkte, daß sein Mund aufklaffte, und schloß ihn schnappend. Er drückte den Arm durch und betätigte mehrmals hintereinander den Abzug. Caulder zuckte bei dem Krach zusammen, wich jedoch nicht aus. Und als die Schüsse wieder verhallt waren, stand Caulder weiterhin unversehrt da. Petz trat von hinten hervor und lächelte Ferris an.

»Du bist jetzt in meiner Welt, Oberst, und in meiner Welt widerfahren guten Menschen keine bösen Dinge. Bitte sei so nett und gib auf. Du hast wirklich keine Wahl.«

Ferris schnaubte ihn wütend an, warf das Gewehr weg und zog einen geweihten silbernen Dolch aus seinem Stiefelschaft. Er näherte sich dem Bären, das Gesicht vor Wut und Angst zu einer häßlichen Fratze verzerrt. Er schaffte zwei Schritte, dann trat der Meerbock aus dem Schatten hinter ihm und schlug ihm mit einer langen, schweren Keule sehr gekonnt auf den Kopf. Ferris schwankte und ließ den Dolch fallen, ging jedoch nicht zu Boden. Der Meerbock schlug noch einmal zu, diesmal mit mehr Kraft; Ferris stürzte zu Boden und blieb reglos liegen. Der Meerbock versetzte ihm einen Fußtritt dahin, wo es weh tut, um ganz sicher zu gehen, daß Ferris wirklich ohnmächtig war, dann senkte er die Keule und grinste Caulder fröhlich an.

»Einen Offizier erkennt man immer gleich. Sie sind so dick, daß man zweimal zuschlagen muß, bevor sie bemerken, daß etwas passiert ist. Hallo, mein Sohn, willkommen beim verrückten Widerstand. Am besten bringst du selbst eine Kanone und Munition mit, und die Bezahlung ist äußerst unregelmäßig.« Er betrachtete den bewußtlosen Oberst und sah dann Petz hoffnungsvoll an. »Besteht die Möglichkeit, daß ich den hier töten darf? Wir haben schon ein halbes Dutzend bescheuerte Offiziere als Gefangene.«

»Wir töten niemanden«, antwortete der Bär mit Nachdruck. »Wir sind die Guten.«

Der Meerbock drehte sich um und schlug mit dem Kopf mehrmals gegen die nächste Wand. Caulder sah ihm neugierig zu. »Hilft das?«

»Nicht mehr so wie früher«, gab der Geißbock zu. »Also los, laßt uns von hier verschwinden, bevor die Freunde des schlafenden Prinzen hier auftauchen, weil sie ihn suchen.«

Er hob Ferris hoch, warf ihn lässig über eine Schulter und ging die Gasse hinunter. Caulder und der Bär folgten ihm.

»Du hast etwas vom Widerstand gesagt«, bemerkte Caulder. »Wer genau ist der Widerstand?«

»Jeder, der zu blöd ist zu erkennen, was die Stunde geschlagen hat«, antwortete der Geißbock. »Zur Zeit sind das hauptsächlich Tiere, aber wir diskriminieren niemanden. Im wesentlichen treten wir den Kriegern in den Arsch, durchkreuzen ihre Strategien, bringen sie in verteufelte Schwierigkeiten und führen uns ganz allgemein wie Wahnsinnige auf.«

»Aber wir töten niemanden«, fügte der Bär hinzu.

»Warum nicht?« fragte Caulder.

»Weil es uns nicht gefällt, wenn man es uns antut«, erklärte der Geißbock ruhig.

Und so ging Peter Caulder mit dem Bären Petz und dem Meerbock, um sich dem Widerstand anzuschließen, wo er viele Freunde seiner Kindheit wiedertraf und den Anfang einer neuen Sache fand, an die er glauben konnte.

Die Elfen und die Krieger kämpften überall in der Stadt gegeneinander und erreichten insgesamt ein Unentschieden, bis sie sich schließlich auf beiden Seiten des Glencannon-Platzes gegenüberstanden. Es war kein besonderer, sondern ein ganz gewöhnlicher Platz, mit zwei Reihen zerzauster Bäume und einer Statue von einem Mann auf einem Pferd, die aussah, als könnte sie eine gründliche Reinigung vertragen. Die Elfen verfügten über die besseren Waffen, aber die Krieger waren zahlenmäßig überlegen. Rings um sie herum war nichts als Verwüstung und Zerstörung. Jedes Gebäude war eine Ruine, meistens verkohlt und ausgebrannt. Alle Straßenlaternen waren zerschmettert, und die einmündenden Straßen waren ausnahmslos versperrt und verbarrikadiert. Überall lagen Tote und Sterbende, man ließ sie einfach dort liegen, wo sie gestürzt waren. Beide Seiten hatten empfindliche Verluste hinnehmen müssen und waren bereit, noch mehr hinzunehmen. Im Augenblick jedoch zögerten sie. Ihre Kraft und ihr Kampfgeist waren ungebrochen, aber beiden wurde allmählich klar, daß ein Sieg nur um einen grausamen Preis zu erringen war. Es würde bedeuten, Waffen und Taktiken einzusetzen, die wahrscheinlich die ganze Stadt zerstören würden, mit allem und allen, die sich darin befanden. Beide Seiten erwogen diesen Weg, doch im Augenblick zögerten sie noch.

Es war noch immer Nacht. Der Vollmond schien hell und zeichnete den Schauplatz in Schwarz und Weiß und Blau. Es standen immer noch keine Sterne am Himmel, und kein Anzeichen deutete darauf hin, daß die Nacht bald vorüber wäre. Keine der beiden Seiten hatte irgendeine Eröffnung von Friedensgesprächen angeboten. Das hätte auch keinen Sinn gehabt. Es war nicht so, daß sie einen gemeinsamen Streitpunkt gehabt hätten, über den sie sich hätten auseinandersetzen müssen. Und Kapitulation war ausgeschlossen. Der Glaube der Krieger gründete sich auf dem Fels der Selbstaufopferung, und die Elfen pflegten seit langem die Tradition, wegen jeder auch noch so kleinen Beleidigung bis zum Tod zu kämpfen. Es war für beide Seiten nur ein kleiner Schritt, sich in eine Schlacht zu werfen, von der sie wußten, daß sie sie niemals gewinnen konnten, solange sie wußten, daß auch die andere Seite verlieren würde. Und nur eine ganz leise Stimme murmelte in ihren Herzen, daß es noch nicht zu spät war, um sich ehrenvoll zurückzuziehen und die Sache fürs erste zu vergessen.

Die Krieger verfügten über Automatikwaffen, Panzer und Napalm sowie intelligente Waffen. Die Elfen gebrauchten Hochenergie-Laser, Plasmastrahlwaffen, magische Schwerter und verzaubertes Gerät. Und beide hatten viele Tote zu rächen. Dann und wann rührte sich die eine Seite ruhelos, dann reagierte die andere, aber bis jetzt war noch nichts dabei herausgekommen. Niemand wollte sich vorzeitig dem Gegner aussetzen, aber andererseits konnte es sich auch keiner leisten, der letzte am Drücker zu sein. Ein wachsendes Zittern erschütterte beide Armeen, wenn sie auf den jeweils anderen reagierten, und keiner gab nach. Männer wuselten emsig hin und her, Waffen wurden in Bereitschaft gebracht, und jeder war auf einen letzten Marsch ins Tal des Todes gefaßt. Zu diesem Zeitpunkt, als alles endgültig verloren schien, hörte man eine einsame Stimme, die in der Nacht sang.

Die Krieger und die Elfen hielten in ihrem Treiben inne und sahen sich um, und aus der Dunkelheit kam Sean Morrison, singend wie ein Engel. Hinter ihm marschierte ein einst berühmter Gitarrist, der den Gesang mit seiner Musik begleitete. Und ihnen folgten alle Sänger und Musiker und Rock 'n' Roller, die jemals zu jung gestorben oder in Vergessenheit versunken und in Schattenfall gelandet waren. Der Sänger, der von einem seiner eigenen Fans erschossen worden war, der Gitarrist, der an einer Überdosis gestorben war. All die hochfliegenden Engel, die unter dem Gewicht von Alkohol und Drogen und Ruhm zusammengebrochen waren. All die aufsteigenden Sterne, die zu früh erloschen waren, oder die verblaßten Sterne, die den Fehler begangen hatte, ihre eigene Legende zu überleben. Alle, die bei Flugzeugabstürzen oder Verkehrsunfällen ums Leben gekommen oder in ihrem Swimmingpool ertrunken waren, bevor sie Gelegenheit hatten herauszufinden, wer sie wirklich waren. Sie alle kamen nach Schattenfall, wenn die Fans schließlich nicht mehr an sie glaubten, und fanden endlich ihren Frieden in einer Stadt, wo es Legenden im Dutzend für einen Groschen gab. Jetzt kamen sie alle zu einem letzten Konzert zusammen, zu einem letzten Song, um ein letztes Mal dem Schicksal ins Gesicht zu spucken.

Die Musik schwoll immer mehr an, je mehr sich dazugesellten, und bewegte und veränderte sich wie etwas Lebendiges. Manchmal war es Rock und manchmal Folk, Punk und Acid und Bubblegum, alles vereinigte sich zu einem triumphierenden Ganzen, das viel größer war als die Summe seiner Teile. Es erfüllte die Nacht, schob die Dunkelheit zurück, eine Armee der Musik. Und an ihrer Spitze, mit einer Stimme, die mühelos über ihnen allen schwebte, stand Sean Morrison, dessen Name nicht Sean war, der zu früh gestorben war, als er noch Songs zu singen gehabt hätte.

Die Musik schwappte über die Krieger und die Elfen, und sie hörten nicht mehr zu. Die Musik berührte etwas in ihnen allen, etwas Kleines, aber Stures, das irgendwie all den Haß und den Schrecken des Tötens überlebt hatte, und hier und da reagierte der eine oder andere Elf ebenso wie der eine oder andere Krieger. Ein schwacher Hauch von Ehrfurcht und Staunen und Freude, zu einem Zeitpunkt, da die Nacht am dunkelsten zu sein schien. Soldaten warfen ihre Gewehre weg, und Elfen ließen ihre Schwerter fallen. Einzeln oder zu zweit marschierten sie über den Platz, um einander die Hände zu reichen. Ein andermal mochten sie sich kämpfend gegenüberstehen, und ein andermal mochten sie sterben, doch im Augenblick gaben sie ihre Fronten auf, und mit einemmal war die Luft um so vieles süßer. Sie versammelten sich in der Mitte des Platzes, immer mehr, angetrieben von dem Song und jenen, die ihn sangen. Es war eine stille Feier, ohne Geschrei oder Lustbarkeiten; nur die schlichte Zufriedenheit, weil der Krieg vorbei war und sie ihn lebend überstanden hatten.

Aber nicht alle hörten den Song. Für einige war es einfach nur Lärm, eine Ablenkung von den wichtigen Dingen. Die Krieger-Offiziere versuchten, ihre Männer mit gebrüllten Befehlen und Drohungen zur Ordnung zu rufen, und als das nicht fruchtete, befahlen sie jenen Männern, die ihnen noch treu ergeben waren, das Feuer auf die Verräter zu eröffnen. Sie gehorchten, und plötzlich war die Nacht erfüllt vom Dröhnen der Geschosse. Die Elfen antworteten mit ihren unheimlichen Waffen, und fremdartige Energien wurden wie Blitze in der Dunkelheit freigesetzt. Aber die Musik erhob sich über all das, stark und bewegend und machtvoll, und die Waffen auf beiden Seiten wirkten hilflos dagegen. Der Song schützte jene, die ihn hörten. Morrison und die anderen sangen und spielten, als ob ihre Herzen zerbersten wollten, und erfüllten die Nacht mit all der verlorenen Kraft und dem unausgeschöpften Potential ihres kurzen Lebens. Sie sangen die Songs, die sie vielleicht gesungen hätten, wenn das Leben ihnen nicht vorzeitig den Hahn zugedreht hätte, vergleichbar mit wilden Blumen in einem streng angelegten Garten. Sie sangen und spielten, und die Musik hämmerte im Blut all jener, die sie hörten.

Die Krieger zerbrachen als erste und wandten sich entweder ab oder rannten davon oder ergossen sich über den Platz, um sich mit der angeregten Menge in der Mitte zu vermischen. Die Elfen lachten und klatschten und legten die Waffen beiseite. Sie hatten schon immer eine Schwäche für menschliche Musik, und sie hatten mehr Lust dazu, mit ihren Stimmen in den Song einzufallen, als einem geschlagenen Feind hinterherzujagen. Der Gesang und die Musik verstummten jäh, als wenn es so beabsichtigt gewesen wäre, und die Zuhörer jubelten und applaudierten, bis ihre Kehlen heiser waren und ihre Hände schmerzten. Morrison grinste und verbeugte sich, erschöpft und schweißgebadet, aber mit dem Gefühl, daß sich die Musik immer noch in ihm rührte, als fragte sie, was sie als nächstes tun sollte. Oberon und Titania und Puck traten vor und verneigten sich vor ihm, und Morrison wischte sich mit dem Ärmel den Schweiß von der Stirn und grinste sie an.

»Höre ich da den Ruf nach einer Zugabe?«

In einem verlassenen Haus an einer leeren Straße saß Suzanne Dubois allein an einem Fenster im Erdgeschoß und betrachtete aufmerksam den trostlosen Schauplatz draußen. Sie versuchte, sich nicht zu bewegen, und atmete so flach, wie sie nur konnte. Selbst bei der kleinsten Bewegung schossen abgehackte Schmerzwellen durch ihren gebrochenen Arm, einige so schlimm, daß sie für kurze Augenblicke das Bewußtsein verlor. Anfangs hatte sie gedacht, der Arm wäre beim Einsturz der ›Kaverne‹ vielleicht nur ausgerenkt oder schlimm verstaucht worden, doch als der Schock nachließ und der Schmerz ständig schlimmer wurde, fiel es ihr immer schwerer, daran zu glauben. Sie versuchte es, sie versuchte es wirklich, denn der Gedanke an einen gebrochenen Arm – zusätzlich zu allem anderen – war kaum zu ertragen. Doch nun war ihr sogar dieser kleine Trost genommen.

Der Arm an sich war unter dem langen Ärmel ihres Kleides versteckt. Der Stoff war zerrissen und ausgefranst und von Blut befleckt – aber sie hatte ihn nicht zurückgezogen, um sich ihren Arm anzusehen. Sie glaubte nicht, daß sie das jetzt schon verkraften könnte. Sie wünschte, Polly würde sich beeilen und herunterkommen. Sie war ins nächste Stockwerk hinaufgegangen, um zu prüfen, ob die zusätzliche Höhe ihr einen besseren Überblick über die Stadt gewähren würde. Das einzige, was man vom Erdgeschoß aus sah, waren die zerschossenen und ausgebrannten Häuser ringsum, der leere Kanal und manchmal eine Gruppe von vorbeiziehenden Soldaten, unterwegs, um einen anderen Teil der Stadt zu zerstören. Jetzt waren schon seit einiger Zeit keine Soldaten mehr vorbeigekommen, aber Suzanne zweifelte nicht daran, daß sie irgendwann wieder auftauchten. Dies war lediglich eine vorübergehende Flaute im Sturm, und Flauten endeten unweigerlich in neuer Gewalt. Der Schmerz nagte wieder an ihrem Arm, und sie konzentrierte sich darauf, flacher zu atmen, um ihren Arm nicht zu erschüttern.

Sie fühlte sich müde und sehr allein. Sean Morrison war irgendwann im Lauf der Nacht verschwunden, als sie und Polly noch geschlafen hatten. Sie sagte sich, daß sie das eigentlich nicht überraschen sollte. Sean war nie zuverlässig gewesen. Das machte einen Teil seines Charmes aus. Aber trotzdem, sich einfach so davonzuschleichen, war ein neuer Tiefpunkt, selbst für ihn. Nicht daß sich James Hart als besser erwiesen hätte. Er hatte versprochen zurückzukommen, sobald er einen sicheren Hafen für sie gefunden hätte, aber das war Stunden her, und immer noch war nichts von ihm zu sehen. Alles mögliche konnte ihm zugestoßen sein. Alles mögliche.

Sie seufzte und knirschte gleich darauf mit den Zähnen, als ein erneuter Schmerz ihren Arm durchzuckte. Ihr war kalt, und gleichzeitig rann ihr Schweiß übers Gesicht. Kein gutes Zeichen. Sie fühlte sich zunehmend schwindlig, der Ohnmacht nahe, aber sie wollte dem nicht nachgeben. Sie konnte es sich nicht leisten, das Bewußtsein zu verlieren. Alles mögliche konnte geschehen, während sie hilflos war. Sie war nicht daran gewöhnt, sich hilflos zu fühlen. Üblicherweise war sie es, zu der die Leute mit ihren Problemen kamen, und sie las ihnen die Karten und ließ sich etwas für sie einfallen. Sie hatte sich immer zugute gehalten, für jedes Problem eine Lösung zu finden, früher oder später. Sie war auch stets stolz darauf gewesen, daß sie sich um sich selbst kümmern konnte und auf niemanden angewiesen sei. Jetzt war die Stadt, der sie so lange geholfen hatte, so sehr zu Bruch gegangen, daß es ihre Fähigkeit, die Dinge in Ordnung zu bringen, bei weitem überstieg, und sie war gefangen in einem verlassenen Haus mit einem gebrochenen Arm und steigendem Fieber. Sie wünschte, Polly würde sich beeilen und herunterkommen. Sie fühlte sich etwas besser, wenn Polly bei ihr war. Sie lächelte verbittert. Jahrelang hatte sich Polly auf sie gestützt, um mit ihrem zerbrochenen Leben zurechtzukommen, und jetzt war sie von Polly abhängig. Komisch, wie sich die Welt drehte. Komisch. Warum blieb sie nur so lange da oben? Suzanne hätte Lust gehabt, hinaufzurufen, daß sie sich beeilen solle, aber das verkniff sie sich. Damit würde sie ihrer Angst und ihrer Schwäche nachgeben, und sie hatte die Befürchtung, wenn sie sich auch nur ein einziges Mal gehenließe, erlangte sie die Beherrschung über sich selbst niemals wieder. Aber was, zum Teufel, trieb Polly da oben so lange?

Im nächsten Stockwerk stand Polly Cousins vor einem gezackten Loch in der Wand, blickte hinaus in die Nacht und hielt sich selbst fest umschlungen, um zu verhindern, daß sie in Stücke zerfiel. Sie war meilenweit entfernt von der Sicherheit und Geborgenheit ihres eigenen Hauses, von allen Seiten umgeben von Gefahren, und Panikanfälle schwappten in Wellen über sie. Sie wollte schreien oder weglaufen oder irgend etwas tun, aber sie konnte nichts tun, konnte nirgends hinlaufen, und sie wußte, wenn sie anfangen würde zu schreien, wäre sie unfähig aufzuhören. Sie zitterte an allen Gliedern, Grauschleier zogen durch ihr Gesichtsfeld, und sie mußte sich alle Mühe geben, um nicht ohnmächtig zu werden. Sie mußte durchhalten – Suzanne brauchte sie –, aber dieser Gedanke machte die Sache nur noch schlimmer. Es war schlimm genug zu versuchen, mit den eigenen Problemen fertigzuwerden, ohne das Wissen, daß noch jemand anderes auf einen angewiesen war. Das war nicht gerecht. Sie war noch nicht soweit, einem solchen Druck standzuhalten. Noch nicht.

Sie kauerte sich zu Boden und schaukelte in der Hocke vor und zurück. Sie hatte die Arme so fest um den Körper geschlungen, daß sie kaum Luft bekam. Warum war James immer noch nicht zurück? Er hatte versprochen, daß er nicht lange wegbleiben würde. Sie würde sich stärker fühlen, wenn er da wäre; fähiger, mit allem fertigzuwerden. Daß Morrison weggegangen war, als sie geschlafen hatte, war auch nicht gerade hilfreich. Aber sie hatte immer gewußt, daß sie sich nicht auf ihn verlassen konnte. Sie hatte geglaubt, sie könnte sich auf Suzanne und James verlassen, aber Suzanne konnte nicht einmal für sich selbst sorgen, und James kam nicht zurück. Etwas mußte ihm zugestoßen sein, etwas Schlimmes. Er wäre nicht einfach abgehauen und hätte sie alleingelassen. So etwas hätte er nie getan.

Sie holte einige Male kurz hintereinander tief Luft und versuchte, sich zu beruhigen, doch der zusätzliche Sauerstoff verstärkte ihr Schwindelgefühl. Sie mußte dessen Herr werden. Sie konnte nicht eher hinuntergehen. Sie konnte sich vor Suzanne nicht in diesem Zustand sehen lassen. Suzanne war von ihr abhängig. Die Gedanken rasten in ihrem Kopf hin und her, wie Vögel, die sich nicht auf einem schwankenden Ast niederlassen konnten. Sie zwang sich, sich wieder aufrecht hinzustellen, und spähte durch das Loch in der

Wand, in der Hoffnung, etwas zu sehen, das sie zerstreuen würde. Vom anderen Ende der Straße kam eine Gruppe von Soldaten geradewegs auf sie zu. Ihr stockte der Atem. Die Soldaten eilten durch die Straße, geradeaus blickend, und gingen an dem Haus vorbei, ohne es überhaupt anzusehen. Sie bogen um eine Ecke und waren verschwunden, und die Straße war wieder leer.

Polly sah aufmerksam in alle Richtungen, aber nirgends gab es ein Anzeichen von weiteren Soldaten. Ihr fiel auf, daß eine ganze Zeitlang niemand vorbeigekommen war, bis jetzt eben. Der Krieg in Schattenfall war anscheinend mehr oder weniger an ihr vorbeigegangen. Vielleicht war er vorüber. Sie fragte sich, wer wohl gesiegt haben mochte, und schüttelte dann den Kopf. Das war bedeutungslos. Jetzt kam es nur darauf an, eine Art medizinische Hilfe für Suzanne und sie selbst zu bekommen. Sie könnte irgend etwas Kleines gebrauchen, um ihre Nerven zu beruhigen. Sie wanderte im Kreis in dem Raum herum, immer wieder. Die Wiederholung dieses schlichten Vorgangs wirkte seltsam beruhigend. Sie spürte immer noch, wie sie sich sozusagen in den Nähten auflöste, aber das war ein vertrautes Gefühl, und sie konnte damit umgehen. Sie mußte dafür sorgen, daß sie beschäftigt war, so beschäftigt, daß sie keine Zeit zum Nachdenken hatte. Sie ging etwas schneller. Es war einerlei, was sie tat, solange sie nur irgend etwas tat. Ihr Atem verlangsamte sich, ihr Kopf wurde allmählich klarer. Nach einer Weile fühlte sie sich kräftiger und ging die Treppe hinunter, um sich zu Suzanne zu gesellen.

Sie hatte die Hälfte der Stufen zurückgelegt, als sie unten im Eingangsflur eine Bewegung hörte. Sie erstarrte auf der Stelle und lauschte. Es konnte nicht Suzanne sein; sie hatte zuviel Schmerzen und war zu schwach, um herumzulaufen. Aber es konnte auch keiner der Soldaten sein. Sie hatte beobachtet, wie sie alle am Haus vorbeigegangen waren, ohne ihm auch nur einen Blick zu widmen. Es sei denn, das war genau das, was sie glauben sollte. Sie sah sich nach einem Gegenstand um, den sie in Notwehr hätte benützen können, aber es gab nichts in Reichweite. Sie war sich ohnehin nicht sicher, ob sie ihn wirklich hätte benutzen können, wenn es einen gegeben hätte.

Ihr nächster Gedanke war, die Treppe wieder hinaufzugehen und sich zu verstecken, aber das konnte sie nicht. Sie konnte Suzanne nicht einfach im Stich lassen. Suzanne hatte sie während all ihrer schweren Jahre nie im Stich gelassen. Polly schlich die Stufen hinunter, eine nach der anderen, die Hände zu Fäusten geballt. Sie hatte beschlossen, was sie tun würde, wenn sie sähe, wer es war. Wenn alles andere versagte, würde sie behaupten, sie sei allein im Haus, in der Hoffnung, Suzanne hätte genug Verstand, sich ruhig zu verhalten. Sie bog um die Ecke der Treppe, und James Hart grinste sie an.

»Ach, da bist du ja. Ich dachte schon, daß ich jemanden gehört hätte. Komm schnell runter! Ich habe gute Neuigkeiten.«

Sie wußte nicht, ob sie ihn schlagen oder umarmen sollte, und schließlich entschied sie sich dafür, ihm durch den Flur und in das Zimmer zu folgen, wo Suzanne wartete. Sie drehte sich zu ihnen um, als sie eintraten, und Hart warf Polly einen schnellen Blick zu, da er sich sofort über Suzannes bedenklichen Zustand klar war. Alle Farbe war aus ihrem Gesicht gewichen, und sie sah aus wie der aufgewärmte Tod, kurz vor dem Einsetzen der Starre. Hart setzte sich ihr gegenüber und versuchte, entspannt und zuversichtlich auszusehen.

»Es gibt eine Kirche ganz in der Nähe, die als Sanitätsstation eingerichtet ist. Dort versuchen Leute zu helfen. Die Soldaten lassen Kirchen aus irgendeinem Grund ungeschoren. An dem Ort, den ich ausfindig gemacht habe, gibt es einen Arzt und eine medizinische Notversorgung. Ich glaube, wir sollten dich dort hinbringen. Meinst du, das wird gehen, Suzanne?«

»Ich werde es schon schaffen«, antwortete Suzanne schwach. »Wir können nicht hierbleiben.«

Sie stand mit vorsichtigen kleinen Bewegungen auf und verzog das Gesicht vor Schmerz, weigerte sich aber zu schreien. Polly hielt sich an ihrer Seite, bereit zu helfen. Doch sie kannte Suzanne gut genug, um sich zurückzuhalten, bis sie um Hilfe gebeten wurde. Suzanne mochte es nicht, wenn man sich ihrer annahm, selbst wenn sie dessen dringend bedurfte. Sie stand eine Weile lang steif da, hielt den gebrochenen Arm flach an der Seite und nickte dann Hart und Polly kurz zu, was bedeutete, das sie bereit war zu gehen. Suzanne hielt es für ausgeschlossen, daß irgend etwas sie unterkriegen könnte, schon gar nicht ihre eigene Schwäche. Hart wechselte erneut einen Blick mit Polly, zuckte leicht mit den Schultern und ging dann langsam voraus aus dem Raum und in den Flur. Keiner von ihnen sah das Blatt Papier mit Morrisons Song, das außer Sichtweite zu Boden gefallen war.

»Was ist mit Sean?« fragte Hart.

»Er hat sich davongemacht, während wir schliefen«, antwortete Polly.

In ihrer Stimme schwang so viel unterdrückte Wut mit, daß Hart davon absah, die Angelegenheit weiter zu verfolgen. Sie verließen das Haus und traten wachsam hinaus auf die leere Straße. Hart schloß die Tür hinter ihnen ab. Es hatte keinen Sinn, Plünderer anzulocken. Ein Geruch von Rauch hing in der Luft, und in der Ferne lag der rote Schein von Feuer, aber in der Straße herrschte eine unheimliche Ruhe. Man hätte sich leicht vorstellen können, daß sie die einzigen lebenden Wesen in ganz Schattenfall waren. Hart führte sie die Straße hinunter, wobei er darauf achtete, so langsam zu gehen, daß Suzanne nicht allzu schnell ermüdete.

»Ich habe das deutliche Gefühl, daß etwas Wichtiges geschehen ist«, sagte er leise, vor allem um Suzanne abzulenken. »Anscheinend haben die Kampfhandlungen vorübergehend aufgehört, und nach dem, was ich in der Kirche im Radio gehört habe, sind die Angreifer auf etwas gestoßen, das sie in Angst und Schrecken versetzt hat. Die meisten rennen ziellos herum. Einige haben sogar den Rückzug angetreten und strömen zu den Grenzen der Stadt zurück, als wäre die Hälfte der Höllenteufel hinter ihnen her. Der Kampf ist meines Erachtens noch nicht ganz vorbei, aber zum erstenmal habe ich das Gefühl, wir haben einigermaßen gute Aussichten. Irgendwo wurden die Soldaten anscheinend auf eine unmißverständliche Weise in den Hintern getreten.«

Dann verstummte er, und die drei blieben unvermittelt stehen, als ein Dutzend Soldaten aus dem Schatten trat, um sich ihnen in den Weg zu stellen. Hart drehte sich nach hinten um, aber auch dort standen Soldaten. Sie sahen müde und grimmig aus, aber sie hielten ihre Waffen fest im Griff. Einer der Soldaten trat vor. Er war kein Offizier, aber sein Gehabe machte deutlich, daß er das Sagen hatte. Er musterte Hart von oben bis unten und dann die beiden Frauen, wobei er sich viel Zeit ließ. Schließlich schnaubte er kurz und sah Hart starr in die Augen.

»Es ist noch nicht vorbei«, sagte er kalt. »Wir müssen ein paar Schwierigkeiten überwinden, das ist alles. Nichts, womit wir nicht klarkämen. Wir gruppieren uns neu, und bald wird diese Jauchegrube von einer Stadt für alle Scherereien büßen, die sie uns bereitet hat. Nichts von alledem, was geschehen ist, war vorgesehen. Ihr hättet ein leichtes Ziel sein sollen. Zivilisten, Ungläubige. Wir wollten einfach einmarschieren und die Stadt besetzen. Aber nein, ihr mußtet euch wehren, und jetzt sind Hunderte von Kriegern tot. Hunderte von guten Männern tot, nur euretwegen.« Er drehte sich zu seinem Trupp um. »Erschießt sie!«

Er gab die Bahn frei, und die Soldaten legten die Gewehre an und zielten auf Hart und Polly und Suzanne. Hart trat vor und stellte sich zwischen die Soldaten und die beiden Frauen, wohl wissend, daß es in Wirklichkeit nichts gab, was er tun konnte. Polly setzte zu einer schnellen, um Vergebung und Mitgefühl heischenden Rede an, doch niemand hörte ihr zu. Suzanne starrte die Soldaten nur an. Und dann sprachen die Gewehr alle gleichzeitig, und in der Straße hallten donnernde Schüsse.

Die Zeit verlangsamte sich. Alle standen still wie Statuen, und die Luft war dick wie Sirup. Die Gewehrkugeln hingen in der Luft wie fette, häßliche Insekten. Hart hatte das Gefühl, er brauche nur die Hand auszustrecken, dann könnte er sie umdrehen, wie Perlen auf einer unsichtbaren Handrechenmaschine. Kraft wallte in ihm auf, erfüllte ihn bis zum Bersten. Es war eine Kraft jenseits aller Grenzen, jenseits von Gut und Böse, eine nackte, geballte Kraft. Die Kraft der Zeit. Er sah Polly und Suzanne an, die im Augenblick der Angst erstarrt waren, nur einige Zentimeter vom Tod entfernt, und ein jäher Zorn flammte in ihm auf. Er holte aus, und die Gewehrkugeln und die Männer, die sie abgeschossen hatten, waren im nächsten Augenblick wie weggefegt.

Die Zeit rastete wieder in ihren üblichen Gang ein, und die Soldaten flogen in einer Wolke aus Blut und zerfetztem Fleisch auseinander. Polly und Suzanne schrien. Blut und Fleisch klatschte mit einem sanften Platschen zu Boden wie ein grausiger Regen. Hart sah sich um, und ringsum war ein Schlachthof. Er staunte, wie wenig ihm das ausmachte. Die Soldaten hatten versucht, ihn und Polly und Suzanne umzubringen, und jetzt waren sie statt dessen selbst tot. Er merkte, daß Polly ihn voller Entsetzen und mit einer dämmernden Erkenntnis anstarrte, und er streckte die Hand zu ihr aus, um sie zu beruhigen. Sie zuckte vor ihm zurück. Suzanne sah ihn an, als wenn er ein Fremder wäre. Vielleicht war er das. In diesem Augenblick fühlte er sich nicht wie er selbst. Er nickte den beiden zu, um ihnen zu zeigen, daß er verstand, und setzte dann den Weg die Straße hinunter zur Kirche fort. Er vermied es nach Möglichkeit, in Blut zu treten, aber es gab zuviel davon. Nach kurzem Zögern folgten ihm Polly und Suzanne.

Pater Callahan fuhr in seinem Wagen durch die stillen Straßen, tiefer hinein in die Hölle. Diese Straßen waren ihm vor der Invasion vertraut gewesen, jetzt aber erkannte er sie nicht mehr. Wohin er auch blickte, er sah zerstörte Häuser, ausgebrannte Autos und Leichen, die an Straßenlaternen hingen oder einfach liegengelassen worden waren, wo sie gefallen waren. Hier gab es keine Kreuzigungen. Die Krieger mußten es wohl eilig gehabt haben. Dennoch, jedesmal wenn er ein Opfer der Invasion sah, mahnte ihn ein Teil seines Geistes beharrlich: *Du hast das getan. Du bist dafür verantwortlich.* Er fuhr weiter, mit mäßiger Geschwindigkeit, einerseits damit er die Leichen auf der Straße umfahren konnte, aber vor allem weil er sich nicht erlaubte, den Blick von dem abzuwenden, was er über Schattenfall gebracht hatte. Die Stadt, die die Kirche seiner Obhut anvertraut hatte. Zuerst betete er für die Opfer, dann verdammte er die Krieger, und zuletzt fuhr er einfach nur weiter, betäubt durch das Ausmaß des Grauens. Nur eines befähigte ihn weiterzufahren: der Gedanke, daß Sankt Augustin wissen würde, was zu tun war.

Und gemeinsam würden sie den Kriegern des Kreuzes beibringen, was die wahre Bedeutung der Rache Gottes war.

Er versuchte es zunächst im Krankenhaus. Man wußte nie, wo Augustin als nächstes auftauchen würde, aber er hatte als Arzt im Manderlay-Krankenhaus gearbeitet, bevor er Heiliger geworden war, und er verbrachte noch immer viel Zeit dort und tat, was er konnte. In einem Krankenhaus bestand immer Bedarf an einem Wunderwirker, und nach allem, was in letzter Zeit geschehen war, brauchte ihn das Krankenhaus zweifellos mehr denn je. Callahan fand den Ort ohne Mühe, mußte jedoch ein ganzes Stück weit davon entfernt anhalten und parken. Krankenwagen und Autos mit hastig aufgepinselten roten Kreuzen rasten aus allen Richtungen herbei, und er wollte nicht ihren Weg behindern. Er schritt schnell durch das Manderlay-Gelände und probte in Gedanken noch einmal, was er zu sagen beabsichtigte, und dann vergaß er all das, als er sich in die neue Hölle des Krankenhauses begab.

Männer und Frauen strömten in beiden Richtungen durch die altmodischen doppelflügeligen Türen, einige in weißen Kitteln, die mit dem Blut anderer Menschen beschmiert waren, einige trugen oder führten verletzte Freunde und Verwandte. Im Inneren der Notaufnahme traf Callahan ein wildes Durcheinander von herumrennenden Leuten und ohrenbetäubendem Krach an; eine Mischung aus verzweifelten Rufen und Schreien und nacktem Schmerzgebrüll, die beinahe unerträglich war. Da gab es Leute auf Tragbahren und in Rollstühlen, zusammengesunken auf Stühlen sitzend oder einfach auf Decken am Boden liegend. Da waren Blut und Verbrennungen und der Gestank von zuviel Desinfektionsmitteln, mit denen versucht wurde, etwas Schlimmeres zu überdecken. Hier und da saßen Freunde und Verwandte bei den Verletzten, hielten ihnen die Hände und sahen verloren und hilflos aus. Es gab nur einen einzigen Arzt und drei Krankenschwestern, die behutsam zwischen den Verletzten hindurchschritten, jeden Patienten einer kurzen Untersuchung unterzogen und ihm eine Nummer gaben, je nachdem, wie dringend der Fall war. Manchmal konnten sie nichts anderes tun, als jemandem die Augen zu schließen, das Gesicht mit einer Decke zu bedecken und weiterzugehen.

Callahan hielt sich beiseite. Er konnte nichts tun, um ihnen zu helfen, außer vielleicht den letzten Segen zu erteilen, und im Augenblick fühlte er sich dazu nicht in der Lage. Nicht bevor er seinen Frieden mit Gott gemacht hatte. Er ging langsam durch den Lärm und das Durcheinander in den vollgestopften Gängen des Krankenhauses und fragte ruhig, aber beharrlich, wo er wohl Sankt Augustin finden könne. Und schließlich fand er ihn im Hauptoperationssaal, wo er die Verletzten durch Handauflegen heilte.

Es war niemand da, um ihm zu assistieren, keine Krankenschwester, um ihm Instrumente zu reichen oder ihm die Stirn abzuwischen, nur der endlose Strom von Patienten, herein- und hinausgerollt von einem erschöpften, graugesichtigen Hilfspersonal. Callahan stellte sich dicht hinter die Tür des Operationssaals und sah schweigend zu, ohne jemandem im Weg zu stehen. Er beobachtete, wie Augustin die bloße Hand auf eine offene Wunde legte und wie sich die ausgefransten Ränder zusammenschoben und innerhalb von Sekunden heilten. Jedes erneute Wunder erforderte von dem Heiligen wieder etwas mehr Kraftaufwand, und sein Gesicht schien bereits qualvoll ausgemergelt. Er war immer ein Mann von stattlichem Wuchs gewesen, doch jetzt hing der blutverschmierte Krankenhauskittel wie ein Leichentuch locker um ihn herum. Er sah aus, als wäre er im Hungerstreik gewesen. Dunkle Ringe waren unter seinen Augen, und die Knochen traten kantig unter der Gesichtshaut hervor. Er sah aus wie ein Prophet aus dem Alten Testament, soeben aus der Wüste angekommen.

Zwei Träger brachten den nächsten Patienten herein und ließen ihn auf den Operationstisch plumpsen. Augustin zog das blutgefleckte Tuch zurück, das ihn bedeckte, und Blut quoll hervor und lief über den Rand des Tisches. Der Mann war vom Brustbein bis zu den Lenden aufgeschlitzt worden, und die Eingeweide quollen heraus. Augustin tauchte die Hände in die klaffende Wunde, bewegte sie schnell von einem Organ zum nächsten und behob den Schaden durch die Berührung. Seine Augen verengten sich während des Arbeitens zu Schlitzen, und Licht flackerte kurz über seinem Kopf, ein Neonhalo, im selben Augenblick erschienen und verschwunden. Schließlich zog er die Hände zurück und verschloß die Wunde mit einer Handbewegung. Die Träger packten den Patienten sofort, nachdem Augustin fertig war, und legten den nächsten unsanft an dessen Platz.

Callahan stand da und sah zu. Patienten kamen und gingen, und wie viele der Heilige auch heilte, es kamen immer wieder neue. Langsam, aber sicher verließen Augustin die Kräfte, und sie nahmen Jahre seines Lebens mit sich. Bestimmt wußte er das, aber dennoch machte er weiter. Callahan war seit etwa zwanzig Minuten da, als endlich eine kurze Unterbrechung eintrat. Augustin sah sich um und lächelte ihn an. In jedem anderen Gesicht wäre es ein Totenkopfgrinsen gewesen, aber bei ihm war es ein echtes Lächeln, trotz seiner Erschöpfung.

»Bist du gekommen, um zu helfen, Nate? Wir können hier immer ein zusätzliches Paar Hände gebrauchen.«

»Ich bin gekommen, um dich um Hilfe zu bitten, Augustin. Die Krieger müssen aufgehalten werden. Du hast die Macht des Herrn in dir. Komm mit mir und setze sie gegen die Krieger ein.«

Augustins Lächeln veränderte sich ein wenig, und er schüttelte den Kopf. »Meinst du, daran hätte ich nicht selbst auch schon gedacht, Junge? Das kam mir als erstes in den Kopf, als ich sah, was diese Schlächter im Namen des Herrn anrichteten. Aber du kannst Gewalt nicht mit Gewalt aufhalten. Ich erhebe die Hand nicht gegen jemand anderes. Das widerspricht allem, an das ich jemals geglaubt habe.«

»Aber ich brauche dich. Die Stadt braucht dich.«

»Ich werde hier gebraucht.«

»Hier tust du nichts anderes, als die Schweinerei von anderen aufzuwischen! Du könntest dem Kämpfen, dem Töten ein Ende setzen – könntest die Flut der Verwundeten an der Quelle zum Versiegen bringen.«

»Nur wenn ich alles über Bord werfe, wofür ich jemals eingestanden bin. Alles, wofür die Stadt jemals eingestanden ist. Sieh dir die Leute hier an, Nate. Einige der Verwundeten sind Stadtbewohner, einige sind Krieger. Ich frage nicht danach, wer zu welcher Seite gehört. Es ist gleichgültig. Ich helfe einfach nur, so gut ich kann.«

»Und wie viele werden noch sterben, weil du den Kampf nicht beendet hast, obwohl du es konntest?«

»Meinst du, ich verstehe die Verlockungen der Gewalt nicht? Den Reiz des einfachen Handelns, guter Kerl gegen schlechten Kerl; den Reiz der leichten Lösung? Nein, Junge, ich bin kein Kämpfer, und diese Schlächter werden mich nicht dazu machen.« Er lächelte Callahan voller Verständnis und Mitgefühl an. »Ich weiß mehr als du über die Dinge, die hier in der Stadt vor sich gehen, Nate. Es sammeln sich bereits Kräfte, die dem Kampf Einhalt gebieten werden. Wenn du darauf bestehst, ein Teil davon zu sein, dann soll es so sein. Ich verleihe dir die Kraft Gottes. Wende sie nach deinem Gutdünken an.«

Er streckte den Arm aus und legte die Hand segnend auf Callahans Kopf, und der Geistliche hatte das Gefühl, daß ihn ein Riß spaltete. Seine Beine gaben nach, und er sank auf die Knie. Kraft brannte in ihm und breitete sich aus, eine Kraft jenseits allen Hoffens und Begreifens. Callahan hörte die Seelen aller Anwesenden im Krankenhaus gleichzeitig schreien und brüllen und brabbeln. Er rappelte sich auf und taumelte aus dem Operationssaal, die Hände wirkungslos gegen die Ohren drückend. Er sah nicht zurück, deshalb entging ihm der verständnisvolle und besorgte Ausdruck auf Augustins Gesicht, bevor sich dieser seinem nächsten Patienten zuwandte. Callahan bahnte sich einen Weg zum Ausgang des Krankenhauses, er drängte sich durch die Menge und schrie unter dem Druck der Kraft, die in ihm brodelte, auf. Er stolperte auf das Krankenhausgelände hinaus, und die Lautstärke der Stimmen in seinem Kopf ließ ein wenig nach. Er rang mit aller Anstrengung um Beherrschung und verdrängte die Stimmen aus seinem Denken. Lange Zeit stand er hilflos zitternd da, und allmählich kam ihm zu Bewußtsein, was mit ihm geschehen war. Er hatte jetzt Macht, wirkliche Macht, und im Gegensatz zu Augustin würde er nicht zögern, sie einzusetzen.

Er streckte prüfend seine neu geschärften Sinne aus und nahm eine Kampfhandlung wahr, die ein halbes Dutzend Häuserblocks entfernt im Gange war. Die beiden Seiten hatten sich beinahe bis zum Gehtnichtmehr bekämpft, aber keine wollte die erste sein, die sich geschlagen gab und den Rückzug antrat. Callahan zapfte den kleinsten Teilbereich seiner Kraft an und erhob sich mühelos in die Luft. Er schwebte am nächtlichen Himmel dahin, wobei ihm der kalte Wind Tränen in die Augen trieb, und flog in Richtung des Schießens und Schreiens.

Er verharrte über den beiden Seiten in der Leere, und wohin er sah, hörten Gewehre auf zu schießen und richteten Explosionen keinen Schaden an. Wunden heilten, und die Beinahtoten erhoben sich blinzelnd und blickten sich unsicher um. Eine Zeitlang sah es so aus, als sei die Schlacht vorüber, doch dann brüllte ein Krieger-Offizier einen Befehl, und seine Männer nahmen Messer und Bajonette zur Hand und warfen sie auf ihre Feinde. Die Verteidiger der Stadt taten dasselbe, und im nächsten Augenblick hingen die beiden Seiten sich erneut gegenseitig an der Gurgel. Callahan lächelte grimmig.

*Also gut, Augustin. Ich habe es auf deine Weise versucht. Man kann den Kriegern nicht trauen. Jetzt machen wir es auf meine Weise. Und Gott möge ihren Seelen gnädig sein.*

Er hob die Hände über den Kopf, legte sie gegeneinander und führte sie langsam auseinander. Am Boden unter ihm wurden die Streitkräfte durch einen unsichtbaren, unwiderstehlichen Zwang voneinander getrennt. Callahan blickte auf die Krieger hinab, und kein Erbarmen rührte sich in ihm, nur ein dunkler und bitterer Haß wegen der Dinge, die sie im Namen des Herrn getan hatten. All die Schrecknisse, die durch seine Blindheit möglich geworden waren. Kraft schoß von ihm herab und zermalmte die Krieger am Boden wie Ameisen unter einem Stiefel. Sie schrien und flehten, während sie hilflos unter dem unerträglichen Druck zappelten. Blut spritzte aus ihren Mündern, und einer nach dem anderen starb. Das Leiden, das Callahan verursacht hatte, brannte in ihm wie alle Feuer der Hölle.

Er stürzte vom Nachthimmel herab wie ein verletzter Vogel, während die sterbenden Gedanken der Krieger in seiner Seele heulten. Er schlug hart am Boden auf, nahm jedoch keinen Schaden daran. Es bedurfte jetzt anderer Mittel, um ihm etwas anzutun. Callahan lag zu einer Kugel zusammengerollt am Boden und bemühte sich, mit sich ins reine zu kommen. Doch der Schmerz des Todes war unerträglich groß. Sie waren nicht schlecht gewesen, die meisten jedenfalls. Nur Soldaten, die das ausführten, was ihnen von ihren Offizieren und Vorgesetzten als richtig dargestellt worden war. Sie hatten auf die falschen Leute gehört und nicht genügend Fragen gestellt, und oft war dies das ganze Ausmaß ihrer Schuld. Alles zu verstehen heißt viel verzeihen, und endlich begriff Callahan, was Augustin gemeint hatte. Man kann das Böse nicht mit dem Bösen bekämpfen. Indem er den Kriegern gegenüber kein Erbarmen gezeigt hatte, war er ebenso blind gewesen wie sie.

*Die Rache ist mein, spricht der Herr.*

Callahan stand schwankend auf, während die Stimmen in seinem Kopf allmählich verebbten. Sie würden niemals mehr ganz verstummen; sie waren jetzt ein Teil von ihm und würden es immer sein. Die triumphierenden Verteidiger näherten sich ihm schüchtern, um ihm ihre Dankbarkeit zu erweisen, aber er winkte sie weg. Sie würden ihm nur Fragen stellen, auf die er keine Antworten hatte. Er drehte sich um und ging von dannen, und die Verteidiger ließen ihn gehen. Wenn man in Schattenfall lebte, lernte man die Kraft zu achten, sobald man ihr begegnete.

Callahan ging weiter durch die Stadt und beendete überall die Kampfhandlungen, wo er sie antraf. Er übte keine Rache an den Kriegern und hielt jeden, der dieses an seiner statt tun wollte, davon ab. Sollte sich das Gesetz damit beschäftigen. Das menschliche Gesetz. Er ging weiter, Straße um Straße, und allmählich senkte sich eine heilsame Ruhe auf diesen Teil der Stadt herab. Er wußte, daß die Kraft in ihm zu viel mehr fähig war, aber er ließ sich davon nicht in Versuchung führen. Der Versuch, der Stadt durch Zwang seinen Willen aufzuerlegen, war der Grund gewesen, daß er überhaupt erst in diese Schwierigkeiten geraten war. Er war ein Mann Gottes, ein Mann des Friedens, obwohl es Augustins Kraft bedurft hatte, um ihn daran zu erinnern. Die Wahl der Gewalt führte einen unweigerlich auf den Pfad der Krieger, wo jeder, der anderer Meinung als man selbst war, unweigerlich zum Sünder abgestempelt wurde – und damit zum Feind. Bei der Durchsetzung ihrer Version von Gerechtigkeit hatten die Krieger Gnade und Mitleid außer acht gelassen. Und darüber hinaus hatten sie vergessen, zu welchen Leistungen diese Dinge beflügeln konnten.

Callahan blieb vor einem freien Platz stehen und sah sich um. Der Platz war verlassen und menschenleer, obwohl es Anzeichen dafür gab, daß hier vor nicht allzu langer Zeit ein Kampf stattgefunden haben mußte. Er griff mit seinen verstärkten Sinnen aus und mußte feststellen, daß sie vernebelt und verschleiert waren. Etwas war gemeinsam mit ihm auf dem Platz, etwas, das sich seiner Sicht entzog. Während er sich noch darüber klar zu werden versuchte, tobte Magie um ihn herum und verzehrte seine Umgebung mit glühendheißen Flammen. Straßenlaternen in der Nähe knickten wie sterbende Blumen, und der Straßenbelag riß krachend unter dem Einfluß der tobenden Hitze. Auf dem ganzen Platz wurde die Luft versengt, und Anstriche warfen Blasen und kochten selbst an weit entfernten Gebäuden.

Inmitten dieser Flammen stand Pater Callahan, erhaben und unberührt. Die Magie verstärkte sich, der Straßenbelag um ihn herum brodelte, und immer noch konnte sie ihm nichts anhaben. Er war ein Mann Gottes, und die Macht des Herrn war mit ihm. Er streckte die verstärkten Sinne aus und lokalisierte schnell die Quelle des Angriffs. Die Krieger hatten ihre Zauberpriester gegen ihn eingesetzt. Macht tobte in ihnen, grausam und zwingend, und Callahan wußte, daß er sich nicht abwenden konnte. Solange der Kreis der Zauberpriester standhielt, würde Schattenfall niemals wirklich sicher sein. Er besänftigte die Flammen um ihn herum mit einem Gedanken, griff nach den Priestern aus, und damit war das Signal zum Kampf zwischen ihrem Glauben und dem seinen gegeben.

Die beiden Kräfte prallten aufeinander, krachten Kopf an Kopf gegeneinander. Da war kein Platz für ausgeklügelte Manöver, für Dialoge oder Kompromisse. Die Schlacht tobte in alle Richtungen, schaltete von der physikalischen zur spirituellen Ebene um und umgekehrt. Der Platz wurde von einem Inferno verzehrt, das die umstehenden Gebäude wie verfaulte Früchte wegblies. Und allmählich, Schritt für Schritt, wurde Callahan zurückgedrängt. Er war noch ungeübt im Umgang mit der Kraft, und sie waren so viele an der Zahl. Er zapfte immer größere Kraftreserven an, wohl wissend, welchen Preis das seine sterbliche Hülle kosten würde, jedoch hilflos, es zu verhindern. Menschen waren nicht dafür bestimmt, eine derartige Kraft zu gebrauchen, und sie fraß ihn auf, Leib und Seele. Also tat er das einzig mögliche, ging den einzigen Weg, der ihm offenstand. Er rief seine ganze Kraft in einem einzigen Augenblick zusammen und ließ sie mit ihm machen, was sie wollte. Die Kraft loderte auf, entzündet von allen Funken seiner Lebenskraft, bis zum letzten, und die Zauberpriester fielen zurück, unfähig, sich mit dieser Magie zu messen; denn Callahan hatte in diesem Augenblick keine Angst vor dem Tod, sie hingegen sehr wohl. Der Kreis löste sich auf, weil jeder Mann versuchte, sich selbst zu retten, und nachdem ihre Macht gebrochen und ihr Glaube zerschmettert war, hatten sie der Kraft, die sie überwältigte, nichts mehr entgegenzusetzen.

Die Flammen wurden kleiner, flackerten und erloschen. Die Temperatur fiel schnell auf den Normalstand zurück, und alles war still und reglos auf dem von Feuer geschwärzten Platz. In der Mitte lag ein einzelner Toter, eine verkohlte Leiche. Ein Mann, der endlich den Frieden mit sich selbst gefunden hatte.

Rhea Frazier gab es auf, sich zur Wehr zu setzen, und ließ sich von den beiden Soldaten mitziehen, wohin sie wollten. Sie stolperte dahin, ihr Denken war verschwommen, und die Welt zog in kurzen Impressionen von zerstörten Häusern und rennenden Menschen an ihr vorüber. Eines ihrer Augen war zugeschwollen, und auf ihrem Gesicht und in ihrem Mund floß das Blut von den Schlägen, die die Soldaten ihr bei der Gefangennahme versetzt hatten. Sie waren wütend wegen der Männer, die Ash getötet hatte, bevor sie ihn töteten. Sie hatten sie zwischen sich hin und her geworfen, ohne sie fallen zu lassen, und sie immer wieder geschlagen. Sie zweifelte nicht daran, daß sie sie zu Tode geprügelt hätten, wenn es ihr nicht gelungen wäre, ihnen klar zu machen, daß sie die Bürgermeisterin von Schattenfall war. Daraufhin hatten sie etwas zögernd von ihr abgelassen und sie zitternd und weinend am Boden liegenlassen, während einer von ihnen seine Vorgesetzten per Funk um Anweisungen bat.

Die Schläge hatten sie zutiefst erschüttert, hatten ihre Zuversicht auf einer elementaren, instinktiven Ebene zerstört. Sie hatten sich mit ihr Zeit gelassen, hatten ihren Genuß dabei gehabt, und sie hatte nichts tun können, um sie daran zu hindern. Außer sie im Kopf zu besiegen. Solange sie noch dachte und plante, war sie nicht geschlagen. Sie konnten ihren Körper zerbrechen, aber nicht ihren Geist. Sie hörte auf zu weinen, zwang die Tränen zurück, indem sie schniefte und schluckte, und setzte sich langsam auf. Ihre Rippen schmerzten bei jedem Atemzug, und ihr ganzer Bauch war ein einziger Schmerz. Sie spuckte mehrmals aus und versuchte, den Geschmack von Blut aus dem Mund zu bekommen.

Ein Soldat kam zurück, baute sich vor ihr auf, und sie schrumpfte instinktiv zusammen. Er zog sie wortlos auf die Füße und hielt sie fest, während ein anderer Soldat ihr die Hände auf dem Rücken mit Handschellen fesselte. Dann zerrten sie sie zu einem in der Nähe stehenden Jeep, warfen sie auf den Rücksitz und fuhren davon. Sie hatte keine Ahnung, wohin man sie brachte, da die vorbeiziehenden Straßen nur eine Impression von Lauten und Bewegungen waren. Doch allein die Tatsache, daß die Schläge aufgehört hatten, machten ihr Hoffnung. Irgend jemand hielt sie offenbar immer noch für wertvoll, glaubte, sie könne von irgendwelchem Nutzen sein. Mit ein bißchen Glück könnte sie immer noch einen Ausweg finden. Der Jeep hielt endlich an, und sie zerrten sie vom Rücksitz des

Wagens und ein Stück die Straße hinunter. Schließlich stolperte sie eine Treppe hinauf und in ein Gebäude hinein, und erst da erkannte sie, wohin man sie gebracht hatte. In die Stadtbücherei.

Sie war anscheinend von der allgemeinen Zerstörung einigermaßen verschont geblieben, und sie hatte gerade noch Zeit sich zu überlegen, warum das wohl so sein mochte, als die beiden Soldaten plötzlich stehenblieben und sie zu Boden warfen. Da sie den Sturz nicht mit den Armen abfangen konnte, landete sie hart. Der dicke Teppich dämpfte den Aufprall ein wenig, aber es reichte noch, daß ihr die Luft wegblieb. Sie lag still da und bemühte sich, wieder zu Atem zu kommen; sie ließen sie allein.

Zum ersten Mal erlaubte sie sich, an Ash zu denken. Sie weinte nicht, dafür hatte sie nicht mehr genügend Kraft, aber zuzusehen, wie er starb, hatte ihr auf eine Weise weh getan, an die die Soldaten mit ihren Schlägen nicht einmal entfernt herangekommen waren. Es war, als klaffe jetzt eine Lücke in ihr, ein Loch in Form von Leonard Ash und all dessen, was er für sie bedeutet hatte. Sie hatte ihn erneut verloren.

Sie verdrängte den Gedanken. Sie durfte jetzt nicht daran denken. Das mußte warten. Sie hob langsam den Kopf und sah sich um. Sie befand sich inmitten der Bücherreihen, und Soldaten gingen vor ihr hin und her, mit ganzen Armladungen von Büchern bepackt, die sie aus den Regalen nahmen und in ordentlichen Stapeln auf der Empfangstheke aufbauten. Dahinter steckte sicherlich eine bestimmte Absicht, und Rhea überlegte, welche das wohl sein könnte. Die Soldaten hatten doch gewiß nicht die halbe Stadt zerstört, nur um ein paar Bücher aus der Bibliothek an sich zu bringen? Die Stadt besaß einen beträchtlichen Anteil an wichtigen und verbotenen Texten, aber die waren in den Archiven der Allheiligen-Halle alle sicher verwahrt, unter den wachsamen Augen des Zeitmeisters.

In der Bibliothek befand sich nichts, wofür es sich gelohnt hätte, einen Krieg zu führen.

Sie sah jemanden auf sich zukommen und versuchte, sich aufrecht hinzusetzen. Es war schwer, das Gleichgewicht zu halten, wenn die Hände mit Handschellen am Rücken gefesselt waren, und sie stöhnte unwillkürlich auf bei dem Schmerz, den die Anstrengung ihr bereitete. Einer der Soldaten, die über ihr standen, packte ein Büschel ihrer Haare und riß ihren Kopf zurück, so daß sie zu dem Neuankömmling hinaufsehen mußte. Er war irgendein Offizier. Mitte der Vierzig, von stämmigem Körperbau – wenig davon Fett –, den Rücken gerade wie ein Schürhaken, das Haar bis zum Schädel gestutzt. Das Gesicht eiskalt, die Augen unpersönlich. Schon sein Aussehen verriet Rhea, daß er unerbittlich, scharfsinnig und beherrscht war. Er sah ihren Schmerz, genoß ihn aber nicht, sondern stellte nur fest, daß das ihr Verhör um einiges erleichtern würde. Rhea bemühte sich, einen klaren Kopf zu bekommen. Dieser Mann war gefährlich. Er hörte ruhig zu, während der Soldat, der sie an den Haaren festhielt, Ashs Angriff, seinen Tod und ihre Gefangennahme beschrieb. Der Offizier überlegte einen Augenblick und wandte dann seine Aufmerksamkeit Rhea zu. Als er sprach, war sein Ton gemessen und ruhig.

»Seit meinen frühesten Mannesjahren diene ich der Armee. Habe so manche Schlacht miterlebt, an den verschiedensten Orten. Habe mir gelegentlich die Hände schmutzig gemacht und nie eine Mission aufgegeben, bevor sie vollständig durchgeführt war. Ich habe in meinem Leben sonderbare Dinge gesehen, und nichts davon hat mich länger als einen Augenblick berührt. Aber diese Stadt hier fordert mich bis an meine Grenzen. Nach allem, was ich gesehen habe, würde ich sagen, sie ist befallen von Dämonen, Hexen und Ungläubigen. Wozu gehörst du?«

Rhea schluckte heftig. Sie wollte sicher sein, daß ihre

Stimme klar und ruhig und fest klang, wenn sie antwortete. »Ich bin Rhea Frazier, Bürgermeisterin von Schattenfall.« Ihre Lippen rissen beim Sprechen wieder auf, und sie schmeckte frisches Blut im Mund. Außerdem fühlten sich einige ihrer Zähne unangenehm locker an, aber damit konnte sie fertigwerden. Sie bemühte sich, so gut es ging, dem Offizier kühl ins Gesicht zu sehen. »Ich spreche für diese Stadt und ihre Verteidiger. Gibt es unter euren Leuten jemanden mit wenigstens zwei funktionsfähigen Gehirnzellen, mit dem ich mich unterhalten könnte?«

Der Soldat mit der Hand in ihrem Haar schüttelte grob ihren Kopf. Tränen rannen ihr übers Gesicht, ebenso aus Schwäche wie vor Schmerz. Der Offizier wartete, bis sie ihre Fassung wiedererlangt hatte.

»Benimm dich!« herrschte er sie an. »Ich bin Major Williams von den Kriegern des Kreuzes, und ich spreche für Gott, in Abwesenheit eines höherrangigen Offiziers. Wir alle sind Krieger des Herrn, und wer uns beleidigt, beleidigt ihn.«

»Was macht ihr hier?« fragte Rhea ungerührt. Sie wußte, wie wichtig es war, diesem Mann gegenüber nicht eingeschüchtert zu wirken. Er achtete Stärke. »Warum nehmen eure Männer diese Bücher mit?«

»Wir sind ausersehen, das Wort und den Willen Gottes in diese Kloake des Frevels zu tragen. Die Schuldigen werden bestraft. Gotteslästerer werden bestraft. Das Wort Gottes wird hier über allem herrschen. Was die Bücher betrifft – wir trennen die Spreu vom Weizen. Wir entfernen alle Bücher mit phantastischem Inhalt. Phantasien sind ungesund. Die Leute müssen lernen, in der realen Welt zu leben. Außerdem befassen sich viele dieser Bücher mit Magie, und das Wort des Herrn ist eindeutig. Ihr sollt nicht dulden, daß eine Hexe lebt.

Wir entfernen außerdem alle Bücher, die Kenntnisse enthalten, für die die gewöhnlichen Leute noch nicht reif sind. Wissen ist etwas Gefährliches und sollte am besten jenen überlassen sein, die über die nötige Ausbildung verfügen, um es richtig zu deuten. Und schließlich entfernen wir alle Bücher, die im Widerspruch zu Gottes Wort stehen. Blasphemie ist nicht erlaubt. Sobald diese Stadt errettet ist, veranstalten wir eine öffentliche Bücherverbrennung. Alle sitzen um das Feuer herum, man brät kleine Leckereien und singt ein paar Lieder. Mir gefällt eine gute Bücherverbrennung. Ein gutes Mittel zur Förderung des Gemeinschaftssinns.«

Seine Stimme blieb während der ganzen Zeit, die er sprach, gleichmäßig und sein Gesicht ruhig. Es hatte wenig Sinn, sich mit dem Mann vernünftig zu unterhalten. Rhea erkannte einen Fanatiker auf den ersten Blick. Aber sie mußte es versuchen; die Stadt war von ihr abhängig. Sie konnte sie nicht ebenso verlieren, wie sie Ash verloren hatte. Ein plötzlicher Anflug von Trauer durchfuhr sie, überraschte sie völlig unvorbereitet. Ash war tot. Sie hatte ihn gerade erst wiederbekommen, und jetzt war er wieder weg. *Ich kann dich nicht schon wieder verloren haben, Leonard. Ich könnte es nicht ertragen.* Sie verdrängte den Gedanken. Sie würde später um ihn trauern, wenn sie Zeit dazu hatte. Jetzt brauchte die Stadt sie.

»Ich bin die Bürgermeisterin von Schattenfall«, wiederholte sie hartnäckig. »Als Vertreterin der Obrigkeit dieser Stadt bin ich bereit, über Kapitulationsbedingungen zu sprechen.«

»Bedingungen?« sagte Williams, und sein Mund verzog sich zu etwas, das ein Lächeln hätte sein können. »Eure Lage erlaubt euch nicht, Bedingungen zu stellen. Entweder die Stadt ergibt sich, oder sie wird zerstört. Deine Kollegen im Stadtrat haben ebenfalls versucht, Bedingungen zu stellen. Sie sind jetzt tot, im Namen des Herrn hingerichtet.«

Er beobachtete, wie die Erkenntnis dessen, was das

bedeutete, in sie einsickerte, und lächelte heimlich. Sie konnte nicht wissen, daß er log und daß die verdammten Ratsmitglieder derzeit flüchtig waren. Trotzdem war es fast wahr; der Führer hatte Befehl gegeben, sie auf der Stelle zu erschießen, sobald man ihrer ansichtig würde. Die Bürgermeisterin konnte ebenfalls unmöglich wissen, daß ein Teil der Krieger-Streitkräfte zur Zeit auf unerklärliche Weise in den Arsch getreten wurde. Wenn sie zu einer Kapitulation überredet werden könnte, würden die feindlichen Truppen aufgeben müssen, ohne jemals zu erfahren, wie nahe sie dem Sieg gewesen waren. Er konnte es ja mal mit einigen unverschämten Fragen versuchen, solange sie das Gleichgewicht noch nicht wiedergefunden hatte.

»Was wißt ihr über den gegenwärtigen Aufenthaltsort des Obersten Anführers?« fragte er beiläufig. »Wir haben nichts mehr von ihm gehört, seit er den Sarkophag im Stadtpark aufgesucht hat. Was könnte ihm dort widerfahren sein?«

Rhea zuckte teilnahmslos mit den Schultern. »Alles mögliche. Der Park ist nachts ein gefährlicher Ort. Es gibt dort Dinosaurier. Vielleicht haben sie ihn erwischt. Oder der Zeitmeister.«

»Altvater Zeit«, bemerkte Williams angewidert. »Er mag sich hier hinter einem Kindernamen verbergen, aber wir wissen, wer er ist. Wer er sein muß. Der Gefallene, der Herr der Fliegen, der Große Feind persönlich. Zweifellos war er für den Tod unserer Zauberpriester verantwortlich.«

Er verstummte plötzlich, da ihm klar wurde, daß er sich verrechnet hatte. Er hatte gedacht, diese Frazier wäre durch die Behandlung mürbe gemacht worden, aber sie sah ihn jetzt auf eine ruhige, nachdenkliche Art an, die zeigte, daß sie die Bedeutung dessen, was er gesagt hatte, sehr wohl verstand. Der Führer der Krieger war verschwunden, und eine ihrer schlagkräftigsten Einheiten war unschädlich gemacht worden. Er hatte sie unterschätzt. Das würde ihm nicht noch einmal passieren. Im Augenblick war es wichtig, daß er wieder Herr der Lage wurde. Er machte dem Soldaten, der ihre Haare hielt, ein Zeichen.

»Nimm ihr die Handschellen ab.« Er wartete geduldig, während der Soldat seinen Befehl ausführte. »Jetzt strecke ihre linke Hand nach vorn aus und drücke sie fest zu Boden.« Rhea wollte sich wehren, doch in ihrem geschwächten Zustand konnte sie es nicht mit dem Soldaten aufnehmen. Williams wartete, bis die Hand so lag, wie er es wünschte, und dann lächelte er Rhea kalt an. »Was jetzt geschieht, ist sehr einfach, Bürgermeisterin Frazier. Ich stelle dir Fragen über die Stärken und Schwächen der Stadt, und du wirst mir ausführlich und wahrheitsgemäß antworten. Wenn du mich anlügst, schneide ich dir einen Finger ab. Wenn dir die Finger an der linken Hand ausgehen, nehmen wir uns die rechte vor. Wenn dir die Finger überhaupt ausgehen, lasse ich mir etwas anderes einfallen. Und um dir zu beweisen, daß ich es ernst meine, denke ich, wir entfernen erst mal den kleinen Finger deiner linken Hand. Haltet sie fest.«

Er bückte sich, um nach ihrer Hand zu greifen, und Rhea warf sich nach vorn. Die Plötzlichkeit der Bewegung überrumpelte sie alle, und ihr Kopf krachte in sein Gesicht. Sie glaubte seine Nase durch die Wucht des Aufpralls brechen zu hören, und dann lagen alle flach am Boden. Sie rappelte sich auf, stieß die Soldaten, die sie packen wollten, mit Fußtritten weg, dann wandte sie sich dem anderen Soldaten zu, der sie hereingebracht hatte, und versetzte ihm einen Fausthieb in die Kehle. Er sank mit abscheulich gurgelnden Lauten zu Boden, und Rhea rannte zur Tür. Hinter sich hörte sie, wie Williams nach jemandem rief, der sie aufhalten solle. Sie versuchte sich zu beeilen, aber sie war immer noch unsicher auf den Beinen, und sie stieß gegen einen Stapel Bücher. Sie fiel darüber, stürzte zu

Boden und versuchte immer noch, die Kraft aufzubringen, auf die Beine zu kommen, als sie von hinten gepackt und von der Tür weggezogen wurde.

Und dann plötzlich hörte alles auf. Die Hände, die sie gehalten hatten, fielen von ihr ab, und man ließ sie auf den Knien zurück, mit dem Gesicht zur Tür. Da stand jemand, und Rhea brauchte eine Weile, um die zerlumpte Gestalt in der schäbigen Kleidung zu erkennen. Jack Fetch grinste mit seinem starren Lächeln zu ihr hinunter und stakste dann mit seinen dürren Zweigbeinen an ihr vorbei. Es entstand eine kurze Pause, während die Krieger nach ihren Waffen griffen, die sie beiseite gelegt hatten, um die Bücher zu tragen, und dann eröffneten alle gleichzeitig das Feuer auf die sich nähernde Vogelscheuche. Kugeln trafen Jack Fetch aus allen Richtungen, warfen ihn zu der einen Seite und wieder zur anderen, und von seinen Lumpenklamotten stiegen Rauchschwaden auf. Doch er war nicht lebendig, war es nie gewesen und scherte sich nicht um ihre Gewehrkugeln. Er sprang mit einem weiten Satz mitten zwischen die Krieger, und seine Hände schlossen sich erbarmungslos um lebendes Fleisch. Er tobte durch die Bibliothek, kippte Regale auf Soldaten und warf blutige Männer um sich wie schlaffe Puppen. Einige Krieger gaben auf und rannten davon, während andere blindlings schossen, ohne darauf zu achten, ob sie in ihrer Verzweiflung, Jack Fetch aufzuhalten, ihre eigenen Leute erschossen.

Rhea sah von der Tür aus zu, bewegte sich jedoch nicht, bis Major Williams sich aus dem Chaos löste und ein Gewehr auf sie richtete. Sein Gesicht war blutig, und er brüllte etwas, aber in dem Durcheinander gingen seine Worte unter. Es war ohnehin gleichgültig; die Waffe in seiner Hand sprach eine ausreichend deutliche Sprache. Sie versuchte aufzustehen, aber ihre Beine waren noch nicht kräftig genug. Sie rutschte auf dem Hintern rückwärts, und Williams folgte ihr. Und dann stand plötzlich jemand zwischen ihr und dem Krieger. Williams schoß trotzdem, doch der Neuankömmling lachte nur leise und fing die Kugel aus der Luft auf. Er wog sie lässig in der Hand und warf sie dann seelenruhig zur Seite, während Williams ihn mit ungläubiger Miene anstarrte. Rhea blickte zu dem Neuankömmling auf, und er wandte sich ihr zu und lächelte sie an.

»Keine Angst, Liebes«, sagte Leonard Ash. »Alles wird gut.«

Williams warf das Gewehr auf Ash und rannte davon. Ash holte ihn mit wenigen Schritten ein, hob ihn mit einer Hand hoch und schleuderte ihn mit dem Gesicht voran gegen die nächste Wand. Der Putz bröckelte unter dem Aufprall. Williams rutschte zu Boden und blieb zuckend liegen. Ash kam zu Rhea zurück, half ihr beim Aufstehen, und sie klammerte sich mit all ihrer verbliebenen Kraft an ihn, als befürchtete sie, er könnte wieder verschwinden, wenn sich ihr Griff um ihn lockerte. Er murmelte ihr beschwichtigende Worte zu, und allmählich wurde ihr Atem wieder normal.

»Du hättest dir wirklich keine Sorgen zu machen brauchen«, sagte Ash schließlich. »Ich bin tot, hast du das vergessen? Man kann einen Mann, der bereits tot ist, nicht umbringen. Ich wurde zu einem bestimmten Zweck zurückgebracht, und bevor ich herausgefunden habe, was es ist, finde ich keine Ruhe. Ich habe eine Weile gebraucht, um mich in Ordnung zu bringen und dann dich ausfindig zu machen, aber ich bin so schnell wie möglich hergekommen. Laß uns von hier verschwinden. Jack hat anscheinend alles bestens unter Kontrolle. Er ist mir im Kämpfen haushoch überlegen. Ich gehe zu leicht kaputt.«

Rhea schlug ihm gegen die Brust. Es steckte nicht viel Kraft in ihrem Schlag, aber er grunzte trotzdem folgsam.

»Geh und hol Williams«, sagte sie und schob sich

von Ash weg. »Ich muß mit ihm reden. Vielleicht ist er jetzt für vernünftige Argumente zugänglicher.«

Ash zuckte die Achseln, ging zur Wand, hob Williams auf und brachte ihn zurück. Der Major stand wackelig auf den Beinen, und Blut tropfte aus seiner gebrochenen Nase, aber seine Augen waren klar.

»Wir müssen das Kämpfen beenden«, sagte Rhea knapp. »Es sind bereits zu viele ums Leben gekommen. Ich spreche für die Stadt, du kannst für die Krieger sprechen. Als Bürgermeisterin von Schattenfall bin ich bereit, über die Bedingungen eurer Kapitulation zu verhandeln.«

Williams lachte atemlos. »Eure Stadt ist eine Abscheulichkeit, ein Brutplatz für Sünder und abgründige Geschöpfe. Ich werde sie in Schutt und Asche legen und alle ihre Bewohner abgeschlachtet sehen, bevor ich meine Männer zurückziehe. Eure Existenz ist an sich schon eine Beleidigung. Zur Hölle mit euch.«

Er brachte von irgendwoher ein Messer zum Vorschein, und Ash trat schnell vor, um sich zwischen Williams und Rhea zu stellen, aber der Major richtete das Messer gegen sich selbst und stieß es sich, ohne mit der Wimper zu zucken, ins Herz. Er sackte seitlich zusammen und blieb reglos liegen. Ash stieß mit dem Fuß gegen den Körper, aber es erfolgte keine Reaktion.

»Fanatiker«, sagte Ash. »Wir können mit solchen Leuten nicht klarkommen, Rhea. Entweder wir oder sie. Wir oder sie.«

Die Krieger rasten durch die Stadt wie aufgeschrecktes Vieh, verfolgt von einem Feind, dem sie sich nicht entgegenstellen konnten. Sie rannten blindlings, ohne darauf zu achten, wo sie waren oder wohin sie gingen. Sie wußten nur, daß die Musik, die noch in ihren Köpfen und in ihren Herzen dröhnte, sie außer Rand und Band gebracht hatte. Sie rannten, und hinter ihnen kamen Sean Morrison und seine Musikerfreunde und Elfen aller Ränge. Die Krieger blickten nicht zurück, wagten es nicht. Für sie war jetzt nur noch der verzweifelte Wunsch wichtig, aus dieser schrecklichen Stadt herauszukommen, die ganz und gar nicht das war, was sie erwartet hatten. Sie warfen unter dem Laufen ihre Waffen und die Munition weg – da sie jetzt keinen Nutzen mehr für sie hatten und sie zu schwer zum Tragen waren. Hexen und Blutsauger hatten ihre Hubschrauber vom Himmel geholt, und die Panzer und Mannschaftswagen waren im klaffenden Maul von Cromm Cruach, dem Großen Wurm, verschwunden. Die Krieger rannten schreiend, schluchzend und heulend durch die verwüsteten und von Feuer geschwärzten Straßen, und die Musik trieb sie weiter wie eine Peitsche. Magie und Macht steckten in der Musik, und der eitle, selbstgefällige Glaube der Krieger reichte angesichts der wahren Glorie nicht aus.

In einer anderen Straße, einem anderen Teil der Stadt rannten weitere Soldaten, verfolgt von Jack Fetch, Leonard Ash und Rhea Frazier. Nicht viele Soldaten, vielleicht hundert, aber jeder einzelne so sehr durch das, was sie den Geist und die Vogelscheuche hatten tun sehen, demoralisiert, daß in ihren Herzen für nichts anderes Platz war als die Flucht. Sie liefen, bis ihre Beine schmerzten und ihre Lungen wie wild arbeiteten, und hinter ihnen kam eine zerlumpte Gestalt mit einem geschnitzten Lächeln, das niemals müde wurde. Ash und Rhea folgten danach in einem Krieger-Jeep, jeder glücklich über die Anwesenheit des anderen. Die Krieger rannten, und die drei Rachefurien folgten ihnen dicht auf den Fersen, zu jedem Hackentritt bereit.

Und durch eine andere Straße kamen noch mehr Krieger, die letzten fliehenden Überbleibsel einer einstmals großen Armee. In ihrer Panik warfen sie ihre Waffen weg, denn der Teufel persönlich war hinter ihnen her – so dachten sie jedenfalls. Aber es war nur ein

Mann, der endlich zu seiner ehrfurchterregenden Stärke auflief. James Hart, der Mann der Prophezeiung, und ihn durchströmte die ganze Macht der Stadt und des Meisters der Zeit. Er wurde von der Luft getragen, dank seiner Magie schwebend, und in einigem Abstand, nach besten Kräften Schritt haltend, folgten Polly Cousins und Suzanne Dubois. Ihre Verletzungen störten sie nicht mehr, denn er hatte sie allesamt durch seine Berührung geheilt, aber dennoch hatten sie schwer zu kämpfen, um bei der wilden Jagd mitzuhalten. Hart hatte vergessen, daß sie da waren, geblendet durch das Licht seines eigenen Glorienscheins. Die beiden Frauen bemühten sich, ihm zu folgen, da sie nicht zurückfallen wollten, hatten andererseits aber auch Angst, ihm zu nahe zu kommen. Das war nicht der Mann, den sie kannten oder geglaubt hatten zu kennen. Dieser James Hart war eine neue Person, verändert und sehr gefährlich.

Und schließlich, beinahe so, als ob die Stadt es so geplant hätte, trafen die drei Strömungen fliehender Soldaten auf einem Platz zusammen, auf der großen freien Fläche des Gorky-Platzes. Sie kamen langsam zum Stillstand und wurden zu einer großen wuselnden, wirren Menge, die sich umblickte und prüfte, was ihr der Kampf beschert hatte. Der Platz bot eine ausgedehnte freie Fläche im Herzen der Stadt, an allen Seiten gesäumt von hoch aufragenden Gebäuden aus uraltem Stein, düster vor sich hin grübelnd wie eine Reihe grauer Berge. Die Soldaten suchten nach einem Ausweg, doch alle Straßen waren versperrt. Plötzlich war alles ruhig.

Am Ende der breiten Straße stand das Elfenvolk, mit Morrison und seinen Musikern, die nun still waren, an der Spitze. In einer anderen Straße stand Jack Fetch mit Blut an den Händen, in Begleitung von Ash und Rhea, die erstaunt die gefangene und demoralisierte Armee vor sich betrachteten. An der dritten Einmündung stand James Hart, eingehüllt in seinen Glorienschein, als schweigende Gerichtsbarkeit am Rand des Platzes. Die letzte Straße füllte sich allmählich mit Licht und bot sich offen und leer dar. Ein leises Raunen lief durch die Soldaten, um jäh zu verstummen, als der Boden plötzlich aufriß und sich teilte und einen breiten Spalt bildete, durch den man das krankhaft weiße Fleisch des Großen Wurms sah.

Das Raunen erhob sich erneut, als den Soldaten bewußt wurde, daß sie gefangen und umzingelt waren. Die beobachtenden Gruppen am Rand des Platzes machten sich auf allerlei gefaßt. Niemand kämpft bösartiger als die in die Enge getriebene Ratte. Offiziere erhoben die Stimmen hier und da zwischen den Kriegern, forderten die Soldaten auf, bis zum letzten Mann zu kämpfen, mit bloßen Händen, wenn es nötig sein sollte. Gottes Name wurde viele Male angerufen, als Antrieb und als Warnung. Die Soldaten sahen einander an, dann wanderten ihre Blicke zu den gegnerischen Kräften um sie herum, die ihrerseits gleichgültig zurückblickten. Ein Offizier erhob die Stimme bedrohlich, und ein Schuß knallte. Der Offizier sackte tot zu Boden, die Soldaten um ihn herum wichen zurück, und es dauerte eine lange gespannte Weile, bis allen klar wurde, daß der Schuß aus seinen eigenen Reihen gekommen war. Eine Bewegung lief durch die dicht gedrängte Menge, als sowohl den Soldaten als auch den Offizieren klar wurde, in welche Richtung die meisten Waffen zeigten. Dann entfernte sich ein Offizier aus der Menge, gefolgt von einem Soldaten, der ihm einen Gewehrlauf in den Rücken drückte, und sie näherten sich langsam Rhea Frazier. Sie ging ihnen entgegen, mit Ash als aufmerksamem Wächter zur Seite.

Der Offizier verbeugte sich, ein klein wenig spöttisch. »Sie sind die Bürgermeisterin dieser Stadt, wie ich gehört habe. Wie es den Anschein hat, wünschen wir uns zu ergeben.«

»Ich denke, das wäre das beste«, sagte Rhea mit fester Stimme. »Ohne Bedingungen, aber ihr könnt versichert sein, daß wir euch besser behandeln, als ihr uns behandelt hättet.«

»Wir hatten keine Chance«, sagte der Offizier, der sich nicht die Mühe machte, den verbitterten Klang seiner Stimme zu verbergen. »Wir haben die Verbindung zu unserem Führer verloren, die Zauberpriester sind tot, und unser Transportsystem ist verloren oder zerstört. Gott hat uns seinen Willen bekanntgegeben. Er hat sich von uns abgewendet.«

»Außerdem«, sagte der Soldat hinter ihm, »hat man uns angelogen. Die Stadt ist überhaupt nicht so, wie man sie uns beschrieben hat. Man hat uns gesagt, wir müßten gegen Dämonen und Hexen und fremdartige Geschöpfe kämpfen, zum höchsten Ruhme Gottes. Niemand hat etwas von Frauen und Kindern und Kindheitshelden gesagt. Wir sind gekommen, um die Unschuldigen zu rächen und zu retten, und statt dessen mußten wir feststellen, daß wir sie abschlachteten. Wir haben allerlei hier gesehen, seltsame Dinge, wundervolle Dinge ... die Stadt ist nicht so, wie man sie uns dargestellt hat.«

»Nein«, sagte der Soldat Peter Caulder, der aus den Reihen der Elfen hervortrat, mit dem Bären Petz zur Seite. »Sie ist viel mehr. Dies ist ein Ort der Träume und der Wunder, und wir sind hier Amok gelaufen wie ungezogene Kinder in einer Kathedrale und haben alles zerstört, was wir nicht verstanden oder schätzten. Schluß mit dem Kämpfen! Schluß mit dem Töten! Wir haben hier genug Schaden angerichtet. Dies ist der Ort, an dem unsere Träume leben. Wir hätten ihn nicht zerstören können, ohne auch uns selbst zu zerstören.«

Und dann ließen alle Soldaten in der großen entmutigten Menge, einer nach dem anderen, die letzten verbliebenen Waffen fallen und hoben die Hände über die Köpfe. Die allgemeine Spannung ließ allmählich nach, als jeder auf dem Platz und außerhalb davon begriff, daß der Kampf vorüber war. Der Krieg um Schattenfall hatte sein Ende gefunden, und sie hatten ihn lebend überstanden. Menschen wandten sich einander zu und lächelten und lachten und fielen sich in die Arme, Erleichterung überkam sie wie ein Segen. Ash legte kameradschaftlich den Arm um Rheas Schulter.

»Also, Madame Bürgermeisterin, was tun wir jetzt? Wir haben gesiegt, aber die Stadt ist eine einzige Ruine. Und wie verfahren wir mit unseren Kriegsgefangenen? Wir haben nicht die erforderlichen Einrichtungen, um sie einzusperren oder sie zu bewachen, aber wir können sie auch nicht einfach laufenlassen. Nicht nach alledem, was hier geschehen ist. Die Stadtbewohner hätten kein Verständnis dafür. Und ich bin nicht sicher, ob ich es hätte …«

»Die Offiziere werden vor Gericht gestellt«, sagte Rhea. »Ebenso wie jeder andere, der für irgendeine nachweisbare Greueltat verantwortlich ist. Die anderen … waren einfache Soldaten, die nur das getan haben, was sie für das Richtige hielten. Man hat sie angelogen, und jetzt wissen sie es besser. Sie bleiben hier und werden Teil der Stadt. Bestimmt wollen sie eine Art Wiedergutmachung leisten, und auf diese Weise haben sie die Möglichkeit dazu. Sie können damit anfangen, die Toten beider Seiten zu begraben, und dann können sie sich daranmachen, die Häuser wieder aufzubauen, die sie zerstört haben. Bis das erledigt ist, werden Jahre vergangen sein, Zeit genug für beide Seiten, um zu verzeihen.«

Ash nickte, und eine Zeitlang standen sie schweigend da, jeder in seinen eigenen Gedanken versunken. Schließlich ergriff Ash das Wort. »Ich möchte wissen, was mit dem Obersten Anführer geschehen ist.«

Rhea zuckte mit den Schultern. »Ich weiß nicht. Wahrscheinlich werden wir es nie erfahren. Vielleicht hat er sich einfach in der Zeit verrechnet.«

Royces Männer mühten sich mit aller Kraft, das schwere Tor gegen den Druck des tobenden Wirbelsturms draußen zu schließen. Dichte Schneeschwaden fegten an ihnen vorbei und wehten in die Halle. Sie waren insgesamt zu zwölft, und es bedurfte ihrer vereinten Kräfte, um das Tor Zentimeter um Zentimeter zu schließen. Endlich schafften sie es; sie schoben mit Gewalt die schweren Riegel vor und lehnten sich dann ermattet gegen das Tor, während sie versuchten, wieder zu Atem zu kommen. Einige abtrünnige Schneewehen stoben noch durch die Luft, durch den unermüdlichen Druck des Sturms draußen in die Allheiligen-Halle getrieben. Royce und seine Leute klopften sich den Schnee aus Haaren und Kleidung und sahen sich um. Sie hatten einen weiten, beschwerlichen Weg zurückgelegt, um an diesen Ort zu gelangen, und er belohnte sie, indem er so riesig und eindrucksvoll war, wie sie es erwartet hatten. Die Decke verlor sich in der Dunkelheit hoch oben, und die Halle schien breit genug, um mit einem Truppentransporter hindurchzufahren. Sie war außerdem sehr still, und der Sturm draußen war trotz seines Tosens nicht einmal als Rauschen zu hören.

William Royce, Oberster Anführer der Krieger des Kreuzes, gestattete sich den schwachen Schimmer eines Gefühls der Zufriedenheit. Er hatte gelobt, an diesen Ort zu kommen, trotz aller Hindernisse, die ihm das Schicksal in den Weg gelegt hatte, und er hatte es geschafft. Von hier aus war es nur noch ein kurzer Spaziergang zu der Galerie des Frostes und der Ewigkeitspforte. Er stand still da, den Augenblick genießend, während seine Männer einen Verteidigungsring um ihnen bildeten. Es waren gute Männer, gute Soldaten. Er hatte sie im Lauf der Jahre persönlich ausgesucht und zu seiner Elitewachmannschaft ausgebildet. Er vertraute ihnen sein Leben an; vielleicht waren es die einzigen, denen er überhaupt traute. Es würde ihnen nicht gefallen, wenn sie erführen, daß sie zurückbleiben sollten, während er allein in die Halle ging. Aber dies war sein Augenblick, seine Bestimmung, und er würde das, was vor ihm lag, mit niemandem teilen. Er war endlich seinem Ziel nahe, nur wenige Augenblicke trennten ihn davon, die Ewigkeitspforte zu öffnen und die Frage zu stellen, die ihm schon ein Leben lang auf der Seele brannte. Endlich die Antwort zu erfahren …

Er erhob die Stimme, und die zwölf Männer nahmen zackig Habtacht-Stellung ein. Royce ließ den Blick über sie schweifen, erlaubte ihnen, ein wenig von seiner Frohlockung zu sehen, und dann teilte er ihnen seine Absicht mit. Er hatte recht, es gefiel ihnen nicht, aber keiner widersetzte sich ihm oder seinem Plan. Er hatte sie gut erzogen. Sie gehörten ihm mit Leib und Seele, und sie hätten ihn ebensowenig in Frage gestellt wie den Gott, dem sie alle gleichermaßen dienten. Royce befahl ihnen, am Eingang zur Halle Wache zu stehen und dafür zu sorgen, daß niemand Gelegenheit hatte, ihm zu folgen. Jeder, dessen sie ansichtig würden, sollte auf der Stelle getötet werden, ohne Ausnahme, und sie sollten bis zu seiner Rückkehr die Stellung halten, wie lange das auch dauern mochte. Sie nickten schweigend und salutierten vor ihm. Er erwiderte den Salut, lächelte kurz und machte sich auf den Weg in die Düsternis der Halle.

Die Wachen sahen ihm nach, bis er in der Dunkelheit verschwunden war, dann stellten sie sich fächerartig um den Eingang der Halle herum auf. Sie wußten, was sie tun mußten. Royce hatte es viele Male mit ihnen geprobt. Dennoch machte sie die schiere Größe der Halle nervös. Jeder Laut hallte endlos in der Stille nach, und Schatten huschten am Rand ihres Sichtfeldes hin und her. Die Soldaten legten die Gewehre mit professionellem Können an und richteten die Augen aufmerksam auf die Pforte. Was zumindest teilweise der Grund dafür war, daß sie das Mädchen namens Mad nicht sahen, das sich von hinten an sie heranschlich, bis es für sie zu spät war.

Madeleine Kresh huschte lautlos durch die Düsternis, ihre dunkle Lederkleidung verschmolz nahtlos mit der Dunkelheit. Sie hatte all ihren üblichen Schmuck und Kettenzierat abgelegt, damit sie sie nicht durch ihren Glanz oder ihr Geklimper verrieten. Sie schlüpfte hinter den ihr am nächsten stehenden Wächter und verzog das Gesicht vor Anspannung. Das Klappmesser lag als beruhigendes Gewicht in ihrer Hand, bereit zum Einsatz. Sie hatte zugunsten eines neutralen Grau auf ihr übliches schwarzes und weißes Make-up verzichtet, um ihr Gesicht in der Dunkelheit möglichst unsichtbar zu machen, und ihren Mohawk-Haarschnitt mit Fett an den Kopf geklebt, damit seine Bewegung keine Aufmerksamkeit auf sich zöge. Mad war die letzte Verteidigung zwischen dem Zeitmeister und diesen Leuten, und sie war entschlossen, ihn nicht im Stich zu lassen. Um welchen Preis auch immer.

Sie holte tief Luft, glitt geschmeidig aus der Dunkelheit und packte mit brutaler Schlichtheit einen Wächter von hinten. Eine Hand auf seinen Mund, um jeden Aufschrei zu unterdrücken, das Messer zwischen die Rippen, und dann brauchte sie nichts weiter zu tun, als den Körper in die Dunkelheit zu ziehen, bevor jemand Gelegenheit hatte, etwas zu bemerken. Sie ließ den schlaffen Körper lautlos zu Boden gleiten und prüfte mit einem schnellen Blick ihre Umgebung. Alles war ruhig. Das Ganze war in einem Augenblick vorüber gewesen. Mad stieß das Messer säuberlich durch eines der Augen des Wächters, nur um ganz sicher zu gehen, und machte sich dann für ihr nächstes Angriffsziel bereit. Sie grinste breit. Sie tat das, wofür sie geboren war, und sie fühlte sich großartig dabei. Sie hatte lange gewartet, um sich für die Güte des Zeitmeisters erkenntlich zu zeigen, aber obwohl sie die feste Absicht hatte, diese Sache so schnell wie möglich hinter sich zu bringen, um wieder zum Zeitmeister zurückzukehren, wollte sie nichts übereilen. Sie hatte Spaß. Sie hatte in den Bildern in der Galerie gesehen, was sich in der Stadt abgespielt hatte, und nun war Heimzahlung angesagt. Sie lebte zwar nicht in der Stadt, aber es war dennoch ihre Stadt. Mads Loyalitäten waren auf wenige begrenzt und von unkomplizierter Natur, und so gefiel es ihr. Sie peilte aus der Dunkelheit ihr nächstes Ziel an und verursachte absichtlich ein kurzes Geräusch, indem sie mit dem Fuß scharrte. Der Wächter drehte sich um und runzelte die Stirn; offenbar war er sich sicher, etwas gehört zu haben, wußte jedoch nicht was. Mad erzeugte noch einmal den gleichen Laut, und der Wächter kam auf sie zu. Madeleine Kresh lächelte und hielt ihr Messer bereit.

William Royce stolzierte durch die Galerie der Gebeine, den Blick starr geradeaus gerichtet. Die Bilder an den Wänden waren voller Lärm und Raserei, und manchmal tobten die Leute oder Geschöpfe innerhalb der polierten Holzrahmen in dem verzweifelten Versuch freizukommen. Royce schenkte ihnen keine Beachtung. Er hatte ein Ziel und eine Bestimmung zu erfüllen, und die Wunder der Galerie bedeuteten ihm nichts. Er wurde sich bewußt, daß er für die meisten der Szenen der Verwüstung und des Leids verantwortlich war, aber er empfand kein Schuldgefühl. Er hatte das Erforderliche getan, damit er an diesen Ort gelangte, zu diesem Zeitpunkt. Alles andere war gleichgültig. Er war schon viele Male hiergewesen, in seinen Träumen. Er hatte seit der Kindheit von der Galerie geträumt, obwohl das lange vor der Zeit gewesen war, als er die Bedeutung dieses Orts entdeckte. Die Größe und die Ausmaße hatten ihm als Kind Angst eingejagt, aber jetzt war daran für ihn nichts Beängstigendes mehr. Dies war einfach nur ein Ort, durch den er auf seinem Weg zur Ewigkeitspforte gehen mußte, mit direktem Zugang zum Höchsten Gott persönlich. Sein Puls legte einen Schlag zu, und er beschleunigte unwillkürlich seine Schritte. Er war beinahe da. Bald würde er vor der Pforte stehen, sie öffnen und seine Frage stellen, die Frage, die ihm sein Leben lang auf der Seele brannte.

Er schritt ohne Zögern durch die Korridore, die seine Träume ihm enthüllt hatten, schließlich endeten sie, und er kam zur Galerie des Frostes. Er blieb am Eingang zur Galerie stehen und spähte ehrfurchtsvoll das an, was ihm in seinen Träumen stets verwehrt geblieben war. Trotz seiner Disziplin und Zielstrebigkeit blieb er voller Bewunderung stehen, denn es gab nun einmal Dinge, die so schön waren, daß das menschliche Auge sie kaum ertragen konnte. Die Galerie des Frostes bestand aus einem feinen Flechtwerk aus gelocktem Eis und Strähnen schimmernden Mondlichts. Es war eine riesige Kuppel aus frostigen Spinnweben, unermeßlich fein, die sich hoch über ihm wölbte. Royce atmete tief durch und trat auf den Boden aus glitzerndem Glas. Die Galerie strahlte eine Anmutung von drohender Gefahr aus, eine unterschwellige Spannung, als ob das gewaltige Gebilde so genau ausbalanciert sei, daß das Reißen eines einzigen Fadens das Ganze zum Einsturz bringen würde. Ohne den Grund zu kennen, wußte Royce ohne jeden Zweifel, daß die Galerie des Frostes nur annähernd wirklich war, kaum berührbar, und selbst er zögerte einen Augenblick lang, bevor er über den Glasboden schritt.

Er wußte nicht, wie lange er unter den feinen glitzernden Eissträngen dahingegangen war, doch schließlich gelangte er zum Herz des Netzes, und zur Ewigkeitspforte. Bei ihrem Anblick hielt er inne. Es war nichts weiter als eine Tür. Eine ganz gewöhnliche, alltägliche Tür, die aufrecht und allein dastand. Royce starrte sie fassungslos an. Er hatte soviel getan, hatte so viel geopfert, hatte den weiten Weg zurückgelegt, um zu dieser Tür zu gelangen! In seinen Träumen hatte er die Ewigkeitspforte nie gesehen, aber er hatte sich alles mögliche vorgestellt – nur dieses nicht. Er fühlte sich von der Enttäuschung beinahe zermalmt, doch dann schob die Wut sie weg. An Wut war er gewöhnt. Damit konnte er umgehen. Ihm kam nicht der geringste Zweifel, daß es sich hier um die Ewigkeitspforte handelte; er wußte auf einer elementaren Ebene, daß es in dieser Hinsicht keine Frage geben konnte. Das war eines der wahren Weltwunder, und er stand davor.

»Ich weiß, was du denkst«, sagte eine ruhige Stimme neben ihm. »Du hast sie dir größer, eindrucksvoller vorgestellt. So ergeht es allen.«

Royce zuckte zusammen und drehte sich blitzschnell um – er hatte niemanden kommen hören. Neben ihm, zum Berühren nahe, stand eine würdevolle, große Gestalt in einem makellosen weißen Anzug mit einer schmuckvollen, großen Bibel in der Hand. Aber obwohl ihm das hagere, strenge Gesicht bekannt vorkam, waren die Augen älter, viel älter, und Royce hegte keinen Zweifel, wen er da wirklich vor sich hatte.

»Altvater Zeit, vermute ich. Ich bin einen weiten Weg gekommen, um dich zu besuchen. Warum siehst du wie mein Stiefvater aus?«

Der Zeitmeister zuckte mit den Schultern. »Frag mich nicht, das liegt an deinem Unterbewußtsein. Jeder sieht mich anders. Du siehst mich als Autoritätsperson, was ganz in Ordnung ist. Dein Unterbewußtsein liefert die Einzelheiten. Die Ewigkeitspforte und ich, wir sind von derselben einzigartigen Natur, geformt vom Betrachter. Die Pforte entlehnt ihr Aussehen einer wirklichen Tür in deiner Vergangenheit, einer Tür, die für dich in einem entscheidenden Augenblick deines Lebens wichtig oder bedeutend war. Erkennst du sie?«

Royce betrachtete die Ewigkeitspforte lange Zeit, dann nickte er versonnen. Er kannte sie. Er hatte sie seit Jahren nicht mehr gesehen und auch nicht an sie gedacht, aber er erinnerte sich an sie. Es war die Eingangstür des Hauses, in das man ihn als Kind gebracht hatte, nachdem seine Eltern bei einem Autounfall ums Leben gekommen waren und seine Stiefeltern ihn aufnahmen. Er hatte bei ihnen nicht viel Liebe erfahren, aber sein Stiefvater hatte ihm beharrlich den Weg des Herrn gewiesen, deshalb hatte er stets versucht, ihn in freundlichem Andenken zu bewahren, sofern er überhaupt an ihn dachte. Er erinnerte sich an diese Tür. Als er sie durchschritten hatte, hatte sich sein Leben für immer verändert.

»Ich erinnere mich daran«, sagte er schließlich. »Interessanter Symbolismus. Öffne sie.«

»Ich fürchte, so einfach ist das nicht«, entgegnete der Zeitmeister. »Hier ist noch jemand, der dich erwartet hat.«

Plötzlich wogte eine Hitzewelle von der anderen Seite zu Royce heran, und er zuckte instinktiv davor zurück. Der Gestank von Schwefel und brennendem Fleisch hing plötzlich schwer in der Luft, und noch bevor er sich umwandte, wußte Royce, wer es war, wer es sein mußte. Der Dämon, mit dem er vor so vielen Jahren einen Handel abgeschlossen hatte, war endlich gekommen, um seinen Teil zu beanspruchen. Er hob das Kinn und drehte sich langsam um, um seinen Feind zu betrachten. Er mußte seinen ganzen Mut und seine Entschlossenheit aufwenden, um keinen Schritt zurückzuweichen. Zweieinhalb Meter groß und eine beinahe unerträgliche Hitze ausstrahlend, war der Dämon als Flickwerk-Gestalt aus gleitenden Metallplatten in entfernt menschlicher Form erschienen; eine Stahlkonstruktion, die das Menschsein nur nachahmte, um es zu verhöhnen. Die Stahlplatten verschoben sich bei jeder Bewegung gegeneinander und glühten rot vor Hitze, und Metallspitzen ragten wie Dornen aus seiner Stirn, über zwei tiefsitzenden Augen aus geschmolzenem Karmesin.

»Du gehörst mir«, sagte das Wesen, und seine Stimme klang, als ob rostige Stahlstangen aneinandergerieben würden. »Die Träume, die ich dir geschickt habe, haben dich hierhergebracht – und mich ebenfalls, an diesen Ort, an den ich nicht ungerufen kommen kann. Jetzt wirst du die Pforte für mich öffnen, und ich werde meine langersehnte Rache an dem üben, der meinen Niedergang verschuldet hat.«

»Tut mir leid«, meldete sich der Zeitmeister zu Wort. »Solange Schattenfall besteht, habt ihr keine Macht über die Pforte. So ist das nun einmal. Und trotz aller Anstrengungen dieses Herrn besteht die Stadt noch.«

Der Dämon sah Royce an. »Es war einen Versuch wert. Mir bleibt immer noch eine Möglichkeit. Alle Wachen sind hier unwirksam, und nichts schützt dich vor mir. Ich habe dir Macht gewährt – als Gegenleistung für die vielen Toten, die du mir in Schattenfall versprochen hast, aber du hättest wissen müssen, daß das nicht der einzige Preis ist, den du bezahlen mußt. Durch deine Handlungen bist du verdammt, und ich werde dich deiner Verdammung zuführen. Wir werden uns köstlich miteinander amüsieren, du und ich.«

»Nicht unbedingt«, warf der Zeitmeister ein. »Du kennst die Regeln.«

Der Dämon zischte den Zeitmeister an, schwieg jedoch, und Royce merkte, daß der Dämon Angst vor dem Zeitmeister hatte. Er speicherte den Gedanken für später. Vielleicht würde er sich noch als nützlich erweisen. Er sah Altvater Zeit gebieterisch an, der seinen Blick ruhig und unbewegt erwiderte.

»Diese Pforte führt zu Gott«, sagte Royce. »Ich bin gekommen, um die Ewigkeitspforte zu öffnen, und was du auch sagst oder tust, nichts wird mich daran hindern. Du bist mächtig, aber auch ich verfüge über Macht, mehr, als du dir vorstellen kannst. Ich habe Männer als Wachen aufgestellt, die dafür sorgen, daß wir nicht gestört werden.«

»Ich fürchte, da irrst du dich«, erwiderte der Zeitmeister. »Die Männer, die du in meiner Eingangshalle zurückgelassen hast, sind tot, leider.«

Royce starrte den Zeitmeister an. Er kam gar nicht auf den Gedanken, an den Worten des Zeitmeisters zu zweifeln. Wenn sie laut seinen Worten tot waren, dann waren sie tot. Die Gelassenheit, mit der er das gesagt hatte, entsetzte ihn, aber er beherrschte sich. Dies war nicht der richtige Ort, um schwach zu erscheinen. Der Zeitmeister nickte verständnisvoll.

»Ich dächte nicht im Traum daran, dich von deinem Vorhaben abzuhalten, William. Die Ewigkeitspforte ist für alle da. Wenn du wirklich entschlossen bist, mit Gott zu sprechen, dann brauchst du nur diese Tür zu öffnen und hindurchzugehen. Allerdings, wenn du es tust, gibt es keine Rückkehr für dich. Sieh mich nicht so an, William. Ich habe die Regeln nicht gemacht. Ich arbeite nur hier.«

»Was ist hinter der Pforte?« fragte Royce. Sein Mund war trocken, aber es gelang ihm, seiner Stimme einen festen Klang zu geben.

»Ich weiß es nicht«, erwiderte der Zeitmeister. »Es ist der einzige Ort in Schattenfall, den ich nicht sehen kann. Es ist das letzte große Geheimnis, die endgültige Antwort auf alle Fragen, die du jemals hattest. Und ist das nicht der Grund, warum du hergekommen bist? Um eine Frage zu stellen?«

»Ja«, sagte Royce. »Eine Frage. Eigentlich eine ganz einfache Frage, aber sie hat mich mein ganzes Leben lang bewegt. Gibt es wirklich einen Gott?«

Der Dämon zischte, rührte sich jedoch nicht. Der Zeitmeister lächelte.

»Ich muß es *wissen*«, sagte Royce. »Ich habe mein ganzes Leben um Gott und sein Wort herum aufgebaut. Ich habe jede Aussicht auf ein normales Leben aufgegeben, alle Hoffnung auf irdische Liebe und eine Familie, um mich ganz dem Herrn hinzugeben. Ich habe mich zum Krieger ausbilden lassen, habe mein Heer aufgebaut und hierhergebracht, weil letzten Endes der Glaube allein nicht ausreicht – solange es nicht tatsächlich einen Beweis gibt. Wenn es Gott gibt, dann ist alles, was ich getan habe – und ich habe schreckliche Dinge getan –, zu rechtfertigen. Wenn nicht, dann war mein Leben eine Lüge, und es war alles umsonst. Alle die Toten, das ganze Leid ... alles, was ich aufgeben habe, um Führer zu sein.

Ironie des Schicksals, nicht wahr – eine Armee von christlichen Fanatikern ohne jede Zweifel, angeführt von einem Mann, der seinen Glauben verloren hat.

Ich träume schon so lange von diesem Ort. Von der Ewigkeitspforte, hinter der alle Wahrheit zu finden ist, alle Fragen beantwortet werden. Ich mußte hierherkommen, um jeden Preis, um zu *wissen*, jenseits jedes Schattens eines Zweifels. *Wissen.*«

Er trat vor und öffnete die Ewigkeitspforte. Licht strömte heraus, hell, warm und freundlich. Er schritt ohne Zögern in den Lichtschein, und die Pforte schloß sich hinter ihm, schnitt das Licht ab. Die Welt war ohne das Licht dunkler. Altvater Zeit sah den Stahldämon an.

»Vielleicht kommt der Tag, da niemand mehr an dich glaubt. Was tust du dann?«

»Soweit ist es noch nicht«, antwortete der Dämon, und seine Stimme klang wie knirschender Rost. »Und bis dahin geschieht vielleicht noch so manches.«

Er verschwand und hinterließ nur einen flüchtigen Gestank von Schwefel und zwei flammende Fußabdrücke an der Stelle, wo er gestanden hatte. Der Zeitmeister trat sie aus. Er betrachtete die geschlossene Pforte und seufzte leise. Für ihn war es auch noch nicht an der Zeit, hindurchzutreten, aber eines Tages würde sogar er sie durchschreiten und sehen müssen, was auf der anderen Seite war. Er freute sich eigentlich darauf. Er wandte sich von der Ewigkeitspforte ab und kehrte durch die Galerie des Frostes zurück. Hoffentlich hatte Mad inzwischen ihr Werk vollendet und die Sauerei weggeputzt. Er hoffte es. Er hatte das Gefühl, er könnte eine schöne starke Tasse Tee gebrauchen, und er haßte es, wenn er sie sich selbst zubereiten mußte.

Der Zeitmeister schritt durch das schimmernde Geflecht aus Eis, und die Pforte wartete geduldig hinter ihm auf alle jene, die noch kommen sollten.

11. KAPITEL

# Endspiel

Rhea Frazier steuerte den Krieger-Jeep mit so hoher Geschwindigkeit durch die leeren Straßen, daß Ash verstohlen nach seinem Sicherheitsgurt griff. Er mochte zwar tot sein, dennoch war es unvernünftig, ein Wagnis einzugehen. Rhea hatte den Jeep vor der Bücherei gefunden, wo ihn die Krieger auf dem Rückzug stehengelassen hatten, und ihn auf der Stelle beschlagnahmt. Ash war nicht ganz überzeugt davon, daß sie dazu befugt war, aber er war klug genug, dies nicht zur Sprache zu bringen. Rhea hatte keine Lust, sich durch kleinliche Zweifel aufhalten zu lassen. Es stellte sich heraus, daß die Krieger immerhin soviel Verstand gehabt hatten, den Zündschlüssel nicht stecken zu lassen, aber Ash bedachte den Motor mit einem strengen Blick, und dieser sprang gehorsam an. Rhea fuhr den Jeep mit zunehmender Geschwindigkeit durch die verwüsteten Straßen und starrte dabei verbissen geradeaus. Es war, als ob sie den Anblick dessen, was ihrer Stadt zugefügt worden war, nicht ertragen könne und sich einbildete, wenn sie nur schnell genug hindurchführe, würde ihr der Durchbruch in ein Stadtgebiet gelingen, das auf wundersame Weise unbeschädigt davongekommen war. Doch wie schnell sie auch fuhr, sie sah immer mehr Zerstörung, weitere schwelende Feuer, mehr Leichen, die auf der Straße herumlagen. Die Krieger waren nach Schattenfall gekommen, und es würde nie wieder so sein, wie es war.

Der Jeep dröhnte durch die Straßen, die Stadt zog vorbei, und am meisten bedrückte Ash das Fehlen bestimmter Dinge. Niemand ging auf der Straße, niemand kam, um die Toten zu betrauern. Die wenigen Überlebenden spähten nervös hinter verbarrikadierten Fenstern hervor. Abgesehen von dem Jeep herrschte keinerlei Verkehr auf der Straße. Alle Ampeln zeigten Rot, doch Rhea schenkte ihnen keine Beachtung. Die Krieger waren besiegt, doch das Gefühl der Belagerung war geblieben, als ob die Feindseligkeiten nur vorübergehend unterbrochen worden wären und der anfällige Friede nur eine Pause vor dem nächsten Gemetzel wäre. Ashs Miene war finster. Auch ihn quälte eine böse Ahnung, doch er hätte sie nicht genau zu bestimmen vermocht. Er verdrängte das Gefühl und sah Rhea wieder an. Ihr Gesicht wies viele blaue Flecken auf, und irgendein Schweinehund hatte ihr die Unterlippe aufgerissen, aber sie wirkte so hartnäckig und kompromißlos wie immer. Und das beunruhigte Ash mehr als alles andere. Ein so starres, beherrschtes Verhalten konnte nicht gesund sein. Früher oder später würde sie in ihrem Tun innehalten müssen, um all jenes zu betrauern, was sie durch die Invasion verloren hatte, und je länger sie es hinausschob, desto schwerer würde es für sie. Sie hielt sich selbst andauernd auf Trab, damit sie nur keine Zeit zum Nachdenken hatte. Aber die Stadt war immer noch da, wie schnell sie auch durch sie hindurchbrausen mochte. Ash schaukelte auf seinem Sitz, als der Jeep mit hoher Geschwindigkeit um eine Ecke bog, und er sah sich um. Vermutlich strebte Rhea ein bestimmtes Ziel an, doch Ash hatte keine Ahnung, was es sein mochte. Er war sich nicht einmal ganz sicher, wo er sich befand. Eine zerschossene und niedergebrannte Straße glich so ziemlich der anderen.

»Wohin fahren wir eigentlich?« fragte er schließlich und erhob dabei die Stimme, um sich über das Dröhnen des Motors Gehör zu verschaffen; er versuchte, nicht mit der Wimper zu zucken, während Rhea den Jeep durch eine Reihe von Schlaglöchern steuerte, ohne die Geschwindigkeit zu verringern.

»Wir besuchen Richard Erikson«, antwortete Rhea knapp. »Hoffentlich treffen wir ihn in seinem Büro an. Die Stadt braucht eine mit der nötigen Autorität ausgestattete Schaltzentrale für Koordination und Kommunikation, wenn wir uns an die Wiederherstellung der alten Ordnung machen. Es gibt so vieles zu tun … wir müssen herausfinden, welche Mittel uns noch zur Verfügung stehen und wie wir sie am besten nutzen können. Leute, Fähigkeiten, Vorräte … Wir können die Welt draußen nicht um Hilfe bitten, deshalb muß alles, was wir brauchen, von uns selbst kommen. Alle Stadtratsmitglieder sind tot, wir müssen also etwas unternehmen, um so etwas wie eine Obrigkeit herzustellen, eine Art Befehlskette. Sonst rennt jeder hierhin und dorthin und ist jedem anderen im Weg und übersieht die Dinge, die wirklich getan werden müssen. Wir müssen unser Dasein ordnen, Leonard, und dafür brauchen wir den Sheriff und seine Leute.«

Sie verlangsamte den Jeep ein wenig und blickte sich um, als ob sie zum erstenmal bemerke, durch welche Gegend sie fuhr. Alles hatte irgendwie Schaden genommen, und hier und da stieg noch Rauch in den frühmorgendlichen Himmel auf. Da gab es umgekippte und ausgebrannte Autos, zerbrochene Fenster und zerschmetterte Straßenlaternen, und überall lagen Leichen. Sie lagen wahllos verstreut an den unterschiedlichsten Stellen, in grotesk verzerrten Stellungen, und man mußte sich in den Sinn rufen, daß es ihnen nichts mehr ausmachte. Rhea seufzte und konzentrierte sich auf die Straße. Zum ersten Mal sah sie müde und niedergeschlagen aus, als ob die Ereignisse der langen Nacht sie nun doch eingeholt hätten.

»Die Krieger müssen die zahlenmäßige Größe einer

üblichen Armee gehabt haben, um soviel Schaden anzurichten«, sagte sie schließlich. »Ich denke immer noch, es müßte doch ein Gebiet in der Stadt geben, das sie nicht erreicht haben, eine von ihnen unberührte Gegend, aber nein … Was wir auch tun werden, die Stadt wird niemals mehr so sein wie zuvor. Schattenfall war als Zuflucht für jene gedacht, die der Welt entkommen wollten, ein Ort, an dem sogar Träume und Legenden vor dem Dahinscheiden Frieden und Trost finden konnten. Aber die Welt hat uns trotzdem gefunden. Ich lege mir im Geist dauernd Pläne für einen Neuaufbau zurecht, für eine Wiederherstellung der alten Zustände, aber dann sehe ich mich um und frage mich: Welchen Sinn soll das haben? Bei so vielen Toten, soviel Zerstörung, wäre es vielleicht gnädiger, die Dinge auf sich beruhen zu lassen und sich aus dem Staub zu machen.«

»Nein«, widersprach Ash. »Wir müssen Schattenfall wieder aufbauen und lebensfähig machen. Sonst hätten die Krieger letzten Endes wirklich gesiegt.«

Rhea schniefte einmal kurz, dann konzentrierte sie sich wieder aufs Fahren, wofür Ash dankbar war. Rhea hatte noch nie gern einen Rat angenommen, schon damals nicht, als er noch lebendig war. Aber sie hatte auch noch nie vom Aufgeben gesprochen. Die Invasion hatte alle verändert. Sie fuhren schweigend weiter, bis sie schließlich die Operationszentrale des Sheriffs erreichten. Das Gebäude gehörte zu einem Block, in dem mehrere öffentliche Dienststellen untergebracht waren; der gesamte Komplex machte den Eindruck, als sei er von dem Kampfgeschehen einigermaßen verschont geblieben. Rhea hielt an und blieb eine Zeitlang stirnrunzelnd sitzen. Die Krieger mußten gewußt haben, wo sich das Büro des Sheriffs befand, und logischerweise hätte eine ihrer ersten Handlungen darin bestehen müssen, jemanden von seiner Wichtigkeit gefangenzunehmen. Sie zuckte mit den Schultern, doch der Gedanke ließ sie nicht los, und sie runzelte immer noch die Stirn, als sie den Jeep auf einem Platz mit dem Schild RESERVIERT abstellte und aus dem Wagen sprang, noch bevor der Motor ganz zum Stillstand gekommen war.

Sie rannte die Treppe zu dem Gebäude hinauf, dicht gefolgt von Ash, und spürte, wie sich der Druck in ihr beinahe unerträglich aufbaute, um dann festzustellen, daß niemand da war, an dem sie ihn hätte ablassen können. Das Haus war leer, gespenstisch ruhig. Eigentlich hätten Hilfssheriffs und Büroangestellte emsig hin und her laufen, Anfragen beantworten und sich mit allerlei anstehenden Problemen beschäftigen müssen, aber die Flure waren menschenleer, und die Türen unbesetzter Amtsstuben standen auf, wohin sie auch blickten. Rhea und Ash gingen weiter, ihre Schritte hallten laut in der Stille, und niemand hielt sie auf. Schließlich gelangten sie zum Privatbüro des Sheriffs, und im Vorzimmer trafen sie zwei seiner Stellvertreter an, schlaff in Sesseln lümmelnd und Kaffee trinkend. Sie sahen auf, als Rhea und Ash eintraten, und erhoben sich, als sie Rhea erkannten. Einer der Hilfssheriffs war blond, der andere dunkelhaarig, aber sie ähnelten sich vom Typ her: groß, muskulös und um die Leibesmitte ein wenig füllig, vom vielen Sitzen in Autos auseinandergegangen. Beide sahen müde aus, und beide hatten Blut an der Uniform, das offenbar nicht von ihnen selbst stammte. Beide warfen einen kurzen Blick zu der geschlossenen Tür des Privatbüros des Sheriffs, aber keiner sagte etwas.

»Also gut«, sagte Rhea kalt. »Was, zum Teufel, geht hier vor? Hoffentlich habt ihr eine gute Antwort parat, denn ich bin nicht in der Stimmung für eine schlechte. Ich habe einen wirklich schweren Tag hinter mir, und der eure könnte noch um einiges schwerer werden. Redet!«

Die beiden Hilfssheriffs tauschten Blicke aus. »Ich

bin Collins«, sagte der Blonde. »Das hier ist Lewis. Derzeit verkörpern wir das Gesetz in Schattenfall. Was nur zeigt, wie verzweifelt die Lage ist. Unsere Kollegen sind entweder tot oder vermißt und vermutlich tot, und der Sheriff ist … unpäßlich. Das Funksystem ist außer Betrieb. Es gibt niemanden mehr, der es bedienen könnte. Anscheinend sind die Krieger vor kurzem hier eingedrungen und haben sämtliche Anwesenden im hinteren Teil der Büros in einer Reihe an der Wand aufgestellt und dann erschossen. Die Leichen liegen noch dort, falls ihr einen Blick darauf werfen wollt. Wahrscheinlich hatten die Krieger vor, dieses Gebäude einzunehmen und es für ihre eigenen Zwecke zu nutzen, aber als Lewis und ich hier ankamen, war niemand mehr da. Wir waren die ganze Nacht auf, sind wie die Verrückten hierhin und dorthin gesaust, um zu helfen, wo wir konnten. Jetzt sind wir müde und machen eine kleine Pause. Und wenn dir das nicht paßt, Madame Bürgermeisterin, dein Pech. Wir sind mit unseren Kräften am Ende.«

Rhea überraschte Ash durch den ruhigen, besonnenen Ton ihrer Stimme. »Wir alle sind müde, aber wir können uns jetzt keine Rast gönnen. Die Invasion wurde aufgehalten, aber es gibt noch vieles zu tun. Die Toten müssen geborgen und beerdigt werden, sonst werden bald Epidemien die Stadt überschwemmen. Dann müssen für die Überlebenden Nahrungsmittel, Wasser und Unterkünfte besorgt werden. Wir werden uns später ausruhen, wenn wir Zeit dafür haben. Richard ist in seinem Büro, nehme ich an?«

Die beiden Hilfssheriffs sahen wieder zu der geschlossenen Tür, und Collins nickte zögernd. »Er ist da, aber ihr könnt ihn nicht aufsuchen. Er empfängt im Augenblick niemanden.«

»Mich wird er empfangen«, sagte Rhea. »Ich zahle sein Gehalt.« Sie marschierte energischen Schrittes zu der Tür und rüttelte am Griff. Sie war verschlossen. Rhea betrachtete die Tür und hob die Stimme. »Richard, hier ist Rhea. Mach auf! Wir müssen miteinander reden.«

Es kam keine Antwort. Rhea rüttelte erneut am Türgriff, dann trat sie zurück und machte Ash ein Zeichen. Er starrte die Tür mit festem Blick an, und sie öffnete sich mit einem Klicken. Rhea marschierte in Eriksons Büro, eine bissige Bemerkung auf den Lippen, die sie jedoch hinunterschluckte, als sie Richard Erikson in seinem Sessel sitzen sah: Sein Kopf war auf den Schreibtisch gesunken, und er schlief tief und fest. Seine Kleidung war an einigen Stellen versengt, als ob er irgendwann einem Feuer zu nahe gekommen wäre. Anfangs dachte Ash, der Mann sei einfach erschöpft, doch dann entdeckte er die leere Whiskeyflasche, die neben dem Schreibtisch am Boden lag, und die offene Flasche nicht weit von Eriksons ausgestreckter Hand entfernt. Rhea stieß einen langen Seufzer aus.

»Oh, Richard ... nicht jetzt. Nicht *jetzt*!«

Sie trat zu ihm und schüttelte ihn an der Schulter. Er bewegte sich und murmelte etwas, aber das war alles. Rhea machte Ash ein Zeichen, und gemeinsam schafften sie es, Erikson in seinem Sessel in eine mehr oder weniger aufrechte Stellung hochzuziehen. Rhea prüfte anhand ihrer Armbanduhr seinen Puls und rümpfte die Nase über den Geruch von ausgedünstetem Alkohol, den er verströmte.

»Ist er ... okay?« fragte Ash.

»Sturzbetrunken, aber er weilt noch unter uns.« Rhea ließ den Arm des Sheriffs los, und dieser sank schlaff auf den Schreibtisch zurück. Er sank schwer auf die Platte, und Ash zuckte mitleidig zusammen. Rhea warf einen Blick zur Tür, wo die beiden Hilfssheriffs standen. »Lewis, Collins, kommt rein. Wie lange ist er schon in diesem Zustand?«

Die beiden Hilfssheriffs zuckten beinahe gleichzeitig die Schultern. »Er war schon so, als wir vor einer Stunde hier angekommen sind«, sagte Collins. »Er muß irgendwo draußen gewesen sein, als seine Mitarbeiter umgebracht wurden. Wir haben während der ganzen Invasion versucht, ihn zu erreichen, aber er hat nie geantwortet. Jetzt wissen wir warum. Ich entnehme deinem Gesichtsausdruck, Madame Bürgermeisterin, daß du nicht ganz überrascht bist.«

»Nicht so ganz, nein«, sagte Rhea. »Er hat in kritischen Situationen schon immer gern getrunken. Als erstes muß man ihn aufwecken, dann ausnüchtern. Wir brauchen ihn an allen Ecken und Enden. Der Sheriff ist ein Symbol, die Leute hören auf ihn, wenn sie auf mich vielleicht nicht hören. Ich nehme an, es gibt in diesem Haus Duschen. Gut. Bringt ihn dorthin, zieht ihn aus und stellt ihn unters kalte Wasser. Ich mache Kaffee. So oder so, ich möchte, daß er in weniger als einer Stunde wieder voll auf dem Damm ist. Warum steht ihr da noch rum?«

Collins sah Lewis an und deutete mit einem Kopfzucken auf die Bürgermeisterin. »Und ich dachte immer, er übertreibt, was sie betrifft. Ich nehme den einen Arm, du nimmst den anderen. Wenn er aussieht, als müsse er kotzen, laß ihn fallen. Ich will nicht, daß meine Klamotten noch mehr versaut werden.«

Sie schleppten ihn zur Tür, und Collins drehte sich um. »Vielleicht willst du dir die Papiere auf seinem Schreibtisch ansehen. Wir haben sie ihm hingelegt, damit er sie gleich lesen kann, wenn er wieder bei sich ist.«

Rhea nahm die Papiere vom Schreibtisch und widmete sich ihnen eingehend, während die beiden Hilfssheriffs ihren Chef aus dem Büro schleppten. Ash war im Begriff, eine feinsinnige Äußerung bezüglich Erikson zu machen, doch er hielt inne, als er ihren Gesichtsausdruck sah. Sie sah plötzlich müde und niedergeschlagen aus, als ob das, was sie in den Berichten gelesen hatte, genau der Tropfen gewesen sei, der das Faß zum Überlaufen gebracht hatte.

»Was ist?« fragte Ash.

»Anscheinend sind unsere Schwierigkeiten noch nicht überstanden«, sagte Rhea. »Nach diesen Berichten gibt es zunehmend Hinweise auf eine Reihe von Morden, die in keinem Zusammenhang mit den Kriegern stehen und die während der Invasion stattfanden. Einige in Gegenden, die die Krieger kaum berührt haben. Aus den Schriftstücken geht eindeutig hervor, daß unser hiesiger Serienmörder die Invasion als Deckung für seine Mordtour benutzt hat. Wie üblich gibt es keine Zeugen und keine Indizien, nur Leichen.«

Sie standen eine Zeitlang schweigend da. Rhea ließ die Papiere auf den Schreibtisch sinken und setzte sich auf den Sessel des Sheriffs.

»Was sollen wir tun?« fragte Ash.

»Zuerst müssen wir Richard ausnüchtern«, sagte Rhea. »Und dann ... werden wir eine Falle aufstellen.«

Mad zog den letzten toten Krieger durch einen Flur in der Galerie der Gebeine, als der Zeitmeister Verbindung mit ihr aufnahm. Der letzte Tote war der schwerste von allen, und sie hatte ihn sich absichtlich bis zuletzt aufgehoben. Fast zwei Meter groß und bestimmt zweihundertfünfzig Pfund schwer. Ein boshafter Gedanke war ihr durch den Kopf geschossen: ihn ausstopfen und an einer bevorzugten Stelle in der Galerie aufstellen zu lassen, um Besuchern Angst und Schrecken einzujagen. Aber sie wußte, daß sie den Zeitmeister niemals dazu würde überreden können. Der Mann hatte keinen Sinn für Stil. Sie hielt erneut an, um Luft zu holen, und drückte den schmerzenden Rücken durch. Es war harte Arbeit gewesen, die zwölf Krieger wegzuschaffen, die sie getötet hatte, doch während der meisten Zeit hatte sie bei der Arbeit vergnügt vor sich hin gesummt und gepfiffen. Zwölf professionelle Kämpfer, bis an die Zähne bewaffnet und triefend vor Testosteron, und keiner von ihnen hatte vorausgesehen, was auf ihn zukam, bis sie es ihm zwischen die Rippen gerammt hatte.

Sie hatte die vorigen elf in ein Bild mit einer bodenlosen Grube fallen lassen. Jedenfalls nahm sie an, daß sie bodenlos war. Immerhin war noch nie etwas, das sie hineingeworfen hatte, jemals wieder aufgetaucht, um sich zu beschweren. Der zwölfte Leichnam war nicht nur der größte und schwerste, sondern lag auch am weitesten von dem Bild entfernt, aber dennoch hatte sie es in einer guten Zeit geschafft, ihn durch die Flure zu ziehen. Sie würde später zurückgehen und die blutige Spur wegwischen. Nun, genau gesagt würde sie wahrscheinlich einen Automaten mit dem Saubermachen beauftragen, sobald diese wieder funktionierten. Mad verfügte über keinerlei praktische hausfrauliche Veranlagung.

Sie hievte die Brust der Leiche über den Rand des Bildes und wollte dann den Rest des Körpers dazu bringen, ihr zu folgen. Sie strengte sich so sehr an, daß ihr die Augen aus den Höhlen traten und der Schweiß übers Gesicht rann, doch das verdammte Ding ruckte keinen Zentimeter weiter. Sie holte aus und versetzte ihm ein paar Fußtritte, einfach so – aus Prinzip, dann packte sie ein Bein und versuchte, den Körper über den Rand zu hebeln. Sie stemmte sich mit ihrem ganzen Gewicht dagegen, und schließlich brachte sie ihn in die richtige Kipplage. Noch ein letzter Ruck, und er würde über den Rand fallen. Und natürlich war das genau der Augenblick, da die Stimme des Zeitmeister laut in ihrem Kopf erklang.

*Madeleine. Komm her! Ich brauche dich.*

»Hat das nicht einen Augenblick Zeit?« fragte Mad ein wenig atemlos. »Ich habe gerade alle Hände voll zu tun.«

*Komm! Jetzt gleich.*

»Dies ist eine der Gelegenheiten, bei denen ich das starke Gefühl habe, unserer Beziehung könnte ein wenig professionelle Beratung guttun. Oder, um es anders auszudrücken, wenn du nicht ›Bitte‹ sagst, und zwar in einem Ton, der zeigt, daß du es ernst meinst, komme ich nicht nur nicht zu dir, bevor in der Hölle Sonnenliegen aufgestellt werden. Vielleicht entschließe ich mich sogar dazu, hier stehenzubleiben und die Luft anzuhalten, bis ich blau anlaufe.«

*Bitte, komm! Ich brauche deine Hilfe.*

»Das hört sich schon besser an«, brummte Mad. »Bin gleich da, wenn mir nicht vorher das Kreuz durchbricht. Öffne schon mal die Flaschen mit den Einreibemitteln und richte ein paar Kissen her.«

Sie umklammerte das Bein des toten Kriegers mit festem Griff und widmete sich mit erneuter Anstrengung ihrer schweren Aufgabe. Die Leiche wippte am Rand, und es gab eine kurze Auseinandersetzung darüber, wer von ihnen die Übermacht hatte, dann gab die Leiche nach und glitt elegant über den Rand, um in der Dunkelheit zu verschwinden.

Mad spuckte hinter ihr her, wischte sich mit dem Ärmel den Schweiß aus dem Gesicht und ging durch die Galerie der Gebeine davon. Der Ruf des Zeitmeisters hatte sich dringend angehört, und er hatte sich ihr entschieden zu willig gefügt, was ganz und gar nicht seine Art war. Wenn der Zeitmeister etwas im Übermaß hatte, dann war es Zeit. Der Zustand der Unsterblichkeit neigte dazu, einem eine gelassene Sicht der Dinge zu verleihen. Aber der Zeitmeister hatte gesagt, er brauche sie. Mad beschleunigte ihren Schritt ein wenig. Was auch immer im argen liegen mochte, er war nicht weit entfernt. Das war er nie, gleichgültig, von welchem Punkt sie ausging. Ein solcher Ort war das.

Sie bog um eine Ecke und befand sich ohne Vorankündigung im Inneren Gemach. Wie jedesmal sah sie die große Halle einer mittelalterlichen Burg, komplett ausgestattet mit brennenden Fackeln und Wandbehängen. An einer Seite steckte ein riesiges Schwert in einem Amboß auf einem Stein. Sie brauchte den Namen auf dem Querstück nicht zu lesen. Sie wußte, das Schwert war Excalibur, und dies war Camelot. Oder zumindest eines davon. Im Laufe der Jahre hatte es viele Versionen gegeben, und nur einige wenige davon waren wirklich überzeugend. Mad schritt selbstsicher weiter und bemühte sich, nicht die Stirn zu runzeln, während sie den Zustand der Halle in sich aufnahm. Überall hingen Spinnweben, und die Wandteppiche wirkten fadenscheinig und verblaßt. Die Fackeln waren bis auf spärliche Reste heruntergebrannt, und Staub hing dick in der goldenen Luft.

Altvater Zeit saß zusammengesunken auf einem großen eisernen Thron auf einem Podest aus blaugeädertem Marmor. Er trug ein dunkles Zauberergewand, das bedeckt war mit geheimnisvollen mystischen Zeichen. Manchmal saß eine Eule auf seiner Schulter, aber jetzt war nichts von ihr zu sehen. Mad blieb vor dem Thron stehen, grüßte knapp und wehrte sich dann gegen ein inneres Entsetzen, als ihr Blick zum erstenmal auf das Gesicht des Zeitmeisters fiel. Er sah unglaublich alt und gebrechlich aus, viel zu alt für den gegenwärtigen Stand seines Lebenszyklus. Seine Haut war so blaß, daß sie beinahe durchsichtig wirkte, und über seinen vorstehenden Wangenknochen waren die Augen in die Höhlen eingesunken. Sein Blick war fest, doch sein Mund zitterte. Er war um hundert Jahre gealtert, seit sie ihn das letzte Mal gesehen hatte, was weniger als eine Stunde her war. Mad gab sich große Mühe, sich ihre Erschütterung nicht anmerken zu lassen. Vermutlich hatte die Beschäftigung mit der Krieger-Invasion ihn viel Kraft gekostet.

»Also, jetzt bin ich da«, sagte sie schroff. »Was willst du?«

»Wir müssen uns unterhalten«, sagte der Zeitmeister, und seine Stimme erschütterte sie erneut. Sie war flach und leise, kaum mehr als ein Murmeln.

»Schon gut«, sagte Mad schnell. »Du brauchst mir nicht zu danken. Ich habe nur meine Arbeit getan.«

»Wie bitte?« Der Zeitmeister sah sie verständnislos an. »Wovon redest du, mein Kind?«

»Ich meine, daß ich mich der Krieger angenommen habe. Das war nicht sonderlich schwierig. Es waren nur zwölf.«

Der Zeitmeister schüttelte nachdenklich den Kopf. »Deshalb habe ich dich nicht gerufen, Madeleine. Jetzt hör bitte gut zu. Meine Zeit und meine Kraft sind so begrenzt, daß ich dies alles nur ein einziges Mal sagen kann.«

Er hielte inne, um Luft zu holen, und Mad zog einen Schmollmund. Sie war stolz darauf, zwölf Krieger-Soldaten unschädlich gemacht zu haben, ohne selbst einen Kratzer davonzutragen, aber sie hätte wissen müssen, daß der Zeitmeister sie dafür nicht loben würde. Für einen Mann seiner Stellung und Bedeutung konnte er manchmal erstaunlich zickig sein. Und er zollte ihr niemals Anerkennung für die Dinge, die sie für ihn tat. Der Zeitmeister fing wieder an zu sprechen, langsam, mühevoll, und sie hörte aufmerksam zu.

»Ich habe die Ewigkeitspforte geschlossen, um sie gegen die Krieger zu schützen. Doch als der Oberste Anführer allein erschien, öffnete ich sie wieder, nur für ihn. Das erschien mir die einfachste Lösung zu sein. Nachdem er sie durchschritten hatte, änderte sich jedoch alles. Der Ruf der Pforte war plötzlich drängender, viel drängender. Die stumme Stimme, die all jene ruft, die noch nicht durch die Pforte gegangen sind, erklang plötzlich mit überwältigender Kraft.

Sie wurde immer eindringlicher, obwohl ich alles in meiner Macht Stehende tat, um sie zu besänftigen. Ich versuchte, die Pforte wieder zu schließen, aber es gelang mir nicht. Die Kraft hat mich verlassen. Die Ewigkeitspforte steht offen und ruft mit einer Stimme, die nicht zu überhören ist. Der innere Druck, dem die Betroffenen in der Stadt ausgesetzt sind, muß unerträglich sein. Ich glaube, wir müssen mit einem Strom von

Besuchern rechnen. Die meisten werden selbst den Weg zur Pforte finden und ohne Hilfe hindurchschreiten, aber einige werden persönlichen Beistand brauchen. Du mußt dich um sie kümmern, Madeleine. Tu, was zu tun ist, um die Ordnung aufrechtzuerhalten. Ich beabsichtige, einen Teil meiner Macht auf dich zu übertragen. Ich vertraue darauf, daß du verantwortungsvoll damit umgehst. Jack Fetch wird deinen Befehlen gehorchen, allerdings mit gewissen Einschränkungen. Ich weiß, daß ihr beide nicht gut miteinander auskommt, aber ihr müßt lernen, zusammenzuarbeiten.«

»Warum?« fragte Mad. »Was ist passiert? Verreist du irgendwohin?«

»So könnte man es ausdrücken«, sagte der Zeitmeister. »Jetzt paß gut auf: Etwas Schlimmes kündigt sich an. Etwas Schreckliches.«

»Noch schlimmer als die Krieger?«

»O ja. Viel schlimmer. Die Zeit des Wilden Junkers ist gekommen. Bald wird er über die Stadt hereinfallen, und ich kann nichts tun, um ihn aufzuhalten. Irgend etwas hat vorzeitig meinen Tod und meine Reinkarnation ausgelöst. Eine Macht von außen spielt mit der Flut der Ereignisse, und anscheinend bin ich ihr hilflos ausgeliefert.«

»Wieviel Zeit bleibt uns noch?« fragte Mad. »Bis du wieder stirbst?«

»Vielleicht eine Stunde. Ich schiebe es so weit wie möglich hinaus, aber der Druck wird allmählich unerträglich. Mein Tod steht kurz bevor, und dann wird der Zeitmeister vorübergehend wieder ein Säugling sein. Schattenfall wird ein paar Tage lang ohne mich zurechtkommen müssen, bis ich wieder in der Lage bin, das Geschehen in die Hand zu nehmen. Gewöhnlich ist dies kein Grund zur Besorgnis, doch im Augenblick lauern alle möglichen Kräfte darauf, sich die Situation zunutze zu machen. Madeleine, siehst du das Schwert dort drüben? Natürlich siehst du es. Weißt du, was es damit auf sich hat?«

»Ja«, sagte Mad. »Das ist Excalibur. König Arthurs Schwert.«

»Und jetzt ist es deins. Zieh das Schwert von dem Stein, Madeleine.«

Sie sah ihn eine Zeitlang an, dann wanderte ihr Blick zu dem Schwert. Der Teil der Klinge, den sie sehen konnte, schien unter ihrem Blick ein wenig heller zu schimmern. Sie trat langsam auf den Amboß zu und blieb davor stehen. Das Querstück war aus poliertem Silber, doch der Griff war mit uraltem Leder verhüllt, an mehren Stellen durch Alter und alten Schweiß gedunkelt. Excalibur. Sie umfaßte den Griff, und er paßte in ihre Hand, als ob er dort hingehöre. Sie zog das Schwert mit einem mühelosen Ruck von dem Amboß und dem Stein und hielt es vor sich hoch. Licht strahlte von der Klinge ab und erfüllte die Halle wie die Morgendämmerung einer neuen Sonne. Trotz seiner Größe wog es fast nichts, doch Mad zweifelte nicht an seiner Kraft und Macht. Sie fühlte es tief im Innern, einem Lied gleich, das sich um ihre Seele legte. Sie drehte sich um und ging feierlich, als schritte sie einer Parade voran, zum Thron des Zeitmeisters zurück. Er hielt eine Scheide und einen Gürtel in der Hand; sie nahm beides von ihm entgegen, schob das Schwert in die Scheide und legte sich den Gürtel um die Hüften. Sie hatte das Gefühl, zu allem fähig zu sein, zu allem.

»Also«, sagte sie fröhlich, »heißt das, daß ich jetzt Königin von England bin?«

Der Zeitmeister lächelte leicht. »Ich fürchte nein. Dieses Angebot hatte nur ein einziges Mal Gültigkeit. Aber du könntest dich als Königin von Schattenfall fühlen, wenn dir das gefällt. Meine Macht steckt in dem Schwert, zapf sie an, so wie du sie brauchst. Vielleicht leide ich auch nur unter Verfolgungswahn, und du brauchst es niemals im Zorn zu ziehen – aber wenn du Excalibur ziehen mußt, dann tu, was nötig ist. Was immer das sein mag.«

Er verstummte für eine Weile, die Augen beinahe geschlossen, und Mad fragte sich, ob er eingeschlafen sei, doch plötzlich bewegte er sich, als ob er gegen die Wogen des Schlafes ankämpfe, und lächelte Mad wieder an.

»Madeleine, vielleicht ist dies die letzte Gelegenheit, daß wir miteinander reden. Es gibt so vieles, was ich dir gern gesagt hätte und niemals gesagt habe. Zweifellos wird der nächste Zeitmeister, der meinen Platz einnimmt, Zugriff auf alle meine Erinnerungen haben, aber ich möchte dir einiges jetzt sagen, während ich noch ich bin. Du hast mir stets sehr viel bedeutet, Madeleine. Ich hätte dich nicht mehr lieben können, wenn du meine Tochter gewesen wärst. Ich wünschte … wir hätten mehr Zeit zusammen verbringen können.«

Er lehnte sich in seinem Sessel zurück und schloß die Augen. Mad schniefte einige Male, um die drohenden Tränen zu verdrängen. Sie wartete, doch er sagte nichts mehr. Sie stieg auf das Podest, stellte sich neben den Thron und beugte sich über ihn. Sein Gesicht war tief gefurcht, wie das einer Mumie, und seine Hände waren fast nur noch Knochen, umhüllt von verschrumpelter Haut. Sie sprach seinen Namen, doch es kam keine Antwort. Sein Atem ging langsam und beunruhigend flach. Mad setzte sich neben den Thron und wartete.

»Ich wollte nie deine Tochter sein«, sagte sie leise. »Nicht deine *Tochter.*

Sean Morrison kehrte in das Land unter dem Hügel zurück, einen Song auf den Lippen und um eine große Last auf dem Herzen erleichtert. Die Stadt hatte die Invasion der Krieger überlebt, mehr oder weniger, und er hatte gesehen, wie das Elfenvolk in seiner ganzen Großartigkeit erneut in den Krieg gezogen war. Und vor allem hatte sich die Musik wieder in ihm gerührt, so wie es früher gewesen war, bevor er gestorben und nach Schattenfall gekommen war. Er hatte zusammen mit seinen Freunden gesungen, hemmungslos und roh und überwältigend, und für eine Weile war seine Legende auferstanden. Er schritt durch die Erdtunnel, mit einem breiten Grinsen im Gesicht und einem alten Song auf den Lippen, und es war ein herrlicher Tag, um am Leben zu sein.

Alle Tunnel waren leer, und nach einer Weile wurde ihm bewußt, daß seine Stimme der einzige Laut in der Stille war. Er unterbrach seinen Song und blieb stehen, um zu lauschen. Nichts bewegte sich in den Tunneln, und erstmals stellte er fest, daß er sich in einem blassen Lichtkreis bewegte, wie im Strahl eines Scheinwerfers in der Dunkelheit. Er runzelte die Stirn und sah sich um. Selbst die Irrlichter fehlten, die ihm hätten leuchten sollen. Er setzte seinen Weg fort, und das Licht bewegte sich mit ihm. Sein Stirnrunzeln vertiefte sich. Inzwischen hätte er auf irgendeine Form von Leben stoßen müssen, selbst wenn es nur ein vorbeikommender Kobold gewesen wäre, oder Würmer, die sich durch die Erdwälle schlängelten, aber da war nichts, rein gar nichts. Er beschleunigte seine Schritte ein wenig.

Er kam zum Wächter, dem großen wütenden Kopf, der den Tunnel versperrte, indem er ihn vom Boden bis zur Decke ausfüllte. Der blaßgraue Stein war verblaßt und von Rissen durchzogen, als ob die vielen Jahre ihn schließlich eingeholt hätten. Die Kiefer klafften auf, die Augen starrten blicklos über Morrisons Kopf hinweg, und er machte sich auf einer tiefen, ursprünglichen Ebene klar, daß es nur Stein war, und sonst gar nichts. Daraufhin gab der Wächter den Weg frei. Er trat durch die offenen Kiefer, und plötzlich rannte er, seitlich mit den Armen pumpend, nicht weil ihn irgend etwas in dem Tunnel ängstigte, sondern weil ihn eine Vorstellung gepackt hatte, die sein Herz mit Angst erfüllte. Er rannte immer schneller, als ob er die Zweifel und Ängste, die in ihm tobten, abhängen könnte, und plötzlich brach er aus dem Tunnel hinaus in die große Erdhöhle, die den Hof der Elfen beherbergte.

Die Hofanlage erstreckte sich vor ihm, lautlos und ohne jede Bewegung. Er holte tief Luft, und ein Geruch von Verwesung stieg ihm in den Kopf. Langsam schritt er durch das hohe Tor mit den verrosteten schwarzen Eisenflügeln, und plötzlich zitterte er. Die Luft hätte eigentlich unangenehm warm und feucht sein sollen, doch sie war kalt, kalt wie in einem Grab. Der grüne Dschungel vor ihm war tot und vermodert, als ob die Verwesung seit Wochen wild um sich gegriffen hätte. Verstreute Skulpturen unheimlicher Geschöpfe und tapferer Elfen lagen in gekrümmten Stellungen herum, erdrückt vom Gewicht verfaulten Efeus, der sie umsponnen hatte. Die Überreste winziger Körper bedeckten den Boden, das, was von den im Dschungel lebenden kleinen Geschöpfen geblieben war. Morrison untersuchte einige von ihnen behutsam, aber sie zeigten keinen Hinweis darauf, woran sie gestorben waren.

Er ging weiter und stieß auf zwei Elfen, die sich von Angesicht zu Angesicht gegenüberstanden, eingehüllt in verwelkte Rosen, die das farblose Fleisch der Elfen durchbohrt hatten. Ihre Augen waren geschlossen, und ihre Brustkörbe hoben und senkten sich nicht. Morrison berührte einen von ihnen zaghaft, und die beiden Elfen fielen steif zu Boden, eingewickelt in tote Rosen wie in ein brüchiges Leichentuch. Er kniete neben ihnen nieder, aber auch hier gab es keinen Hinweis auf die Todesursache. Ihr Fleisch war kalt und gab unter der Berührung auf grausige Weise nach. Morrison erhob sich wieder, schweratmend und angeekelt den Kopf schüttelnd. Er verfiel wieder in Laufschritt und bahnte sich gewaltsam einen Weg durch die verwesende Vegetation. Er rief um Hilfe, in der Hoffnung, jemand möge zu ihm kommen, ihm antworten, doch es erfolgte keine Antwort, und niemand kam zu ihm. Seine Stimme war der einzige Laut in der alles durchdringenden Stille. Er hatte das Gefühl, für die Durchquerung des Hofes eine Ewigkeit zu brauchen, doch schließlich gelangte er zu dem hohen, schmalen Tor in der entgegengesetzten Wand. Das Tor stand auf, als ob keine Notwendigkeit mehr bestünde, daß es geschlossen blieb.

Er schritt hindurch und betrat Caer Dhu, die letzte Burg der Elfen. Er eilte durch die breiten Steinkorridore, immer noch hin und wieder rufend, doch niemand antwortete ihm. Ab und zu kam er an Elfen vorbei, die von Steinmauern umschlossen waren; sie alle waren tot. Schließlich gelangte er zum Untrüglichen Hof selbst, dem Versammlungsort der Elfen, und er blieb vor dem großen zweiflügeligen Portal stehen. Die Flügel standen leicht angelehnt, als ob sie ihn ermuntern wollten, sie aufzustoßen und das zu sehen, was sie sahen. Ein Teil von ihm wollte das nicht, wollte statt dessen umkehren und durch die Hofanlage zurücklaufen, anstatt sich der Wahrheit gegenüberzusehen, die er bereits vermutete. Aber das konnte er nicht tun. Er mußte Bescheid wissen. Er stieß die Türflügel auf, und sie glitten geschmeidig vor ihm auseinander.

Und so gelangte Sean Morrison endlich zum Untrüglichen Hof, der letzten Ruhestätte der Elfen von Caer Dhu, und stellte fest, daß sie bereits auf ihn warteten, in ihren prächtigen Kleidern am Boden ausgestreckt, wie viele Paradiesvögel. Es waren Hunderte an der Zahl, viele, viele Hunderte, anmutig beieinanderliegend, als ob sie sich gerade erst an der Stelle, wo sie gestanden hatten, niedergelegt hätten und in einen Schlaf versunken wären, aus dem es kein Erwachen gab. Morrison trat vorsichtig über sie hinweg und sah sich mit wachsender Verzweiflung nach irgendeinem Anzeichen von Leben um. Doch im Hof der Elfen gab es kein Leben mehr.

Und schließlich kam er zu dem Zwillingsthron auf

dem Podest am Ende des großen Saals. Darauf saßen König Oberon und Königin Titania, unermeßlich wundervoll, unfaßbar schön, beide vollkommen tot. Sie hielten sich bei den Händen. Neben ihnen baumelte Puck, der einzige unvollkommene Elf, an einem notdürftig zusammengebastelten Galgen und drehte sich langsam in diese und jene Richtung, wie von einem unfühlbaren Wind bewegt. Das dicke Seil hatte sich tief in seinen Hals eingeschnitten, doch sein Gesicht war ruhig und friedlich. Morrison stieg auf das Podest und berührte zaghaft Oberons und Titanias ineinander verschränkte Hände. Ihr Fleisch war herzzerbrechend kalt. Er wandte sich von ihnen ab und betrachtete Puck; der Elf öffnete die Augen und blinzelte ihn an.

Morrison stieß einen überraschten Schrei aus, tat einen Satz rückwärts und fiel aufs Gesäß. Sein Herz raste, und Schweiß stand ihm im Gesicht. Puck kicherte leise, immer noch an seinem Galgen baumelnd. Morrison rappelte sich wieder auf.

»Du Mistkerl«, sagte er schließlich. »Ich dachte, du bist tot. Ich dachte, ihr alle seid tot.«

»Oh, das sind wir«, sagte Puck leichthin. »Oder vielmehr, sie sind es, und ich werde es bald sein. Ich habe nur noch durchgehalten, um dir ein paar letzte Worte zum Abschied zu sagen, kleiner Mensch, kleiner Barde. Die Tage der Elfen sind schließlich zu Ende gegangen, und nur ich bin noch übrig, um dir den Grund dafür zu erklären. Ich hatte immer eine Schwäche für dich, und ich mochte den Hauch frischer Luft, den du mit deinem menschlichen Staunen und deinen menschlichen Liedern an den Hof brachtest. Du kannst dir gar nicht vorstellen, wie langweilig Unsterblichkeit werden kann. Deshalb habe ich noch etwas gewartet, um mich von dir zu verabschieden und dir für dein letztes großes Geschenk zu danken.«

»Ich verstehe nicht«, sagte Morrison verwirrt. »Was ist hier passiert?«

»Wir haben beschlossen zu sterben«, sagte Puck. »Wir hatten vergessen, wie sehr wir uns von unseren Ursprüngen entfernt, welchen Abstieg wir durchgemacht haben. Einst waren wir ruhmreich, weise und wundervoll und auf dem Schlachtfeld unschlagbar. Wir haben gegen alle Rassen gekämpft, die es jemals gab und von denen viele nicht mehr existieren, und keine konnte es mit uns aufnehmen. Schließlich kamen wir an einen Punkt, wo der einzige Feind, der noch unsere Aufmerksamkeit wert war, wir selbst waren. Doch inzwischen hatten wir Waffen und Kriegsgerät von derart mörderischer Wirkung entwickelt, daß wir uns unweigerlich gegenseitig vernichtet hätten, wenn wir sie gegen unseresgleichen eingesetzt hätten. Deshalb wandten wir uns von den dunklen Freuden der Schlacht ab, sperrten unsere Waffen so gut weg, daß wir nicht mehr ohne weiteres an sie herankommen konnten, und richteten unser Denken nach innen.

Du hast gesehen, wohin uns das gebracht hat. Wir stiegen von unserem Ruhmessockel hinab und fielen so tief, daß wir uns nicht einmal erinnerten, wer wir einst gewesen waren. Und dann kamst du, kleiner Barde, und halfst uns, uns zu erinnern. Und nachdem wir uns erinnert hatten, wußten wir, daß wir nicht das bleiben konnten, was wir geworden waren.

Es war eine wundervolle letzte Schlacht, die du uns beschert hast. Viele Menschen und andere Geschöpfe fielen unserer Wissenschaft und unserem Stahl zum Opfer, um nie wieder ins Leben zurückzukehren, es sei denn in unseren Diensten. Herrlich die Zerstörung, unvergleichlich der Reiz der Schlacht! Das einzige Element, das fehlte, war die Lüsternheit beim Vernichten und Plündern, aber das verziehen wir dir in Anbetracht des Sports, den wir dir zu verdanken hatten. Wir haben alte Fähigkeiten neu erworben, uns lange vergessenen Vergnügungen wieder zugewandt und uns im Glanz unserer kriegerischen Macht gesonnt. Doch nachdem wir die Freuden des Wolfseins wiederentdeckt hatten, konnten wir, wollten wir nicht wieder Schafe sein. Also beschlossen wir, unseren Abschied vom Leben auf würdige Weise zu begehen und auf dem Höhepunkt abzutreten, auf dem Gipfel unserer Geschichte. Wir wußten, daß es dafür nie eine bessere Zeit als diese gäbe. Also kamen wir nach Hause, nahmen unseren Abschied, legten uns nieder und starben.«

Morrison hätte gern etwas gesagt, irgend etwas, aber ihm fehlten die Worte. Tränen brannten ihm in den Augen.

»Noch ein letztes Wort«, sagte Puck, nicht unfreundlich. »Eine letzte Warnung, um dir unsere Dankbarkeit zu zeigen. Die Zeit des Wilden Junkers steht euch in Kürze bevor, wenn sich Freund gegen Freund richtet, Bruder gegen Bruder. Wir haben ihn seit langem herannahen sehen, jedoch nichts gesagt – aus Rücksicht. Wir konnten nichts tun, um ihn aufzuhalten oder euch gegen die bevorstehende Dunkelheit zu schützen. Vielleicht war das letztendlich auch der Grund, warum wir zu sterben beschlossen. Weil ihr Menschen uns so sehr gefehlt hättet. Leb wohl, Sean. Sing uns noch ein letztes Lied, wenn du so gut sein möchtest.«

Er schloß die Augen und hauchte den letzten Atem aus. Puck, der Waffenmeister, der einzige unvollkommene Elf, hing schlaff und tot am Ende seines Seils. Morrison streckte den Arm aus und berührte Puck an der Schulter. Es erfolgte keine Reaktion. Er stieß ihn ein wenig fester an, und der Körper drehte sich langsam, wobei das Seil leise knirschte. Und Sean Morrison, der einzige menschliche Barde, der am letzten Elfenhof singen sollte, wandte sich um und verließ langsam die Halle der Toten, mit hocherhobenem Kopf und ohne eine Träne zu vergießen – weinen würde er später, jetzt noch nicht. Statt dessen erhob er die Stimme und sang ein letztes Lied für jene, die es nicht mehr hören konnten. Er sang, mit gebrochenem Herzen, und seine Stimme hallte durch den leeren Hof und alle leeren Korridore von Caer Dhu.

Rhea Frazier und Leonard Ash trafen Suzanne Dubois in ihrem Schuppen am Flußufer an. Es war früh am Morgen, und die aufgehende Sonne warf ihr goldenes Licht über die ganze Welt. Irgendwo sangen Vögel, schrill und durchdringend, und auf dem Fluß glitt ein einzelner Schwan majestätisch an der Steinstatue einer Meerjungfrau vorbei, die im dunkelgrünen Wasser halb untergetaucht war. Rhea betrachtete sie nachdenklich. Sie war sich sicher, daß die Statue noch nicht dagewesen war, als sie Suzanne das letzte Mal besucht hatte. Aber so war Schattenfall nun einmal. Sie unterzog Ash einer flüchtigen Begutachtung, um zu prüfen, ob er einigermaßen anständig aussah, und klopfte dann an der Schuppentür. Die Tür öffnete sich im selben Augenblick, als sie aufhörte zu klopfen, beinahe so, als ob Suzanne Besuch erwartet hätte. Und wer hätte behaupten wollen, daß dies nicht der Fall war? Rhea verbarg ihre Überraschung hinter einem freundlichen Lächeln. Die Frau, die am Fluß lebte, wußte vieles; das war schließlich auch der Grund, warum sie sie aufgesucht hatten.

Suzanne trat zurück, um die Besucher einzulassen, dann musterte sie Ash mißtrauisch. Er lächelte sie gewinnend an, und sie schnaubte durch die Nase und wandte sich betont gleichgültig ab. Rhea warf Ash einen Blick zu, und er zuckte mit den Schultern. Da erst merkten sie, daß Suzanne bereits Besucher hatte; diese standen auf und lächelten Rhea und Ash kopfnickend zu. Rhea schlüpfte in die Rolle geselliger Höflichkeit und benutzte die Gelegenheit, sich verstohlen umzusehen. Der Raum sah immer noch so aus, als hätte eine Bombe eingeschlagen. Ihre Hände kribbelten geradezu, so sehr verlangten sie nach einem Staublappen, einem Besen und einem Kehrichteimer, und vielleicht einer Schaufel. Suzanne war bekannt dafür, daß sie die von ihr bevorzugten Lebensumstände gern als behagliche Unordnung beschrieb, was ungefähr so war, als würde man die Krieger des Kreuzes als übereifrige Touristen zeichnen.

»Und ich bin James Hart«, sagte eine Stimme in ihrer Nähe; Rheas Konzentration ruckte wieder zurück ins Hier und Jetzt. Der Mann vor ihr war ein Typ von durchschnittlichem Aussehen, vielleicht ein wenig zu alt für die Kleidung und den dürftigen Haarzopf, mit dem er sich zierte. Außerdem sah er so aus, als könne es ihm nicht schaden, ein paar Pfund abzunehmen. Doch nichts davon tat ihrem verbindlichen Lächeln und ihrem freundlichen Gehabe Abbruch. Der Mann war ein Wähler. Rhea schüttelte automatisch die Hand, die er ihr entgegenstreckte.

»Sie sind also James Hart. Ich hatte Sie mir größer vorgestellt«, sagte sie, ohne es zu wollen.

Hart lachte höflich. »Das habe ich schon von vielen Leuten gehört.«

Die Frau neben ihm stellte sich als Polly Cousins vor, und Rhea mußte sich zusammennehmen, um nicht zusammenzuzucken. Jeder in Schattenfall hatte von der Frau gehört, die von ihren eigenen Erinnerungen in ihrem Haus gefangengehalten wurde. Etwas Einschneidendes mußte geschehen sein, um ihr Dasein zu verändern, doch Rhea hatte kein Wort darüber gehört. Was nur ein Beweis dafür war, wie abgehoben vom ›richtigen Leben‹ sie inzwischen war. Sie schüttelte Polly die Hand und ließ ihr politisches Standardlächeln aufblitzen. Fragen müßten bis zu einem späteren Zeitpunkt aufgeschoben werden. Sie hatte hier Arbeit zu verrichten. Sie wandte sich an Suzanne.

»Ich fürchte, dies ist ein geschäftlicher Besuch, meine Liebe. Wir sind auf dein Können im Gebrauch der Karten angewiesen.«

»Laß mich raten«, sagte Suzanne. »Du willst, daß ich meine Karten benutze, um herauszufinden, wer das nächste Opfer des Mörders sein wird, und vielleicht auch um ein paar Hinweise auf die Identität des Mörders ans Licht zu bringen, wenn wir schon dabei sind. Richtig? Mach kein so erstauntes Gesicht. Ich wußte, daß du kommen würdest und warum. Die Karten haben es mir gesagt. Heute stecken sie voller Möglichkeiten. Meine Freunde hier hatten denselben Einfall, aber ich dachte, wir warten lieber auf dich, bevor wir anfangen. Ich habe keine Lust, das Ganze zweimal durchzuziehen. Bitte, nehmt irgendwo um den Tisch herum Platz, alle.«

Ein kleiner runder Tisch stand genau in der Mitte des Raums. Das Holz war stumpf und rissig und hatte bestimmt seit Jahren keine Politur mehr erhalten. Ein Packen Karten lag auf dem Tisch wie eine Bombe vor der Explosion. Sie sahen eigentlich ganz gewöhnlich aus, aber allein ihr Anblick jagte Rhea einen Schauder über den Rücken. Sie hatten etwas an sich, eine Anmutung von Kraft und Einfluß ... Als sie merkte, daß sich die anderen bereits gesetzt hatten und auf sie warteten, zog sie sich den einzigen verbliebenen Stuhl heran und nahm neben Ash Platz. Sie hätte am liebsten nach seiner Hand gegriffen, um sich sicherer zu fühlen, aber das durfte sie nicht tun. Sie durfte auf keinen Fall schwach erscheinen.

Suzanne mischte die Karten, während die anderen schweigend dasaßen und ihr zusahen. Sie hielt sich eine ganze Weile damit auf, und Rheas Gedanken schweiften allmählich wieder ab. Sie ließ den Blick durch den unaufgeräumten Raum wandern, und ihre Gedanken kehrten zurück zum letzten Mal, als sie Suzanne besucht hatten. Sie und Richard Erikson hatten hier das erste Mordopfer gefunden, das in diesem Schuppen im eigenen Blut am Boden gelegen hatte. Hier hatte alles angefangen, und vielleicht war es nur richtig, daß sie hierherkam, um das Ende der Geschichte zu suchen. Suzanne hörte mit dem Mischen auf und knallte die Karten mit einer Wucht, die Rhea übertrieben vorkam, auf den Tisch. Der Knall erschien ihr schrecklich laut und durchdringend, und Rhea zuckte unwillkürlich zusammen. Sie war froh, daß sie saß. Sie fühlte sich immer noch schwach und anfällig nach den Schlägen, die sie von den Kriegern erhalten hatte, und sie neigte zum Zittern, wenn sie zu lange auf den Beinen stand.

Sie hatte gehört, daß Suzanne während der Invasion schwer verwundet worden war, doch jetzt war sie anscheinend wieder genesen und wohlauf. Vermutlich hatte sie einen Wunderheiler gefunden. Ash hatte Rhea in eines der Krankenhäuser der Stadt gebracht, doch dort hatte es vor Leuten nur so gewimmelt, und die meisten von ihnen waren bei weitem schlechter dran als sie; deshalb hatte Rhea darauf bestanden, daß sie wieder gingen. Sie hatte Arbeit zu tun, und sie sollte verdammt sein, wenn sie sich durch ihre eigene Schwäche aufhalten oder in ihrem Tun auch nur verlangsamen ließe. Die Stadt brauchte sie.

Ash beugte sich nahe zu ihr herüber und murmelte eine Frage bezüglich ihres Befindens, woraufhin sie sich zwang, zu lächeln und wegwerfend den Kopf zu schütteln. Er macht sich zu viele Sorgen. Außerdem wollte sie nicht darüber nachdenken, wie schlecht es ihr ging. Wenn sie nicht darüber nachdachte, konnte sie so tun, als geschähe das alles nicht wirklich. Sie konzentrierte sich auf Suzanne, die ihre Karten in Mustern auslegte, die nur für sie selbst etwas bedeuteten. Schließlich war sie fertig, hatte keine Karten mehr übrig und lehnte sich zurück, um das Muster zu begutachten, das sie geschaffen hatte. Alle warteten ehrfurchtsvoll. Die Dinge spitzten sich zu. Sie fühlten es. Suzanne sah Ash mit düsterer Miene an.

»Alles ist bewölkt, vernebelt. Es ist schwierig, Einzelheiten zu erkennen, selbst unter besten Bedingungen, und wenn ein Toter mit am Tisch sitzt, ist das nicht gerade hilfreich.«

»Soll ich gehen?« fragte Ash höflich.

»Leider ist das nicht möglich. Du bist ein Teil des Musters. Es ist so vorgesehen, daß du hier bist, genau wie die anderen, aber frag mich nicht nach dem Grund. Du dürftest eigentlich gar nicht hier sein, Wiedergekehrter. Du hättest schon lange durch die Pforte gehen sollen.«

»Ich kann nicht«, sagte Ash. »Ich werde hier gebraucht.«

»Warum? Zu welchem Zweck?«

»Das weiß ich nicht.«

Suzanne schnaubte. »Wie praktisch.«

Hart merkte, wie sich ein Gewitter auf Rheas Gesicht zusammenbraute, und griff schnell ein. »Hört mal, wir können uns gegenseitig wegen unseres jeweiligen Lebensstils später beleidigen, im Augenblick wollen wir bei den Karten bleiben. Siehst du überhaupt irgend etwas, Suzanne?«

Suzanne schaute zögernd auf die Karten vor ihr hinunter und versuchte, sich in ihre übliche Trance zu versenken, aber die Welt klammerte sich beharrlich an ihre Sinne und verankerte sie fest im Hier und Jetzt. Sie wollte gerade etwas sagen von wegen ›es später noch einmal versuchen‹, als Hart ihre Hand in die seine nahm. Sie sackte auf ihrem Stuhl zurück, den Rücken durchgebogen, als ob eine unbeherrschbare Energie sie durchflutete. Sie keuchte, und ihre Hand verkrampfte sich um Harts Finger. Die Energie war ungebändigt, unmenschlich, stärker als alles, was sie je empfunden hatte, und für einen Augenblick schottete sie ihre Konzentration gegen alles ab – außer gegen die Karten und deren Aussage. Sie fing an zu sprechen, oder etwas sprach durch sie, und sie konnte nur hilflos dasitzen und sich zusammen mit den anderen die Worte anhören, die ihre Stimme sprach.

»Der Ruf der Ewigkeitspforte ist jetzt stärker. Sie ruft alle verlorenen Seelen heim.«

»Suzanne hat recht«, bestätigte Ash leise. »Ich spüre es ebenfalls.«

Suzanne schenkte ihm keine Beachtung, ihre Augen waren ins Leere gerichtet. »Der Wilde Junker tritt seine Macht an. Seine Zeit ist endlich gekommen.«

»Kannst du das nächste Opfer identifizieren?« fragte Hart behutsam.

»Ja. Es ist Sean Morrison. Er möchte wieder sterben, um durch die Ewigkeitspforte zu treten, und der Wilde Junker spürt das. Aber wenn ihr seinen Tod verhindert, wird etwas Schlimmeres folgen. Etwas Unheimliches liegt in der Zukunft und wartet darauf, geboren zu werden.«

»Was, schon wieder?« rief Ash. Rhea brachte ihn mit einem Zischlaut zum Schweigen.

»Etwas Unheimliches, aber auch etwas Wundervolles. In Schattenfall wird sich alles verändern, und nichts wird mehr so sein wie zuvor. Die Welt wird enden und sich umbilden, und alles wird neu gestaltet.«

Hart riß seine Hand von ihr weg, und Suzanne fiel nach vorn auf den Tisch, als die Energie sie verließ. Ihr Gesicht schlug schmerzhaft hart auf dem Tisch auf, aber sie war zu schwach, um sich zu bewegen, und ihre Gedanken wirbelten wild herum, während sie an allen Gliedern zitterte.

Polly war sofort bei ihr, stützte sie und führte sie vom Tisch weg. Hart saß mit blassem Gesicht sehr still da. Polly brachte Suzanne zum Bett und half ihr, sich darauf auszustrecken, dann setzte sie sich neben sie, um ihr die Hand zu halten. Ash sah zuerst Hart und danach Rhea an.

»Was, zum Teufel, sollte das bedeuten? Das Ende der Welt? Hat jemand an ihr herumgepfuscht, während wir nicht hingesehen haben?«

»Vermutlich handelt es sich um eine Metapher«, sagte Rhea. »Prophezeiungen sind im allgemeinen symbolisch gemeint.«

»Nicht unbedingt«, widersprach Hart. »Die Prophezeiung, die mich betrifft, ist ganz eindeutig: Ich werde das Ende von Schattenfall heraufbeschwören. Da ist keine andere Auslegung möglich.«

»Lassen wir diesen überaus tröstlichen Gedanken doch fürs erste beiseite, ja?« sagte Rhea. »Bis wir alle uns ein wenig beruhigt haben. Ich halte es für sehr gefährlich, wenn wir jetzt voreilige Schlüsse ziehen, ohne wirkliche Beweise zu haben.«

»Also gut«, sagte Ash. »Was sollen wir deiner Meinung nach tun?«

»Zuerst mit dem Büro des Sheriffs Verbindung aufnehmen. Wir müssen Sean Morrison ausfindig machen und für seinen Schutz sorgen.«

»Als letztes habe ich gehört, daß der Sheriff abgängig ist«, warf Polly ein, die immer noch bei Suzanne saß.

»Er ist wieder da, aber er ist … indisponiert«, sagte Rhea. »Das macht nichts. Es gibt dort einige Stellvertreter, die uns helfen können. Sie haben die Mittel, um Sean zu finden.«

»Moment mal«, sagte Ash. »Laßt uns darüber nachdenken. Suzanne sagte, wenn wir seinen Tod verhindern, wird Schlimmeres folgen.«

»Dann sollen wir ihn also einfach sterben lassen?« fragte Rhea. »Schlägst du das etwa vor?«

»Ich weiß nicht recht«, meinte Ash. »Aber ich glaube, wir müssen uns alles sehr gründlich durch den Kopf gehen lassen, bevor wir irgend etwas in Gang setzen, das möglicherweise nicht mehr anzuhalten ist.«

»Ich glaube, uns bleibt nicht mehr soviel Zeit«, sagte Hart. »Laut Suzanne möchte Morrison sterben. Wenn wir nicht bald zu ihm gelangen, könnte das Ganze hypothetisch werden, und dann haben wir unsere Chance vertan, dem Mörder eine Falle zu stellen. Diesem sonderbaren Wilden Junker, wer immer das sein mag.«

»Sean ist mein und Suzannes Freund«, sagte Polly, und wachsende Wut verlieh ihren Worten Gewicht. »Wenn er in Schwierigkeiten ist, dann müssen wir ihm helfen. Alles andere kann warten.«

»Sie hat recht«, pflichtete Rhea bei. »Wir alle haben in den letzten Stunden zu viele Freunde verloren, um noch einen weiteren zu verlieren, nur weil wir nicht schnell genug gehandelt haben. Ich kenne Sean. Wenn ich ihn finde, dann wird er auf mich hören. Er konnte mir gegenüber noch nie nein sagen.«

»Das wußte ich gar nicht«, sagte Ash. »Woher kennst du Sean?«

»Polly kann hier bei Suzanne bleiben«, sagte Rhea, ohne auf seine Frage einzugehen. »Wir anderen begeben uns zum Büro des Sheriffs. Dort können wir Sean einquartieren, ihn sozusagen in Sicherheitsgewahrsam nehmen. Dort ist er in Sicherheit. Dann brauchen wir nur noch auf diesen Wilden Junker zu warten und ihn dingfest zu machen.«

»Die Falle schnappt zu, und er gehört uns«, sagte Hart. »Und vielleicht klärt sich dann endlich einiges.«

Man einigte sich auf dieses Vorgehen. Ein Telefonanruf bei Collins und Lewis im Büro des Sheriffs brachte die Dinge ins Rollen, und sie machten Morrison innerhalb einer Stunde ausfindig. Als man ihn fand, wanderte er am Rand der Stadt herum, verwirrt und zu keinem vernünftigen Gedanken fähig. Die Diagnose eines Arzt, der ins Büro des Sheriffs gerufen worden war, lautete: Schock, verursacht durch die Schrecken der Invasion. Es gab viele solche Fälle in Schattenfall. Man legte ihn in eine der Zellen im Untergeschoß, und nach wenigen Minuten war er eingeschlafen. Die Leute hielten abwechselnd Wache bei ihm.

Den Sheriff hatte man nach Hause geschickt, damit er seinen Rausch ausschlief, und bis jetzt waren Lewis und Collins die einzigen beiden Stellvertreter, die die Stellung in seinem Büro hielten. Es gab noch andere Hilfssheriffs, aber die waren bei Aufräumungs- und Wiederherstellungsarbeiten im Einsatz. Rhea, Ash und Hart fanden nicht weit von Morrisons Zelle Ecken und Winkel, in denen sie sich versteckten, und dann machten es sich alle so bequem wie möglich und warteten.

Die Zeit verging langsam. Collins und Lewis hatten wenigstens Arbeit, um sich zu beschäftigen. Ash und Rhea unterhielten sich leise, während sie die Jahre ihrer Trennung an sich Revue passieren ließen. Hart saß einfach nur da, starrte die Wand an und dachte über die Ereignisse seit seiner Heimkehr nach Schattenfall nach. Er wünschte, Freund wäre bei ihm gewesen. Zwei Stunden vergingen, und alles war still. Hart war sogar ein wenig eingeschlummert, als Ashs aufgeregte Stimme ihn aufschreckte. Schritte näherten sich, leise und gemessen. Hart stand lautlos auf und machte sich bereit. Was, zum Teufel, war mit den beiden Hilfssheriffs geschehen? Es war ausgemacht, daß sie eine Warnung von sich geben sollten, wenn jemand den Zellenbereich betreten würde. Der Mörder konnte sie doch nicht schon beide erledigt haben … Hart ballte die Hände zu Fäusten und löste sie wieder.

Als Enkel des Zeitmeisters verfügte er theoretisch über genügend Macht, um ein Dutzend Mörder tiefgekühlt erstarren zu lassen, aber er übte sich noch im Umgang damit und hatte ganz und gar nicht das Gefühl, sich im Notfall darauf verlassen zu können. Vielleicht würde er das ganze Gebäude in die Luft jagen, wenn er versuchte, den Mörder zu fangen … Er wünschte jetzt, er hätte die beiden Hilfssheriffs gebeten, ihm irgendeine Waffe zu überlassen. Nicht daß er damit hätte umgehen können, wenn es so weit gewesen wäre. Er wurde sich bewußt, daß seine Gedanken abschweiften, und er konzentrierte sich auf die sich nähernden Schritte. Er hatte sich hinter der geschlossenen Tür einer Lagerkammer in der Nähe der Zellen versteckt. Die Schritte gingen an seiner Tür vorbei, in Richtung der Zellen. Dann hielten sie an. Hart straffte sich und lauschte. Sie hatten Morrisons Zellentür für alle Fälle verriegelt, aber es gab keine Garantie, daß dies den Mörder fernhalten würde. Es entstand eine Pause, und dann sprach eine vertraute Stimme leise im Flur.

»Zeit zu sterben, Sean. Der Wilde Junker verlangt es so.«

Plötzlich war das Knarren von Metall zu hören, als der Mörder die Streben der Zellentür auseinanderbog. Hart riß seine Tür auf, sprang in den Flur und stürzte sich auf die massige Gestalt vor Morrisons Zelle. Der Mörder warf ihn mühelos ab. Hart landete mit einem schmerzhaften Aufprall am Boden, war jedoch in derselben Sekunde wieder auf den Beinen, angetrieben von Zorn und Adrenalin. Und dann hielt er inne und starrte die Gestalt vor sich an, die ihren Schlagstock wie eine Keule hielt. Der Mörder. Der Wilde Junker. Sheriff Richard Erikson. Ash und Rhea erschienen im Flur hinter ihm, und der Sheriff drehte sich zu ihnen um. Rhea schüttelte benommen den Kopf. Ash sah Erikson traurig an.

»Nicht du, Richard. Nicht du.«

»Er muß sterben«, sagte Erikson ungerührt. »Es ist unumgänglich.«

Ohne Vorwarnung holte er mit seinem Schlagstock aus. Hart duckte sich im letzten Augenblick darunter hindurch, der Stock krachte gegen die Wand, und der Putz platzte an der Stelle ab, wo er gerade noch gestanden hatte. Ash sprang Erikson von hinten an und versuchte, ihm die Arme an die Seiten zu drücken. Erikson warf ihn ohne Anstrengung ab. Hart holte zu einem Fausthieb aus. Erikson wich unwahrscheinlich schnell zur Seite, und Hart taumelte nach vorn, um sein Gleichgewicht bemüht. Der Sheriff ließ seinen Stock kraftvoll niedersausen. Hart fing ihn mit dem ausgestreckten Arm ab, aber die Wucht des Schlages war so groß, daß er zu Boden ging. Und dann sank die Temperatur im Flur drastisch, als Ash seine Anwesenheit ins Spiel brachte. Benommen, wie er war, versuchte Hart, von dem Toten zurückzuweichen. Erikson wandte sich nicht einmal zu ihm um. Ruhig und gelassen hob er den Stock für den Schlag, der Harts Schädeldecke zerschmettern würde, wie es bei so vielen anderen geschehen war. Hart versuchte aufzustehen, wußte jedoch, daß er es nicht mehr rechtzeitig schaffen würde. Der Stock war im Begriff herabzusausen, da fiel eine dunkle, zähe Masse auf Eriksons Kopf und Schulter und nahm ihm die Sicht. Der Sheriff taumelte vor und zurück und rang nach Luft. Er ließ seinen Schlagstock fallen, um nach dem schwarzen Zeug zu greifen, bekam es jedoch nicht zu fassen. Er sank auf die Knie, als ihm die Luft ausging, und dann lag er ohnmächtig am Boden. Harts Freund schwebte von ihm weg, sprang auf Harts Schulter und beschnupperte ihn wie eine Katze.

»Kann ich dich nicht einmal fünf Minuten alleinlassen, ohne daß du in Schwierigkeiten gerätst? Ich weiß nicht, was du ohne mich tätest.«

»Freund«, sagte Hart, »das weiß ich auch nicht. Wie lange bist du schon hier?«

»Noch nicht lange. Ich habe gespürt, daß du mich brauchst, also bin ich gleich gekommen. Das kann ich. Ich kann noch vieles andere …«

»Davon bin ich überzeugt«, sagte Hart. »Aber jetzt haben wir hier einen Mörder, um den wir uns kümmern müssen.«

Hart und Ash trugen den bewußtlosen Sheriff hinauf in sein Privatbüro. Collins und Lewis waren zutiefst betroffen. Natürlich hatten sie Erikson zu den Zellen hinuntergehen lassen, ohne die anderen zu warnen. Es waren schließlich seine Zellen. Sie halfen Hart dabei, den Sheriff in seinem Büro in seinen Sessel zu setzen, und holten ein Paar Handschellen, um ihm die Arme auf dem Rücken zu fesseln. Außerdem zogen sie ihre Pistolen und richteten sie auf Erikson. Niemand hatte Lust, auch nur das geringste Risiko einzugehen, bevor man irgendeine Erklärung für die Vorgänge hatte.

»Jetzt wird einiges klar«, sagte Rhea. »Er konnte überall hingehen, zu jeder Zeit, und niemand hielt ihn auf. Er hatte ungehinderten Einblick in die Morduntersuchungen und konnte sie in seinem Sinn beeinflussen. Wer weiß, auf wie viele falsche Spuren er seine Leute angesetzt hat!«

»Ich kann es immer noch nicht glauben«, murmelte Collins. »Ich kenne Richard schon seit Jahren. Er ist kein Mörder. Welches Motiv sollte er haben, alle diese Leute umzubringen?«

»Es ist nicht einfach nur er«, sagte Ash plötzlich. »Etwas ist in seinem Innern, etwas Dunkles. Ich spüre es.«

»Du meinst, er ist besessen?« fragte Rhea. »Wie DeFrenz?«

»Das also ist der Wilde Junker«, sagte Hart.

Ash zuckte mit den Schultern. »Möglich. Wir sollten uns überlegen, was mit ihm geschehen soll. Was immer in ihm schlummert, es wacht allmählich auf.«

Der Sheriff hob plötzlich den Kopf und sah sich um. Er wirkte ruhig und gefaßt, aber sein Gesicht sah nicht aus wie das von Erikson. Hinter dem ruhigen, gelassenen Blick spähte noch etwas anderes heraus. Sie alle spürten es, so als ob noch jemand außer ihnen im Büro sei.

»Wer bist du?« fragte Rhea.

»Das wißt ihr doch«, sagte Erikson. »Man hat euch vor mir gewarnt. Ich bin der Wilde Junker. Ich tue, was getan werden muß.«

»Du bringst Menschen um«, sagte Rhea.

»Ich schicke jene durch die Ewigkeitspforte, die längst freiwillig hätten gehen sollen. Ich bin nötig. Es gibt Kräfte, die nicht geleugnet werden können. Ihr glaubt, ihr habt mich geschnappt, aber ihr habt mich nicht geschnappt. Ich bin überall. Meine Zeit ist gekommen, endlich.«

Plötzlich rüttelte ein Schauder den Sheriff, dann war er still. In diesem Augenblick fuhr etwas aus ihm heraus, und gleich darauf war sein Gesicht wieder das seine.

»Richard?« sagte Rhea.

»Ja. Ich bin wieder da. Ich wußte vom ersten Augenblick, als es gekommen war, daß es da war, aber es sorgte immer wieder dafür, daß ich es vergaß. Es gebrauchte alles, was ich wußte, um die Morde zu planen und sie dann auszuführen. Es hat mich benutzt.« Sein Gesicht war schlaff und grau wie bei jemandem, der von einer langen Krankheit kaum genesen ist. »Ich bin müde. So müde ...«

Collins und Lewis befreiten ihn von den Handschellen, nachdem Ash sich stumm davon überzeugt hatte, daß der besitzende Geist verschwunden war, und führten ihn in eine der Zelle, damit er sich hinlegen konnte. Sie verriegelten die Tür nicht, wofür er ihnen beinahe überschwenglich dankte. Die anderen saßen da und sahen einander an.

»Was jetzt?« fragte Ash. »Wir haben unseren Mörder gefangen, aber er ist verschwunden. Er könnte überall sein. Oder jeder.«

»Suzanne hat ihn schon einmal gefunden«, sagte Rhea.

»Mit meiner Hilfe«, warf Hart ein. »Ich habe ihr lediglich einen kleinen Teil meiner Macht ausgeliehen, aber das reichte aus, daß bei ihr alle Sicherungen durchbrannten. Ich weiß nicht, ob sie das ein zweites Mal überleben würde.«

»Welche Macht?« fragte Rhea und musterte ihn eindringlich. »Wer bist du wirklich? Was willst du hier in Schattenfall?«

»Ich bin heimgekehrt«, antwortete Hart schlicht.

Rhea wartete, bis ihr klar wurde, daß er alles gesagt hatte, was er zu sagen beabsichtigte. Sie wandte sich an Ash. »Leonard, was spürst du in bezug auf Hart?«

»Nichts«, antwortete Ash. »Er ist abgeschirmt. Ich versuche an ihn heranzukommen, seit er Suzanne damals in ihrem Schuppen mit soviel von seiner Energie auflud, daß es beinahe zuviel für sie geworden wäre, doch ich werde immer wieder abgestoßen. Aber nicht er selbst hat diesen Schutzschild errichtet. Er weiß nicht einmal, daß es ihn gibt.«

»Könnte er dieser Wilde Junker sein?« sagte Rhea. »Die Quelle des besitzenden Geistes?«

»Nein«, sagte Ash. »Der ist von hier verschwunden.«

»Bitte, glaubt mir«, sagte Hart vorsichtig, »ich habe nicht das geringste mit diesem seltsamen Wilden Junker zu tun. Ich möchte diese Morde beenden, genau wie ihr. Ich bin lediglich ein Heimkehrer, der nach Antworten sucht.«

Rhea sah ihn lange nachdenklich an, dann wandte sie den Blick ab. »Du enthältst uns etwas vor, aber das ist in dieser Stadt nichts Besonderes. Was immer es sein mag, es muß warten, bis wir uns des gegenwärtigen Problems angenommen haben. Wir müssen diesen Wilden Junker finden, bevor er weiter mordet.«

»Falls uns das gelingt«, sagte Ash. »Er hat ein paar interessante Dinge gesagt. Zum Beispiel sagte er, er habe nur Leute getötet, die längst durch die Ewigkeitspforte hätten gehen sollen, aber davon gibt es in Schattenfall Tausende. Warum hat er nur einige ausgewählt und andere verschont?«

Rhea zuckte mit der Schulter. »Er verübt seine Morde im Alleingang, und er konnte bisher nur in begrenztem Umfang tätig werden, ohne sich verdächtig zu machen und geschnappt zu werden.«

»Jetzt braucht er sich deswegen keine Sorgen mehr zu machen«, sagte Hart. »Trotzdem, in welchen Körper er auch schlüpfen mag, ich werde ihn finden. Über kurz oder lang.«

»Er sagte, er sei nötig«, sagte Ash. »Was meinte er damit?«

»Wahrscheinlich wollte er uns nur verwirren«, erklärte Rhea. »Wir müssen die Leute warnen, den Mistkerl finden, bevor er wieder zuschlägt.«

Die Tür schwang auf, und Collins rannte herein. »Wir haben ein Problem. Aus der ganzen Stadt treffen Berichte über Funk ein. Von überall her werden Morde gemeldet, mehr als hundert, alle nach dem Schema des Wilden Junkers. Nur daß sie nicht alle ihm zur Last gelegt werden können; die Morde finden gleichzeitig an den verschiedensten Orten der Stadt statt. Von jetzt an müßt ihr gut auf euch aufpassen. Lewis und ich gehen hinaus.«

Und schon war er weg. Ash und Hart und Rhea sahen einander an.

»Er macht sich nicht mehr die Mühe, sich zu verstecken«, sagte Ash. »Und anscheinend beschränkt er sich nicht mehr darauf, nur von einer einzigen Person Besitz zu ergreifen. Man könnte sagen ... er schwärmt aus.«

»Wir müssen mit Altvater Zeit sprechen«, sagte Hart. »Er ist der einzige, der über genügend Macht verfügt, um das alles zu beenden.«

»Er läßt niemanden mehr zu sich«, sagte Rhea.

»Mich wird er zu sich lassen«, erwiderte Hart.

Der Wilde Junker, endlich frei, rannte durch die Straßen von Schattenfall, in tausend Körpern. Ihre Hände waren Klauen, und ihre Augen waren dunkel, und sie lachten und heulten beim Rennen und schlachteten alle ab, die ihren Weg kreuzten, sofern sie nicht ebenfalls schon besessen waren. Sie töteten so leicht und so natürlich, wie sie atmeten, denn das war Sinn und Zweck ihrer Existenz. Mengen angsterfüllter Stadtbewohner flüchteten vor ihnen, rannten durch die Straßen, verfolgt vom Wilden Junker in all seinen Erscheinungsformen. Niemand war sicher, niemandem konnte man trauen. Freund wandte sich gegen Freund, Ehefrau gegen Ehemann, Vater gegen Sohn. Die Toten waren überall, lagen geschunden und zerschlagen in Lachen ihres eigenen Bluts. Einige der Besessenen zerschmetterten mit ihrer unnatürlichen Kraft verbarrikadierte Türen, um zu denen zu gelangen, die sich dahinter versteckten. Der Wilde Junker raste unaufhaltsam durch die Stadt; niemand konnte ihn dingfest machen, ihn zur Vernunft bringen, die anderen vor ihm warnen. In den Besessenen war kein Platz für Mitleid oder Umsicht, nur der unentwegte Drang zu töten. Sie tobten durch die Stadt, verschonten kein einziges Viertel, töteten mit bloßer Hand und jeder Waffe, die ihnen gelegen kam.

Die meisten Überlebenden der Stadt standen noch unter dem Schock der Invasion, dennoch wehrten sich etliche gegen den neuen Feind, indem sie Waffen benutzten, die sie den toten oder gefangengenommenen Kriegern abgenommen hatten. Einige hielten sich sogar für erprobte Kämpfer, nur um feststellen zu müssen, daß das keinerlei Hilfe war, wenn die Mörder, mit denen sie es zu tun hatten, sich hinter vertrauten Gesichtern verbargen. Viele standen dem Geschehen hilflos gegenüber und starben, unfähig, gegen ihre Lieben die Hand zu erheben.

Dr. Mirren beobachtete all das von der Festung aus, in die er sein Haus verwandelt hatte. Er hatte alle Türen und Fenster verbarrikadiert und saß mit dem Gewehr auf dem Schoß in seinem Arbeitszimmer, von wo aus er die zunehmenden Grausamkeiten durch sein stärkstes Fernglas beobachtete. Die Kraft, die ihn das kostete, reute ihn zwar, aber er mußte Bescheid wissen. Mystische Wachen umringten das Haus, die sich seit vielen Jahren mittels seiner Macht aufrechterhielten, und sie hätten eigentlich stark genug sein müssen, um alles von ihm abzuhalten, aber er war sich seiner Macht nicht mehr so sicher wie einst. Zu vieles hatte sich in Schattenfall verändert, man konnte sich auf gar nichts mehr verlassen. Er saß in seinem Arbeitszimmer, umklammerte mit den Händen das Gewehr und sah hilflos zu, während das Fernglas ihm eine Szene nach der anderen zeigte, in denen der Wilde Junker in unterschiedlichster Gestalt in den Straßen Amok lief. Die Szenen jagten ihm in einem Maße Angst ein, wie es bei den Kriegern nie der Fall gewesen war. Er hatte als Gegenleistung für seine Macht und sein Wissen viele Versprechungen gemacht, die er nie für ernst gehalten hatte, und jetzt sah es so aus, als habe er sein Leben und seine Seele für nichts und wieder nichts aufs Spiel gesetzt. Angst nagte an den Rändern seiner Selbstbeherrschung. Er durfte nicht sterben. Die Toten warteten auf ihn.

Die vom Wilden Junker Besessenen versammelten sich mengenweise um sein Haus, bedrängten seine mystischen Wachen in zunehmender Zahl, beobachtend und wartend – hundert Gesichter mit demselben Ausdruck, demselben finsteren Lächeln. Sie schlichen um die Mauern seines Grundstücks, stellten die Wachen immer wieder auf die Probe, bis schließlich allein ihre Zahl schon zu groß war, als daß ihnen standzuhalten war. Die Wachen brachen zusammen, und die Besessenen fielen in seinen Garten ein wie hungrige Wölfe. Mirren griff mit seiner Macht aus und schickte ihnen die toten Krieger entgegen – alle jene Soldaten, die er auf seinen Boden gelockt und dann erneut mit der tödlichen Rose in seinem Garten umgebracht hatte, damit sie ihn verteidigten.

Die Toten kämpften gegen die Besessenen, und eine Zeitlang schien es, als sei die Stärke beider Seiten gleich, doch die Toten waren langsam und linkisch, nur durch Mirrens Willen motiviert, und bald erkannte er, daß er seine Streitkräfte zu spärlich bemessen hatte. Die vom Wilden Junker Besessenen schoben sich an den Toten vorbei und schwärmten durch seinen Garten. Mirren griff erneut aus, und die tödlichen Pflanzen und Ranken seines Gartens stürzten sich auf die Besessenen, drückten sie nieder und rissen sie auseinander. Dennoch entkamen einige dem Grünzeug und fächerten um sein Haus herum aus, um gegen die verriegelten Türen und geschlossenen Fensterläden zu hämmern.

Mirren wußte, daß er in seinem Arbeitszimmer hätte bleiben sollen, wo er am sichersten war, aber er konnte nicht einfach nur so dasitzen und zusehen, ohne etwas zu tun. Er sprang auf und eilte aus dem Arbeitszimmer, um den Zustand seiner Verteidigungseinrichtungen zu prüfen. Er rannte von einem Raum zum anderen, und überall rissen die Besessenen die Fensterläden heraus und erzwangen sich mit Gewalt einen Weg an den Barrikaden vorbei. Die Vordertür erbebte unter einem donnernden Pochen. Er rannte in sein Arbeitszimmer zurück; Gedanken wirbelten ihm durch den Kopf, er hielt immer noch sein Gewehr umklammert, obwohl er jeden Glauben an dessen Fähigkeit, ihn zu retten, verloren hatte. Am liebsten hätte er dem Ganzen ein Ende gemacht, sich den Lauf an den Kopf gehalten und den Abzug betätigt, aber das konnte er nicht tun. Die Toten erwarteten ihn. Es mußte einen Ausweg aus dieser Situation geben. Es mußte ihn geben!

Er gelangte ungehindert in sein Arbeitszimmer, stürzte hinein und schlug die Tür hinter sich zu. Und erst da merkte er, daß der Wilde Junker vor ihm dort angekommen war. Drei Besessene an der Zahl, zwei Männer und eine Frau, mit demselben Lächeln und derselben Finsternis in den Augen. Er erwischte die Frau mit seinem Gewehr, dann nahmen die beiden Männer es ihm ab und warfen ihn zu Boden. Er kringelte sich zu einer Kugel zusammen, krümmte sich unter der erwarteten Mißhandlung, aber nichts geschah. Er löste sich langsam und vorsichtig aus der Krümmung, und als er aufblickte, sah er, daß die beiden Besessenen einfach nur dastanden, als ob sie auf etwas warteten. Oder auf jemanden. Die Antwort kam Mirren beinahe im selben Augenblick in den Sinn, und sein Herz vollführte einen Sprung. Plötzlich war die Luft erfüllt vom Gestank von Schwefel, und eine neue Gestalt erschien im Raum. Sie war nackt, schlank und zart gebaut, unmenschlich schön, und sie schwitzte Blutstropfen, die an ihrem farblosen Fleisch hinabrannen und auf dem Teppich des Arbeitszimmer Flecken bildeten. Fliegen summten durch den Raum und umkreisten den Kopf der Gestalt wie Motten eine Laterne. Die Gestalt fing eine Motte aus der Luft und aß sie, dann wandte sie das Gesicht Mirren zu, und ihr Lächeln war dasselbe wie das der Besessenen.

»Lieber Doktor, ich habe die Vorfreude auf diesen Augenblick so sehr genossen. Wir haben soviel zu besprechen.« Der Dämon reckte sich wohlig wie eine Katze vor einem Kaminfeuer. »Das Sterben der Krieger und der Stadtbewohner hat mich sehr stark gemacht, Doktor. Die Morde des Wilden Junkers werden mich noch stärker machen.« Flammen loderten um die Gestalt herum auf, und Mirren zuckte vor der sengenden Hitze zurück. Der Dämon fuhr fort, als ob nichts geschähe. »Ich habe meine neue Macht benutzt, um mir den Wilden Junker für meine eigenen Zwecke gefügig zu machen. Ich brachte ihn ins Dasein, lange bevor er sonst aufgetaucht wäre, und jetzt unterliegt er in allen Dingen meinem Willen. Die Besessenen der Stadt werden töten und immer weiter töten, bis niemand mehr am Leben ist außer ihresgleichen, und dann werden sie sich gegenseitig umbringen. Die Kraft, die dieses Gemetzel hervorbringt, wird mich in die Lage versetzen, die Energie der Stadt sowie die der Galerien des Frostes, der Gebeine und schließlich die der Ewigkeitspforte anzuzapfen.« Die züngelnden Flammen hatten die Gestalt bis auf einen verkohlten, geschwärzten Rumpf verzehrt, doch ihre Stimme schwankte keine Sekunde lang. Fliegen umsurrten sie in noch dichteren Schwärmen als zuvor, und der Geruch von verbranntem Fleisch hing übelkeiterregend in der Enge des Raums. Mirren war von dem brennenden Mann zurückgewichen, bis er gegen die Wand geprallt war, und jetzt konnte er nicht mehr ausweichen. Dumpf wurde ihm bewußt, daß er sich eingenäßt hatte. Er merkte nicht, daß er kleine flehentliche Stöhnlaute von sich gab. Der Dämon kicherte leise.

»Die Macht über die Ewigkeitspforte wird mir Macht über Leben und Tod verleihen. Und damit werde ich die Welt verändern, bis niemand mehr darin erkennt, was sie einmal war. Leiden und Verderben werden endlos andauern, und ich werde Herr all dessen sein. Warum nur in der Hölle herrschen, wenn die Früchte der Welt soviel süßer sind?

Und du hast geholfen, dies alles zu ermöglichen, Doktor. Du hast die Wehranlagen der Stadt verraten und die Krieger hereingelassen, aber mehr als das war es dein neugieriges Vordringen in Bereiche, in denen du nichts zu suchen hattest, wodurch ich den Huf in die Tür der Stadt bekam. Du bist verantwortlich für alles, was hier geschehen ist, lieber Doktor, und ich bin gekommen, um dich zu belohnen. Du warst so versessen darauf, alles über den Tod zu erfahren – und darüber, was danach kommt; ich will es dir zeigen.«

Mirren schrie lange, dann starb er. Danach setzte das Schreien erneut ein.

Draußen auf den Straßen war der Wilde Junker überall, und Blut und Tod und Dunkelheit bedeckten die Stadt Schattenfall.

Rhea, Ash, Hart und Morrison tauchten in die Plastikschneekuppel und arbeiteten sich durch das wilde Schneetreiben hinunter, bis sie schließlich unsanft auf der öden weißen Landschaft darunter landeten. Sie schlugen hart auf, doch der Schnee war tief genug, um den Aufprall zu mildern. Sie standen auf und marschierten durch den knietiefen Schnee los, wobei sie sich bei den Händen hielten, um im tobenden Sturm nicht voneinander getrennt zu werden. Rings um sie herum sah alles gleich aus, doch Harts Gespür wies ihnen die richtige Richtung, wie ein Kompaß, der den Weg nach Hause kennt. Dies war eines der vielen Dinge, die er einfach deshalb wußte, weil er sie wissen mußte. Nach einer endlos erscheinenden Zeit gelangten sie schließlich zu dem großen, wuchtigen Gebilde, der Allheiligen-Halle, nur um weitere Beweise dafür zu finden, daß nichts so war, wie es hätte sein sollen. Die Halle war dunkel, in keinem der Fenster brannte Licht.

Hart stieß die Eingangstür auf und drängte die anderen aus dem peitschenden Sturm hinein. Dann schlug er die Tür hinter ihnen zu, und eine Zeitlang standen sie dicht beieinander, um wieder zu Atem zu kommen. Alles war dunkel und still. Hart rief die Macht in sich an, und ein Teich von Licht bildete sich um die Gruppe. Er runzelte die Stirn. Solche Dinge fielen ihm mit jedem Mal leichter und ergaben sich auf immer natürlichere Weise. Er hatte das Gefühl, daß ihm auch noch andere Dinge gelängen, erstaunliche Dinge, aber er versagte es sich, der Versuchung nachzugeben. Mehr denn je wollte, mußte er sich menschlich, normal, sicher fühlen.

Sie stampften sich den Schnee von den Stiefeln, rieben die Hände aneinander, um das Blut wieder zum Fließen zu bringen, und dann ging Hart voraus durch die breiten, sich kreuzenden Gänge der Galerie der Gebeine. Er kannte den richtigen Weg instinktiv, als ob er dorthin gehörte. Überall, wohin sie gingen, war es still und lautlos, und außer ihnen bewegte sich nichts in der Dunkelheit. Die Bilder an den Wänden waren dunkel und leer, nichts war übrig von den Szenen, die sie eigentlich hätten zeigen sollen. Was nach Harts Auffassung eine wichtige Frage aufwarf: Wo waren die Leute und Geschöpfe, die einige dieser Bilder bewachen sollten? Wurden sie noch irgendwo festgehalten, oder liefen sie frei in der Galerie herum, versteckten sich in der Dunkelheit außerhalb des von ihm geschaffenen Lichtkreises? Es war wirklich eine interessante Frage, aber Hart hatte keine Lust, sie mit seinen Kameraden zu erörtern. Sie waren ohnehin schon besorgt genug; das letzte, was sie gebrauchen konnten, war eine zusätzliche Beunruhigung. Er strebte weiter, wobei er seiner Umgebung ein wenig mehr Aufmerksamkeit widmete. Er hätte ziemlich sicher gemerkt, wenn irgend etwas in der Nähe gelauert hätte, genauso wie er andere Dinge wußte, aber das alles war für ihn noch zu neu, als daß er sich tatsächlich darauf hätte verlassen wollen.

Sie marschierten weiter, keiner sagte ein Wort, und die Spannung in der Gruppe war so greifbar, daß man sie mit dem Messer hätte schneiden können. Dies war nicht der normale Zustand der Galerie, keinesfalls, und sie alle wußten es. Alles, was mit des Zeitmeisters Befinden zusammenhing, war in zunehmendem Maße beunruhigend. Angeblich war Altvater Zeit unsterblich und unglaublich mächtig, Herr über Zeit und Raum und alles, was daran angrenzte. Die Vorstellung von etwas, das mächtig genug war, um den Zeitmeister zu beeinflussen, war erschreckend. Sie marschierten weiter, und die Dunkelheit schloß sich dichter um sie. Hin und wieder trafen sie auf einen der Automaten des Zeitmeisters; die schimmernden Räderwerkgestalten standen reglos da, mitten in der Bewegung erstarrt, als ob die Energie, die sie gespeist hatte, plötzlich abgeschnitten worden wäre, ohne jede Vorwarnung.

Ihr Ziel war das Innere Gemach des Zeitmeisters, und ihnen wurde immer unbehaglicher zumute; bei jedem verdächtigen Laut oder jeder Bewegung wären sie zusammengezuckt. Doch da war nichts außer Dunkelheit. Das einzige Geräusch war das leise Tappen ihrer Füße auf dem polierten Holzboden, schnell von der Stille verschluckt, bevor es auch nur Zeit hatte zum widerhallen. Es war wie eine Wanderung am Meeresboden, weit außerhalb der Reichweite von Licht, Schall und Freiheit.

Hart blieb plötzlich stehen, und die anderen hielten ebenfalls inne. Nicht weit vor ihnen war ein Geräusch zu hören, leise und gedämpft. Hart brauchte eine ganze Weile, bis er erkannte, daß jemand weinte. Er ging weiter, bog um eine Ecke, die einen Augenblick zuvor noch nicht dagewesen war, und sah Mad, die zusammengesunken vor der Tür zum Inneren Gemach des Zeitmeisters saß. Sie weinte leise, ungehemmt, mit den stoßweise hervorschießenden Tränen von jemandem, der weiß, daß es keine Hoffnung mehr gibt und nur das Unausweichliche bleibt. Die Tränen erschütterten sie bei jedem Atemzug und hatten tiefe Furchen in das graue Make-up auf ihrem Gesicht gezogen. Sie sah aus wie ein kleines Mädchen, das sich mit den Kleidern einer älteren Schwester herausgeputzt hatte. Hart kniete vor ihr nieder.

»Was ist los, Mad? Was ist hier passiert?«

Mad brauchte eine Weile, bis sie die Beherrschung über ihre Stimme erlangt hatte. »Der Zeitmeister liegt im Sterben, aber es ist viel zu früh. Er müßte noch Lebenskraft für Monate in sich haben, aber etwas frißt ihn von innen auf. Er wird sterben, und ich weiß nicht, ob er diesmal wieder zurückkommt. Ihr müßt etwas unternehmen.«

»Wir tun, was wir können«, versprach Hart. Er wollte sie nicht anlügen, nicht in diesem Augenblick. Er half Mad auf die Beine, und sie schniefte und rieb sich die Augen mit den Fingerknöcheln, während er die Tür aufstieß und die anderen einließ. Der Raum war groß, aber nicht ungemütlich, obwohl es keine Möbel und keine

Einrichtung gab, außer einem schlichten, zweckmäßigen Bett in der Mitte des Raums. Und auf diesem Bett, unter zerwühlten Decken, lag Altvater Zeit.

Alles, was üblicherweise zu seiner Erscheinung und seiner Umgebung gehörte, war weggeräumt worden, als ob er nicht mehr die nötige Kraft hätte, sich mit derlei Firlefanz zu belasten. Er war einfach ein alter Mann, der im Bett lag und geräuschvoll durch den offenen Mund atmete. Er wirkte wie tausend Jahre alt, die kleine verhutzelte Mumie eines Mannes, für den jeder Atemzug eine große Anstrengung bedeutete. Er sah aus, als ob ihn nur noch Sekunden vom Tod trennten, als ob er ihn jeden Augenblick für sich beanspruchen würde. Hart stand am Bett und sah mit einer Mischung aus Mitleid und Verärgerung auf den Sterbenden hinab. Wenn er es nicht besser gewußt hätte, hätte er geschworen, der Zeitmeister führe dieses Theater nur auf, um sich davor zu drücken, Fragen zu beantworten. Die anderen drängten sich hinter ihm, hielten sich jedoch vom Bett fern, als ob sie Ehrfurcht oder Unsicherheit davon abhielten, näher heranzutreten.

»Ich komme nicht ganz mit«, murmelte Ash. »Was ist so schlimm daran, wenn er stirbt? Er kommt dann eben als Neugeborenes wieder zurück.«

»Stimmt, du kommst nicht ganz mit«, sagte Morrison, der sich nicht die Mühe machte, die Stimme zu dämpfen. »Das Leben des Zeitmeister mag zwar ein unendlicher Kreislauf sein, aber es ist auf die Sekunde genau festgelegt, angepaßt an die Bedürfnisse und den Rhythmus der Stadt. Etwas hat die übrigen Monate seines Lebens und die restliche Kraft aus ihm herausgesaugt, und das bedeutet, daß er hilflos ist und nichts gegen die Ereignisse in der Stadt unternehmen kann, bis er gestorben, wiedergeboren und der Kindheit entwachsen ist. Und das könnte Tage dauern. Alles mögliche könnte in dieser Zeit geschehen. Alles mögliche.«

»Der Typ kann einen so richtig aufmuntern, findest du nicht?« sagte Ash zu Rhea. Sie brachte ihn mit einem Zischen zum Schweigen, ohne den Blick von dem alten Mann in dem Bett abzuwenden.

»Wer verfügt über die nötige Macht, um dem Zeitmeister so etwas anzutun?« sagte sie schließlich.

»Eine gute Frage«, sagte Morrison. »Wenn du eine Antwort weißt, die uns nicht allzusehr auf den Magen schlägt, sei so gut und teil sie uns mit.«

Sie traten ein wenig näher ans Bett; keiner wußte so recht, was als nächstes zu tun sei. Mad saß auf der Bettkante gegenüber, gelegentlich schniefend, und hielt die verschrumpelten Hände des Zeitmeisters in den ihren. Sie sah die anderen an, und ihr Gesichtsausdruck sagte: *Tut etwas!* Dann öffnete der Zeitmeister die Augen und flüsterte leise, keuchend:

»Ich nehme an, ihr fragt euch, warum ich euch heute hierhergerufen habe. Ihr seid hier, weil es an der Zeit ist, daß ihr erfahrt, was sich in Schattenfall wirklich abgespielt hat. Hört gut zu. Ich bezweifle sehr, daß ich die Zeit und die Kraft habe, das Ganze zweimal zu erklären. Der Wilde Junker ist eine körperliche Manifestation der Entropie, eine lebendige Erinnerung daran, daß alle Dinge vergänglich sind, ob sie es wollen oder nicht. Angeblich handelt es sich dabei um eine spontane Schöpfung des kollektiven Unterbewußtseins der Stadt, wenn die Bevölkerung gefährlich groß wird. Es ist eine in das System eingebaute Sicherung, für den Fall, daß ich nicht fähig oder nicht willens bin, meine Aufgaben zu erfüllen. Es gibt Kräfte im Universum, die nicht geleugnet werden können.

Es gibt immer Menschen, die eigentlich durch die Ewigkeitspforte gehen müßten, es aber nicht tun. Das System läßt das zu. Sie siedeln sich in der Stadt an, werden real, überdauern eine gewöhnliche Lebensspanne und sterben. Manchmal allerdings sterben sie nicht. Sie finden einen Weg, um sich am Leben festzuhalten, lange nachdem sie hätten dahingehen müssen. Es sind zu viele, und die Stadt wird zu groß, zu schwerfällig. Allmählich bricht alles zusammen. An diesem Punkt soll sich der Wilde Junker manifestieren und diejenigen, die an den Schwierigkeiten schuld sind, dazu überreden, durch die Tür zu treten. Er ist ein Archetypus, wie gesagt hervorgerufen durch das kollektive Unterbewußtsein der Stadt, was bedeutet, daß er aus einer unglaublichen Kraftquelle schöpfen kann, wenn er es für nötig befindet, jemanden gewaltsam durch die Ewigkeitspforte zu schicken. Aber es war nie vorgesehen, daß er sich als Mörder betätigt.«

Der Zeitmeister verstummte, und einen Augenblick lang konnte er nur noch nach Luft japsen wie ein Ertrinkender. Mad drückte ihm die Hand, und schließlich hatte er sich wieder ein wenig erholt. Er setzte seinen Vortrag fort, und tatsächlich hörte sich seine Stimme eine Spur kräftiger an. »Derzeit ist die Stadt jedoch nirgendwo auch nur annähernd so groß, daß der Wilde Junker dadurch spontan auf den Plan gerufen worden sein könnte. Irgend etwas, eine Kraft von außen, hat ihn vorzeitig ins Dasein geholt und seinen Sinn verfälscht. Deshalb hat er von anderen Besitz ergriffen, anstatt eine eigene Gestalt anzunehmen. Jetzt läuft er in tausend Körpern frei herum, tanzt nach einer fremden Pfeife, und er wird nicht lockerlassen, bevor jedes Lebewesen in Schattenfall durch die Ewigkeitspforte geschickt wurde, so oder so.«

Es entstand ein langes Schweigen, bevor ihnen klar war, daß er alles gesagt hatte, was er zu sagen hatte.

»Also gut«, sagte Hart, »wer steckt hinter dem Ganzen? Warum will derjenige jeden umbringen? Was können wir tun, um ihn aufzuhalten?«

»Er ist nicht aufzuhalten«, sagte der Zeitmeister.

Er schloß die Augen und hörte auf zu atmen, und es dauerte eine Weile, bis sie sich eingestanden, daß er tot war.

Es war der Tag des Wilden Junkers, und die von ihm Besessenen waren überall. Überall in der belagerten Stadt Schattenfall rannten Tausende von Männern und Frauen mit dem gleichen Grinsen im Gesicht blindwütig durch die Stadt, töteten jeden, der nicht ihresgleichen war, und versammelten sich mengenweise um die wenigen verbliebenen Nischen des Widerstands. Blut floß in den Rinnsteinen, und manchmal hielten die Besessenen inne, um niederzuknien und es aufzulecken wie Hunde. Im Büro des Sheriffs nagelten die beiden Hilfssheriffs Collins und Lewis Bretter vor die Fenster, während Suzanne und Polly die Türen verbarrikadierten. Das Schreien draußen war ohrenbetäubend, und das Donnern pochender Fäuste auf der anderen Seite der Türen hörte nicht auf. Der Wilde Junker verlangte Einlaß, und tief im Innern wußten die Verteidiger, daß er früher oder später einen Weg herein finden würde.

Collins und Lewis schoben ihre Gewehrläufe zwischen den angenagelten Brettern hindurch und gaben dann und wann ein paar Schüsse ab, wann immer der Druck der Körper ringsum zu groß zu werden drohte, aber sie mußten sich jeden Schuß gut überlegen, da ihre Munition begrenzt war. Bis dahin hatten sie sich noch nie auf ihre Waffen verlassen müssen, um den Frieden in Schattenfall aufrechtzuerhalten. Die vom Wilden Junker Besessenen hatten Waffen, die sie den toten Kriegern abgenommen hatten, aber zum Glück stand ihnen noch weniger Munition zur Verfügung. Die beiden Hilfssheriffs feuerten tödliche Schüsse ab, auch wenn sie ein Gesicht zu erkennen glaubten. Sie konnten nicht anders, denn der Wilde Junker ließ sich durch nichts anderes aufhalten. In den Besessenen war nichts Menschliches mehr.

Suzanne und Polly hatten Gewehre, die die Hilfssheriffs ihnen gegeben hatten, aber bis jetzt hatten sie noch nicht den Mut oder die Verzweiflung aufgebracht, sie zu benutzen. Sie saßen zusammen am Tisch, und Polly sah zu, wie Suzanne einen Packen Spielkarten auslegte, den sie in einer Schublade gefunden hatte. Ein Teil von Harts Kraft rührte sich noch in ihr, und sie erkannte einiges in den Mustern der Karten. Sie sah den Mob in den Straßen frei herumlaufen, betrunken von Blut und vom Leid, und sie sah den Namen ›Wilder Junker‹, obwohl sie damit nichts anfangen konnte. Sie versuchte, einen sicheren Weg aus dem Büro des Sheriffs hinaus zu sehen, und dann weiter aus der Stadt hinaus, aber wohin sie auch sah, der Wilde Junker zeigte ihr stets sein höhnisches Antlitz. Es gab keinen Weg hinaus. Nicht vorbei am Wilden Junker und dem Wahnsinn, den er in die Stadt gebracht hatte.

Plötzlich gaben die beiden Hilfssheriffs eine geballte Ladung von Schüssen ab, und Suzanne und Polly blickten sich schnell um, während ihre Hände zu den Waffen griffen, die vor ihnen auf dem Tisch lagen. Collins entfernte sich vom Fenster und rannte aus dem Raum. Die beiden Frauen sprangen auf, die Waffen im Anschlag.

»Was ist los?« fragte Suzanne. »Sind sie ins Gebäude eingedrungen?«

»Nein«, sagte Lewis, während er mit berufsmäßiger Gelassenheit sein Ziel ins Visier nahm. »Der Mob jagt einige seiner Opfer in diese Richtung. Es sind nur ein paar, ein Mensch und drei anthropomorphe Wesen, aber sie alle sind bewaffnet, und sie halten die Mörder in Schach. Collins steht bereit, um eine Seitentür für sie zu öffnen. Sofern sie so weit kommen.« Er hörte auf zu schießen und blickte verdutzt hinaus, wobei er den Hals hin und her verdrehte, um besser zwischen den Brettern hinausspähen zu können. »Der Mob muß wirklich scharf sein auf diese Leute; sie haben uns ganz vergessen und konzentrieren sich nur noch auf die armen Teufel da draußen.«

»Was können wir tun, um ihnen zu helfen?« fragte Polly.

»Nicht viel«, antwortete Lewis. »Collins steht bereit, um die Seitentür zu öffnen, falls er Gelegenheit dazu hat, aber er wird uns nicht in Gefahr bringen, nur um sie zu retten. Es hängt alles von denen da draußen ab. Sie können nur auf ihr Glück hoffen.«

Draußen auf der Straße warf sich Scottie, der Winzige Terror, auf den grinsenden Mann vor ihm und riß ihm mit einem gekonnten Schnappen die Kehle heraus. Er war kein besonders großer Hund, aber er hatte viele Zähne. Er landete mit den Füßen voran am Boden und sah sich schnell nach einem neuen Opfer um. Seine nietenbeschlagene Lederjacke war zerrissen und blutverschmiert – einiges davon stammte von ihm selbst –, und jemand hatte ihm die Sicherheitsnadel aus der Nase gerissen, obwohl er sich nicht erinnern konnte, wann das geschehen war. Peter Caulder kämpfte an seiner Seite, indem er in geübter Weise Salven aus seinen beiden Maschinenpistolen abfeuerte. Der Exkrieger war zum Umfallen erschöpft, aber er zielte mit sicherer Hand und gleichbleibender Genauigkeit. Er hatte gelobt, die Unterwelt der Subnaturalen mit seinem Leben zu schützen, und obwohl sich sein Glaube einmal als falsch erwiesen hatte, war sein Wort immer noch etwas wert.

Der Bär Petz und der Meerbock standen Rücken an Rücken da, und die Gewehre in ihren Pfoten waren unangenehm warm vom vielen Gebrauch. Es hatte eine Zeit gegeben, die gar nicht lange zurücklag, da hatte sich Petz, der Bär, für unfähig gehalten zu töten. Die Zeit und die Umstände hatten gezeigt, daß er sich getäuscht hatte. Was den Wilden Junker betraf, galt die Devise: töten oder getötet werden, und der Bär war nicht bereit zu sterben. Noch nicht. Viele aus der Unterwelt der Subnaturalen hatten sich geweigert zu töten, aus vielerlei Gründen, und Petz hatte mitangesehen, wie sie sterben mußten, bis er es nicht mehr ertragen konnte. Er nahm sich eine Waffe und staunte, wie leicht sie zu benutzen war.

Der Meerbock hatte ein Gewehr in der einen Hand und eine Flasche Wodka in der anderen. Er lachte und grölte Beleidigungen, während er schoß; endlich war er in seinem Element. Der Bär versuchte, ihm nicht zuzuhören. Er konzentrierte sich auf das anstehende Problem, indem er jeden von der Horde niedermachte, der zu nahe kam, und er spürte, wie jedesmal, wenn er den Abzug betätigte, ein kleines Stück von ihm selbst starb.

Die mörderische Meute drängte von allen Seiten heran, und die drei Tiere und der Mensch rannten vor ihr her, hierhin und dorthin, und hielten die Horde mit ihren Waffen in respektvollem Abstand. In keinem der wahnsinnigen Gesichter vor ihnen zeigte sich die geringste Spur einer Angst vor dem Tod, aber sie spiegelten eine gewisse primitive Vorsicht wider, als ob sie ihr Leben nicht sinnlos wegwerfen wollten. Caulder hielt plötzlich inne, als eine Wand vor ihm aufragte, und ein kurzer Anflug von Panik überkam ihn, als er feststellte, daß ihm der Weg abgeschnitten war. Er stellte sich mit dem Rücken zur Wand; Scottie kauerte sich keuchend zu seinen Füßen, und in seinen Augen war etwas Wildes. Der Bär Petz und der Meerbock waren gleich darauf bei ihnen, und ohne es auszusprechen, wußten alle, daß sie so weit gekommen waren, wie sie überhaupt kommen konnten. In ihnen war kein Platz mehr für Verzweiflung, nur noch für Entschlossenheit. Sie hoben die Gewehre zum letzten Mal, und dann öffnete sich eine Tür neben ihnen, und ein Arm zog sie hinein.

Sie warfen sich in die Öffnung, und jemand knallte die Tür hinter ihnen zu, im Angesicht des heulenden Mobs. Sie lagen auf einem Haufen am Boden, im Augenblick zufrieden damit, einfach nur dazuliegen und wieder zu Atem zu kommen, während ihre Verfolger draußen vergebens gegen die Tür hämmerten. Der Meerbock war als erster wieder auf den Beinen, die Waffe in der Hand und sich immer noch irgendwie an seiner Wodkaflasche festhaltend. Er sah die Gestalt vor ihm an und schnaubte laut.

»Hat lange genug gedauert, bis du uns reingelassen hast. Noch ein paar Sekunden länger, dann hätten uns die Arschlöcher überrannt. Wer, zum Teufel, bist du, und gibt es noch einen anderen Ausgang aus diesem Puff?«

»Du mußt das Benehmen des Geißbocks entschuldigen«, sagte Petz, der Bär, müde. »Ich wußte mal warum, aber ich habe es vergessen.«

»Ich bin Collins«, stellte sich der Hilfssheriff vor. »Und für uns alle gibt es keinen Ausweg. Kommt mit und lernt die anderen kennen.«

»Sind sie alle so gut drauf wie du?« murrte Scottie.

Sie gesellten sich schnell zu den anderen, suchten sich günstige Stellungen an den Fenstern, um auf den Mob draußen zu schießen, und erzählten nacheinander ihre Geschichten. Sie ähnelten einander auf bedrükkende Weise.

»Wir haben versucht, über Funk Hilfe herbeizurufen«, sagte Suzanne, »aber wir bekommen keine Antwort. Die Telefone sind tot. Ich glaube, die Leitungen wurden durchgeschnitten. Möglicherweise sind wir die einzigen noch Lebenden in Schattenfall.«

Polly erschauderte kurz. »Sprich nicht so. Ich kann das nicht glauben. Da draußen muß es noch irgend jemanden geben. Wenn wir nur lange genug durchhalten, kommen sie und retten uns.«

»Darauf würde ich mich nicht verlassen«, sagte Scottie und kratzte sich mit der Hinterpfote am Ohr. Getrocknetes Blut bröselte zu Boden. »Die Verrückten sind überall. Wir sind die letzten Verbliebenen aus der Unterwelt der Subnaturalen.«

Plötzlich ertönte ein lautes Getöse aus dem Stockwerk unter ihnen, begleitet vom Grölen triumphierender Stimmen. Automatisch sahen alle zur Tür. Dahinter lag ein offener Gang mit zwei Aufzügen und einer

Treppe, die in das untere Stockwerk führte. Der Krach von zerschmettertem Glas und herumgeworfenen Möbelstücken war klar und deutlich zu erkennen, da er das Gejohle und Gebrüll der vom Wilden Junker Besessenen noch übertönte.

»Verdammt«, sagte Collins tonlos. »Sie sind im Gebäude.«

Der Meerbock nahm einen schnellen Schluck aus seiner Flasche und entblößte die blockartigen Zähne. »Ich warte noch immer auf die Antwort auf meine Frage, ob es noch einen anderen Ausgang aus dieser Todesfalle gibt, obwohl mich allmählich der Verdacht beschleicht, daß ich die Antwort bereits kenne. Sprecht nicht alle gleichzeitig.«

»Es gibt keinen Weg hinaus«, sagte Lewis. Er wandte sich vom Fenster ab, nahm einen verbrauchten Patronenstreifen aus seinem Gewehr und schob einen neuen hinein. »Wenn es einen Weg hinaus gäbe, hätten wir ihn benutzt.«

»Bei solchen Gelegenheiten«, sagte Scottie, »wünschte ich, mein Schöpfer hätte sich auf Taschenbuchkrimis beschränkt. Ich habe nicht darum gebeten, erschaffen zu werden.«

»Wir können nicht einfach hier herumstehen und darauf warten, daß die Mörderbande uns holt!« fauchte Suzanne. »Wenn ihr aufgeben wollt, dann geht hinunter und bringt es hinter euch. Ich werde jedenfalls weitere Barrikaden errichten, zumindest teilweise, weil ich mir wie eine Närrin vorkäme, wenn ich aufgäbe und ein paar Minuten später käme Hilfe.«

»Ein guter Standpunkt«, pflichtete ihr der Meerbock bei.

Innerhalb weniger Minuten hatten sie beide Aufzüge außer Betrieb gesetzt, die Möbel die Treppe hinuntergeworfen, sich in den Empfangsbereich zurückgezogen und den schwersten Schreibtisch gegen die einzige Tür geschoben. Sie luden ihre Waffen nach, nahmen

Verteidigungsstellungen hinter umgekippten Tischen ein und warteten. Der Krach unter ihnen ließ nicht nach, obwohl nicht mehr viel zum Zerschmettern übrig sein konnte. Der Bär Petz hielt sich das Gewehr an die pelzige Brust und empfand vor allem Traurigkeit. Er hatte viele Dinge getan, die sein Schöpfer niemals gutgeheißen hätte, alles im Interesse des Überlebens, und jetzt fragte er sich, ob er wirklich die richtige Entscheidung getroffen hatte. Er war nicht mehr das, was er einmal war, das wußte er. Zuvor war er etwas Besonderes gewesen. Waffen funktionierten in seiner Nähe nicht, und ihm und seinen Freunden stieß niemals etwas Schlechtes zu, weil ... weil er Petz, der Bär, war. Aber die Tatsache, daß er etwas Besonderes gewesen war, hatte seine Mitgeschöpfe nicht vor dem Fluch des Wilden Junkers bewahrt, also hatte er zur Waffe gegriffen und versucht, die Welt dazu zu zwingen, so zu sein, wie sie sein wollte. Er hatte das, was ihn einzigartig gemacht hatte, von sich abgeworfen, und das hatte ihm wenig Gutes beschert. Er würde trotzdem sterben, und seine Freunde mit ihm. Eine Tür öffnete sich hinter ihm, und er drehte sich schnell um, den dicken Finger am Abzug. Sheriff Erikson blinzelte zu den Gewehren, die auf ihn gerichtet waren, und hob die Hände. Alle ließen den angehaltenen Atem aus und senkten die Waffen ein wenig.

»Tut mit leid, Sheriff«, sagte Collins. »Bei allem, was passiert ist, habe ich ganz vergessen, daß du noch ... deinen Rausch ausgeschlafen hast. Wie geht's?«

»Gut«, sagte Erikson, »mir geht's gut. Ich weiß, daß ich für eine Weile die Beherrschung verloren habe, aber jetzt bin ich wieder okay. Wirklich. Ich fühle mich ganz gut und würde gern helfen. Wenn du mir mein Gewehr zurückgeben würdest.«

»Ich glaube nicht, daß das eine gute Idee ist, Sheriff«, sagte Lewis vorsichtig. »Ruh dich lieber noch ein bißchen aus. Wir kümmern uns hier um alles.«

Erikson nickte, drehte sich um und ging wieder in sein Privatbüro, wobei er die Tür hinter sich schloß. Sie vertrauten ihm nicht. Er verübelte es ihnen nicht. Er war einmal der Wilde Junker gewesen, und vermutlich war es nicht auszuschließen, daß er es noch einmal sein könnte, obwohl er sich jetzt klarer im Kopf fühlte als seit Monaten. Er erinnerte sich an die Morde, die er begangen hatte, wie an eine Reihe von verschwommenen Träumen, in denen er lediglich ein stiller, hilfloser Beobachter gewesen war. Sie kamen ihm noch immer unwirklich vor, obwohl er nicht daran zweifelte, daß er die Dinge wirklich getan hatte, die man ihm nachsagte. Er selbst war der Mörder, den er so verzweifelt gesucht hatte.

Er setzte sich an seinen Schreibtisch und wußte, was er zu tun hatte. Er fühlte sich ruhig und sicher und kein bißchen ängstlich. Was immer geschehen sein mochte, er durfte nicht zulassen, daß der Wilde Junker noch einmal von ihm Besitz ergriff. Es würde nicht leicht sein, ohne Gewehr. Er sah sich um, und sein Blick fiel auf den Papierspieß. Ja, damit wäre es möglich. Er nahm ihn, stellte ihn mit Bedacht vor sich hin und entfernte die Schriftstücke. Er warf keinen Blick darauf, wollte nicht wissen, was darin stand. Sie waren nicht mehr wichtig. Der Metalldorn war etwa fünfzehn Zentimeter lang. Lang genug. Er legte die Hände zu beiden Seiten des Papierspießes flach auf den Schreibtisch und beugte sich vor, so daß er genau auf die Spitze des Dorns sah.

*Es tut mir leid. Es tut mir wirklich sehr leid.*

Er stieß das Gesicht mit aller Kraft auf den Spieß hinunter. Das letzte, was er sah, war die Metallspitze, die ihm entgegenkam, um sich in sein linkes Auge zu bohren.

Draußen im Empfangsbüro lauschten die Verteidiger darauf, wie die vom Wilden Junker Besessenen die Treppe heraufpolterten und dabei die Möbel, die als

Barrikade dienten, zur Seite warfen, als ob sie gewichtslos wären. Es dauerte nicht lange, bis sie gegen die Tür schlugen, so kräftig, daß sie in ihrem Rahmen erbebte. Der Meerbock gab einen Schuß durch die Tür ab, aber das beeindruckte sie anscheinend nicht. Collins und Lewis standen nebeneinander, die Waffen schußbereit auf die Tür gerichtet. Sie atmeten stoßweise und schnell, aber ihre Hände zitterten nicht. Der Bär Petz und der Meerbock nahmen immer abwechselnd einen Schluck aus der Wodkaflasche. Sie war beinahe leer. Peter Caulder saß schweigend hinter ihnen und dachte über die sonderbare Verwandlung nach, die sein Leben in der letzten Zeit erfahren hatte, und lächelte, als ihm bewußt wurde, daß er nichts davon rückgängig machen würde, wenn er könnte. Scottie starrte zu der wackelnden Tür und knurrte tief in der Kehle. Suzanne und Polly hielten sich bei den Händen und versuchten, ihre Gewehre professionell zu halten.

Die Tür gab krachend nach, und die Besessenen stürzten herein und fegten den schweren Schreibtisch beiseite, als ob es nichts wäre. Die Verteidiger eröffneten einen wahren Kugelhagel, und die besessenen Männer und Frauen fielen um wie Puppen. Das Knallen der Schüsse schallte ohrenbetäubend laut in dem engen Raum, doch der Wilde Junker in seiner vielfältigen Gestalt lachte nur und drückte weiter voran, über die gefallenen Körper stolpernd, um zu den Verteidigern zu gelangen. Weitere Besessene erschienen in der Türöffnung, und einige von ihnen hatten ebenfalls Gewehre in den Händen. Blut spritzte an die Wände und bildete Lachen am Boden, aber der Wilde Junker kam unaufhaltsam näher.

Scottie mußte als erster sterben. Eine Salve aus einer Maschinenpistole hob ihn hoch und warf ihn wie ein Spielzeug zur Seite. Noch im Sterben versuchte er, nach den Fußknöcheln jener zu schnappen, die über ihn hinwegstapften.

Collins und Lewis wurden von einer Menge von Besessenen niedergetrampelt, während sie immer noch Schüsse abgaben. Der Wilde Junker riß sie mit seiner unnatürlichen Kraft entzwei. Peter Caulder versuchte, sie zu retten, und eine junge Frau mit wahnsinnigen Augen und einem breiten Lächeln stieß ihm ein Messer in die Kehle, bevor er ihre Anwesenheit überhaupt wahrgenommen hatte. Er fiel auf die Knie und fühlte den Mund plötzlich voller Blut.

Petz, der Bär, war sofort bei ihm und versuchte, ihn in Deckung zu ziehen. Eine Kugel traf ihn mitten in die Stirn, und er wurde nach hinten geworfen, wo er hilflos am Boden liegenblieb; Blut trat ihm in die Augen, als er sein Leben aushauchte. Der Meerbock brüllte vor Zorn und Trauer über den Verlust, warf die leere Flasche in die Menge und tat einen Satz, um über seinen beiden Freunden zu stehen. Er feuerte, bis alle Munition aus seinem Gewehr verschossen war, und dann kämpfte er mit Händen und Hörnern, bis seine Gegner ihn schließlich niedermachten.

Suzanne schoß Polly in den Hinterkopf, eine letzte freundschaftliche Tat, dann steckte sie sich den Gewehrlauf selbst in den Mund und betätigte den Abzug. Sie starben, sich immer noch bei den Händen haltend, und der Wilde Junker brüllte in rasendem Zorn.

In einem Hinterzimmer der Galerie der Gebeine standen sie um das Bett des Zeitmeisters herum und sahen ihn benommen an, als ob sie erwarteten, daß er jeden Augenblick wieder atmen, sich aufrichten, lachen und erklären würde, er habe nur Spaß gemacht. Doch Altvater Zeit lag reglos in seinem Bett, die verwelkte, geschrumpfte Mumie eines Mannes. Er sah aus, als sei er schon seit Jahrhunderten tot und erst kürzlich aus einer uralten Pyramide ausgegraben worden. Um sie herum war der ganze Raum dunkel und still. Es gab keine Wände und Decken mehr, und das einzige Licht war ein blaßgoldener Schimmer aus einer altmodischen Lampe auf der hohen Ablage am Kopfende des Bettes. Außerhalb des Lichtscheins herrschte ein Gefühl der Leere, als ob sie in einem Meer der Dunkelheit schwämmen.

Rhea und Ash standen zusammen am Fuß des Bettes, hielten sich bei den Händen und spendeten sich gegenseitig Trost, so gut sie es vermochten. Der Tod des Zeitmeisters hatte mitten ins Herz all dessen getroffen, woran sie glaubten. Er war die einzige Konstante in einer sich ständig wandelnden Welt, der Klebstoff, der Schattenfall zusammenhielt; nun, da er dahingegangen war, bestand keine Aussicht mehr auf ein Überleben der Stadt. Ash betrachtete den verschrumpelten Leichnam, und die Erkenntnis von Sterblichkeit durchfuhr ihn wie ein Stich. Wenn sogar der Zeitmeister sterben konnte und durch die Ewigkeitspforte dorthin ging, von wo es keine Rückkehr gab, dann mußte er sich damit abfinden, daß auch sein Beinah-Leben ein Ende haben mußte. Er hatte es immer gewußt, aber bis jetzt hatte ihm das nicht viel ausgemacht. Er hatte kein Recht auf eine zweite Lebenschance gehabt. Doch jetzt liebte Rhea ihn wieder, und er hatte soviel zu verlieren, daß er den Gedanken nicht ertragen konnte. Ein flüchtiges Lächeln huschte über sein Gesicht. So war das nun einmal mit der Liebe.

Ash drückte Rheas Hand, und sie erwiderte den Druck. Auch ihr jagten Gedanken wild durch den Kopf und suchten verzweifelt nach einem Ausweg aus der Ecke, in die sie gedrängt worden waren. Es konnte doch nicht sein, daß sie so weit gekommen waren, so vieles überstanden hatten, um jetzt unterzugehen! Das war nicht gerecht. Sie hatten die Krieger ohne die Hilfe des Zeitmeisters geschlagen, doch der Wilde Junker war etwas anderes. Sein Ursprung und seine Macht lagen in der raffinierten Magie, die Schattenfall ausmachte, und nur Altvater Zeit hatte die Macht, diese Kräfte zu begreifen und zu handhaben. Ohne seine Hilfe gab es keine Möglichkeit, den Wilden Junker davon abzuhalten, Amok zu laufen, bis in der Stadt kein lebendes Wesen übrig war ... und ohne die Aufsicht des Zeitmeisters über Schattenfall würde die Stadt selbst aufhören zu existieren. Das war das Ende von allem. Rheas Griff um Ashs Hand wurde noch fester. Es mußte einen Ausweg geben. Es mußte ihn geben!

Sean Morrison saß mit baumelnden Beinen am Fußende des Bettes und starrte ins Leere. Er versuchte, sich einen Song einfallen zu lassen, den er zum Dahinscheiden des Zeitmeisters singen könnte, aber es wollte ihm einfach nichts in den Sinn kommen. Die Musik war für ihn zusammen mit den Elfen gestorben. Ohne sie hatte die Welt ihre Würze, hatte das Leben seinen Sinn verloren. Die Elfen hatten alles verkörpert, woran er jemals geglaubt hatte. Jetzt waren sie nicht mehr da: der Glanz und die Erhabenheit, das Lachen in den Wäldern, durch ihre eigene Hand getötet. Wie konnte in einer solchen Welt Musik sein?

Madeleine Kresh – von den meisten Mad genannt – saß am Bettrand und hielt die tote Hand des Zeitmeisters in ihren beiden Händen. Er war ihre Welt gewesen, ihre Liebe, der Sinn ihres Daseins. Er hatte sich ihrer angenommen, als sonst niemand für sie dagewesen war, hatte sie beschützt, als niemand sonst sie hatte beschützen können. Er hatte erlaubt, daß sie bei ihm blieb, obwohl er sie nicht brauchte, hatte erlaubt, daß sie ihn liebte, obwohl er wußte, daß niemals etwas dabei herauskommen konnte. Sie hätte ihr Leben für ihn geopfert, aber er war ohne sie gegangen, und jetzt hatte ihr Leben keinen Inhalt und keinen Sinn mehr. Sie hatte ihr Leben der Sorge für den Zeitmeister gewidmet, und sie hatte versagt. Am liebsten hätte sie ihr Leben auf eine angemessen dramatische Weise beendet, um ihm dorthin zu folgen, wohin er gegangen war, aber sie wußte, daß er das nicht gewollt hätte. Er glaubte an das Leben, an die Hoffnung und an Möglichkeiten. Mad wußte nicht mehr, woran sie glaubte. Nur eines wußte sie mit Sicherheit: Sie war wieder allein.

Und James Hart stand am Fuß des Bettes, sah seinen toten Großvater wütend an und überlegte, was, zum Teufel, er nun tun sollte. Altvater Zeit war der einzige gewesen, der Antworten wußte, und jetzt war er weg und hatte seinen armen verwirrten Enkel zurückgelassen. Wie sollte er allein und ohne Rat weitermachen? Er war jetzt der Mann vor Ort, derjenige, von dem jeder irgendwelche Antworten erwarteten, und dabei hatte er keinen blassen Schimmer, was er ihnen sagen sollte. Er mußte sich etwas einfallen lassen. Es gab keinen Ort, wohin er hätte weglaufen, wo er sich hätte verstecken können. Entweder er fand eine Lösung für das Problem ›Wilder Junker‹, oder er, seine Freunde und die ganze verdammte Stadt Schattenfall wären dem Tod geweiht.

Die Lösung lag irgendwo in ihm selbst. Er spürte, wie die Energie seines Großvaters in ihm blubberte und brodelte, drückend und stoßend und nach einem Weg heraus suchend. Er erfaßte die Energie, ihre Möglichkeiten und Beschränkungen, noch nicht, und er war sich auch nicht sicher, ob er ihr vertraute, obwohl ihm so war, als ob die ihm gegebene Macht ihn zu allem möglichen befähigte. Aber die Vorsicht hielt ihn zurück. Er hatte das deutliche Gefühl, daß die Macht ihre eigenen Ziele verfolgte, die vielleicht damit übereinstimmten, was er selbst wollte oder brauchte, vielleicht aber auch nicht.

Aber die Versuchung ließ nicht locker, wie eine leise, beharrliche Stimme, die er nicht überhören konnte.

Er betrachtete die verwelkten Überreste seines Großvaters, und seine Hände ballten sich zu Fäusten.

Wenn der Mann nicht bereits tot gewesen wäre, hätte er den nervenaufreibenden alten Kerl umgebracht, weil er ihm diesen Schlamassel eingebrockt hatte. Und dann sah er noch einmal hin, überzeugt davon, daß er nicht wirklich gesehen haben konnte, was er gesehen zu haben glaubte. Er beugte sich über das Bett, um noch genauer hinzusehen. Der Zeitmeister war eindeutig tot, kein Atemhauch entströmte seinem schlaffen Mund, aber seine Brust hob und senkte sich. Es war nicht die gleichmäßige Bewegung eines Herzschlags oder eines regelmäßigen Atmens, sondern abgehackte schwache Zuckungen, als ob etwas aus dem Innern herausbrechen wollte. Er trat instinktiv einen Schritt zurück, da seine Phantasie ihm alptraumartige Bilder von irgendeinem abscheulichen Parasiten vorgaukelte, der sich irgendwie in den unsterblichen Körper des Zeitmeisters eingeschleust und ihn getötet hatte.

Als er sich so plötzlich bewegte, sahen alle ihn an, und ihre Blicke folgten dem seinen. Mad schrie entsetzt und überrascht auf; sie ließ die Hand des Zeitmeisters los und beugte sich vor, um das Ohr an dessen zuckende Brust zu legen. Plötzlich lachte sie, richtete sich auf und lächelte übers ganze Gesicht. Dann hielt sie ihr Klappmesser in der Hand, und die Klinge sprang mit einem leisen Klicken heraus, das Funktionsbereitschaft verkündete. Sie schob sie vorsichtig in den Bauch des Zeitmeisters, direkt unter dem Brustbein, und riß das Messer dann ruckartig nach oben. Ein langer Schlitz teilte die Brust wie eine Nußschale. Staub wirbelte aus dem Riß auf, und in dem schmalen Spalt sahen sie alle etwas Blasses, das sich schwach bewegte. Mad legte das Messer aus der Hand und griff mit beiden Händen in die Öffnung. Sie faßte fest zu und riß die beiden Seiten auseinander, die Brust öffnete sich wie ein Buch und erfüllte die Luft mit einem gänsehauterregenden Knarren. Und in der Brusthöhle, klein und rosafarben und vollkommen ausgebildet, lag ein Neugeborenes und sah ruhig zu Mad auf. Sie griff hinein und hob den Kleinen behutsam heraus, um ihn in den Armen zu wiegen.

»Der Zeitmeister ist tot«, sagte sie leise. »Lang lebe der Zeitmeister.«

Die anderen drängten sich um Mad, die das Baby auf überraschend mütterliche Weise an sich drückte. Es sah so ziemlich wie jedes andere Baby aus, winzig und harmlos, aber sie stellten schnell fest, daß es erstens keinen Bauchnabel hatte und zweitens mit klaren und ruhigen Augen dreinblickte. Es winkte ihnen mit einem pummeligen Händchen zu und gähnte dann herzhaft.

Morrison sah Mad vorwurfsvoll an. »Du hättest uns erklären können, was du tust. Ich hätte beinahe einen Herzanfall bekommen.«

Mad zuckte mit den Schultern. »Ich war mir nicht sicher. Für gewöhnlich geht er allein weg und paßt auf sich selbst auf. Ich habe ihn immer erst gesehen, nachdem ein paar Tage vergangen waren und er alt genug war, um sich wieder seinen Aufgaben zu widmen. Süßer kleiner Kerl, nicht wahr?«

Sie machte vor dem Baby Schnalz- und Dududu-Laute, und es sah sie mit wissenden Augen an.

Ash sah Rhea an. »Du bist die Bürgermeisterin. Hast du von alledem nichts gewußt?«

»Ich glaube, niemand hat es gewußt«, sagte Rhea. »Der Zeitmeister hielt sich in solchen Dingen sehr bedeckt. Und ich habe ihn nie bedrängt.«

Morrison schnaubte. »Ich schätze, wir sollten dankbar sein, daß sie nicht versucht hat, ihn mit dem verdammten großen Schwert aufzuschlitzen, das an ihrer Hüfte hängt. Woher und wie ist das überhaupt dahingekommen?«

»Der Zeitmeister hat es mir gegeben«, sagte Mad und wandte dann ihre ganze Aufmerksamkeit mit betonter Wichtigkeit dem Baby zu.

»Bestimmt ist er jetzt sehr geschwächt«, sagte Rhea nachdenklich. »Er ist mir noch nie so jung vorgekommen wie jetzt. Ich glaube, er hat tatsächlich noch nie so jung ausgesehen. Wahrscheinlich stellen sich seine Kräfte erst ein, wenn er alt genug ist, logische Überlegungen anzustellen und zusammenhängende Gedanken zu äußern.«

»Und wie lange wird das dauern?« fragte Hart.

Rhea zuckte mit den Schultern. »Wie Mad schon sagte, ein paar Tage. Gewöhnlich würde sich das auf die Stadt oder die Galerien nicht auswirken; ihre eigene Triebkraft würde ausreichen, um die Dinge so lange am Laufen zu halten, bis der Zeitmeister wieder soweit wäre, die Dinge in die Hand zu nehmen. Aber jetzt, nach allem, was geschehen ist … ich weiß nicht.«

»Wir können nicht zwei Tage warten«, sagte Hart. »Soviel Zeit haben wir nicht. Die Stadt hat nicht soviel Zeit. Bis dahin hat der Wilde Junker alle umgebracht.«

»Wenn du einen anderen Vorschlag zu machen hast, so bin ich sicher, daß wir alle ihn gern hören würden«, entgegnete Rhea spitz. »Mir gefällt es ganz und gar nicht, daß er derart hilflos ist. Jack Fetch sollte hier sein, um ihn zu beschützen. Warum ist er nicht hier?«

»O bitte«, stöhnte Morrison. »Das alles ist schon kompliziert genug, ohne daß Rübenkopf auch noch mitmischt.«

Hart runzelte die Stirn. »Der Zeitmeister vermutete, daß eine Kraft von außen den ordnungsgemäßen Fluß der Ereignisse gestört hat«, sagte er nachdenklich. »Vielleicht wurde der Tod des Zeitmeisters absichtlich vorzeitig herbeigeführt, damit sein jüngeres Ich einem Angriff hilflos ausgesetzt wäre.«

»Tttttttt«, machte Mad. »Wer ist unser besonderes kleines Baby, hm?«

»Ich kann mir nicht vorstellen, daß irgend jemand

Jack Fetch in die Quere kommen könnte«, warf Ash unsicher ein. »Wenn er hier sein sollte, dann wäre er inzwischen bestimmt hier.«

»Wißt ihr«, sagte Hart, »das ergibt keinen Sinn, wenn man es sich richtig überlegt. Ich meine, warum sollte jemand so Wichtiges und Mächtiges wie der Zeitmeister eine so verletzliche Stelle in seinem Lebenskreislauf haben?«

Rhea zuckte mit den Schultern. »Vielleicht … für den Fall, daß er einmal außer Rand und Band gerät und im Zaum gehalten oder ersetzt werden muß.«

»Wer könnte den Zeitmeister ersetzen – die Zeit an sich ist ja auch nicht austauschbar«, sagte Morrison.

»Oh, sehr tiefsinnig«, sagte Rhea.

»Da kommt etwas«, sagte Ash plötzlich. Alle sahen ihn an. Sein Blick war in weite Ferne entrückt, wie auf etwas gerichtet, das nur er sah.

»Was ist los, Leonard?« fragte Rhea und legte ihm die Hand auf den Arm. Er reagierte nicht.

»Etwas kündigt sich an. Etwas Schlimmes.«

»Bildet einen Kreis um das Bett!« keuchte Mad aufgeregt und legte den Säugling behutsam auf die zerwühlten Decken. Sie zog das Schwert an der Hüfte, und es schmiegte sich in ihre Hand, als ob es dorthin gehöre. Die anderen bildeten einen Kreis um das Bett und spähten hinaus in die undurchdringliche Düsternis jenseits des Lampenscheins. Lange Zeit herrschten nur Stille und Dunkelheit.

»Wer oder was kommt?« fragte Hart schließlich. »Und woher? Ich sehe nichts.«

»Es ist jetzt nahe«, erklärte Ash. »Sehr nahe. Es ist beinahe hier.«

Plötzlich sank die Temperatur merklich ab, als ob jemand eine Tür nach draußen geöffnet hätte und Kälte hereinströmte, und plötzlich stand Jack Fetch bei ihnen im Raum. Alle entspannten sich ein wenig und stießen erleichtert den Atem aus, den sie angehalten hatten.

Jack stand schweigend vor ihnen und lächelte sein Rübenlächeln.

»Höchste Zeit, daß du kommst«, schimpfte Rhea; sie gab den Weg frei, damit er ans Bett treten konnte.

Doch etwas an der Art, wie sich die Vogelscheuche bewegte, etwas an der Körperhaltung brachten in Harts Kopf alle Alarmglocken zum Läuten. Er packte die Vogelscheuche am Arm, und seine Hand schloß sich mühelos um den schweren Stock, der alles war, was im Ärmel der Vogelscheuche steckte. Jack stieß ihn heftig von sich weg, ohne sich auch nur umzusehen, und seine behandschuhten Hände griffen nach dem Kind auf dem Bett.

»Haltet ihn von dem Kind fern!« rief Hart. »Irgend etwas stimmt nicht. Ich spüre es.«

Rhea nahm das Baby und wich vom Bett zurück. Jack Fetch folgte ihr. Ash trat zwischen sie und zog seinen Tod um sich herum wie einen Schutzschild. Die anderen wurden blaß und zuckten zurück, aber die Vogelscheuche verlangsamte ihren Schritt nicht einmal. Sie war nie geboren worden und hatte also auch keine Angst vor dem Tod. Rhea wich immer weiter zurück, das Baby beschützend in den Armen haltend. Ash packte die Arme der Vogelscheuche mit seiner ganzen unnatürlichen Kraft. Einen Augenblick lang standen sie sich Auge um Auge gegenüber; der Tote kämpfte gegen etwas, das nie gelebt hatte, und dann warf Fetch Ash zur Seite. Morrison rief seine Gitarre aus dem Nichts herbei und stimmte ein Lied an, aber seine Stimme war unsicher, und die Vogelscheuche war möglicherweise taub für die Hingabe, mit der sie sich an ihn wandte.

Mad sprang vor und schlug mit dem Schwert auf Fetch ein, wobei die Klinge ihre Hand zu führen schien, nicht umgekehrt. Excalibur war von vielen großen Schwertkämpfern geschwungen worden, und das Schwert erinnerte sich daran. Es fuhr durch das Vorderteil von Jacks Hemd und trat am Rücken wieder heraus, was ihn bewegungsunfähig machte. Er sah hinab, packte die Klinge mit den behandschuhten Händen und zog sie Zentimeter um Zentimeter aus seinem Körper, trotz aller Anstrengung, die Mad unternahm, um es dort zu halten. Sie tat einen Satz zurück und riß die Klinge mit einem Ruck aus der Hand der Vogelscheuche, wobei sie deren Handschuhe aufschlitzte. Fetch griff erneut nach der Klinge, und Mad holte mit dem Schwert zu einem kraftvollen Hieb aus, der sauber das Bündel von Zweigen durchschnitt, aus dem das Handgelenk der Vogelscheuche bestand. Die behandschuhte Hand fiel zu Boden. Die Finger zuckten und krochen am Boden wie eine riesige lederne Spinne. Mad trat mit dem Fuß danach, die Hand sprang hoch, um ihrem Tritt auszuweichen, und verband sich wieder mit Jack Fetchs Handgelenk. Mad blinzelte und schlug dann wieder auf die Vogelscheuche ein, immer wieder. Sägemehl stob aus Jacks Brust, als die Klinge sein Hemd aufschlitzte, aber trotzdem ging er weiter auf sie zu, und sie war gezwungen, Schritt um Schritt zurückzuweichen. Rhea blieb hinter ihr, das Baby beinahe schmerzlich fest an sich gedrückt; trotzdem gab es keinen Laut von sich.

Mads Arm wurde vom Schwingen der schweren Klinge allmählich müde. Was sie auch tat, sie konnte Jack Fetch nicht verletzen; alles in allem war er eben nur ein Gebilde aus Holz, Zweigen und alten Kleidern mit einem Rübenkopf obendrauf. Und während sie ihn Stück für Stück auseinanderhackte, setzte ihn die Magie, die ihn zu Jack Fetch machte, wieder zusammen. Schließlich wurde das Schwert zu schwer, oder sie war zu erschöpft, jedenfalls ging einer ihrer verzweifelten Hiebe voll daneben. Fetch packte ihren Arm, nachdem sie aus dem Gleichgewicht geraten war, und warf sie zu Boden. Sie schlug mit dem Ellbogen hart auf, und das Schwert flog ihr aus der Hand. Jack

Fetch beugte sich über sie, und seine behandschuhte Hand griff erbarmungslos nach ihr.

»Nein!« sagte Hart. »Aufhören!«

Die Vogelscheuche zögerte und wandte den Rübenkopf Hart zu. Die Spannung in ihm war beinahe greifbar, als er zwischen der Macht, die ihn antrieb, und der Autorität in Harts Stimme hin und her gerissen wurde. Die Spannung nahm zu, war beinahe körperlich anwesend, dann wandte die Vogelscheuche den Kopf ab, stieg über Mad und griff nach dem Kind in Rheas Armen. Hart versenkte sich in sich selbst und setzte die Energie seines Großvaters frei. Sie war jetzt sehr dicht unter der Oberfläche, und auf seinen Ruf hin sprang sie mit einem Satz los wie ein von der Kette gelassenes wildes Tier. Kraft durchflutete ihn, ungestüm, schrecklich und sehr wirkungsvoll. Er peitschte damit um sich, und die Vogelscheuche explodierte.

Die anderen schrien auf, als sie von herumfliegenden Stücken getroffen wurden. Perücken- und Kleiderfetzen fielen zu Boden wie häßliche Schneeflocken, und Hart entspannte sich allmählich wieder. Er hatte es geschafft. Die Gefahr war vorüber. Endlich hatte er der Kraft in seinem Innern freien Lauf gelassen, und es war eigentlich gar nicht so schlecht gewesen.

Er lächelte den anderen zu und legte sich in Gedanken einige bescheidene Bemerkungen zurecht, um vorbereitet zu sein, wenn sie ihn mit Dank überschütteten, doch dann merkte er, daß ihre Aufmerksamkeit etwas ganz anderem galt. Er drehte sich um und sah, daß die tausend Stücke von Jack Fetch sich hinter ihm von neuem verwoben. Die Vogelscheuche setzte sich innerhalb weniger Augenblicke zusammen, machte sich wieder zu einem vollständigen Ganzen. Der Rübenkopf grinste höhnisch, und Harts Stimmung schlug schlagartig um. Er versenkte sich tief in seine Macht, rief sie in kürzester Zeit herbei und benutzte sie, um die Lebenskraft aus der Vogelscheuche herauszureißen. Die kunstreiche alte Magie, der Jack Fetch das verdankte, was er war, wurde innerhalb eines Augenblicks zunichte gemacht, und all das, was ihn zu einem so einzigartigen und besonderen Geschöpf machte, wurde aus ihm herausgesogen und in Hart umgeleitet. Es war ein gutes Gefühl, und es durchströmte ihn wie ein kräftiger Cognac, warm und kribbelnd, und erst als die leere Hülle der Vogelscheuche steif und leblos zu Boden fiel, wurde ihm bewußt, was er getan hatte.

Niemand hatte je ein gutes Wort für Jack Fetch übriggehabt, den Beschützer des Zeitmeisters und der Stadt, aber er hatte tapfer und edel gegen die Krieger des Kreuzes gekämpft, und er hätte auch gegen den Wilden Junker gekämpft, wenn es sich so ergeben hätte. Er hätte eigentlich ein besseres Ende verdient gehabt.

»War's das?« fragte Rhea schließlich. »Kann mein Herz wieder anfangen zu schlagen, oder ist zu vermuten, daß er noch einmal aufsteht?«

»Nein«, antwortete Hart; er bemühte sich, seiner Stimme die Übelkeit, die ihn plagte, nicht anmerken zu lassen. »Er wird nicht zurückkommen. Niemals.«

»Die erste gute Nachricht, die ich am heutigen Tag bekommen habe«, sagte Rhea und legte das Baby wieder aufs Bett. »Wenigstens können wir uns jetzt ein bißchen ausruhen.«

»Nein, das können wir nicht«, widersprach Ash. »Etwas nähert sich. Es nähert sich immer noch. Es ist etwas sehr Schlimmes, und es ist sehr nahe, und es ist nicht Jack Fetch.«

Inzwischen spürten sie es alle – etwas Gewaltiges und Bösartiges, zu groß, um in seiner Gänze erfaßt zu werden, schob sich mit jedem Augenblick näher heran wie ein entgleister Eisenbahnzug. Sie alle wären am liebsten weggelaufen und hätten sich versteckt, aber es gab keinen Ort, an den sie hätten fliehen können, und sie wußten es. Sie wandten sich vom Bett ab und blickten in die Düsternis, die das Schlafgemach ausfüllte, aber das Gefühl kam aus allen Richtungen gleichzeitig, und sie wußten nicht, wo sie Ausschau halten sollten.

Und plötzlich war er bei ihnen im Raum, groß und überwältigend und insgesamt fürchterlich, und sie zuckten erschreckt vor der gekrümmten Gestalt zurück wie vor einer Feuersbrunst. Er war als Engel gekommen, drei Meter groß, mit einer makellosen Alabasterhaut und flammenden Flügeln, aber seine Knochen waren zu groß, und sein Körper war gebückt, als ob ihn die Last seiner Sünden niederdrücke. Sein Gesicht war schön, aber eiskalt, und auf seiner Stirn waren zwei vorstechende Höcker, die Hörner hätten sein können, wie die Dornen an einer Rose.

Von ihnen allen zuckte lediglich Ash nicht zurück oder wandte das Gesicht ab, vielleicht weil er dank des Umstandes, daß er tot war, weniger zu verlieren hatte. Trotzdem mußte er einige Male ansetzen, bevor er fähig war zu sprechen.

»Wer bist du?« fragte er mit belegter Stimme. »Was willst du hier?«

»Wer ich bin?« sagte der mißgestaltete, abscheuerregende Engel in ruhigem, beinahe gesittetem Ton. »Wie schnell man vergißt. Ich habe viele Namen, aber nur eine Natur. Nennt mich Prometheus, wenn ihr wollt. Die alten Scherze sind immer die besten. Und was die Frage betrifft, was ich hier will – meine Zeit ist gekommen, endlich, und man kann mich nicht mehr verleugnen. Ich bin hier, um die Galerien des Frostes und der Gebeine niederzureißen und das Schloß an der Ewigkeitspforte aufzubrechen. Deren Zeit ist vorbei, ihr Zweck hat sich überholt. Mein Wort wird Gesetz sein. Leben und Tod werden das sein, was ich nach meinem Belieben daraus mache, und Gestern und Morgen werden im bösen und erbarmungslosen Jetzt verschwinden. Ich habe das Tor zur Hölle aufgebrochen, und ich lasse mich nicht wieder dorthin verbannen.«

»Erklär das alles noch mal«, bat Ash. »Ich glaube, ich habe irgendwo den Faden verloren.«

»Das nenne ich Sinn für Humor«, sagte der gefallene Engel. »Gut so. Du wirst ihn brauchen, dort, wohin du gehst, du überheblicher Schatten. Bitte, macht es euch gemütlich, ihr alle. Ich bin hier, um den Zeitmeister zu töten, aber das hat keine Eile. Der lange Krieg ist endlich vorbei. Ich habe alle Trümpfe in der Hand, und ihr könnt mich nicht aufhalten. Die älteste Prophezeiung in Schattenfall besagt: Sobald die Stadt einmal gefallen ist, kann kein Mensch – lebend oder tot – hoffen, sich auch nur einen Augenblick lang gegen mich zu behaupten. Verzeiht mir also, wenn ich dem Drang nicht widerstehen kann, mich ein wenig aufzuplustern. Ich war immer am besten vor Publikum, aber andererseits war mein Ego immer eines meiner Probleme.

Ich stecke hinter allem, was geschehen ist: hinter jeder unerwarteten Wendung und hinter jeder unseligen Entscheidung. Ich bin derjenige, der sich den Wilden Junker gefügig gemacht und ihn nach Schattenfall ausgesandt hat, um zu töten und getötet zu werden. Aber ich greife mir selbst vor. Anfangs habe ich mich Royce und seinen Kriegern zu erkennen gegeben und ihnen die Macht angeboten, die sie zu brauchen glaubten, um Schattenfall an sich zu reißen. Mein Preis für diese Macht waren die vielen Toten, die ihr Angriff auf die Stadt forderte. Deshalb haben die Krieger-Offiziere ihre Männer angefeuert, euch aus tiefster Seele zu hassen, damit es jede Menge Tote gäbe, von denen ich mich nähren konnte. Dann war da der liebe Dr. Mirren. Ein schlichter, verängstigter Mann, dessen Suche nach den Antworten hinter Leben und Tod ihn in unselige Gefilde führte und ihn so empfänglich für meine Angebote und Verlockungen machte. Dank seines Verrats durchschaute ich die Verteidigungseinrichtungen der Stadt und machte sie wirkungslos.

Ich brachte den Wilden Junker frühzeitig ins Spiel,

übertrug ihn unerkannt und unverdächtigt auf eine vollkommene Wirtsperson und ließ ihn den Erzengel Michael töten, als dieser gekommen war, um euch zu warnen. Der liebe Michael! So rein und ehrlich und köstlich einfältig! Nachdem er von seiner Wirtsperson abgeworfen worden war, war es ein Kinderspiel für die Krieger-Zauberer, ihn daran zu hindern, wieder zurückzukommen. Nachdem ich den Wilden Junker erst einmal manifestiert hatte, hatte ich keine andere Wahl, als ihn hin und wieder töten zu lassen, das war schließlich sein Daseinszweck, und wenn ich ihn nicht hätte gewähren lassen, wäre er einfach vergangen. Es gab Hinweise auf seine Identität, aber ihr wart nicht fähig, sie zu deuten. Ich habe euch durch andere Angelegenheiten abgelenkt und zu sehr in Atem gehalten. Wie zum Beispiel die Sache mit der lieben Polly und ihrem Vater.

Ich hatte meine Hand bei so vielen Dingen im Spiel. Es ist meine Rolle in dieser Welt, der Wurm im Apfel zu sein, der Lächler im Schatten, der die Fäden zieht, durch die die Welt sich dreht. Ich habe veranlaßt, daß die Krieger James' Eltern töteten, damit er in die Stadt zurückkehrte und die alte Prophezeiung umsetzte. Ich bilde mir einiges darauf ein, allen Engeln Deckung geboten zu haben. Aber ich brauche mich nicht mehr im Schatten zu verstecken. All das Sterben und Leiden während der Zerstörung von Schattenfall hat mich mächtiger gemacht, als ihr es euch vorstellen könnt. Jetzt bin ich am Zug, die Bühne zu betreten und die Peitsche knallen zu lassen. Ihr seid die letzte Hoffnung der Lebenden, und ihr alles seid machtlos gegen mich. Aber laßt euch nicht davon abhalten, einen Versuch zu wagen. Ich wäre enttäuscht, wenn ihr es nicht tätet.«

Sie alle sahen sich gegenseitig an, aber keiner von ihnen rührte sich. Die pure Anwesenheit des gefallenen Engels reichte aus, um sie zu betäuben. Er hatte die Wirkung einer Naturgewalt, wie ein Erdbeben, ein

Zyklon oder ein Hurrikan, zu gewaltig und überwältigend, als daß die schwachen Menschen damit fertigwerden konnten.

Plötzlich schlug Sean Morrison einen wütenden Akkord auf seiner Gitarre an und erhob die Stimme zu einem Song. Er war der einzige von ihnen allen, dem etwas von der Arroganz des Feindes anhaftete, dem sie sich nun gegenübersahen, vielleicht weil der Rock 'n' Roll immer schon einen Unterton von Dunkelheit an sich gehabt hatte – Musik des Teufels. Es war ein schlichter Song, eines seiner alten Standardstücke, dessen Klang der Düsternis ringsum trotzte wie ein Leuchtturm einem Sturm. Doch während er seine ganze Kraft und die Wirkung seiner Musik aufbot, wußte er bereits, daß er seine Zeit verschwendete. Der Engel stand nur lächelnd und unbeeindruckt da, und Morrison verstummte mitten im Song. Der Engel applaudierte höflich.

»Man sagt, der Teufel habe die besten Lieder, aber offen gesagt, ich bin taub für Musik. Für mich war das stets nur Krach. Die Opposition hat sich aus Musik immer mehr gemacht als ich.«

Plötzlich erfüllte das Donnern einer Reihe von Schüssen das Schlafgemach, als Rhea ein Gewehr, das sie einem toten Krieger abgenommen hatte, zum Vorschein brachte und den gefallenen Engel mit Kugeln übersäte. Sie betätigte den Abzug immer wieder, so lange, bis das Gewehr leergeschossen war, dann hörte sie auf und senkte es langsam. Der Widerhall erstarb schnell. Der Engel hatte nicht einmal mit der Wimper gezuckt.

»Also wirklich, ich bin fast ein bißchen beleidigt. Gewehrkugeln gegen jemanden wie mich? Du hast nicht einmal ein Kreuz in die Kugeln geritzt. Nicht daß es in diesem Stadium einen Unterschied gemacht hätte, aber ich gebe nun mal viel auf Traditionen.«

»Wenn du schon Traditionen zur Sprache bringst«,

sagte Mad, die ihr Schwert zog, »dann laß uns über Traditionen reden, du miese Kreatur. Dies ist das Schwert Excalibur, und es erinnert sich an dich.«

Sie warf sich auf den Engel, und die lange Klinge blitzte hell wie der Tag auf, als sie in weitem Bogen damit ausholte. Der Engel fing die Klinge mühelos mitten im Schwung ab und entriß das Schwert Mads Griff. Sie taumelte nach vorn, verlor das Gleichgewicht, und der Engel durchbohrte sie mit ihrem eigenen Schwert. Die Klinge fuhr ihr in den Bauch und trat am Rücken wieder heraus, begleitet von einer Blutfontäne. Mad sank auf die Knie, und der Engel zog das Schwert mit einem Ruck aus ihrem Leib. Sie erbebte, als der Stahl ihren Körper verließ, und Blut quoll ihr aus dem Mund. Morrison war sogleich bei ihr, kniete neben ihr nieder, und sie klammerte sich mit der Kraft der Verzweiflung an ihn. Sie versuchte, ihm etwas zu sagen, aber sie brachte die Worte vor Schmerz und Blut nicht heraus. Sie starb in seinen Armen.

»Häßliches kleines Spielzeug«, sagte der Engel und hielt Excalibur angeekelt hoch wie eine im Salat gefundene Schnecke. Er zerbrach die Klinge ordentlich in zwei Teile und warf die Stücke beiseite. »Das alles war ganz unterhaltsam, aber ich denke, es ist an der Zeit, daß wir weitermachen. Ich habe einiges zu tun. Angefangen mit dem Tod des Zeitmeisters. Möchte jemand noch ein paar letzte Worte von sich geben?«

Er trat zu dem Baby, das auf dem Bett lag, und Harts Schatten sprang vom Boden auf und wickelte sich wie eine Decke um den Kopf des Engels. Dieser zerrte mit den klauenbewehrten Händen an dem schwarzen Zeug, aber es matschte nur zäh zwischen seinen Fingern hindurch.

»Du mußt ihn unschädlich machen, Jimmy«, sagte Harts Freund verzweifelt. »Ich kann ihn nicht lange festhalten.«

Der Engel grub die Finger in den Schatten und zog

Freund von seinem Gesicht weg wie eine klebrige Praline. Der Schatten wand sich, zappelte in den Händen des Engels und heulte dann lautlos, als er zerrissen wurde. Der Engel ließ die Stücke zu Boden fallen und grinste Hart an.

»Du kannst mich nicht aufhalten. Niemand kann mich aufhalten. Der Zeitmeister ist hilflos, und die Galerien sind ungeschützt. Ich werde die Galerie der Gebeine in Brand setzten, und in der Hitze der Flammen wird die Galerie des Frostes schmelzen. Schattenfall ist tot. Keine lebende Seele bleibt in den Ruinen zurück. Der Wilde Junker hat sie alle getötet, und dann haben sie sich gegenseitig getötet. Ihr seid die einzigen Überlebenden. Ich habe euch gestattet, so weit zu kommen, weil ich wollte, daß jemand Zeuge meines Erfolges würde. Gleich werde ich den Zeitmeister töten, dann wird es keine Vergangenheit, keine Gegenwart und keine Zukunft mehr geben – nur ein endloses Jetzt, abgeschnitten von Gott, mit dem ich bis in alle Ewigkeit ganz nach meinem Belieben verfahren kann. Und die ganze Welt wird leiden, wie sie noch nie gelitten hat.«

Und dann war plötzlich die Ewigkeitspforte bei ihnen im Zimmer, und alles veränderte sich. Der bedrückende Hauch des Engels war wie von einem kühlen, erfrischenden Wind weggeblasen, und der Raum war plötzlich lebendig von neuen Aussichten und Möglichkeiten. Die Pforte stand allein da, ungestützt, eine rätselhafte leere Tafel, die darauf wartete, beschrieben zu werden. Der Engel starrte die Ewigkeitspforte an, verdattert aufgrund eines Ereignisses, das er weder eingeplant noch vorhergesehen hatte, und dann fuhr er herum und sah die anderen an.

»Ich habe das nicht herbeigerufen! Wer wagt es, das hierherzubringen? Schickt es weg!«

James Hart betrachtete die Ewigkeitspforte, und sie sprach zu ihm auf einer Ebene, die er bis dahin nicht gekannt hatte; sie sprach direkt zu dem Teil von ihm, der vom Zeitmeister abstammte, und plötzlich begriff er, was er zu tun hatte, wofür er nach Schattenfall zurückgebracht worden war. Er erkannte den Sinn seines Lebens, seine Bestimmung – und die der Stadt.

»Nicht deine Zeit ist gekommen«, sagte er beinahe beiläufig zu dem gefallenen Engel. »Es ist meine Zeit. Zeit für mich, das zu tun, wofür ich geboren wurde. Du hast nie begriffen, was die Ewigkeitspforte wirklich ist. Die Krieger hatten es beinahe erfaßt. Sie hielten es für den Zugang zu Gott. In gewisser Weise stimmt das, aber sie ist mehr als das. Viel mehr. Die Ewigkeitspforte existiert, damit die Lebenden Zugang zu dem haben können, was jenseits des Lebens liegt, aber das war nur ein Teil ihres Zwecks. Ich bin die letzte Komponente in einer jahrhundertelangen Gleichung. Ich werde die Pforte vollständig öffnen und sie offen halten, damit alle, die die Welt verlassen haben und von uns gegangen sind, durch die Pforte zurückkehren können, um sich wieder zu den Lebenden zu gesellen. Der Tod soll keine Macht mehr über die Lebenden haben und auch keinen Sieg über sie erringen. Mach kein so erstauntes Gesicht. Eine Tür war ihrer Natur nach schon immer sowohl ein Eingang als auch ein Ausgang.«

»Nein«, sagte der Engel. »Nein, das werde ich nicht zulassen. Auch du kannst mich nicht aufhalten. Weder die Lebenden noch die Toten haben Macht über mich. Das wurde mir versprochen.«

»Du hättest das Kleingedruckte lesen sollen«, sagte Hart.

»Ich werde dich an deinem Vorhaben hindern! Ich werde dich töten!«

Der gefallene Engel ging auf Hart zu, und Ash trat ihm in den Weg. »Das glaube ich nicht. Um an ihn heranzukommen, mußt du zuerst mich überwinden. Und da ich, technisch gesprochen, weder lebendig noch tot bin, habe ich den Eindruck, daß du tief in der Patsche steckst. In der materiellen Welt bist du an materielle Regeln gebunden. Was soviel heißt, daß ich dich in den Arsch treten werde. Deshalb bin ich zurückgekommen.«

Der Engel lachte rauh und warf sich auf Ash, der einen Schritt zurückfiel und dann mit dem Engel rang, wobei er seine gesamte unnatürliche Kraft aufbot. Sie stampften vor und zurück, wogten dahin und dorthin, und dann riß sich der Engel los und schlug Ash zu Boden. Dieser stieß die Beine des Engels mit einem Fußtritt unter dessen Rumpf weg, und die beiden taumelten gemeinsam zu Boden. Der Engel drückte den auf dem Rücken liegenden Ash fest zu Boden, kniete auf seiner Brust, packte mit beiden Händen Ashs Kopf und riß ihm ihn von den Schultern. Rhea stieß einen schrillen Schrei aus. Der Engel lachte und warf ihr den Kopf zu, so daß er vor ihren Füßen ausrollte. Die Augen starrten den gefallenen Engel an, ohne mit der Wimper zu zucken, während dieser sich aufrappelte und plötzlich innehielt, als Ashs kopfloser Körper die Arme fest um ihn schlang.

Hart verbannte sie beide aus seinem Denken und konzentrierte sich auf das, was die Ewigkeitspforte ihm mitzuteilen hatte. Er konnte die Pforte öffnen, aber es würde seine Kraft bis zum letzten erfordern. Er lächelte gequält. So etwas war ihm zutiefst zuwider. Er schöpfte aus sich selbst, und es war das Einfachste von der Welt, seine ganze Kraft in einem einzigen Erguß herauszulassen. Der gefallene Engel schrie vor Zorn und Abscheu auf, aber es war zu spät. Ash hatte ihn lange genug abgelenkt. Die Ewigkeitspforte schwang langsam auf, und strahlendes Licht ergoß sich in den Raum. Der Engel schrumpfte zurück und wandte das Gesicht von dem Licht ab. Und durch die Pforte kam mit selbstbewußtem und freiem Schritt Madeleine Kresh, nicht mehr Mad. Sie ging zu Morrison und lächelte ihn an. Er sah sie benommen an; er hätte so gern an sie geglaubt, wagte es jedoch nicht, sie zu berühren. Sie lachte und zog ihn mit ihren muskulösen Armen fest an sich.

Die Pforte schwang weit auf, und das Licht blitzte auf und schob die dunklen Grenzen des Raums immer weiter zurück, bis es den Anschein hatte, als stünden sie alle auf einer großen freien Fläche. Jack Fetch schritt durch die Pforte, verneigte sich tief vor Hart, dann ging er weiter und kniete vor dem plötzlich erwachsen gewordenen Zeitmeister nieder, der der Vogelscheuche einen verzeihenden Klaps auf die Schulter versetzte. Und dahinter kamen Sheriff Richard Erikson und seine beiden Stellvertreter Lewis und Collins. Sie gesellten sich zu Rhea und Ash, vom Licht nun vollkommen wiederhergestellt. Sie alle wußten, ohne daß es ihnen jemand zu sagen brauchte, daß der letztere kein von den Toten Wiedergekehrter mehr war, sondern ein Lebender.

Suzanne Dubois und Polly Cousins trippelten zusammen durch die Pforte und kicherten beim Anblick des einheitlich verdutzten Gesichtsausdrucks aller Anwesenden. Polly trat zu Hart, sie hielten sich eine Zeitlang schweigend in den Armen, und Freund legte sich um ihrer beider Schultern. Als nächster kam Dr. Mirren, zusammen mit dem Krieger-Führer William Royce, und beide schüttelten voller Reue über ihre Irrtümer den Kopf. Lester Gold, der Geheimnisvolle Rächer, wieder jung, schritt Arm in Arm mit einem wiederbelebten Pater Callahan durch die Pforte. Derek und Clive Manderville kamen gemeinsam daher; sie schlugen sich gegenseitig auf die Schultern und tauschten fröhliche Beleidigungen aus. Und danach kamen Petz, der Bär, sowie der Meerbock und Peter Caulder und Scottie, der Winzige Terror, und danach Oberon und Titania und Puck, endlich vollkommen. Die Toten waren wieder lebendig, alle Wunden verheilt, alle Seelen besänftigt, bereit dafür, was ihnen die fremde neue Welt bieten mochte.

Die Wirtspersonen der Elfen schritten durch die sich verbreiternde Pforte, gefolgt von allen Bewohnern von Schattenfall und allen Kriegern des Kreuzes, und immer noch strömten weitere Leute durch die Tür heraus in die grenzenlose Ebene des Lichts. James Hart fand seine Mutter und seinen Vater wieder, und der Zeitmeister fand seine verlorene Liebe. Eltern wurden mit verlorenen Kindern wiedervereint, Liebende mit ihren Geliebten, Freunde mit Feinden, und jeglicher alte Zwist war vergessen und vergeben.

Engel waren überall, grelles Licht leuchtete in der endlosen Morgendämmerung, und Gesang erfüllte die ganze Welt. Niemand bemerkte, daß der gefallene Engel allmählich schrumpfte und immer kleiner wurde, durch das Strahlen des Lichts zur Bedeutungslosigkeit verblaßte, bis nur noch ein winziger Schatten übrigblieb, der vom Erzengel Michael aufgehoben und getröstet wurde.

Und immer noch drängten sich unzählige durch die Pforte. Alle Toten der ganzen Welt ergossen sich auf eine endlose Ebene. Alle, die jemals gestorben waren, kehrten nun aus jenem unentdeckten Land zurück, um mit den Lebenden in einer neuen Welt zu wandeln, wo alles Alte neu geschaffen werden sollte, wo der Tod nur noch eine Erinnerung sein würde und wo die Dinge diesmal ganz anders werden sollten. Jemand räusperte sich, und alle wandten sich um.

Die Schatten waren gefallen, alle Prophezeiungen hatten sich erfüllt, und Licht war überall.